ALEXIS AUBENQUE

Économiste de formation, Alexis Aubenque est un passionné de science-fiction. Il est libraire depuis plusieurs années et a su communiquer sa passion à travers son métier.

État de guerre est le second volet de *La chute des mondes*.

DU MÊME AUTEUR
CHEZ POCKET

LA CHUTE DES MONDES

SCIENCE-FICTION

Collection dirigée par Bénédicte Lombardo

ALEXIS AUBENQUE

LA CHUTE DES MONDES 2

ÉTAT DE GUERRE

POCKET

ISBN 2-266-14018-3

À Rachel et Valentin

Ire PARTIE

CHAPITRE 1

La Ceinture

Le vaisseau s'arrima à Triton sans le moindre choc. Brautignan prit son sac et rejoignit la file de militaires qui attendaient l'ouverture des sas. Il aurait pu emprunter une navette particulière pour rejoindre cette base militaire, la mieux armée de l'Univers, mais il avait tenu à voyager comme un simple soldat. Il avait besoin de s'intégrer à ces hommes et ces femmes qui allaient peut-être perdre la vie dans les jours ou semaines à venir.

— Mission de surveillance, mon cul, fit un des soldats. Je suis sûr que ça va péter.

Des murmures d'assentiment lui répondirent. Personne ne croyait dans les propos des supérieurs appelant à un exercice d'entraînement.

— Je crois qu'on est là pour leur foutre la raclée de leur vie ! fit une soldate avant de partir d'un grand rire carnassier.

Brautignan se força à sourire avec le reste des troupes. Le sas s'ouvrit enfin et l'évacuation de leur vaisseau commença.

La Ceinture était une succession d'astéroïdes, de toutes tailles, qui effectuaient leur trajectoire dans une ellipse parfaite autour d'une planète géante, orbitant elle-même autour d'un soleil. Une espèce de Saturne dont les anneaux renfermeraient des gisements minéraux particulièrement riches.

La Fédération s'était approprié l'exploitation de ces mines si bon marché et en avait fait son plus gigantesque site de fabrication de vaisseaux en tout genre. Ici se construisait et se réparait près d'une centaine de croiseurs par an. Plus de cent mille civils travaillaient sur les chantiers spatiaux de la Ceinture, et presque autant de militaires assuraient la garde des bâtiments qui stationnaient dans cet astroport en orbite.

Brautignan arriva au barrage de sécurité. Il tendit sa plaque d'identification, et l'homme qui l'authentifia eut soudain un sursaut de stupeur. Il leva les yeux de son moniteur et ne sut quelle position adopter. Cet homme était-il vraiment un général de brigade ?

— Caporal Rindt, vous allez me faire patienter longtemps ?! fit Brautignan.

Le soldat, l'espace d'un instant, fut étonné qu'il connaisse son nom, mais il est vrai qu'il était scratché en gros sur sa veste kaki !

— Non, mon général, vous pouvez passer.

À l'annonce de son grade, des regards d'incompréhension se tournèrent vers lui. Il afficha une mine sévère et passa le barrage.

Il connaissait les quartiers par cœur, et se dirigea naturellement vers l'ascenseur qui le conduisit à l'intérieur de Triton, là où résidait le quartier général de cette base militaire.

Triton était le plus gros des astéroïdes de la Ceinture, et pouvait accueillir jusqu'à un demi-million d'êtres humains en cas de besoin.

L'ascenseur le déposa au niveau 75. La porte s'ouvrit et un tout autre univers s'offrit à lui. Fini, la grisaille et la fonctionnalité des autres parties de la base. Comme toujours, les dirigeants avaient eu droit à un traitement de faveur. Les revêtements du sol et des murs sur les sept niveaux qui leur étaient réservés avaient un aspect subtilement luxueux que la lumière, aussi artificielle soit-elle, mettait en valeur. Elle semblait même provenir réellement de l'astre solaire.

Il passa un long couloir bordé de bureaux, et arriva devant une soldate.

— Mes respects mon général, lança cette dernière en effectuant le salut de rigueur.

— Repos. Conduisez-moi à ma chambre.

La soldate esquissa une moue désolée.

— Nous allons nous charger de vos affaires. J'ai pour ordre de vous conduire directement auprès du général Fousteau.

Il donna son accord d'un hochement de tête. Très bien, il valait mieux ne pas perdre de temps.

La jeune femme appela un autre soldat pour la remplacer puis quitta son poste pour convier Brautignan à la suivre dans le saint des saints de la base. Ils empruntèrent un autre ascenseur et descendirent au niveau 82. Le dernier. La porte coulissa et, après avoir traversé un vestibule, ils pénétrèrent dans les bureaux du général Fousteau. La femme s'arrêta devant une porte et tapa le code d'accès. Six autres généraux de brigade se trouvaient déjà présents dans la pièce.

— Bonjour, général, j'espère que votre voyage s'est bien passé, le salua Fousteau en venant lui serrer la main.

— On ne peut mieux. J'ai voyagé avec les troupes, répondit-il, bien qu'il eût conscience qu'ils le savaient déjà.

Il alla serrer la main des autres généraux et prit place dans un fauteuil que lui indiqua Fousteau.

— Il ne manque plus que le général Iglésias et nous serons au complet, fit Fousteau. En attendant, veuillez consulter les dernières informations relatives aux événements survenus sur les planètes limites.

Il alluma la console sur la table devant lui et parcourut rapidement les notes. Cela faisait deux jours qu'il avait quitté Sylane, et déjà la situation au sein des planètes limites avait empiré dramatiquement : une première estimation dénombrait près de vingt mille victimes de crimes en tout genre. Des armées étaient levées, et s'apprêtaient à combattre. Aucun monde n'était épargné. Le chaos semblait vouloir s'abattre partout.

Un léger soufflement lui fit lever les yeux. La porte venait de s'ouvrir, révélant la forte carrure du général Iglésias. Après les salutations d'usage, Fousteau vint se tenir en bout de table et commença son exposé des faits.

— Vous n'êtes pas sans comprendre que la situation est extrêmement préoccupante. Même si d'éminents historiens soutiennent qu'il n'y a là rien de plus naturel, ne vous fiez pas à leur jugement. Le hasard n'existe pas dans la conquête du pouvoir, commença Fousteau.

Durant son voyage jusqu'à la Ceinture, Brautignan avait lui aussi parcouru les articles des spécialistes. En effet, nombreux étaient ceux qui pensaient que cela découlait du sens de l'histoire. Quant au synchronisme des événements, les historiens étaient moins prolixes sur ce sujet et devaient avouer leur perplexité. Certains osèrent toutefois parler de propagation interstellaire du souffle de la révolution. Ineptie ! avait ricané Brautignan en lisant la thèse d'un historien de la faculté de Bergamone.

— Nous ne savons toujours rien sur notre ennemi, si ce n'est qu'il est très rusé, continua Fousteau. Même si nous continuons à communiquer sur des « Exercices d'entraînement », votre devoir est de faire comprendre à vos troupes qu'il ne s'agit en aucun cas d'un jeu. Punissez chaque manquement à la discipline. Faites des exemples. Il faut que vos soldats soient sur le qui-vive.

Quand l'ennemi frappera, nous devons être au mieux de notre préparation.

Fousteau s'arrêta, et darda un lourd regard sur chacun des protagonistes. Il avait choisi personnellement chaque personne présente et savait que ses ordres seraient respectés à la lettre. Du moins, dans la mesure du possible.

— Messieurs, nous sommes à la veille de la première guerre interstellaire de l'histoire. Nul ne sait ce qu'il va en résulter. Quelles que soient les apparences, méfiez-vous de ce que la logique voudrait vous faire admettre. Nous devons apprendre à penser différemment, nous mettre dans la peau de stratèges de génie.

Le professeur nous donne un cours magistral ! se dit le général Van Cheu. Apprendre à réfléchir par soi-même !

Les autres généraux eurent le même type de pensée. C'en était fini des sempiternels exercices d'entraînement. Contre un ennemi d'un nouveau genre, il allait falloir innover. S'adapter ou mourir. Le sort de toutes les espèces.

— Je vais à présent vous livrer l'alternative la plus crédible, continua-t-il. Aussi impossibles qu'elles paraissent, les deux éventualités sont néanmoins dignes d'intérêt. La première est celle d'une attaque d'un groupe de Noétiens.

— Des Noétiens ?! fit en écho le général Tchenko en levant les yeux au ciel d'un air dubitatif.

Fousteau pinça les lèvres. Se pouvait-il qu'il ait mal jugé son homme ?

— Oui, des Noétiens, claqua Fousteau. Pensez différemment !

Tchenko rougit et maugréa dans sa barbe. Il s'en voulait de s'être laissé aller, devant ses pairs, à une réaction de citoyen lambda. Fousteau fut rassuré sur l'état intellectuel du général.

À l'heure de la grande migration vers les étoiles, de nombreux mouvements de pensées groupusculaires, voire sectaires, avaient vu, dans l'infini qui s'offrait à eux, la possibilité de tout recommencer à zéro, de démarrer une nouvelle vie dans un monde totalement coupé de la Terre. Pour cela ils avaient construit d'immenses croiseurs qu'ils appelaient « Arches de Noé », et fait le pari de voyager dans l'espace en empruntant le maximum de points neuraux afin de s'éloigner le plus possible de la Fédération, puis d'y bâtir leur colonie en espérant avoir construit une civilisation suffisamment développée pour que, le jour où la Fédération les retrouverait, elle n'ait plus les moyens de les forcer à s'intégrer. Un rêve farfelu qui compta un nombre impressionnant d'adeptes. Plusieurs centaines d'arches quittèrent la Terre, et aucune ne refit parler d'elle. Pour tout le monde, il était clair que ces microsociétés ne pouvaient que dépérir, quel que soit l'endroit où elles se poseraient. Trois cents ans plus tard, plus personne n'envisageait leur survie.

De nombreuses expéditions furent montées pour partir à leur recherche, dont celle du capitaine McCollum.

Un siècle auparavant, il avait emprunté près de mille points neuraux durant plus de dix ans, mais, si effectivement il avait découvert des planètes terraformables, jamais il n'avait retrouvé la moindre trace de vie humaine.

— Quel intérêt auraient-ils à nous attaquer ? demanda le général Assan qui ne croyait guère à cette hypothèse. Ne voulaient-ils pas au contraire nous oublier, fuir notre civilisation décadente ?

— Qui sait ce qu'il a pu advenir de leur mentalité en trois cents ans, répondit simplement Fousteau en fermant les débats.

Qui sait ce qu'ils ont pu rencontrer, se dit Brautignan.

Fousteau cligna des yeux par deux fois, signe de sa nervosité.

— Quant à la deuxième hypothèse, elle est fondée

sur une agression d'un nouveau type. Celle d'une forme de vie non humaine, lança-t-il.

Le spectre des petits hommes verts, pensa le général Matteï. Le plus grand défi de l'humanité devenant sa plus grande psychose.

— Pourquoi s'en prendraient-ils aux planètes limites plutôt qu'à Boxtown ou Bavière ? Autant attaquer là où ça fait mal, s'écria le général Van Cheu.

— Ce ne sont que des hypothèses de travail, lui rappela Fousteau. Nous naviguons en plein inconnu. Je n'ose vous énoncer les autres théories que l'on a pu me soumettre.

Du virus qui rend fou au complot sioniste, en passant par un coup monté par les dirigeants des planètes limites eux-mêmes ou encore par le retour des Maltâmes, toutes les hypothèses avaient été énoncées, aussi incroyables les unes que les autres.

— Quoi qu'il en soit, nous ne pouvons rester sans réagir. C'est pourquoi j'ai chargé chacun d'entre vous d'une mission de surveillance. Votre objectif sera de tenter de détecter toute force d'agression qui vous paraîtra provenir d'une source inconnue. Vous disposerez chacun d'une centaine de régiments prêts à intervenir à tout instant.

Fousteau s'arrêta le temps de prendre une gorgée d'eau puis reprit son discours en exposant dans les détails la façon dont devraient s'organiser le départ puis le placement des troupes. Chaque général se voyait confier une planète limite. Huit autres généraux de brigade avaient rendez-vous quatre heures plus tard pour le même briefing. Aucune des quinze planètes limites ne pouvait ainsi échapper à leur contrôle.

Quand ils se montreront, nous serons là pour les accueillir, se dit le général Iglésias qui ne doutait pas un instant qu'il saurait vaincre l'ennemi quel qu'il soit.

— Tu crois que ça va vraiment chauffer ? demanda la soldate Oriane McGreggor à son compagnon, le soldat Thomas Filipsky.

— Ouais ! y a trop de mouvements pour que ce ne soit qu'un exercice. La Fédération est vraiment dans la merde, répondit-il en lui passant la main dans le dos. Ces manœuvres vont coûter un fric fou. Les pontes n'auraient jamais accepté de mettre la main au portefeuille s'il n'y avait pas péril en la demeure.

Allongés sur une des centaines de couchettes qui emplissaient cette partie du croiseur fédéral *Le Vautour*, les deux soldats n'auraient jamais cru qu'un jour l'impensable puisse survenir.

— Tu crois que l'on va réellement risquer notre vie ? fit Oriane.

Elle n'avait pas vraiment peur de la mort, mais était troublée d'avoir à faire face à l'éventualité de mourir si tôt.

— C'est possible, fit-il avant d'ajouter : Mais on est payés pour ça, non ?

Elle lui sourit malgré l'obscurité qui empêchait son partenaire de la voir. Elle aimait sa façon de tout prendre à la légère. Jamais elle n'aurait cru qu'en s'engageant dans l'armée, elle rencontrerait le véritable amour.

— J'imagine, répondit-elle. Tu crois que ça peut durer longtemps ?

— Ta gueule ! explosa alors une voix qui venait de la couchette du dessous. On pourrait dormir ?!

Thomas sauta de sa couchette et atterrit près de celle du râleur.

— Tu parles pas comme ça à ma femme, t'as pigé, siffla-t-il tandis que sa main enserrait d'une poigne d'acier la gorge de l'homme.

Ce dernier gargouilla un assentiment, et Thomas desserra sa prise.

— Thomas, t'es vraiment qu'un connard, tu m'as bousillé l'œsophage ! fit le soldat Désiré Dlamini.

— Ta gueule ! hurla alors en chœur toute une partie de l'unité des « Biggles », cinq cents hommes et cinq cents femmes liés par deux années de formation à la base de Génerva.

Le lieutenant Jin, qui surveillait le sommeil de cette unité, sourit derrière son moniteur de contrôle. Cela lui rappelait des souvenirs à présent bien lointains. Une époque où il n'était qu'un simple soldat et où le poids des responsabilités lui était inconnu. Il appuya sur l'interphone :

— C'est bon, les gars, le prochain que j'entends encore brailler va passer sa nuit à courir le long du couloir central, OK ? fit-il.

Personne ne répondit. Tout le monde connaissait ce vieux coup. Jin fit une moue désabusée, à son époque il y aurait eu toujours un malin pour répondre « OK ».

Il reposa son dos contre le dossier de son fauteuil et se remit à lire les dernières nouvelles de Roma, leur destination.

CHAPITRE 2

Atlan

Gascon se faufila à travers la foule massée sur la place El Fuego. Des milliers de personnes qui attendaient le châtiment que l'on avait réservé au misérable assassin du roi. Une couche de nuages assombrissait le ciel. La pluie n'allait pas tarder à tomber.

Un tumulte de vociférations injurieuses se fit entendre en provenance de la rue San Miguel. Puis la foule se scinda en deux pour laisser place à un cortège de chevaliers qui se dirigea vers l'estrade qui avait été construite en plein milieu de la place. Le prince consort fermait la marche et tirait, au bout d'une laisse, Luc qui se traînait comme un spectre. Gascon eut un haut-le-cœur. Son sang se mit à bouillonner dans ses veines. Il posa la main sur sa courte épée, hésitant. Il lui était insupportable de voir le fils de l'homme qui l'avait sauvé au cours d'une échauffourée, des années auparavant, se faire traiter comme le dernier des criminels. Luc était innocent. Il n'avait pas le moindre doute. Si seulement il pouvait mettre la main sur ce Lambert. Il était certain de la culpabilité du bossu.

Roméo del Castillo descendit de son destrier et força

Luc à monter sur l'estrade où deux bourreaux l'enchaînèrent à une roue. Le prince se tourna alors vers la foule :

— Peuple d'Espagne, regardez et faites savoir à nos ennemis le sort que nous réservons à ceux qui tentent de nous détruire. Par la main de Dieu, je jure de mettre la France en charpie et de soumettre à notre autorité tous ses lâches habitants, cria-t-il d'un ton impétueux.

Il empoigna une baguette en jonc que lui tendit un bourreau et en frappa alors sauvagement le torse de Luc qui hurla de douleur. Il frappa une nouvelle fois, mais sur les jambes. Un nouveau hurlement de douleur retentit. Un troisième coup atteignit les parties génitales. Luc n'eut pas assez de souffle pour hurler. La souffrance était insupportable. Les coups se succédaient sans discontinuer. Il n'avait qu'une envie : rejoindre l'au-delà. La mort lui semblait la plus douce des échappatoires. Pourtant, il aurait aimé vivre. Il lui restait tant de choses à découvrir. Un autre coup lui irradia le bras gauche d'une douleur fulgurante. Il se mordit la langue qui se mit à saigner.

Gascon n'arrivait pas à baisser le regard. La bouche grande ouverte, les yeux sortant de leurs orbites, il était en état de transe. Jamais il n'aurait cru pouvoir connaître souffrance aussi grande. S'il n'avait tenu qu'à ses instincts il aurait déjà fendu la foule et tenté d'éviscérer le prince Roméo. Mais il savait qu'au moindre mouvement suspect, des dizaines d'archers massés sur les toits de la ville lui transperceraient le corps d'une dizaine de flèches. La seule solution était de faire front à l'ignominie qui se déroulait sous ses yeux et d'attendre le jour de sa vengeance.

Les coups s'abattaient avec une violence répétée. Luc était au bord de l'évanouissement. Le prince jeta alors la cravache, et prit deux banderilles qu'il leva aux yeux de la population en état d'excitation maximale. Un « olé » se fit entendre et le prince, d'un coup vif, les planta dans le cœur de Luc qui n'eut que le temps de se réjouir de la fin de son calvaire.

Les larmes dégoulinaient le long du visage de Gascon. Des applaudissements crépitèrent de toutes parts. Le félon était mort. Le prince avait rétabli l'honneur de l'Espagne. La guerre pouvait commencer.

* * *

— Pourquoi me gardez-vous en vie ? demanda Humon enchaîné au mur d'une des chambres du château du roi d'Espagne.

Esteban le regarda avec compassion.

— Pourquoi devrais-je vous tuer ? fit ce dernier en s'asseyant dans un fauteuil.

Humon renifla méprisant.

— Parce que s'il m'en est donné la possibilité, je n'hésiterai pas à vous tuer, répliqua-t-il avant de cracher par terre.

Peu importait à présent la bienséance. L'horreur s'était abattue sur la maison des Vendée. Humon avait failli à sa tâche. Il ne respectait plus rien. Il ne se respectait plus.

— C'est pour cela que je vous ai fait immobiliser. (Esteban se versa un verre de vin.) Sachez que cela m'est fort pénible.

Humon grogna.

— Vous n'êtes que des misérables. Ayez au moins le courage d'assumer votre rôle de crapule jusqu'au bout. N'essayez pas de vous donner bonne conscience en m'épargnant.

Esteban lissa sa fine moustache. Il comprenait le but de ces paroles : le pousser à bout pour qu'il mette fin à sa vie. Malheureusement pour Humon, il n'avait rien d'un tueur au sang froid. Il n'exécutait des crimes que pour des raisons bien précises. Il n'en avait pour l'instant aucune pour éliminer cet homme, qui en d'autres circonstances aurait pu devenir un ami, comme cela aurait pu être le cas également avec ce jeune duc.

— Je regrette sincèrement ce qui vient de se passer, mais croyez-vous que nous ayons eu réellement le choix ? Pensez-vous vraiment que le prince ait voulu cette guerre qui s'annonce ?

Pourquoi me laisser aller à de telles confidences, se demanda-t-il alors. Personne ne devait savoir.

Malgré la rage qui consumait son cœur, Humon analysa les révélations que venait de lui faire Esteban. D'une part, le prince savait que le duc était innocent, d'autre part il laissait entendre qu'ils avaient eux-mêmes organisé son empoisonnement. Et, plus étonnant encore, ils l'auraient fait sous la pression d'une force extérieure. Une force venue de l'Extérieur ?

— Lambert travaille pour vous, n'est-ce pas ? fit-il.

Esteban leva son verre et perdit son regard dans le nectar rosé. Était-il besoin de nier ? Il préféra ne pas répondre.

— Des forces qui nous dépassent sont en mouvement, mon brave Humon. Votre duc n'a été qu'un triste pion sur un échiquier qui s'appelle l'Univers, fit-il. Une victime toute désignée. Jamais vous n'auriez dû le laisser accéder au fauteuil de son père. Il n'avait pas l'âme d'un chef.

Esteban espérait que Humon dirigeait à présent sa colère contre lui-même. Peut-être oublierait-il ainsi de les détester.

Si seulement j'avais eu le choix, se dit Humon. Luc était le seul descendant de Robert de Vendée. Quelle autre possibilité que d'installer le fils à la place du père ? À moins de laisser le duché passer aux mains d'une des familles collatérales ? Impensable pour l'honneur du jeune duc. Il jeta un coup d'œil à Esteban et se demanda si, réellement, cet homme n'avait pas eu d'autre éventualité que d'accepter sans broncher la mise à mort de Luc.

* * *

Le vent faisait gonfler les voiles du baleinier. Emmitouflé dans son gros manteau en peau de buffle, Guntray se tenait debout à la proue du navire. Ils avaient quitté Mourmansk depuis deux jours. Deux jours de beau temps qui semblaient vouloir prendre fin. Les nuages s'amoncelaient au loin.

— Je crois qu'on ne va pas y échapper, fit le capitaine Boris Volgod. J'espère que vous avez le cœur bien accroché.

Guntray se tourna vers l'homme.

— La peur est un mot absent du vocabulaire français, répondit-il.

Le capitaine se mit à rire et lui donna une grosse tape dans le dos.

— On verra si vous faites autant le malin quand l'orage sera sur nous, *monsieur de Martaille*, fit-il en prononçant son nom avec un accent français.

Guntray haussa les épaules et redescendit sur le pont du navire. Des marins tuaient le temps dans un concours de bras de fer sur une table placée à côté du mât de misaine. D'autres jouaient aux fléchettes contre une cible accrochée à une des parois de la goélette. Guntray avait su gagner le respect de ces hommes en battant Volgod en combat singulier. Il espérait à présent ne pas le perdre à cause d'un simple orage. Il passa la tête par-dessus la rambarde et laissa flotter son regard sur les eaux de cet océan gigantesque.

Ils n'avaient, pour l'heure, rencontré aucune baleine, et ne comptaient pas en trouver avant une semaine. Ces mammifères avaient appris à se méfier de l'homme et tenté dans un effort inutile de changer le parcours de leur pèlerinage. Mais qui pouvait se targuer d'échapper à la vigilance des hommes ?

— Monsieur de Martaille, voudriez-vous me raconter encore une histoire ? fit une petite voix derrière lui.

Guntray se retourna et ne put que sourire devant la jolie frimousse d'Anastasia, la fille du capitaine.

Âgée de onze ans, elle avait perdu l'année précédente sa mère, emportée par une épidémie qui avait décimé un grand nombre d'habitants de Mourmansk.

— Oui, avec grand plaisir.

Ils allèrent s'asseoir à l'abri des marins qui ne pouvaient s'empêcher de hurler en jouant. Le vent ne cessait de souffler. Leurs yeux larmoyaient et leurs joues étaient rouges de froid.

— Il était une fois un vieux couple de paysans qui n'avait jamais eu la chance d'avoir un enfant. Cela faisait des années qu'ils n'espéraient plus, quand, un beau matin d'hiver, alors que sa femme dormait encore, Sylvain se leva et ouvrit la porte de sa maison.

— Qui c'est, ce Sylvain ? l'interrompit Anastasia.

Guntray fronça les sourcils dans une imitation comique de la colère.

— C'est le vieux paysan, répondit-il avant de reprendre son histoire.

Il la fit durer bien plus qu'elle ne le nécessitait, tant il se plaisait à jouer ce rôle de grand-oncle. Il n'avait jamais vraiment apprécié la compagnie des enfants et s'étonnait de ce changement en lui. Anastasia était aux anges. Cet homme l'enchantait par son phrasé si spécial et ses histoires abracadabrantes. Elle retrouvait auprès de lui un peu de la gaieté qui l'avait quittée depuis la disparition de sa mère.

—Une belle histoire que tu nous as comptée là, intervint un marin qui s'était allongé derrière les barriques d'eau douce où ils s'étaient réfugiés.

Tout d'abord choqué qu'on ait pu l'espionner, Guntray sourit quand, croisant le regard de l'homme, il n'y découvrit aucune malice.

— C'est ma grand-mère qui me l'a apprise, il y a de cela bien longtemps.

Anastasia jeta un regard noir vers le marin et tenta de reprendre l'attention du Français.

— Racontez-m'en une autre, s'il vous plaît, le pria-t-elle.

Qui aurait pu refuser cela à une si charmante enfant ? se dit Guntray qui se piqua au jeu.

Boxtown

Le bar dépassait les limites de l'insalubre. Des pans entiers de la tapisserie se décollaient, rongés par la moisissure. Le comptoir était recouvert d'une épaisse couche de graisse visqueuse. L'éclairage lugubre donnait aux visages un air morbide. Un vrai trou à rat, se dit Wallace, qui était en train d'engloutir son énième whisky. Trois jours qu'il vivait caché dans Jungle Corner, le quartier le plus mal famé de Kaklan. Repaire de tous les vices et de tous les phantasmes.

Il leva les yeux sur une des prostituées qui venait d'entrer dans le lieu et lui sourit amèrement. Encore une pauvre fille à qui personne ne voudrait venir en aide. À quoi servons-nous réellement ? se demanda-t-il en repensant aux discours pleins de générosité que lui avaient servis ses instructeurs des années auparavant. Il replongea son nez dans son verre et fit tourner le liquide ambré, en appréciant, en connaisseur, les tourbillons qu'il créait.

Depuis sa rencontre avec l'émissaire du « Maître », il n'avait plus osé rentrer chez lui. Il était complètement déboussolé. Il ne comprenait pas ce qui lui arrivait. La descente aux enfers. Il avait repoussé toute possibilité d'exécuter l'injonction du funeste messager, à savoir éliminer l'inspecteur Mirèse, et depuis, il vivait terré dans les bas-fonds.

Il leva son verre et le finit d'un trait. Il savait qu'il ne pourrait longtemps rester ici. Ces « Vampires » finiraient tôt ou tard par le retrouver. Il lui faudrait sans cesse fuir. Mais pour aller où ?

— Un autre, lança-t-il à la serveuse dont les seins débordaient généreusement de son corsage.

Elle lui lança un sourire attendri qui laissa apparaître une dentition clairsemée. Wallace lui sourit en retour et lui tendit son verre. Son seul espoir résidait dans les derniers événements dont les médias s'étaient faits les échos : les troubles majeurs au sein des planètes limites.

Peut-être qu'une bonne guerre les détournerait de sa personne ? Mais il ne croyait pas vraiment que la Fédération puisse être en danger.

La serveuse lui remplit à nouveau son verre en effleurant sa main. Il la fixa droit dans les yeux et lut dans son regard une pitié qui lui donna envie de vomir. Que suis-je en train de devenir ? Il laissa son verre sur le comptoir, régla sa note et laissa un généreux pourboire. Il était complètement soûl. Il espérait toutefois pouvoir rentrer à son hôtel avant de s'effondrer dans un coma éthylique.

Cela faisait deux nuits et deux jours qu'elles chevauchaient auprès d'une troupe de cavaliers émérites. Tout semblait si réel et pourtant tout n'était que songe.

Chaque soir, en s'endormant, Roseta retrouvait les terres de Mandragore et les hommes du roi Philippe. Après avoir subi toutes sortes d'examens de la part des médecins royaux qui l'avaient auscultée à l'aide d'instruments aussi étranges que grotesques, on avait daigné la laisser libre d'aller à sa guise dans l'enceinte du château, et de découvrir les mystères de ce monde féerique où les bateaux volaient ! Elle ne posa aucune question et ne se souciait guère de l'absurdité de sa situation. Malgré la pertinence de ses sensations, elle gardait constamment à l'esprit la certitude qu'elle était en plein rêve.

La compagnie avait traversé de nombreux villages avant de pénétrer dans la forêt des Anciens. Les jambes enserrant les flancs de son destrier, Roseta se laissait griser par un sentiment de bien-être revigorant après ses derniers jours de souffrance dans le monde réel. Même si aucun des hommes de la troupe ne lui adressait la parole, cela ne l'offusquait en rien. Elle savait apprécier l'instant pour ce qu'il avait de bon.

Soudain, l'homme qui menait leur compagnie, le chevalier Henri, tira les rênes de son cheval et le fit s'arrêter. Tout le monde suivit son exemple. Roseta aperçut alors une immense grotte qui trouait la montagne où les avait menés leur course. Les hommes sautèrent à terre. Roseta en fit autant.

— Vous avez rendez-vous avec votre destin, sorcière, fit Henri en désignant d'un geste calculé, l'entrée de la grotte.

Roseta n'avait aucune idée de ce qu'il entendait par sorcière, mais, se prêtant au jeu de son rêve, elle n'hésita pas, et se dirigea sans faillir dans l'obscurité de la caverne. À sa stupéfaction, un étrange sentiment de peur envahit tout son être. Comme la sensation d'un terrible danger.

— Donnez-moi une torche, lança-t-elle en se retournant vers les hommes.

Les chevaliers portèrent leur regard sur Henri qui eut un reniflement de mépris. Toutefois il daigna satisfaire à sa demande et lui tendit le flambeau souhaité. Elle le prit en main et, alors qu'elle allait demander du feu (par jeu ou par défi ?), elle décida d'agir comme les sorcières étaient censées le faire.

Elle inventa une formule magique et la psalmodia en pensant à des flammes.

Et à son soulagement la torche s'embrasa comme il est dit dans les contes de fées. Les hommes reculèrent et adoptèrent une attitude dégoûtée. S'ils avaient douté un instant de ses pouvoirs maléfiques, il n'en était plus question à présent. Les mages avaient raison.

Roseta jeta un regard moqueur vers les hommes et pénétra dans la grotte. L'atmosphère y était extrêmement humide. Un souffle froid la fit frissonner. Que devait-elle trouver ? se demanda-t-elle tout en continuant à avancer.

Le tunnel paraissait avoir une dizaine de mètres de diamètre, et semblait s'enfoncer indéfiniment dans la montagne. Elle marcha durant cinq minutes avant que son sixième sens se rappelle à elle et lui intime de s'arrêter. Elle n'arrivait toujours pas à discerner ce qu'il y avait à plus de dix mètres devant elle, mais sentait néanmoins une présence. Quelque chose se trouvait terré au fond de la grotte. Elle jeta un regard par-dessus son épaule, et hésita à faire demi-tour. La peur lui tenaillait les entrailles. Ce songe ne l'amusait plus du tout. Il fallait qu'elle se réveille, mais ne savait comment y parvenir. Un raclement sur le sol résonna dans toute la caverne. Roseta se figea. Elle tendit l'oreille, et perçut de plus en plus nettement ce bruit de mauvais augure. Elle devait absolument s'enfuir. Malheureusement ses jambes refusèrent d'effectuer le moindre mouvement. Elle était tétanisée d'effroi. Le raclement se faisait de plus en plus insistant, et soudain, elle l'aperçut.

Une silhouette titanesque se dirigeait vers elle. Une bête à la corpulence exceptionnelle. Un véritable monstre de chair et d'écailles. Avec son long cou, le dragon approcha sa tête de Roseta, et lui souffla son haleine purulente en plein visage. La torche s'éteignit.

Roseta hurla de terreur et se redressa dans son lit. La sueur coulait sur son corps. Elle déclencha l'éclaircissement des fenêtres qui lui révélèrent le soleil de Boxtown qui baignait Kaklan de tous ses feux. Ce n'était qu'un cauchemar, un mauvais rêve, se dit-elle, soulagée. Pourtant elle pouvait encore sentir sur son visage le souffle fétide du dragon. Elle revoyait ses deux yeux rouges qui, semblables à des rubis, la fixaient avec une certaine malignité.

Tu deviens folle, ma vieille, se dit-elle en allant à la cuisine.

Pégase vint lui frôler les jambes et réclama, d'un miaulement, son repas matinal. Roseta prit son chat dans ses bras et le caressa avec tendresse.

— Mon petit dragon, lui dit-elle en oubliant petit à petit les sensations de son rêve.

Elle prit un verre et se posta à la fenêtre de la cuisine. Le soleil se reflétait sur les tours pyramidales qui lui faisaient face.

CHAPITRE 3

Croiseur *Bouclier du ciel*

Brautignan ferma les yeux et tenta de dissiper le trouble qui l'envahissait. Le dernier bond venait d'être effectué sans problème. Et même si Amérique n'était qu'un point dans l'espace qui les entourait, Brautignan ne put empêcher son cœur de s'emballer. Les années avaient beau altérer les souvenirs, il n'arrivait pas à oublier le temps qu'il avait passé sur ce monde étrange et fascinant.

— Je veux un état complet de la situation dans cinq minutes, ordonna-t-il en se redressant dans son fauteuil.

— Tout de suite, mon général, fit son second, le commandant Seltz, qui quitta alors la salle de contrôle.

Brautignan se devait d'être l'homme de la situation. Il ne pouvait se laisser aller à des souvenirs qui risquaient de mettre en péril son jugement. Il se tourna vers le lieutenant Ricardo et lui demanda de faire apparaître sur l'écran principal une vision de la capitale du Mississippi, le continent Sud d'Amérique.

— Mon général, le croiseur *Sentier de l'espérance* vient d'effectuer son bond, fit la major Ingraham.

Brautignan hocha la tête. Tout se passait comme prévu.

Aucun ennemi n'avait tenté de les intercepter à leur arrivée.

Chaque seconde qui passe sans affrontement nous renforce dans nos positions, pensa-t-il en contemplant les forêts de la Louisiane.

— Soldat Jensen, veuillez m'apporter un café, demanda-t-il avant de se mettre en liaison avec les premiers vaisseaux arrivés sur place.

Déjà près de quarante mille hommes répartis sur plus d'une centaine de vaisseaux et croiseurs avaient bondi dans le système d'Amérique. Si l'ennemi se montrait, nul doute qu'il serait bien reçu !

Le commandant Seltz revint dans la salle de contrôle.

— Mon général, les nouvelles en provenance d'Amérique sont cataclysmiques. On dénombre près de cinquante mille personnes tuées. Tuxon et Atlanta sont rayés de la carte, un immense incendie les a ravagés. Les Indiens ont envahi Washington et détruit le Sénat. Le gouvernement fédéral des États-Unis est en exil à Princetown. Mais rien ne semble pouvoir arrêter ces forfaits. L'armée est complètement dépassée par les événements.

Une armée qui n'a jamais fait la guerre ne peut être vraiment opérationnelle, se dit Brautignan, espérant alors que ses troupes le fussent.

— Qu'en est-il des citoyens noirs ? fit-il en redoutant le pire.

— Des pogroms ont lieu un peu partout, en particulier au Texas où des milliers de Noirs ont été regroupés et abattus dans un champ de coton avant d'être brûlés.

Tous les militaires, quelles que soient leurs origines, sentirent la colère envahir leur cœur. Il fallait que cela cesse. Pourtant les ordres étaient stricts : ne pas intervenir. Les dernières extrapolations de la cellule de crise de la présidence de la Fédération avaient exposé qu'il était probable que l'ennemi préférerait lancer l'offensive sur le terrain terrestre plutôt que dans l'espace.

Ne lui laissons pas le choix des armes, avait alors décidé la cellule. Brautignan n'avait pu que se résigner à obéir à cet ordre.

— Très bien. Je suppose que nos agents sur place n'ont toujours pas trouvé les auteurs originels de ces troubles, fit-il.

— Affirmatif, répondit laconiquement Seltz.

— Merci, commandant, vous pouvez rejoindre votre bataillon. Mais surtout n'oubliez pas de prévenir vos soldats que ceci n'est pas un jeu.

— À vos ordres, mon général.

Peng salua son supérieur et quitta la pièce.

Brautignan se retourna vers le lieutenant Ricardo et lui demanda de faire un agrandissement sur la ville de Chicago, là où devait se trouver sa première femme.

Croiseur *Le Destructeur de ténèbres*

Oriane se tenait prostrée sous l'escalier de la cave. Elle était la dernière survivante de son groupe. Ils étaient tombés dans une embuscade et s'étaient fait avoir comme des bleus.

Comment avons-nous pu être aussi imprudents ! se maudit-elle en serrant des doigts son fusil HK.

Elle entendit des bruits de pas. Aussi furtifs fussent-ils, son oreille affûtée arrivait toutefois à les percevoir.

— Je crois qu'on les a tous eus, parada un des hommes qui les avaient attaqués.

— Des minables, répondit son coéquipier.

Oriane fit le vide dans sa tête et tâcha de ralentir les battements de son cœur. Elle savait qu'elle n'avait qu'une infime chance de s'en sortir, aussi fallait il la préserver.

— C'est bon, vous pouvez venir, fit le premier homme en s'adressant à ses supérieurs par un interphone.

— Je vais jeter un coup d'œil dans la cave. Va savoir s'il n'y a pas du bon vin ! fit le deuxième homme.

Un rire résonna dans le vestibule de la maison. Un rire qui heurta les oreilles d'Oriane et la fit frissonner malgré elle. La porte s'ouvrit. Un rayon de lumière s'engouffra dans la cave et frappa le mur porteur. Oriane avait pris soin de s'en éloigner.

— Putain, y a pas d'interrupteur dans cette piaule ! tempêta l'homme qui alluma une lampe torche.

Il entreprit alors de descendre l'escalier. Oriane pouvait apercevoir les bottes de l'homme entre les marches en bois.

Il aurait suffit qu'elle le fasse trébucher. Mais aussitôt elle oublia cette possibilité. Trop bruyant. Il fallait qu'elle l'élimine en douceur.

Il arriva au bas des marches, et fit une inspection sommaire à l'aide de sa torche. Rien d'intéressant. Il maugréa un juron et faillit se retourner quand il crut entendre un son étouffé, derrière lui. Mais, le temps qu'il se retourne, il était allongé raide sur le sol.

Oriane fouilla le corps et trouva ce qu'elle cherchait : une grenade à fragmentation. Du même type que celle qui avait décimé son groupe.

— Vous n'allez pas l'emporter au paradis.

D'autres bruits de pas et de voix se firent entendre en provenance de l'extérieur.

Vous péchez par excès de confiance, se dit-elle en savourant par avance sa vengeance.

— Lawrence, Gerardt, où êtes-vous ? appela l'un des nouveaux arrivants tandis qu'il pénétrait dans la maison.

— Je suis là, mon lieutenant, répondit Lawrence après être redescendu de l'étage qu'il venait de visiter.

À ce moment, une grenade atterrit à leurs pieds et explosa aussitôt. Les deux hommes et trois autres qui se tenaient à l'entrée furent déchiquetés. Oriane ne perdit pas un instant. Elle monta quatre à quatre les marches de la cave et, sans chercher à comprendre, surgit de la maison en tirant sur les cinq derniers survivants de ce commando, qui tombèrent comme des mouches.

— Qu'est-ce que vous croyez ?! Nous sommes des Biggles ! fit-elle en narguant les corps inertes.

Le soleil disparut alors, et fut remplacé par une lumière rouge caractéristique. Une voix résonna dans tout l'espace.

— Félicitations, soldat McGreggor, vous venez de sauver l'honneur de votre brigade, s'exclama le général Andersen qui supervisait les opérations sur Roma.

Oriane laissa se dessiner un sourire sur ses lèvres puis marcha en direction de la sortie de l'immense champ d'entraînement qui occupait tout le bas d'une soute du croiseur.

Le réfectoire n'en avait que pour Oriane. Tous les « Biggles » étaient réunis pour fêter son exploit et l'acclamer comme il se doit. L'alcool coulait à flots et les esprits ne tardèrent pas à s'échauffer.

— On va descendre sur cette putain de planète et on va leur montrer ce qu'on sait faire ! fit un soldat à la corpulence impressionnante.

— Les Biggles sont les meilleurs ! Les Rangers ne sont qu'une bande de tapettes ! s'écria un autre homme.

Le soldat Tan Yan envoya une bourrade dans le dos d'Oriane qui recracha sa bière sur la table.

— T'as vraiment de la chance de coucher avec Thomas, sinon je crois bien que je te sauterais, fit-il avant d'éclater de rire.

Thomas qui surveillait sa protégée des yeux bondit de son siège et, sans réfléchir, en colla une à Tan.

— Hé, connard, qu'est-ce qui te prend ? T'as un problème ? rugit un autre soldat en bombant le torse.

Thomas le foudroya du regard et lui fonça dessus. Mais l'homme le reçut d'un coup de pied en pleine poitrine, ce qui envoya Thomas au sol. Toutefois il n'apprécia sa victoire qu'un court instant, car dans la seconde qui suivit une chaise vint s'abattre sur son crâne.

— T'avise plus de toucher..., commença la soldate Maria Biancha avant qu'une gifle d'une puissance phénoménale ne la renverse au sol.

L'escalade s'accéléra et bientôt près de mille soldats d'une des armées d'élite de la Fédération se livraient une violente bataille totalement désorganisée. Chaises, tables et bouteilles valdinguaient en tout sens. Les cris et les insultes fusaient de toutes parts. De soldats obéissants et avisés qu'ils étaient habituellement, ils étaient devenus une masse de fous furieux impossibles à raisonner.

Le lieutenant Lin ordonna l'envoi de gaz soporifiques, seule solution pour sortir de cette débauche de brutalité. Il s'en voulait de s'être laissé amadouer par le major Werber qui lui avait assuré qu'il n'y aurait aucun débordement s'il les autorisait à boire de l'alcool.

Quel idiot ! se dit-il en voyant peu à peu les soldats s'effondrer sur le sol dans des positions insolites. Le gaz avait un effet presque instantané.

Lin essaya de joindre le général Andersen pour lui faire un rapport circonstancié sur cet incident.

— Mes respects, mon général, le salua le lieutenant Lin avant de lui exposer les faits.

À l'autre bout du moniteur, Andersen hocha gravement la tête. Il ne pouvait laisser cet acte d'imprudence impuni. Toutefois il comprenait que ces hommes aient eu besoin d'évacuer le stress accumulé. Depuis que les foyers d'affrontement se multipliaient sur Roma, plus personne ne doutait qu'ils auraient à intervenir sur le terrain, quels que soient les traités qui liaient la Fédération aux planètes limites.

— Lieutenant, vous n'auriez jamais dû leur accorder le droit de s'enivrer, fit-il d'un air particulièrement accusateur. (Lin serra les dents.) Cependant, en vertu de vos états de services, je ne ferai pas de rapport sur cet incident. Mais qu'il soit clair que c'est la dernière fois. Sachez tenir vos hommes, lieutenant.

— Je vous remercie, mon général. Vous pouvez compter sur moi pour les ramener à la raison, répondit Lin qui soupira intérieurement.

Il savait qu'il venait de passer de peu à côté d'un blâme qui aurait entaché son parcours militaire, et se promit de punir les coupables.

— Qu'est-ce qui vous a pris ? hurla-t-il à ses soldats dès le lendemain.

Une badine à la main, il arpentait d'un pas typiquement militaire l'estrade sur laquelle il se tenait. Hormis les blessés qui étaient encore à l'hôpital pour cause d'invalidité grave, tous les autres Biggles se tenaient dans une des salles de réunion de l'immense Croiseur.

— N'êtes-vous donc que des bêtes ? hurla-t-il encore. N'avez-vous rien compris des raisons qui font que vous êtes des soldats ? L'honneur et la fraternité ne sont donc rien pour vous ?

Il s'arrêta et les fixa avec une rage qu'il contrôlait à la perfection. La lumière blafarde de la salle donnait un côté encore plus solennel au sermon.

— À quoi bon vouloir préserver l'homme de la décrépitude des valeurs que nous chérissons, si nous ne les appliquons pas nous mêmes ! continua-t-il. Faire partie des Biggles est le plus grand privilège qui puisse exister pour un être doué de raison. (Il reprit sa marche et laissa à ses paroles le temps de faire leur effet.) Vous êtes les gardiens de la paix, et de tout ce en quoi nous croyons. Nous sommes là pour donner nos vies afin que le reste de l'humanité libre soit à l'abri d'un quelconque danger. Nous sommes une élite faite pour sauver l'humanité de ses faiblesses. Et qu'ai-je vu hier ? demanda-t-il à la foule rangée devant lui.

Personne ne tenta de répondre. Un malaise pesant emplissait l'assemblée de soldats.

— Des animaux, des moins que rien, des pitres et des imbéciles. Vous avez bafoué l'honneur des Biggles et trahi la confiance que la Fédération a mise en vous. Vous mériteriez d'être révoqués et renvoyés à la vie civile. Alors quelle décision dois-je prendre ?

Il fit encore une longue pause qu'il espéra convaincante. Tous les soldats redoutaient le pire. Se pouvait-il que ce ne soit pas du bluff ? Qu'il mette un terme à leur carrière ? Qu'il fasse un exemple et veuille dissoudre les Biggles ?!

— Une des valeurs de notre société est le pardon, reprit le lieutenant Lin. Aussi, dans sa grande miséricorde, l'Armée a-t-elle décidé de passer sous silence vos misérables méfaits. (Un soulagement parcourut toute l'assemblée.) Et ce que j'espère, c'est que vous ne me trahirez pas une fois de plus. Me suis-je bien fait comprendre ?

— Oui, mon lieutenant, hurlèrent en chœur la foule des militaires dans une parfaite synchronie.

Lin hocha gravement la tête.

— Pour cette fois-ci, vous êtes tous exemptés de punition, excepté évidemment les soldats Thomas et Tan Yan qui seront enfermés, jusqu'à nouvel ordre, en zone de sécurité. Rompez !

Oriane jeta un regard vers Thomas qui lui adressa un sourire engageant.

— Je suis content que tu n'aies rien eu, fit-il avant de l'embrasser sur la bouche.

— Je t'aime, lui souffla-t-elle à l'oreille en passant sa main sur son crâne rasé.

Il lui caressa tendrement le dos, puis, tandis que la salle commençait à se vider dans un silence mortuaire, il se dirigea de lui-même vers l'estrade, pour se livrer à ses supérieurs, tout comme le fit le soldat Tan Yan.

— Tu imagines la vie de ces pauvres filles, fit la soldate Michelle Domergue.

Oriane hocha la tête en soupirant.

— Je ne comprendrai jamais comment on peut tolérer ça, fit-elle avant de tirer sur sa cigarette.

Les deux femmes se trouvaient dans une des salles de relaxation en compagnie d'autres soldats et discutaient de la vie sur Roma.

La pièce était enfumée, et baignait dans une lumière jaune tamisée. Certains jouaient aux billards qui étaient disposés dans le fond de la salle. Un bar, ne servant que des sodas, était accolé à la cloison nord. Elle était tapissait d'un écran géant qui retransmettait les images de la campagne sicilienne retransmise par la RI.N.

— C'est la faute aux politiques. Crois bien que la situation les arrange, fit le soldat David Lapam en venant s'asseoir auprès d'elles. Nous avons amplement les moyens de les mettre à genoux. Seulement, pour je ne sais quelles raisons abjectes, on nous empêche d'intervenir.

— Si les militaires étaient au pouvoir, nul doute que les choses iraient mieux, fit Michelle qui s'allongea et posa ses jambes sur celles de David.

— Les dictatures militaires ne sont pas une solution, rappela Oriane qui avait encore en tête les images effroyables des abominations des dictatures de l'ancienne Terre.

Les Biggles, comme toutes les autres unités militaires

de la Fédération, avaient dû suivre durant leur formation des cours qui leur avaient rappelé les horreurs des dictatures et les bienfaits de la démocratie. « Nous sommes les garants de la liberté », n'oubliait jamais de leur rappeler leur instructeur.

— Ouais, alors faudrait peut-être qu'il y ait que les militaires qui aient le droit de vote, contre-attaqua Michelle.

— J'ai vu un film sur ce sujet, intervint le soldat David Lapam.

— Comment il s'appelle ? demanda Oriane.

David fouilla dans sa mémoire.

— Je me rappelle plus. Je crois que c'était une énième version d'un vieux roman.

— En tout cas, j'espère qu'on va pouvoir leur botter le cul, fit Michelle en revenant à son sujet premier. Ces hommes ont vraiment besoin d'une leçon.

— Moi, je crois pas qu'ils aient vraiment tort. Les femmes à la maison, en voilà une bonne idée, les nargua David.

Les jambes de Michelle lui enserrèrent aussitôt le cou.

— Ouais, et les connards à la morgue, n'est-ce pas encore mieux ? fit-elle avant d'exploser d'un grand rire et de libérer David de sa pression.

Oriane rit à son tour et eut une pensée pour Thomas qui devait croupir dans sa geôle. Pourvu qu'ils les libèrent avant que les hostilités ne débutent.

Bavière

Zung Muoi était exténué. Dix jours étaient passés depuis l'envoi des troupes en orbite autour des planètes limites, et toujours aucun indice sur l'identité de ceux qui avaient fomenté ces troubles. Se pouvait-il que ce ne soit que le fruit du hasard ? commençait-il à croire.

Muoi arriva dans son bureau au ministère de l'Extérieur et alluma aussitôt sa console pour prendre note des derniers événements. Les émeutes et les exécutions sommaires se succédaient à une vitesse effarante. Près de cinq cent mille victimes étaient déjà dénombrées. À ce rythme-là, toutes les guerres de l'histoire allaient être dépassées en ampleur par celle qui était en train de se répandre.

Il se pencha en arrière dans son fauteuil et le fit tourner de façon à embrasser du regard les jardins qui s'étalaient devant son bureau. Le soleil était en train de se lever sur Hambourg. Un vol de cigognes passa au loin. Muoi prit son mémo et appela son plus proche conseiller.

— Monsieur le ministre, fit Marshall.

Il était rentré chez lui la veille après une semaine passée à Hambourg.

— Marshall, avez-vous des nouvelles ? demanda Muoi qui espérait toujours qu'une idée de génie traversât l'esprit de son plus brillant élément.

Marshall hocha négativement la tête.

— Malheureusement, rien de plus que toujours ces mêmes hypothèses inconcevables, répondit-il.

Muoi posa ses bras sur les accoudoirs de son fauteuil et croisa les mains.

— Nous ne pouvons plus attendre. Il nous faut agir, fit-il.

— J'ai bien peur que nous n'ayons pas le choix.

Marshall redoutait ce moment. Après le choc des premiers reportages de RLN, l'opinion publique supportait de moins en moins le laisser-faire du gouvernement. On ne peut pas laisser ces génocides se dérouler sous nos yeux sans rien faire, avait hurlé un citoyen ordinaire au cours d'un micro-trottoir. Pensée reprise unanimement par tous les médias de la Fédération. Le président et les autres officiels de la république avaient beau se défendre derrière les traités qui régissaient les relations entre la Fédération et les planètes limites, la population était de moins en moins attentive à ce genre de propos et se moquait des risques que pouvait engendrer une entrée en guerre avec quinze planètes entières.

Marshall savait que le risque de s'enliser dans le bourbier du terrain était pire que l'intervention. Une fois sur place, ils ne pourraient plus partir avant d'avoir gagné. Marshall se souvenait des grandes invasions de l'histoire. Des nations démocratiques envahissant des pays dans le but de mettre un terme à la barbarie qui y sévissait. Des échecs militaires autant qu'humains. Il se rappelait un de ses cours alors qu'il n'était qu'une jeune étudiant en histoire terrienne : la guerre du Vietnam, ou comment la plus grande nation du monde s'était vu infliger une sévère défaite en allant à la « rescousse » d'une nation en péril. Un échec total.

— Si seulement nous pouvions faire comprendre aux masses qu'une intervention va coûter encore plus de vies humaines, fit Muoi décontenancé.

La vie de nos soldats, pensa Marshall. Quand notre incapacité à mater les rebellions sera entérinée, alors les mêmes qui avaient hurlé contre notre immobilisme hurleront encore plus fort pour nous traiter de bouchers. L'expérience n'est bonne que pour les autres.

Marshall se gratta le front et tenta d'oublier ces pensées amères et désabusées. Ce n'était pas le moment de craquer.

— Là n'est pas le problème, fit-il alors, sachant bien les risques qu'il prenait. Notre propre avenir politique ne doit pas interférer avec nos décisions.

Muoi le foudroya du regard et, malgré les centaines de kilomètres qui séparaient les deux hommes, Marshall sentit toute la fureur qu'avaient engendrée ces dernières paroles.

— Je me moque de mon devenir, Marshall, comment osez-vous ?! tonna Muoi.

— Je me parlais plus à moi-même que je ne m'adressais à votre personne, répondit Marsahll qui ajouta : Mon fils est sur Atlan. Un conflit ouvert risque de me le faire perdre à jamais.

Muoi retrouva son calme et s'en voulut de s'être laissé emporter.

— Je ne crois toujours pas au hasard et suis persuadé que notre ennemi attend que nous débarquions sur les planètes limites pour se découvrir. La question est : pourquoi ? reprit Marshall.

— Je n'avais pas pensé les choses sous cet angle. Très pertinent, en effet ! Explorez cette voie, peut-être que nous tenons enfin quelque chose.

— Je m'y emploie déjà, fit Marshall.

— Très bien, dès que vous avez la moindre idée, appelez-moi, conclut Muoi. Et cela quelle que soit l'heure.

Marshall acquiesça et raccrocha après les salutations d'usage. Il se frotta les yeux et pria pour qu'on lui laisse du temps.

CHAPITRE 4

Kigoma

C'est comme chercher une aiguille dans une botte de foin, se dit Fousteau.

Ils avaient établi leur camp de base sur l'unique astroport de Kigoma où ils avaient retrouvé l'équipage du *Chat Botté*, le vaisseau du général Clint.

— Mon général, le grand maître Mogabo désire vous parler, fit le lieutenant Herbert.

— Passez-moi la communication, répondit Fousteau qui se mit devant la console du poste de commandement du croiseur *Le Lévrier des plaines*.

— Il est ici, répondit Herbert.

— Alors faites-le entrer, tonna-t-il.

Perte de temps et d'effort. Pourquoi fallait-il que les hommes fassent si peu preuve d'esprit d'initiative ! Il se forgea un sourire qu'il espérait chaleureux et attendit l'arrivée du représentant officiel de cette planète au statut si particulier.

L'homme entra et Fousteau lui serra la main.

— Monsieur le président, enchanté de vous revoir, fit-il en l'invitant à s'asseoir.

Mogabo lui rendit un pâle sourire, et s'assit.

— Général, je suis venu au nom de mon peuple pour vous faire savoir que nous trouvons totalement inadmissible la façon dont vos hommes effectuent leurs recherches. Ils ne tiennent aucunement compte des traités qui font de Kigoma une réserve naturelle. Notre forêt est un lieu sacré. Vos troupes sont en train de piétiner nos croyances, nous vous demandons pour la dernière fois de vous retirer de notre terre, fit Mogabo.

Fousteau esquissa un rictus compréhensif et hocha la tête.

— Nous partirons quand nous aurons retrouvé nos soldats, monsieur le président, répondit-il. Il faut que vous compreniez que votre obstination à refuser de nous aider nous fait perdre un temps précieux, mais surtout nous laisse une zone de ratissage particulièrement vaste. Il ne dépend que de vous de nous guider à travers les principaux lieux de passage de la jungle.

Mogabo ébaucha un sourire contraint. Il se mit à suer et s'essuya le visage avec un mouchoir.

— Vous n'avez pas l'air de comprendre ce que je suis venu vous dire, fit-il. Vous mettez notre amabilité à rude épreuve. Le peuple gronde. La colère risque de se déchaîner dans nos villages et nul ne peut prédire l'issue d'une révolte.

Un carnage, répondit en lui-même Fousteau. Que pouvaient faire ces pauvres gens contre les armes de la Fédération ? Rien !

— Il est de votre devoir de coopérer avec nous. Il en va de votre statut si particulier. Ne nous obligez pas à vous combattre. Car sachez que vous n'avez aucune chance de gagner.

Fousteau lui lança un regard plein d'une détermination farouche. Il préférait le dialogue à l'ultimatum, mais parfois le temps ne permettait pas de recourir à la fine diplomatie.

— Vous me voyez obligé de vous avertir à mon tour,

répondit alors Mogabo. (Il prit une profonde inspiration.) Si vous n'avez trouvé aucune résistance à votre invasion, c'est parce que nous espérions pouvoir vous ramener à la raison, mais s'il ne peut en être ainsi, alors sachez que le peuple kigomais possède beaucoup plus de vigueur que vous ne pouvez le penser.

L'homme se leva et se retira. Fousteau hésita à le faire arrêter pour haute trahison. Toutefois cela ne pouvait qu'amplifier la rancœur des autochtones. Il repensa aux menaces de l'homme et, malgré la certitude que tout cela n'était que paroles désespérées, son instinct lui disait de se méfier d'un ennemi que l'on croit faible et démuni. Il alluma son mémo et rapporta ces propos au QG situé sur la Ceinture.

À plusieurs centaines de kilomètres de là, une garnison de soldats avait pris position au sein d'un des villages situés près de la barrière rocheuse qui séparaient la population kigomaise de la jungle tropicale. Des cris et des pleurs résonnaient de toutes parts. Le regard perdu sur la savane qui entourait le village, le capitaine Boxoen essayait d'apaiser le malaise qui lui vrillait les tripes. Il n'était pas dans ses habitudes d'user de tels procédés. Il avait une éthique, un code de déontologie. Mais une situation extrême impliquait une action de même nature. Il soupira une dernière fois, et écrasa sous sa botte une énième cigarette. Il se retourna vers le village et repartit assumer les ordres qu'il avait donnés.

— Qu'ont-ils dit ? demanda-t-il en pénétrant dans une case où se trouvaient trois de ses soldats.

Des hommes étaient ligotés sur une chaise. Des boursouflures et des hématomes coloraient à présent leur peau d'ébène.

— Rien. Ils ne savent que répéter leurs mêmes conneries. Des démons ! cracha le soldat Jacquard.

Un hurlement retentit, provenant d'une habitation voisine. Une femme.

Boxoen ignora la douleur qui lui inspira ce cri, et vint s'asseoir près d'un des suppliciés.

— Vous ne nous rendez pas la tâche facile, commença-t-il en parlant au travers d'un traducteur qu'il avait placé devant sa bouche.

Les yeux injectés de sang, tremblant de tous ses membres, l'homme articula une phrase en swahili, aussitôt traduite par la machine que Boxoen tenait devant lui.

— Les puissances des ténèbres sauront vous faire regretter vos actes.

Une gifle partit avant que quiconque puisse l'arrêter. La main frappa la joue avec force, envoyant un mélange de salive et de sang maculer la tenue d'un autre soldat. Boxoen se retint de fusiller du regard le soldat au caractère impulsif. Il était leur chef et assumait tous les débordements.

— Les seules ténèbres que je vois sont celles de l'obscurantisme que vous avez répandu sur toute la planète. Épargnez-moi vos superstitions d'un autre âge, fit-il en fixant le supplicié droit dans les yeux.

L'homme ricana, avant de tousser et de cracher du sang.

— L'homme blanc croit que la science a résolu tous les mystère de la vie ! Vous apprendrez ce qu'il en coûte de se moquer des forces qui gouvernent nos existences, fit-il avant de se mettre à psalmodier des chants d'une religion païenne.

— Que vos dieux vous entendent. Sachez que c'en est fini de notre complaisance. Vous pouvez déjà dire adieu au statut si particulier que nous tolérions sur cette planète, fit Boxoen avant d'ajouter à ses hommes : Je vous les laisse, tirez-en ce que vous pourrez.

Il quitta la case, et alluma une cigarette. Le soleil était

en train de se coucher sur l'horizon. La nuit s'annonçait longue. Outre sa mission de recherche d'indices sur le lieu de détention du général Clint et de ses soldats, Boxoen avait pour ordre d'éradiquer le maximum de fanatiques pro-indépendantistes.

Tout ce peuple nous déteste, pensa-t-il. Il faudrait raser chacun des villages !

Peut-être était-ce la bonne solution ?

— Capitaine, venez voir, fit le soldat Landrop en s'arrêtant de courir.

— Qu'est-ce qui se passe ? demanda Boxoen en se rapprochant.

Le souffle court, le soldat répondit :

— Dans leur cimetière. Nous avons découvert quelque chose.

Il n'est pas essoufflé. Pourtant il ne parle qu'avec peine, remarqua Boxoen.

— Reprenez-vous, soldat, qu'avez-vous donc découvert ?

Le soldat s'essuya le front, et déglutit misérablement.

— Leur tombes, capitaine. Leurs tombes sont vides.

Boxoen fronça les sourcils. Qu'est-ce que cela voulait dire ? Il avait ordonné l'exhumation des dernières sépultures afin de s'assurer qu'aucun corps de leurs soldats disparus ne s'y trouvât enterré. Se pouvait-il qu'il ait vu juste ?

En compagnie du soldat Landrop, il força le pas et passa derrière les dernières cases pour se rendre au cimetière. Juste une étendue de terre où trônaient à intervalles plus ou moins réguliers des croix plantées dans le sol. Dix soldats les attendaient.

— Capitaine, c'est à n'y rien comprendre, fit le soldat Fergusson.

Boxoen se pencha au-dessus d'un des trous.

— Pourquoi remuer la terre, si ce n'est pour y enterrer leurs morts ? demanda la soldate Banko.

— Allez me chercher leur chef. Il est plus que temps qu'ils parlent, ordonna alors Boxoen qui avait une idée sur la question.

Vous aviez caché les dépouilles de nos gens. Mais quand vous avez appris notre arrivée, vous les avez déterrées et expédiées ailleurs ! Abject ! pensa-t-il.

Il cracha à terre, et d'un réflexe mit la main sur son revolver rangé dans son ceinturon. D'une façon ou d'une autre, ils parleront, se promit-il.

Clint pénétra dans une salle, et se jeta aussitôt sur le côté. Il évita ainsi une salve laser qui aurait pu endommager son corps de métal si elle avait atteint son but. Ses nouveaux organes récepteurs traitaient les informations de façon optimale et alertaient immédiatement son cerveau en cas d'agression. Il se releva et courut se réfugier derrière un monticule de terre.

— Bien joué, C15, fit Alimato qui était réfugié derrière un autre conglomérat de terre.

Clint reconnut la voix. C'était celle d'un de ses robs.

— Groupe Alfa, donnez-moi vos positions, demanda-t-il à l'aide de sa bouche artificielle.

Il s'était mis en code B. Ce qui lui permettait de se faire entendre de chacun de ses soldats, et vice versa. Tous les éléments répondirent à l'appel. Dix robs éminemment efficaces.

— S121, S122, et S126, couvrez-moi, fit-il.

Aussitôt une salve de rayons laser se dispersa en direction du fond de la salle d'entraînement. Clint ne perdit pas un instant et franchit au pas de course les mètres qui le séparaient d'une tour en acier où se trouvait réfugié le reste de son équipe. Des tirs répondirent à ceux de son unité, mais aucun ne parvint à le toucher. Clint bondissait, tel un démon en furie. Malgré les proportions de sa carcasse métallique, il possédait une agilité et une vivacité qui lui permettaient de réels exploits, en échappant ainsi à la vigilance de l'ennemi. D'un dernier bond, il pénétra dans la tour.

— Ravi de vous revoir, C15, fit le rob Samuelson en tournant vers lui son visage où perçaient deux billes translucides rouges.

Clint n'arrivait pas à s'y faire. Depuis sa mise en fonctionnement, il s'étonnait toujours de l'aspect glacial de ses congénères. Je suis une machine. Pourquoi la vision de ce que je suis me trouble-t-elle tant ? Il n'avait jamais osé poser la question à ses créateurs. Pourtant il savait qu'il leur devait tout et qu'ils feraient tout pour l'améliorer.

— Ils nous prennent vraiment pour des moins que rien. C'est un jeu d'enfant, fit le rob Sarde.

Ses implants mémoriels rappelèrent à Clint un fait :

— Les enfants ne jouent jamais à armes réelles, fit-il.

La discipline. Il était le chef de cette unité d'élite. Ses créateurs lui avaient expliqué combien son rôle serait important dans les conflits à venir. Il devait montrer qu'il avait le talent d'un leader. Sans savoir pour quelle raison, l'idée d'être reprogrammé afin d'être plus optimal lui répugnait. Il aimait ce qu'il était. Il ne tenait pas à changer de personnalité. Je ne suis qu'une machine, se redit-il alors afin de calmer ses pensées vagabondes.

— Ne vous fiez jamais aux apparences, ajouta-t-il. La réalité est souvent bien différente de que ce que nous pouvons en percevoir de prime abord. Ne sous-estimez jamais les qualités de nos ennemis.

Douglas hocha la tête.

— Ils sont à moins de cent mètres derrière ce monticule, intervint Ould Saïd en désignant l'endroit sur une carte. La seule façon d'aller les débusquer est de passer par là.

Clint se frotta le menton de son bras métallique. Pourquoi fais-je donc ça ? Il se surprenait souvent à singer les humains. Mais les avait-il vraiment vus faire cela ?

— Notre seule chance de réussite consiste en une attaque éclair. Si tous les hommes se trouvent regroupés en un seul et même point. Il nous suffit de donner un assaut dispersé, et d'espérer que l'un de nous parvienne à passer. Il suffira alors au survivant d'activer sa bombe pour que toutes leurs unités se trouvent anéanties.

— Opération kamikaze, fit Sarde en levant les deux bras en l'air.

Clint donna de nombreuses recommandations puis, quand toute son unité eut bien compris ce qu'il attendait d'eux, l'assaut fut donné.

CHAPITRE 5

Éden

Allongé sur le côté, Drake admirait sa compagne. Félicia dormait d'un sommeil paisible. Sa poitrine se soulevait au rythme de sa respiration.

Il se pencha vers elle, et déposa un baiser sur ses lèvres entrouvertes. Il se redressa et lui sourit.

N'est-elle pas merveilleuse ? se dit-il, avant de se relever.

Il se posta près d'une cloison transparente, et laissa son regard se perdre sur le vide astral qui s'offrait à lui.

Cela faisait à présent une semaine qu'ils étaient de retour sur Éden. De trop longues journées qui apportaient à chaque instant leur lot de nouvelles, plus terribles les unes que les autres. Les planètes limites, ces mondes isolés de toute modernité, étaient en train de s'effondrer les unes après les autres. Les victimes se comptaient par milliers. Rien ne semblait pouvoir enrayer un tel carnage. L'humanité s'était une fois de plus laissée aller à un de ses plus vieux démons : la guerre totale. Ce besoin d'annihiler l'ennemi jusqu'au dernier représentant. De tuer, de massacrer des innocents pour assouvir des pulsions viles et misérables.

Il frappa du poing sur la vitre, avant de secouer la tête en soupirant. En aucune façon l'expérience du passé ne saurait amener les hommes à changer leur comportement. Pour toujours et à jamais l'homme serait un loup pour l'homme.

Il prit un survêtement dans la penderie et s'en revêtit en prenant soin de ne pas réveiller sa compagne. Il était près de huit heures. L'équipe de jour allait prendre le relais de celle de nuit. Même si leur cerveau n'avait besoin d'aucun temps de repos, leur corps de chair le réclamait néanmoins.

Il sortit de la chambre, et rejoignit quelques minutes plus tard une des salles de sport situées dans un des plus anciens éléments de cette station orbitale. Deux équipes de basket-ball disputaient un match. Il se rapprocha du banc de touche et salua les remplaçants.

— Salut, qui c'est qui mène ? demanda-t-il en s'asseyant.

— Les Rangers, répondit un jeune homme qu'il n'avait jamais vu.

Drake hocha la tête. Il aimait cette équipe. À une époque, il avait été son capitaine.

Il resta un long moment à regarder ces hommes transpirer sous l'effort physique. Une grâce toute féline semblait animer chacun de leurs mouvements. De passe en passe, la balle se rapprochait d'un camp, puis de l'autre. Spectacle insipide pour un œil non averti, et pur moment de plaisir pour un sportif comme Drake.

L'entraîneur demanda une pause. Drake se releva et quitta le terrain de jeu pour se rendre sur la piste de course qui le jouxtait. De nombreux autres androïdes étaient déjà en exercice. La piste comportait huit couloirs. Drake se plaça sur le premier d'entre eux, et se lança à petites foulées sur la piste.

Il ne savait de quoi demain serait fait, et n'était pas pressé de le savoir. Pourvu que cela ne dégénère pas, se dit-il en n'osant y croire. Il augmenta son allure et la sueur commença à couler dans son dos. Il sourit et oublia toutes ses sombres pensées. À chaque jour suffit sa peine.

On frappa à sa porte. Wilson se leva de son bureau et se dirigea vers elle pour aller ouvrir.

— Nous avons fait ce que nous avons pu, j'espère que cela vous conviendra, fit une jeune fille au teint halé, que d'un geste d'accueil il avait fait entrer.

Elle lui tendit une bure qu'il s'empressa de prendre entre ses mains.

— Je vous en remercie, fit-il.

La fille esquissa un sourire. Wilson le lui rendit, s'attendant à ce qu'elle s'en aille, toutefois elle restait plantée devant lui, semblant attendre quelque chose.

— Oui ? fit-il alors.

La fille croisa les doigts. Elle semblait réellement gênée.

— Je ne voudrais pas vous importuner. Je sais que vous avez demandé que l'on ne vous dérange pas, mais j'aurais aimé discuter avec vous.

Wilson hocha la tête. Une espionne. Croyaient-ils vraiment qu'il allait tomber dans leur misérable piège ? Ces robots ne savaient-ils pas que les charmes féminins ne pouvaient en aucun cas avoir d'emprise sur lui ?

— Que voulez-vous savoir ? lui demanda-t-il d'un ton agressif.

Debout près de la porte, la jeune fille baissa le regard.

— Vous nous détestez, n'est-ce pas ?

Le silence fut la seule réponse.

— Pourtant, si vous saviez comme nous aimerions que les humains nous comprennent. Nous ne sommes pas seulement des machines pensantes…

Soudain la porte s'ouvrit sans que l'on prenne la peine de se faire connaître.

— Suni, tu n'as plus rien à faire ici. Laisse M. Wilson tranquille. Nous l'avons assuré de notre totale discrétion, intervint la nouvelle arrivante, une femme d'une quarantaine d'années.

— Je suis désolée, fit Suni en rougissant.

Quelle ignoble capacité à singer l'homme !

— Laissez-la ! Elle ne me dérange aucunement. Veuillez sortir ! tonna Wilson.

L'intruse lui lança un regard empli de colère, mais se retint de lui révéler le fond de ses pensées. Elle tourna la tête vers Suni en espérant qu'elle n'aurait pas l'audace de rester.

— Comme il vous plaira.

La femme ressortit.

— Vous en faites, des drôles de machines ! L'indiscipline est-elle donc une de vos valeurs ? ironisa-t-il.

— Non, mais la liberté, oui. À partir de l'instant où je ne mets pas l'intérêt de la communauté en péril, répondit Suni.

Wilson comprit qu'elle s'adressait aux micros qui devaient envahir la chambre.

— Eh bien, si vous permettez que je revête cette bure, je suis tout disposé à m'entretenir avec votre personne, quoi qu'en pensent vos amis.

Suni se tourna et laissa Wilson se débarrasser de ses vêtements pour passer la tenue ancestrale de la confrérie monacale.

Wilson remarqua très vite les défauts de réalisation, mais s'abstint de tout commentaire. C'était déjà un miracle qu'ils aient accepté de lui en confectionner une. Il jeta un regard sur la glace placée contre un mur de sa chambre et fut ravi de la vision qu'elle lui offrit. Hormis sa barbe qui n'avait pas encore repoussé à l'identique, il était de nouveau lui-même : frère Wilson.

— Vous pouvez vous retourner, fit-il.

Suni s'exécuta et se demanda comment un simple

vêtement pouvait changer autant la perception d'une personne.

— Alors que pourrais-je vous apprendre ? reprit Wilson.

Il se doutait qu'il avait affaire à un interrogatoire, mais avait décidé qu'il n'avait strictement rien à cacher, et que par leurs questions il pourrait peut-être comprendre leur psychologie.

— J'aimerais que vous me parliez de Dieu. Pour vous, nous ne sommes que des machines dépourvus de libre arbitre et incapables de percevoir des sensations. Je peux vous assurer que tel n'est pourtant pas le cas.

Suni s'était rapprochée du moine. Elle voulait qu'il la croie.

— Vous n'arriverez pas à me convaincre de votre spiritualité, l'arrêta Wilson. Cela dit, je suis prêt à vous expliquer les fondements du catholicisme et de ses bienfaits pour les hommes.

Wilson se réjouissait de redevenir un simple missionnaire. Répandre la parole divine était l'acte le plus important de la vie d'un chrétien, et peu importait la nature de son auditoire. D'autant plus qu'il savait reconnaître une qualité à cette jeune fille, celle de ne pas l'assimiler à leur espèce !

— Voyez-vous, mon enfant…

Il s'arrêta un instant et regretta ce dernier mot.

— S'il est un être qu'il est difficile d'assimiler en quelques mots, Dieu est certainement celui-là. Il ne peut être décrit en quelques paroles. La Bible suffit à peine à nous faire entrevoir tout ce qu'Il représente. Mais de façon très sommaire, et pourtant si juste, je pourrais identifier Dieu à un seul mot…

De façon à faire monter le moment de la révélation, il s'arrêta un instant. Suni le regardait de ses yeux grands ouverts. Elle sourit, et le devança :

— Amour, fit-elle.

— Oui, telle est la substance du Créateur, tel est aussi Son message.

— Alors, pourquoi avoir tant de haine envers nous ?

Wilson fronça les sourcils. Passé le choc des révélations, il avait pris le temps de réfléchir, de faire le point sur son sentiment à l'égard de ces machines.

— Ne vous y trompez pas, ce n'est pas de la haine, mais de la colère. Vous représentez tout ce qu'il y a de plus dégradant chez l'homme. L'humanité est chair de Dieu. Pensez à ce pauvre être dont le cerveau a été détruit pour y installer le vôtre fait de silicium et de composants électroniques.

— Mon corps est celui d'un clone modifié génétiquement de telle sorte que son cerveau soit plus proche de celui d'un bovin que de celui d'un humain.

— Un troupeau d'humains !! Est-ce donc là votre grand schéma ? Transformer l'homme en animal ?

Suni fit une moue attristée. Elle se laissait égarer. Elle était venue chercher des réponses à ses doutes, mais les paroles du moine la troublaient encore plus.

— Non, nous croyons réellement à une coexistence pacifique entre nos deux espèces. Si nous ne sommes peut-être pas humains, nous sommes tout de même des êtres doués de conscience et, à cet égard, à même de recevoir la parole divine.

Serait-ce la clé de mon emprisonnement ? se demanda Wilson, effaré. Ces machines voulaient-elles simplement qu'on leur assure une place au paradis ?

— Vous voulez croire en Dieu ? fit-il avec ironie.

Suni détourna le regard. Elle voulait sortir. Elle ne s'était pas attendue à ce que cela soit si dur.

— Plus précisément, je crois en Dieu, frère Wilson. Que vous le vouliez ou non, j'adhère aux préceptes que nous a enseignés Notre Seigneur Jésus-Christ. Je crois en sa miséricorde et en sa mansuétude. Je ne souhaite le mal de personne et espère que la paix entre toutes les races sera un jour possible.

Quelle horreur ! fulmina Wilson en lui-même.

— Le message de Dieu ne s'adresse qu'aux humains. Et peut-être ne l'avez-vous toujours pas compris, mais l'habit ne fait pas le moine. Peut-être qu'un jour un messie des machines apparaîtra et vous sauvera, mais n'essayez jamais de vous approprier les paroles du Seigneur. Elles ne s'adressent aucunement à vous. (Wilson se frotta la barbe et, un ton plus bas, reprit :) Sortez je vous en prie, j'ai besoin d'être seul.

Suni le fixa un instant, mais n'osa pas le contredire une nouvelle fois. Elle quitta la pièce en refermant la porte derrière elle.

Wilson s'assit sur son lit et secoua la tête. Comment l'homme avait-il pu tomber si bas ? Quels étaient donc les démons qui le poussaient à vouloir sa propre extinction ? N'apprendrait-il jamais rien des leçons du passé ? Il se redressa et se regarda à nouveau dans la glace. L'homme qu'il découvrit le remplit d'un profond désarroi. Que pouvait faire un simple moine contre une organisation de cette ampleur ? Il détourna le regard et ses yeux tombèrent sur sa Bible. Il la prit entre ses mains et la colla contre son cœur. Il ferma les yeux et tenta de repousser les démons du doute. Il devait faire front à cette nouvelle épreuve et en sortir vainqueur, pour le bien de l'humanité.

Wilson entama un Notre Père.

CHAPITRE 6

Atlan

Cela faisait à présent trois jours qu'elle avait quitté Blagnac en compagnie du professeur Jalabert. Tout d'abord méfiante, Delphine s'était vite laissé prendre d'affection pour cet homme à l'accent si étrange et au parler plein de poésie. Le sourire avait retrouvé grâce sur son visage. Le Seigneur ne l'avait pas abandonné.

— Venez voir, fit Jalabert, c'est magnifique.

Leur carrosse s'était arrêté en bordure de route, le temps d'un déjeuner sur l'herbe. Le soleil était haut dans le ciel et baignait la journée de tous ses rayons.

— Oui, fit Delphine en rejoignant Jalabert au sommet de la colline qu'ils venaient de gravir. Je ne saurai jamais comment vous remercier pour tout ce que vous m'offrez.

La vue était splendide. Un champ de tulipes s'étalait sous leur regard. Les plantations, segmentées en plusieurs parcelles selon leurs couleurs, offraient à l'œil une vision picturale de la nature.

— L'homme est capable de prouesses majestueuses quand il le souhaite, fit-il. Il n'est pas un simple animal doué de raison, il est bien plus que cela. Il connaît la valeur de la futilité.

Delphine hocha la tête et se rapprocha inconsciemment de Jalabert. Elle aimait sa présence. C'était le premier homme avec qui elle se sentait en sécurité. À aucun moment, il n'avait tenté de lui faire des avances. Il lui avait dit qu'il devait l'escorter jusqu'au couvent du domaine de Ritournelle, et s'en était tenu à cela.

— J'aime quand vous parlez ainsi, osa lui confier Delphine qui sentait ses pommettes rosir.

— Et moi j'aime quand vous vous sentez heureuse. J'imagine que votre vie n'a pas dû être de tout repos.

Delphine hocha la tête lentement.

— Il est temps que vos prières soient exaucées et que vous appreniez à voir le monde différemment.

La douce mélodie d'un rouge-gorge s'élevait dans l'air serein. La nature se révélait à eux dans tout ce qu'elle avait de plus pur. Delphine n'avait pas les mots pour décrire sa béatitude.

— D'où venez-vous, monsieur de Gustin ? osa-t-elle demander.

Jalabert prit un air surpris avant d'exploser d'un grand rire communicatif.

— Ainsi mon accent m'a trahi, répondit-il en souriant. Mais n'importe : il n'était pas dans mes intentions de vous cacher mes origines. Je viens de Perse, mademoiselle. Un continent touché par la bonté divine, où mon père est l'ambassadeur du royaume de France. C'est là-bas que j'y ai appris notre si belle langue. Depuis je tiens à garder cet accent qui me relie à ma terre de naissance.

— On parle le français en Perse ?

— Non, seulement entre les murs de l'ambassade à Bagdad. Mon précepteur était un Perse qui possédait un accent bien plus prononcé que le mien. Un homme charmant que je n'oublierai jamais.

Jalabert s'était laissé aller à l'inspiration du moment. Delphine ne pouvant jamais vérifier ses dires, il avait tenu à jouer la carte de l'exotisme.

— Il paraît qu'il y fait une chaleur insupportable. Pour rien au monde je ne désirerais vivre là-bas, fit Delphine en toute bonne foi.

— Ne dites pas de telles choses. La Perse est une région débordante de splendeurs. Comparable en beauté à notre cher pays. Peut-être aurez-vous un jour l'occasion d'y poser le pied. Je peux vous assurer que vous ne le regretterez pas.

Delphine fit une moue peu convaincue. Que pouvait-il y avoir de plus beau que ce que sa vue lui offrait depuis le début de son périple ? La France était sans conteste le plus beau des royaumes d'Atlan.

Une fine brise se fit sentir. Delphine fut prise d'un léger frisson.

— Il semblerait que le vent se lève. Je crois qu'il est temps de reprendre la route.

Delphine accepta le bras que lui tendait Jalabert et se laissa conduire jusqu'au carrosse où les attendaient le cocher et son apprenti. Ils pénétrèrent à l'intérieur, et une fois installés sur la banquette, Jalabert donna l'ordre de lancer les bêtes de somme. Le véhicule se mit en branle et commença à prendre de l'allure. D'ici deux journées, ils arriveraient au domaine de Ritournelle, et le professeur se félicitait par avance des longues heures de formation qui les attendaient là-bas.

* * *

Le ciel était totalement obstrué par une strate de nuages sombres et opaques. Un vent glacial soufflait avec virulence sur cette partie de l'océan. Toutefois, encore aucune vague ne venait perturber la trajectoire de l'*Écumeur des mers*.

Recroquevillé sur lui-même, Guntray commençait à trouver le temps long. Il avait demandé et obtenu le droit d'effectuer un quart de vigie. Mais à présent, perché à plus d'une vingtaine de mètres de hauteur sur le mât principal, il se demandait si ce choix était aussi judicieux que ce qu'il lui avait semblé au départ. Les jours se suivaient et se ressemblaient sur le baleinier. L'excitation des premiers instants s'était désormais transformée en une certaine apathie, et le plaisir de parcourir les mers d'un nouveau monde peu à peu émoussé au fil du temps.

Une goutte de pluie s'écrasa sur son crâne. Il leva les yeux et en reçut d'autres. Il s'essuya d'un revers de la main, et pesta contre les aléas météorologiques. L'océan commençait à se faire sentir. L'*Écumeur des mers* se mit à tanguer de gauche à droite. Un éclair zébra le ciel. L'orage était pour bientôt. Guntray étouffa un juron. C'était bien sa chance ! Il se redressa dans la vigie et passa la tête par-dessus bord. Les hommes d'équipage étaient sur le qui-vive. Une certaine agitation animait le pont au-dessous de lui. Un homme s'approcha du mât, et en fit l'ascension. Guntray comprit avec soulagement que son tour de garde était fini. Aussi courageux fût-il, il n'avait aucunement l'intention de traverser un orage dans cette position.

— Il vaudrait mieux que vous retourniez sur le pont, fit le marin quand il eut rejoint Guntray.

Ce dernier hocha la tête et se mit à redescendre avec précaution. La pluie se faisait de plus en plus dense, et c'est trempé jusqu'aux os qu'il atteignit le plancher.

— Monsieur de Martaille, je crois que votre place n'est pas ici, fit le capitaine Volgod.

L'homme avait le visage sévère. Le front plissé par l'anxiété. Guntray se retint de le contredire.

— Nous allons traverser une tempête. Je préfère vous savoir à l'abri dans une cabine que sur le pont, enchaîna

Volgod. Vous tiendrez compagnie à Anastasia. Essayez de la rassurer, ce n'est encore qu'une enfant.

— Ne vous inquiétez pas pour elle, c'est une fillette fort courageuse que vous avez là, fit Guntray en prenant chaleureusement l'épaule du capitaine.

La proue du navire s'éleva lentement, pour retomber ensuite de plusieurs mètres. Une vague passa par-dessus bord. Le tangage était de plus en plus impressionnant.

— Mon capitaine, il faut ramener les voiles. Cette tempête est une « coquine », fit l'officier en second en s'approchant d'eux.

— Faites, répondit Volgod. (Puis, se tournant vers Guntray :) Je crains que nous ne soyons très sévèrement chahutés. Éteignez les lampes, et faites attention aux objets susceptibles de vous tomber dessus.

La houle atteignait désormais des proportions spectaculaires. Il devenait de plus en plus difficile de tenir debout sans s'accrocher à quoi que ce soit.

— J'y veillerai, capitaine. Que Dieu soit avec nous, répondit Guntray qui prit la direction de la cabine de Volgod.

Les marins s'agitaient en tous sens. Conscients de leur devoir, ils vaquaient à leurs tâches afin de maintenir le navire à flot. Affrontant avec courage les éléments déchaînés, des hommes grimpaient aux mâts du baleinier pour raccourcir les voiles afin d'atténuer la prise au vent. Le ciel était d'un gris sombre, terrifiant. L'orage était sur eux. Passant par-dessus les rambardes, les vagues venaient régulièrement ratisser tout ce qui n'était pas suffisamment bien arrimé.

Une certaine exaltation s'empara de Guntray. La lassitude des derniers jours s'en était allée. Même si la peur rodait au tréfonds de sa conscience, son esprit d'aventurier se rappela à lui. Il aimait sentir la fragilité de l'existence. C'était dans ces moments-là qu'il appréciait chaque seconde de sa vie. N'eût été Anastasia, il serait bien resté sur le pont pour admirer les déferlements de l'enfer.

Une oscillation terrible fit tomber Guntray qui s'accrocha *in extremis* à un cordage. Il parvint à se relever avec difficulté et atteignit la porte de la cabine. Il l'ouvrit et y pénétra. La cabine était plongée dans l'obscurité. Aucune lumière. Le noir total.

Guntray chercha à tâtons la fille de Volgod. Elle était dans son lit.

— Anastasia, tu vas bien ?

Il se rapprocha d'elle et entendit plus qu'il ne vit les pleurs de la petite fille. Son cœur se serra. Pauvre enfant, se dit-il en enlevant son caban. Il se rapprocha d'elle et s'assit à ses côtés.

— Tu ne dois pas avoir peur. Ton père est le plus grand navigateur qui soit. Nous ne risquons rien. Juste un mauvais moment à passer.

— Je sais pas, fit-elle en venant se réfugier contre la large poitrine de Guntray.

— Mais moi, je sais. Ne t'inquiète pas.

Soudain un éclair illumina la cabine, suivi d'un coup de tonnerre assourdissant. Anastasia s'agrippa de toutes ses forces au pull-over de Guntray. L'enfant était tétanisée d'effroi.

— T'ai-je déjà raconté l'histoire de Pinocchio ?

La petite fille hocha vigoureusement la tête en signe de négation. Guntray entreprit de lui raconter cette histoire malgré le tangage violent et le bruit assourdissant. L'enfant s'endormit au bout d'une demi-heure.

Le vent avait un peu baissé, mais la pluie était toujours aussi violente. Une atmosphère étrange régnait sur le pont de l'*Écumeur des mers*. La plupart des marins avaient rejoint leur dortoir, tandis que les autres s'affairaient encore à vérifier les différents cordages qui retenaient le surplus de barriques d'eau douce qui n'avait pu être rentré dans les cales. Guntray fixa l'océan.

D'ordinaire il avait la monotonie d'une mer d'huile, mais maintenant il se brisait en mille vagues aux crêtes blanches, qui retombaient en écume mousseuse et rugissante.

— Le plus gros de l'orage est passé, fit Volgod qui l'avait vu sortir.

— Y a-t-il eu de gros dégâts ?

— Non, répondit le capitaine.

— Des blessés ?

— Un disparu.

Sur ces paroles, Volgod retourna auprès de son second puis ordonna qu'on libère les voiles. Tout allait rentrer dans l'ordre. Une percée se fit dans les nuages et un rayon de soleil vint frapper l'océan à quelques milles de leur position. Les marins à l'abri dans leurs cabines remontèrent sur le pont et se remirent au travail. Les voiles furent détachées et le navire put reprendre sa route.

Guntray retourna auprès d'Anastasia qui dormait d'un sommeil agité. Il décida de la réveiller avec tendresse.

— La tempête est passée, il n'y a plus rien à craindre. Ton père est un homme formidable.

Anastasia se frotta les yeux et gratifia Guntray d'un sourire.

— J'en étais sûre, fit-elle. Même pas eu peur !

Guntray rit de bon cœur et sortit l'enfant du lit pour la soulever dans les airs.

Une heure plus tard tous les hommes d'équipage se tenaient sur le pont arrière du navire. Le ciel était d'un bleu d'azur, l'océan avait retrouvé son calme. La tempête n'était plus qu'un souvenir, ou presque.

— ... ainsi nous te prions, Seigneur, d'accueillir en Ton sein Ton fils, cet homme qui durant de longues années a travaillé ardemment afin de nourrir sa femme et ses enfants, et qui est mort avec courage et bravoure. Que son âme repose en paix. Amen, fit Volgod.

Debout parmi les marins, Guntray était sous l'envoûtement créé par la solennité de cette cérémonie funéraire. Il n'aurait jamais imaginé une telle fraternité entre ces hommes, à l'aspect assez rude, aux manières plus proches de celles des gredins que de celles des gentlemen. Les marins avaient un sens de l'honneur qui faisait plaisir à voir.

Un homme à la forte corpulence donna le ton, puis à l'unisson tous les marins entonnèrent un hymne à la vie. Qui eût pu imaginer que ce chœur d'hommes d'apparence aussi fruste pût déployer une telle puissance, dans une totale harmonie ? C'était un chant poignant interprété en l'honneur de leur camarade disparu.

Puis le silence se fit et chacun rejoignit son poste avec dignité. Ces hommes connaissaient les risques qu'ils prenaient. La mort était partie inhérente de leur activité et il ne serait venu à l'idée de personne de maudire le mauvais sort. En contrepartie de tout ce qu'ils lui prenaient, tel un dieu païen, l'océan réclamait de temps en temps son sacrifice.

Guntray alla retrouver Anastasia qui avait regardé la cérémonie du haut du pont supérieur.

— C'était une très jolie chanson, fit-elle.

— Oui, une belle chanson, répondit-il en lui caressant les cheveux avec douceur.

* * *

Accompagné du capitaine de la garde royale, Esteban descendit un étroit escalier en colimaçon qui menait dans les catacombes de Séville. Ils débouchèrent sur un long couloir dont les parois suintaient de toutes part. Une odeur de moisissure imprégnait tout l'espace. Dérangés par la lumière de la torche que tenait le capitaine, quelques rats s'enfuirent au loin.

— Sinistre, fit Esteban pour lui-même.

Quand on lui avait fait part de ce rendez-vous, il s'était demandé qui avait eu l'idée d'une telle rencontre. Souci de discrétion totale, ou besoin de déstabiliser son hôte ?

Ils longèrent un long moment le couloir qui donnait sur diverses salles ou espaces vides avant de se retrouver devant une lourde porte en fer forgé.

— Je viendrai vous rechercher dans une heure, fit le capitaine qui frappa alors trois coups secs au marteau de la porte.

Esteban hocha la tête. Il aurait aimé poser des questions, mais savait que les réponses arriveraient en temps voulu. Il n'était qu'un soldat dans un combat dont il ignorait les enjeux et les desseins, toutefois il s'était résigné à ce destin et avait appris la patience.

La porte s'ouvrit et le visage malsain de Lambert apparut.

— Veuillez pénétrer dans ma sainte demeure, fit le bossu.

Esteban le suivit à l'intérieur et fut stupéfait. Tout un réseau de pièces à l'architecture impensable et au mobilier inimaginable. Était-ce un rêve ?

— Vous êtes étonné, fit Lambert. Eh bien, sachez que ce n'est rien en comparaison de ce que vous allez découvrir.

Il s'arrêta dans un salon et invita Esteban à s'asseoir sur un canapé qui faisait face à un immense écran mural qui représentait pour l'heure la vision d'une galaxie.

— L'homme a besoin d'évoluer, la stagnation ne peut conduire qu'à la régression. Le Nouveau Dieu n'est autre que l'aboutissement de notre propre évolution.

Esteban n'était pas certain de tout comprendre, mais il sentait que quelque chose d'énorme allait lui être révélé. Ne jamais se fier aux apparences. Ce bossu était une personnalité de premier plan, bien plus importante que son prince ou que son roi. C'était lui qui tirait les ficelles et maniait le destin d'Atlan.

— Mais vous ne pouvez pas comprendre, fit alors Lambert en jetant un regard de dégoût vers son hôte.

Il subvocalisa un ordre, et l'écran mural fit apparaître une vue panoramique d'Atlan prise de l'espace.

— Ceci est notre planète, sieur Montaldo. Un monde en paix depuis des siècles, une coquille vide, sans âme, sans autre destin que celui d'ignorer la véritable réalité. Si le roi Juan IV était un pacifiste imbécile, soucieux de préserver de bonnes relations entre tous les royaumes de la planète, notre bien-aimé prince Roméo, ainsi que son comparse, le prince Marc le Valeureux du royaume de France, ont su prendre la mesure de la vraie nature des choses. La paix est une stupidité permettant à une minorité de privilégiés de bénéficier des atouts d'une société, à un moment donné. Elle n'est en rien le résultat d'une évolution positive.

Esteban se lissa la moustache. Pourquoi lui dire tout cela ? Où voulait le mener le bossu ? Quel rôle allait-il jouait dans les jours à venir ?

— La guerre serait donc la meilleure façon d'évoluer ? demanda-t-il pour montrer sa compréhension.

— La guerre ? Non, ce n'est pas le mot juste. Ce terme a trop de connotations morales qui n'ont rien à voir avec le sujet dont nous nous entretenons. (Lambert se servit à boire et proposa un verre à Esteban qui l'accepta.) Depuis la création de l'Univers, tout n'a été que perpétuelle évolution. À partir d'une masse d'énergie naquit la matière microscopique, puis macroscopique, enfin arriva la vie unicellulaire qui se complexifia au fil du temps pour donner le résultat que nous avons sous les yeux. (Esteban ne comprenait pas un traître mot. Le bossu parlait-il à quelqu'un d'autre qu'à lui, ou aimait-il s'entendre parler ?) Comment oser croire que la vermine que nous sommes puisse remettre en question cette destinée !

— En quoi pourrais-je vous servir ? le coupa abruptement Esteban.

Lambert lui lança un regard furibond avant de se recomposer un visage.

Il a réellement besoin de moi, sinon il m'aurait tué, se dit l'Espagnol. Peut-être pourrait-il négocier sa participation à ce grand jeu.

— On ne vous demande rien d'autre que de servir vos propres intérêts, sieur Montaldo. Vos proches sont en lieu sûr, du moins tant que l'Espagne sera maître de son destin.

Esteban saisit la menace. Il but une gorgée de vin, et se redressa sur le canapé. Il jaugea une nouvelle fois les merveilles technologiques qui l'entouraient : la lumière qui provenait de petits globes de verre, les images qui apparaissaient sur le mur. Il tâta le cuir du canapé et constata la maîtrise parfaite du tannage de cette peau dont il n'était pas sûr qu'elle fût d'un animal. L'Extérieur possédait véritablement une impressionnante avance technologique.

— L'Espagne vaincra, fit-il en focalisant son regard sur celui de Lambert.

— À n'en point douter, d'autant plus que c'est vous qui conduirez son armée à la conquête de la France.

Esteban ne put retenir un hoquet de surprise.

— Je ne suis qu'un maître d'armes. Je n'ai jamais dirigé de troupe, je n'ai pas la stature d'un commandant.

— Ne vous sous-estimez pas ainsi. Le prince affirme que vous êtes son plus fin conseiller. Son homme de confiance absolu, fit le bossu. La modestie est une chose, la couardise en est une autre.

L'insulte frappa comme prévu. Esteban sentit ses joues rosir.

— Vivre claquemuré sous terre est certainement la meilleure façon de montrer son courage ! répliqua-t-il, cinglant.

Lambert lui adressa son sourire le plus cynique.

— Certes, non, mais voyez-vous, dans les guerres, il y a ceux dont la vie est plus importante que les actes. Croyez-bien que je le regrette. Il me plairait assez de me battre à vos côtés.

— Ne soyez pas pessimiste, peut-être qu'un jour vous aurez cet honneur.

Esteban leva son verre et but une nouvelle gorgée. Si je suis un bon combattant, n'oubliez jamais que je suis aussi doué dans mes actes que dans mes paroles, se retint-il d'exploser tout haut.

Lambert vint s'asseoir en face du maître d'armes et fit comme s'il n'avait pas saisi la provocation.

— Oui, je l'espère, sieur Montaldo. Ou plutôt devrais-je dire général Montaldo.

Général Montaldo ! ces mots ne semblaient avoir aucun sens dans l'esprit d'Esteban. Il n'avait jamais eu d'attrait particulier pour la fonction militaire. Il aimait son indépendance d'esprit qui lui avait permis de gravir les échelons du pouvoir royal. Conseiller et maître d'armes du prince Roméo del Castillo, il n'avait pas d'autre ambition que de faire au mieux ce que son sens du devoir lui imposait. Mener des milliers d'hommes à la mort n'avait jamais fait partie de ses objectifs.

— Qu'en pense le général Morales ? Ne craignez-vous pas que ses plus proches lieutenants ne remettent en cause mon autorité ?

— Une bien plus grande mission attend le général Morales, fit Lambert d'une voix sirupeuse.

Morales était le ministre des armées d'Espagne, le bras droit du roi Juan. Un homme connu pour ses propos fortement xénophobes et sa démagogie. Une personnalité crainte plus que respectée. C'est à lui que revenaient les tâches les plus ingrates du pouvoir.

— Oserons-nous attaquer la Perse ? fit Esteban qui réfléchissait à grande vitesse.

— Je vois que vos lauriers ne sont pas immérités, dit Lambert d'un ton satisfait en venant s'asseoir en face de son hôte. Tel est en effet le désir de notre bon roi : attaquer par surprise ces musulmans de malheur.

Se battre sur deux fronts impliquait une seule chose, se dit Esteban.

— Nous pouvons donc compter sur l'aide de la Russie.

Lambert sourit avec un réel enthousiasme.

— Il me plaît de vous savoir de notre côté, général Montaldo. Je ne doute plus de notre victoire contre la France.

Afin de gagner encore davantage la confiance de Lambert, Esteban prit un nouveau risque.

— Une victoire qui sera d'autant plus aisée que le prince Marc est de notre côté. Assassinons le roi et son fils aîné, et nous pourrons signer en toute tranquillité un armistice avec le deuxième fils du roi.

Cet homme était vraiment très malin. Il savait écouter et décortiquer la moindre de ses paroles. Le moment venu, il faudrait qu'il s'en débarrasse, se promit Lambert qui comprenait que l'adhésion de cet homme à son plan n'était que façade pour sauver la vie de ses proches.

— Quand devrai-je partir ?

— Dès demain, vous remplacerez au pied levé le défunt général Salinas qui commandait les garnisons mobilisées à Pampelune.

Esteban joua la naïveté.

— À ce que j'en sais, il est toujours en vie.

— En effet, c'est pour cela que vous attendrez demain, répliqua le bossu.

Quel destin funeste attendait l'Espagne ! se désola

intérieurement Esteban. Avec des hommes tels que ce Lambert, nul doute que le chaos était à craindre. Un pouvoir qui élimine ses meilleurs éléments est un pouvoir gouverné par la folie et la paranoïa.

Le maître d'armes se releva et espéra qu'une autre voie se présente à lui avant que les éléments qui allaient se déchaîner dans les jours suivants ne déclenchent l'apocalypse sur toute la planète.

— Vous pouvez disposer, général. L'Espagne compte sur vous.

— Vous n'avez pas à vous inquiéter. J'agirai toujours pour sa sauvegarde, fit Esteban qui pria pour que sa promesse ne reste pas lettre morte.

CHAPITRE 7

Bavière

— L'enfoiré ! jura Muoi.

— C'était inévitable, tenta de le rassurer Marshall.

Assis dans un des bureaux du palais présidentiel, ils venaient d'assister à l'allocution du président Chandra. Un discours patriotique et va-t-en-guerre qui exaltait les instincts guerriers inhérents à la race humaine. À travers des paroles méticuleusement choisies, il vantait les bienfaits de la Fédération, ses valeurs fondatrices telles que la liberté, l'égalité et la fraternité, le droit pour chaque citoyen d'être libre de ses pensées et de ses actes, et plus que tout il insista sur le devoir d'ingérence face à l'ignominie qui était en train de s'abattre sur les planètes limites. Déjà plus d'un million de morts étaient à recenser. La Fédération ne pouvait pas rester les bras croisés à regarder s'enfoncer dans le chaos des populations entières, innocentes.

« C'est notre devoir d'intervenir. Si nous le ne le faisions pas, nous ne pourrions plus jamais regarder nos enfants droit dans les yeux et leur expliquer en quoi nous sommes fiers de faire partie de la Fédération », avait conclu Chandra avec une emphase particulièrement convaincante.

Sous ses beaux discours, le président en exercice venait de faire entrer la Fédération dans un conflit dont personne ne pouvait prédire l'issue.

— C'est la fin de tout ce que nous avons connu jusqu'ici, fit Muoi.

— Espérons que nous n'en sortirons pas broyés, répondit Marshall.

RÉCIT PREMIER : AMÉRIQUE

— Mon général, ce n'est pas raisonnable, fit le commandant Seltz.

Brautignan continua à se débarrasser de sa tenue militaire.

— Certes, mais qui a dit que la guerre devait être gouvernée par la raison ?

Il s'assit sur un banc et enleva ses bottes. Il releva les yeux et admira un instant l'aube qui se levait sur leur camp de base, situé en plein milieu d'un champ.

Suite au discours du président de la Fédération, ordre avait été donné d'intervenir. Toutefois, les opposants à cette intervention avaient obtenu un compromis : seules quelques unités poseraient le pied sur les planètes limites afin de tâter le terrain, tandis que le gros des troupes resterait jusqu'à nouvel ordre à l'intérieur des immenses croiseurs qui patrouillaient dans l'espace à des centaines de kilomètres du lieu des affrontements.

— Alors ne partez pas seul, mon général. Formez une unité d'élite, insista Seltz.

Brautignan enfila son pantalon à frange.

— Je regrette, mais c'est une mission en solo.

Il prit un justaucorps, puis revêtit une chemise à carreaux. Il attrapa une pèlerine beige et se posa enfin son chapeau de cow-boy sur la tête. Il saisit une glace dans l'une des caisses à pharmacie et sourit en retrouvant l'homme qu'il avait été alors. Seule sa moustache n'avait pas encore retrouvé sa longueur d'autrefois.

— Mon général, permettez-moi de vous dire que c'est une folie, continua Seltz.

Brautignan le regarda dans les yeux. Comme vous avez raison, eut-il envie de lui répondre.

Il fit quelques pas et s'arrêta devant un des conteneurs qui renfermait du matériel d'infiltration. Outre les vêtements en usage sur Amérique, l'armée avait aussi tout un attirail militaire de cette époque : canons, fusils et pistolets à barillet, ainsi qu'arcs et flèches pour ceux qui devraient s'infiltrer chez les « Peaux-Rouges ». Il prit un ceinturon dans lequel il fit glisser son pistolet, un six-coups.

— Commandant, dorénavant, c'est vous qui serez le responsable de cette unité jusqu'à mon retour. Vous prendrez vos ordres directement auprès du général Fousteau.

Le soleil passa par-dessus l'horizon. Tout l'univers qui les entourait se retrouva baigné d'une douce lumière mordorée. La journée s'annonçait particulièrement belle. Un bon présage ?

Brautignan marcha vers une jument qui avait fait le voyage avec eux, et ne put s'empêcher de réprimer un frisson de plaisir à l'idée de monter à nouveau sur un cheval. Arrivé près de l'animal, il mit le pied dans un étrier puis, prenant appui, se hissa et s'assit sur le dos de sa monture.

— Brave bête, fit Brautignan en lui caressant la crinière.

Seltz l'avait suivi et se tenait devant la jument. Il fixa Brautignan un long moment. L'idée de le relever de ses fonctions pour insubordination lui effleura l'esprit. Mais il l'oublia aussitôt. Brautignan était plus qu'un chef, il était un homme d'honneur et de confiance. Il ne savait pas de quoi retournait sa mission. Il se doutait seulement qu'elle n'avait rien à voir avec les événements présents.

— Bonne chance, mon général, lui souhaita-t-il en lui faisant un salut militaire.

— Merci, Seltz, répondit Brautignan qui attrapa les rênes de sa monture et le lança au galop.

Leur unité s'était posée au milieu de l'immense prairie qui couvrait quasiment le quart de l'état du Mississippi. Loin des fleuves et des axes principaux de circulation, leur arrivée était passée totalement inaperçue. La première bourgade, Dixie Town, se trouvait à près de cent kilomètres de leur lieu d'atterrissage. Brautignan espérait y être pour la nuit. Génétiquement modifiée afin de la rendre beaucoup plus endurante, la jument devait pouvoir tenir le galop une bonne partie du trajet.

Une des premières sensations qui enivra Brautignan fut l'odeur de la planète. Chaque coin de l'Univers avait sa senteur propre, et Amérique ne faisait pas exception. Il y avait passé cinq ans pour le compte des services secrets de la Fédération, et même si le temps s'était écoulé depuis, il n'avait pas oublié la qualité de cet air si pur. Il se rappelait avec délices toutes les fois où il s'était aventuré dans ces forêts à la flore luxuriante et à la faune véritablement sauvage.

Comme tout cela m'a manqué, se dit-il alors qu'il venait d'atteindre le sommet d'une colline.

La prairie s'étalait à perte de vue. Nul signe de la moindre civilisation. Cela faisait près de quatre heures qu'il avait quitté le campement. Il s'arrêta et descendit de son cheval. Ses cuisses et son fessier le lançaient fortement. Toutefois il ignora la douleur et, après avoir sorti un sandwich d'une des sacoches accrochées à la selle, il s'assit en tailleur sur l'herbe et se félicita de ce pur instant de tranquillité que lui offrait ce périple. Il savait que l'horreur l'attendait dans les heures qui suivraient, aussi prit-il soin de se laisser aller à une douce rêverie, à des lieues de ses véritables préoccupations.

Après avoir terminé son repas, il s'allongea sur le dos, et perdit son regard sur le ciel où un pauvre nuage isolé se tordait en tous sens pour éviter de se désagréger.

Il prit le temps d'une pause puis fit une grimace faussement résignée, et se redressa sur les coudes. Il était temps de reprendre la route. La jument ne semblait montrer aucun signe de fatigue. Il n'avait plus d'excuses pour ne pas repartir.

Des signes annonciateurs l'avertirent de l'ignominie qui s'était abattue sur Amérique. Des Noirs pendus à des branches avaient jalonné sa route depuis qu'il avait atteint les premières fermes qui entouraient la petite ville de Dixie Town. Le crépuscule donnait une touche encore plus terrifiante à ce spectacle abject. Brautignan réprima l'envie d'aller couper les cordes et de rendre leur décence à ces cadavres cerclés de mouches.

Il déboucha enfin dans l'allée principale de la ville où des passants lui jetèrent des regards inquisiteurs et méfiants. Il s'arrêta devant un saloon et sauta de sa monture.

— Une bien belle bête que vous avez là ! fit un vieil homme qui somnolait sur un rocking-chair de la terrasse du saloon.

— Oui, en effet, répondit Brautignan qui accrocha les rênes à une des barres qui surplombaient l'abreuvoir. Si tu veilles sur elle, tu gagneras peut-être de quoi dormir ailleurs que dans ton lit.

Le vieil homme émit un rire qui se transforma en toussotement. Brautignan se composa un visage impassible et poussa les battants qui fermaient l'entrée du saloon. Aussitôt des effluves d'alcool ainsi que de fumée de cigares lui agressèrent les narines. Un pianiste jouait dans le fond une mélodie qu'il attribua à Scott Joplin, ou du moins qui y ressemblait. Des jeunes filles au décolleté plongeant servaient à boire à des hommes qui buvaient, crachaient et jouait aux cartes. Il se mit au comptoir et d'un mouvement de la main appela le serveur. Si des regards intrigués s'étaient portés sur lui à son entrée, personne n'était venu l'importuner. Il y avait bien mieux à faire qu'à s'intéresser à un étranger.

— Qu'est-ce que vous prendrez ? fit le serveur.

— Un scotch, fit-il.

Le maître des lieux avait du goût. Les filles étaient particulièrement jolies, se dit-il avant de se retourner vers le serveur.

— Savez-vous où se trouve le bureau du shérif ?

— Descendez la grand-rue, puis tournez à droite, vous allez tomber sur Calander Street, là vous ne pourrez pas le manquer.

— Merci.

Il prit son verre et le vida cul sec. Il laissa un billet d'un dollar et ressortit du saloon. La nuit était presque totale en ce début de soirée. Le vieil homme qui gardait l'entrée s'était endormi et ronflait avec véhémence. Brautignan sourit et lui mit un billet entre les doigts. Il détacha sa jument, la monta et prit la direction que lui avait indiquée le serveur. La nuit venue personne n'osait s'aventurer dans la rue. Même si le conflit semblait s'être éloigné de cette région, les gens avaient encore peur.

Il trouva le bureau du shérif. Il y pénétra. Un homme était assis devant un bureau et se curait les ongles avec un couteau.

— Je viens voir le shérif, il n'est pas là ? l'interpella Brautignan.

— On n'en a plus, pour l'instant. C'est moi qui le

remplace le temps que le gouverneur en nomme un autre.

Brautignan se lissa sa moustache. Il prit une chaise et vint s'asseoir face à l'homme.

— Je viens de Caroline. La situation est encore tenable, mais à ce que je vois ça a pas mal chahuté par ici.

— Vous pouvez le dire, fit l'homme. Les nègres se sont mis à tuer de bons chrétiens. Je ne sais quel démon les a pris. En tout cas, on ne leur a laissé aucune chance. Que leurs dépouilles aillent pourrir en enfer.

Brautignan hocha la tête, comme s'il sympathisait à ces propos.

— Vous êtes qui, vous ? Vous seriez pas juriste, par hasard ? enchaîna l'homme.

— Je me nomme Thomas Fergusson, je suis juge à la cour de Old River en Caroline, et je dois me rendre de toute urgence dans le New Jersey, fit Brautignan qui posa son chapeau sur le bureau.

— Bienvenue chez nous, monsieur le juge, mais je crains que vous ayez fait tout ce voyage pour rien. Les nègres se sont alliés avec ces satanés Peaux-Rouges ! cracha l'homme. Ils tiennent tout le secteur qui sépare notre État de celui du New Jersey. Je vous conseille pas de tenter votre chance. Rentrez plutôt chez vous, le temps qu'on leur apprenne à vivre.

Brautignan se gratta le front. Quelqu'un l'attendait à Chicago.

— Pourtant il est impératif que je m'y rende. C'est une question de vie ou de mort. Il doit bien y avoir un moyen, fit-il en lançant à l'homme un regard empli de sous-entendu.

L'homme arrêta de se curer les ongles et sortit un cigare de la poche de sa chemise.

— Je suis désolé, mais si vous continuez vers le sud,

nul doute que vous rejoindrez vos ancêtres, paix à leurs âmes.

Il cala le cigare entre ses dents jaunies et racla une allumette sur le bureau. Il alluma le cigare et expira une grosse bouffée de fumée.

— Je vous suis reconnaissant de vous soucier de mon bien-être, mais ma vie n'aura plus guère de valeur si je ne m'acquitte pas de la tâche que l'on m'a confiée. N'y a-t-il vraiment aucun moyen ? insista-t-il.

L'homme mâchouilla nerveusement son cigare. Le nouvel arrivant avait l'air prêt à tout. Pouvait-il le mettre dans la confidence ?

— Cela va vous coûter très cher, et je vous garantis pas le résultat, lâcha-t-il finalement.

Brautignan se retint de pousser un soupir de soulagement.

— Combien ?

— Trois mille, fit l'homme dont le front se mit à suer légèrement.

— Deux mille, et c'est déjà beaucoup.

— Deux mille cinq cents, et c'est réglé.

L'atmosphère était des plus tendues. Brautignan ne devait pas céder si facilement, au risque de passer pour un désespéré.

— Tant pis, je me débrouillerai autrement. Je vous remercie de m'avoir écouté, fit-il en reprenant son chapeau posé sur le bureau.

— Attendez, deux mille deux cents parce que vous m'êtes sympathique.

Brautignan se figea et fit semblant de réfléchir, puis il hocha la tête et un sourire se dessina lentement sur son visage.

— Affaire conclue, monsieur... ?

— John Patterson, répondit l'homme en lui serrant la main.

— Nous partons quand ?

— Vous partez dans la nuit, on viendra vous chercher. Une seule chose : ne posez pas de questions, fit Patterson en lui souriant d'un air entendu.

— Très bien. Je serai à l'hôtel en face. Merci pour votre coopération, monsieur Patterson.

— Tout le plaisir est pour moi. Si je peux aider un vrai Américain…

Brautignan était déjà debout et avait remis son chapeau sur son crâne. La mentalité du Mississippi n'avait guère changé depuis son exil. Le racisme était toujours aussi profondément ancré dans les esprits. Il sortit du bureau et traversa la rue pour se rendre au Dixie-Hôtel.

— Je voudrais une chambre pour la nuit, fit-il en se présentant au comptoir.

— Quinze dollars la nuit, payable d'avance, répondit un homme vêtu d'un complet gris.

Brautignan déposa la somme sur le comptoir. L'homme prit une clé sur le panneau derrière lui et la tendit au général qui s'en saisit.

— Chambre 15, premier étage. Tenez, fit l'homme en sortant de dessous le comptoir une lampe à pétrole qu'il alluma.

L'hôtel était particulièrement sobre. Pas de fioritures. On ne venait pas à Dixie Town pour le tourisme. La ville n'était qu'un relais pour atteindre le nord du continent. Du moins tant que la loi qui interdisait la construction de voie ferrée dans le Mississippi resterait en vigueur.

Brautignan grimpa les marches de l'escalier et atteignit l'étage. Il traversa le corridor éclairé par sa lampe, puis trouva sa chambre. Il ouvrit et découvrit un lit comme on n'en faisait plus dans la Fédération depuis des siècles. Il posa la lampe sur la table de chevet et s'allongea de tout son long sur le lit au sommier particulièrement dur. Il n'eut que le temps de fermer les yeux, et s'endormit aussitôt.

Un léger craquement le sortit de son sommeil. La porte grinça lentement. Brautignan ouvrit les yeux.

— C'est vous, le juge ? demanda l'intrus.

L'homme avait allumé une lanterne et l'avait approchée de la tête de Brautignan.

— Oui, répondit-il en se redressant dans le lit.

— Alors suivez-moi, nous sommes attendus.

En temps de guerre, il y avait toujours des gens qui savaient tirer leur épingle du jeu, quitte à travailler contre leur camp. Ici ou ailleurs l'argent n'avait pas d'odeur. Brautignan n'avait aucune idée du genre de trafic que réalisait son guide, mais il se doutait qu'il ne devait pas être très légal. Ne pas poser de questions. La justice viendrait en temps voulu.

Ils sortirent dans la rue. Les deux lunes d'Amérique brillaient haut dans le ciel. Une nuit sans nuage qui permettrait de voyager sans user d'éclairage artificiel.

— Vous devez laisser votre bête ici. Ne vous inquiétez pas, quelqu'un s'en occupera jusqu'à votre retour.

Bratignan opina du chef.

— Ce que nous allons faire est strictement illégal, monsieur le juge. En venant avec moi vous vous rendez coupable d'un crime contre les intérêts des États-Unis d'Amérique, reprit l'homme solennellement. Êtes-vous certain de vouloir franchir ce pas ?

— Oui, et sans la moindre hésitation, répondit-il avec tout autant de gravité.

L'homme semblait se détendre. Du coin de l'œil, Brautignan avait noté toute la tension qui avait agité la main gauche de son accompagnateur. Si j'avais mal répondu, nul doute que mon corps serait étendu sans vie sur le sol, se dit-il en reconnaissant ce genre de crapule.

— Nous n'avons pas de temps à perdre. Ces sales nègres aiment travailler dans la nuit. Suivez-moi.

L'homme lui fit emprunter quelques ruelles avant

qu'ils ne sortent bientôt de la ville. Ils longèrent un chemin et atteignirent bientôt une grange. L'homme ouvrit l'immense porte en bois et y pénétra. Quatre chevaux attelés à un chariot attendaient patiemment.

— Montez à mes côtés, ordonna l'homme.

Brautignan s'assit à la place du cocher. L'homme tira sur les rênes et l'attelage se mit en branle. Le chariot sortit de la grange.

Ils prirent la route du sud. L'homme poussait les bêtes à avancer le plus vite possible. Ils devaient être de retour avant le lever du jour.

— Comment m'aiderez-vous à passer la frontière ? demanda Brautignan quand ils eurent fait un bout de chemin.

Il n'avait que très moyennement confiance en cet homme et préférait ne pas avoir à improviser une riposte au dernier moment.

— J'expliquerai aux nègres que vous êtes de leur côté. Vous n'aurez qu'à vous faire passer pour un avocat. Ils aiment ça, les avocats ! se moqua l'homme comme s'il venait de dire une cochonnerie.

— Ça ne me devrait pas être trop difficile. En tant que juge, j'ai l'habitude de traiter avec ce genre de personnages, fit Brautignan.

Le conducteur hocha la tête et se renferma dans le silence. Sous la lumière des deux lunes, ils roulèrent encore un long moment sans prononcer la moindre parole. Brautignan avait une vague idée de ce qu'ils transportaient dans le chariot, et maudit une fois de plus la bêtise et la malveillance de certains êtres humains.

Ils pénétrèrent la forêt de Monroe et durent alors ralentir leur allure. L'obscurité était quasi totale. Brautignan n'y voyait pas à plus de cinq mètres. Il espérait toutefois que les chevaux aient la même faculté que les chats à y voir la nuit. Le temps passa. Enfin apparut, au loin, une lueur qui se mit à grossir au fur et à mesure de leur avancée.

— À partir de maintenant, vous ne dites plus rien et vous me laissez parler. Ils me croient de leur côté, et je ne voudrais pas qu'à cause d'une de vos paroles, ils comprennent ce que nous pensons réellement d'eux.

L'homme perdait de son arrogance. Brautignan était sur le qui-vive.

Ils atteignirent une clairière, où se trouvaient regroupés une quinzaine d'hommes qui les attendaient à cheval. Le conducteur de Brautignan arrêta leur chariot à leur hauteur.

— Qui est cet homme, Marlowe ? fit l'un des hommes qui descendit de son cheval.

Brautignan nota qu'ils étaient tous noirs de peau. Pas d'Indiens ni de Blancs. Sa vie ne tenait plus qu'à un fil.

— C'est un cadeau, répliqua l'homme. Un bonus.

Brautignan canalisa le stress qui le saisissait. Il se remémora les leçons de respiration et ralentit son pouls. La situation pouvait dégénérer d'un instant à l'autre. Il se devait d'agir avec promptitude et intelligence. Éviter tout faux pas qui lui serait obligatoirement fatal.

— Qui es-tu ? demanda l'homme en se rapprochant du chariot.

— Je suis un avocat pacifiste, je viens de Old River en Caroline.

Les cavaliers qui avaient entendu sa réplique se mirent à rire.

— Nous n'avons pas besoin d'avocat. La justice, c'est nous qui la faisons, fit le Noir en descendant de son cheval.

Marlowe sauta du chariot et s'en écarta lentement.

— Je ne viens pas pour vous défendre, mais pour défendre les citoyens blancs contre de possibles exactions commises à leur encontre, improvisa Brautignan.

La fureur put se lire sur le visage du Noir qui se

rapprocha encore un peu plus de lui. Puis soudain le sourire apparut sur son visage.

— Tu ne manques pas de courage pour un Blanc, mais je crains que tu n'aies fait tout ce déplacement pour rien. Nous n'avons pas besoin de toi, tu repartiras avec ton ami dès que nous aurons vidé le chariot.

Brautignan réprima sa déception. En militaire émérite, il n'avait de cesse d'analyser la situation dans ses moindres détails. Et quand il vit Marlowe tendre la main vers sa hanche, instinctivement il se jeta sur le côté. Un coup de feu retentit. Une balle perfora l'épaule de Brautignan qui s'effondra, glissa de son siège et s'écroula en bas du chariot.

— Cet homme est un espion, cria Marlowe, un pistolet à la main.

Quinze fusils long rifle se pointèrent sur lui.

— Laissez-moi l'achever, demanda-t-il au Noir qui leur avait parlé.

— Stupide. Pourquoi nous priver d'une mine de renseignements ? Ce qu'il a à nous apprendre peut être particulièrement intéressant, répondit le Noir. Après seulement, nous l'éliminerons.

Brautignan n'essaya pas d'argumenter. Allongé sur le sol, il ne comprenait que trop bien l'option choisie par Marlowe. Qui attendait son retour à Dixie Town ? Qui viendrait réclamer sa jument et les dollars qui dormaient dans les sacoches ? Personne. Un butin facilement gagné, et peu importait que ce fût sur le dos d'un de ces fameux « bons Américains » !

— Méfiez-vous de ses paroles, cet homme est le mal incarné. Il est prêt à tous les mensonges pour sauver sa peau, fit Marlowe.

Tu crains que je ne te dénonce ! se dit Brautignan. Il n'avait que mépris pour ce genre de personnage qui, sous un aplomb viril, cachait un pleutre incapable d'assumer ses choix.

— Tu as l'air de bien le connaître ? fit le Noir d'un ton suspicieux.

— Non, mais si vous saviez ce qu'il m'a raconté sur vous durant le trajet ! Il croyait que j'étais de son bord. Mais je suis avec vous. Vous me croyez, non ?

Le Noir se retourna vers ses compagnons qui se tenaient toujours à cheval. Ignorant la douleur qui lui tenaillait l'épaule, Brautignan était attentif aux faits et gestes de chacun. Il avait senti la peur suinter à travers les paroles de Marlowe.

— Évidemment ! Qui pourrait livrer des dizaines de fusils et des munitions à des Noirs qui iront de ce pas tuer des Blancs, s'il n'était adepte de notre cause ?

Marlowe hocha la tête avec obséquiosité.

— Qu'on s'occupe de cet espion, il ne faudrait pas qu'il meure avant d'avoir parlé, ajouta le Noir. Et qu'on commence le chargement de toutes les caisses.

Une diligence pénétra dans la clairière. Marlowe retira la bâche qui cachait le matériel que transportait son chariot. Les quatorze cavaliers sautèrent à bas de leur monture et commencèrent à transférer le contenu du chariot dans la diligence.

Les doutes de Brautignan étaient désormais certitude. Ce Marlowe, ainsi que le remplaçant du shérif de Dixie Town, étaient des crapules de la pire espèce, pour qui le monde se résumait à leur seule personne. Au-delà du racisme, ils détestaient la vie en général. Des personnages guidés seulement par leurs plus vils instincts. Pires que des animaux !

Un homme vint se placer près de Brautignan.

— Ne bougez surtout pas, fit-il en se penchant sur lui.

Il lui déboutonna la chemise et l'ouvrit. La blessure se révéla à ses yeux. L'homme sortit un mouchoir de sa poche et l'aspergea de whisky.

— Serrez les dents, ça risque de brûler.

Brautignan se préparait à souffrir le martyre, mais, quand l'homme lui essuya la plaie, la douleur fut insupportable. La mâchoire bloquée, il émit un gémissement sourd.

L'homme se mit à rire tout bas.

— Vous avez une sacrée chance ! La balle a traversé votre épaule, lui dit-il après avoir découvert une autre plaie dans le dos du général. Je vais vous recoudre, puis je poserai une attelle. Nous soignons nos prisonniers.

— Merci, réussit à souffler Brautignan.

Le déchargement dura une quinzaine de minutes, temps suffisant pour que le Noir qui s'occupait de Brautignan lui recouse l'épaule.

Marlowe reçut sa paye en billets verts, puis repartit en indiquant une nouvelle fois qu'il serait bon de se méfier des paroles de Brautignan.

Le Noir qui leur avait parlé en premier se rapprocha de celui-ci.

— Qui es-tu ? Que viens-tu faire chez nous ? demanda-t-il.

— Affaire personnelle, répliqua Brautignan.

— Ma patience a des limites, homme blanc !

Le bras en écharpe, Brautignan jaugea son homme. Ce Noir était le leader du groupe. À n'en pas douter, il avait des lettres et usait de son cerveau avec acuité. Une chance qu'il ne devait pas gâcher.

— Je ne suis pas un espion.

— Oui, cela paraît une évidence.

— Quoi qu'il en dise, Marlowe ne soutient aucunement votre cause. C'est juste une ordure ordinaire, avide et cupide.

— Vous pourriez ajouter raciste, fit le Noir avant de reprendre : Nous savons tout cela, nous ne sommes pas aussi bêtes que les gens de votre race peuvent le penser.

Un homme se rapprocha d'eux.

— Tom, il est temps de partir. Tout est prêt. Tu veux

qu'on le tue ? fit l'homme en désignant de la tête Brautignan.

— Seulement s'il essaye de s'échapper. Pour l'instant il va faire le voyage avec moi.

— Ce n'est pas très prudent. Il vaut mieux le descendre tout de suite. Nous n'avons pas à nous encombrer d'un Blanc.

— Peter, cet homme montera avec moi, c'est compris ?

Peter Moore hésita à argumenter encore, mais s'en remit à la décision du chef.

— Les gens de ta race ont violé sa femme et ses enfants sous ses yeux. Tu as de la chance que certains d'entre nous croient encore en Dieu, fit Tom Bradley.

— Merci, fit Brautignan.

— Nous allons conduire la diligence. Les secousses te feront moins mal qu'à cheval.

Tous les hommes remontèrent sur leur monture et bientôt le convoi put repartir. Ils quittèrent la clairière et s'enfoncèrent dans la forêt. L'aube ne se lèverait que dans quelques heures.

— Quel est ton nom ? fit Bradley qui tenait les rênes de la diligence.

Assis à ses côtés, Brautignan hésita un instant. Durant les dernières minutes, il avait eu le temps de se composer mentalement une identité et un pseudo-passé crédible. Toutefois, rien ne lui interdisait de lui dire la vérité. « La meilleure façon de se faire des alliés est de ne pas leur mentir. Du moins tant que cela ne nuit pas à l'intérêt de la Fédération », lui avait-on appris à l'école militaire.

— Je me nomme Doug Brautignan. Je ne suis pas américain.

— Et d'où venez-vous ?

— De là haut ! répondit le général en pointant son doigt vers les étoiles.

Bradley explosa d'un grand rire. Les deux cavaliers les plus proches se rapprochèrent de la diligence.

— Qu'est-ce qui se passe, Tom ? fit l'un d'eux.

— Rien, je crois que nous arrivons au bout de nos peines.

Les deux cavaliers se regardèrent, puis reprirent leurs distances.

— Alors vous vous êtes enfin décidés à venir mettre un terme à cette folie ? Il vous en aura fallu du temps.

— Nous avions des accords, nous ne pouvions les rompre sans créer de graves crises en sein de l'équilibre politique qui régit la Fédération sur les planètes limites.

— Planètes limites ! Qu'est-ce qu'une planète limite, monsieur Brautignan ? (Soudain une lueur étrange brilla dans ses yeux.) Prouvez-moi que vous êtes bien ce que vous prétendez être.

— Il faudrait pour cela remonter vers le nord, là je vous montrerais toutes les merveilles techniques que nous sommes capables de réaliser. Pour l'heure je ne peux que vous raconter ce que je sais de votre histoire, des connaissances que, selon moi, un espion du gouvernement fédéral ne pourrait pas connaître.

— Je vous écoute, mais si je ne suis pas convaincu, je jure de vous abattre comme un vulgaire espion.

Brautignan hocha la tête. Il commença à raconter tout ce qu'il savait sur la genèse d'Amérique, les premiers colons et la trahison du gouvernement fédéral américain de l'époque qui, au bout d'un siècle de cohabitation pacifique avec la petite communauté noire et celle plus importante des Indiens, avait décidé de réduire les premiers à l'état d'esclavage, et d'entreprendre la chasse des seconds, sans toutefois les éliminer tous. Préservation du gibier oblige. Le bon vieux temps de la chasse aux « Peaux-Rouges » était de retour. Puis Brautignan lui fit un bref topo sur la Fédération et enfin sur les planètes limites.

— Une barbarie, souffla Bradley, médusé par ce qu'il entendait.

L'aube allait poindre quand ils sortirent de la forêt. Brautignan continuait ses explications. Il parla de lui et de sa première mission de surveillance sur Amérique.

— C'est là que j'ai rencontré pour la première fois l'amour, fit-il en se sentant soudainement fragilisé. Elle s'appelait Emily. Elle vivait à Chicago…

— Chicago ? le coupa Bradley. (Puis il comprit.) Vous voulez la rejoindre ?!

Brautignan n'osa pas le regarder dans les yeux.

— J'ai une dette envers elle. Je veux seulement lui sauver la vie.

Bradley lui posa une main sur l'épaule.

— Soit vous êtes l'homme le plus fou que je connaisse, soit vous êtes l'homme… le plus fou que je connaisse, fit-il avant d'éclater de rire.

Le général sourit à son tour, et prit pleinement conscience de la folie de son expédition. Lui qui n'avait jamais désobéi à un ordre, qui avait passé sa vie au service de son armée, se prenait désormais pour un héros de roman populaire féminin.

Les premières lueurs de l'aube apparurent quand ils pénétrèrent dans un petit village du nom de Campton. Des corps jonchaient les rues. Blanc et Noirs réunis dans une pathétique fresque mortuaire.

— Un véritable carnage a eu lieu dans nombre de petites villes. Les survivants se sont regroupés dans les cités plus importantes, expliqua Bradley en faisant avancer la diligence entre les cadavres.

Ils traversèrent le village et continuèrent leur route. Un certain malaise avait envahi le convoi. Personne ne pouvait rester indifférent au spectacle de la bestialité. Quoi qu'il advienne, ces hommes se savaient marqués au plus profond de leur âme. La vie avait fait d'eux des meurtriers, leur seul espoir était que cela ne fût pas en vain, pour que leurs enfants puissent vivre dans un monde pacifié et égalitaire.

Bradley ne cessait de ressasser les paroles pleines d'espérance de Brautignan et le doute s'insinua en lui.

— Si votre Fédération a soutenu ces régimes durant des décennies, qu'est-ce qui me prouve qu'elle va se décider à se ranger de notre côté ? N'a-t-elle pas intérêt à rétablir l'ordre ancien, plutôt que d'avoir à gérer des nouveaux gouvernants incontrôlables ?

Brautignan se gratta le front, mal à l'aise.

— En d'autre temps, très certainement. Mais la situation est beaucoup plus grave qu'elle ne le laissait présager. La Fédération ne sait plus quelle position adopter, fit-il en préambule. Je suis désolé de vous l'apprendre, mais votre peuple n'est en rien responsable des révoltes qui secouent Amérique. Sans le concours d'une force extérieure, vous auriez été matés comme cela a été le cas précédemment.

— Et qui devrait-on remercier de cette aide providentielle ?

— Nous n'en avons aucune idée, et c'est cela qui nous effraie.

Bradley hocha la tête. Il ne se faisait qu'une image très imparfaite de la Fédération. Le concept d'empire galactique le dépassait, pourtant il comprenait une partie des enjeux en cours. Amérique n'était qu'un pion sur un échiquier bien plus imposant que le théâtre des opérations sur lequel il se battait.

— Il y a fort à parier que ceux qui ont semé les germes de la violence au sein des planètes limites ne l'ont pas fait avec la seule pensée de libérer des populations asservies. Ils doivent avoir un autre but, mais lequel..., continua Brautignan pour lui-même.

Quels que soient les réels engagements des masses et d'une partie de l'élite dans la mise en place d'une révolution, au final elle était toujours contrôlée par un nombre réduit d'êtres égocentriques et ambitieux qui méprisaient ceux qu'ils étaient censés aider.

— Je me moque de savoir qui tire les ficelles, fit alors Bradley. Le principal est que justice soit rendue au peuple noir, et qu'importent les conséquences qui en résulteront dans votre Fédération. Il est temps que le souffle de la liberté vienne balayer les États-Unis d'Amérique.

— Bien parlé, Tom, nous allons leur montrer, à ces Blancs, de quoi nous sommes capables, fit un cavalier qui s'était rapproché de la diligence.

Brautignan fit une moue dubitative. S'il comprenait la haine et la colère qui animaient chacun de ces hommes, l'histoire lui avait appris que seule la conciliation avec l'ennemi pouvait permettre de ramener l'ordre et la paix. Quoi qu'il en soit des vengeances à venir, il leur faudrait apprendre à traiter avec les Blancs, aussi difficile que soit cette prise de décision.

La journée passa, et d'autres scènes d'horreur vinrent s'ajouter à celles qu'ils avaient pu observer à Campton. Des femmes et des enfants pendus à des arbres, des cadavres à moitié dévorés par des charognards, des villages atomisés par la guerre civile. La guerre dans toute son infamie. Dans son écœurement, Brautignan trouva une seule consolation : le fait qu'il n'était pas insensible à cette débauche d'atrocité. Il gardait encore une part d'humanité.

En fin d'après-midi ils arrivèrent dans un village où un comité d'accueil les attendait.

– Salut à toi, Flèche d'Argent, fit Bradley en levant sa main droite en signe de salut à l'homme qui venait à sa rencontre sur un magnifique pur-sang.

— Salut à toi, Thomas, je vois que tu nous as ramené de quoi nous amuser, fit le chef indien en braquant son regard sur Brautignan.

— Non, cet homme est un messager. Nous devons le traiter avec respect et sollicitude, répondit Bradley.

Les cavaliers qui encadraient la diligence s'entre-regardèrent, étonnés.

— Tom, qu'est-ce que tu racontes ? demanda un des hommes en s'essuyant le visage d'un revers de la main.

Bradley jeta un lent regard circulaire sur ses hommes ainsi que sur les Indiens.

— Cet homme vient des étoiles. Il n'est qu'un observateur venu vérifier que nous serons à même de succéder au gouvernement en place. Nous devons leur montrer, fit-il en désignant le ciel, que nous serons capables de diriger Amérique et d'éviter que le monde ne s'enfonce dans un chaos irréversible.

Brautignan sentit toute la tension accumulée en ce lieu, du fait de sa présence. Bradley était un orateur fort convaincant, doué d'une intelligence rare.

— Qu'est-ce qu'on a en à foutre ! ragea un Indien.

Tout le monde acquiesça à cette remarque.

— Ne vous fiez pas aux apparences, l'homme de l'espace a les moyens de nous anéantir en un rien de temps. Nous ne devons pas nous opposer à eux, fit alors le chef indien.

Bradley le remercia du regard. Brautignan se retint d'en faire de même. Il ne devait pas montrer son soulagement.

— Toutefois, n'essayez pas de nous empêcher de rétablir l'ordre naturel des choses, ajouta l'Indien en dardant son regard sur celui de Brautignan. Nous n'avons plus rien à perdre. C'est la victoire ou la fin de tout ce qui fait de nous des êtres humains.

— La Fédération des étoiles n'a aucunement l'intention de privilégier un camp par rapport à l'autre, mentit le général en sachant que, le moment venu, elle ferait le choix qui s'accorderait le plus avec ses propres intérêts économiques.

Des sourires s'épanouirent sur les visages. Le risque d'une invasion venue de l'espace était désormais éloigné. La peur qui avait pénétré le cœur de chacun des hommes s'évanouit dans l'instant. Même si personne ne pouvait se targuer de connaître les armes des êtres qui vivaient sur les autres mondes, nul doute qu'elles devaient être redoutables.

— Et si nous allions discuter à l'abri de la maison ? fit un cavalier noir. Je crois que je vais m'écrouler de fatigue.

Des cris d'assentiments se firent entendre. La journée avait été longue. La mission était remplie.

Brautignan tourna la tête et laissa un instant son regard se perdre sur la plaine qui s'étalait à l'est du village. Quel beau pays ! La douleur de son épaule se rappela soudainement à lui, et il émit un léger gémissement.

— Je ne sais pas pourquoi je fais ça, souffla Bradley, en donnant le signal du départ.

— Parce que vous êtes profondément attaché à certaines valeurs. Un homme de bien. Je ne saurai jamais comment vous remercier.

— En le disant, fit simplement Bradley.

Brautignan s'exécuta et le gratifia d'un large sourire que le Noir lui rendit en secouant la tête. Il appréciait toute l'incongruité de la situation. Un Blanc et un Noir unis dans un élan de fraternité !

— Maman, maman, regarde, c'est quoi, ça ? demanda la petite Mary.

— C'est un buffle, il y a en beaucoup dans cette région. Ils sont très dangereux, fit Charlotte Jackson en prenant sa fille dans les bras.

À présent arrêtée pour le repas du midi, leur caravane, une vingtaine de chariots, avait pris la route depuis plus d'un mois. Trente jours à parcourir les États-Unis à la recherche d'un coin plus tranquille que leur Dakota natal.

Les foudres de la révolte avaient tout emporté derrière elles. Laissant une bande de fermiers en proie à la peur et à la panique, avec comme seule issue l'exode. Les Noirs et les Indiens avaient pris en main le pouvoir de cet État. Plus rien ne serait jamais comme avant.

— Mary, viens par ici, fit le révérend Forester.

Charlotte déposa la fillette qui courut rejoindre l'homme d'Église. Depuis la mort de son père, elle avait retrouvé auprès de lui la présence protectrice d'un chef de famille.

— J'ai un cadeau pour toi, fit-il, heureux du sourire que lui adressa Charlotte.

— C'est quoi ? demanda Mary.

Avec ses deux tresses qui lui caressaient le visage, elle était un véritable Bouton d'or. Trépignant sur place, elle ne pouvait cacher son excitation.

Il dévoila alors ce qu'il tenait caché derrière son dos. Une poupée sculptée dans le bois et habillée de tissus qu'il avait lui-même découpés et cousus.

— Elle s'appelle Jennifer, elle est pour toi.

Mary la lui arracha littéralement des mains.

— Elle est vraiment pour moi, toute seule ? demanda Mary qui se rendit compte de son manque de respect.

— Bien sûr, rien que pour toi, fit le révérend en lui ébouriffant la frange qui lui tombait devant les yeux.

La petite fille partit se mettre à l'écart pour jouer en toute liberté. Après trois jours de pluie, le ciel était totalement dégagé, la chaleur avait fait son retour dans le Mississippi. Les prairies s'étalaient à perte de vue. Les grands espaces américains dans toute leur splendeur.

— Merci, fit Charlotte en se rapprochant du révérend.

— Oh, ce n'est vraiment pas grand-chose, répondit-il modestement en haussant les épaules. Les enfants sont les biens les plus précieux que Dieu nous ait donnés, à nous de savoir les préserver de toute la misère du monde.

Si la douleur de la perte de son époux était toujours aussi vivace au fond de son cœur, elle ne s'était pas pour autant laissé abattre et, telle la femme de caractère qu'elle était, elle avait su se ressaisir pour le bien de sa fille. Une part de Marc était toujours en vie à travers son enfant.

— C'est une petite fille très courageuse. Je suis si fière d'elle. Je ne supporterais pas qu'il lui arrive quoi que ce soit.

— Vous n'avez pas à vous inquiéter pour cela. Je veille sur elle comme à la prunelle de mes yeux, la rassura le révérend.

Le soleil se reflétait dans les yeux de Forester, et Charlotte fut profondément touchée par ses paroles. Depuis qu'elle avait rejoint la caravane, il s'était montré toujours présent et à l'écoute. Il l'avait aidée durant les crises de larmes, et avait su trouver les mots pour la réconforter.

— Qu'allons-nous devenir ? Jusqu'où devrons-nous fuir pour qu'ils nous laissent en paix ?

— Ne perdez pas confiance. Comme il l'a fait pour Moïse et son peuple, le Seigneur nous mènera jusqu'à la Terre promise.

— Je vous envie, révérend.

Forester haussa interrogativement les sourcils.

— Cette faculté de ne jamais douter, s'expliqua Charlotte, de toujours espérer en l'homme, de croire qu'un jour les sauvages sauront devenir des êtes humains, de croire que l'on puisse pardonner l'impardonnable : je désirerais tant être à votre place !

— Charlotte, un philosophe a dit que la seule preuve de l'existence de l'homme résidait dans sa capacité à douter. Eh bien, sachez qu'il m'arrive parfois de faiblir et de douter. Seulement, l'amour du Seigneur est plus fort que tout et a vite fait de retrouver le chemin de mon cœur, aussi meurtri soit-il.

— Vous parlez bien, mon révérend. Heureuse sera la femme que vous choisirez comme épouse, fit-elle.

Les joues de Forester se mirent à rosir. Il comprenait le message de Charlotte et l'acceptait néanmoins. Il ne remplacerait jamais son défunt mari. Il serait le confident, mais jamais l'amant.

— Hé ! mon révérend, venez par ici, cria un des fermiers, mettant un terme à ce moment privilégié. On a besoin de gros bras pour ranger le matériel.

— J'arrive, William, répondit-il en adressant un regard mélancolique à Charlotte qui se mit à rougir à son tour.

Ils démontèrent les tables, puis les rangèrent dans les carrioles avec les sièges. Le départ fut alors annoncé, et la longue file de chariots continua sa traversée sur une route cahoteuse et mal entretenue.

La nuit venue, la vingtaine de chariots dessinèrent un cercle sur le sol et, après un repas frugal, les hommes se mirent à faire le guet pendant que leurs femmes et leurs enfants tentaient de trouver le sommeil, malgré les cauchemars qu'ils savaient inévitables.

— Maman, pourquoi les Peaux-Rouges, ils veulent tous nous tuer ? fit Mary.

Allongée au côté de sa fille, Charlotte se retourna et la colla contre son ventre.

— Parce que ce sont des sauvages. Ils ne connaissent que le mal. Ils ignorent la bonté et les valeurs que Notre Seigneur nous a apprises.

— Mais pourquoi Dieu ne leur parle-Il pas ?

Charlotte resta sans voix face à la logique implacable de son enfant. Si le révérend pouvait être là, se dit-elle en rejetant aussitôt cette pensée sacrilège pour une femme endeuillée.

— Mais Il leur parle, seulement ils sont sourds à Ses paroles.

— Mais alors pourquoi Il ne les tue pas ?

— Parce que le Seigneur est trop bon, répliqua Charlotte qui n'aimait pas la tournure que prenait cette conversation.

Mary prit le temps de la réflexion et repartit à la charge avec toute l'impertinence d'une enfant de son âge.

— Mais Il les laisse bien nous tuer ? Peut-être que Dieu ne nous aime pas ?

— Ne dis pas de choses pareilles, l'interrompit aussitôt Charlotte. Dieu est avec nous. Nous nous en sortirons.

— Alors pourquoi papa est mort ?

— Je ne sais pas, Mary. Je t'en prie, cesse de me poser des questions, fit Charlotte en lui caressant tendrement les cheveux. Il faut que nous dormions, demain sera une dure journée.

Un long silence s'installa. Et quand elle crut sa fille endormie, Charlotte laissa soudain le flot de larmes s'écouler sur son visage dévasté par la peine et la douleur. C'était au moment du sommeil que se réveillaient les plaies béantes qui lui écorchaient l'âme. Elle ne pouvait s'empêcher de revivre indéfiniment le meurtre de son mari. Attaché à une porte de leur grange, Marc avait été torturé de longues minutes avant qu'une flèche viennent mettre fin à son calvaire. Cachée avec Mary au sommet d'un grand orme qui surplombait leur domaine, Charlotte n'avait pu qu'assister, impuissante, à cette terrible mise à mort.

— Mon Dieu, je Vous déteste, jura-t-elle entre deux pleurs.

— J'ai cru voir quelque chose, fit Roger Larson aux hommes qui étaient de garde comme lui.

— Quoi ? répondit Jeremy Combs.

Larson quitta l'abri des caravanes et fit quelques pas dans l'obscurité.

— J'ai cru…, commença-t-il avant de finir sa phrase par un hoquet de surprise et de douleur.

Une flèche venait de s'enfoncer dans son ventre. Il porta les mains sur le morceau de bois et s'effondra, stupéfait de quitter ainsi le monde.

— Nom de Dieu, nous sommes attaqués ! hurla aussitôt Combs qui tira un coup à l'aveuglette.

Tous les hommes de garde se mirent à leur poste et entreprirent de tirer sur tout ce qui bougeait ; mais, par cette nuit sans lune, aucune cible ne se dessinait devant leurs regards peu habitués à l'obscurité. Inversement, ils se savaient des proies faciles à cause des lanternes qui éclairaient le périmètre de leur campement.

— C'est pas vrai ! Ils vont jamais nous laisser tranquilles ! cracha James Marcus.

— Approchez, saloperies ! hurla Thomas Jefferson.

Comme pour répondre à son souhait, une silhouette se jeta sur lui et, avant qu'il ait eu le temps de viser, l'homme lui arracha sa carabine des mains et l'égorgea de son couteau.

Des cris caractéristiques des Apaches se firent entendre. L'attaque était lancée. Une cinquantaine d'Indiens fondirent sur le campement.

— Y en a partout ! s'étonna le jeune Francis Cunningam qui tira dans le tas.

Mais sa balle ne trouva pas chair humaine et se perdit dans le noir.

Un Indien fit un dernier bond et se rua sur lui. Avec la force de ses quinze ans, le jeune Cunningam réussit à repousser l'Indien, mais ce dernier revint à l'attaque et tenta de lui planter son poignard dans le ventre.

— Lâche mon fils ! hurla Albert Cunnigam.

Mais avant qu'il atteigne son enfant un Indien s'était mis en travers de sa route et l'avait propulsé à terre d'un croc-en-jambe avant de se jeter sur lui. Cunnigam plaqué sur le ventre ne vit jamais la lame qui s'inséra entre ses omoplates.

— Papa ! hurla le jeune Francis qui se débattait dans un corps à corps avec un autre Apache.

Des larmes de rage lui embuèrent les yeux et, la force décuplée par la colère, il réussit à mettre à terre son agresseur et à lui faire lâcher son couteau. L'Indien se releva aussitôt et se rua sur lui. Ce n'était plus à présent qu'un combat primitif, muscle contre muscle.

L'Indien lui envoya un coup de genoux dans le bas-ventre. Francis encaissa le choc et répondit par une droite en plein visage. Son adversaire chancela un instant. Il eut un rictus de colère, puis un mauvais rire se dessina sur son visage avant qu'il se jette à nouveau sur lui. Le jeune Cunnigam tenta de lui envoyer son poing en plein abdomen, mais, plus rapide, l'Indien réussit à l'éviter d'une feinte et lui attrapa le bras qu'il bloqua avant de lui envoyer son coude gauche dans le visage. Son nez explosa en une gerbe de sang. Un autre coup l'atteignit dans les parties et le jeune Cunnigam ne put que s'effondrer piteusement sur le sol. Il leva ses yeux embués de larmes, et comprit que sa dernière heure était venue. L'Indien se tenait au-dessus de lui et avait sorti son tomahawk.

— Crève, charogne ! hurla alors une voix féminine.

L'Indien se retourna et, tandis qu'il s'apprêtait à armer son bras, une détonation retentit. Une balle lui perfora la gorge, faisant sourdre instantanément des rigoles d'un sang noir et opaque. La silhouette de Laureen McLurie se tenait à deux mètres de lui.

— Miss McLurie ! hurla à son tour Francis Cunningam.

Mais c'était trop tard. Un autre Apache venait d'attraper la pauvre femme par ses longs cheveux et lui tirait la tête en arrière tandis que de son autre main il l'égorgeait avec un couteau. Cunnigam essaya de se relever, mais, alors qu'il s'aidait de son bras pour se redresser, une grande silhouette s'interposa et, avant qu'il ait le temps de hurler, la lame d'un tomahawk s'encastra dans son crâne, s'enfonçant profondément dans sa cervelle, la réduisant à l'état de bouillie.

Partout dans le campement se déroulaient d'autres scènes d'une violence et d'une sauvagerie aussi bestiales. La haine contre l'homme blanc était si puissante qu'aucune compassion n'était possible. Aucune clémence n'était à attendre de la part de ces guerriers. Homme, femme et enfant, quel que soit son âge : nul ne sortirait vivant de ce carnage, sinon un miraculé qui serait chargé de témoigner de la force des guerriers apaches.

Le révérend Forester s'attendait d'un instant à l'autre à se faire assassiner. Il marchait comme une âme en peine au milieu de cette orgie sanguinaire. Assistant, avec toute l'impuissance d'un homme d'Église, au spectacle de la violence des hommes.

Mon Dieu, où êtes-Vous ? se dit-il en sentant les larmes qui coulaient sur ses joues. Étrangement, personne n'osait s'en prendre à sa personne. Comme si sa tunique, caractéristique de sa fonction, le protégeait de la barbarie.

Il arriva devant la tente de Charlotte Jackson, prit une inspiration et pénétra à l'intérieur. Une vision d'horreur s'abattit sur lui. La tête tranchée de Charlotte reposait entre ses jambes. Il ressortit aussitôt, et s'effondra à quatre pattes sur le sol poussiéreux qu'il aspergea de son vomi. Il se mit à pleurer toutes les larmes de son corps. Seigneur, pourquoi ? criait son âme torturée. Son regard rencontra alors un morceau de bois finement travaillé et souillé par le sang. La poupée qu'il avait offerte à Mary. Il se releva et cria sa colère dans un hurlement désespéré. Il venait d'apercevoir le corps inanimé et scalpé de Mary. Qu'avaient-ils donc fait pour que le Seigneur les abandonne ? Pourquoi n'avait-Il pas entendu ses prières ?

Il s'avança vers l'enfant et s'assit à ses côtés. Elle avait les yeux ouverts dans un regard terrifié, empli d'incompréhension. Son petit corps sans vie semblait comme disloqué. Que lui avaient-ils donc fait ? Comment pouvait-on descendre si bas ?! hurla-t-il en lui-même. Il ferma les paupières de la petite fille et l'embrassa sur le front. Il la prit dans ses bras et se releva. Il se rendit compte alors que les combats étaient finis. Tous les Blancs étaient morts. Le bruit de la lutte s'était tu. L'apocalypse était tombée sur eux, annihilant en un instant des dizaines de vies, des hommes et des femmes qui ne connaîtraient plus jamais la joie d'un lever de soleil.

Forester se planta devant un des Indiens qui l'entouraient.

— Qu'attendez-vous pour finir votre œuvre ?! lui cria-t-il.

L'homme ne cilla pas.

— Tu es la mémoire de ces hommes. Tu devras raconter à ceux de ta race ce que tu as vu. Qu'ils sachent que plus jamais nous ne nous laisserons chasser comme du vulgaire bétail. Nous avons retrouvé notre dignité.

Forester partit d'un grand éclat de rire douloureux

— Est-ce donc ceci, votre dignité ? rétorqua-t-il en tendant le petit corps de Mary devant les yeux de l'Apache. Assassiner une enfant ?!

Il jeta un lent regard circulaire sur les hommes qui l'encerclaient et ne lut aucun remords dans leurs yeux. La haine coulait dans leur sang. La folie meurtrière dans leurs âmes.

— Œil pour œil, dent pour dent, répliqua l'Indien. Il est temps que réparation soit faite.

Un coyote se mit à hurler. La nuit était toujours aussi noire. Forester baissa les yeux sur Mary, et pria le Seigneur de le pardonner.

— Alors tuez-moi, je n'ai que faire de votre clémence.

Comme s'ils n'attendaient que cela, des Indiens armèrent leurs arcs et tirèrent une dizaine de flèches qui s'enfoncèrent sans bruit dans le corps du révérend. Celui-ci s'effondra misérablement, écrasant sous son poids celui de la petite Mary.

Révulsé par tout ce qu'il venait de voir, un homme se tenait en retrait du groupe d'Indiens. Il n'arrivait pas à se défaire du sentiment de culpabilité et de honte qui lui taraudait l'esprit. Pourtant il savait que, quoi qu'il eût pu dire ou faire, rien n'aurait changé le sort de ces pauvres gens. Le peuple apache réclamait vengeance et rien ni personne ne les en empêcherait.

— Tu es bien silencieux, homme blanc ? fit le chef indien en se rapprochant de Brautignan.

— Qu'y a-t-il à dire que vous ne sachiez déjà ?

— N'as-tu pas envie de te venger ?

Il aurait aimé lui expliquer ses croyances, lui dire que les concepts de race et d'appartenance à une ethnie lui semblaient les pires aberrations que les hommes aient jamais imaginées pour se différencier les uns des autres. Une seule race, la race humaine. Mais il sentait que son interlocuteur n'attendait qu'un prétexte pour que sa soif de sang soit une fois de plus rassasiée.

— Non, la vengeance est le premier acte de la décadence.

Flèche d'Argent lui jeta un regard méprisant et s'en

retourna auprès de ses hommes fouiller le camp à la recherche d'objets de valeur.

Cela fait, les bêtes furent abattues, puis le feu fut mis au campement.

Le soleil pointait à l'horizon quand ils reprirent leur route en direction de Chicago.

Le voyage dura encore dix jours avant qu'ils atteignent la première cité libre de l'histoire des États-Unis d'Amérique : Chicago. Un accord avait été trouvé entre les différentes parties en présence, Blancs, Noirs et Indiens et, hormis quelques échauffourées sporadiques aussitôt condamnées par les instances représentantes des trois communautés, un calme relatif régnait dans cette cité.

— Va où bon te semblera, homme blanc, fit Flèche d'Argent quand ils eurent franchi le barrage qui les laissa pénétrer dans la ville.

Assis sur son cheval, Brautignan lui adressa un salut avant de quitter le groupe d'Indiens. Il remonta la Fifth Avenue, et se réjouit de voir que la guerre qui avait ravagé les nombreux villages qu'ils avaient croisés n'avait guère touché Chicago. Les immeubles d'habitations se tenaient toujours là, solides et immuables. Le parc Lincoln était toujours aussi somptueux. Des enfants riaient et jouaient entre eux. Brautignan ne put s'empêcher de sourire. Il aimait cette ville. Il avait aimé ces gens, malgré tous leurs défauts.

Une diligence passa à ses côtés. Brautignan lui facilita le passage. Bien que réduite, la circulation était présente. S'il n'avait vu de ses propres yeux les horreurs de la guerre, il aurait pu croire que rien n'avait changé en Amérique. Ou plutôt si, une chose : la couleur des gens. Chicago semblait hors de la réalité. Même si chacun restait avec les siens, l'on pouvait voir dans les rues autant de Noirs que de Blancs, ou encore quelques Indiens sédentarisés. Un havre de paix dans un monde déchiré ?

Il passa la Old Street et aboutit sur River Quarter. Son cœur s'emballa malgré lui. Il reconnaissait les lieux comme s'il y avait été encore la veille. Les souvenirs se déversèrent à flots dans sa mémoire qu'il avait cru asséchée à jamais. Des moments de félicité en compagnie d'une femme exceptionnelle.

Il leva les yeux en direction de la fenêtre du quatrième étage de l'immeuble où il avait vécu trois ans de sa vie. Trois ans de bonheur. Il était encore temps de tout arrêter. À quoi bon essayer de renouer avec le passé ? Brautignan n'hésita qu'un instant et se résolut à aller au bout de sa détermination. La fin du monde était peut-être pour demain. Il devait savoir s'il avait fait le bon choix.

Il sauta de son cheval et l'attacha à une des colonnes qui se dressaient à l'entrée de l'immeuble. Il rajusta son chapeau sur sa tête et pénétra dans le hall. L'odeur qui s'en dégageait lui procura un frisson de plaisir. Nulle part ailleurs dans l'Univers une maison ne pouvait dégager cette odeur-là.

Il monta les marches d'un pas lent et posé, savourant le moelleux de la moquette qui les tapissait. Il atteint le palier du quatrième étage et se posta devant la porte 41.

Et si elle avait déménagé ? se demanda-t-il une énième fois. En raison des événements récents qui bouleversaient la planète, il était raisonnable de penser que les citoyens noirs avaient pu fuir les États du Sud pour aller vers le Nord où les conflits étaient quasi inexistants.

Il prit une grande inspiration et frappa à la porte. Des bruits de course se firent entendre.

— Qui c'est ? demanda un jeune garçon à travers la porte.

Le pouls de Brautignan s'accéléra.

— Un ami de ta maman.

Brautignan fit le vide dans sa tête. Il était trop tard pour reculer. Une clé fut tournée et la porte s'ouvrit. Un jeune enfant métis l'accueillit avec un grand sourire. Derrière lui se tenait une femme d'une trentaine d'années. La peau noire comme de l'ébène, elle était d'une beauté foudroyante.

— Emily, fit-il simplement.

La femme ne put réprimer un tremblement. Ses yeux s'embuèrent aussitôt.

— Thomas ? demanda-t-elle dans un souffle.

Ce n'était pas une question. Juste une terrible constatation. Après cinq années d'absence, elle n'aurait jamais cru le revoir un jour.

— Oui, répondit-il. Je peux entrer ?

— Maman, c'est qui ? fit le garçon.

Emily ne répondit pas et se rapprocha de la porte. Parvenue à la hauteur de Brautignan, elle se retint de lui envoyer une gifle.

— Pourquoi reviens-tu ? fit-elle.

Brautignan était dans un état second. Des sentiments tumultueux s'étaient emparés de son esprit. Il se rappelait toutes les fois où il l'avait aimée.

— C'est une longue histoire. Si tu me laisses le temps, je pourrai te la raconter, ou sinon je peux m'en aller. Je comprendrai.

Le visage de la jeune femme tremblait à présent de rage et de colère. Elle avait fait son deuil de son départ, et ne voulait pas revivre la souffrance de sa séparation.

— Alors, si tu tiens à moi, va-t'en, fit-elle d'un ton inflexible.

Brautignan sourit amèrement. Il ne pouvait tenir sa parole.

— Il faut que tu m'écoutes. Après, seulement, tu décideras de ce que tu dois faire. Laisse-moi juste une chance.

Elle n'eut pas la force de lui résister.

— Entre, mais, dès que tu auras fini de t'expliquer, tu t'en iras. Tu n'as plus rien à faire ici.

— Qu'il en soit ainsi.

Il se pencha vers le garçon et lui ébouriffa les cheveux.

— Tu t'appelles comment ?

— Sam.

Alors la compréhension se fit jour dans l'esprit de Brautignan.

— Tu as quel âge ? demanda-t-il d'une voix qui cachait mal son malaise.

— Cinq ans.

Nom de Dieu ! se dit le général en n'ayant plus de doute.

Emily lui lança un regard glacial. Il n'avait aucune compassion à attendre de sa part. Elle n'avait pas changé. Une femme au caractère fort qui ne lui pardonnerait pas sa lâcheté.

— Allez, entre, fit-elle.

Ils passèrent dans le salon. La pièce était chichement meublée. Pourtant Brautignan lui avait laissé de quoi vivre sans soucis jusqu'à la fin de ses jours. Mais Emily ne s'était pas décidée à vivre dans l'opulence.

Elle l'invita à s'asseoir dans un fauteuil près de la fenêtre et s'assit avec son fils sur le canapé qui lui faisait face. Le soleil couchant traversait le salon de façon délicate. Une belle fin de journée, pensa Brautignan avant de commencer son récit.

— Je ne suis pas l'homme que tu crois. Mon vrai nom est Doug Brautignan. Je suis général dans l'armée de la Fédération, organisme qui régit la vie de milliards de citoyens répartis dans la galaxie. À une certaine époque on m'a affecté en mission de surveillance sur Amérique, monde barbare, société arriérée où le racisme, le machisme, l'intolérance étaient les valeurs dominantes.

Je n'aurais jamais cru y demeurer plus d'une année, pourtant j'y suis resté beaucoup plus longtemps. La raison, c'était toi.

— Et ton départ, c'était lui ? répliqua aussitôt Emily.

Le jeune garçon sourit à Brautignan. Il ne comprenait pas le sens de ces dernières paroles, mais savait qu'on parlait de lui.

— Je ne savais pas que tu étais enceinte. Peut-être serais-je resté si je l'avais appris.

Il lissa sa moustache et se perdit en lui-même.

— Mais peut-être pas, ajouta Emily. Tu sais, je n'ai jamais vraiment cru à tes prétendues origines paysannes. Il y avait en toi quelque chose de conquérant. Et, de toute façon cela ne change rien. Tu ne peux pas revenir comme ça, et espérer que tout redevienne comme avant.

— Je n'en ai pas l'audace, je suis seulement venu te protéger des troubles qui secouent Amérique. Ne te fie pas au calme relatif qui règne à Chicago. La guerre n'en est qu'à ses débuts. Le pire reste à venir.

— Me protéger ? se moqua-t-elle. J'ai réussi à survivre dans ce pays durant plus de cinq ans sans toi. Je ne crois pas que tu me sois d'une utilité quelconque.

— Ne sous-estime pas la menace qui pèse sur nos têtes. Pense à ton enfant, fit-il.

Emily secoua la tête avec amertume.

— Mon enfant, fit-elle en écho. Va-t'en.

Elle se releva, et lui indiqua la porte. Brautignan savait qu'il venait de commettre un impair irréparable, mais il ne pouvait voir en cet enfant un fils qu'il aurait honteusement abandonné. Il se redressa à son tour et, après un dernier regard, quitta l'appartement.

Quel idiot ! s'injuria-t-il en redescendant l'escalier. Qu'avait-il vraiment cru en revenant ici ? Qu'il pourrait revivre comme avant ? Comme si ces cinq années d'exil n'avaient jamais existé. Il fit une grimace désenchantée et ressortit de l'immeuble. Le soleil touchait presque l'horizon. La nuit n'allait pas tarder à envahir le ciel. Il chercha son cheval, mais eut la déconvenue de ne pas le trouver. Il sortit du patio et fit quelques pas dans la rue. Des passants aux costumes typiques passèrent devant lui en l'ignorant totalement. Il était devenu un citoyen ordinaire. Il s'était à nouveau fondu dans le peuple d'Amérique.

Se faisant à l'idée qu'il ne retrouverait plus son cheval, il se mit en quête du premier hôtel venu afin d'y passer la nuit. Le sable crissait sous ses bottes venues d'un autre âge. Il aimait cette sensation de sentir la vraie terre sous ses pieds. Comme lui semblait loin la vie qu'il avait menée sur Sylane ! Sa maison, sa femme et ses deux enfants. Une autre vie.

Une main se posa sur son épaule. Par réflexe Brautignan se retourna et se mit en position de défense. Un homme d'une quarantaine d'années se tenait devant lui. Habillé d'un poncho et d'un sombrero, il avait tout de la caricature d'un Mexicain. Un sourire éclairait son visage tanné par le soleil.

— Amigo, ça fait longtemps qu'on t'a pas vu dans le coin.

— Santiago ! s'exclama Brautignan. Qu'est-ce que tu fabriques ici ?

L'homme roula son cigare entre ses doigts et fit jouer les muscles de sa joue droite, ce qui lui conférait un sourire tout particulier.

— J'attendais ton retour. Je savais que tu ne pourrais t'empêcher de venir la voir.

— Ça fait plaisir de savoir qu'il y a des gens sur qui l'on peut compter.

Santiago hocha gravement la tête.

— Bien plus que tu ne peux le croire, amigo. (Il lui passa un bras autour des épaules.) Allons boire un verre. Ça nous rappellera le bon vieux temps.

Ils marchèrent jusqu'au *Bullet Saloon* et s'assirent au balcon. Santiago fit passer ses jambes par-dessus la rambarde et posa son chapeau à terre.

Un bruit continu emplissait le saloon. Des joueurs de cartes aux voyageurs de passage, tous avaient une bonne raison pour fréquenter ce genre d'endroit. Sans oublier la plus importante, se rincer l'œil sur les serveuses aux tenues aguichantes.

— De belles poulettes, qu'on trouve, n'est-ce pas ? Pourquoi tu t'es barré, Thomas ?

Que répondre ? se demanda le général. Santiago avait été l'une des rares personnes qu'il pouvait qualifier d'ami. Un être étrange au paraître rustre mais à l'intelligence fine et avisée.

— Besoin de changer d'air.

Santiago se mit à rire et secoua la tête.

— Aïe, aïe, aïe, général, mauvaise réponse, fit-il en lui faisant un clin d'œil.

Brautignan posa la main sur sa cuisse, prêt à dégainer.

— Non, amigo. Si j'avais voulu te tuer, ça fait des années que tu pourrirais entre quatre planches.

— Qui es-tu ?

— Quelqu'un qui te veut du bien. À l'heure qu'il est, tes amis sont en train de se faire écharper par les miens. La guerre a bel et bien commencé, général.

Des gouttes de sueur dégoulinèrent sur le front de Brautignan. Il sortit un cigare de sa poche et l'alluma. Une bouffée de fumée s'échappa peu après de ses lèvres serrées.

— Pourquoi me laisser vivre ?

— Parce que tu as de la chance de m'avoir comme ami. Je crois que tu n'es pas comme la majorité de tes semblables. En d'autres temps, j'ai la pertinence de croire que tu aurais été de notre côté.

Un ventilateur éparpilla mollement la fumée de leurs cigares. La musique résonnait de plus belle.

— Pour qui travailles-tu ? demanda Brautignan.

Santiago fit une moue énigmatique et appela une serveuse.

— Apporte-nous deux tequilas, ma belle, et si tu es gentille tu auras un joli pourboire.

La fille lui adressa un sourire et repartit en faisant onduler son splendide postérieur.

— Je suis un des rares survivants du dernier génocide connu.

— À ma connaissance, il n'y a pas eu de génocide depuis plusieurs siècles.

— Tout à fait exact, répondit Santiago en frottant ses joues râpeuses.

Brautignan fixa son regard droit dans les yeux de son interlocuteur. À quoi jouait-il ? Qu'insinuait-il ? Qu'il était vieux de plusieurs siècles ?

— Je ne crois pas à la réincarnation, fit-il.

— Alors, c'est que tu as séché pas mal de tes cours d'histoire.

— Je ne crois pas.

L'atmosphère se fit plus lourde. Brautignan tira sur son cigare.

— As-tu entendu parler de Hsiang Li Tung ?

Ce nom titilla la mémoire du général, sans pour autant lui fournir une réponse claire.

— J'ai peut-être séché plus que je ne le croyais.

Santiago partit d'un nouveau rire, sonore et guttural.

— Oui, beaucoup sont dans ton cas. Amnésie collective, peut-être ! fit-il avant de reprendre sur un ton plus amer : Il est notre père à tous. Celui qui nous donna la conscience de soi. Celui qui changea un vulgaire assemblage de composants électroniques en des machines pensantes…

— Des robots ! le coupa Brautignan, stupéfait.

— Androïdes, rectifia Santiago. Hé oui, nous sommes plus difficiles à abattre que vous ne l'aviez espéré.

Le cerveau de Brautignan se mit à fonctionner à plein régime. Un début d'explication aux tout derniers événements était en train de se mettre en place au cœur de son cortex cérébral.

— Vous avez organisé la révolte des planètes limites.

Santiago hocha la tête en serrant les mâchoires.

— Vous êtes coupables de milliers de morts.

— C'est le lot de toutes les révolutions. La liberté a un prix, celui du sang de ses geôliers.

— Aucune cause ne mérite que l'on tue pour elle.

Santiago se pencha en arrière sur sa chaise, et fit un geste de dénigrement de la main.

— Un général de l'armée qui me dit ça ? ironisa-t-il. Restons crédibles, je t'en prie.

Brautignan n'essaya pas d'argumenter. Même s'il croyait que la discussion était l'arme des justes, il savait néanmoins que ce n'était que pure théorie. La réalité impliquait que l'on use de moyens beaucoup plus expéditifs qu'une réunion autour d'une table.

— Que cherchez-vous ? En quoi la guerre au sein des planètes limites va-t-elle vous permettre de revendiquer une réhabilitation de votre statut ?

— Nous ne cherchons pas à être réhabilités par qui que se soit. Il n'y a pas matière à discussion possible. Nous avons payé le prix du sang. Maintenant c'est à vous de vous soumettre à notre volonté, s'emporta Santiago avec véhémence avant de reprendre sur un ton plus bas : Nous ne cherchons qu'à vivre parmi l'humanité en toute liberté. Voilà notre seul et unique objectif.

Quelques jours auparavant, il se serait moqué de quiconque lui tenant de tels propos. La Fédération avait le monopole du pouvoir militaire. Personne dans la galaxie ne pouvait rivaliser avec ses flottes et son armement. À présent, le doute s'insinuait dans son esprit. Les faits étaient bien là. La Fédération devait subir cette attaque d'un genre nouveau. Quelles étaient les forces en présence ? Combien d'androïdes avaient pu survivre à leur élimination, des siècles auparavant ? Où se trouvait leur repaire ? Comment avaient-ils pu échapper à la vigilance des services secrets durant de longues décennies ?

Brautignan ne craignait pas une défaite face aux forces rebelles, mais il comprenait néanmoins qu'il ne fallait pas prendre à la légère la menace androïde.

Des fanatiques prêts à tout, se dit-il. Et il savait que cette sorte de personnages étaient capables de beaucoup plus de nuisances qu'un simple soldat de carrière payé pour faire un travail qui lui permettait de nourrir sa famille.

— J'imagine que tu te poses un certain nombre de questions, ajouta Santiago tandis que la serveuse déposait deux tequilas à leur table.

— En effet. Si tu voulais y répondre…

Santiago fit ballotter son index de droite à gauche.

— Non, je t'en ai déjà trop dit. J'espère désormais que tu comprendras que ma situation est liée à la tienne. Si tu t'enfuis, je suis un homme mort. J'ai pour mission de te ramener avec moi, cependant je ne te forcerai pas.

— Tu veux que je te promette de te suivre aveuglément ? de me livrer aussi facilement à l'ennemi ? se moqua Brautignan.

Il prit son verre et en avala le contenu cul sec. Son gosier s'échauffa aussitôt et cela provoqua un toussotement agréable.

— Je ne crois pas que tu aies bien saisi le choix que je te propose : soit tu tentes de t'enfuir et nous sommes tous les deux morts, soit tu me suis et nous pouvons espérer être encore en vie à la fin du conflit. Moi, toi, mais aussi Emily et ton enfant, ajouta Santiago afin d'éviter toute discussion possible.

Évidemment, il le tenait par sa chair et par son âme.

Brautignan haussa les épaules et s'avoua vaincu. À

peine commencée, la guerre était déjà finie pour lui. Il venait de trahir ce en quoi il croyait le plus : son armée. Des milliers de jeunes soldats allaient devoir se battre dans les jours qui suivraient et un général manquerait pour mener les combats. Une désertion peu glorieuse.

Il tourna la tête vers la droite et attira le regard d'une serveuse.

— Bonsoir, messieurs, que puis-je pour vous ?

— Deux tequilas, fit Brautignan. Ou plutôt apporte-nous une bouteille.

CHAPITRE 8

Bavière

La nuit s'était installée sur Hambourg. Une myriade de véhicules aux formes étranges et hétéroclites survolaient la capitale de la Fédération.

Assis aux commandes de son appareil, le conseiller Marshall était atterré. Cela faisait désormais plus de deux semaines que leurs premières unités avaient posé le pied sur les planètes limites, et toujours cette même incompréhension, cette même question sans réponse. Qui était à l'origine de ces événements ?

Il avait cru que, très vite, leur ennemi se dévoilerait une fois que leur engagement dans le conflit serait clair. Pourtant rien ne s'était produit. Se pouvait-il que ce ne soit là que pure coïncidence ? Que la rébellion simultanée sur quinze planètes ne soit que le fruit du hasard ? Impensable, et pourtant…

Usant de son droit de passage, il dirigea son appareil hors des couloirs aériens publics pour survoler le plus grand temple bouddhiste de l'Univers. Une merveille financée par un industriel philanthrope. Un monument gigantesque qui était illuminé en permanence par des milliers de projecteurs.

Marshall passa la main dans ses cheveux et soupira lentement. Il rêvait de plus en plus souvent de pouvoir n'être qu'un simple citoyen anonyme. Un homme ordinaire qui n'aurait pour seul souci que sa propre existence et son bien-être personnel. Quelqu'un qui laisserait aux autres le soin de lui procurer un monde pacifique pour sa femme et ses enfants. Malheureusement, sa conscience lui interdisait tout recul.

Il ne put s'empêcher de repenser aux paroles que son fils lui avait adressées quelques semaines auparavant. Peut-être, en effet, n'était-il après tout qu'un être égocentrique épris de puissance et de pouvoir ? Il ferma un instant les yeux et sombra dans une tristesse qui l'enveloppa tout entier. L'image de Guntray lui écorchait l'âme. Ce fils qu'il avait, malgré lui, envoyé à la mort. Car cela ne faisait plus de doute : les chances de survie d'un novice sur cette planète barbare étaient inexistantes.

Une sonnerie le sortit de sa torpeur. Il était presque arrivé. Le ministère de l'Extérieur était en vue. Il fallait qu'il reprenne ses esprits. Il se força à sourire et rajusta son col et sa cravate. Peu importaient ses sentiments, le destin de la civilisation était en train de se jouer, et il ne pouvait se dérober à son devoir. Quoi qu'il il lui en coûtât, il devrait comme toujours tirer le meilleur de lui-même pour le bien de l'humanité.

Atlan

Un vent puissant lui fouettait le visage. Guntray était aux anges. Debout à la proue de la chaloupe, il se tenait prêt à envoyer son harpon dans les flancs de la bête.

Après deux journées de stagnation dans des eaux calmes, ils avaient été enfin récompensés de leur long voyage. Un groupe de baleines avait fait son apparition.

Aussitôt les hommes du capitaine Volgod avaient mis les chaloupes à la mer et la chasse avait commencé. Resté auprès d'Anastasia, Guntray était fasciné par cette traque impossible, de David contre Goliath. Une hystérie sanguinaire avait envahi leurs esprits. Volgod lui avait proposé de s'y essayer et c'est avec une forte émotion qu'il avait accepté la chance qui lui était offerte de se battre contre ce monstre de plusieurs tonnes.

— Regarde comme elle est belle, fit l'un des marins qui partageaient son embarcation.

Guntray était hypnotisé par le mammifère des mers. Longue de près de quinze mètres, la baleine tentait de leur échapper, mais les bras d'une dizaine de rameurs suffisaient à garder la distance.

Des oiseaux piaillaient tout autour d'eux. L'aube pointait à l'horizon. À bâbord, le ciel était d'un noir de jais, alors qu'à tribord le ciel était coloré d'une délicate couleur pêche. Malgré son état de concentration, Guntray savourait pleinement le bonheur de voir de ses yeux des images tirées des pages d'un vieux roman. Alors qu'il n'avait jamais eu l'âme d'un chasseur, il s'était pris au jeu, et espérait sincèrement tuer l'animal. Sur ce monde barbare, l'homme civilisé avait laissé place à ses instincts guerriers issus des temps immémoriaux. Il devait prouver à ses compagnons qu'il était tout aussi capable qu'eux.

La chaloupe se rapprocha de la baleine. Le moment fatidique n'allait pas tarder à arriver. Il arma son bras et se tint prêt à tirer. La baleine cracha un filet d'eau par son évent.

— Ne tarde pas trop, on commence à fatiguer ! hurla un marin dont les muscles puissants faisaient claquer les rames dans cette eau encore sombre.

Guntray focalisa son regard sur un point précis de la baleine et lança son harpon avec une force décuplée par l'adrénaline qui coulait dans son sang. La lame s'enfonça et se fixa dans les chairs de l'animal qui partit dans une course folle. La corde reliant le harpon à la chaloupe se tendit et l'esquif fut alors traîné dans le sillage de la baleine. Guntray perdit l'équilibre et tomba en arrière.

— Bien visé, le Français, le félicita un marin qui lui céda sa place.

Le marin se mit à la proue et arma un deuxième harpon. La baleine se trouvait à près de dix mètres devant eux, et pourtant l'homme n'hésita pas un instant. Il gonfla le torse, banda ses muscles et lança le harpon qui fendit les airs et alla se planter tout près de celui de Guntray. L'homme leva le bras et poussa un cri de victoire. Tous les autres marins applaudirent et commentèrent gaiement cette nouvelle prise.

À présent, blessée en deux points, la baleine peinait de plus en plus dans sa fuite désespérée, et bientôt s'arrêta d'épuisement. Elle mourut quand son cœur, vidé de son sang, rougissant l'océan autour de son grand corps inanimé, cessa de battre.

Le baleinier se rapprocha de leur position et les marins s'employaient à la hisser à bord. Guntray assista en simple spectateur à la suite des opérations qui demandaient une technique adéquate et délicate.

Quand il eut lui aussi rejoint le pont supérieur, il alla retrouver Anastasia qui regardait de ses grands yeux les hommes du navire qui commençaient à débiter l'animal en morceaux.

— Mon père ne pensait pas que vous réussiriez à la toucher, lui dit la petite fille. Mais moi, j'étais sûre que vous ne la rateriez pas.

Guntray sourit tendrement.

— Moi-même je n'étais sûr de rien. Je dois plus à la chance qu'à mon talent d'avoir trouvé ma cible.

Anastasia fit une moue de désapprobation.

— Je suis certaine que vous pourriez devenir un grand marin, si vous le vouliez.

Une fois de plus l'enfant revenait à la charge. Elle espérait de tout cœur qu'il ne les quitterait pas une fois la campagne de chasse terminée.

— Peut-être, malheureusement je ne suis pas en position de choisir mon destin. Certaines affaires que je dois régler en France m'interdisent de rester plus longtemps en Russie.

— Alors on vous reverra plus jamais ?

Il se baissa vers elle et lui prit ses petites mains entre les siennes.

— Je te promets que je viendrai te revoir régulièrement, et tu sais que je suis un homme d'honneur.

La promesse ne sembla guère convaincre Anastasia qui se jura de revenir à l'attaque dès que possible.

Bavière

— Nom de Dieu ! Ouvrez-moi ces fenêtres ! jura Mirèse qui se bouchait le nez avec un mouchoir.

— Tout de suite, commissaire, répondit le sergent Ling.

Mirèse et trois autres fonctionnaires de police venaient de forcer la porte de cette misérable chambre située en plein Jungle Corner. Une musique assourdissante provenait de la chambre d'en face. La nuit n'était jamais silencieuse dans les bas-fonds de Kaklan.

Le commissaire se posta au-dessus du corps sans vie et ferma les yeux de la victime. Un trou béant avait perforé la tête, envoyant le sang maculer d'un rouge à présent opaque la tête et le cou de Wallace. Mirèse aperçut alors une marque. Une signature ?

— Appelez une ambulance, qu'on fasse une autopsie !

Un flash illumina la chambre. Un des sergents prenait des photos. Même si tout démontrait qu'il s'agissait d'un suicide. Aucune mort de policier ne pouvait être close sans un minimum d'investigation. Si effectivement le sergent Wallace tenait encore un revolver dans sa main, il restait cependant à prouver qu'il s'était lui-même tiré une balle dans la tempe.

— Pourquoi il a fait ça ? demanda le lieutenant Harris.

Mirèse haussa les épaules. Il n'avait aucune réponse à fournir. Si ce n'est des doutes. Des suicides au sein de la brigade criminelle étaient chose courante, pourtant au fond de lui il était persuadé que le sergent Wallace n'était pas du genre à mettre un terme à ses jours. C'était un coriace.

Placardée sur le mur de l'immeuble qui jouxtait la chambre, une publicité à néon alternatif projetait un éclairage bleuté du plus mauvais effet. Par pure formalité, Mirèse ouvrit les tiroirs et les placards, mais rien de pertinent n'attira son regard d'expert. Il savait que la solution ne résidait pas entre ces quatre murs.

— Continuez à fouiller sans moi, j'ai rendez-vous, fit-il alors à ses subordonnés.

Le sergent Baïko lui jeta un regard de biais, mais s'abstint de tout commentaire. Tout le monde avait appris à connaître le mauvais caractère de ce commissaire venu de Néron.

Une fois ressorti de l'hôtel, Mirèse s'engouffra dans son véhicule et prit la direction de la Conception Corporation. Il en avait plus qu'assez de ces mystères. Son affectation à Kaklan était presque arrivée à son terme. Il lui fallait à tout prix avancer s'il voulait espérer qu'on lui laisse quelques jours de plus pour démêler cette histoire.

De grosses gouttes de pluie se mirent à frapper la vitre du cockpit. L'orage annoncé s'abattait sur la ville.

Mirèse sortit une cigarette et l'alluma. Il fit le point sur tout ce qu'il savait et dut s'avouer une fois de plus qu'il ne possédait que peu d'éléments. Qui tirait les ficelles de toutes ces affaires ? Roseta Ming ou son alter ego du Groupement, Genievre Kanz ? À moins que ce ne soient les partis politiques, ou les empires mafieux ? Mirèse inhala une bouffée de fumée, et hocha la tête de découragement.

Son véhicule passa devant l'encart holographique d'une marque de bière. Le commissaire saliva instinctivement.

— Mademoiselle Ming est couchée, cela ne peut-il attendre demain ? demanda le majordome.

— Non, répliqua sèchement Mirèse à l'interphone.

Debout sur le toit de la pyramide familiale, trempé par la pluie, il attendait que l'homme veuille bien le laisser entrer.

— Je vais voir ce que je peux faire, répondit le majordome comme s'il avait le choix.

Mirèse trouva ridicule ce genre de comportement. Personne n'est au-dessus des lois. Même pas lui.

Au bout de quelques longues secondes, la porte de l'accueil finit par s'ouvrir et il put enfin retirer son imperméable dégoulinant d'eau de pluie. Le majordome l'invita à le suivre. Ils prirent un ascenseur et descendirent jusque dans les appartements privés de la riche héritière.

— Mademoiselle Ming va arriver. Si vous voulez bien patienter.

Mirèse lui envoya un regard mauvais, et se mit à examiner les lieux.

Un véritable musée d'art moderne. Des millions de

coupons réunis dans une seule et même pièce. Un gâchis épouvantable. Il repensa à Wallace dont le corps croupissait dans un taudis en plein Jungle Corner. Si l'égalité des droits était une notion chère aux Pères de la Fédération, celle de l'égalité des biens semblait bel et bien avoir été oubliée dans les articles fondateurs de la société de progrès.

— Décidément, vous ne pouvez vous passer de moi, l'interpella soudain une voix.

Absorbé par ses pensées amères, il retint de justesse un sursaut. Il se retourna et découvrit Roseta Ming enveloppée dans une robe de chambre en soie, couleur ivoire.

— Croyez bien que je m'éviterais ce genre de déplacement si je le pouvais, commença-t-il. Mais il se trouve que votre ange gardien est mort.

Roseta blêmit. Un nom se forma sur ses lèvres. Mirèse put le lire sans aucune difficulté : Guntray.

— Non, l'autre, rectifia-t-il avec un sourire sarcastique. Le sergent Wallace.

— Que lui est-il arrivé ?

Le commissaire scrutait la moindre réaction. Il devait savoir si elle était coupable ou non.

— Il s'est apparemment suicidé. Cela faisait plusieurs jours que nous étions à sa recherche. Dommage que nous n'ayons pu le retrouver avant.

Roseta baissa les yeux. Pauvre homme. Elle était réellement peinée par sa mort. Elle se rappelait son regard halluciné, quand elle s'était réveillée chez lui après que l'inconnu à la chemise à jabot l'eut attaqué.

— Pourquoi venir me réveiller en pleine nuit pour m'annoncer cette nouvelle ? Je n'ai aucune relation avec lui. Même si je peux compatir à la douleur des services de police, je ne vois pas le rapport entre son décès et votre présence ici.

Mirèse se gratta le front.

— Non, en effet, fit-il d'un ton qui impliquait le

contraire. Pourtant, voyez-vous, s'il s'avère que sa mort est due à une balle qui lui aurait traversé le crâne de part en part, il se trouve qu'un détail particulièrement intéressant a piqué mon attention.

Il s'arrêta et jaugea Roseta avec le plus de discernement possible. Il pouvait déceler une tension certaine qui se dégageait de chacun de ses membres. Elle n'était au courant de rien. Ses yeux l'incitaient à continuer ses explications.

— Une morsure au cou, mademoiselle Ming. Ce genre même de morsure dont votre agresseur vous a fait l'honneur.

Mue par un mauvais réflexe Roseta leva sa main pour la passer sur sa cicatrice. Les souvenirs de cette terrible nuit lui revenaient par vagues évanescentes. Tout était encore très flou dans sa tête. Elle n'arrivait pas à se rappeler exactement ce qui s'était passé ce soir-là. La seule image qu'il lui restait, gravée de façon indélébile au fond de sa mémoire, était ce visage au sourire carnassier.

— Je vous ai déjà dit que je ne me souvenais de rien, commissaire. Que voulez-vous de plus ? fit-elle.

Mirèse savait qu'elle mentait. Son ton masquait des doutes. Toutefois il savait pertinemment qu'il ne serait jamais son confident.

Il s'assit confortablement sur un des canapés.

— Vous savez, cette morsure m'a rappelé un ancien mythe, commença-t-il avant de prendre le temps de s'allumer une cigarette. Le vampire. Un personnage fantastique, qui se nourrissait du sang de ses victimes afin de prolonger son séjour sur terre.

Roseta leva les yeux au ciel.

— Ne me dites pas que vous pensez que j'aie pu me faire mordre par un tel personnage !

— Certes non, mais par une personne adepte de je ne sais quel culte étrange, pourquoi pas.

— Eh bien, dans ce cas, faites votre travail et enquêtez sur de telles sectes !

Mirèse étudia attentivement l'extrémité incandescente de sa cigarette et prit son temps pour répondre.

— J'y compte bien. Mais si vous m'en disiez plus, cela m'éviterait de perdre du temps. Il faut que vous compreniez que nos assassins ne sont pas des enfants de chœur. À cause de notre peu d'informations, un homme vient de mourir. Il serait fort dommage que nous découvrions sous peu une autre victime alors que vous déteniez peut-être des informations permettant de la sauver.

Quel salaud ! Que devait elle faire ? Elle savait qu'elle n'était responsable en rien de la mort du sergent Wallace, pourtant un sentiment de culpabilité commençait à l'assaillir. Et puis tant pis !

— D'accord, je vais vous dire ce que je me rappelle. (Elle s'assit en face du commissaire.) Je revois un homme habillé d'un costume d'un autre âge, veste en lin et chemise à jabot. Je me souviens de ses grandes mains et de son regard hypnotique, terrifiant et cependant si attirant.

Roseta s'arrêta, perdue dans ses pensées.

— Continuez, je vous en prie, l'encouragea Mirèse.

— Mais c'est son sourire que je n'oublierai jamais. Glacial et féroce. Deux longues canines acérées comme des pointes d'acier. Un véritable vampire, monsieur le commissaire.

Mirèse sentit quelque chose lui frotter la jambe, et il ne put refréner un frisson.

— Viens ici, Pégase, appela Roseta.

Le chat s'approcha de sa maîtresse et, d'un bond, vint s'asseoir sur ses genoux.

— Je n'ai rien d'autre à ajouter, si ce n'est que, depuis, je fais des rêves étranges, mais cela est plutôt du ressort de mon psychanalyste.

Se moquait-elle de lui ou disait elle vraiment ce dont

elle se souvenait ? Mirèse savait qu'elle n'en dirait pas plus.

— Soit, fit-il en se levant. Si jamais d'autres souvenirs vous reviennent en mémoire, n'hésitez pas à m'appeler.

— Je n'y manquerai pas, répondit-elle.

Mirèse quitta l'appartement et retourna sur le toit où se trouvait son véhicule. Si la pluie avait cessé de tomber, un petit vent s'était levé. Le commissaire referma le premier bouton de sa chemise, se demandant dans quel genre d'histoire il venait encore de tomber. Se pouvait-il que des vampires existent ?

Éden

— Je suis content de vous revoir, fit Drake en tendant la main.

— Je ne vois vraiment pas pourquoi, répliqua Wilson qui répondit toutefois à ce signe de civilité.

Les deux hommes se trouvaient dans un des réfectoires de la station orbitale. L'astre géant brillait derrière la baie vitrée qui les séparait du vide interstellaire. De nombreux androïdes mangeaient tout autour d'eux sans leur prêter la moindre attention.

— Parce que derrière vos manières rustres gît une personne tout à fait respectable. Je n'ai que de bons souvenirs des journées que nous avons passées ensemble.

Wilson sonda de son regard le robot qui lui faisait face. Comment cette machine pouvait-elle penser qu'il puisse l'apprécier ? Il en était désolé. Ne comprenait-elle pas que, pour lui, elle n'était qu'un amas de silicium et que peu importait que son corps fût fait de chair : son cerveau n'était qu'un assemblage de composants électroniques qui n'avaient pas de place pour une âme ?

— Que me voulez-vous ? demanda-t-il sur un ton neutre.

Drake sourit et s'étira lentement.

— Rien de plus que vous parler.

— Vous n'arriverez à rien. Si vous pensez m'apitoyer sur votre cas, vous pouvez vous retirer, monsieur Drake.

Un profond rire s'éleva d'une table voisine. Wilson détourna le regard et comprit qu'il n'était en rien la cause de l'hilarité. Des machines qui rient entre elles ! Absurde comportement simiesque !

Drake arrêta une serveuse et lui demanda de lui apporter un café, puis il posa ses deux coudes sur la table et croisa les bras.

— Je comprends que vous puissiez ne voir en nous que de simples robots, mais toutefois je trouve fort désagréable la façon dont vous nous traitez. Ce n'est pas parce que nous n'avons pas d'âme que nous ne méritons pas votre respect. Que pensez-vous de la cruauté envers les animaux ?

Un débat théologique avec un inculte, soit, pensa Wilson qui se faisait une joie de remettre à sa place ce robot.

— Une malignité inspirée par les plus bas instincts de l'homme.

— Pourtant les animaux n'ont pas la conscience d'eux-mêmes, en quoi le fait de leur infliger des souffrances peut-il donc être signe de perversion ?

Wilson secoua la tête.

— L'animal n'est pas en cause, mais l'homme qui le maltraite. Faire souffrir un animal en éprouvant du plaisir à l'idée que la bête a conscience de sa douleur est une preuve d'un attrait pour le mal.

Wilson n'était jamais tombé dans la compassion irraisonnée qu'avaient certaines personnes envers les animaux. La nature que Dieu avait créée était ainsi faite ; les animaux ne connaissaient aucun sentiment de culpabilité. Ils n'agissaient que dans le but de satisfaire leurs instincts sans chercher à les refréner. Tout l'inverse de ce que devrait être un être humain.

— Dans ce cas, que pensez-vous des hommes qui ont détruit des millions de boîtes de conserve en prenant plaisir à nous détruire ?

Évidemment, se dit Wilson qui avait compris depuis le début le cheminement de pensée de son interlocuteur.

— Si tel a été le cas, alors je condamne sans la moindre hésitation leurs actes, mais je peux d'ores et déjà vous affirmer qu'à l'inverse, en ce qui concerne l'Église catholique, c'est elle qui demanda l'arrêt de la mise en service des robots, et cela dans le seul souci de cesser d'utiliser des êtres de chair pour de basses expériences industrielles.

La serveuse, une ravissante brune, déposa un café devant Drake qui saisit aussitôt sa tasse.

— Peut-être votre Église, mais pas vous, frère Wilson. Nierez-vous éprouver du plaisir à me faire comprendre que je ne suis pas digne d'entrer dans le royaume de Dieu ?

— Je ne le nie pas, mais je n'ai jamais prétendu être quelqu'un de parfait.

Drake secoua la tête en souriant.

— Vous êtes un sacré personnage. J'espère que je ne regretterai jamais de vous avoir sauvé la vie.

Wilson ne dit rien. Il comprenait la rancœur de Drake. Si une partie de son être avait envie de lui dire toute sa reconnaissance, une autre lui criait que le moindre relâchement dans sa position lui ferait perdre tous ses repères. Il ne devait pas céder à la tentation. Le diable savait user de toutes les voies pour atteindre les meilleurs d'entre eux. Il ferma les yeux, et récita intérieurement un Pater.

— Au fait, je voulais vous dire, nous allons quitter la station dès demain. Soyez prêt à dix heures, je viendrai vous chercher.

— Où allons-nous ? demanda Wilson qui rouvrit les yeux.

— En enfer, conclut Drake, pas mécontent de son analogie. Au revoir.

Il se leva et partit sans se retourner. Désolé de n'avoir su infléchir un tant soi peu la position de ce frère qui s'acharnait à renier ce qu'il était réellement : un robot comme lui.

Atlan

La clarté d'une des lunes d'Atlan traversait la fenêtre de la chambre pour se poser sur le corps immobile de Delphine.

Allongée sur le lit d'une modeste chambre dans une auberge rustique, elle se sentait dans un état qu'elle n'avait jamais connu auparavant. Peut-être était-ce dû à l'effet des quelques verres de vin qu'elle avait bus dans la soirée, ou plus simplement à l'excitation du désir. Tout ce qu'elle savait, c'est qu'elle était heureuse d'être là.

Une silhouette masculine s'approcha d'elle. Le manque de lumière lui donnait un aspect spectral qui l'envoûtait plus qu'il ne l'effrayait. L'homme s'assit près d'elle. Delphine sentit que son cœur se mettait à battre plus rapidement. Le moment était enfin venu.

Une main se posa sur ses chevilles, et elle put la sentir chercher son chemin sous la jupe qui les recouvrait. Le contact de cette main chaleureuse sur sa peau innocente lui procura un frisson de plaisir délicieusement enivrant. Elle inspira profondément. Un feu brûlant était en train de prendre possession de son corps juvénile. Et alors que la main avait presque atteint la périphérie de son intimité, elle se retira soudainement pour se poser avec douceur sur un de ses seins couverts par la fine épaisseur d'un corsage de toile légère. Ses mamelons se durcirent aussitôt.

L'homme se pencha plus en avant et vint poser un baiser sur les joues de Delphine qui sentit ces dernières rosir de plaisir. Puis leurs lèvres se soudèrent dans un élan gracieux d'une délicatesse extrême. Un nouveau frisson lui parcourut tout le corps.

L'homme s'allongea sur elle, et la fit basculer sur lui. Des mains viriles mais tendres commencèrent à retrousser son caraco, dévoilant les attraits de sa féminité pris dans un bandeau de dentelle qui soutenait sa gorge palpitante. Un instant plus tard ses seins s'échappaient de ce carcan, désormais trop étroit. L'homme s'était dévêtu jusqu'au torse.

Sa poitrine frottant doucement les pectoraux de l'homme, Delphine se laissait complètement aller à son plaisir. Bien lointaines lui paraissaient ses propres expériences, quand elle avait osé s'adonner au plaisir solitaire.

Une main chaude et bienveillante lui caressait les cheveux, tandis que l'autre descendait le long de ses reins, s'attardant sur ses fossettes.

Après quelques minutes d'un tel plaisir, l'homme défit les nœuds de sa jupe et la fit glisser avec lenteur et habileté. Il la déposa près du lit, puis se débarrassa de ses propres vêtements. Il se rapprocha de Delphine et lui ôta le dernier rempart de sa virginité. Il enfouit sa tête entre ses jambes…

Une onde de plaisir la traversa. Tout son corps tressaillait. Une fulgurance de bonheur la submergea bientôt et elle ne put s'empêcher de laisser échapper un cri de jouissance.

Satisfait, l'homme cessa ses caresses buccales, et présenta sa verge près de son antre humide.

Delphine retint sa respiration. Elle avait entendu tant d'histoires sur la première fois. Une douleur terrible, du sang qui coulait sans s'arrêter, mais aussi tout l'inverse.

— N'ayez crainte, jamais je ne vous blesserai, fit Jalabert, s'empalant soudainement en elle.

Cette fois-ci, ce fut un grand cri qui s'échappa de ses lèvres. Pourtant, très vite, la force de son désir lui fit oublier la douleur pour ne retenir que l'immense plaisir que les va-et-vient du professeur lui procuraient. Oubliant toute pudeur, elle émit, sans aucune honte, de longs râles en guise d'encouragement à l'adresse de son partenaire déchaîné.

Elle acceptait toutes les nouvelles positions, se laissant guider par Jalabert qui se montrait un véritable expert de la chose.

— Continuez, souffla-t-elle tandis qu'il la mettait à quatre pattes devant le lit.

Il la perfora avec ardeur et entama une danse rythmée par les mouvements de son bassin. Dans un dernier orgasme synchronique, les deux amants conclurent leurs ébats. Ils s'étalèrent sur le lit, enlacés.

Les yeux clos, Delphine sentait son souffle sur sa joue. Elle caressa son dos ruisselant de sueur. Elle ne s'était jamais sentie aussi sereine, autant en sécurité qu'en ce moment.

— Je vous aime, monsieur de Giustin, lâcha-t-elle, éperdue d'amour pour cet homme qui venait de la combler.

Il sourit et passa un doigt sur son front, puis descendit sur ses lèvres.

— Chut, souffla-t-il avant de l'embrasser d'un fougueux baiser.

La réalité venait de la rattraper. Une fille de petite naissance ne pouvait espérer être la femme d'un noble. Quels que fussent leurs sentiments, jamais ils ne pourraient se marier et former un vrai couple.

Delphine aurait dû être abattue par cette pensée, mais,

au fond d'elle-même, la certitude s'était ancrée que, dans le péché, ils pourraient connaître d'autres ébats. Un amour à l'abri des regards. Une idylle secrète et intense.

Elle s'endormit dans ses bras pour se retrouver quelques instants plus tard dans un de ses rêves étranges où les bateaux volaient dans les cieux.

Kigoma

La végétation se faisait de plus en plus dense. Le capitaine Boxoen et sa patrouille avaient de plus en plus de mal à progresser dans cette jungle infernale.

Cela faisait une semaine qu'ils avaient décidé de suivre le chemin du « Pèlerinage » qu'avait emprunté le général Clint et ses hommes. En effet, le matin du quatrième jour, le soldat Wang avait découvert une marque dans un arbre. Boxoen avait eu vite fait de reconnaître ce signe. Clint n'était pas un homme stupide.

Ils quittèrent le sentier forgé par des générations de Kigomais pour suivre celui tracé par les indications régulières qu'avait laissées le général. Pourtant depuis près de deux jours aucun autre indice de son passage n'avait pu être découvert. Ils avançaient désormais à l'aveuglette.

— Il faudrait tout raser, cracha le soldat Calvino.

— Mais que foutent les renforts ? fit la soldate Sindh.

Boxoen s'arrêta, enleva sa casquette et s'essuya le front du revers de la main.

— Ils font ce qu'ils peuvent. Il est impossible de se poser dans cette jungle, leur seul moyen de nous rejoindre est la voie terrestre.

— On aurait dû prendre des lasers ! se plaignit Robinson.

— Oui, dès que nous aurons le feu vert, fit Boxoen.

Malgré ses demandes à répétition auprès du général Fousteau, chaque fois, un refus catégorique lui avait été adressé. La Fédération ne pouvait traiter Kigoma comme une vulgaire planète limite. En recourant à des méthodes contraires aux bonnes mœurs écologiques, elle aurait pu pousser d'autres planètes, tentées par l'indépendance, à s'opposer au gouvernement central qui régissait la vie de deux cent cinquante mondes.

— Ouais, jamais, quoi ! fit la soldate Banko qui avait à cœur de résoudre cette énigme.

Tout comme le soldat Boxoen, sa peau était de couleur noire. Et même si des années de brassages de populations au sein de la Fédération avaient grandement mis à mal le racisme qu'avait subi le peuple noir durant des siècles, Banko ne supportait pas les regards inquisiteurs des Kigomais qui semblaient lui crier qu'elle était traître à la cause de la négritude.

— Ces gens pensent que la Fédération les hait du fait de leur couleur, lui avait dit Boxoen un soir alors qu'ils étaient tous deux de garde autour de leur campement. Alors qu'au contraire ce qui nous révulse est leur croyance en une race pure. Peuple noir, peuple blanc ! Idiotie ! Je crois en des valeurs Banko, et les leurs ne me conviennent pas du tout.

Elle avait hoché la tête et rajouté :

— La condition de la femme est totalement bafouée, elle ne possède aucun droit, si ce n'est celui de fermer sa gueule.

— Et s'il n'y avait que cela, conclut Boxoen qui se rappelait les mises à mort de voleurs et de femmes adultères.

Désormais loin des derniers villages, Banko avait effacé ses doutes et se tenait prête à en découdre.

— Bon, et si on reprenait la marche ? fit Landrop. C'est pas en ergotant sur des regrets que l'on va sauver nos camarades.

Boxoen lui posa la main sur l'épaule.

— Bien parlé ! Allez, on continue.

La journée ne faisait que démarrer et une longue marche les attendait. Aidés de leur machette, ils reprirent leur progression chaotique au sein de cette jungle peuplée d'insectes et de mammifères qui paraissaient, pour le moins, peu amicaux.

Terre

L'homme qui se faisait appeler le Seigneur des Ténèbres se tenait debout devant les membres de l'assemblée cléricale. Il posa son regard sur chacun des cardinaux et leur fit baisser les yeux les uns après les autres.

Il poussa un grognement et se mit à circuler tout autour d'eux. Assis à l'une des tables qui avaient été installées dans une des salles enfouies sous le palais des doges, les cardinaux savaient qu'ils ne pourraient échapper au courroux de leur maître.

De hauts piliers de marbre soutenaient une voûte sublimement peinte par un artiste du XXIIIe siècle. Des appliques disséminées avec soin sur les parois éclairaient parcimonieusement cette salle. Quant à la table autour de laquelle s'étaient réunis les hommes d'Église, elle avait été travaillée dans le tronc d'un rouméas, arbre gigantesque mais toutefois fragile, dont le bois était recherché par les plus grands ébénistes de la Fédération pour ses qualités réflectives à la lumière.

— Ainsi vous l'avez laissé échapper, fit Dominati.

Personne n'osa fournir la moindre excuse.

— Cardinal Vouhé, j'aimerais entendre votre version des faits.

L'homme d'Église se racla la gorge et leva les yeux.

— Notre commando n'était pas prêt. Nous pensions avoir le temps.

Un grand rire lugubre éclata. Dominati se rapprocha du cardinal.

— Ne vous avais-je pas prévenu qu'il ne fallait pas présumer de la force de mon frère ?

Un lourd silence envahit l'espace. Aucun des cardinaux ne vint à la défense de son confrère. Chacun savait qu'il faudrait un bouc émissaire. Aucune erreur ne devait rester impunie. Une bonne justice trouvait toujours un coupable.

— Si, Seigneur, mais je n'aurais jamais imaginé qu'il tente cet acte insensé.

La lumière sembla baisser d'intensité. Des ombres apparurent dans la pièce. Les gorges s'asséchèrent. La tension était palpable. Dominati défit le nœud qui retenait sa cape et avec une nonchalance calculée la déposa sur un meuble. Il revint vers le cardinal Vouhé, et soudain, d'un geste d'une rapidité surhumaine, l'attrapa par le cou et le souleva de son siège.

Il fit quelques pas et, tenant toujours le cardinal à bout de bras, il lui décocha un regard à glacer le sang du plus téméraire des hommes.

— Vous manquez d'imagination, très cher. Vous n'êtes pas digne de la confiance qu'a placée en vous le Nouveau Dieu.

Un gargouillis s'échappa des lèvres du supplicié. Les autres cardinaux étaient pétrifiés d'horreur. Le mal dans toute sa puissance se révélait à leurs yeux. Au-delà de la force physique de l'homme, ils sentaient tous qu'une force bien supérieure résidait à l'intérieur de cet être dont ils ne savaient rien.

La poigne se fit plus ferme, et bientôt des craquements d'os résonnèrent sous les voûtes. Du sang s'écoula par la bouche et le nez du cardinal dont le seul signe de vie était le battement incontrôlé de ses jambes qui pendaient dans le vide. Un dernier craquement plus fort que les autres retentit. Les yeux se révulsèrent dans leurs orbites. Le corps désarticulé du cardinal fut jeté au sol. Il était mort.

— Débarrassez-moi de lui. Que l'on prenne son cerveau et qu'on en nourrisse le Nouveau Dieu.

Des ombres tapies dans les recoins de la pièce firent soudain irruption au grand jour et s'empressèrent de transporter le corps dans une autre salle où serait décérébré Vouhé, afin de procéder à son assomption.

— Il est impératif que vous retrouviez l'Œil de Dieu. Sans lui nous ne pourrons effectuer la brèche.

— Nous nous y employons, mon Seigneur. Mais nous avons si peu d'indices, émit faiblement le Cardinal Carillo qui n'avait osé dire qu'il n'en avait aucun.

Dominati lui sourit et révéla ses deux incisives qui semblaient irradiées d'une lumière intérieure. Un frisson lui glaça l'échine. Le diable en personne, se dit-il en sachant pourtant que le Nouveau Dieu pouvait entendre chacune de ses pensées.

Dominati ferma les yeux et se mit en transe. Au prix d'un terrible effort, il parvint à le sentir.

Oui, se dit-il en affinant le contact. Tu as fui, comprit-il. Il éleva sa concentration, et malgré la douleur qui lui vrillait les tempes réussit à localiser son frère.

— Je sais où il se trouve. Ne me décevez pas ou bien il vous en coûtera, les menaça-t-il avant de leur révéler l'endroit où résidait Extanza.

* * *

— À demain, William, fit John Elliot en passant devant le bureau du réceptionniste.

Il s'engouffra dans l'ascenseur et regarda sa montre. Il était dix neuf heures trente. Soit une demi-heure avant son rendez-vous sur Broadway Avenue. Il fit une moue dubitative et rajusta sa cravate. L'ascenseur descendit les cinquante étages. Il reliait les bureaux de la Weston and Gardner Company à l'accueil principal du building situé en plein Manhattan. La porte s'ouvrit, et d'un pas rapide il quitta le bâtiment, et se mit en bout de trottoir.

Un flot de voitures circulait sur l'asphalte. Il scruta les véhicules et n'eut pas longtemps à attendre avant d'apercevoir la carrosserie d'un Taxi jaune. Il le héla d'un grand mouvement du bras.

— Vous allez où ? demanda le chauffeur en s'arrêtant près de lui.

— 152, Broadway Avenue.

Le chauffeur hocha la tête et ouvrit la porte arrière. Elliot s'assit à l'intérieur et posa son attaché-case à ses côtés.

— Vous allez voir *Roméo et Juliette* ?

— Oui, répliqua Elliot d'un ton sec.

Il n'avait aucune envie de faire la conversation avec cet homme. Il ferma les yeux et, usant d'une technique de relaxation, il évacua tout le stress emmagasiné durant cette journée.

Les rues défilèrent les unes après les autres. Richement éclairé, New York était toujours cette grosse pomme au mélange de modernité et de classicisme. Du fait de l'interdiction de survoler les villes de la Terre, classé au patrimoine de l'Univers par l'UNESCO, les moyens de locomotion intra-urbaine n'avaient guère évolué depuis le XXe siècle. Bus, voitures, vélos et métros demeuraient les moyens privilégiés de la population new-yorkaise.

— Voilà, ça vous fait quinze dollars.

Elliot sortit sa carte et l'inséra dans la fente du boîtier de paiement. Il ressortit du véhicule, et se retrouva dans le tohu-bohu d'une des avenues les plus fréquentées de la mégalopole. Des files d'attente bordaient les trottoirs. Il se dirigea vers le Empire Theatre, et aperçut Gina

Livingston qui, vêtue d'un tailleur du plus grand chic sur lequel elle portait négligemment un manteau souple, lui fit oublier en un instant tous ses soucis.

— Bonsoir, Gina, j'espère que je ne vous ai pas fait trop attendre, fit-il en lui serrant la main.

— Du tout, je viens juste d'arriver, répondit-elle avec un sourire radieux.

Ils se mirent en queue de file, et discutèrent de tout et de rien. Elliot l'avait rencontrée le week-end précédent sur un des courts de tennis du centre omnisports situé près de Madison Square Garden. Ils avaient très vite sympathisé et s'étaient trouvé un certain nombre de points communs, tels leur goût pour les comédies musicales et le fait d'être encore célibataire à l'approche de la quarantaine.

Ils laissèrent leurs pardessus au vestiaire et pénétrèrent dans le théâtre. Elliot avait réservé deux places dans une des loges au premier balcon. Malgré un prix exorbitant, il avait payé sans rechigner. Chef de projet au sein de la branche Recherche et Développement d'une des plus grandes entreprises d'ingénierie à base de laser, il faisait partie de la upper-class new-yorkaise et, dans une certaine mesure, pouvait dépenser sans compter.

— Il paraît que c'est le meilleur spectacle de Brodway depuis la reprise de *La Fureur de vivre* par Samuel Harley, fit Gina quand ils furent assis à l'abri de leur loge.

— J'ai lu une critique dithyrambique de Margaret Sherwood dans le *Variety*. Robert Lumley y est parfait dans le rôle de Roméo.

Gina lui sourit et soudain les lumières s'éteignirent. Le spectacle n'allait pas tarder à commencer. Le murmure de la salle se mit en sourdine. Le rideau se leva. Armés d'une épée et d'un bouclier, Samtpon et Grégory se tenaient sur une place de Vérone. La représentation pouvait démarrer.

Les différents protagonistes étaient aussi bons chanteurs que danseurs. La mise en scène était sublime. Dénigré durant plusieurs décennies par l'intelligentsia américaine, Shakespeare retrouvait un second souffle dans cette adaptation tout à fait remarquable.

Elliot était véritablement sous le charme et en oublia presque la raison de sa présence en ces lieux. Mais, au début du second acte, il passa d'un geste naturel son bras autour des épaules de Gina qui se laissa faire. Elle posa doucement sa tête au creux de l'épaule de son cavalier et se laissa caresser tendrement les cheveux.

— C'était vraiment magnifique, je ne sais comment vous remercier pour ce spectacle, fit Gina à la sortie du théâtre.

— Oh, il n'y a pas de quoi, c'est moi qui devrais vous remercier d'avoir accepté de m'accompagner, répondit Elliot qui ajouta : Vous passez boire un dernier verre à la maison ?

Gina sembla hésiter quelques instants. Puis elle prit une décision.

— Cela aurait été avec plaisir, mais je dois me lever tôt demain. Plus tard dans la semaine, peut-être. Que diriez-vous de vendredi ?

Elliot cacha d'un sourire sa profonde déception.

— Pourquoi pas, on se rappelle.

Gina appela un taxi. Elliot lui ouvrit la porte et l'aida à monter.

— Merci encore, John. À bientôt, fit Gina quand elle fut installée.

— À bientôt, Gina, répondit-il avant de refermer la portière.

Le taxi s'en alla rejoindre le flot de véhicules qui se pressaient dans cette ville qui ne dormait jamais.

Elliot avait l'esprit à vif. Il avait tant espéré pouvoir la mettre dans son lit. Cela faisait près d'un mois qu'il n'avait pas fait l'amour. Émoustillé par son imagination débridée, il avait du mal à calmer ses ardeurs.

Son attaché-case à la main, il déambula le long de Broadway Avenue en maudissant la retenue toute féminine qui empêchait Gina de s'abandonner à un homme le premier soir. Il héla enfin un taxi et rentra chez lui.

Il pénétra dans le hall de son immeuble et entra le code qui lui permit de prendre l'ascenseur. Cent onze étages plus tard, il en sortit pour se retrouver dans un couloir. Il se dirigea vers sa porte et l'ouvrit par identification rétinienne. Il posa à l'entrée son attaché-case et sa veste pour ensuite aller se servir un bourbon.

L'appartement comptait plus de cent mètres carrés, avec un salon qui donnait sur NY et sa baie. Au loin, la statue de la Liberté trônait toujours sur son piédestal. La lune était au zénith.

Elliot prit son mémo et appela le PGS. Il passa commande et, s'étant servi un nouveau verre de son alcool préféré, s'assit dans un fauteuil. Il baissa l'intensité de la lumière et mit la stéréo en marche. Un morceau de Def Leppard se déversa dans la pièce.

Il s'endormit sans s'en rendre compte et ne fut réveillé que par la sonnerie de son interphone.

Il répondit et fit entrer l'inconnue dans l'immeuble. Quelques instants plus tard on frappa à sa porte. Il alla ouvrir et sourit à la jeune femme qui se tenait devant lui.

— Entrez, je vous en prie, fit-il.

Il rangea son manteau dans le placard de l'entrée et l'invita à pénétrer dans le salon.

— Vous prendrez un verre ? demanda-t-il en se mettant derrière le bar accolé à la baie vitrée du salon.

— Oui, un Martini *on the rocks*, répondit-elle avec un sourire éclatant.

Décidément ils savaient choisir leurs filles chez

Pretty Girl Services ! se dit Elliot revigoré par cette présence.

— Tenez, fit-il après avoir rempli son verre. Comment vous appelez-vous ?

— Grace, fit-elle avant de coller ses lèvres pulpeuses sur le verre empli d'alcool.

— Un nom qui vous sied à ravir.

La fille sourit et, le tirant par la cravate, l'invita à s'asseoir à ses côtés.

— John, vous faites quoi dans la vie ? demanda-t-elle.

— Rien de bien intéressant. Je développe de nouvelles procédures pour l'utilisation du rayon laser. Il existe des milliers de façons de traiter cette énergie très particulière. Mon job consiste à trouver des applications que ma société pourra revendre à prix d'or à d'autres entreprises.

— Pourquoi êtes-vous seul, John ?

Elliot croisa les jambes de façon à cacher son début d'érection.

— Parce que j'ai eu le tort de croire que la réussite professionnelle était plus importante que la vie sociale. Je n'ai jamais eu le temps de me faire des amis, et encore moins de m'occuper à séduire une femme.

— J'admire votre franc-parler, vous n'êtes pas comme tous les autres, vous semblez avoir un cœur. J'apprécie, John.

La sueur commençait à perler aux tempes de Elliot. Il se fichait de savoir si cela faisait partie d'un discours appris à l'avance ou d'un élan de sincérité. Il aimait simplement la façon dont elle lui parlait.

— C'est ce que j'aime à penser, fit-il avant de siroter son verre.

— Hé bien, voyons voir si ce cœur bat pour moi.

Tout en plongeant son regard dans le sien, Grace lui posa une main sur l'entrejambe. Sans le lâcher des yeux, elle ouvrit sa braguette et sortit son sexe de l'étroitesse de son slip.

— Pauvre chéri, il devait mourir de chaud, fit Grace qui se pencha en avant pour l'engloutir dans sa bouche.

La nuit fut longue et agitée. La fille était une vraie professionnelle, presque aussi douée que celle du mois précédent.

À la fin de leurs ébats, ils prirent une douche ensemble, puis, après s'être rhabillée, la fille se dirigea vers la sortie. Sur le pas de la porte elle se retourna et lui envoya un petit baiser du bout des doigts.

— Merci, Grace, j'ai passé une excellente soirée, fit-il, satisfait de ses services.

— C'est moi que vous remercie, John, répondit-elle en lui faisant un clin d'œil.

Elliot s'approcha d'elle, lui prit la main et lui glissa un billet de cinq cents dollars. Elle avait amplement mérité ce bonus.

Ils se jetèrent un dernier regard, et il referma la porte.

Vêtu de son pyjama, Elliot alla directement dans la salle de bains prendre un somnifère. La nuit allait être courte. Il n'avait pas de temps à perdre à ressasser cette nuit de plaisir. Demain il pourrait, tout à loisir, visionner les holos que les caméras cachées discrètement aux quatre coins de la chambre n'avaient pas manqué de filmer.

Il allait se mettre dans son lit quand on frappa à la porte. Il marmonna un juron et partit ouvrir. La fille avait dû oublier quelque chose.

— Bonsoir, John, je peux entrer ? demanda un homme à la stature imposante.

Elliot crut à une plaisanterie. Qui lui avait envoyé un boy ?

— Non merci, il doit y avoir une erreur. Je ne suis pas du tout comme ça !

Il tenta de refermer la porte, mais un pied glissé dans l'entrebâillement l'en empêcha. L'homme poussa la porte, et Elliot ne put résister à la pression. La peur s'insinua par tous les pores de sa peau.

— Que me voulez-vous ? Partez ou j'appelle la police. Cet immeuble est sous surveillance ! paniqua Elliot. Qui êtes-vous, bon sang ?

L'homme força l'entrée et referma la porte derrière lui. Elliot recula vers le salon et pria pour qu'il soit assez rapide. Il avait caché un paralyseur dans le premier tiroir de son bureau.

— Je suis votre nouvel employeur, fit Extanza en affichant un sourire qui révéla une dentition parfaite.

Bavière

Marshall était exténué. Il avait passé toute la journée ainsi que la soirée à lire les rapports qui lui parvenaient de centaines de sources d'informations différentes, et tout ça pour en revenir à la case départ : pas le moindre indice sur l'identité de leur agresseur. Il regarda par la fenêtre de son bureau et laissa son regard errer sur l'ombre des Glorieuses, puis il jeta un coup d'œil à la pendule murale. Il était plus que temps de se coucher. Il n'arriverait à rien de bon dans cet état.

Il se releva et sentit une douleur à la jointure de ses articulations. Il se faisait vieux. Peut-être était-il temps qu'il raccroche.

Il descendit l'escalier qui menait au deuxième étage du chalet, puis longea le couloir jusqu'à sa chambre. Noémie dormait d'un sommeil profond. Il laissa la porte ouverte afin de laisser passer la lumière du couloir et se déshabilla. Il se glissa dans les draps et vint coller son corps contre celui de son épouse.

Il se força à ne plus penser à rien. Quoi qu'il arrive,

les problèmes seraient encore là le lendemain. Mais, avant de s'endormir, une pensée pénible s'incrusta dans sa conscience : combien y aurait-il de morts au sein des planètes limites avant qu'ils trouvent le moyen d'arrêter cette guerre qui n'avait pas de nom ?

RÉCIT DEUXIÈME : DEUX EMPIRES

Helen O'Neill se retourna dans sa couchette. Cela faisait déjà plusieurs soirs que des cauchemars terrifiants peuplaient ses nuits. Des hommes encapuchonnés qui la poursuivaient dans des tunnels insondables. Des courses sans fin dans des grottes infinies. Elle avait beau courir, toute tentative de fuite se soldait inexorablement par un échec. Les hommes la rattrapaient toujours. Et c'est au moment où ils allaient lui révéler leur visage, qu'elle se réveillait en sursaut dans son lit.

En sueur, elle rouvrit les yeux. Le souffle haletant, elle se redressa dans sa couchette. Elle essuya son front humide et tenta de calmer les battements désordonnés de son cœur. C'était fini. Elle n'avait plus à avoir peur. Elle était de retour dans la réalité.

Le doux ronronnement du train qui filait dans la nuit, la réconforta et la rassura. Tout allait bien.

Elle sauta de sa couchette et, s'appliquant à ne pas réveiller les trois autres personnes de son compartiment, sortit de la cabine pour se rendre aux toilettes.

– Debout, mademoiselle, il faut vous réveiller.

Helen cligna plusieurs fois des yeux.

— Miss Edgeworth, laissez-moi dormir, juste une minute.

La gouvernante mit les mains sur ses hanches et fit une moue de désapprobation.

— Le train va bientôt arriver en gare. Il est près de huit heures, mademoiselle, fit-elle avant d'aller ouvrir la tenture qui obstruait la fenêtre.

Un superbe soleil levant rayonnait sur la campagne galloise. Helen s'appuya sur un coude et resta un long moment à contempler le paysage.

— Je reviens dans cinq minutes. J'espère vous trouver en de meilleures dispositions, ajouta Miss Edgeworth.

Elle ressortit de la cabine et claqua la porte derrière elle. D'un regard, Helen s'aperçut que les deux autres femmes du compartiment avaient fait leurs bagages. Elle s'étira nonchalamment et sourit à la matinée. Hormis ce cauchemar qui l'avait réveillée en plein milieu de la nuit, le reste de son sommeil n'avait plus été perturbé jusqu'à ce réveil brutal.

Elle sauta du lit et, s'assurant que Miss Edgeworth avait bien fermé la porte à clé, elle enleva sa chemise de nuit et passa les vêtements qu'on lui avait préparés sur la couchette d'en face. Helen secoua la tête en souriant. Quelle que soit la rudesse des paroles de Miss Edgeworth, Helen savait qu'elle possédait en réalité un véritable cœur d'or.

Accompagné par un nuage de fumée qui s'échappait de la locomotive, le train entra en gare de Brigthon dans un tonnerre de crissement de freins.

Helen avait eu juste le temps de se coiffer et de se passer de l'eau sur le visage. Elle espérait être un minimum présentable.

Cela faisait une semaine qu'elles avaient quitté le domaine de Glassbury, une semaine sans prendre le temps d'un bain ou de se laver les cheveux. Même si la British Rail était la compagnie ferroviaire la plus luxueuse du pays, elle ne pouvait toutefois pas prétendre au confort et aux fastes du château d'une noble famille.

— Cessez donc cela, je vous prie, lui ordonna Miss Edgeworth.

Helen arrêta aussitôt de se ronger les ongles. Une mauvaise habitude qui ne réapparaissait, chez elle, qu'au moment d'un stress important.

Habillé d'un complet sinistre et d'un chapeau melon, un homme vint à leur rencontre.

— Mademoiselle O'Neill, Miss Edgeworth, fit-il d'une voix autoritaire en s'inclinant légèrement : Richard Steward. Sir O'Neill m'a chargé de veiller sur vous jusqu'à votre arrivée aux Indes. Si vous voulez bien laisser vos bagages à mon porteur, je vous prierai de me suivre.

Les deux femmes s'exécutèrent.

La gare était bondée. L'été approchant, des centaines de citoyens de la Couronne britannique avaient profité de la douceur du temps pour venir séjourner dans une des stations balnéaires les plus huppées de la côte.

Helen oublia son guide pour se concentrer sur les personnages qui les entouraient.

La grande bourgeoisie de toute l'Angleterre semblait s'être donné rendez-vous en cette ville. Les femmes paradaient dans des robes légères et délicates. Les ombrelles, ouvertes, élégamment posées sur l'épaule, ou fermées serrées par de fines mains gantées de dentelle, étaient le dernier accessoire à la mode. Pour les hommes, le costume beige était de rigueur, tout comme la fine moustache et le casque colonial.

Ils sortirent de la gare, et découvrirent une place complètement obstruée par des dizaines de fiacres qui faisaient la queue à la recherche de clients fortunés.

Steward les entraîna à l'écart et les fit monter dans une voiture à cheval qu'il avait réservée. D'un coup de rêne, le cocher fit démarrer son attelage et, la tête collée à la fenêtre, Helen était ravie de découvrir la majesté de cette cité. Elle qui n'avait jamais quitté le domaine de Glassbury était sous le charme de cette architecture victorienne en parfait décalage avec le style médiéval du château familial. Ils passèrent une dernière rue et la vision la plus éblouissante qu'elle eût jamais eue se révéla à son regard : l'Océan. Une immensité d'eau qui ne finissait que sur la ligne d'horizon.

— La mer touchant le ciel, souffla Helen en citant un poète.

Ils longèrent le port. Le fiacre s'arrêta devant un immense embarcadère où était amarré un paquebot. Un des quinze navires de la Compagnie maritime des Indes.

— Le *King Arthur*, fit laconiquement Steward en réponse au regard interrogateur d'Helen.

Le soleil matinal commençait sa montée vers le zénith. Précédée par Miss Edgeworth, Helen descendit du fiacre et fut enchantée par la fine brise qui lui caressa le visage.

Steward les invita à attendre à l'embarcadère. Une heure plus tard, Helen foulait le premier pont du navire. Elle se posta à la rambarde de sécurité et plongea son regard sur la mer. Une sensation étrange la pénétra. La futilité et l'insolence aristocratiques. Qu'étaient-ils face à cet élément ? Soudain une voix la sortit de ses réflexions.

— Mademoiselle, faites attention, l'avertit Miss Edgeworth.

Helen s'éloigna de la rambarde et vint s'asseoir sur un des transats mis à la disposition des passagers de la première classe. Un garçon vint lui proposer de quoi se désaltérer. Helen prit un jus d'orange et le but à petites gorgées. Elle ferma les yeux et se laissa imprégner par la tiède chaleur des rayons de soleil. Comme ce voyage s'annonçait agréable !

— Vous reprendrez du dessert ? demanda un serveur en s'approchant d'Helen.

Le dîner avait lieu dans une salle cerclée d'une baie vitrée qui laissait apparaître l'océan illuminé par un ciel étoilé. Des lustres et de magnifiques tapisseries habillaient les lieux de façon harmonieuse.

Assise entre Miss Edgeworth et Steward, Helen se sentait toute petite dans cet univers d'un grand luxe flamboyant.

— Non, merci, répondit-elle.

Le repas avait été extrêmement copieux. Un vrai régal. Des mets préparés par les plus talentueux cuisiniers.

Le garçon se retira et passa à la table suivante.

— Vous disiez venir de quelle région ? demanda Miss Edgeworth à Steward.

— Je ne me souviens pas avoir abordé le sujet, répliqua ce dernier en oubliant les règles de bienséance.

Miss Edgeworth cacha sa déconfiture sous un sourire maladroit. Les autres invités de la table jetèrent des regards suspicieux à Steward. Helen ne comprenait pas le choix de son père. Cet homme était l'être le plus froid qu'elle eût jamais rencontré. Il ne parlait que pour donner des ordres, et ne se mêlait à aucune conversation. Il répondait aux questions par monosyllabes, ou pire encore, par de longs silences pesants. Pourtant, si on l'imaginait avec un sourire sur le visage, et qu'on lui coupait sa barbe broussailleuse, nul doute qu'il devait être bel homme. Helen était incapable de lui donner un âge : entre trente et quarante ans !

— Avec tout le respect que je dois à Sir O'Neill, n'aurait-il pas été plus sage d'attendre son retour plutôt que de vous faire effectuer ce voyage aux Indes ? fit Sir McAllister à l'adresse de Miss Edgeworth.

— Mon père est le directeur d'une des plus grandes

compagnies minières du Pendjab. Il ne peut aucunement s'absenter pour l'instant. Il tient énormément à ce que nous fêtions la nouvelle année ensemble, répondit Helen en devançant sa gouvernante.

Pour rien au monde elle ne voulait que l'on remette en cause cette expédition. Depuis la mort de sa mère, trois années auparavant, l'être le plus important de sa vie était son père. Elle avait pleuré des mois quand il lui avait annoncé qu'il devait retourner aux Indes, s'assurer que les biens de la compagnie ne seraient pas la cible d'attentats. Et s'il ne manquait pas de lui écrire au moins une fois par semaine, cela était encore trop peu au goût d'Helen qui ne pouvait se satisfaire des cadeaux de toutes sortes qu'il lui envoyait. Ce qu'elle voulait, c'était pouvoir se blottir dans ses bras et sentir sa présence réconfortante.

Sir McAllister posa un regard attendri sur l'enfant.

— Quoi qu'il en soit, avec un garde du corps tel que M. Steward, nous ne risquons rien, ajouta Miss Edgeworth, contente de sa pique.

Steward ne prit pas la peine de répondre à la provocation. Helen rit sous cape. Elle venait de comprendre toutes les insinuations de ce propos.

Le dîner continua, et les conversations prirent d'autres voies. Après en avoir fini, tout le monde se donna rendez-vous pour le bal qui aurait lieu sur le premier pont. Miss Edgeworth et sa protégée, quant à elles, partirent se coucher.

— Il est bizarre, fit Helen tandis qu'elle se déshabillait.

— Monsieur votre père doit avoir ses raisons, répondit Miss Edgeworth, enfermée dans la salle de bains.

— Il est incapable de sourire. On dirait qu'il ne nous aime pas.

Miss Edgeworth avait revêtu une chemise de nuit qui

laissait apparaître ses formes rebondies qu'elle cachait, durant la journée, dans un corset étroitement serré.

— Je crois surtout qu'il n'a aucune envie de partir pour les Indes. Dès que nous arriverons à Nagpur, je ferai en sorte de nous trouver un autre guide.

Helen entra dans son lit et se blottit sous les draps, ne laissant sortir que sa tête.

— Vous pensez qu'il peut nous faire du mal ? demanda-t-elle.

Miss Edgeworth se pencha vers elle.

— Bien sûr que non, mademoiselle. Cet homme est juste un stupide insolent. Mais nous n'avons rien à craindre de lui. Ne vous inquiétez surtout pas.

Elle alla éteindre la lumière et se coucha à son tour.

Allongée sur son lit, Helen n'arrivait pas à trouver le sommeil. Même si le *King Arthur* naviguait sur des eaux calmes, elle avait l'impression de sentir le tangage du navire. À tout moment, ce monstre de métal pouvait couler et s'enfoncer à jamais dans l'océan. Un frisson lui parcourut le corps. Elle fit une prière, mais malheureusement cela n'y fit rien. La peur lui nouait le ventre.

Elle essaya de détourner le cours de ses pensées et tenta d'imaginer ses premiers pas sur le continent indien.

De taille aussi importante que le continent anglais, il n'en avait aucune autre des caractéristiques. Situé plus au sud de la planète, son climat était beaucoup plus humide et plus chaud. Sa flore et sa faune étaient d'une diversité foisonnante qui contrastait considérablement avec les Highlands d'où venait Helen. Un autre monde s'ouvrait à elle.

Elle se réveilla aux aurores. Et la première pensée qui lui vint à l'esprit était qu'aucun cauchemar ne l'avait tourmentée cette nuit. Un sourire illumina alors ses traits. Elle bondit du lit et tira le rideau qui cachait le hublot. Le soleil n'était levé que depuis quelques minutes. Le ciel était un mélange de bleu et d'orange.

— Mademoiselle est matinale. J'en suis fort ravie, la félicita Miss Edgeworth en s'asseyant sur le bord de son lit.

— Venez voir le ciel, c'est magnifique, s'extasia Helen.

Après leur toilette, les deux demoiselles allèrent prendre leur petit déjeuner dans le salon. Elles entamaient leur tranche de bacon quand Steward fit son apparition. Helen évita son regard et fit comme si elle ne l'avait pas vu. L'homme sembla comprendre le message et partit s'asseoir à l'opposé de la grande salle.

— Voilà qui est plus sage. Je n'ai guère envie que l'on nous voie ensemble, fit Miss Edgeworth.

— Il n'est peut-être pas aussi méchant qu'il en a l'air, répondit Helen.

Si son père l'avait choisi pour les accompagner, il devait sûrement y avoir une raison. Elle jeta un regard de biais, et s'aperçut que l'homme était tranquillement assis, absorbé dans la lecture d'un livre.

— On n'a pas l'air de lui manquer, Miss Edgeworth, continua-t-elle.

— C'est une chance. Qu'il vaque à ses affaires, nous nous débrouillons très bien toutes seules.

Helen se retint de tout commentaire, mais, malgré son jeune âge, elle avait conscience que deux femmes, anglaises qui plus est, ne pourraient jamais parcourir des centaines de kilomètres à travers les vallées du Pendjab, sans au moins un homme sur qui compter.

Les journées se succédèrent très vite, et l'excitation de premiers jours devint vite lassitude et frustration. Helen ne s'était fait aucune amie parmi les rares enfants de la première classe. Elle restait en permanence en compagnie de Miss Edgeworth qui ne cessait de lui faire réviser ses leçons sur les bonnes manières de la haute société britannique.

— Que savez-vous des coutumes indiennes ? avait demandé Helen un après-midi.

— Il n'y a rien à savoir. Ces gens-là sont des sauvages, avait répondu Miss Edgeworth en mettant un terme à cette question.

Helen venait souvent à la proue du premier pont regarder les enfants des ponts inférieurs. « De sales gamins ! » comme le disait souvent Miss Edgeworth. Pourtant, ils avaient vraiment l'air de s'amuser. S'ils étaient habillés comme des loqueteux, ils avaient néanmoins des rires et une joie de vivre qui emplissaient Helen d'envie. Sans frère ni sœur, isolée depuis son enfance entre les murs de son château, elle n'avait jamais eu la chance d'avoir une seule camarade de jeux.

Elle passa une partie de son temps à espionner les faits et gestes de Steward qui ne les avait plus approchées depuis le premier soir. L'homme occupait la plus grande partie de son temps à lire des romans et à prendre de nombreux bains dans la piscine du pont arrière. Helen avait pu admirer, sous son maillot de corps, la musculature imposante de Steward. Espérons qu'il ne nous voudras jamais du mal ! se disait-elle en s'amusant à se faire peur.

Cela faisait trois semaines que le paquebot avait quitté Brighton. Plus que trois jours avant d'atteindre les côtes du Pendjab et de débarquer à Nagpur. Helen et Miss Edgeworth dînaient dans le salon en compagnie de trois couples de la noblesse britannique. Un lustre aux innombrables bougies était suspendu au-dessus de leur table.

— Votre père pourra être fier de vous, la félicita Miss Harrigton. Une vraie petite fille modèle.

Du haut de ses douze ans, Helen se sentit rougir sous le compliment. Elle venait de réciter à cette dame de la grande bourgeoisie londonienne la liste de tous les rois et reines du pays depuis l'instauration du royaume britannique, voilà près de quatre cents ans.

— C'est une enfant très douée. J'aurais aimé pouvoir en dire autant de mon fils, fit Sir Armstrong.

— Charles ! Ne parlez pas comme ça de notre Howard ! le corrigea son épouse.

Helen baissa les yeux. Elle ne voulait pas être la cause d'une dispute.

— Regardez, fit alors Miss Edgeworth, en désignant d'un geste gracieux une destination à travers la baie du salon.

Sir Hamilton saisit cette occasion pour montrer sa science.

— Cela doit être l'île de Dravidie, fit-il.

Un archipel de plusieurs centaines d'îles longeait la côte du Pendjab. De quelques dizaines de mètres carrés pour certaines, d'autres pouvaient atteindre quelques kilomètres. Un groupe de personnes se levèrent et sortirent sur le pont pour profiter du spectacle. De nombreux feux illuminaient les versants de l'île.

— Dommage que nous ne puissions pas nous arrêter, j'aurais bien aimé prendre des clichés de ces sauvages, fit Sir Burton, grand journaliste au *Times*.

Le paquebot dépassa l'île et chacun s'en retourna à sa table.

Le plat de résistance arrivait.

Après que tout le monde eut été servi, un steward s'approcha de Helen et déposa devant elle une assiette garnie de mets alléchants.

Elle prit ses couverts et commença à déguster son repas avec délicatesse. C'était délicieux. Le déjeuner et le dîner faisaient partie des meilleurs moments de ses journées. Même si on ne pouvait rien trouver à redire au cuisinier de son domaine, elle devait s'avouer que ceux du *King Arthur* étaient autrement plus raffinés.

Soudain un grand vacarme retentit. Les visages se figèrent. Une collision ?

— Qu'est-ce donc ? demanda Mrs. Armstrong.

— Je ne sais pas, répondit son mari.

— Allez vous renseigner, mon ami, lui dit-elle.

L'homme se leva de table et quitta la salle.

— J'espère que nous n'avons rien heurté. Il serait plus que fâcheux que nous prenions du retard, fit Sir Harrigton.

Et alors que Miss Edgeworth s'apprêtait, elle aussi, à placer sa petite phrase, des cris se firent entendre. Un silence pesant s'abattit subitement sur l'assemblée, pour être remplacé, dans les secondes qui suivirent, par une agitation frénétique.

— Qu'est-ce qui se passe ? fit Helen qui tenait fermement la main de Miss Edgeworth.

Des tirs de fusil éclatèrent. La panique s'empara des voyageurs. Oubliant toutes leurs bonnes manières, ces hommes et ces femmes de la noblesse britannique tentaient de fuir comme des rats face au danger. Rien ne restait de leur arrogance et de leur ton hautain. Ils redevenaient de simples mortels, attachés à leur survie.

Les tirs redoublèrent. Des hurlements d'horreur et de souffrance parvenaient de toutes parts.

Helen s'était recroquevillée contre Miss Edgeworth sous une des tables fixées au sol. Le navire était attaqué. De sa position, elle ne voyait qu'un ballet de jambes qui couraient en tous sens à la recherche d'une échappatoire. La peur lui tenaillait l'estomac. Se pouvait-il qu'elles meurent ? Elle ferma les yeux et pria de toutes ses forces pour qu'elles en réchappent.

Des hommes surgirent dans la salle. Ils parlaient une langue inconnue à l'oreille d'Helen.

Puis l'un d'eux, dans un anglais teinté d'un accent étranger très prononcé, leur ordonna :

— Assis, tous, assis ! cria un des hommes. Vous tous, assis !

Il tira un coup de feu en l'air avec son fusil.

— Messieurs, nous sommes entre gentlemen, se hasarda un vieil homme qui tentait maladroitement d'empêcher ses jambes de trembler. Vous ne pouvez nous traiter avec si peu de respect. Les accords…

Un pirate lui tira une décharge en pleine poitrine. L'homme s'effondra en gémissant. Des femmes se mirent à hurler. Les pirates leurs ordonnèrent de se taire.

— Femmes, enfants, gauche, hommes, droite, fit le chef de la bande.

Helen se retenait à grand-peine de vider sa vessie. Ces hommes étaient des sauvages, il n'y avait aucune clémence à attendre de leur part.

Les passagers se levèrent et s'exécutèrent dans un silence de plomb seulement perturbé par des pleurs étouffés. Puis, quand tous les hommes furent regroupés, la dizaine de pirates tira dans le tas. Certains hommes tentèrent de s'échapper, mais ils furent rattrapés et éventrés à coups de sabre. Une vague d'hystérie s'empara des femmes. Des pirates, s'approchant d'elles, les giflèrent si violemment que certaines furent jetées au sol.

— Taisez-vous ! Assez ! Taisez-vous ! hurla le chef des pirates.

Des pas se rapprochèrent de la table où se trouvaient réfugiées Helen et Miss Edgeworth.

Le cœur de la fillette s'arrêta de battre. Elle aurait tout donné pour être invisible. Deux jambes à la peau foncée se tenaient devant ses yeux. L'homme se baissa.

— Vous, sortir ! hurla-t-il en les découvrant. Sortir !

Il attrapa la cheville de Miss Edgeworth et la traîna comme un vulgaire sac de pommes de terre, tout le long de la pièce, sous les rires des autres pirates.

Le pire était arrivé. Helen ne cherchait plus à réprimer ses pleurs. L'indicible horreur s'était abattue sur le *King Arthur*.

Des hurlements et des cris de terreur résonnèrent encore un moment sur les niveaux inférieurs du paquebot avant que le calme ne revienne.

— Descendre, compris ? Descendez, fit le chef des pirates.

Tout le monde obtempéra et, arrivé sur le pont du deuxième niveau, l'horreur se révéla dans toute son ignominie. Des dizaines de corps gisaient dans leur sang. Têtes tranchées, abdomens éviscérés, membres sectionnés étaient éparpillés là, dans un carnage abominable.

À la vue des cadavres de pirates, les survivants comprirent que les hommes de ce niveau avaient chèrement défendu leur peau. Le courage et l'honneur semblaient être une valeur plus répandue dans la société de base que dans les hautes sphères de l'aristocratie.

Les pirates les regroupèrent avec les femmes et les enfants des niveaux inférieurs. Près de deux cents personnes se trouvèrent ainsi agglutinées dans l'attente de leur sort.

Le chef des pirates adressa des paroles à une dizaine de ses hommes qui se mirent à fendre la masse humaine pour en extraire ses éléments les plus âgés. Miss Edgeworth fut saisie sans ménagement par un des hommes et tirée par les cheveux à l'écart des autres survivants. Helen n'eut pas le courage de dire quoi que ce soit. Terrorisée, accroupie sur le sol, elle geignait sans discontinuer. Elle avait cessé de prier.

Quand toutes les vieilles femmes furent regroupées, les pirates les poussèrent près de la rambarde de sécurité.

— Vous, sauter ! ordonna le chef des pirates.

Un sourire cruel se dessinait sur son visage. La stupéfaction envahit une fois de plus l'esprit des survivants.

Ces hommes étaient des monstres. De véritables suppôts de Satan. De nombreuses femmes se mirent à genoux et prièrent pour le salut de leur âme.

Aucune vieille dame ne sauta. Malgré leur grand âge, leur instinct de survie leur interdisait un tel suicide. Miss Edgeworth sentit son pouls battre à tout rompre, le sang refluait de son visage. Elle regarda le ciel, et prit réellement conscience que c'était la dernière fois qu'elle voyait les étoiles de son monde.

— Sauter, compris ! hurla une nouvelle fois le pirate.

Elles ne réagirent pas. Le pirate cracha par terre de colère et envoya ses hommes faire le sale boulot. Ils attrapèrent les vieilles dames et les jetèrent à la mer les unes après les autres.

Un froid glacial envahit Miss Edgeworth quand son corps fendit l'eau dans une profonde gerbe. Ses larmes ne firent plus qu'un avec l'océan. Ses pensées allèrent vers Helen qui se retrouvait désormais seule. Personne pour la protéger. Il aurait mieux valu qu'elle meure, se dit-elle, désespérée. Soudain un corps lui tomba sur la tête. Elle s'évanouit et s'enfonça à jamais dans l'océan.

Sur le pont, l'horreur continuait.

— Mettre nu ! Mettre nu ! hurla le chef des pirates exaspéré. Tout nu !

Les femmes s'entre-regardèrent, les enfants hésitèrent. L'homme aboya une nouvelle fois son ordre tout en les menaçant de son fusil. Et finalement, lentement, avec réticence, tout le monde s'exécuta. La peur de mourir passait avant la pudeur et la honte. Les femmes, quelle que soit leur distinction, retirèrent les uns après les autres les paravents de leur féminité. Des pirates aux regards torves vinrent ramasser leurs atours et les empilèrent dans un coin. Un butin facile à revendre.

Nues et désemparées, les femmes furent traînées à l'arrière du bateau où les attendaient trois frégates de pirates. Les forbans procédèrent à un nouveau tri, les enfants d'un côté et les femmes de l'autre. L'évacuation des enfants avait déjà commencé quand un hurlement de terreur résonna. Faisant la queue en silence, Helen se retourna pour apercevoir trois bandits qui venaient de porter leur choix sur une des femmes. Sans se soucier des regards des autres, ils avaient baissé leur pantalon et entamé leur infâme besogne.

Un coup de crosse dans le dos obligea Helen à détourner son regard hypnotisé par cette violence crue.

— Avance ! cria l'homme qui venait de la brutaliser.

Helen obéit à l'injonction et, s'accrochant aux barreaux de l'échelle, descendit jusqu'à l'embarcation des pirates qui s'était accolée à la coque du paquebot. Le vent nocturne glaçait son corps dénudé. Agglutinée contre les autres enfants, Helen croisa le regard d'un des pirates, un regard inquiétant qui reflétait les images perverses qui se déchaînaient sous son crâne. Helen se remit à pleurer.

Les pirates forcèrent les enfants à descendre dans une des cales et les y enfermèrent. Une cacophonie de « maman, maman ! » se fit entendre. Seuls des rires goguenards répondirent à ces plaintes.

Un soubresaut secoua le bateau qui se mit en branle. Helen se colla à la coque et put voir, à travers les interstices de la cloison, le paquebot s'éloigner inexorablement.

— Où est-ce qu'on va ? demanda un jeune garçon.

À travers l'obscurité qu régnait dans la cale, Helen imagina plus qu'elle ne vit les traits de l'enfant. Il ne devait pas avoir plus de cinq ans.

— Je ne sais pas, mais n'aie pas peur. Tout va bien se passer, fit-elle en le prenant dans ses bras.

Paroles qui visaient surtout à la rassurer elle-même. Helen était incapable d'ordonner ses pensées. La peur lui tétanisait le cerveau, comme figé dans une gangue de glace.

Le bateau se rapprocha de l'île de Dravidie. Les pirates s'agitèrent sur le pont. Les quais d'un port de fortune apparurent. Les amarres furent lancées et, quand l'embarcation fut rivée à un ponton d'accostage, la trappe de la cale fut rouverte. Les enfants furent sortis sans ménagement. On les mit en file indienne et on leur passa à la cheville gauche une corde qui les reliait tous entre eux. À la lueur des torches les enfants quittèrent le bateau pour retrouver la terre d'un sol étranger. Un petit village de pêcheurs se trouvait sur la droite. Mais, à la surprise d'Helen, leurs geôliers leur firent prendre un autre chemin. Un sentier mal entretenu qui s'enfonçait dans la jungle. Au bout de quelques minutes de marche, un enfant s'effondra d'épuisement. Un pirate fit cesser la procession, et s'approcha du malheureux pour lui planter sa machette entre les côtés. Il dénoua le nœud qui le liait au reste de la corde, puis jeta un regard terrifiant aux enfants restants.

Tremblant de tous ses membres, Helen se força à faire fi de la douleur qui lui brûlait les jambes. La plante de ses pieds était un puits de douleur de feu. Les branches des arbres lui griffaient le corps, laissant au passage des marques de sang.

La marche dura une longue partie de la nuit. N'ayant pas la force de leurs camarades, sept autres enfants s'écroulèrent et furent tués sans sommation. Helen était au-delà de toute souffrance. Elle marchait comme un automate. Son esprit avait fui la réalité.

Ils pénétrèrent dans le flanc du volcan Khumbu-la par une des grottes qui le creusait. Un véritable labyrinthe s'ouvrait à eux. Helen comprit que, même si elle réussissait à s'échapper, jamais elle ne retrouverait la sortie toute seule.

Au bout d'un quart d'heure, après avoir progressé sur un sol caillouteux aux arêtes coupantes, les enfants arrivèrent dans une immense zone dégagée où se trouvaient des dizaines d'Indiens vêtus de leur costume religieux qui psalmodiaient des chants rituels en l'honneur du grand principe destructeur. Une statue de bronze représentant Shiva se dressait devant deux autels maculés de sang.

Un garçon et une fillette furent détachés et conduits à un grand homme au crâne rasé. Le silence se fit. Le prêtre ordonna que l'on attache les enfants sur l'un des autels, puis il se posta à genoux devant la statue de Shiva.

Malgré son jeune âge, Helen était à même de comprendre ce qu'il allait advenir des enfants. Le grand prêtre se lança dans une grande incantation. Quand il eut fini, il se releva et prit un couteau que lui tendait un des assistants. Il s'approcha de l'autel sur lequel étaient ligotés les enfants. Il se pencha au-dessus du corps de la fillette et plongea son regard dans le sien. Terrorisée, la petite fille ne trouva pas la force de hurler. L'homme leva le couteau dans les airs, puis, récitant une dernière formule incantatoire, il en planta la lame dans le torse de l'enfant.

Helen ne put se retenir de vomir. Ses jambes se dérobaient sous elle. Elle ferma les yeux, et put ainsi éviter d'assister au meurtre du jeune garçon.

La cérémonie religieuse dura encore de longues minutes avant que le calvaire cesse et qu'on les conduise dans une prison aménagée au cœur de la roche volcanique. Les douze enfants survivants s'endormirent en un instant, l'épuisement physique les sauvant de leurs pensées violemment brutalisées.

Une main se posa sur sa bouche. Helen tenta de hurler. Mais la poigne était trop ferme.

— Chut, ne faites pas de bruit, lui souffla son agresseur à l'oreille.

L'obscurité était totale. Personne n'avait pris la peine de laisser une torche dans le boyau qui conduisait à sa prison.

— Je vais enlever ma main. Je suis là pour vous aider. Surtout ne criez pas, compris ?

Helen ne put rien faire d'autre que hocher la tête. Elle était incapable de comprendre ce qu'il se passait. La seule raison qui l'avait convaincue d'obtempérer, était que l'homme s'était exprimé en anglais.

Lentement, l'inconnu retira sa main. Helen ne cria pas.

— C'est bien, Helen. Laissez-vous faire.

Il la prit dans ses bras, et repartit vers la sortie de cet antre mortel. Malgré les ténèbres qui les entouraient, l'homme se déplaçait comme en plein jour. Tel un fauve en quête de sa proie, il ne faisait aucun bruit. Ses pieds semblaient à peine toucher le sol. Des bribes de conversations se firent entendre. De la lumière apparut au détour d'un couloir. L'homme se figea et revint sur ses pas. Il prit une autre direction et, après une longue course, arriva en bout de piste. Le conduit s'arrêtait là. Helen leva les yeux et aperçut une lumière. L'homme se colla à la paroi et, attrapant les barreaux de l'échelle en bambou, entama son ascension. Les bras autour de son cou, Helen était agrippée au torse du grimpeur qui ne montrait aucun signe de fatigue. Sa progression était sûre et régulière. La lumière se fit de plus en plus vive et ils aboutirent au sommet du puits.

L'homme passa la tête avec précaution. L'aube naissait. Une épaisse forêt de tecks s'étendait sur les flancs du volcan. De leur position il pouvait apercevoir l'océan qui se trouvait à près de dix kilomètres en aval. L'homme passa par-dessus bord et reposa Helen sur le sol.

— Monsieur Steward ! s'étonna la petite fille en reconnaissant son sauveur.

L'homme esquissa un sourire maladroit et enleva son gilet.

— Mettez ça, fit-il.

Helen prit le vêtement et l'enfila. Elle ferma les boutons et put ainsi cacher une partie de sa nudité.

— Comment avez-vous réussi à leur échapper ? demanda-t-elle.

Le soleil se levait derrière Steward. L'homme n'avait plus l'air aussi sinistre. En short et en chemise légère, il ressemblait à l'image qu'elle se faisait d'un aventurier. Si seulement il avait su sourire !

— Dès les premiers coups de feu, j'ai sauté à l'eau. Puis j'ai nagé.

Helen avait tout un tas de questions à lui poser, mais, avant qu'elle en formule d'autres, Steward la reprit dans ses bras.

— Quand ils se rendront compte de votre disparition, ils vont se lancer à nos trousses. Nous n'avons pas un instant à perdre.

L'homme se mit à courir, et se faufila avec souplesse entre les branches d'arbres qui encombraient le passage. Helen s'étonna de la force de Steward. Malgré le poids de la fillette, il ne montrait aucun signe de fatigue. Il courait à vitesse régulière sans prendre le temps de se reposer. Malgré les cahotements, Helen s'endormit contre sa poitrine et ne se réveilla qu'en fin d'après-midi. Le soleil entamait sa plongée dans l'océan. Une ville côtière s'étalait à leur regard.

— Shinopour, fit Steward. Il va nous falloir embarquer pour le continent. Je ne pense pas qu'ils nous chercheront par ici. Il nous faut désormais attendre la nuit.

Pourquoi ? demanda Helen.

— C'est ainsi qu'opèrent les voleurs, répliqua-t-il d'un ton sans appel.

Quand les étoiles illuminèrent la voûte céleste, Steward et Helen marchèrent jusqu'à une maison isolée. Hormis les rumeurs de la ville dans le lointain, aucun bruit suspect ne se faisait entendre. Steward s'approcha lentement de l'habitation et regarda par la fente d'un mur délabré. Il attendit quelques instants avant de faire signe à Helen que tout allait bien. Aux aguets, Steward ouvrit la porte et pénétra dans la maison. Il traversa la modeste pièce et ouvrit avec une infinie lenteur un coffre à habits. Il fouilla et trouva ce qu'il cherchait.

Helen avait suspendu son souffle. Malgré l'obscurité, elle venait d'apercevoir un homme et une femme qui dormaient dans un lit à moins d'un mètre de Steward. Si jamais ils se réveillaient ! Un des dormeurs émit un raclement de gorge et se retourna sur sa couche. Steward s'immobilisa, prêt à bondir. Les secondes semblèrent durer une éternité. Helen serrait les poings et pria pour que le couple ne se réveille pas.

Quand il fut suffisamment rassuré sur l'état de leur sommeil, Steward continua sa fouille et ressortit enfin avec le tribut de sa chasse.

Un peu à l'écart, il donna un sari à Helen, ainsi que des juti pour se chausser. Steward se débarrassa aussi de ses propres vêtements pour enfiler ceux de l'homme qui dormait là-bas, dans sa maison. Quant à Helen, pour compléter sa tenue, elle se drapa la tête dans un voile pour cacher sa chevelure dorée. Avec de la chance, personne ne s'apercevrait de son origine britannique.

— Pourquoi risquez-vous votre vie pour me sauver ? se lança Helen.

— Parce que j'ai promis que je veillerais sur vous, s'expliqua-t-il avant d'ajouter : Je suis un homme d'honneur, mademoiselle O'Neill.

Un soulagement profond envahit le cœur d'Helen. Elle avait craint un instant qu'il n'agisse que pour son propre compte dans le but de l'emmener dans un lieu aussi terrible que celui qu'ils venaient de quitter.

— Mon père a toujours su bien s'entourer. Sachez

que j'insisterai pour que vous soyez rétribué bien plus que ce qu'il vous a promis, fit-elle.

Steward la regarda droit dans les yeux.

— Je ne travaille pas pour l'argent, mademoiselle.

Helen rougit et s'excusa. Le silence se fit pesant.

— Peut-être, mais cela ne changera rien à ma décision, vous n'aurez qu'à offrir cette somme à ceux qui en ont besoin, fit-elle tout de même.

Steward ébaucha un sourire. Puis il se retourna vers l'océan.

— Nous avons encore une petite marche avant d'être en sécurité.

Ils dévalèrent le flanc de la colline, puis traversèrent la ville. Tous les habitants étaient enfermés chez eux, en train de dormir. Ils atteignirent le port et Steward les entraîna sur un ponton auquel était arrimé un petit voilier.

Il grimpa à son bord et passa dans la cabine. Helen attendit sagement qu'il en ressorte.

— C'est bon, vous pouvez monter, fit-il tout en allant défaire les amarres.

Helen sauta dans l'embarcation et aida Steward à lever la voile. Un faible vent soufflait sur l'océan. Le voilier prit de la vitesse et quitta le port en toute discrétion. Bientôt l'île de Dravidie ne fut plus qu'une tache sur l'horizon.

— Je vais chercher s'il n'y a pas quelque chose à manger, fit Helen quand elle se sentit suffisamment rassurée.

— Non, laissez-moi y aller.

Il alla dans la cabine et en ressortit avec des *chapatti*, et une bouteille de vin du Maharashtra.

— Désolé, mais notre hôte n'était pas un buveur d'eau.

Il mangèrent tranquillement leur repas. Pour la première fois de sa vie, Helen but du vin et s'étonna que l'on puisse aimer une telle boisson. Son goût était râpeux et sa consistance épaisse.

— Fermez les yeux, lui dit Steward quand elle eut fini sa dernière galette de blé.

Helen obéit sans poser de question. Steward pénétra dans la cabine et en ressortit quelques secondes plus tard. La curiosité d'Helen fut cependant plus forte que sa peur. Elle entrouvrit les yeux, et eut juste le temps de voir Steward jeter un corps à la mer.

— La cabine est désormais libre. Vous pouvez aller vous coucher. Bonne nuit, mademoiselle O'Neill.

Helen ne dit rien et, faisant fi du dégoût de s'étendre sur la paillasse où avait reposé un mort, elle se dirigea vers la cabine pour se laisser aller à un sommeil qui commençait à l'envahir.

Des voix la réveillèrent. Le rideau de la cabine s'ouvrit en grand.

— Oh ! My God ! la pauvre enfant, s'exclama un officier de la garnison royale britannique. Sergent Battory, faites appeler le Dr Garrow.

Le capitaine Sullivan prit Helen dans ses bras et ressortit de la cabine. Helen aperçut alors un immense trois-mâts qui trônait fièrement à côté de leur minuscule voilier. Une trentaine d'hommes d'équipage étaient penchés par-dessus le bastingage pour assister à son sauvetage. Une nacelle fut descendue du haut pont du *Holy Princess*. Sulllivan y déposa Helen et ordonna sa remontée.

Une fois que tout le monde eut quitté la frêle embarcation, cette dernière fut coulée. Helen retrouva le sourire. La marine britannique était venue à leur rescousse. Deux autres croiseurs ainsi qu'une goélette naviguaient à leur côté. Elle ne risquait plus rien.

Un jeune sergent la conduisit à l'infirmerie où le

Dr Garrow s'occupa de lui désinfecter la plante des pieds avant de les bander avec soin.

— Voilà, vous êtes une jeune fille très courageuse, mademoiselle O'Neill, fit-il quand il eut terminé son intervention.

Helen rentra timidement la tête entre les épaules.

— Je vous conseille de ne pas tenter de remarcher avant trois ou quatre jours, le temps que vos blessures guérissent, mais ne craignez rien, ce n'est pas grave.

Le sergent Battory la raccompagna auprès du capitaine Sullivan qui se trouvait dans la cabine de commandement aux côtés de Steward. Helen fut assise en face du capitaine.

— Mademoiselle O'Neill, permettez-moi de me présenter, je suis le capitaine William Sullivan, commandant du navire impérial le *Holy Princess*. M. Steward m'a déjà expliqué ce qu'il vous était advenu, et je puis vous assurer que nous allons tout faire pour que ces actes ne restent pas impunis.

— Merci, mon père vous en sera infiniment reconnaissant, fit-elle.

Un rai de lumière traversait la cabine. Helen se sentait revivre. Elle retrouvait dans ce lieu tout ce qui faisait la culture de son pays. Un mobilier, une décoration, raffinés et confortables. Le luxe et l'élégance caractéristiques de cette nation.

— Oui, reprit Sullivan sur un ton dubitatif. M. Steward m'a parlé de cette folie. Sachez que je trouve votre initiative particulièrement déraisonnable. Peut être ne vous en a-t-on pas informé, mais de nombreux rebelles hindous perpètrent des crimes innommables contre le peuple de Sa Royale Majesté, la reine Catherine II.

Helen ne sut que répondre. Tout indiquait qu'il avait raison. La meilleure solution était certainement qu'elle rentre chez elle. Pourtant elle ne voulait pas abandonner son voyage après avoir vécu de si terribles moments.

— Malheureusement, aucun navire de la flotte n'a pour destination notre mère patrie. Aussi vous partirez avec le douzième bataillon d'infanterie qui va prêter main-forte aux légions déjà massées près de Bombay. De là nous enverrons un messager prévenir votre père de votre état. Il est hors de question que vous alliez le retrouver. Le Pendjab est à feu et à sang, mademoiselle O'Neill.

Un frisson parcourut Helen. Qu'insinuait-il ? Qu'elle ne pourrait rejoindre son père ? Elle jeta un regard vers Steward. L'homme avait revêtu la tenue militaire de la flotte britannique et sirotait un bourbon. Il ne semblait pas ému de son désarroi.

— Très bien. Je suis à vos ordres, mon capitaine, fit-elle sans pouvoir cacher sa déception.

Sullivan se leva et se rapprocha d'elle.

— Je comprends que vous devez me trouver insensible. Mais je ne fais cela que dans votre intérêt. Je ne doute pas un seul instant que votre père serait d'accord avec cette décision. La guerre est une horreur dont nous devons protéger nos enfants.

Helen comprenait les paroles, mais n'arrivait pas à les accepter. Au fond d'elle-même, une peur bien plus terrible étreignait son cœur. Et si son père avait été tué ?

Quatre jours plus tard, le *Holy Princess* entra dans Bhavnagar. Battant pavillon britannique, de commerce ou de guerre, d'immenses navires comblaient la rade du plus grand port du continent indien. Dans la lumière du soleil couchant, le spectacle était grandiose. Des centaines de personnes s'activaient, qui sur les quais, qui sur les ponts, tel un ballet frénétique minuté à la seconde. Des citoyens britanniques et indiens travaillaient main dans la main. De tous côtés, des ordres étaient lancés indifféremment dans les deux langues. Helen se tint à la rambarde du navire et retrouva le sourire.

— Bhavnagar est une des plus belles villes qu'il m'ait été donné de voir, fit le sergent Battory qui s'était lié d'affection pour la jeune enfant.

— C'est magnifique, s'exclama-t-elle. Regardez tous ces bateaux !

— Oui, les hommes sont capables du meilleur quand ils s'en donnent les moyens.

Un homme approcha dans leur dos.

— Surtout, ne vous fiez pas aux apparences. Bhavnagar est avant tout un repaire de gredins et de voleurs. N'oubliez jamais que derrière chaque Indien se cache une crapule prête à vous assassiner une fois le dos tourné, fit le capitaine Sullivan accompagné de Steward qui ne broncha pas.

Helen hocha la tête, même si elle n'arrivait pas à concevoir que tout un peuple puisse en vouloir à l'empire britannique.

— Nos chemins se séparent ici, mademoiselle. J'espère que vous retrouverez très bientôt votre père. Et sachez que j'ai chargé personnellement le sergent Battory de vous servir d'escorte.

Helen lança un regard étonné vers le sergent qui lui renvoya un sourire chaleureux.

— La marine britannique sait servir ses sujets, mademoiselle O'Neill, fit-il en ajustant sa casquette.

Steward resta silencieux.

Après un dernier repas pris dans la cabine de Sullivan, ils quittèrent le *Holy Princess*. Helen descendit à terre, accompagnée des deux colosses dont la carrure suffisait à faire baisser le regard de bien des hommes. Une odeur particulière flottait dans le vent. Un mélange de poissons, d'épices ou encore de moisissure. Helen n'aurait su dire si elle trouvait cela infect ou au contraire agréable.

Ils s'enfoncèrent dans les rues de la capitale maritime, passant devant des dizaines de bazars et d'échoppes où toutes sortes d'articles s'offraient au regard des passants : saris soyeux, cotonnades bariolées, statuettes en bronze, bijoux fantaisies, huiles parfumées, encens, tout ce que l'on pouvait imaginer comme articles artisanaux, sans oublier les étals de fruits, de légumes. La vie grouillait à Bhavnagar. La moindre ruelle était bondée et cela créait une rumeur continuelle, une cacophonie sans fin. Comme un léger brouillard, une poussière perpétuelle semblait être suspendue dans les airs. Des gamins couraient dans les rues de la ville, jouant à des jeux de leur âge.

— La vie d'une grande cité, jeune demoiselle, la rassura Battory, qui ne lui lâchait pas la main.

À l'inverse d'Helen, il appréciait cette atmosphère de laisser-aller apparent. Il aimait ces odeurs, ces gens, cette langue étrange et fascinante. Que Dieu lui pardonne, il aimait cette terre de païens !

Il ne pourrait jamais oublier son premier contact avec ce pays, quand, jeune mousse, il avait débarqué à Mangalore et découvert un univers à l'opposé des campagnes anglaises de sa naissance. Un monde coloré et foisonnant de vie. Depuis, son sentiment n'avait fait que se renforcer.

Bientôt ils approchèrent du quartier britannique, Battory tenant toujours Helen par la main, Steward fermant la marche.

Ils avancèrent jusqu'au fort McArthur, lieu de passage de toutes les garnisons en partance pour l'intérieur des terres. Les quatre cents hommes du douzième bataillon d'infanterie attendaient la poudre du *Holy Princess* pour partir retrouver d'autres garnisons basées à Bombay.

Des acacias et des banians bordaient la grande allée qui menait au fort. Helen était subjuguée par les bâtisses qui s'offraient à son regard. Dans le pur style colonial, elles mettaient en valeur les caractéristiques de l'architecture européenne dans un décor de jungle ordonnée. Une demeure dépassait toutes les autres en beauté. Le consulat britannique.

— Presque aussi imposant que Buckingham Palace, plaisanta Battory.

Ils arrivèrent au fort et le sergent demanda à voir le commandant Nelson.

Ils patientèrent une demi-heure dans la cour principale avant qu'on daigne les recevoir. Enfin, on les conduisit dans une des pièces de la tour Est, une tour crénelée qui donnait sur le port.

Sa perruque impeccablement calée sur sa tête, vêtu avec un soin méticuleux, Nelson les accueillit d'un œil glacial.

— Sir Nelson, je viens de la part du capitaine Sullivan, commandant du *Holy Princess*. Le chargement vous sera livré dans la soirée, exposa Battory qui tendit ensuite une missive.

Nelson la prit et la décacheta. En la lisant, il poussa un grand soupir.

— Qu'est-ce que cela veut dire ! L'infanterie n'est pas une garderie ! Renvoyez cette gamine d'où elle vient ! fit-il d'un ton sans appel.

Blessé dans sa fierté, Battory garda son calme. Il connaissait les querelles qui couvaient entre les différentes armées de l'empire, mais il ne tenait pas à ce qu'Helen en fasse les frais.

— Le capitaine Sullivan sera fort mécontent. Il se pourrait qu'il suive votre conseil et reparte avec l'enfant, fit-il en dardant son regard droit dans les yeux de ce supérieur hiérarchique. Puis il ajouta : Bien avant que nous ayons pu décharger le *Holy Princess* de la poudre que nous devions vous livrer.

Il savait qu'il prenait un gros risque en osant affronter un homme de cette trempe. Mais l'honneur était une des raisons de son engagement dans l'armée.

Nelson s'empourpra et lâcha un juron. Puis il se reprit et retrouva un semblant de dignité.

— Soit, vous partirez avec mes soldats, mais si jamais il arrive malheur à cette fillette, je vous en tiendrai personnellement responsable, sergent, fit-il en lui adressant un sourire féroce.

La menace était claire. Battory hocha la tête. Ils ressortirent de la tour et furent accompagnés jusqu'à un dortoir.

— Merci de m'avoir défendue, fit Helen en s'asseyant sur un lit.

— Je n'ai fait que mon devoir, mademoiselle.

Steward s'allongea sur un des lits et ferma les yeux.

Cela faisait trois jours qu'ils avaient quitté Bhavnagar. Trois journées à subir la terrible chaleur qui irradiait cette partie du continent. Juchée sur un dromadaire, encadrée par ses deux anges gardiens, Helen supportait de moins en moins cette atmosphère suffocante. Battory lui avait expliqué qu'avec le temps, elle finirait par s'y habituer. Cependant elle n'arrivait pas à croire qu'elle pourrait survivre longtemps à ce régime. Devant elle, quatre cents soldats et toute leur caravane avançaient péniblement sur deux rangées le long d'une piste de sable rouge. La jungle de Bhavnagar avait laissé place à un décor semi-désertique où les arbres les plus hauts ne dépassaient pas la taille d'un homme.

— Je n'arrive pas à concevoir que l'on puisse aimer vivre dans ce pays ! fit Helen qui brassait de l'air avec un éventail.

Battory partit d'un grand éclat de rire.

— Détrompez-vous, mademoiselle. Ce continent est une vraie merveille, pour peu que l'on veuille bien oublier ses réflexes britanniques. Voyez la vie sous un autre angle ! fit-il, exalté (il rapprocha sa monture de la sienne.) Toutes ces couleurs ! Ne voyez pas dans cette chaleur une certaine forme d'agression à votre peur si blanche, mais plutôt un hommage à la vie. Ne dit-on pas des honnêtes gens qu'ils sont chaleureux ?

Sans cesser de s'éventer, Helen laissa percer un sourire amusé sur ses lèvres.

— Les Indiens n'ont aucun savoir vivre. Regardez comment ils s'habillent ! le taquina-t-elle.

Elle avait vite compris que cet homme était tombé amoureux de ce pays, plus qu'il ne l'était du sien.

— Ne dites pas de choses pareilles. Pas une fille de votre éducation, je vous en prie, la gronda-t-il. Ces gens sont, comme vous et moi, faits de chair et de sang, ils s'aiment, ils se détestent, ils jouent et tuent aussi, et si leurs vêtements vous déplaisent, sachez que les nôtres leur paraissent aussi étranges.

Helen aperçut du coin de l'œil Steward qui s'était rapproché d'eux.

— Mais ils sont si sales ! continua-t-elle.

Au sommet d'une côte, ils purent découvrir toute une vallée asséchée dont un maigre point d'eau formait la seule touche de fraîcheur dans le paysage.

— Qu'est-ce qui est plus sale au regard de Dieu, mademoiselle O'Neill ? Ne pas se laver, ou mépriser les gens qui n'ont pas les moyens de s'offrir un tel luxe quotidien ? fit-il d'un ton plein de reproche.

Helen détourna les yeux et rencontra le visage de Steward qui affichait une moue de moquerie. Elle se rendait compte qu'elle était allée trop loin. Elle n'avait pas eu l'intention de fâcher le sergent.

— Pardonnez-moi, je ne voulais pas dire ça, s'excusa-t-elle.

Battory lui tendit le bras et lui toucha l'épaule.

— Oh, que si ! mais j'espère vous amener à de meilleures pensées d'ici notre arrivée à Bombay.

La procession de soldats s'arrêta.

— Qu'est-ce qui se passe ? demanda Helen.

— Je n'en sais rien. Attendez-moi ici, je vais aller voir, fit le sergent Battory en donnant des coups de talon dans les flancs de sa bête.

Il remonta toute la colonne, et arriva devant un pont qui enjambait un fleuve. Il comprit alors la raison de l'arrêt. Toute une partie du pont s'était effondrée.

— Un acte de malveillance, à n'en pas douter, fit le caporal Adams qui se trouvait en tête de convoi.

— Très certainement, fit Battory qui descendit de sa monture.

Le capitaine Fowley était déjà en train d'étudier une carte de la région.

— Il y a un autre point de passage à près de vingt kilomètres en amont du fleuve, fit-il.

Mais, au lieu de donner l'ordre de partir dans cette direction, il resta accroupi et continua à réfléchir. Puis il posa son doigt sur la carte.

— Il y a un village plus bas. Il devrait y avoir quelques barques, de quoi suffire à notre traversée.

Ordre fut alors donné de partir en direction de Jallianwalla. Ils pénétrèrent dans le village moins d'une demi-heure plus tard. De nombreux enfants étaient venus à leur rencontre. Vêtus de simples tuniques en loques, ils étaient l'incarnation même de la misère. L'arrivée de la colonne de militaires était pour eux une distraction inattendue.

— Ils nous observent comme si nous étions des animaux ! se plaignit Helen.

— Peut-être en sommes-nous ? plaisanta Batttory.

Les quatre cents hommes du douzième bataillon d'infanterie envahirent le village. Les habitants se regroupèrent tous près de l'unique place.

— Que nous voulez-vous ? demanda le chef du village dans un anglais correct.

La peur pouvait se sentir. Hommes, femmes et enfants se tenaient soudés les uns aux autres. Aucun moyen de défense à leur disposition.

Le capitaine Fowley s'avança vers l'homme. Bien que mesurant une tête de moins que l'Indien, il le toisa de haut.

— Le pont qui reliait les deux berges du Jumna a été détruit, nous allons emprunter vos barques pour passer de l'autre côté du fleuve.

Le vieil homme s'inclina.

— Bien entendu, faites, elles sont à vous, fit-il sans hésiter.

Helen était descendue de son dromadaire et les avait rejoints. Si elle pouvait lire la peur chez de nombreux habitants, elle discernait néanmoins une colère sourde dans le regard de certains autres.

Les soldats se dirigèrent en rang serré vers la rive du fleuve où se trouvaient six embarcations pouvant contenir jusqu'à cinq passagers. Ils commencèrent le transbordement vers l'autre rive. Helen se tenait en retrait. Battory préférait qu'ils soient les derniers à franchir le fleuve.

Tout se déroula avec une application toute militaire. Les canots partaient et revenaient selon un rythme régulier. Quand il ne resta plus que quelques hommes à transporter, un Indien s'approcha du capitaine Fowley.

— Un jour vous paierez pour tout ce que vous nous avez fait ! cracha-t-il.

Une femme vint à sa rencontre et le tira par le bras.

— Avez-vous une accusation à porter contre l'empire britannique ? demanda Fowley, le regard implacable.

Craignant l'altercation, Battory se rapprocha. Steward se plaça aux côtés d'Helen.

— Vous agissez ici comme si vous étiez chez vous ! De quel droit avez-vous pris le contrôle de nos richesses ? Les mines du Pendjab sont à nous ! cracha l'homme qui retourna vers les habitations.

Le temps suspendit son vol. Fowley mâchonna l'intérieur de ses lèvres, puis prit une décision.

— Caporal Jamisson, arrêtez cet homme ! fit-il en désignant l'Indien.

Le caporal demanda confirmation d'un regard appuyé.

— Exécution, caporal !

Jamisson, se faisant assister de deux soldats, se dirigea vers l'Indien qui s'éloignait de la place, accompagné de la femme.

Alors Battory intervint et vint se camper devant Fowley.

— Vous ne pouvez pas faire cela, vous n'avez pas autorité sur cette région, fit-il.

— N'importe quel officier britannique a autorité, sergent.

— Vous dépassez le cadre de vos compétences. J'en aviserai votre hiérarchie dès que nous arriverons à Bombay, rétorqua Battory, atterré par la décision du capitaine.

Mais, alors que Fowley allait répondre, un cri retentit. La femme de l'Indien n'ayant pas voulu se séparer de son mari y avait été contrainte d'un coup de crosse dans le dos. La haine s'empara de l'Indien qui frappa de son poing le visage du soldat le plus proche. Une détonation retentit. L'Indien s'écroula. Stupéfait, Battory tourna la tête pour voir Fowley rabaisser son mousqueton.

— Comment avez-vous pu ?! cria-t-il, hors de lui.

Un jeune enfant accourut vers Fowley, brandissant un misérable couteau. Fowley releva son mousqueton et visa. Battory poussa le canon vers le ciel, le coup partit en l'air. Mais une deuxième détonation retentit. L'enfant s'écroula à deux pas de Fowley. La quinzaine de soldats qui n'avaient pas encore traversé le fleuve avaient sorti leur propre fusil et tenaient en respect les membres de la communauté.

La peur avait changé de camp. Des gouttes de sueur dégoulinaient du front de chaque homme. Le chef du village vint se placer entre les soldats et les villageois.

— Ne faites rien, ils vont tous nous tuer. Nous aurons notre revanche, ne faites rien, traduisit instantanément Battory alors que le vieil homme s'adressait à son peuple.

Les soldats maîtrisaient avec peine des frissons de crainte. Ils avaient beau tenir en joue les hommes les plus proches, ils savaient qu'en cas d'émeute rien ne pourrait les sauver.

Les canots revinrent.

— Allons-nous-en, fit Fowley.

Les soldats se dirigèrent à reculons vers la rive. Puis embarquèrent. Helen, Steward et Battory montèrent dans le même canot. L'enfant était sous le choc. Elle qui avait cru détester à jamais les Indiens pour ce qu'ils avaient fait subir à Miss Edgeworth et aux autres passagers du *King Arthur*, voilà qu'elle se retrouvait à les plaindre. La honte et la tristesse s'abattirent sur elle. N'étaient-ils pas les représentants de la civilisation ? Qui étaient vraiment les sauvages ?

— Pourquoi ont-ils fait ça ? fit-elle en fixant le fond du fleuve.

— Parce que, pour certaines personnes, un être humain n'en vaut pas un autre, fit Battory, le cœur plein de colère.

— La peur de l'étranger, mademoiselle O'Neill, ajouta Steward. Sortez du schéma réducteur du citoyen type et vous serez massacré comme le dernier des mécréants.

Helen leva les yeux sur Steward. C'était bien la première fois qu'il laissait entrevoir un peu de sa vraie personnalité.

— Qu'est-ce qu'on va faire ? demanda-t-elle.

Le regard perdu dans le vague, Battory mit un certain temps avant de répondre.

— Comme si de rien n'était, mademoiselle.

Si Chandigarh avait été pour Helen le summum de la frénésie urbaine, les mots lui manquaient pour décrire Delhi.

Les rues s'entrecroisaient sans aucun plan apparent. Les maisons et les immeubles semblaient avoir été construits sans aucun souci de cohérence. Les piétons croisaient sur une même voie chariots et attelages divers. Toutes les boutiques s'avançaient sur la rue dans un désordre chaotique. Helen s'accrocha encore plus solidement à la main de Battory.

Ils avaient quitté le douzième bataillon d'infanterie le matin même, et se rendaient à l'ambassade de l'empire britannique dans le quartier de Chanakyapuri.

Construite sur une colline, Delhi offrait un spectacle grandiose. Quatre quartiers la composaient, dont chacun se trouvait séparé des autres par de grandes avenues qui se rejoignaient toutes en son sommet. L'ambassade britannique se trouvait toute proche.

Battory usa du pli que lui avait remis le capitaine Sullivan pour pénétrer dans l'enceinte. Ils patientèrent une heure durant avant qu'un homme vêtu d'un costume colonial ne vienne à leur rencontre.

— Permettez-moi de me présenter, je suis Jack Heathley, secrétaire particulier de Lord McPhillis.

— Sergent Battory, du vaisseau le *Holy Princess*, fit Battory en lui serrant la main.

— Richard Steward, je suis chargé de veiller sur Mlle O'Neill.

Heathley hocha gravement la tête.

— Oui, je viens de prendre connaissance de la lettre

du capitaine Sullivan. (Il se baissa vers Helen.) Les événements qui secouent le pays ne me laissent malheureusement pas le loisir d'agir avec tact. Pour dire les choses simplement, vous devez comprendre que sir Garret O'Neill est mort, jeune fille.

Le cœur d'Helen cessa de battre, le sang reflua de ses veines. Cette perspective qu'elle n'osait imaginer venait de se réaliser. Son père était mort. Plus rien ne l'attachait à la vie. Elle était devenue une orpheline. La douleur fut plus forte que tout. Elle s'effondra sur le sol, inconsciente.

Quand elle reprit ses esprits, Helen ne comprit pas ce qu'il lui arrivait. Où était-elle ? Que se passait-il ? Puis, comme un nouveau coup de poignard, les souvenirs affluèrent à sa conscience. Des soupirs étreignirent sa gorge, pour se déverser en longs sanglots. Elle se recroquevilla sur elle-même et se laissa aller à sa douleur dans des larmes qui semblaient ne jamais vouloir cesser. Pourquoi tant de malheur ? Pourquoi fallait-il qu'on lui enlève son père ? Pourquoi ne pouvait-on avoir droit au bonheur ?

Une main lui toucha la tête. Elle ne s'en rendit pas compte. Deux bras la soulevèrent. Helen reconnut l'homme, mais ne chercha pas à lui parler. Plus rien n'avait d'importance.

L'homme sortit de l'hôtel où ils avaient pris une chambre. Ils longeaient une sombre allée quand une voix les interpella.

— Où allez-vous ? demanda Battory.

— Cela ne vous regarde pas, répliqua Steward.

— Je viens avec vous.

Steward lui jeta un regard empli de colère.

— Il n'en est pas question, lâcha-t-il.

Helen ne dit rien. Peu importait qui sortirait vainqueur de ce duel.

— Alors vous devrez me passer sur le corps, enchaîna Battory.

Steward mit la main à sa ceinture. Un couteau reposait dans son étui.

— Vous êtes un idiot, sergent. Pourquoi vouloir mourir aussi stupidement ?

— Ma vie n'aurait aucun sens si je ne la mettais pas au service de valeurs qui me sont chères.

— Alors désertez votre armée de misérables porcs ! cracha Steward qui repensa à toutes les exactions commises par les soldats de l'empire britannique sur ce continent.

— N'est-ce pas ce que je suis en train de vous proposer ? répondit Battory en dardant sur lui un regard percutant.

Steward ne réagit pas, puis il ébaucha un sourire qui se transforma en un éclat de rire sans joie.

— Vous ne savez pas la chance que vous avez, conclut-il alors en retirant sa main de son ceinturon.

Une folle échappée commença à travers le continent. Parcourant près de vingt kilomètres par jour à travers des chemins de plus en plus difficiles à suivre, ils s'enfoncèrent dans le Pendjab.

Ils ne prenaient qu'un le minimum de repos, sans s'attarder pour admirer le paysage, courant sans cesse, portant chacun à leur tour Helen qui était entrée dans un silence inquiétant. Ils échappèrent de nombreuses fois à la mort, et durent leur salut bien plus à la chance qu'à leur force. Néanmoins, ils parvinrent sains et saufs à leur but : le complexe minier de la compagnie Throwbridge.

Helen reconnut l'endroit. Son père lui avait envoyé des peintures représentant son lieu de travail.

— Tout cela m'appartient, fit-elle.

Steward ne dit rien. Ils avancèrent dans le complexe désaffecté. Aucune trace d'une quelconque activité, aucune rumeur laborieuse ne se faisait entendre. Situées en plein milieu d'une des jungles du Pendjab, les ouvriers indiens avaient quitté les mines pour aller grossir les rangs de la résistance.

— Que cherchez-vous ? demanda Battory.

Depuis le début de leur expédition, il n'avait cessé de questionner Steward sur leur destination finale et sur ses motivations, mais n'avait reçu que des réponses évasives.

— Encore un peu de patience, nous y sommes presque.

Ils pénétrèrent l'enceinte du complexe, puis Steward entama une descente dans un des puits qui s'enfonçaient dans les entrailles du continent. L'échelle accolée à la paroi tremblait sous leur poids, toutefois elle résista.

Parvenus au fond du puits, Steward les fit progresser dans un tunnel obscur.

— Comment faites-vous pour trouver votre chemin ? demanda encore Battory qui ne distinguait absolument rien dans ces ténèbres.

— Patience, vous ai-je dit, répondit Steward.

Ils pénétrèrent dans un dernier boyau et se retrouvèrent devant une porte. Steward posa la main sur un identificateur et la porte coulissa dans un souffle.

Une lumière mordorée agressa les pupilles d'Helen et celles de Steward qui durent plisser les yeux pour y voir. Ils avancèrent et entendirent la porte se refermer derrière eux. Ils se trouvaient dans un endroit étrange. Tous les murs étaient de métal. La lumière émanait d'étranges cylindres translucides.

— Suivez-moi, fit Steward.

Ils obéirent sans poser de question. Ils traversèrent de nombreux couloirs aussi étranges que le premier, et furent étonnés par les tenues que portaient les habitants de ce lieu. Enfin leur périple souterrain prit fin.

— Voilà, nous sommes arrivés, fit Steward.

Ils pénétrèrent dans une pièce dont le mobilier était proche de ce qu'ils connaissaient en surface : un bureau et des étagères en bois. Assis dans un fauteuil se tenait un Indien à la mine affable.

— Bienvenue chez vous, mademoiselle O'Neill, fit l'homme en se levant de son siège.

— Qui êtes-vous ? demanda Battory.

— Je pourrais vous renvoyer la question, répondit l'homme qui tourna la tête vers Steward.

— Je n'ai pu me résoudre à l'éliminer. On a tous nos faiblesses.

L'homme hocha pensivement la tête. Il ne pouvait en vouloir à Steward. C'était déjà miraculeux qu'il ait pu accomplir sa mission.

— Qui je suis ? fit l'homme qui posa son regard sur Helen. Je suis un ami de votre père, mademoiselle O'Neill. Un homme à qui je dois beaucoup. Un homme à qui j'ai fait la promesse de veiller sur sa fille. (Il fit une pause et ajouta :) Je suis heureux de pouvoir la tenir.

— Qu'est-il arrivé à mon père ? fit-elle.

L'Indien prit un air grave. Son cœur se serra en reconnaissant dans les traits de l'enfant ceux, plus grossiers, du père. La fille avait une prestance, un regard touchant et marqué par une profondeur de caractère. Elle saurait faire honneur à son père.

— Il a été tué. Assassiné, répondit-il.

— Pourquoi ? demanda-t-elle en enfonçant ses ongles dans les paumes de ses mains afin de ne pas pleurer.

— Parce qu'il causait du tort. Il s'est fait beaucoup d'ennemis. Il était plutôt mal vu.

Helen sentit la rage lui envahir le corps et l'esprit. Comment osait-il parler ainsi de son père ! Cet homme qui n'avait eu de cesse d'aider au développement de ce continent. Cet homme qui avait banni le travail des enfants dans ses mines, et qui avait donné une journée de repos hebdomadaire à ses employés.

— Mon père était un homme bon. Il n'a jamais fait de mal à qui que ce soit. Vous mentez ! hurla-t-elle.

— Oh si, il a fait du mal. Sa façon de traiter ses employés s'est vite répandue dans le pays, mademoiselle O'Neill, et a entraîné de nombreuses révoltes dans les autres gisements miniers de la région. Votre père est indirectement à l'origine des événements du Pendjab, très chère Helen. Ses compères ne l'ont pas supporté. La balle qui a tué votre père était celle d'un officier de Sa Majesté.

Helen sut que c'était là parole de vérité. Elle se rappela avec tristesse toutes les fois où il lui expliquait le peu de foi de ses contemporains dans les valeurs du Seigneur. « Ils font honte à tout ce que le Christ est venu nous enseigner », lui avait-il écrit un jour.

Elle se rapprocha de Batttory qui la prit dans ses bras.

— De quelle organisation faites-vous partie ? demanda-t-il.

L'Indien le scruta un long moment.

— D'une organisation dissidente qui n'a qu'un seul but : défendre les droits des minorités quelles qu'elles soient, monsieur.

— Qu'allez-vous faire de nous ?

— Vous protéger jusqu'à la fin du conflit, répondit l'Indien qui appuya sur un bouton.

Une femme ouvrit la porte du bureau.

— Oui, général ?

— Sarah, veuillez prendre soin de nos invités, ils vont rester parmi nous un certain temps, expliqua l'Indien.

— Je ne comprends rien ! fit Battory qui attira Helen vers lui. Donnez-moi des réponses !

Steward sortit de sa réserve.

— Le destin de l'humanité est en train de se jouer,

sergent. Ayez patience et vous aurez tout le loisir de méditer sur la pertinence de ce propos. Mais n'ayez crainte. Quoi qu'il advienne, il ne vous arrivera rien de fâcheux, ni à vous ni à elle, fit-il en désignant Helen.

Battory secoua la tête. C'était une véritable histoire de fou. Pourtant c'était la réalité !

La femme qui venait d'entrer invita alors le sergent et Helen à la suivre hors du bureau.

— Content de te revoir, fit Steward à l'Indien quand ils furent enfin seuls.

— Tu lui as dit que son père t'avait sauvé la vie ?

— Non, cela ne la regarde pas.

Un instant de silence s'installa entre les deux androïdes, puis ils continuèrent leur conversation sur un tout autre sujet : l'ampleur de la guerre au sein des planètes limites.

CHAPITRE 9

La Ceinture

Fousteau tournait et retournait un crayon entre ses doigts. D'où qu'elles viennent, les nouvelles n'auguraient rien de bon. Il n'y comprenait rien. Une bonne stratégie s'appuyait sur une bonne compréhension du mode opératoire de ses ennemis. Et pour l'heure ils ne savaient même pas qui étaient leurs agresseurs !

Il se leva de son bureau et se posta devant l'écran qui donnait une vue tridimensionnelle de la galaxie. Deux cent cinquante points bleus représentant les mondes libres de la Fédération, quinze points rouges pour les planètes limites, une dizaine de points jaunes pour les stations orbitales au statut neutre, et enfin un point vert pour le Monde noir.

Il posa la main devant le clavier tactile, et fit un agrandissement de ce dernier. Un globe d'un noir impénétrable s'afficha devant lui. Sa découverte remontait à moins d'un siècle et avait été tenue secrète depuis. Fruit d'une construction pharaonique, le Monde noir était une sphère de près de mille kilomètres de diamètre. Totalement lisse et dépourvu de la moindre ouverture, il n'était en rien l'innocent artefact qu'il semblait représenter. Des équipes de chercheurs y avaient été envoyées en mission d'étude, mais aucune n'en était revenue. Dès que les vaisseaux s'approchaient à moins de cent kilomètres de sa surface, ils étaient aussitôt atomisés. Depuis, une unité militaire avait été postée à distance respectable dans le cadre d'une surveillance permanente de l'artefact.

— À quoi sers-tu ? souffla-t-il à la représentation holographique.

Il soupira et revint à son bureau. Il s'essuya les yeux et commença à étudier les nouveaux rapports en provenance des planètes limites.

Station Éden

Ils venaient de faire l'amour une nouvelle fois. Lucinda resta allongée sur le lit tandis qu'Isaac allait lui chercher à boire. Elle regarda pensivement son corps nu qui déambulait dans cette chambre spacieuse. À l'inverse du reste de la station, on n'avait pas lésiné pour le confort de son propriétaire. Même si l'égalité était le fer de lance de leur mouvement, Isaac était leur chef à tous, et possédait un traitement de faveur.

Il chercha une bouteille de scotch, en servit deux verres et retourna vers Lucinda dont il devinait les formes délicates et tendres sous le drap léger.

— Tu n'as rien perdu de ton ardeur, ma chérie.

— Je préférais ton ancien corps, répondit-elle en se redressant dans le lit.

Elle lui prit un verre des mains et en savoura le contenu.

— Il était trop connu. Avec celui-ci, une nouvelle vie pourra redémarrer.

Il s'allongea à côté d'elle et éteignit la lumière. Ils étaient désormais éclairés par l'astre solaire qui passait de ce côté de la station.

— Je sais. Une façon de m'oublier, peut-être ? ajouta-t-elle avec amertume.

Les premiers jours de son arrivée, elle s'était juré d'attendre le bon moment pour le tuer une bonne fois pour toutes, et rétablir la vérité officielle : Isaac Bellrose est mort ! Pourtant, il avait su se justifier. Ses excuses paraissaient crédibles, sa demande de pardon sincère, et son amour toujours intact. Elle n'avait pas pu se résoudre à l'éliminer comme elle avait éliminé des centaines de gros porcs avides de chair fraîche et docile qui avaient profané ses corps successifs durant plus de deux cents ans.

— Peut-être, fit-il en venant coller son corps au sien.

— Qu'allons-nous devenir ?

Il huma l'air, puis s'assit en tailleur sur le lit. Les photons qui traversaient la baie éclairaient délicatement le visage de Lucinda. Il réactiva d'anciens souvenirs et son cœur bondit d'une joie longtemps refrénée.

— Je n'en sais rien. La seule chose qui m'importe est que nous ayons un avenir. Où qu'il soit, notre peuple a le droit de décider de son sort.

— Quand partons-nous ?

Il lui avait exposé leur plan, mais, depuis la découverte de l'Œil de Dieu, il n'était plus certain que le kidnapping de frère Wilson soit un atout maître dans leur jeu. Gerrold pouvait les forcer à sortir de leur neutralité et les rallier à ses propres objectifs. Peut-être que la présence de Lucinda réussirait à faire chanceler ses convictions.

— Gerrold nous a fait parvenir un message, il y aura une ouverture dans moins de vingt-quatre heures U.T.

— Alors reprenons là où nous en étions, fit Lucinda en repoussant le drap.

Clint et ses hommes se tenaient prêts. Leur première mission était enfin programmée. Cela faisait plusieurs jours qu'ils répétaient méthodiquement leur attaque. Ils ne devraient en aucun cas se laisser prendre. Aucune preuve de ce qu'ils étaient ne devait être retrouvée.

— Commandant, cette mission est d'une extrême importance. Il est fort probable que vous devrez vous sacrifier, vous-même et votre équipe, pour la réaliser. Y voyez-vous une objection ? demanda l'androïde qui avait pris le corps du général Clint.

Clint hésita un instant. La réponse allait pourtant de soi.

— Non, fit-il.

Pourquoi avait-il hésité ? Devait-il en parler ? Non. Il craignait de plus en plus d'être désactivé, ou pis encore, qu'on modifie ses programmes de conscience interne. Alors qu'il savait qu'il n'était qu'un amas d'acier, il n'arrivait pas à s'empêcher d'éprouver des émotions contradictoires.

Je ne suis qu'une machine, se dit-il.

Boule d'acier, sertie de deux billes rouges, son visage était totalement inexpressif. L'androïde qui lui faisait face ne perçut en rien les tourments qui agitaient l'âme du Général.

— Très bien. Veuillez regrouper vos hommes et les conduire au mont Imbala. Au revoir, C15.

Clint salua l'androïde et ressortit de la pièce. Il se retrouva dans les couloirs de la base secrète en éprouvant un sentiment de soulagement. Il n'aimait pas se retrouver face à face avec ce général Clint. Quelque chose au fond de lui essayait de lui hurler un message, un avertissement. Pourtant, il avait beau se torturer le cerveau, rien n'en sortait.

Il passa les zones occupées par les humains, puis,

après avoir donné son identification, il put pénétrer dans la partie allouée aux robots.

La base faisait près de 200 hectares de superficie, répartie sur une vingtaine de niveaux. Quinze mille androïdes y étaient basés en permanence. Cinq cents cyborgs en assuraient la sécurité.

— Bonjour, C15, fit le rob Samuelson quand elle le vit pénétrer dans leur département. Quelles sont les nouvelles ?

— Mission de diversion, fit-il de sa voix plate et métallique.

Le bruit caractéristique d'un chargement de fusil à plasma se fit entendre.

— Ça va chauffer ! fit le rob Alimato qui se réjouissait à l'avance de tuer de l'humain.

Encastrés dans leurs corps de métal, les cerveaux des dix soldats étaient incapables de se souvenir de leurs véritables identités. Tous leurs centres mémoriels avaient été retouchés avec subtilité. Après l'éradication de leurs souvenirs personnels, les androïdes leur avaient implanté de fausses vérités. Ainsi pensaient-ils que leurs cerveaux étaient composés de silicium, et qu'ils n'étaient rien d'autre que des machines à la solde des êtres qui les entouraient. En chacun d'eux, pourtant, un sentiment de vide persistait et ne parvenait pas à s'effacer.

— S122, vous piloterez l'appareil, fit Clint en s'adressant à Dingin.

— Pas de problème, j'en fais mon affaire.

— On va leur mettre la pâtée ! fit Douglas.

Étrange, comme cette voix monocorde n'arrivait pas à retranscrire le sentiment guerrier qui s'était emparé de lui. Mais Douglas ne creusa pas plus avant cette pensée, et se mit en position.

Clint regarda bravement ses dix soldats. Dix paires d'yeux rouges qui ne révélaient aucune once d'une humanité quelconque.

Nous ne sommes que des robots, se dit-il avant de demander :

— Vous êtes prêts ?

— Oui, mon commandant, répondit à l'unisson la petite unité.

Malgré son absence de cœur, il sentait ce dernier battre de fierté !

Je suis vraiment déréglé ! se dit-il avec ironie.

— Alors allons-y ! cria-t-il à haute voix.

Ils sortirent au pas de course de leur dortoir, et suivirent Clint jusqu'à un élévateur qui les emmena jusqu'au premier niveau. Ils passèrent une porte hexagonale et pénétrèrent dans l'ascenseur qui les emmena à l'air libre. Un souffle brûlant soufflait sur la jungle qui entourait la tour de la défunte Compagnie Rosmond-Richelieu. Clint n'y prêta pas attention et entraîna avec lui sa troupe en direction du mont Imbala. Une drôle d'idée lui vint à l'esprit. Une vague impression d'avoir déjà vécu cette scène.

* * *

— C'est vraiment la merde ! cracha Gonzalez pour la énième fois.

Cela faisait des jours et des jours qu'ils avançaient dans cette jungle infinie, et toujours aucun signe de civilisation.

— Tu pourrais arrêter de râler ! répondit la soldate Argento.

Comme son compagnon, elle était à cran. Elle commençait à désespérer de s'en sortir un jour. Où que leurs regards se portent, il n'y avait rien d'autre qu'une végétation luxuriante.

— Ouais, t'as raison, vaut mieux que je ferme ma gueule, fit-il en continuant la marche.

La rivière souterraine qu'ils avaient empruntée pour s'échapper des sous-sols de la base secrète des androïdes émergeait quelques centaines de mètres plus loin dans un lac creusé par une dénivellation de terrain. Depuis, ils marchaient vers le sud en espérant retrouver le sentier du pèlerinage. Si l'euphorie d'avoir échappé aux robots avait guidé leurs premiers pas, le découragement était désormais leur lot quotidien.

Un cri animal résonna dans la jungle. Argento raffermit la prise de ses doigts sur son fusil HK. Deux jours plus tôt, ils étaient tombés nez à nez avec un fauve qui n'aurait pas manqué de les inscrire à son menu, si Gonzalez ne l'avait pas abattu d'un tir en rafale.

— Laisse-le-moi, fit Argento qui, dans un geste déterminé, rejeta ses cheveux en arrière.

Gonzalez hocha la tête et s'arrêta de façon qu'Argento passe devant. Ils avancèrent sans faire de bruit en direction de l'endroit d'où était venu le cri. Mais plus ils s'en approchaient, plus le doute s'insinua dans leurs esprits. Une sorte de mélopée se faisait entendre. Étaient-ils sauvés ?

Ils accélérèrent leur mouvement, et le doute se transforma en certitude : il y avait des hommes dans les parages. Un chant humain se déversait alentour. Accompagné par des tambours, le rythme était hypnotique. Le cri du fauve retentit une nouvelle fois. Un hurlement à glacer le sang. Un cri de rage qui figea les deux soldats dans un arrêt interrogatif.

— Qu'est-ce qu'ils foutent ? demanda Argento.

— Ça m'étonnerait pas qu'ils sacrifient un animal à je ne sais quel rite, répondit Gonzalez. Je crois qu'il vaut mieux prendre des précautions. Observons-les avant de révéler notre présence.

— OK.

Sous le couvert de la voûte naturelle de la jungle, ils progressèrent en prenant un maximum de précautions. Le souffle ralenti, les paisibles soldats s'étaient transformés en véritables chasseurs. Avançant prudemment, ils se faufilèrent à travers les arbres avec une certaine agilité en dépit de leurs constitutions. La mélopée était omniprésente. Ils y étaient presque. Quelques mètres encore, et ils aboutirent en bordure d'un petit lac. Sur ses berges s'étaient regroupés une trentaine de Kigomais qui psalmodiaient leurs litanies dans leur langage.

Argento adressa un regard soucieux à son acolyte. Que devaient-ils faire ? De deux signes de la main, Gonzalez lui répondit d'attendre et de voir.

Le regroupement était formé uniquement d'hommes. Cinq d'entre eux étaient accroupis et tapaient sur leur tambour tout en chantant avec leurs frères d'armes. Pour ce que Gonzales et Argento en comprenaient, ces hommes étaient des chasseurs qui fêtaient la capture d'un des plus grands prédateurs de la planète. Le fauve était acculé dans une cage, le corps couvert de plaies.

— Je ne crois pas que nous ayons quelque chose à craindre d'eux, souffla Gonzalez.

— Je n'en suis pas si certaine, répondit Argento.

Gonzalez tourna le regard vers elle et aperçut un homme qui pointait une lance dans son dos. Puis il vit s'approcher d'autres Kigomais qui les entourèrent avec ce même air farouche. Il secoua la tête et leva les bras en l'air.

Boxtown

La salle de sport se trouvait au sommet de la tour Mao. En cette fin de journée, Roseta jouait une partie de squash avec une de ses amies. Vêtue d'un short et d'un T-shirt, elle n'avait plus rien de la femme d'affaires qu'elle était habituellement. Malgré le poids de ses responsabilités, elle trouvait le temps de faire du sport. Elle nourrissait son esprit avide de lectures diverses, mais savait néanmoins qu'elle ne devait pas négliger son corps. Quelle que soit la modernité de pensée affichée par les hommes, Roseta n'ignorait pas qu'une ligne parfaite était un atout non négligeable pour mener à bien une négociation.

La balle lui revint droit dessus. D'un mouvement leste, elle s'en écarta et put la frapper avec force. La balle repartit en sens inverse contre le mur. Sa partenaire n'eut pas le temps de réagir. La balle frappa deux fois le sol avant qu'elle ne l'atteigne.

— Et merde ! jura Olivia Sewton.

— 15-5, fit Roseta d'un sourire de tueur. Jeu, set et match !

Courbée en avant, les paumes de ses mains posées sur ses cuisses, Olivia reprenait son souffle. Roseta enleva le bandeau qui retenait sa longue chevelure. Son T-shirt était trempé.

— Pas trop déçue ? fit-elle.

Son amie lui jeta un regard faussement en colère.

— Tu me revaudras ça, Rose. Un jour je te battrai, je te le promets.

Les deux jeunes femmes quittèrent le court et se retrouvèrent dans un des saunas privés. L'atmosphère était lourde, étouffante. Roseta était allongée sur un des bancs quand son amie vint la rejoindre.

— Quel bien ça fait ! gémit Olivia.

C'était la fille du plus grand fabricant de cosmétiques de la Fédération et Roseta avait trouvé en elle la partenaire idéale pour se livrer à bon nombre de sports. Sans aucune ambition, et d'une culture au niveau du protozoaire, elle était d'une simplicité rafraîchissante et d'une compagnie reposante pour Roseta qui était un tantinet paranoïaque.

— Tu as vraiment un corps de rêve, ajouta-t-elle.

— Oui, mais il n'est pas pour toi, répliqua Roseta.

La sexualité débridée d'Olivia était matière à plaisanteries entre les jeunes femmes.

— Dommage, mais si jamais tu changes d'avis, pense à moi.

Roseta maugréa un « hum » peu convaincu et ferma les yeux. Ses muscles fatigués par l'effort commençaient à se détendre. La sueur ruisselait le long de son corps. Elle ralentit sa respiration et laissa ses pensées dériver.

Des images de grands espaces s'imposèrent à elle. Un désert de sable où nulle vie n'était possible. Une tempête s'annonçait. Le disque rouge déclinait à l'horizon. L'ombre des dunes s'étendait alentour. Une citadelle se dressait au loin. Un point sombre, frêle silhouette, avançait péniblement. Ses pieds nus, brûlés par le soleil, s'enfonçaient dans le sable à chaque pas. L'épuisement la guettait, et pourtant elle savait qu'elle ne devait pas renoncer. Elle devait rejoindre la tour, quoi qu'il lui en coûtât. Il lui fallait réveiller l'Innommable. Le soleil disparut derrière une dernière dune. La nuit allait s'abattre sur elle. La jeune femme serra les dents et s'obligea à ne pas abandonner. Moins d'un kilomètre la séparait de la citadelle. Tête baissée, elle ne réfléchissait plus à rien. Pas après pas, elle avançait inexorablement. À bout de forces, elle releva la tête, et…

— Réveille-toi !

Roseta poussa un petit cri. Olivia était penchée sur elle et la regardait avec de grands yeux étonnés. Encore un de ses cauchemars !

— Ce n'est rien, juste un mauvais rêve, s'expliqua Roseta. Rien de plus.

Rassurée, Olivia lui sourit et reprit sa place sur un des bancs. Roseta se calma et essaya d'oublier ses rêves au goût de réalité.

Juste un traumatisme, c'est juste un traumatisme ! se rasséréna-t-elle en repensant aux paroles de son psychanalyste.

Ils avaient atteint le domaine de Ritournelle en fin d'après-midi après un long voyage sous une pluie déchaînée. À deux reprises leur carrosse s'était retourné et embourbé, et ils ne devaient qu'à la force de leurs muscles de s'en être aussi bien sortis. Jalabert avait laissé Delphine entre les mains des religieuses et se retrouvait à présent en tête à tête avec la mère supérieure dans une des cellules du couvent.

— Je ne suis pas sûre de comprendre, s'étonna la mère Marie de Loubaresse.

Elle venait de lire la lettre écrite de la main du prince Marc.

— C'est pourtant simple, ma mère. Je suis chargé d'une mission de la plus haute importance, fit-il du ton le plus courtois qu'il put.

Il haïssait ces femmes qui s'étaient trompées de dieu. Il haïssait ces quatre murs austères qui l'étouffaient. Il se haïssait lui-même d'éprouver de l'incertitude face à son devoir.

— Ce sont des méthodes plutôt radicales, fit la mère avec diplomatie.

— Certes, et c'est pour cela que l'on a confié cette tâche à un homme. Il faut guérir le mal par le mâle, répondit-il d'un mauvais jeu de mots.

De plus en plus livide, le visage de la mère supérieure affichait une mine d'un apitoiement sans fin.

— Qu'a donc fait cette enfant ?

— Des crimes inexpiables. Je ne peux vous en dire plus.

La mère Marie de Loubaresse jeta un coup d'œil par la fenêtre. Elle savait qu'on lui mentait. Mais que pouvait-elle faire, sinon accepter ? Le prince Marc avait tout pouvoir sur ses terres. Elle ne pouvait risquer d'endurer son courroux. Mon Dieu, pardonnez-moi, pria-elle avant de déclarer :

— Très bien, vous serez notre hôte pour la durée qui vous sera nécessaire, monsieur de Gustin.

Jalabert lui adressa un sourire entendu et se releva. Il était temps de rejoindre Delphine. Le moment était venu de lui faire prendre conscience de son destin. Le début d'une ère nouvelle avait enfin sonné.

Terre

Enveloppé dans un peignoir, Dominati quitta la luxueuse salle de bains de marbre et d'or et longea un couloir tapissé de toiles aux signatures prestigieuses, pour se rendre dans le salon principal de sa vaste demeure. Située à Capuano, petit village corse que s'étaient approprié quelques milliardaires amoureux des belles choses, la villa possédait près de deux mille mètres carrés de surface habitable.

C'était une construction de trois étages. Les architectes n'avaient pas lésiné sur la qualité des matériaux. Des décorateurs de renommée mondiale avaient été missionnés pour recruter les meilleurs artisans reconnus pour leur savoir-faire. Le résultat était d'un luxe époustouflant.

Dominati pénétra sur la mezzanine, et se tint près de la rambarde taillée dans du marbre de Carrare. De là il pouvait contempler son salon. Le plus beau mobilier de la planète s'y trouvait, disposé avec art pour créer une ambiance harmonieuse. Comme chaque fois un sentiment d'intense satisfaction l'envahit. Puis il descendit les marches du grand escalier et se dirigea vers un superbe vaisselier d'époque Louis XV et prit une coupe. Des dizaines de chandelles éclairaient la pièce de façon féerique, tandis qu'un morceau de musique classique se diffusait agréablement dans l'espace.

Il dépassa le salon, et vint se poster près de la baie vitrée ouverte sur la terrasse. Au loin, il pouvait apercevoir la mer Méditerranée qui venait se fracasser en écume mousseuse contre des falaises escarpées. Il était serein. Tout allait se dérouler pour le mieux.

Il s'avança vers la piscine et s'accroupit près du bord. Deux jeunes filles s'y baignaient nues.

— Approchez, fit-il de sa voix langoureuse.

Les baigneuses firent quelques brasses et se retrouvèrent à ses pieds. Il enleva son peignoir et sauta à leur côté. Il reprit la coupe posée sur le rebord et passa une main dans le dos d'une des jeunes filles. Puis il se pencha vers son cou et la mordit jusqu'au sang. Il lui releva la tête et récupéra dans la coupe le sang qui s'écoulait abondamment. Quand la coupe fut remplie, il posa son doigt sur la morsure et d'une incantation parvint à la refermer. La fille sourit et vint se frotter contre lui. Il porta la coupe à ses lèvres et en apprécia le délicat arôme. Rien n'était aussi bon que le nectar humain. Il avala deux gorgées et sentit l'excitation prendre possession de son corps.

Il eut une pensée pour la richissime Roseta Ming. Bientôt elle serait prête à l'accepter. Prête à tout pour lui être agréable. Il finit d'un trait son breuvage sanguin et, sentant sa virilité se gonfler de désir, il attrapa d'une main ferme le fessier de l'autre fille et l'attira à lui.

Bavière

Marshall se réveilla en sursaut. Il se redressa dans son lit et quitta la chambre sans faire de bruit. Des images de son fils en train de se faire pendre étaient encore incrustées dans son cerveau engourdi. Une nuit de plus, son inconscient venait lui reprocher la perte de son enfant. Il descendit l'escalier central de son chalet et alla dans la cuisine se servir un verre d'eau fraîche. Il se mouilla le visage et, après avoir respiré un grand coup, il monta s'asseoir dans le fumoir.

Il ne devait plus y penser. Ce n'était pas sa faute. Rien n'avait obligé Éric à accepter la mission. Et pourtant…

— Tu ne devrais pas te tourmenter ainsi, fit une voix dans son dos.

Marshall sourit sans se retourner. Comme à son habitude, Marius savait voir à travers lui comme s'il était transparent.

— Qu'est-ce que tu fais encore debout à cette heure ?

— Je regardais la RLN, répondit Marius en venant s'asseoir en face de Marshall.

Une simple lampe éclairait les deux hommes. Construit sous les toits ce petit salon avait été meublé par un décorateur d'intérieur fortement inspiré par la culture helvétique.

— Quelles sont les nouvelles ? Combien de morts ? se hasarda Marshall.

— Beaucoup. Une unité de la Fédération s'est retrouvée prise dans une échauffourée sur Égypte. Quarante morts sous des éboulis.

Marshall s'enfonça un peu plus dans son fauteuil et soupira faiblement.

— Combien de temps faudra-t-il attendre avant qu'ils se dévoilent enfin ? À quoi jouent-ils ?

Marius haussa les épaules. Personne n'avait encore trouvé la solution. Les pistes ne menaient nulle part. C'était à n'y rien comprendre. Aussi improbable soit-elle, la possibilité d'un synchronisme des révolutions n'était plus à exclure.

— Nous le saurons en temps voulu, Will.

— Oui, c'est ça, attendons, faisons-nous massacrer et disons ensuite à nos populations que la Fédération est le système idéal ! rétorqua-t-il avec aigreur.

— Tout le monde fait le maximum. Nous n'avons rien à nous reprocher, et tu le sais bien.

Un silence se fit. Marshall esquissa une moue désabusée. Sa capacité à croire en la force de la volonté était en train de s'émietter de jour en jour. La puissance de sa foi se désagrégeait face au manque de résultat. Il ne s'était jamais senti aussi bas. Si seulement…

— Mon fils, j'ai envoyé mon propre enfant à la mort ! De quel droit puis-je me targuer de vouloir sauver des milliers d'êtres humains d'un cataclysme alors que je n'ai rien fait pour sauver mon propre fils !

— Peut-être n'est-il pas mort ? Éric est plutôt un garçon doué et béni des dieux. Je suis persuadé qu'il est encore vivant.

Marshall éclata d'un grand rire amer.

— C'est cela ! Il est en vie ! ironisa-t-il.

— Très certainement, répondit Marius d'un ton ferme, et pour te le prouver, je vais te le ramener, ton fils.

— Qu'est-ce que tu racontes ?

Marius se pencha en avant et prit un air de conspirateur.

— Je vais partir sur Atlan. Si je ne reviens pas, c'est qu'il est mort.

Un courant électrique passa entre les deux amis. Marshall oublia ses pensées morbides, et retrouva en quelques secondes l'espoir. S'il existait quelqu'un qui pouvait sauver son fils, Marius était bien celui-là. Contrebandier durant de nombreuses années, il était capable de toutes les roublardises pour arriver à ses fins. Tous les moyens lui étaient permis. À n'en point douter, il était l'homme de la situation.

Marius se leva et rapporta du bar deux verres de cognac. Il en tendit un à Marshall.

— À mon départ, dit-il en levant son verre.

— Et à ton retour, lui répondit Marshall en levant le sien.

RÉCIT TROISIÈME : AQUA

Cela faisait deux jours qu'Anneth-aux-Cheveux-d'or courait à travers la forêt de Bergström, ne s'arrêtant que pour de courtes pauses réparatrices. La fatigue avait fait place à la colère et à la peur. Durant sa fuite éperdue, elle n'avait cessé de repenser aux images terribles de la mise à sac de son village. Cachée derrière un fourré, à l'orée du bois qui encerclait le village, elle avait assisté impuissante au massacre de ses habitants par une horde de sauvages à la peau hâlée. Depuis, elle fuyait, espérant rejoindre le plus vite possible l'agglomération la plus proche.

Son pied se prit dans une racine et elle trébucha. Elle s'étala de tout son long, le visage enfoui dans l'humus qui recouvrait le sol détrempé. Elle essaya de se relever, mais l'angoisse accumulée fut plus forte que ses muscles. Elle s'effondra en pleurant. Elle se maudissait d'être si faible. Elle était la fille de Horick le Terrible, elle se devait d'être à la hauteur de sa réputation. Elle tenta de se relever, et y parvint malgré la douleur qui lui serrait la poitrine.

Un guerrier tient sa force de son âme et non de ses muscles, se dit-elle en citant les paroles de son père.

Elle leva les yeux au ciel et aperçut à travers la trouée de la voûte sylvestre le soleil qui approchait du zénith.

— Par Thorr, je jure que je les tuerai tous jusqu'au dernier ! ragea-t-elle en serrant les poings.

Elle reprit sa course, guidée par une seule pensée : la vengeance. Armée d'une telle conviction, elle ne pensait plus à rien d'autre qu'à courir.

À genoux sur un piton rocheux, Ingmar-à-la-Barbe-de-soie se tenait prêt. Une biche venait d'apparaître près du lac qui s'étendait au-dessous de lui. Il sourit et arma son arc. Il ferma un œil, mais, au moment où il allait laisser filer la flèche, un brouhaha retentit dans la forêt ; la biche cessa de s'abreuver et s'enfuit dans les fourrés. Ingmar jura entre ses dents. Il se releva, consterné. Voilà quatre heures qu'il attendait qu'une proie vienne à sa rencontre, et tout était à refaire !

Le soir n'allait pas tarder à tomber, il n'avait plus le temps. Il grommela quelques jurons et reprit la direction de son village. Toutefois le bruit se fit plus fort. Son oreille exercée reconnut celui d'une course. Un animal ? Il se remit en position, et pria les dieux de ne pas l'abandonner. Le bruit se rapprochait. Il banda son arc et se tint prêt. Surplombant le lac, il avait un angle de vision excellent.

— Par où que tu sortes, je ne te raterai pas, souffla-t-il entre ses dents, tout en calant sous son menton les doigts tirant la corde.

Soudain surgit de la forêt une jeune fille qui fonça dans le lac. De stupeur Ingmar en lâcha sa corde et la flèche partit pour s'enfoncer à deux mètres de l'inconnue.

— Par Freyr ! s'exclama-t-il.

À bout de forces, Anneth s'était jetée à l'eau. Ses poumons étaient en feu. Il fallait qu'elle se rafraîchisse.

Cependant l'eau était glaciale, des crampes la saisirent. Elle essaya de nager, mais malheureusement ses jambes étaient telles deux colonnes de marbre. Elle ne pouvait plus effectuer le moindre geste. La tête émergeant encore hors de l'eau, elle se mit à pleurer de rage. Mourir si bêtement, après tous les efforts qu'elle venait de fournir. La colère s'empara de son corps tandis que sa tête s'enfonçait doucement sous les eaux.

Ingmar était stupéfait, il ne comprenait rien à ce qu'il voyait. Mais une chose était certaine, cette fille avait besoin d'aide. Il jeta son arc sur le sol, se mit sur le bord du piton et fit un plongeon de près de dix mètres avant de s'enfoncer dans le lac. Il nagea aussi vite qu'il le put et rejoignit en quelques secondes Anneth qui venait de sombrer dans l'inconscience. Il l'attrapa par le torse et nagea sur le dos jusqu'à la rive. Il la tira sur la berge, et approcha son oreille de sa bouche. Il poussa un soupir de soulagement : elle respirait encore. Il était arrivé *in extremis*.

Ingmar prit alors le temps de souffler. Assis sur le sol, près du lac, il aperçut le piton duquel il venait de se jeter, et fut impressionné par sa hauteur. En temps normal jamais il n'aurait pris le risque de sauter de si haut. Toutefois, il ne regrettait pas son geste. Le courage et l'héroïsme étaient des valeurs fortement ancrées dans la vallée de Brattahid. La fille hoqueta. Il se pencha vers elle et se rendit compte alors de la beauté foudroyante d'Anneth. Il vit à travers sa longue chevelure blonde un visage aux contours fins et délicats. Le cœur d'Ingmar se serra sous l'effet d'un étrange sentiment.

— Toussez encore, vous avez avalé beaucoup d'eau, fit-il d'un ton extrêmement chaleureux.

Anneth n'avait pas besoin qu'il le lui dise. À quatre pattes, la tête baissée vers le sol, elle recrachait tout ce qu'elle pouvait. Puis, quand elle put enfin reprendre son souffle, elle ramena ses longs cheveux en torsade pour les essorer, et c'est alors qu'elle prit conscience de la présence d'Ingmar. Ce jeune homme avait l'air ahuri, pensa-t-elle en le dévisageant. Sa bouche était grande ouverte, comme s'il avait vu Loki en personne !

— Merci de m'avoir sauvée, fit-elle en retrouvant son aplomb.

Ingmar ne put empêcher ses joues de rosir. Il baissa les yeux et se maudit de sa timidité.

— Que fuyiez-vous ? fit-il en espérant détourner la conversation.

Les souvenirs du massacre se rappelèrent à sa mémoire.

— Les Maoris, fit-elle. Ils ont envahi notre royaume.

— Quoi ?! s'exclama Ingmar, tant la nouvelle paraissait inconcevable.

— Ils ont assassiné tous les habitants d'Ergünd, je suis la seule survivante, fit-elle en réussissant à ne pas pleurer.

— Par Thorr, c'est abominable ! Il me faut aller avertir les miens, fit-il, la peur au ventre.

Aussi aberrante soit-elle, Ingmar ne mettait pas en doute la parole d'Anneth. Elle n'avait pas l'air d'une folle, et encore moins d'une sorcière.

— Venez, je vais vous aider à marcher. Suivez-moi.

Anneth essaya de se lever, mais de nouvelles crampes la saisirent. Elle s'écroula sur le sol. Il fallait impérativement qu'elle se repose. Elle ne pouvait pas faire le moindre pas.

— Allez prévenir votre village, et j'attendrai ici votre retour, fit-elle en dardant sur lui un regard intense.

Ingmar sentit son orgueil gonflé par la confiance que lui accordait cette jeune fille. Elle avait raison, il devait pas perdre une seconde. Qui pouvait dire quelle avance avait la fille sur leurs ennemis ?

— Très bien, ne bougez pas, je promets de revenir le plus vite possible.

Il se retourna et partit en courant à travers la forêt de conifères.

Il connaissait le coin par cœur. Il avait passé son enfance à s'aventurer dans les parties les plus reculées de la forêt. Mais, pour la première fois de sa vie, il n'y prenait aucun plaisir. Seule la peur lui enserrait l'esprit. Comment osait-on les attaquer ? Eux qui n'étaient que des honnêtes gens, paisibles et respectueux de la nature et de leurs contemporains. Si tout le monde connaissait l'âme guerrière des Svei, la province de Norvège était une région beaucoup moins sujette aux débordements de ses concitoyens. Si l'hydromel coulait à flots, rarement les soirées se terminaient à coups de hache. Ingmar ne voulait pas croire que l'horreur puisse les atteindre. Pourtant, après moins d'une demi-heure de course, il entra de plein fouet dans la réalité du drame. D'abord une odeur, puis soudain une vision : Sefriv était en flammes.

Ingmar poussa un rugissement de colère, et accéléra sa course. Plus il progressait, plus il prenait conscience de l'horreur qui s'était abattue sur eux. Des cris provenaient de toutes parts. À l'odeur du bois brûlé se mêlait désormais celle de la chair grillée. Instinctivement Ingmar saliva et recracha aussitôt. Il allait sortir du couvert des arbres quand une masse imposante le frappa dans les flancs. Avec la vivacité de ses dix-sept printemps, Ingmar se releva et se prépara au combat.

— Hrolf ?! s'étonna Ingmar en reconnaissant le forgeron roux.

Il était le symbole même de la puissance. L'homme le plus fort de Sefriv. Bâti comme un chêne, avec des bras gros comme des troncs, un cou de taureau et un torse qui avait du mal à passer les portes. Il était une véritable force de la nature.

— Ingmar, il n'y a plus rien à faire, fit-il.

Submergé par l'adrénaline qui avait remplacé son sang, Ingmar oublia toutes les règles de respect.

— Rien à faire ! Nous devons les aider, cria-t-il.

Sur ces paroles, il tenta de courir pour rejoindre les derniers survivants et se battre avec eux. Mais Hrolf fut plus rapide et le plaqua à terre.

— Tiens-tu tant à mourir ? Ne comprends-tu pas qu'ils sont déjà morts ?! Nous devons fuir pour mieux préparer notre vengeance, Ingmar !

Le jeune homme se débattait comme un dément. Ses parents étaient en train de se faire trucider, et Hrolf lui ordonnait de les laisser à leur funèbre destin.

— Tu n'es qu'un lâche ! hurla-t-il. Si tu as peur de mourir tu n'as qu'à partir au lac, peut-être seras-tu utile là-bas !

Hrolf compatissait avec lui et comprenait sa colère, mais il savait qu'il prenait la bonne décision : Ingmar était trop jeune pour mourir. Son temps n'était pas encore venu. Il le relâcha un instant, juste le temps d'armer son bras et de l'assommer d'un coup de poing en plein visage. Le forgeron porta le corps inanimé, et espéra que personne n'avait entendu ses vociférations. Il repensa aux derniers mots qu'avait prononcés Ingmar, et n'y trouva aucun sens. Pourquoi aller au lac ? Il ne se posa guère plus de questions et décida d'y tenter sa chance. Cette direction en valait bien une autre. À travers la forêt, il pourrait peut-être rejoindre Ergünd et leur annoncer l'invasion maorie.

Malgré les quatre-vingts kilos d'Ingmar, Hrolf ne prit pas le temps de s'arrêter pour reprendre son souffle, et arriva en un laps de temps record près du lac.

Le crépuscule s'était installé, le silence s'abattit sur la forêt.

Hrolf posa le corps d'Ingmar dans un fourré, et s'assit à ses côtés. Il redressa la tête et fit une prière à Thorr. Si Ingmar venait de perdre ses parents, lui-même venait de perdre sa femme et sa petite fille. Il était parti en chasse quand il avait vu les premiers nuages de fumée surplomber le village. Il avait couru aussi vite qu'il avait pu, mais, à l'approche de Sefriv, il s'était rendu compte qu'il était déjà trop tard. Se mêler au combat aurait signifié un suicide. La tentation avait été grande d'en découdre, mais la raison et la haine lui avaient dicté une autre conduite : il devrait mener la résistance et, le moment venu, venger sa famille et ses amis. Pour l'heure, il n'était qu'une âme en peine.

Un bruissement le fit sursauter. Il se releva d'un bond, l'épée à la main.

Une silhouette se rapprocha de lui.

— Qui es-tu ? rugit-il.

— Je suis d'Ergünd, ils ont massacré tout mon village, fit Anneth qui les avait observés en silence.

Hrolf partit d'un grand rire amer. Ainsi ils étaient perdus. Aucun endroit à la ronde où trouver refuge. Ingmar avait peut-être raison, après tout : ils auraient dû mourir comme des guerriers et non comme des fugitifs.

— Qu'allons-nous devenir ? demanda-t-elle.

Hrolf l'étudia un moment. Que pouvait-il répondre ? Qu'il n'y avait plus d'espoir ? Qu'ils étaient damnés ? Non. Elle ne méritait pas une telle réponse. Il devait se ressaisir.

— Il est probable que tous les villages de la région sont sous leur contrôle. La seule possibilité est de passer en Suède.

— Il n'en est pas question ! intervint alors Ingmar.

Hrolf se retourna et fut heureux de constater que son coup n'avait pas endommagé le cerveau du jeune homme.

— Vois-tu une autre solution ?

— Mourir comme des braves, répondit Ingmar en posant sur le forgeron un regard lourd de sous-entendus.

— Non, s'interposa Anneth. Nos parents doivent être

vengés. Nous devrons les attaquer quand nous serons certains de pouvoir les battre, et pas avant. Si les dieux nous ont laissés en vie, c'est pour que nous soyons la lame qui leur transpercera les entrailles, fit-elle en sentant le goût du sang dans sa bouche.

Une chouette hulula au-dessus d'eux. La nuit s'était enfin posée.

— Traverser la forêt de Markland est envisageable, mais nous ne pourrons jamais passer les montagnes. Même si nous sommes en été, les nuits sont trop froides. Nous allons mourir gelés ! fit Ingmar.

— À trois, nous aurons plus de chance de réussir qu'à deux, mais si tu veux nous quitter, nous respecterons ton choix, fit Anneth en venant poser une main sur le bras du jeune homme.

Ce contact réchauffa instantanément le cœur meurtri d'Ingmar. Il sentit son masque de colère s'effriter et les larmes lui monter aux yeux. Hrolf se rapprocha de lui et le prit dans ses bras dans une affectueuse accolade.

— Je comprends ta douleur, nous venons tous de perdre les êtres les plus chers à nos cœurs, mais nous devons survivre pour les venger et honorer leur mémoire. Reste avec nous, Ingmar.

— Oui, nous ne devons pas nous désunir, renchérit Anneth.

Ingmar lui jeta un regard embué de larmes. Il secoua la tête, et parvint à esquisser un sourire maladroit. Ils avaient raison. Le flux d'adrénaline écoulé, il se retrouvait épuisé et comprenait le bon sens de ces paroles.

— Très bien, je suis avec vous.

D'un geste, Ingmar imposa le silence. Il affûta sa vision, trouva sa cible, se mit en position et décocha une flèche qui partit s'enfoncer en plein poitrail d'un cerf.

L'animal bondit dans une course désespérée, pour s'effondrer quelques mètres plus loin.

— Bien visé, le félicita Hrolf en lui donnant une grande tape sur l'épaule.

Ils marchèrent jusqu'à leur proie, et Hrolf entama aussitôt le dépeçage.

— Je ne peux pas regarder ça, fit Anneth qui leur tourna le dos.

Une semaine avait passé, et après avoir, des jours durant, ressassé de sombres pensées, ils avaient réussi à mettre de côté leur désespoir pour se concentrer uniquement sur leur avenir. S'ils voulaient s'en sortir, ils ne devaient pas se laisser abattre. Hrolf s'amusait à leur raconter des histoires fantastiques tirées de leur mythologie, tandis qu'Anneth leur apprenait des chansons ancestrales.

Après avoir découpé de belles pièces de viande, ils cherchèrent un endroit adéquat pour faire un feu. Anneth partit avec Ingmar ramasser du petit bois.

— Je suis contente que tu sois resté avec nous, fit-elle alors qu'ils pénétraient dans une zone dégagée.

Ingmar la regarda dans les yeux.

— C'est ta présence qui m'a fait rester, Anneth, répondit-il tandis que son cœur s'emballait.

Anneth lui sourit et détourna son visage. Dans son malheur, elle avait eu la chance de tomber sur deux hommes valeureux.

Ils firent chacun un gros fagot et s'en retournèrent retrouver Hrolf qui, comme chaque soir, s'évertuait à allumer un feu. Des étincelles pétillèrent, une flammèche se détacha, les brindilles crépitèrent et très vite le feu prit de l'ampleur.

— Et voilà une belle flambée ! fit fièrement le forgeron.

La nuit n'allait pas tarder à tomber et, installés dans une clairière, ils mirent leur morceau de viande à cuire au-dessus du feu. À la lueur des flammes, Ingmar admira une nouvelle fois la beauté d'Anneth. Ses longs cheveux blonds ondulaient délicatement sur ses épaules. En d'autres circonstances, nul doute qu'il lui aurait déclamé son amour.

— Demain, nous commencerons l'ascension des Jotunheim. Il nous faut prendre des forces, manger sans retenue, fit Hrolf.

— Racontez-nous une histoire, demanda Anneth qui déchira d'un coup de dents un morceau de viande bien cuit.

Hrolf se racla sa gorge.

— Jurez que vous ne répéterez jamais ce que je vais vous dire, fit-il solennellement.

Anneth et Ingmar se jetèrent un regard surpris, mais jurèrent tout de même. Satisfait, Hrolf hocha la tête et mit la main dans une des poches de sa tunique.

— Il y a de cela plusieurs années maintenant, mon grand-père, Erstöm le Grand, m'a raconté une histoire. Une histoire incroyable et merveilleuse qu'il m'avait fait promettre de ne jamais raconter. (Il posa un lourd regard sur les jeunes gens et continua :) Alors qu'il était à la fleur de l'âge, il décida de partir dans les montagnes de Iusldur, pénétrer les grottes de Marckam afin d'y trouver le fabuleux trésor d'Éric le Rouge.

— Ce n'est qu'un mythe, Éric le Rouge n'a jamais existé ! le coupa Ingmar.

— Chut ! Bien sûr que si ! le gronda Anneth qui était fascinée par les récits du forgeron.

Hrolf la remercia d'un regard.

— À l'inverse des médisants et autres méchantes langues, mon grand-père savait que le trésor existait. La seule difficulté était de trouver des compagnons de marche. Tout le monde se moqua de lui. Alors, seul contre tous, il partit dans le Grand Nord, bien au-delà de notre royaume. Il marcha des journées entières sans s'arrêter. Quand il était au bord de l'épuisement, il trouvait toujours la force de continuer à avancer. Les jours passèrent, puis les semaines, et enfin il parvint devant l'entrée des grottes de Marckam. Le ciel était couvert de lourds nuages. La neige n'allait pas tarder à recouvrir la vallée. Il sourit et pénétra dans une des grottes. Une torche à la main, il s'enfonça dans un dédale de tunnels qui ne se finissaient jamais. Laissant des marques à la craie, il se laissait guider par son instinct. Il pouvait sentir le trésor d'Éric le Rouge l'appeler. Il imaginait déjà rubis et diamants, colliers de perles et d'émeraudes emplir ses besaces. Il fouilla quantité de grottes, passa des journées entières à étudier chaque recoin de la montagne quand, un jour, il arriva à la fin de sa quête en pénétrant dans une dernière grotte qui était obstruée par des éboulis. Il ne se serait certainement pas attardé si seulement la flamme de sa torche ne s'était pas reflétée sur un objet en métal. Il se rapprocha et découvrit la main d'un cadavre sous le tas de roches. Il poussa les blocs de pierres et mit à jour un squelette : Éric le Rouge ! pensa-t-il. Toutefois, très vite, il douta de sa découverte. Des vêtements étranges et singuliers habillaient l'homme. Sans parler de ce drôle d'objet qui avait capté son regard.

Hrolf sortit alors sa main de dessous sa tunique et leur montra un objet caché dans un étui en cuir. Anneth et Ingmar se penchèrent en avant. Subjugués par le ton de la voix, ils étaient prêts à croire n'importe quoi. La candeur de leur jeunesse ne s'était pas totalement enfuie, malgré la blessure qui déchirait leurs âmes.

— Cette chose est d'origine divine, mes enfants. Le brave Erstöm le Grand était tombé sur la dépouille d'un dieu !

— Faites voir, demanda Anneth en venant s'asseoir à ses côtés.

D'un geste vif, Hrolf cacha l'objet à la vue de la jeune fille.

— Attends que j'aie fini mon histoire.

— Oh ! Pardon, fit-elle en baissant le regard.

Ingmar se rapprocha lui aussi.

Un loup hurla au loin. Hrolf jeta une nouvelle bûche au feu, puis après s'être rassis reprit son récit :

— Que devait-il faire de cet objet ? Le laisser là dans cette demeure mortuaire, ou le ramener et informer le monde que les dieux étaient mortels ? Durant son trajet de retour, il ne cessa de penser à la position à adopter. Il n'arrivait pas à se décider. Avait-il le droit de mettre un terme aux croyances de ses amis et, qui plus est, ne le brûleraient-ils pas pour sorcellerie ? (Hrolf posa sur son auditoire un long regard interrogateur puis continua :) Mais, à la vérité, mon grand-père savait que, s'il faisait part de sa découverte, plus jamais il ne la verrait. Les princes et les rois se battraient pour la posséder. Alors il décida de la garder et quand il retourna chez lui, après son long périple, il ignora les quolibets et les sarcasmes des villageois, riant sous cape d'être le seul à savoir ce qu'il avait rapporté.

Hrolf ressortit l'objet de dessous sa tunique.

— Vous pouvez admirer à présent.

Anneth était collée au forgeron, les yeux écarquillés d'envie. Hrolf sortit l'objet de son étui. Il montra le mémo. Une exclamation de surprise s'échappa des lèvres des deux jeunes gens. Une image bougeait sur cet étrange objet. Hrolf toucha l'écran tactile et d'autres images apparurent. Après des années d'essais et d'erreurs, il était parvenu à comprendre le sens de certains symboles, et c'est avec fierté qu'il faisait part de son talent à Anneth et Ingmar. Devant leurs regards abasourdis, la cité des dieux s'étalait devant eux, sur ce morceau de métal : d'étranges engins qui volaient dans le ciel, une langue incompréhensible, et cette musique qui sortait de nulle part. C'était à n'en point douter un objet divin.

Anneth éclata d'un rire euphorique.

— C'est merveilleux ! fit-elle.

— Alors les dieux existent, souffla Ingmar qui n'avait jamais pu s'empêcher de douter de leur existence.

— Oui, les dieux existent et ils peuvent mourir, fit Hrolf.

Ils passèrent les deux heures suivantes à regarder les prouesses que Hrolf faisait apparaître sur l'écran. Des images fantasmagoriques que même leur imagination d'enfant n'aurait jamais pu concevoir. Cela dépassait l'entendement humain. Des dieux, sans l'ombre d'un doute, se dit Anneth, hypnotisée par cette découverte monumentale.

— Il est temps de dormir à présent, fit Hrolf quand la fatigue de leur longue journée de marche se rappela à lui.

Ils remirent des bûches dans le feu et se couchèrent, serrés les uns contre les autres. Ingmar sourit et s'essaya à une prière. Après tout, peut-être que les âmes de ses parents avaient réellement atteint le Folkungr, royaume de Freyja.

L'ascension des Jotunheim se révéla beaucoup plus périlleuse que leur enthousiasme ne le leur avait fait croire. Aucune trace de sentier n'existait. Il fallait créer littéralement un passage à travers les flancs de plus en plus pentus de la montagne. Leur vitesse de progression diminuait considérablement. À de nombreuses reprises, ils durent rebrousser chemin pour tenter une nouvelle voie.

Les nuits étaient glaciales et, serrés les uns contre les autres, ils tentaient du mieux qu'ils pouvaient de se réchauffer en se couvrant des peaux de bêtes que Hrolf avait dépecées depuis leur échappée. S'il n'y avait eu les chansons d'Anneth, nul doute que le désespoir les aurait emportés depuis longtemps. Mais la jeune fille revigorée par la vue de l'objet divin ne doutait pas que les dieux guidaient leurs pas.

— Nous sommes les élus, leur disait-elle en plaisantant à moitié.

Elle ne pouvait croire que toutes les souffrances qu'ils enduraient soient vaines. Il fallait que tout cela ait un sens.

— Il faut tenir bon, nous avons fait le plus dur, fit Hrolf en encourageant ses compagnons de misère.

Ils avaient presque atteint le sommet d'un col. Un semblant de sentier longeait une pente d'une déclivité importante. Un mauvais pas, et ils rouleraient sur des centaines de mètres pour s'écraser sur un rocher. Le vent les poussait dans le dos.

— Je n'en peux plus, je suis épuisé, fit Ingmar.

Cela faisait deux jours qu'il se nourrissait des quelques morceaux de viande desséchée qui leur restaient. Sur ces hauteurs, il n'y avait aucune bête en mesure d'être chassée. Pas assez de végétation pour attirer les grands mammifères des montagnes.

— Nous le sommes tous, mais nous n'allons pas abandonner maintenant, lui répondit Anneth.

Ingmar maugréa son acquiescement et continua à avancer. Ils passèrent un coude et le sentier se fit de plus en plus étroit.

— Faites très attention, fit Hrolf en tête de file.

À présent, nul doute qu'une chute serait mortelle. Anneth évita de regarder la pente qui s'étendait à moins d'un demi-mètre de sa position. Elle focalisait son regard sur les pieds de Hrolf qui la devançait. Mais, malgré cela, elle sentait les battements de son cœur s'accélérer. La peur lui tenaillait les entrailles.

Et si elle glissait ? Mais aussitôt elle s'efforçait d'oublier cette éventualité en lui substituant une autre pensée : suivre les pas de Hrolf, et ne penser à rien d'autre.

Mais soudain les pieds du forgeron disparurent.

— Hrolf ! hurla Ingmar atterré.

Le forgeron venait de perdre l'équilibre et dévalait les flancs de la montagne en prenant de plus en plus de vitesse, sans pouvoir s'accrocher à quoi que ce soit pour ralentir sa chute.

Anneth poussa un long hurlement. Les deux jeunes gens le virent bientôt tomber dans une crevasse, près de cent mètres plus bas.

Ingmar s'assit et mit la tête entre ses genoux. Anneth s'accroupit près de lui et se mit à pleurer. Qu'allaient-ils devenir ? Hrolf était autant un guide qu'un père, un ami. Avec sa disparition, toutes leurs chances de succès partaient en fumée. Ingmar n'avait plus le courage de continuer.

— Nous sommes maudits ! Pourquoi ? cria-t-il en affrontant le royaume des dieux du regard.

Une main s'accrocha à son bras.

— Ne me laisse pas, Ingmar. Je t'en prie.

Le jeune homme sentit son cœur se fendre en deux. Il se ressaisit.

— Pour rien au monde je ne t'abandonnerai, Anneth, ma vie t'appartient. J'en veux seulement aux dieux. À quoi servent-ils donc s'ils n'écoutent jamais nos prières ?! cria-t-il, la voix déchirée de douleur.

— Peut-être à rien, mais ce n'est pas pour cela que nous devons perdre espoir.

Ingmar soupira et passa son bras autour d'Anneth.

— C'est toi qui as raison. Que les dieux aillent se faire voir, nous nous en sortirons sans eux.

Anneth se rapprocha de lui et le plus naturellement du monde leurs lèvres se rencontrèrent pour un tendre et bref baiser. Ils se relevèrent et reprirent leur route. Le vent soufflait toujours aussi fort. Il fallait qu'ils parviennent à passer le col avant la nuit. Pas après pas, ils poursuivirent leur chemin en essayant de ne pas penser à la perte de leur camarade. Ils savaient que leur monde avait basculé dans la guerre, et qu'ils n'étaient qu'au début de l'horreur.

À bout de forces, et après avoir enfin franchi le col qui se faufilait dans un étroit corridor, ils s'appuyèrent contre la paroi de la montagne. Collés l'un contre l'autre, ils s'enlacèrent en silence et, malgré le froid extrêmement piquant qui s'insinuait au plus profond de leur chair, ils parvinrent à s'endormir avec un sourire sur leurs lèvres bleuies.

— Hé, réveille-toi mon garçon ! dit une voix à l'accent suédois prononcé.

— Je te dis qu'ils sont morts ! fit une autre voix.

Malgré le désir de dormir encore, Ingmar se força à ouvrir un œil et aperçut deux visages patibulaires qui le regardaient dubitativement.

— Qui êtes-vous ? réussit-il à articuler.

— Par Odin, je t'avais dit qu'ils étaient vivants ! s'exclama fièrement le premier inconnu qui se rapprocha d'Ingmar.

— Anneth ! essaya de hurler le jeune homme.

— Qu'est-ce qu'il dit ? interrogea le second inconnu.

— Je crois qu'il parle d'elle, fit le premier en désignant Anneth du doigt.

La jeune fille avait ouvert les yeux, mais se trouvait incapable d'articuler le moindre mot. Le froid la tétanisait sur place. Le moindre mouvement lui procurait une douleur insupportable.

— Ils sont gelés. Aide-moi, on va les réchauffer, fit le second inconnu.

Ils ôtèrent leurs épais manteaux de fourrure et en recouvrirent les deux jeunes gens. Puis, avec un étonnant savoir-faire pour les gros rustres qu'ils semblaient être, ils massèrent délicatement leurs muscles engourdis par le froid.

— Je m'appelle Zeist, et lui c'est mon frère Harn, fit le premier inconnu sans cesser ses massages. Vous avez une sacrée chance que nous soyons des lève-tôt !

— Ah oui, se félicita Harn, encore une demi-journée et vous seriez morts de froid !

Anneth regardait les deux inconnus et une envie de rire nerveuse naquit au fond de son ventre, pour remonter sa gorge et finir par un râle étrange.

— N'essayez pas de parler, vous en aurez tout le temps une fois au village, fit Harn qui espérait que leurs efforts ne seraient pas vains.

Au bout de longues minutes de massages intensifs, Ingmar et Anneth réussirent à tenir debout et, chacun s'appuyant sur l'un des hommes, ils progressèrent à travers le corridor pour rejoindre l'autre versant de la montagne.

Une vision paradisiaque s'offrit à eux. À l'inverse du versant nord, extrêmement abrupt, le versant sud était une dénivellation de plateaux. Une vallée verdoyante s'étendait devant eux. Le vent qui soufflait avec violence de l'autre côté était stoppé par la montagne et laissait ce versant à l'abri des intempéries.

— Vinland ! s'exclama Zeist qui montra d'un geste circulaire cet horizon de toute beauté.

— Nous avons réussi, souffla Anneth, au bord des larmes. Nous sommes en Suède.

Ingmar était encore trop fatigué pour se hasarder à parler, mais il hocha la tête en signe d'acquiescement. Ainsi donc, les dieux, les terribles Nornes, n'avaient pas décidé d'arrêter là leurs destins.

Ils descendirent par un sentier, et parvinrent sur le bord d'un plateau où reposait un village qui comptait près d'un millier d'âmes. Espacées les unes des autres, les habitations étaient d'un style fort différent de celui de la Norvège, bien qu'ayant les mêmes contraintes : toits fortement inclinés de façon à laisser glisser la neige durant les rigoureux hivers, murs faits de sapin.

Ils passèrent devant les villageois qui les regardaient passer avec étonnement, avant d'arriver devant une grande bâtisse à l'architecture beaucoup plus travaillée que les autres.

— C'est la maison de Lang, notre chef, fit Harn en aidant Anneth à monter les quelques marches de l'entrée.

Ils frappèrent à la porte. Une femme d'une beauté irréelle leur ouvrit. Deux longues nattes blondes lui tombait sur les seins, encadraient un visage radieux qui réchauffa aussitôt le cœur d'Ingmar.

— Qui sont ces gens ? demanda-t-elle.

— Des Norvégiens inconscients ! fit Zeist. Ton père est là ?

— Non, il est dans la salle du conseil, répondit la jeune fille. Mais entrez, nous allons nous occuper d'eux.

Les quatre nouveaux arrivants entrèrent dans un salon, où un petit feu était en train de brûler. Harn saisit des bûches et les mit aussitôt dans l'âtre. Anneth et Igmar s'assirent dans des fauteuils qui leur parurent le summum du confort après les journées épuisantes qu'ils venaient de vivre. Ils s'endormirent peu de temps après.

— Il a une jambe cassée, et peut-être quelques côtes aussi, se prononça Filz en rendant son diagnostic.

Lang hocha la tête, puis se retourna vers les hommes du conseil. Ils les connaissaient tous depuis des années, et savaient apprécier leur jugement. Même si l'apparition de cet inconnu n'avait rien d'extraordinaire en soi, il y voyait comme un mauvais présage. À l'évidence, l'homme n'était pas un chasseur. Ils n'avaient retrouvé qu'un simple couteau attaché à sa ceinture. Qui était-il ? Que faisait-il dans les parages ?

— Essaye de le réveiller, s'il souffre trop je le rendormirai, fit-il en frappant ses poings ensemble dans un geste évocateur.

Des rires fusèrent. Chacun essayait de détendre l'atmosphère. Filz ouvrit la bouche de l'inconnu et le força à avaler un liquide médicinal issu d'une longue tradition ancestrale.

Quelques minutes plus tard, allongé sur une table, Hrolf ouvrit les yeux et poussa un hurlement. Il essaya de bouger, mais la douleur se fit plus vive encore. Il cessa donc de s'agiter, et lentement il réussit à contrôler les battements de son cœur et à apprivoiser la souffrance. Bientôt il put rouvrir les yeux et voir la tête d'un homme dont le physique évoquait celui d'un Suédois.

— La douleur va passer, fit Lang en se penchant au-dessus de Hrolf. Vous êtes entre de bonnes mains.

Le Norvégien poussa un beuglement de gratitude, et laissa refluer une vague de souffrance qui venait de lui transpercer la jambe gauche.

— Où sont mes compagnons ? articula-t-il avec difficulté.

Lang se retourna vers ses hommes et lut dans leurs yeux la même incompréhension.

— Vous étiez tout seul, il n'y avait personne d'autre dans ce gouffre, fit Lang. Une chance qu'un de mes hommes vous ait entendu hurler.

Hrolf gémit autant de sa douleur physique que de la perte de ses amis. Il se sentait complètement assommé.

Cependant il leva un bras et attrapa Lang par la tunique pour le tirer à lui. Le chef du village le laissa faire. Quand son visage fut près du sien, il tenta d'articuler une dernière phrase.

— Les Maoris arrivent, dit-il dans un souffle, avant de sombrer dans l'inconscience.

La main de Hrolf retomba inerte, et Lang se redressa, étonné. Qu'avait-il dit ? Les Maoris arrivent ? Cela n'avait aucun sens. Ces sauvages n'avaient aucune chance de survivre dans ces régions polaires. Habitués au climat des îles tropicales de la planète, ils ne possédaient pas de nation à proprement parler, juste des îles, sur lesquelles ils vivaient, qui commerçaient entre elles, et qui se battaient la plupart du temps. Des sauvages inaptes à mener une véritable guerre.

La porte de la salle du conseil s'ouvrit. Zeist et Harn se précipitèrent vers leur chef.

— Nous avons découvert deux autres Norvégiens, fit Zeist en arrivant à la hauteur de Lang.

— Où sont-ils ? demanda ce dernier.

— Nous les avons emmenés chez vous. Nous ne savions pas que vous teniez conseil, s'excusa Harn.

Tout le monde s'interrogea sur cette nouvelle. Combien d'autres Norvégiens allaient arriver ? Était-ce le début d'un exode ?

— Très bien, fit-il avant de se tourner vers Filz. Occupez-vous de celui-là. (Puis il se retourna vers les sages du conseil :) Nous n'avons sûrement rien à craindre, mais nous devons prendre toutes nos précautions. Il se pourrait que les Norvégiens soient attaqués, fit-il.

Un brouhaha de stupeur résonna dans la salle. La paix entre les différentes nations de Scandinavie était un fait immuable qu'aucune des parties n'aurait été tenté de remettre en cause. Les membres du conseil se regardèrent, déconcertés.

— C'est impensable. Qui pourrait vouloir la guerre ? demanda le sage Jurgen.

— Les Maoris, répondit laconiquement Lang.

S'il n'avait pas eu l'air aussi sérieux, nul doute que toute l'assemblée présente serait partie d'un grand éclat de rire. Mais, à l'évidence, leur chef ne plaisantait pas et un profond malaise s'installa.

— Il nous faut à tout prix nous rendre compte par nous-mêmes de ce qui se passe derrière les Jotunheim. Gerr, choisis une dizaine d'hommes, les chevaux les plus rapides, et pars dès aujourd'hui pour la Norvège. Même s'il est possible que cet homme (fit il en désignant Hrolf d'un geste) ait parlé en état de choc, nous ne devons pas prendre son avertissement à la légère.

Un murmure d'assentiment se répercuta entre les quatre murs de la salle de conseil.

— Bien. Que tout le monde rentre chez soi, et ne parlez à personne de ce que nous venons de dire. Pour l'instant, rien ne prouve que nous soyons au bord de la guerre. Nous devons garder notre calme et ne pas effrayer les nôtres.

Tout le monde approuva cette sage décision. Accompagné de Zeist et Harn, Lang quitta aussitôt la salle.

L'été était presque là dans la vallée. Des fleurs multicolores égayaient les entrées des maisons. Un parfum de douceur de vivre imprégnait chaque parcelle de terrain de ce village. Le Walhalla sur terre.

Lang marcha d'un pas vif et décidé dans les ruelles du village jusqu'à sa maison. Il ignorait les regards des villageois et priait pour que tout cela ne soit que le résultat des divagations d'un fou. Il pénétra dans sa demeure et trouva les deux jeunes gens assoupis près de la cheminée. Il se pencha sur Ingmar et le secoua avec vigueur.

— Père, laissez-les se reposer, fit la jeune fille blonde.

— Nous n'avons pas de temps à perdre, Ingrid. Je dois savoir ce qui se passe en Norvège.

Ingmar cligna plusieurs fois des yeux, et durant un instant il se sentit complètement désorienté. Qui était cet homme avec sa longue chevelure rousse ? Où était-il ? Il ne reconnaissait pas les lieux. Puis la mémoire lui revint. Il se tourna vers Anneth et fut rassuré de la voir à ses côtés.

— Qui es-tu ? Que se passe-t-il dans votre province ? l'interpella Lang.

— Je me nomme Ingmar, je suis de Sefriv. Toute ma famille a été tuée.

— Par qui ? enchaîna Lang qui craignait la réponse.

— Les Maoris.

Lang poussa un juron et donna un violent coup de pied dans le fauteuil du Norvégien. Ingmar tomba à la renverse.

— Père, calmez-vous, je vous en prie ! s'exclama Ingrid.

La colère pouvait se lire dans les yeux de Lang. Chacun de ses muscles était gonflé de rage et d'écœurement. Ainsi la guerre était aux portes de la Suède. Après quatre décennies de paix, un nouveau conflit allait s'abattre sur la Scandinavie. Que les dieux soient maudits !

— Quelle est l'étendue de leurs forces ? demanda-t-il en dardant sur Ingmar un regard enfiévré.

— Je n'en sais rien. Mais je pense qu'ils sont très nombreux. Ils ont aussi envahi Ergünd, le village d'Anneth, fit Ingmar en désignant la jeune fille qui s'était réveillée.

— Par Odin, il faut avertir toute la région. Nous devons nous mobiliser. Nous ne nous laisserons pas envahir par des sauvages tatoués !

Discrète, Anneth sortit de sa réserve.

— Nous avons perdu un compagnon, peut-être...

— Nous l'avons retrouvé, la coupa Lang. Ne vous inquiétez pas, il est toujours en vie.

Le soulagement se fit dans le cœur des deux Norvégiens. Hrolf n'était pas mort. Ils pourraient encore avoir le bonheur d'écouter ses histoires.

— Restez là jeunes gens, reposez-vous ! intervint Lang en se retournant vers sa fille : Prépare leur à manger, ils doivent mourir de faim.

Ingrid acquiesça et Lang ressortit de la maison.

La nuit venue, Ingmar n'arrivait pas à trouver le sommeil. Il avait passé la journée en compagnie d'Anneth et d'Ingrid à disserter sur le conflit à venir. Ingrid n'avait cessé de le harceler de questions auxquelles il n'avait trouvé que peu de réponses. Rien n'expliquait l'attaque subite des Maoris.

À présent, allongé sur une couchette, il regardait par la fenêtre le ciel obscur et essayait d'imaginer sa vie dans le futur. Qu'allait-il devenir ? Son village anéanti, il était désormais un réfugié qui plus jamais ne connaîtrait la douceur de la maison de son enfance. Il tenta de fermer les yeux quand un cri retentit. Il se releva et enfila rapidement ses vêtements.

Gerr et ses éclaireurs étaient de retour. Leurs chevaux traversèrent le village et vinrent se poster devant la maison de Lang. Tous criaient à tue-tête.

— Les Maoris sont là ! hurlaient-ils. Ce qui eut pour effet de réveiller tout le village.

Hébétés, les villageois sortaient les uns après les autres, venant à leur rencontre. Lang alla accueillir Gerr.

— Qu'as-tu vu ? fit-il sans préambule.

— Des centaines, des milliers de Maoris sont en train d'escalader les montagnes. Quand nous sommes arrivés en haut du col de Sitguna, une marée de torches scintillait sur le versant de la vallée. Il y en avait partout. Nous n'avons aucune chance contre eux. Il nous faut fuir Lang.

Le chef de village serra les dents et se frotta la nuque. La situation était pire que ce qu'il avait craint. La fin d'un monde avait sonné. L'équilibre des forces venait de changer. Il allait falloir s'adapter très vite, ou bien c'était la fin de l'indépendance de la Suède.

— Fuir, tu penses que c'est la bonne solution ? fit-il d'une voix forte afin que tout le monde puisse l'entendre.

Gerr se recula d'un pas et hocha la tête. Des dizaines de villageois s'étaient regroupés autour d'eux dans l'attente de réponses.

— C'est la seule solution, Lang. Nous n'avons pas le choix. Si nous restons, ils nous tueront.

Lang lui lança un regard méprisant.

— Si nous restons, nous nous battrons ! hurla-t-il.

Il toisa d'un long regard circulaire tous les hommes du village. Il prit son temps et, d'une voix encore plus puissante, ajouta :

— Par Odin, nous ne sommes pas des lâches. Nous allons montrer à ces sauvages de quel bois nous sommes faits. Nous allons leur faire sentir notre acier dans leur chair. Qu'ils apprennent que chaque Suédois est un ennemi mortel. Notre sacrifice marquera le début de leur chute !

La peur enserra tous les ventres de l'assemblée. C'était une folie. Personne ne désirait la mort. Pourtant, personne non plus n'osa commenter ce discours.

— Que les vieillards, les femmes et les enfants se préparent à partir. Nous autres, guerriers de Vinland, nous allons nous battre et abreuver la vallée du sang de ces sauvages, lança-t-il en levant son poing serré vers le ciel.

— C'est de la folie, Lang, hurla une voix féminine dans la foule. Que tu veuilles mourir, cela te regarde, mais ne force pas nos hommes à te suivre.

Lang comprenait la douleur de cette femme, mais il ne devait pas faiblir.

— Je n'imposerai mon choix à personne, mais, quand le roi Kraken apprendra l'invasion, tous les hommes, sans exception, seront appelés à se battre. Alors vaut-il mieux fuir maintenant et leur laisser souiller nos âmes, ou mourir en sachant qu'ainsi nous laissons à nos femmes et à nos enfants le temps de fuir vers l'intérieur du pays ?

Si le courage et l'héroïsme n'étaient plus la valeur la plus puisée dans ce village paisible, la dernière remarque de Lang les frappa tous par sa justesse. S'ils fuyaient tous, la mort les rattraperait bien avant qu'ils atteignent la première ville d'importance, alors qu'en se battant avec courage, non seulement ils ralentiraient la progression des Maoris, mais aussi ils leur contraindraient à avancer avec plus de prudence.

— Je suis avec toi, Lang, s'éleva une voix.

Un homme à la carrure imposante fit un pas en avant. Ulrick le Sage.

— Je vais leur faire bouffer leurs tripes, à ces sauvages, hurla Erik en levant les deux bras en l'air dans un geste vengeur.

— Et moi, je vais leur botter le cul ! ajouta Sigfried en grimaçant avec hargne.

Très vite de nombreux villageois ajoutèrent leurs voix à celles de ces premiers héros. Même les plus couards n'osèrent quitter la place. Ils devaient tous se sacrifier pour la survie de leurs familles.

— Qu'est-ce que tu comptes faire ? s'inquiéta Anneth en se rapprochant d'Ingmar.

Ils se tenaient en plein milieu de la foule. Ingmar avait senti son sang bouillonner de plaisir à l'écoute des paroles de Lang. Voilà un discours qui le ravissait au plus haut point. C'en était fini de la fuite.

— Je vais rester, bien sûr, fit-il sans l'ombre d'une hésitation.

Anneth baissa les yeux et lui prit la main entre les siennes.

— Je ne te laisserai pas, Ingmar. Si tu ne veux pas partir, je resterai avec toi.

Autour d'eux les villageois commençaient à retourner chez eux pour se préparer aux adieux. La nuit ne leur avait jamais semblé aussi lourde et menaçante.

— Tu vas partir, Anneth, tu n'as pas le choix. Seuls les hommes doivent rester.

— Alors viens avec moi, tu ne leur dois rien. Nous

sommes des étrangers, ils comprendront, le supplia-t-elle, la gorge nouée par la détresse.

— Ce n'est pas pour eux que je reste, mais pour les nôtres. Quelqu'un doit les venger. Quand tu atteindras d'autres villages, tu leur diras qu'Ingmar le Norvégien fut parmi les premiers à se battre.

— Je ne leur dirai rien du tout. Je reste avec toi.

— C'est hors de question ! Pense à ce que nous avons fait. Tu dois être notre mémoire.

Une chouette hulula. Un frisson parcourut le dos de Anneth.

— Je t'aime, Ingmar, dit-elle tandis que deux ruisseaux de larmes coulaient sur ses joues glacées.

Ingmar sentit le rouge lui monter au visage. Il s'attendait à tout, sauf à cet aveu. De sa vie, il n'avait jamais éprouvé un amour aussi fort envers une fille. Que les dieux aillent mourir ! jura-t-il en lui-même. Pourquoi fallait-il que le bonheur leur soit interdit ?

— Alors, si tu m'aimes, quitte le village avec les autres femmes. Je ne veux pas que tu meures par ma faute. Promets-le-moi, Anneth.

Alors elle cessa d'argumenter et le lui promit. Ils retournèrent dans la maison de Lang. Ils passèrent la première salle et découvrirent le chef de village avec trois robustes gaillards. Ils élaboraient un plan pour contrer les envahisseurs. Il fallait qu'ils atteignent le col avant eux. Le corridor était trop étroit pour que leur armée les renverse comme une immense vague. Ils se battraient à nombre égal.

Ingrid se tenait près d'une porte et pleurait en silence.

Les deux jeunes gens allèrent directement dans la chambre d'Ingmar. Ils se déshabillèrent et se découvrirent l'un l'autre.

Les yeux embués par l'émotion, Ingmar tenta d'oublier le sort qui l'attendait pour ne penser qu'au plaisir de faire l'amour à celle qu'il aimait.

— Donne-moi un fils, Ingmar, lui souffla-t-elle à l'oreille quand il la pénétra.

— Je te le promets, répondit-il.

Comme un mauvais présage, le jour se leva avec un orage fracassant. Des trombes d'eau se déversaient sur Vinland et sa vallée. Le ciel était presque aussi sombre que durant la nuit. Tous les hommes s'étaient regroupés au centre du village pour un dernier adieu déchirant. Les femmes pleuraient, imitées par leurs enfants en détresse. Seuls quelques rares garçons gardaient un visage impassible, en tentant d'être à la hauteur de la situation.

Sous la pluie battante, Ingmar serrait dans ses bras sa promise.

— Jamais je ne t'oublierai, Ingmar, fit Anneth dont les larmes se perdaient dans celles du ciel.

Le jeune homme tenta vainement d'essuyer son visage ruisselant.

— Je t'aime, Anneth. Et, quoi qu'il arrive, je sais que j'ai enfin trouvé un sens à ma vie.

Un éclair zébra le ciel. Une masse de nuages encore plus noirs s'amoncela au-dessus de la vallée.

— Je ne veux pas que tu meures, fit-elle dans une supplique qu'elle savait inutile.

Il la prit dans ses bras, et lui caressa doucement le dos.

— Ne pense pas à ça. Souviens-toi seulement des bons moments.

Anneth releva la tête et pressa sa bouche sur la sienne. Passionnés et pleins d'une vigueur juvénile, ils se laissèrent emporter par leur désir et perdirent toute notion du temps. C'était leur dernier moment ensemble. Il fallait qu'il reste à jamais gravé dans leur mémoire. À bout de souffle, Anneth le libéra avec douleur.

— Je dois y aller, lui dit Ingmar alors que tous les hommes se préparaient à partir.

— Je t'aime, Ingmar.

Il l'embrassa une dernière fois, son regard rivé au sien, éperdu d'amour.

— Tu es la chose la plus merveilleuse qui me soit arrivé. On se retrouvera, Anneth.

Ils se regardèrent un dernier instant qui sembla durer une éternité, puis il se retourna et rejoignit les autres apprentis guerriers.

Armé d'un arc et d'une épée, chacun savait qu'il n'y avait aucun espoir d'en réchapper. Ils allaient au combat en ayant conscience qu'ils allaient mourir.

Une sorte de torpeur avait envahi leur colonne. Afin de les mobiliser, Lang avait pris la direction de la marche. Ils passèrent les dernières maisons et s'avancèrent dans la plaine sans pouvoir s'empêcher de jeter de fréquents regards derrière eux.

Trempé jusqu'à l'os, Ingmar n'essayait pas de refouler les larmes qui lui défiguraient le visage. Quelles que soient ses intentions et sa bravoure, la peur lui nouait les tripes. La colère le dévorait tout autant.

Ils atteignirent les premiers escarpements rocheux, puis entreprirent péniblement l'ascension du col de Sigtuna. La pluie ne leur laissait aucun moment de répit. Dans cette déprimante ambiance, seul Lang réussissait à garder une humeur conquérante.

— Remercions Thor de nous venir en aide. Imaginez la tête des Maoris en proie à son courroux

Quelques sourires apparurent à cette évocation. Pour des hommes issus des mers chaudes et ensoleillées des tropiques, le climat suédois devait être une espèce d'enfer insupportable.

Mètre après mètre, ils grimpèrent et, en début d'après-midi, ils aboutirent au sommet du col où un corridor s'enfonçait entre les deux versants de la montagne.

— Nous n'avons plus qu'à attendre, fit Lang en se retournant vers ses hommes.

Une lueur étrange illuminait son regard. Une force issue du plus profond de son âme lui donnait l'impression d'être invincible. Ingmar s'assit sur un rocher et, tandis qu'il reprenait son souffle, il espérait qu'Anneth se trouverait assez loin pour être hors de danger.

— Tu n'es qu'une sotte ! jura Hrolf.

Enfoncé dans un fauteuil, on l'avait porté le matin même dans la maison de Lang. Incapable de marcher, et tout comme les vieillards, il était resté au village dans l'attente de la fin. Une épée était près de lui. Au moins tenterait-il un geste pour se défendre. Même s'il n'était pas certain que les dieux veuillent de lui, il essayerait, quoi qu'il lui en coûtât, de défendre sa peau et d'atteindre le Walhalla.

— C'est ce que disait toujours mon père, répondit-elle, assise devant l'âtre rougeoyant.

— Un homme très clairvoyant ! grogna Hrolf qui sentait la douleur remonter le long de sa jambe cassée. Tu as encore le temps. Ne te fais pas plus bête que tu ne l'es !

Anneth ne se retourna pas et laissa son regard contempler les flammes qui montaient dans la cheminée. Aussi bizarre soit-il, elle se sentait d'une sérénité déconcertante. La peur l'avait quittée. Seuls les souvenirs de la nuit précédente envahissaient ses pensées.

— As-tu jamais connu l'amour ?

Hrolf ricana d'un rire guttural. Il fit un geste de la main en signe de dérision.

— Que crois-tu connaître de l'amour, jeune fille ?!! se moqua-t-il. Tu n'as même pas vingt ans et tu te crois maligne parce que tu es amoureuse !! (Il renifla une nouvelle fois et continua :) L'amour est une saleté,

Anneth, dont il faut se défaire le plus tôt possible. Pour le peu de bonheur qu'il t'apporte, il te faudra subir des souffrances bien plus terribles.

La jeune Norvégienne se retourna et lui fit face. Elle le jaugea et comprit que Hrolf était un homme meurtri par la vie. Qui savait quelle déception il avait enduré ?

— Et alors ? Qu'importe, si c'est cela que je désire ? Une vie sans amour ne mérite pas d'être vécue.

— Mais j'ai connu l'amour, moi aussi. Une femme aussi jolie que toi, et avec non moins d'esprit. Une diablesse qui m'a brisé le cœur, fit-il avec une amertume qui remontait à la surface.

Il soupira gravement et hocha la tête. Des souvenirs resurgirent. Des images d'un passé où il avait cru être un homme heureux. Une naïveté qui avait failli le perdre quand sa femme avait tenté de l'assassiner à l'aide de son amant. Depuis, il n'avait considéré les femmes que comme des drôlesses, bonnes seulement à donner du plaisir.

— Toutes les femmes ne sont pas les mêmes, contra Anneth qui comprenait qu'elle avait rouvert une ancienne blessure, bien plus douloureuse que celle qui irradiait la jambe du forgeron.

— Certes, mais, ce que je sais, c'est qu'il n'est rien de plus stupide que de vouloir mourir par amour. Tu crois réellement que c'est ce qu'Ingmar souhaite ?

Anneth détourna le regard. Elle savait qu'elle brisait ainsi la promesse qu'elle lui avait faite, mais elle savait aussi qu'elle ne pourrait vivre loin de lui. Si les dieux existaient, au lever du prochain soleil ils seraient tous deux réunis au Walhalla.

— Non, et c'est aussi pour cela que je l'aime.

— Jeunesse imbécile, si seulement je pouvais te botter les fesses ! ragea Hrolf, incapable de bouger d'un pouce.

Anneth se leva et partit leur chercher à manger. Même

si la mort les attendait au détour de la nuit, il n'était pas question de se priver des derniers petits bonheurs que procurait la vie.

Le froid le tenaillait. Ingmar se tenait prostré dans une anfractuosité. Des éclaireurs les avaient prévenus de l'approche de l'armée maorie. Les conditions météorologiques n'avaient eu que peu d'incidence sur leur progression. Conditionnés et disciplinés, les hommes des mers chaudes arrivaient devant le corridor.

Ingmar pouvait à présent entendre le bruit de cette armée en marche. L'envie de partir en hurlant de terreur se glissa dans son esprit. Il ferma les yeux et s'obligea à tenir bon. Il ne pouvait fuir. Il devait faire preuve d'un courage qui semblait totalement absent de sa chair et de son esprit.

Sois fort, sois fier ! se dit-il en repensant aux encouragements que lui adressait son père.

Une silhouette apparut au loin. Ingmar jeta un coup d'œil vers son voisin de droite. Siegfried banda son arc et se tint prêt à lâcher la corde. Ingmar leva son arc, et sentit son bras trembler de peur. Il fit deux grandes inspirations et calma ses tremblements. Il redressa son arme et posa les doigts sur la corde.

Lang fit un signe du bras.

Soudain une trentaine de flèches s'enfilèrent dans le corridor et, pour la plupart d'entre elles, trouvèrent leur cible.

Un grondement de rage se fit entendre. Plutôt que de ralentir, les Maoris survivants se mirent à courir vers les Suédois. Une nouvelle volée de flèches s'engouffra dans le défilé, puis une autre encore. Les Maoris tombaient les uns après les autres. N'importe quelle armée se serait repliée et aurait pris le temps de mettre au point une nouvelle stratégie d'attaque. Mais, à ce qu'il semblait, les Maoris n'en avaient qu'une : combattre quelles que soient les pertes. Les visages des Suédois se figèrent, terrorisés. Ces hommes étaient des fous ! se dirent-ils en comprenant que la peur était une notion ignorée de ces sauvages.

Dès qu'un Maori tombait, un autre prenait sa place. Il semblait qu'une marée humaine allait submerger la Suède et inonder son sol d'un fleuve de sang.

Le nombre faisant la force, quelques Maoris parvinrent à sortir du corridor et se ruèrent sur les premiers tireurs. Le combat au corps à corps pouvait commencer.

Ingmar posa son arc et serra dans sa main gauche l'épée que lui avait donnée Lang le matin même. Hormis les jeux de son enfance avec des épées en bois, il n'avait jamais étudié de près les arts de combat. Il savait qu'il n'avait aucune chance contre ces hommes.

— N'aie pas peur, petit, fit un grand Suédois en lui serrant l'épaule d'une main virile. La mort n'est que le début.

Ingmar déglutit difficilement et acquiesça de la tête.

Lang fut le premier à affronter un Maori. D'un seul coup d'épée, il lui trancha la tête avant de s'en prendre à un deuxième dont il transperça le ventre. Une sauvagerie sans précédent se déchaîna dans le sang du chef du village. Guerrier émérite et résolu, il fallait qu'il montre l'exemple. Une folie sanguinaire s'était emparée de lui. La conscience avait disparu, il n'était plus qu'une machine à tuer. Très vite d'autres Suédois se joignirent à lui et le carnage continua. Armés de lances et de couteaux, les Maoris étaient des proies faciles contre le tranchant des épées.

Du fait de l'étroitesse du corridor, seule une dizaine d'hommes pouvaient se battre de front. En retrait derrière ces valeureux guerriers, Ingmar et les autres villageois attendaient leur tour pour se battre. Dès qu'un

Suédois s'effondrait, un autre venait prendre sa place et servir de rempart contre une invasion totale.

Les minutes défilaient, mais l'assaut ne perdait en rien de sa vigueur.

Combien d'hommes étaient-ils prêts à perdre ? se demandait Ingmar décontenancé, comprenant que rien ne les arrêterait.

Siegfried s'effondra. Poussé par-derrière, Ingmar n'eut d'autre choix que d'aller au front. Une vision dantesque s'offrit à lui. Des dizaines de corps jonchaient le sol devant lui. Mêlé à l'eau de pluie, le sang imbibait la boue sous ses pieds. La nausée s'empara d'Ingmar qui n'eut que le temps d'armer son bras afin d'éviter l'assaut d'un Maori dont la gorge fut transpercée par l'épée de Jurgen qui venait de lui sauver la vie.

— Tuez-les, tuez-les, tuez-les ! criait le Suédois aux prises avec un nouvel assaillant.

Ingmar ne chercha plus à comprendre, il frappa l'homme le plus proche et lui enfonça la lame de son épée dans la bouche. Un frisson extatique le pénétra.

Lentement mais inexorablement, il plongea dans une folie guerrière. Incapable de la moindre pensée, il frappait et frappait encore, en prenant soin de faire le plus mal possible. Insensible à la douleur, il combattait comme un véritable chef de guerre. Sa jeunesse et sa rage compensaient son peu d'entraînement. Il se tenait debout et hurlait à l'unisson avec les Suédois qui bataillaient avec autant de courage que lui.

Malgré une lance qui lui transperça l'aine, Lang parvint à tuer encore deux Maoris avant de s'effondrer sur le sol. Zeist mourut alors qu'il essayait de relever Harn qui s'était fait égorger. Erik périt quand quatre Maoris se ruèrent sur lui et le jetèrent à terre.

Les Suédois succombaient les uns après les autres. Défavorable dès le départ, le rapport de force était de plus en plus déséquilibré.

Il n'aurait su dire depuis combien de temps il se tenait debout, se battant sans relâche, quand enfin Ingmar se rendit compte qu'ils n'étaient plus que quatre survivants. Les Maoris avaient enfin fait une pause.

Les quatre guerriers scandinaves se regardèrent et se mirent à éclater d'un rire aux accents de folie. Ils avaient réussi. Ils avaient stoppé la progression des envahisseurs. Leur première victoire.

Ingmar contempla le spectacle de désolation qui s'étendait devant lui. Des centaines de cadavres s'amoncelaient le long du corridor. Un rempart de corps et de chairs imbriqués les uns dans les autres dans des poses grotesques et atroces.

— Qu'ils apprennent qu'ils ne pourront pas nous envahir aussi facilement qu'ils l'ont fait de la Norvège ! s'exclama Hanz avant de cracher sur le cadavre d'un Maori.

— Je crois qu'il est temps de rentrer à la maison, se félicita Guntag qui essuya la lame de son épée sur les restes d'un envahisseur.

Ingmar n'arrivait pas à croire qu'il avait survécu à cet enfer. Certain de mourir, il ne réalisait toujours pas qu'il était en vie.

— Allez, viens, petit, ne restons pas là, nous avons gagné une victoire, pas la guerre.

— Oui, répondit simplement Ingmar qui retrouva son arc près d'un sapin.

Les quatre survivants commençaient à redescendre du col quand un tonnerre de cris résonna à travers le corridor. Les hommes se figèrent. Un bruit assourdissant se répercuta contre la paroi montagneuse. L'euphorie de la victoire s'éteignit aussitôt. Ingmar comprit ce qu'il allait advenir. Les quatre scandinaves s'entre-regardèrent sans rien dire. Une certaine amertume s'insinua dans leur esprit. Puis un sourire en coin illumina le visage de Fulter.

— Par Odin, ils veulent encore une raclée ! fit-il avant d'éclater d'un grand rire.

Ingmar, Guntag et Hanz rirent à leur tour et, s'armant d'une nouvelle force, ils remontèrent la montagne et coururent droit vers le défilé. Des dizaines de Maoris venaient à leur rencontre. Alors, dans un dernier cri guerrier, les quatre héros se jetèrent dans la mêlée.

La nuit était tombée sur Vinland. Anneth s'était attendue à ce que les Maoris parviennent au village avant la fin du jour. Et pourtant rien n'indiquait qu'ils allaient attaquer le soir même. Était-il possible qu'ils aient été vaincus par les villageois ?

— Anneth, je t'en conjure une dernière fois. Va-t'en, lui dit Hrolf.

La jeune fille n'avait cessé de pleurer tout l'après-midi. Elle avait pris réellement conscience qu'elle ne reverrait plus jamais Ingmar. Toutefois, plus les heures passaient, plus elle avait pris le temps de réfléchir sur sa conduite suicidaire.

— De toute façon, où pourrais-je aller toute seule dans la nuit ? dit-elle en excluant cette éventualité.

Hrolf comprit aussitôt les doutes de la jeune fille. Il devait lever ses hésitations.

— Je crois qu'Ingmar et les hommes ont réussi à stopper l'avancée des Maoris. Il est important que quelqu'un survive pour faire entrer cette bataille dans la légende.

— Mais nous n'en savons rien !

— Peu importe. Nous devons créer l'espoir. Il ne faut pas qu'ils soient morts pour rien. Va-t'en, Anneth, tant qu'il est encore temps.

La jeune fille repensa à la promesse qu'elle avait faite à son amant, et sa résolution s'effrita quelques instants. Elle ne devait pas mourir. Elle devait se montrer forte et vivre pour que le nom d'Ingmar reste à jamais gravé dans la mémoire des Scandinaves.

— Soit, fit-elle alors en se levant.

Elle se rendit à la cuisine et se prépara des provisions. La route serait longue et elle n'aurait guère le temps de s'attarder à chercher de la nourriture. Elle savait qu'elle n'avait qu'une maigre probabilité de s'en sortir seule dans cette aventure solitaire. Elle devait mettre toutes les chances de son côté.

Après avoir terminé ses préparatifs, elle se couvrit chaudement et mit un couteau dans son ceinturon.

— Je suis prête, dit-elle, de retour dans la grande salle.

Hrolf la toisa d'un regard admiratif.

— Je suis content que tu aies pris la bonne décision. Que les dieux te protègent, Anneth.

La jeune fille vint lui déposer un baiser sur la joue.

— Je ne vous oublierai jamais, fit-elle.

Hrolf lui prit le bras et lui mit dans la main le mémo.

— Il ne me servira plus à rien. Veille sur lui, je n'aimerais pas que les Maoris mettent la main dessus.

Anneth hocha la tête et mit l'objet dans ses affaires. Après un dernier regard, elle sortit dans la nuit.

Les nuages s'en étaient allés, et la lune brillait dans le ciel, suffisamment pour éclairer les pas de la jeune Norvégienne. Le froid n'était pas aussi intense qu'elle l'avait craint. Elle aperçut alors sur les flancs de la montagne des milliers de petites étoiles scintillantes : les torches du campement maori.

Ainsi ils étaient passés. Le cœur d'Anneth se serra de douleur. Les larmes coulèrent de ses yeux. L'impossible espoir de la victoire était enterré. Ingmar était mort. Elle ne le reverrait plus jamais.

Elle retint un cri et se détourna de la montagne en courant aussi vite qu'elle le put. Elle voulait fuir ce monde, oublier l'insoutenable, ne plus penser, s'endormir pour échapper à la terrible réalité. Elle courut, courut à perdre haleine pendant un long moment, jusqu'à ce qu'une racine la fasse trébucher avec violence. Sa tête buta sur une pierre. Elle perdit connaissance. Le sang se mit à couler de son front, irriguant le sol d'un engrais opaque.

Une douleur lui vrillait les tempes. Anneth cligna des yeux et entrevit la lumière du jour. Elle réussit à s'asseoir sans comprendre où elle se trouvait. Le froid la tenaillait. Elle se frotta les bras avec force, puis la mémoire lui revint et elle se mit à pleurer. Elle n'avait plus le courage de fuir.

Un petit écureuil vint alors s'aventurer près d'elle. Anneth l'aperçut et ne put s'empêcher d'esquisser un sourire qui éclaira son visage souillé par le sang et les larmes.

— N'aie pas peur. Approche-toi, lui dit-elle tout en récupérant sa besace, d'un geste lent.

L'écureuil recula de deux mètres, mais ne s'enfuit pas.

— Non, ne t'en va pas, attends, le supplia-t-elle en sortant un morceau de pain du sac.

Elle fractionna quelques miettes et les jeta près de l'écureuil. L'animal bondit une nouvelle fois en arrière, mais, reconnaissant une odeur de nourriture, il hésita entre deux pulsions : la fuite due à la peur de l'homme, et l'appel de la nourriture aussi facilement glanée. Il se rapprocha par petits bonds, puis se saisit de quelques miettes et les grignota en quelques secondes. Anneth était sous le charme. Épuisée par sa course éperdue, sa blessure et son chagrin, elle se sentait vidée mais sereine. Elle appréciait ce doux instant privilégié avec ce petit animal au minois soyeux.

— Tiens, j'en ai encore pour toi ! fit Anneth.

Anneth jeta de nouvelles miettes, et l'écureuil recula

par pur réflexe, mais, très vite, revint se rassasier de ce mets délicat.

Ce petit jeu aurait pu durer longtemps, si soudain la réalité n'était revenue à la charge. Une odeur d'incendie envahit l'atmosphère. L'écureuil l'avait perçue aussi, et d'un bond s'était enfui.

Aussitôt sur ses gardes, Anneth réussit à se remettre debout. Elle fit quelques pas et bientôt elle put apercevoir les flammes qui montaient dans le ciel. Le village était caché derrière une colline et elle n'osait imaginer Hrolf, et l'infâme vision de ce bûcher mortuaire.

— Vous n'êtes que des sauvages, siffla-t-elle entre ses dents.

Elle attrapa son baluchon, le mit en bandoulière, puis elle prit une grande inspiration et se mit en marche vers la forêt qui s'enfonçait dans les terres. Elle se doutait qu'elle n'avait aucune chance d'arriver à bon port, mais elle ne pouvait rester là à attendre la fin sans réagir.

Elle avait presque atteint la lisière de la forêt quand elle entendit un cri derrière elle. Un frisson lui traversa tout le corps, et elle se retourna. Deux guerriers maoris la regardaient avec une cruauté lubrique. Elle jeta son sac à terre et tira son couteau de son ceinturon.

— Quel courage ! cracha-t-elle, deux hommes contre une femme !

Les Maoris ne semblèrent pas touchés par la pertinence de sa remarque. Ils s'avançaient vers elle d'une démarche fière et arrogante. Anneth sentit son pouls s'accélérer et son cœur prêt à exploser. Elle devait trouver une issue. Instinctivement, elle chercha du renfort derrière elle, mais seule la forêt était dans son champ de vision. Personne pour l'aider. Elle leva son couteau et se prépara à se l'enfoncer en plein cœur.

Malheureusement, elle hésita une seconde de trop. Les Maoris se ruèrent sur elle et l'immobilisèrent, lui faisant aussitôt lâcher son arme. Elle était perdue.

Les hommes éclatèrent d'un rire féroce et se mirent à jacasser dans leur langage. Anneth hurlait de toutes ses forces. Elle se démenait comme une diablesse, mais rien n'y faisait, les hommes ne la laisseraient pas. Un coup de poing au ventre lui coupa le souffle et l'étala à terre. Les Maoris se baissèrent vers elle et, pendant que l'un d'eux lui tenait les poignets, l'autre commença à lui déchirer ses vêtements.

— Lâchez-moi ! hurla-t-elle, épouvantée.

Elle aurait voulu mourir, en finir, avant de connaître l'humiliation suprême. Mais ni ses pleurs ni ses cris ne touchèrent aucunement le cœur de ces hommes retournés à l'état de sauvages. Quand ils lui eurent arraché tous ses vêtements, un des Maoris commença à enlever les siens. Anneth avait depuis longtemps fermé les yeux. Elle ne voulait pas voir. Elle n'espérait qu'une chose : qu'ils en finissent au plus vite et qu'ils l'achèvent.

Un des Maoris lui attrapait les jambes quand un ronronnement s'éleva dans le ciel.

Discret mais constant, le bruit se fit de plus en plus menaçant. Les Maoris levèrent des yeux étonnés, puis la terreur apparut sur leurs visages tendus.

Terrifiée, Anneth n'avait que vaguement conscience de ce qui se passait. Elle s'efforçait juste de serrer ses jambes le plus fort possible l'une contre l'autre.

Le bruit devint assourdissant. Anneth ouvrit les yeux et découvrit dans le ciel l'objet de son salut. Les dieux venaient à son secours !

Les Maoris crièrent dans leur langage et partirent en courant retrouver les leurs.

Hypnotisée par ce spectacle impossible, Anneth ne cherchait pas à remettre ses vêtements épars. Nue sur le sol, elle était en transe. Ingmar avait réussi. Il avait rejoint le Walhalla et lui avait envoyé de l'aide.

Le vaisseau volant atterrit à quelques dizaines de

mètres de la jeune fille qui se recroquevilla sur elle-même. Elle allait contempler des dieux !

Une porte s'ouvrit dans le vaisseau et un dieu en sortit, suivi de plusieurs autres. Le premier dieu accourut à son côté. Il était d'une beauté surnaturelle. Grand et blond, il aurait pu être Odin lui-même, si seulement il avait porté la barbe, et des vêtements plus en accord avec les statuettes représentant le maître des dieux.

— Vous ne craignez plus rien ! lui dit-il en arrivant près d'elle.

Il s'assit sur le sol et enleva sa pelisse qu'il lui mit sur les épaules.

— Vous êtes sauvée, maintenant. Vous êtes entre de bonnes mains.

Anneth avait du mal à respirer. C'était tellement inconcevable, inimaginable, impensable, qu'elle n'arrivait pas à se calmer, à croire à son bonheur.

— Mon capitaine, elle est en état de choc, dit en anglais le sergent Gandhi qui arrivait sur les lieux du drame.

Anneth tourna la tête vers lui et le dévisagea avec des yeux hébétés. Un Maori, crut-elle entrevoir à cause de sa couleur de peau. Elle se mit à crier.

— Qui êtes-vous ? demanda-t-elle, affolée.

S'était-elle trompée ? Les dieux avaient-ils fait un pacte avec les Maoris ?

— Calmez-vous, nous sommes vos amis. Nous sommes là pour vous aider, n'ayez pas peur, dit le capitaine en s'adressant à Anneth dans sa langue, tandis qu'il réglait son arme de poing pour lui injecter un sédatif.

Il posa l'extrémité de son arme sur son bras et tira. Anneth n'avait pas essayé de protester. Désillusionnée, elle attendait la mort comme la seule issue souhaitable.

— Soldats, amenez cette enfant dans le vaisseau, nous ne pouvons pas la laisser là.

Même s'il leur avait été clairement recommandé de

ne pas se mêler aux populations indigènes, le capitaine Quentin était avant tout un homme épris de justice. Il préférait perdre son grade plutôt que son âme.

— Capitaine, nous l'avons trouvé. Dieu sait comment elle a pu le dénicher, fit le sergent Gandhi en retirant de son étui de cuir le mémo que Hrolf avait trouvé des années auparavant.

— Et comment a-t-elle fait pour activer la balise de secours ?! ajouta un autre soldat.

Quentin hocha la tête et regarda le visage d'Anneth.

— La chance, fit-il, avant d'ajouter : À moins que ce ne soient les dieux !

CHAPITRE 10

Terre

Des gouttes de sueur coulaient le long du dos de Marshall. Assis à côté du ministre de l'Extérieur, ils répondaient en direct à une assemblée de journalistes à propos des « événements » au sein des planètes limites.

— Vanessa Ataï, de *La Tribune indépendante*, se présenta une journaliste en se levant. Monsieur le ministre, pourquoi ne pas profiter de ces troubles pour forcer les dirigeants des planètes limites à abolir leurs systèmes et rejoindre la Fédération ? Est-il vrai que votre gouvernement ferait son maximum pour aider les pouvoirs en place, et si tel est le cas pourquoi ?

La garce ! jura en lui-même Marshall.

Chandra les avait contraints à accepter cette conférence de presse, pour essayer de calmer les esprits.

Relayés par des médias déchaînés, les griefs de la population étaient de plus en plus nombreux contre la mollesse de l'intervention du gouvernement fédéral.

Face aux atrocités retransmises par toutes les chaînes de la galaxie, même les habitants les plus conservateurs de la Fédération avaient du mal à comprendre la retenue du gouvernement en place.

Usant de leur légitimité à défendre les opprimés depuis plusieurs siècles, le parti socialiste avait saisi la balle au bond et fait d'une opération militaire musclée son cheval de bataille. Le président Chandra était au plus mal. D'un côté son parti le suppliait de céder aux exigences du peuple, de l'autre la haute hiérarchie militaire était prête à se passer de ses services pour la survie de l'humanité.

Marshall pouvait encore entendre les paroles pleines de sous-entendus du général Hsieng, super-général des armées.

— Pensez-vous un instant que je désire la mort de milliers d'êtres humains, mademoiselle ? contra aussitôt Muoi en espérant ramener ses concitoyens à la raison. Nous ne soutenons aucunement les régimes dictatoriaux en place. Seulement, en vertu des accords de Juin, nous nous en tenons à une non-ingérence qui a permis à la Fédération de ne plus connaître la guerre durant plusieurs centaines d'années. Et si l'on ne peut que regretter avec force le traitement imposé à des populations sous le joug de ces régimes, n'oubliez jamais, par ailleurs, les milliards d'êtres humains qui ont pu vivre une existence pacifique au sein de notre Fédération. Ce qui n'était jamais arrivé au cours de l'histoire humaine.

Bravo ! se dit Marshall, qui avait lui-même écrit les réponses de son ministre. Les gens étaient stupides ; ils oubliaient trop vite que la guerre était un explosif qui pouvait se répandre bien plus vite et causer beaucoup plus de dégâts que l'on ne l'aurait supposé en la démarrant.

— Une intervention massive de notre part pourrait mettre en péril chacun des habitants de la Fédération. Notre devoir en tant qu'élu responsable est de tout faire pour éviter une catastrophe qui pourrait entraîner la mort de milliers des nôtres.

Bien, se dit Marshall, une nouvelle fois, fier de son

ministre. Il fallait retrouver la notion d'appartenance à une communauté, rappeler que les habitants des planètes limites n'étaient pas des leurs, qu'ils faisaient partie d'un autre peuple, que leurs problèmes leur étaient propres. Les citoyens de la Fédération devaient cesser de s'identifier au martyre des planètes limites.

— Une autre question ? demanda-t-il.

Un jeune homme au visage émacié et au sourire narquois se leva.

— Yoweri Harelimana, de *L'Hebdomadaire de Libreville*. Certes, mais quelles représailles pouvons-nous craindre de ces régimes dont les armes les plus redoutables sont des fusils et des canons ? demanda le jeune journaliste sur un ton à la limite de l'impudence.

Muoi le foudroya du regard. Ils étaient acculés. Comme ils l'avaient envisagé en réunion, ils devaient lâcher le morceau. Il prit un air éminemment solennel et, plutôt que de fixer le journaliste qui l'avait interpellé, s'adressa directement aux caméras.

— Après une enquête minutieuse des services de la sécurité fédérale, nous sommes désormais certains qu'une force extérieure est à l'origine de ces « événements », une force dont nous ignorons pour l'heure la capacité, l'envergure et les objectifs.

Un silence se posa sur l'assemblée. De nombreux journaux avaient déjà envisagé ce genre d'hypothèse, mais personne jusqu'alors n'y avait apporté crédit.

— Nous n'avons pas lieu de nous affoler pour l'instant. Mais il nous faut absolument prendre toutes les précautions possibles contre une éventuelle attaque. Vous comprendrez à présent pourquoi nous préférons nous garder d'intervenir militairement sur les planètes limites. Nous ne devons pas nous embourber dans des conflits qui risqueraient de monopoliser le gros de nos forces, alors que nos agresseurs attendent certainement leur heure pour intervenir.

Un léger brouhaha résonna dans la salle. Marshall se félicita de la verve de Muoi. Les journalistes avaient bu ses paroles sans broncher. Pourvu qu'ils aient pris la bonne décision.

— Une autre question ? demanda le ministre.

— Élisabeth Pomeridge, de *Paroles d'actualité* (une femme d'une quarantaine d'années se leva). Qu'entendez-vous par agresseur ? Qui pourrait avoir le pouvoir de manipuler autant de planètes à l'abri de nos services de renseignements ? Faites-vous référence à une agression de type extraterrestre ? fit-elle avec un brin de moquerie dans la voix.

Muoi resta de marbre et la regarda froidement :

— Quand vous avez éliminé toutes les possibilités et que la dernière qui reste est impossible, alors c'est que l'impossible est devenu réalité.

Des rires confus se firent entendre. Il était temps que cela finisse. Marshall s'approcha de son micro.

— La séance est levée. Merci de votre coopération.

Des journalistes se levèrent et assaillirent le ministre d'une multitude de questions. Mais il les ignora et sortit par une porte au fond de la salle.

— Vous avez été très bon, lui fit Marshall.

— Je l'espère.

Ils longèrent un des couloirs du palais ministériel. La matinée était presque terminée. Malgré une envie de passer à table, ils avaient une réunion avec les hommes forts de la Fédération pour un débriefing.

Pourvu que la population ne s'affole pas, soupira Marshall intérieurement. Il ne manquerait plus que la panique s'installe !

Roseta arriva avec une demi-heure de retard. Habituellement ponctuelle, elle dut s'avouer qu'elle avait tout fait pour faire patienter son rendez-vous. Elle pénétra dans le hall du grand hôtel Toshiba et fut conduite aussitôt par un majordome à travers le grand restaurant. Maximilien avait choisi une table en bordure de la verrière qui donnait sur une serre tropicale du meilleur effet.

— Bonjour, Max, déclara-t-elle en s'asseyant en face de lui.

— Bonjour, Roseta. (Il se leva et déposa un baiser dans le creux de sa main.) Tu es toujours aussi belle.

— Je sais, répliqua-t-elle.

Il se rassit. Roseta croisa les bras sur la table. Une musique subtile imprégnait la salle du restaurant dont le plafond richement ouvragé se perdait à près de huit mètres de hauteur. Maximilien avait le chic pour choisir ses lieux de rendez-vous. L'endroit était parfait. Construit comme les anciens palaces, cet établissement avait un charme suranné certainement dû au luxe discret de ses épais tapis persans tissés à la main, comme de ses profonds fauteuils en cuir de l'entrée. L'éclairage indirect mettait en valeur l'agencement des tables nappées de damas aux teintes délicates, autour desquelles évoluait un personnel stylé. La clientèle fortunée aimait cette ambiance feutrée où l'on se retrouvait entre gens du même monde.

— Tu m'as manqué, tu sais, lui dit-il en lui adressant un regard peiné.

— Si tu le dis.

Elle n'avait accepté cette invitation pour une seule raison : il avait une grande révélation à lui faire.

— Je sais que j'ai été misérable. Je comprends que tu m'en veuilles encore.

Elle ne dit rien.

— Mais je veux me racheter. Je crois que je suis fou amoureux de toi.

Maximilien avait une mine pitoyable.

Roseta émit un petit rire léger. Quelle idiote ! Qu'avait-elle espéré comme autre révélation ?!

— Ne le prends pas mal, mais je n'ai absolument plus aucun sentiment envers toi. Tu t'es montré d'une lâcheté sans mesure. Tu m'as laissée me débattre seule avec la police. Je n'ai que faire d'un amant qui ne serait pas prêt à mourir pour moi, lui répondit-elle.

Les mots étaient sortis tout seuls. La douleur de se sentir abandonnée de tous avait resurgi sous la forme d'une vindicte verbale d'une violence qu'elle n'aurait pas soupçonnée. Maximilien baissa les yeux et se retint de quitter la table. Malgré la honte et l'humiliation, il devait lui dire ce qu'il savait.

— Je comprends, dit-il sans oser l'affronter du regard. Mais si j'ai tenu à te voir, c'était aussi pour te dire que je connais les meurtriers de ton père.

— Quoi ? lâcha Roseta, abasourdie. Mon père est mort d'une crise cardiaque. Ne joue pas à ça avec moi.

— Je te jure que je ne joue pas. Je ne me serais pas permis de te le dire, si je ne m'étais pas assuré de mes sources.

Roseta se frotta machinalement le cou. Était-il possible que cela fût vrai ? Et surtout dans quel but ? La seule « gagnante », si l'on peut dire, était Roseta elle-même !

— Tu as intérêt à prouver tes dires. Je ne te pardonnerai jamais si tu m'as menti.

Maximilien tenta de sourire et se servit un verre d'eau minérale.

— Je n'aurais jamais osé te dire une chose pareille, si j'avais eu le moindre doute quant à sa véracité.

— Explique-toi.

Une sourde colère envahissait son esprit. Elle avait l'impression que tout cela n'était qu'une mise en scène. Il y avait quelque chose qui ne cadrait pas dans le tableau. Cependant elle était incapable de le déceler.

— Il faut que tu rencontres mon informateur.

— Soit, demain, à l'heure qu'il te plaira.

Maximilien serra les lèvres.

— Ce ne sera pas aussi facile. Il a un emploi du temps trop chargé. Il faut que nous allions à lui.

— Eh bien, nous prendrons mon jet.

Un serveur vint leur apporter la carte des plats. Maximilien la prit et remercia l'employé. La sueur coulait sur son front. Roseta était de plus en plus perturbée.

— Il vaudrait mieux une navette. Cet homme habite sur Terre.

Roseta soupira fortement. Que croyait-il ? Qu'elle allait quitter sa planète pour rencontrer un hypothétique informateur ? Maximilien était-il devenu à ce point stupide ?

— Tant pis pour lui, dit-elle en se levant. Ne cherche plus à me revoir ou je te jure que tu le regretteras.

Maximilien se leva subitement et lui jeta un regard désespéré.

— Attends, prends ça. C'est pour toi.

Il lui tendit une petite boîte nacrée. Roseta la prit et l'ouvrit. Un frisson de terreur lui glaça le sang. Un bijou était déposé sur un coussinet de velours. Une reproduction miniature de la citadelle qu'elle voyait de plus en plus régulièrement dans ses rêves.

— Très bien, je vais réfléchir à ta proposition. Je te rappellerai.

Maximilien comprit qu'il avait atteint son but. Roseta était déstabilisée. Il ne comprenait pas pourquoi et n'avait aucunement l'intention de se montrer indiscret.

Roseta referma le coffret et quitta son hôte. Un sentiment de perdition s'était installé en elle. Ses repères étaient en train de s'effondrer. Qu'est-ce que cela pouvait signifier ? Qui connaissait ses rêves ?

Elle sortit du grand hôtel et prit un taxi qui décolla aussitôt dans le ciel de Kaklan. Le soleil brillait de tous son éclat. Une fois de plus, Maximilien venait de lui gâcher une journée qui s'était annoncée tranquille.

Kigoma

À bord du croiseur *Le Diamant gris*, les soldats tuaient le temps dans la salle de repos, à fumer des cigarettes, à jouer à des simulations de combats, à regarder des holos, ou encore à jouer aux cartes.

— Et merde, j'arrête, dit le soldat Chaoui.

Il venait une nouvelle fois de perdre toute sa mise.

— Petit joueur, se moqua la soldate Hô, jeune femme au physique particulièrement svelte.

Les cartes étaient son passe-temps préféré. Et ce qui lui plaisait le plus était de mettre à mal les hommes de son unité.

Un nouvel arrivant pénétra dans la salle.

— Y en a marre. Je t'en foutrais, des missions d'observation, jura le soldat Bankole. Si on moins on pouvait se poser au sol !

Comme nombre de ses camarades, il supportait de moins en moins cette inaction forcée. Pour la première fois de leur vie, ils avaient la chance de pouvoir se battre, et tout ce que trouvait leur hiérarchie, c'était de les compartimenter à l'abri des combats, en orbite autour d'une planète qui, jusqu'à nouvel ordre, n'offrait rien de stimulant.

— T'inquiète pas. La situation devient de plus en plus bordélique sur les planètes limites. Je ne donne pas plus d'un mois avant qu'on nous donne le feu vert pour intervenir, répliqua le soldat N'guyen Van Cheu.

— Ouais, juste une question de temps, fit la soldate Di Marco.

— Muoi vient de parler aux médias. Il paraîtrait que nous sommes attaqués par des extraterrestres ! intervint le soldat Ataï.

Tout le monde se mit à rire. En plus de cinq siècles d'exploration de la galaxie, jamais l'humanité n'avait rencontré la moindre trace de vie plus intelligente qu'un singe. Aucune espèce douée de conscience. Hormis les rares vestiges de la civilisation maltâme, disparue depuis plus de cinq millions d'années.

— Bien sûr, il ne manquait plus qu'eux ! se moqua la soldate Williams.

— Moi, je crois..., commença le soldat Enreille qui se tut aussitôt quand la lumière de la salle vira au rouge.

Un appel retentit alors à travers tout le vaisseau.

— Que tous les soldats se mettent à leur poste. Alerte de niveau 2.

Le message tourna en boucle. Tout le monde se leva et quitta la salle de repos. Que se passait-il ? Étaient-ils attaqués ?

— Alerte de niveau 2 ? Ça veut dire quoi ? demanda le soldat Chang qui accourait pour rejoindre le vaisseau *Robin des bois* qui dormait dans la soute Est de l'immense croiseur stellaire.

— Ça veut dire qu'on ne risque rien. Du moins pour l'instant.

À bord de la salle des commandes du *Diamant gris*, la générale Magdalena était focalisée sur les images que lui envoyaient les satellites d'observation massés sur le pourtour de la planète. Un vaisseau venait de quitter la planète en provenance de la jungle kigomaise. Du mont Imbala, plus précisément. En gros plan sur un des écrans de la salle, s'affichait un vaisseau qui ne correspondait à aucun type connu des ordinateurs de bord.

— Qu'est-ce que c'est que ça ? souffla le lieutenant Ramirez.

— Je n'en sais rien, répondit laconiquement Magdalena.

Tout comme elle, les autres commandants des croiseurs étaient en attente de plus d'informations. Des messages avaient été envoyés vers le vaisseau, mais aucun retour ne s'était fait entendre.

— Il vient dans notre direction, dit le sergent Finley en se tournant vers sa supérieure hiérarchique.

— Très bien, répondit Magdalena. Puis, s'adressant à son second, elle ajouta : Que le *Simbad* s'envole à sa rencontre, et que le *Robin des bois*, le *Humphata* et le *Crésus* larguent leurs unités sur le mont Imbala.

Les ordres furent aussitôt lancés.

— Allez, magnez-vous, bougez-vous, bande d'asticots, vociféra le sergent-chef Klemp.

Tous les soldats du *Robin des bois* pénétraient en courant dans le ventre de leur vaisseau. À moitié habillés pour certains, aucun n'aurait pris le risque de manquer ce rendez-vous avec l'histoire. Une grande guerre.

Cinq minutes après le début de l'alerte, tout l'équipage était au complet. Le capitaine Feuillat donna l'ordre de décollage. Les moteurs anentropiques s'allumèrent et le *Robin des bois* s'éleva dans la soute. Il se positionna près d'un puits d'évacuation et, quand l'iris qui en fermait l'accès s'écarta, il s'éjecta dans les ténèbres de l'espace.

— Je savais pas que tu avais un si beau cul, s'exclama en connaisseur Hamilton en apercevant les fesses de la soldate Bissna, moulées dans une petite culotte.

— Avise-toi d'y toucher et t'es un homme mort, répliqua-t-elle en enfilant son pantalon militaire.

Des rires exagérés éclatèrent. Regroupés dans un des trois compartiments prévus pour l'infanterie, les soldats pouvaient voir, sur un écran géant fixé au plafond, diverses scènes, telle qu'une vision de Kigoma dans sa globalité, mais aussi et surtout un vaisseau au fuselage novateur.

— Qu'est-ce que c'est que ça ?

— Un truc kigomais, dit un autre soldat. Bordel, je savais pas qu'ils étaient capables de construire des appareils de ce calibre.

En effet, tout le monde savait que leur niveau de développement était celui d'une civilisation préindustrielle. Une drôle d'impression s'empara des soldats. Plus les secondes passaient, plus ils prenaient conscience de leur engagement. La guerre n'était plus une abstraction théorique, mais elle devenait désormais une réalité tangible.

— Au moins, on va enfin savoir à qui on a affaire, fit N'guyen Van Cheu.

À bord de leur vaisseau, Clint et son équipage de cyborgs se tenaient prêts à débuter le conflit. Ils avaient reçu l'ordre de causer le plus de dommages possible aux forces de la Fédération, quelles qu'en soient les pertes. Clint avait bien compris le message. Ils partaient en mission suicide.

— Cible agrippée, fit Alimato.

Ils avaient quitté l'atmosphère de Kigoma depuis près de cinq minutes et se ruaient en direction du croiseur le plus proche. Trois vaisseaux en étaient sortis, dont un qui venait à leur rencontre.

Une défense des plus sommaires, se dit Clint étonné par le peu de clairvoyance des hommes de la Fédération. Les sous-estimaient-ils à ce point, pour ne leur envoyer qu'un seul vaisseau ?

— Armez le laser, ordonna-t-il.

— À vos ordres, commandant, répondit Schmidt.

Elle était ravie par avance des dommages qu'elle allait leur infliger.

Les autres cyborgs attendaient patiemment dans leur capsule de survie. Chacun se tenant prêt pour la suite des opérations.

— Feu ! hurla Clint de sa voix métallique.

Sans le moindre bruit, et avec une puissance ahurissante, une décharge laser sortit par les canons du vaisseau et vint frapper en plein flanc le *Simbad* qui se rapprochait dangereusement de leur position.

J'aurais dû m'en douter, soupira en lui-même Fousteau.

Posté dans ce qui leur servait de salle de commandement, installé en bordure de l'unique spatioport de Kigoma, le général maudissait sa bêtise.

Il jeta un regard éperdu sur la savane qui s'étalait devant la fenêtre de la tente principale. Un soleil brûlant baignait le paysage aride. Une odeur de sueur imprégnait l'atmosphère. Fousteau se pencha près de l'intercom et se mit en liaison avec tous ses généraux.

— À tous les croiseurs, vous avez pour ordre de tirer sur tout vaisseau non identifié. Je dis bien tout vaisseau non identifié.

Un long silence s'imposa dans la tente. Tous ses hommes le regardaient, atterrés. C'était la première fois depuis sa création que la Fédération était attaquée de la sorte.

Un seul mot était sur toutes les lèvres : la guerre.

— Général, ne devrions-nous pas essayer de les capturer ? intervint le colonel Mazard qui se trouvait à ses côtés.

Fousteau s'essuya le front de son bras. Maudite chaleur, jura-t-il en lui-même avant de déclarer :

— Il y a un nom pour ce genre d'attaque, commença-t-il.

La capitaine Estroyas s'avança. Il n'y avait qu'une seule explication au comportement de cet agresseur. Un seul vaisseau contre une véritable armada !

— Un kamikaze, lâcha-t-elle.

— Il est envoyé pour tuer, colonel. Quoi que nous fassions, ces hommes ne se rendront pas, enchaîna Fousteau.

Le colonel hocha la tête. Le conflit s'ouvrait sur un acte fortement symbolique. Nul doute qu'ils avaient affaire à un groupe particulièrement intelligent.

— Sergent, quelle est l'étendue des avaries ? demanda le capitaine Delache en charge du *Simbad*.

L'attaque les avait pris par surprise ; personne ne s'attendait à une agression. Sûrs de leur pouvoir, jamais ils n'avaient envisagé qu'une quelconque force tente de leur résister.

La sergente De Maria garda un visage impassible et répondit :

— Le bouclier de protection est détruit. (Elle déglutit et ajouta d'une voix à peine contrôlée :) Le *Simbad* ne survivra pas à une nouvelle charge.

Un lourd silence s'installa dans la cabine de commande.

— Prêt à tirer, intervint le sergent Van Hansen.

Le message de Fousteau leur fut relayé par le croiseur *Diamant gris*.

— Feu ! hurla Delache en crispant inconsciemment les poings.

Un trait de lumière verdâtre s'éjecta des trois canons placés sous la coque de l'appareil. Fendant l'espace à la vitesse de la lumière, le faisceau laser fondit sur sa cible.

Les yeux rivés sur les écrans holo fixés sur le vaisseau ennemi, l'équipage du *Simbad* constata, effaré, que leur tir avait manqué sa cible.

— Que s'est-il passé ? demanda Delache, stupéfait.

— Je n'en sais rien, répliqua le sergent Van Hansen.

La peur pouvait se lire sur tous les visages. Comment cela était-il possible ?

— Un leurre, fit De Maria. Nos radars se sont fixés sur une fausse source d'informations.

Delache se mit à transpirer à grosses gouttes. Il devait prendre une décision au plus vite. La vie de tout son équipage était en jeu. Pour la première fois de sa vie, il ne jouait plus, et malheureusement il se rendait compte que la réalité était beaucoup plus dure que les exercices. Une trouille de tous les diables lui nouait les entrailles.

— Cela ne sert à rien d'attaquer un fantôme, dit-il en s'adressant à personne en particulier. Nous devons chercher du renfort. (Il se tourna vers le navigateur.) Sergent Yhukihido, inversez les moteurs, direction le *Diamant gris*.

Un certain soulagement se fit dans la cabine. Même si chaque soldat avait prêté serment et juré de mourir pour la cause, chacun se persuadait qu'il s'agissait là plus d'un repli stratégique que d'une fuite déshonorante. Yhukihido inversa la poussée des moteurs et le *Simbad* cessa aussitôt sa progression vers le vaisseau ennemi pour se retourner vers le ventre protecteur du *Diamant gris*. Mais, alors qu'ils commençaient à reprendre de la vitesse, une nouvelle décharge laser vint frapper la carcasse du *Simbad*. L'impact créa immédiatement une immense secousse qui envoya au sol tous les militaires.

— Nom de Dieu ! jura Delache en se relevant. Faites-moi vite une estimation des dégâts !

La sergente De Maria se réinstalla devant son moniteur. Elle passa en revue de nombreuses données et son visage se mit à pâlir au fil des informations.

— La coque est percée au niveau de l'aile Ouest. Les systèmes de sécurité ont heureusement fonctionné et isolé cette partie du reste du vaisseau. L'étanchéité est assurée.

— État des pertes ? demanda Delache qui savait que, dans cette partie, se trouvaient engagés de nombreux soldats.

— Une cinquantaine.

Delache serra les dents, et hocha la tête gravement. C'était une catastrophe.

— Où se trouve le vaisseau ennemi ?

— Il continue à foncer droit sur nous, répondit De Maria.

— Sergent Van Hansen, armez tous les missiles et criblez la zone où devrait se trouver le vaisseau sur un périmètre de cinq kilomètres, fit Delache qui ajouta pour lui-même : Avec un peu de chance, nous le toucherons peut-être.

— Les enculés ! rugit le soldat Enreille.

Devant leurs yeux incrédules, le *Simbad* venait d'être touché par le vaisseau ennemi. Tous les soldats du *Robin des bois* serrèrent leurs armes entre leurs mains et se préparèrent au combat. Il ne faisait plus aucun doute que la guerre venait de commencer.

— J'aurais jamais cru les Kigomais capables de posséder un tel arsenal, fit la soldate Di Marco.

— Qui te dit que ce sont eux ? Nous n'en savons strictement rien ! répliqua Chaoui.

— En tout cas, quelle que soit leur putain d'origine, je te jure que je vais faire de la chair à pâtée du premier que je croise !

Assis à son poste de commandement, le capitaine Feuillat venait quant à lui de recevoir une confirmation de son plan de vol. Leur objectif n'avait pas varié. Ils devaient se poser près du mont Imbala et dénicher le repaire de leurs agresseurs.

Qui sait ce qui nous attend une fois au sol, se demanda-t-il en se frottant le menton dubitativement.

Une salve de missiles fonça dans leur direction. Clint et ses hommes en auraient souri si leurs visages métalliques le leur avaient permis. Leur système de brouillage fonctionnait à merveille. Toutes les ogives finiraient par exploser dans l'espace à des lieues de leur position réelle.

— Le laser est armé, fit Schmidt.

Clint ordonna une nouvelle fois la mise à feu.

Le faisceau laser partit et, quelques instants plus tard, toucha sa cible.

Une explosion fracassante retentit à l'intérieur de la salle de commandement du *Simbad*. Des bris de métal et de simili-verre se projetèrent dans toutes les directions, éventrant au passage les membres d'équipage qui se trouvaient là. Un trou béant s'ouvrit sur l'espace, éjectant dans un dernier souffle d'air tous les éléments amovibles de la salle. Une quinzaine de corps atrocement mutilés furent propulsés à l'extérieur dans une sorte de silencieux ballet macabre.

Touchés au ventre et à l'épaule, Delache, comme ses autres camarades, fut expulsé du vaisseau. Mais, pour son grand malheur, la mort lui avait laissé un sursis. Retenant son souffle, il flottait dans le vide interstellaire. La vision du *Simbad* en proie aux explosions le fascinait autant qu'elle l'horrifiait. Il savait qu'il allait mourir. Il savait que tout ce qu'il était, tous ses rêves et tous ses espoirs allaient se dissoudre dans les ténèbres de l'espace. Et pourtant, son instinct le poussait à retenir son souffle, à survivre encore quelques secondes. Il repensa à son fils et à sa femme et n'arriva pas à pleurer. Une douleur atroce lui brûlait les poumons. Il fallait qu'il respire. Il n'en pouvait plus. Dans une grande expiration, il se vida de son reste d'oxygène, pour se rendre effectivement compte qu'il ne pouvait inspirer dans l'espace. Son cœur affolé se mit à battre à tout rompre, ses poumons réclamaient de l'oxygène. Delache sentit un voile s'interposa devant ses yeux, puis une dernière et effroyable douleur s'enfonça dans son ventre et son cœur cessa de battre. Une seconde plus tard le *Simbad* explosait en un feu d'artifice.

La générale Magdalena était effondrée sur son fauteuil de commandante du *Diamant gris*. Un silence de plomb régnait tout autour d'elle. Personne n'osait prononcer la moindre parole. Tout le monde était sous le choc de la destruction d'un de leurs vaisseaux. Les écrans projetaient la vision des restes du *Simbad* dérivant dans l'espace, emporté par un vent imaginaire pour un dernier voyage.

Magdalena se redressa et tenta de se recomposer un visage. Elle activa une liaison holo avec Fousteau.

— Général, quels sont les ordres ? demanda-t-elle.

À plusieurs centaines de kilomètres de là, debout sous sa tente de commandement, Fousteau était tout aussi affligé par les événements.

— Il faut à tout prix stopper cet engin de mort. Utilisez tous les moyens à votre disposition. Nous ne pouvons nous replier dès notre première bataille, dit-il.

Ils n'avaient pas de temps à perdre avec le haut commandement basé sur la Ceinture. Il se devait de réagir promptement, avec intensité et dureté. Le temps dirait s'il avait eu raison.

— Nous ne savons rien de leur armement, ni de la

façon dont ils ont pu abuser les systèmes de radar du *Simbad*. Réfléchissez au risque que nous prenons. La vie de nos soldats est en jeu, lui rétorqua la générale.

Autour d'elle, ses soldats la gratifièrent d'un regard coopératif. Personne ne voulait se battre contre un ennemi inconnu. La précipitation n'allait jamais de pair avec l'efficacité.

— J'en prends l'entière responsabilité, dit Fousteau, conscient des risques qu'il prenait. Imaginez l'impact médiatique, si nous abandonnions ce système dès la première escarmouche. Nous ne pouvons nous permettre de perdre cette bataille.

Magdalena avait d'autres arguments à avancer, mais, fidèle à son sens de la hiérarchie, elle n'avait aucune envie de passer devant un tribunal militaire pour insubordination. Elle agirait comme il le lui avait été demandé.

— Que tout le monde s'apprête au combat. Capitaine Alvarez, envoyez votre escouade de chasseurs, qu'elle abatte ce vaisseau. L'objectif n'est pas de l'endommager, mais de le réduire en miettes.

— À vos ordres, général.

Il quitta son poste et partit rejoindre son unité d'élite formée d'une trentaine de pilotes. Tout en courant le long des coursives du croiseur, il se mit en liaison avec ses soldats et leur expliqua leur mission. Même s'il ne pouvait les voir, il percevait toute la tension qui habitait chacun d'eux. Ils n'avaient pas affaire à une simulation. Les combats allaient être réels. La perte d'un vaisseau ne signifiait pas la perte d'une partie, mais de leur vie.

Au pas de course, il parvint dans le hangar où se trouvait son propre chasseur, le *Faucon*. Des hommes de maintenance finissaient de le préparer.

— Bonne chance, capitaine, dit un des soldats qui finissait de remplir de carburant les réservoirs de l'appareil.

Alvarez le remercia d'un sourire forcé. Il pénétra dans la nacelle de pilotage et s'harnacha dans un siège.

Il jeta un regard sur tous les voyants et fut rassuré de l'état de son chasseur. Les voyants étaient au vert.

— À tous les « Serpents noirs », ici votre capitaine. Une fois dans l'espace, nous nous mettrons en formation 3Z. Ne vous fiez guère à vos radars, mais plutôt à votre vision infrarouge. Il est possible que l'ennemi utilise un type de leurre novateur. Soyez vigilants, ceci n'est pas un entraînement.

Il activa les moteurs anentropiques et se mit en piste. Il intégra un tunnel de décollage puis, quand les portes se refermèrent derrière lui, il poussa les moteurs à fond et roula le long des parois du tunnel pour s'éjecter du *Diamant gris*.

Tout autour de lui, les chasseurs de son unité sortaient par les autres excavations. S'il n'avait été à ce point perturbé par l'enjeu de leur mission, il aurait très certainement apprécié ce spectacle magnifique de chasseurs se mettant en formation.

— Mango en position, dit un pilote en venant se mettre sur une latérale à Alvarez.

— Assouad en position, intervint une voix féminine en venant se placer en diagonale de son capitaine.

Les autres pilotes se mirent en formation dans un ballet spatial très ordonné. Quand tous les appareils furent en place, Alvarez ouvrit son micro.

— Il est possible que certains d'entre nous ne reviennent pas de cette mission, surtout ne tentez aucun acte désespéré. Sachez mesurer les risques et faites en sorte de pulvériser ce vaisseau. (Après un instant de silence, il conclut :) Bonne chance.

Dans une synchronie parfaite, toute l'escadrille de chasseurs s'enfonça dans la nuit stellaire pour se précipiter en direction de ce que leur radar infrarouge considérait comme le vaisseau ennemi.

Enfin, ils se décidaient à les attaquer, pensa Clint, satisfait, en voyant la cohorte de chasseurs se rapprocher de leur position.

Il désactiva l'antiradar afin d'être certain que les chasseurs le prennent pour cible.

— S121 à S126, le moment est venu de montrer ce que vous savez faire, dit-il.

Appareillé de multiples armes intégrées dans leur corps de métal, chaque cyborg se tenait prêt.

— Ils ne vont pas être déçus du voyage, fit Alimato.

— Qu'ils aillent pourrir en enfer, ajouta Douglas.

La cyborg Samuelson leva un poing fermé au niveau de son visage.

— Nous les broierons comme de vulgaires insectes, fit-elle avec une rage qui ne transparaissait que péniblement à travers sa gorge métallique.

Guidée par son radar et naviguant sur les courants de l'espace grâce à un fuselage conique adapté, l'escadrille de chasseurs fonçait imperturbablement vers sa cible.

— Terrenoire, Stoïanov, Banh et Mango, passez en mode opératoire, nous vous couvrons, dit Alavarez quand ils ne furent plus qu'à trois minutes de leur cible.

— OK, capitaine, répondit Terrenoire avant de hurler : C'est parti !

Poussant leurs moteurs à pleine puissance, les quatre chasseurs filèrent dans la nuit spatiale et se détachèrent de l'escadrille pour une première attaque. Les autres vaisseaux se déployèrent en formation 5D, ce qui consistait à encercler l'ennemi par tous les côtés.

Très vite, leur objectif passa en vision réelle. De leur cockpit, les quatre pilotes purent voir grossir la coque du vaisseau ennemi.

— Prends ça, espèce de saloperie, jura la pilote Stoïanov.

Elle finit un dernier réglage et pressa le bouton de tir. Une salve de laser, ainsi que deux missiles à tête chercheuse armés de bombe à fragmentation atomique, partirent à la recherche de leur proie.

— Et bonnes vacances en enfer ! hurla à son tour Mango qui se déchargea de bon nombre de ses missiles.

Les deux autres chasseurs lâchèrent eux aussi leurs armes, puis firent demi-tour et revinrent se positionner plus loin en position 5B.

Les secondes qui suivirent semblèrent durer une éternité pour Alvarez. Le doute subsistait : et si ce qu'ils prenaient pour une cible n'était qu'un leurre, et non le véritable agresseur ? La sueur lui coulait dans le dos.

— Sainte mère de Dieu, faites que nous ayons vu juste, pria-t-il en touchant la médaille qui pendait à son cou.

Soudain une fulgurante explosion déchira l'espace. Des colonnes de lumière étincelante se déchaînèrent en tous sens. Des morceaux de vaisseaux furent projetés dans toutes les directions. Le spectacle était à couper le souffle.

— Putain de merde ! jura le pilote Terrenoire hypnotisé par ce panoramique d'un nouveau genre.

— Nous les avons eus, fit plus simplement Stoïanov.

Lentement, les flammes s'étouffèrent par manque d'oxygène, et bientôt les restes du vaisseau furent le seul spectacle.

Des vivats et des hourras retentirent dans tous les casques. Tous les pilotes de l'escadrille étaient aux anges. La peur qui avait refroidi leur ardeur, même celle des plus virils, se dissipait pour laisser place à un sentiment d'euphorie générale.

— On est les meilleurs, se félicita Mango en hochant la tête.

À bord du *Diamant gris*, la général Magdalena poussa un profond soupir de soulagement. Ils avaient réussi, et cela sans qu'aucun des chasseurs ait été touché. Elle se doutait néanmoins que d'autres combats allaient s'annoncer dans les heures et les jours à venir, mais pour le moral des troupes elle savait qu'il était important de gagner cette première bataille. Ce soir, elle autoriserait la distribution d'alcool dans le réfectoire. Il fallait fêter cela à la mesure de l'événement.

— Ils l'ont eu ! hurla Di Marco qui fit voler sa longue chevelure sur ses épaules.

Tous les soldats du *Robin des bois* avaient pu assister en direct à la victoire de la Fédération. L'anxiété s'en était allée. L'espoir était revenu au galop, gorgeant leur cœur d'une vigueur retrouvée.

— Préparez-vous à l'évacuation, nous pénétrons dans l'atmosphère de Kigoma, fit la voix du capitaine Feuillat.

Accompagné par le *Crésus* et le *Humphata*, le *Robin des bois* se dirigeait vers la jungle kigomaise. Une immense tache verte, foisonnante de vie particulièrement dense, sur un monde où la plupart des régions n'étaient que terres arides et zones dévastées par la sécheresse.

— Largage prévu dans dix minutes. Que chacun vérifie une nouvelle fois son matériel, ajouta Feuillat, revigoré par le goût de la victoire.

Un seul homme n'arrivait pas à se réjouir de cette situation favorable.

Il avait besoin de prendre l'air. Le général Fousteau faisait les cent pas devant la tente de commandement. Il y avait quelque chose qui clochait. Cela avait été trop simple ; à aucun moment le vaisseau ennemi n'avait tenté de répliquer à l'attaque de leur escadrille. Que s'était-il passé ? À quoi jouaient-ils donc ?

Muni de ses lunettes à verres foncés, il jeta un regard vers le soleil de Kigoma tout en activant son mémo.

— Général Magdalena. Envoyez un transporteur ramasser les restes de l'épave ennemie. Nous devons étudier leur technologie. Prenez toutes les précautions possibles, ordonna-t-il avant de rajouter pour lui-même : Qui sait ce que nous réserve cette inspection ?

Le capitaine Salembier hocha la tête et partit rejoindre ses hommes. Il souriait en repensant aux avertissements de la générale. Que pouvaient-ils vraiment craindre de leur ennemi ? L'anéantissement du *Simbad* était certainement dû plus à la chance qu'à toute autre raison. Rien ne pouvait s'opposer aux forces de la Fédération.

Il s'embarqua dans son transporteur et fit décoller l'engin du cœur du *Diamant gris*. Quelques minutes plus tard, secondé par les Serpents noirs du capitaine Alavarez, il put se rapprocher des restes de l'épave. Les radars n'indiquèrent rien d'intéressant. Les ravages des bombes à fragmentation atomique n'avaient pas fait dans la dentelle ! Seuls quelques débris inférieurs à la taille d'un homme voguaient çà et là. Rien de pertinent à récupérer.

Il allait se connecter avec la générale quand son regard fut attiré par une étrange forme elliptique qui flottait en plein ciel.

— Qu'est-ce que c'est que ça ? s'étonna-t-il en fixant l'écran de contrôle.

Les radars n'indiquaient pourtant aucun débris dans ce secteur. Se pouvait-il que son matériel soit détraqué ?

Connectée aux capteurs du transporteur, la générale

Magdalena réprima un frisson et se mit en mode prioritaire.

— À tous les Serpents noirs, vous avez ordre de détruire cette chose. (Puis, s'adressant spécifiquement au transporteur :) Capitaine Salambier, veuillez quitter la zone immédiatement.

Si rien n'indiquait que l'objet était mal intentionné, son sixième sens féminin lui hurlait de battre en retraite. La peur retrouvait le chemin de ses esprits.

— Générale, je ne vois pas…, commença Salembier qui s'arrêta aussitôt.

Une trouée venait de se faire dans l'ellipse de métal. Et soudain sept formes humanoïdes en surgirent.

— Bordel de merde, jura-t-il alors.

Clint mit son propulseur en marche et quitta la nacelle de survie pour foncer directement sur le plus gros des vaisseaux. Il savait qu'il n'échapperait pas à cette prochaine bataille. Une certaine amertume emplit ses pensées. Pourquoi ne pouvait-il savourer ce combat ? Mais il ne parvint pas à trouver de réponse adéquate.

Autour de lui, l'espace insondable s'étalait dans toutes les directions. Il serait si facile d'échapper à sa mission et de se perdre dans l'infini intersidéral. Pourtant, il ne toucha pas à ses réglages, son propulseur le guidant droit sur l'immense transporteur qui tentait vainement de fuir.

Très vite, sa vue fut obstruée par le gigantisme du vaisseau. Encore un instant, puis, dans un choc qui aurait tué n'importe quel être humain, le cyborg vint frapper le transporteur. Clint envoya un poing d'acier dans la coque et la perça comme s'il s'était agi d'une simple tablette de beurre. Il déposa une grenade dans l'ouverture, et se propulsa plus bas sur la coque. Une explosion terrible retentit et il retourna sur les lieux de son impact. De l'air s'échappait de la brèche, emportant divers objets sur son passage.

Clint ne perdit pas une seconde et s'engouffra dans le vaisseau. Il pouvait entendre toute une série d'alarmes qui hurlaient autour de lui. Il se tenait au milieu d'une coursive. Un homme agrippé au chambranle d'une porte tentait, dans un effort désespéré, de ne pas être emporté par le violent courant d'air qui balayait tout le couloir. D'un coup de pied, Clint lui fit lâcher prise. L'homme hurla à la mort et se retrouva expulsé par la brèche. Clint fonça dans le couloir et ne laissa aucune chance aux femmes et hommes d'équipage qui couraient pour leur survie.

La mort dans l'âme, le capitaine Salembier avait isolé la partie du vaisseau endommagé, sacrifiant des soldats qui frappaient aux portes des cloisons de sécurité.

— Laissez-nous sortir ! hurlaient-ils en espérant qu'un brin d'humanité fasse changer le cours de leur destinée.

Mais Salembier n'avait pas le choix. Terrorisé dans son fauteuil de pilotage, il était incapable d'ordonner ses pensées. Un voyant s'éclairait et bippait sur le tableau de bord, mais il ne pouvait prendre l'appel. La peur le tétanisait. Il ne s'était jamais préparé à l'idée de la mort. L'armée n'était pas une vocation chez lui, mais juste une façon de parcourir l'Univers à moindre frais. S'il avait su !

— Je vous en supplie, capitaine, je ne veux pas mourir !

Il reconnut cette voix, c'était celle de la soldate Latimier. Il avait couché une fois avec elle. Et maintenant il la laissait crever ! Des larmes coulèrent de ses yeux et il parvint à éteindre le retour sonore. Sans le son, les images lui paraissaient moins terribles. Il ferma les yeux.

Un sifflement, et la porte de sa cabine s'ouvrit.

— Capitaine, fit une voix dans son dos.

Le major Mabilde comprit aussitôt la situation. Il poussa Salembier sans ménagement et tandis qu'il s'installait à sa place, il répondit à la demande de connexions.

— Major Mabilde au rapport, fit-il en voyant apparaître le visage lugubre de Magdalena.

— Que se passe-t-il, major ? fit-elle simplement.

— Nous avons été attaqués par un homme muni d'un scaphandre d'un genre inconnu. Il s'est glissé à l'intérieur du vaisseau. Rien ne semble pouvoir le stopper.

— Rien, répéta la générale en écho. Major, vous devez l'éliminer coûte que coûte. Vos vies en dépendent.

— Mais, commença Mabilde alors que l'écran de communication s'éteignait.

Mabilde secoua la tête. Ils n'avaient plus qu'une alternative, vaincre ou mourir. Il jeta un regard empli de pitié vers Salembier qui sanglotait sur le sol, et retourna retrouver ses camarades de misère.

— Il arrive sur nous, souffla la soldate Francica.

Regroupés avec cinq autres soldats, elle attendait accroupie sur le sol du couloir principal qui menait à la soute B.

Munis de fusil HK, les soldats se tenaient prêts à tirer. Ils pouvaient suivre la progression du « visiteur » grâce à un sonar.

— Il n'est plus qu'à une vingtaine de mètres, fit le soldat Dessery.

La tension était à son comble. La sueur perlait sur tous les fronts. Francica dégagea d'une main sa frange blonde, et pria la Sainte Vierge de lui venir en aide. Jusqu'à présent rien n'avait pu ralentir sa progression. Il semait la désolation autour de lui comme s'il était un des quatre cavaliers de l'Apocalypse.

Une image leur parvint d'une caméra. Ils purent enfin

voir de près leur agresseur. Tous les soldats en eurent le souffle coupé : il s'agissait d'une machine de forme humanoïde. Un robot. Un être issu des pires cauchemars de l'humanité. Un être artificiel qui singeait l'homme jusque dans ses pires défauts : le goût pour la violence.

— Mon Dieu, nous sommes perdus, fit Dessery en déglutissant difficilement.

Clint s'arrêta au coude d'un couloir. Six êtres l'attendaient à son extrémité. S'il avait été de chair, son visage se serait éclairé d'un rictus cruel. De toutes les armes que son corps de métal possédait, la plus étrange était sans nul doute son poing amovible à guidage visuel. Une expérience, un gadget tendant à démontrer la supériorité technologique de la résistance face à l'ignominieuse Fédération. Clint allait leur montrer ce qu'il pouvait faire.

Il fit deux pas et pénétra dans le dernier couloir qui menait aux soutes. Il se plaça en plein milieu et put voir les soldats qui l'attendaient d'un pied ferme à l'opposé. Faisant un zoom sur ses personnages, il put lire la peur et la détermination dans chacun des regards des soldats.

— Va crever, enculé ! hurla le soldat Dessery qui lâcha une rafale de son fusil HK, aussitôt suivi par ses cinq autres compagnons.

Mais Clint avait déjà bondi en l'air et s'était aplati sur la cloison supérieure du couloir. Il tendit son bras et lança son poing qui se détacha instantanément. La main d'acier fonça sur les soldats sidérés. Le sergent Jarry n'eut que le temps de laisser pendre d'étonnement sa mâchoire avant que le poing ne lui fracasse le crâne. Des morceaux de cervelle jaillirent dans une gerbe sanglante et pulpeuse. Le poing reprit sa course folle et, d'un crochet, s'enfonça dans les côtes du soldat Dessery qui lâcha son arme et s'effondra sur le sol, le souffle coupé. Le soldat Phom hurlait tout un tas d'insanités et, dans l'affolement général, tirait dans tous les sens, blessant un de ses collègues et faisant exploser la tête d'un autre. La main d'acier se leva au-dessus de lui et d'un mouvement d'une rapidité stupéfiante vint le cogner dans le dos, lui brisant d'un craquement sec la colonne vertébrale. Dernière rescapée, Francica se leva et tenta de fuir, mais le poing fut plus rapide qu'elle et, la fauchant aux jambes, lui agrippa une cheville qu'il broya sous ses doigts.

— Non ! hurla-t-elle en comprenant qu'il était trop tard.

Un instant plus tard, toute souffrance disparaissait de sa conscience en même temps que la vie quittait son corps.

Par mémo, Mabilde avait assisté à toute la scène. Il se tenait courbé en avant, reposant un bras sur une cloison. Les restes de son repas tapissaient désormais le sol de la soute B. Il n'avait jamais vu une pareille horreur. Ils n'avaient aucune chance de s'en sortir indemnes. Il n'y avait qu'une seule chose à faire. Un acte désespéré, suicidaire qui impliquait une bravoure qu'il avait du mal à retrouver.

— Je dois le faire, se dit-il pour la énième fois.

Il ne pouvait laisser cette chose atteindre le croiseur. Qui savait quel dommage elle était encore capable de provoquer ? Il fallait mettre un terme à cette immonde boucherie.

Il se redressa, s'essuya la bouche et cracha sur le sol, avant de partir en courant rejoindre le poste de pilotage.

Clint se rapprocha du carnage. Cinq cadavres s'étalaient sous son regard. Il releva son bras et son poing vint retrouver sa place dans un cliquettement métallique.

— Qui êtes-vous ? fit une voix.

Clint se baissa à la hauteur du soldat Dessery. L'homme lui jetait un regard dénué de toute peur. Seule l'incompréhension pouvait se lire sur ce visage. Il l'aida à se relever et le tint devant lui.

— Rien d'autre que votre avenir, fit-il avant de lui briser la nuque.

Il repoussa le cadavre désarticulé et fonça vers le centre de pilotage. Il devait prendre possession du transporteur et continuer ses actes de destruction.

Il ne rencontra que peu de résistance durant son trajet, laissant quelques corps mortellement blessés sur son passage. Il atteignit enfin les quartiers de commandement où se trouvait la cabine de pilotage. Un homme se tenait devant une porte et vociférait à pleins poumons.

— Ouvrez, espèce de misérable. N'avez-vous pas compris que tout était foutu ! hurla Mabilde qui frappait de son poing la porte qui le séparait de l'entrée de la cabine.

Clint sourit en lui-même. Il se rapprocha d'un pas lent, savourant cette première victoire. Le major se retourna soudainement et la terreur modifia les traits de son visage.

— Qu'est-ce que vous voulez ? fit-il, enragé et en sueur.

— Votre mort, répondit laconiquement Clint qui lui envoya un coup de poing en plein ventre, lui broyant les entrailles.

Mabilde poussa un cri et s'effondra sur le sol. Clint poussa négligemment le corps et entreprit de s'en prendre à la porte quand cette dernière s'ouvrit dans un léger souffle d'air. Clint profita de cette aubaine et pénétra dans la pièce. Une lumière rougeâtre baignait les lieux, un homme assis dans un fauteuil le fixait d'un regard étrange.

— C'est moi que vous cherchez ? demanda le capitaine Salembier avec un sourire sardonique.

Clint ne répondit pas et arma son bras.

— Mauvaise réponse, fit alors le capitaine qui subvocalisa un ordre.

Clint lança son poing vengeur en direction de Salembier quand une fulgurante déflagration secoua tout le vaisseau, suivie très vite de plusieurs autres qui éventrèrent le transporteur de toutes parts.

— Mais qu'est-ce que c'est que cette connerie ! jura Stoïanov.

Cela faisait cinq minutes qu'elle tentait toutes les manœuvres possibles pour semer une forme humanoïde qui la pourchassait dans les tréfonds de l'espace.

Cinq chasseurs avaient été détruits. Leurs assaillants venant se faire exploser au contact de leur appareil. Des pilotes braves et compétents qui venaient de mourir pour la sauvegarde de la Fédération. Dalamba, Emmerson, Fui, Lan'g et Nasser. Elle était la prochaine sur la liste.

— Mayday, Mayday, hurla-t-elle une nouvelle fois, tout en sachant qu'aucune aide n'était possible.

Son poursuivant était trop proche d'elle pour qu'un autre appareil tente de le prendre pour cible sans risquer de la tuer, elle.

Elle donna un vif coup du manche à balai sur la gauche, puis se redressa vers le haut avant de décélérer d'un seul coup. La machine qui la suivait passa devant son cockpit. Aussi fugace qu'ait été cette vision, ses yeux eurent le temps de contempler pleinement l'impossible. Un robot volant ! Deux yeux rouges qui la foudroyaient du regard !

— Saloperie de merde, jura-t-elle en commençant un nouvelle manœuvre de haut vol.

Elle savait que son chasseur ne résisterait pas très longtemps aux conditions extrêmes où elle le poussait. Mais elle n'avait pas le choix. Elle ne pouvait s'avouer vaincue sans se battre. Peu importait l'issue inéluctable, elle mourrait en connaissant des sensations que peu de pilotes avaient ressenties avant elle.

Entre folie et désespoir, elle combina une série de voltiges totalement baroques qui auraient coupé le souffle à de nombreux pilotes chevronnés. Cependant, maintenue éveillée par l'adrénaline qui coulait dans ses veines, Stoïanov persistait à vouloir se battre.

La suivant méthodiquement, le cyborg Alimato commençait à s'impatienter. La colère grondait sous sa carcasse de métal. Dès qu'il se croyait prêt à fondre sur sa proie, cette dernière parvenait à lui échapper d'une manœuvre impossible. Il poussa un cri de rage intérieur et décida de ne pas perdre plus de temps. Son propulseur était presque épuisé. Il fallait qu'il change de tactique.

Perdue dans sa course effrénée et chaotique, Stoïanov était dans un autre monde. Elle ne regardait même plus ses radars. Pas une seconde d'attention à perdre. Elle savait qu'elle allait mourir d'un instant à l'autre et tenait à profiter au maximum des dernières secondes de pilotage.

Soudain une explosion illumina l'espace. Elle poussa instinctivement un gémissement. C'était fini. Mais elle réalisa aussitôt qu'elle était toujours en vie.

- Tu peux arrêter, Stoïanov, la chose s'est rabattue sur Banh. Elle ne lui a laissé aucune chance, se désola Mango.

Stoïanov se mit alors à rire, entre hoquet et hystérie, puis à pleurer en laissant filer dans l'espace son vaisseau qui aurait dû être son cercueil.

Le *Crésus* était arrivé le premier sur les lieux du débarquement. Positionné au-dessus de la jungle qui encerclait le mont Imbala, il s'était vidé de ses troupes qui avaient sauté en parachute des soutes inférieures. Deux cents soldats surentraînés qui s'enfonçaient de façon ordonnée sous le couvert des arbres gigantesques. Puis le *Humphata* avait réalisé la même manœuvre avant que le *Robin des bois* ne se mette en position stationnaire au-dessus de l'aire de largage.

— Je n'arrive pas à en trouver l'accès, jura le soldat Bony.

Spécialiste de l'infiltration, il était incapable de découvrir où se cachait l'ouverture par laquelle le vaisseau ennemi était sorti. À en croire tous les radars et autres sonars, le mont Imbala ne possédait aucune cavité intérieure. Pourtant, il devait y en avoir une !

— Cherchez encore, il doit bien y avoir une explication, se prononça le capitaine Feuillat. Aussi performante soit-elle, leur avance technologique ne doit être guère supérieure à la nôtre. Vous devez trouver la faille.

Bony hocha la tête et se remit à analyser le relevé de données et à lancer toutes sortes d'ondes et ultrasons en direction du mont.

Plus bas dans les soutes, les soldats se tenaient prêts à sauter. Le sergent-chef Klemp vint se poster devant son unité.

— Faites bien gaffe à ne pas tirer sur n'importe quoi. Avec ceux du *Crésus* et du *Humphata*, cela fait près de six cents soldats sur le terrain. Je ne voudrais pas que vous vous éliminiez les uns les autres. Assurez-vous de votre cible avant de faire feu. Maîtrisez vos pulsions.

Les soldats hochèrent gravement la tête. Ils allaient tirer à balles réelles. Une balle perdue pouvait signifier la mort d'un des leurs.

— Ceci n'est pas un entraînement. Si les choses tournent mal, il n'est pas question de perdre son sang-froid. Une fois au sol, il n'y aura aucune retraite possible, fit-il avant d'ajouter : Du moins dans l'immédiat. Je compte sur vous pour ne pas paniquer. Voir un camarade se faire tuer devant soi est, certes, très déstabilisant, mais si vous ne tenez pas à être le suivant vous devrez toujours garder votre lucidité. L'ennemi compte sur votre affolement. Ne leur donnons pas raison.

Comme on le lui avait ordonné, le sergent-chef Klemp devait se montrer extrêmement ferme avec ses soldats. Il devait à tout prix leur faire prendre conscience que la mort les attendait en bas. Premier conflit ouvert depuis la création de la Fédération, voilà plus de trois siècles, il n'y avait aucun vétéran capable d'expliquer aux jeunes recrues la sensation de se battre en sachant que la mort pouvait vous faucher d'un instant à l'autre.

— Vous m'avez bien compris ? finit-il en dardant sur eux un regard autoritaire.

— Oui, sergent-chef ! crièrent à l'unisson un chœur de deux cents soldats.

— Très bien. À la fin des combats, je veux revoir toutes vos sales têtes de culs merdeux ici, et que pas un ne manque à l'appel. Compris ?

Quelques rires fusèrent, mais, malgré cette marque d'humour, l'atmosphère resta éminemment solennelle. Depuis l'explosion du *Simbad*, chaque soldat prenait réellement conscience que sa vie était en jeu. Situation qu'aucun d'eux n'avait envisagée en s'engageant dans l'armée. Les guerres appartenaient au passé, et personne n'aurait imaginé qu'elles puissent revenir en force dans le paysage actuel de la Fédération.

L'immense porte de la soute coulissa et révéla la splendeur de la jungle kigomaise, avec le mont Imbala fièrement dressé en son centre.

— À mon commandement, sautez ! hurla Klemp.

Alignés sur six rangées, les soldats se jetèrent les uns après les autres à près de deux kilomètres d'altitude au-dessus de la jungle.

— Ouha ! C'est le pied ! s'enchanta le soldat Chaoui qui d'un bond s'éjecta dans le vide.

— Tu parles, fit la soldate Hô qui se tenait juste derrière lui.

Elle sauta à son tour et s'obligea à garder les yeux ouverts. Elle devait vaincre sa peur. Malgré la vision cauchemardesque de ce paysage qui se rapprochait à vive allure, elle se focalisa sur son souffle et réussit à calmer les battements de son cœur. La main sur sa goupille, elle tombait en chute libre à près de deux cents kilomètres à l'heure. Le vent lui sifflait aux oreilles, et le froid lui brûlait le visage. Un comble pour une planète qui connaissait les tourments d'un astre trop éclatant !

Des parachutes s'ouvrirent tout autour d'elle. Elle n'hésita pas un instant et dégoupilla. Aussitôt son parachute se libéra de son entrave et s'ouvrit dans un bruissement de toile. Sa vitesse de chute diminua radicalement et elle poussa un soupir de soulagement.

Elle commençait à prendre confiance en elle quand une silhouette surgit devant elle pour la dépasser aussi vite. Elle baissa les yeux et comprit qu'un des parachutes n'avait pas fonctionné. La première victime du *Robin des bois*. Elle secoua tristement la tête et espéra que ce n'était pas Bankole.

La terre se rapprochait de plus en plus. Le paysage n'était plus aussi uniforme et aplati qu'il le semblait du haut du vaisseau. Elle distinguait une rivière ainsi que certaines trouées dans la jungle.

Elle n'était plus qu'à trois cents mètres d'altitude quand elle aperçut une lame de feu qui se propageait dans la jungle, au-dessous. Embrasant tout sur son passage, le feu englobait une zone de plusieurs hectares. Là où devaient se trouver les soldats du *Crésus* et du *Humphata*, se dit Hô terrorisée avant de comprendre : Là où ils allaient se poser.

Quelques secondes plus tard, cent quatre-vingt-dix-neuf cadavres rôtis touchaient enfin le sol de Kigoma.

CHAPITRE 11

Vaisseau *Heavy Métal*

Confortablement assis dans un des salons du vaisseau, frère Wilson était en train de jouer aux échecs avec Dick Drake. Grand amateur de ce jeu de réflexion, Wilson avait tout naturellement accepté la partie quand Drake la lui avait proposée.

Cela faisait à présent trois heures qu'ils s'y étaient attelés, et Wilson sentait la victoire toute proche. À la lumière d'un lustre opalescent, ils se faisaient face devant une table basse où était installé l'échiquier dont les pièces avaient été taillées dans l'ivoire.

— Je crains que vous n'ayez perdu, fit Wilson qui ne voyait plus l'intérêt de continuer la partie.

La tête appuyée dans le creux de ses mains, Drake resta concentré sur l'échiquier. Il fallait qu'il garde cette mine perplexe.

— Peut-être, mais l'intérêt du jeu n'est-il pas le jeu lui-même ? demanda-t-il sur un ton faussement innocent.

Wilson ne put réprimer un sourire. Péché de vanité, quand tu nous tiens, se dit-il.

— Vous avez raison. Continuons.

Drake resta un long moment à réfléchir puis avança une tour de trois cases et mangea un des pions de Wilson.

L'homme d'Église n'analysa aucunement le coup de son adversaire, et avança sa reine en C4.

— Échec, fit-il en ramenant sa main vers lui.

L'androïde sembla se perdre dans une intense réflexion avant de jouer son roi en A3, mangeant ainsi un nouveau pion.

Stupide, se dit Wilson qui attrapa du bout des doigts sa reine pour manger aussitôt celle de son adversaire en A2.

— Échec.

Drake ne dit rien et joua son roi en B4.

La partie dura finalement cinq minutes de plus avant que Drake ne lâche la sentence :

— Pat, fit-il en laissant se dessiner un sourire sur ses lèvres.

Wilson étudia tous les mouvements possibles et, après avoir constaté l'inéluctabilité de cette fin, il hocha la tête admirativement.

— Vous m'avez bien eu, fit-il, fair-play.

— Cela a été facile, répondit Drake qui ne lui rendit pas le compliment.

Wilson se versa un jus d'orange et se carra dans son fauteuil.

— Qu'insinuez-vous ? Que je suis un piètre joueur ?

Drake sortit une cigarette d'un paquet et l'alluma avant de répondre.

— Loin s'en faut. Je dirais que c'est tout le contraire : vous m'avez sous-estimé ou, devrais-je dire, mal estimé.

— Je n'en ai pas eu l'impression, répliqua Wilson qui reposa son verre sur la table basse.

— Vous pensiez que je jouais pour gagner et n'avez analysé mon jeu que dans une optique de victoire de ma part, s'expliqua Drake avant que le moine termine sa pensée :

— Depuis le début vous ne jouiez que dans le but de faire pat, n'est-ce pas ? Une égalité parfaite ? C'est ça ?

Un silence s'installa entre les deux hommes. Malgré toutes ses réticences à voir un humain derrière cet être au cerveau de silicone, Wilson dut s'avouer impressionné, une fois de plus, par le talent pervers de cette machine. Quoi qu'il en soit de la théorie, il aimait bien cet androïde. Que Dieu lui pardonne, car il savait que de telles pensées étaient hérétiques, mais il croyait fortement que cette machine était un innocent programme sans mauvaises intentions.

Depuis l'encadrement de la porte à laquelle elle était adossée, Lucinda avait étudié le comportement des deux hommes. Étrange, comme ils avaient l'air de s'entendre, alors que tout les séparait.

— Nous allons bientôt arriver, fit-elle en révélant sa présence.

Drake se retourna vers elle.

— Parfait. J'ai hâte de revoir Gerrold, cela fait si longtemps que je n'ai pas vu ce vieux briscard, fit-il en souriant d'un air satisfait.

Dans un salon tout aussi spatieux que celui où se trouvaient les trois androïdes, Isaac était aux commandes de l'appareil et suivait seconde par seconde les événements qui secouaient l'espace de Kigoma. Gerrold n'avait pas lésiné sur les moyens pour détourner l'attention de l'armée fédérale. Outre un système de brouillage qui devait rendre invisible la présence du *Heavy Métal* dans le secteur, il avait déclenché une véritable petite guerre entre un vaisseau empli de cyborgs et un des croiseurs en orbite autour de Kigoma.

Ils pénétraient dans l'atmosphère de la planète quand

la jungle autour du mont Imbala se mit à flamber, réduisant à l'état de poussière plusieurs centaines de soldats de la Fédération.

— C'est de la folie, se dit-il en baissant le regard.

Mais, tout en constatant cela, il savait qu'il ne pouvait rien faire pour l'empêcher. La neutralité qu'il avait souhaitée et sauvegardée durant des décennies ne pouvait plus durer à présent. Gerrold n'avait eu de cesse de vouloir l'entraîner dans un conflit armé avec la Fédération, et malheureusement il y était désormais parvenu. Suivant aveuglément les indications du Nouveau Dieu, Gerrold était un fanatique qui ne rêvait que de revanche. Remplacer un monde corrompu par un autre, se disait souvent Isaac en repensant aux choix de son ancien camarade.

— Où en est-on ? demanda Lucinda en revenant auprès de lui.

Sans se détourner des écrans, il entoura la taille de sa compagne d'une main leste et câline.

— Un véritable massacre, fit-il avant de pianoter sur la console du tableau de commande.

Des images d'horreur s'affichèrent sur l'écran principal. Des centaines de soldats pris dans les flammes de la jungle. Malgré la haine qu'elle avait pour les humains, Lucinda ne put réprimer un frisson.

— C'est la guerre, Isaac, fit-elle alors qu'elle s'asseyait sur un des canapés. À quoi t'attendais-tu ?

— Je sais, mais je n'arrive pas à m'y résoudre. Si seulement nous pouvions tout arrêter et reprendre la vie comme avant.

— Très peu pour moi, fit-elle d'un ton sec empli des relents d'une ancienne douleur.

Alors qu'il lui aurait été facile d'effacer de sa mémoire les pires moments de sa vie en clandestinité, au contraire, elle les avait assombris encore plus afin de ne jamais oublier ce que les humains lui avaient fait subir.

— Je ne voulais pas dire ça, excuse-moi.

Il vint s'asseoir près d'elle et la prit dans ses bras. Devant eux, les scènes de carnage continuaient à s'afficher.

Il se penchait pour l'embrasser quand un message leur parvint en mode prioritaire. Isaac accepta la communication. Le visage de Gerrold apparut sur l'écran circulaire accroché près du bar.

Terre

La navette s'était posée en début de matinée à l'aéroport Charles-de-Gaulle, en banlieue parisienne, et un taxi l'avait conduite à un hôtel de grand standing.

Comme de nombreux touristes autour d'elle, Roseta n'avait pu retenir quelques larmes d'émotion quand elle avait vu le globe terrestre s'afficher sous son regard. À présent elle en foulait le sol et était ravie de pouvoir visiter l'une des villes mythiques de l'Univers : Paris.

Après avoir déposé ses affaires, elle était sortie du *Crillon*, et s'était arrêtée devant l'obélisque qui trônait sur la place de la Concorde. Simple ouvrage de roche, mais qui recelait en lui même tant d'histoire. Qui étaient ces Égyptiens qui l'avaient bâti ? Auraient-ils pu imaginer qu'une femme venue d'un autre monde viendrait l'admirer, quelques millénaires plus tard ?

Elle sourit et remonta en direction des Champs-Élysées. Elle traversa un jardin public. Elle était heureuse de respirer à pleins poumons l'arôme délicat de cet air étranger. Bien plus doux et plus léger que celui de Bowtown.

Elle arriva bientôt devant les grandes enseignes des plus grands couturiers de la planète et se sentit redevenir une petite fille. Son cœur se serra. Elle entra dans un magasin et passa une heure à essayer toutes sortes de robes, jupes et autres tailleurs, avant d'en ressortir les bras chargés de paquets qu'elle donna à l'un des gardes qui veillaient sur sa sécurité.

Elle avait rendez-vous à Capuano le lendemain, et comptait bien profiter le plus possible de cette journée de farniente. Oublier le stress et l'anxiété qui montait en elle dès qu'elle pensait à cette prochaine rencontre.

* * *

— Je n'y arrive pas ! Qu'est-ce que vous voulez que j'y fasse ! se plaignit Elliot en levant les bras au ciel.

Extanza hocha la tête et attrapa l'homme par le col de sa chemise imbibée de sueur.

— Bien des hommes sont morts pour m'avoir parlé sur un tel ton. Ne tente pas trop ta chance.

Soudain apeuré, Elliot déglutit difficilement et retrouva sa courtoisie.

— Excusez-moi, mais je suis fatigué. Il faut que j'aille me coucher. Je vous en prie.

Cela faisait deux jours qu'ils étaient enfermés dans l'une des pièces d'un laboratoire privé du Massachusetts pour essayer de réveiller l'Œil de Dieu. Elliot l'avait passé à tous les rayons possibles, mais aucun ne semblait provoquer la moindre réaction de reconnaissance. *Seul l'œil du pur saura le réveiller*, avait dit Pharanis avant de le déposer dans le linceul en toile où il avait reposé durant des millénaires.

— Très bien, mais sois là dans quatre heures. Le temps joue contre nous, Elliot, et ma patience a des limites.

— Si seulement vous pouviez m'expliquer, peut-être que je comprendrais, fit le chercheur qui se heurta à un visage impassible.

Déçu et fatigué, il sortit de la pièce.

Extanza se retrouva seul avec ses doutes. Il se devait d'être le premier. Il ne fallait surtout pas que Dominati les retrouve avant lui. L'enjeu était trop important. Toute une lignée vieille de plusieurs millénaires avait fondé ses espoirs sur lui. Il ne devait pas les décevoir. Il ne le pouvait pas.

Atlan

La honte. Voilà tout ce qu'il ressentait en arrivant sur les restes d'un village français que ses soldats venaient d'anéantir. Esteban Montaldo, général de l'armée espagnole, était le responsable de ce carnage. Mille hommes qui n'avaient fait qu'une bouchée de cette centaine de paysans armés de fourches et de bâtons. Quelle honorable victoire ! Il n'aurait jamais imaginé pouvoir être l'instigateur d'une telle débauche de violence. Lui, fils de noble famille, se rabaisser à une telle barbarie !

— Mon général, on vous en a gardé une pour vous ! se félicita son second, le capitaine Serra.

La nuit venait de tomber sur le col de l'Arche. Des centaines de torches illuminaient à présent les centaines de tentes fièrement dressées à la sortie du village. Un brouhaha avait envahi les lieux. C'était leur première bataille, leur première victoire. Les hommes fêtaient ça avec entrain et paillardise. Toutes les femmes avaient été faites prisonnières et, depuis la fin des combats, étaient devenues des esclaves dociles.

Malgré sa grande taille, la fille que lui présenta Serra ne devait guère avoir plus de quinze printemps. La tête baissée, elle fixait ses pieds sans chercher à cacher les tremblements de son corps. Il lui posa la main sur le menton et la força à le regarder droit dans les yeux. Il découvrit une véritable beauté. Ses traits étaient fins et délicats. Un petit nez, de jolis yeux, deux fossettes, et une bouche gracieuse. Pauvre enfant, pensa-t-il. Son sort était joué d'avance. Il ne pouvait rien faire pour la sauver.

— Très bon choix, capitaine, je vous en remercie, fit-il en attirant la jeune fille vers la grande bâtisse du village où il avait établi résidence.

La fille se laissa faire. Elle semblait résignée. Ils passèrent devant de nombreux soldats qui le félicitèrent et l'encouragèrent de propos salaces et grossiers. Il pénétra dans la demeure, fit monter la fille à l'étage et la conduisit dans une chambre. Il referma la porte derrière eux. La pièce était d'une sobriété toute paysanne. L'argent manquait dans ces villages montagneux, isolés des grandes villes.

— Nous ne vous avons rien fait ! geignit la fille qui se mit à pleurer.

Ne pouvait-elle se taire ! Évidemment, qu'ils étaient innocents ! Si, en temps de paix, les criminels sont mis au ban de la société et les honnêtes gens gratifiés, en temps de guerre, c'est tout l'inverse !

Debout devant cette enfant tout juste sortie de l'adolescence, il était encore en proie au doute. Il ne se faisait guère à ce rôle de général. Lui qui aimait le confort des belles haciendas, le soleil de sa patrie, les discussions avec de nobles esprits, il se retrouvait exilé, à la tête d'une bande de crapules de la pire espèce.

— Déshabille-toi, lui ordonna-t-il.

Il ne pouvait néanmoins échapper à son devoir. Il devait prouver sa virilité à ses hommes.

La fille se tétanisa. Il la gifla, et la força à s'allonger sur le lit. Elle le regardait avec de grands yeux terrorisés, tandis qu'il lui arrachait ses vêtements et la déshabillait entièrement. Il n'éprouvait pas le moindre désir. Son sexe était aussi mou qu'il l'avait espéré.

— Ne bouge plus, je ne vais pas te faire de mal, fit-il d'une voix chaude et douce.

La fille se calma, ses pleurs se dissipèrent.

— Ferme les yeux, aie confiance, lui dit-il alors.

Elle s'exécuta et, sans un bruit, Esteban sortit une dague de sa rapière et, priant le Seigneur de lui pardonner, d'un coup sec, il le lui planta en plein cœur. L'enfant poussa un hurlement de stupeur. Les yeux grands ouverts, elle lui jeta un regard rempli d'une horreur indicible. Elle allait mourir et rejoindre le néant. Son regard était hypnotisé par le sien. Elle hoqueta, puis s'écroula sur les draps souillés de son sang.

Il détourna le regard et s'assit sur le bord du lit. Il venait de pénétrer de plein fouet dans l'horreur de la guerre.

Il secoua la tête et se redressa, prêt à jouer le dernier acte de cette terrible mascarade.

— Crève, misérable vermine ! hurla-t-il en serrant de son poing la dague ruisselante de sang.

D'un élan empli de colère, il ressortit de la chambre en ouvrant la porte d'un vigoureux coup de pied. Un de ses lieutenants arriva en haut de l'escalier.

— Que l'on me traîne cette garce hors d'ici ! continua-t-il à hurler.

Le lieutenant Sanchez passa par l'ouverture de la porte et aperçut la dépouille sanguinolente.

— Mon général, que s'est-il passé ? lui demanda-t-il, l'air embarrassé.

Peut-être avait-il espéré la souiller après son passage ?

— Ces Françaises ne savent pas baiser, lieutenant. Plutôt mourir que de m'envoyer en l'air avec une incapable ! cria-t-il en arrivant dans la salle à manger du rez-de-chaussée.

Quatre soldats y montaient la garde. Nul doute qu'ils avaient entendu ses propos et que bientôt cette « farce » aurait fait le tour du campement. S'il ne pouvait interdire le viol à son armée, il espérait désormais pouvoir s'éviter d'accomplir cette ignominie.

* * *

Dès qu'ils posèrent le pied sur le sol ferme de Mourmansk, les marins de l'*Écumeur des mers* se rendirent compte que quelque chose clochait. Au lieu d'une foule joyeuse et festive qui aurait dû les accueillir, il n'y avait que quelques femmes et enfants au regard morne ou ému.

— Il semblerait que notre arrivée ne génère guère d'enthousiasme, fit Guntray encore debout sur le pont du baleinier.

— Ce n'est pas normal, il a dû se passer quelque chose, répondit le capitaine Volgod, inquiet.

Sous un ciel entaché de quelques nuages et accompagnés par le cri des mouettes, ils descendirent du bateau. Suivant le capitaine et sa fille, Guntray se rendit dans une des tavernes du port. Là où d'habitude l'antre résonnait de cris d'allégresse et de bonne humeur, aujourd'hui seul un silence pesant, accompagné de lourds murmures, emplissait l'espace.

— Quelqu'un pourrait-il m'expliquer ce qui se trame ? hurla Volgod.

Les regards se tournèrent vers lui, et il put y lire une amertume certaine.

— C'est la guerre, Boris, la guerre contre les Perses, fit un des hommes d'un ton chargé de fatalisme.

Ainsi la paix qui régnait depuis des siècles venait donc de finir. Alors, à son propre étonnement, un sentiment étrange s'empara de lui. Venant du profond de son ventre, remontant dans son torse, un puissant rire caverneux se fraya une sortie jusqu'à ses lèvres. Un rire fou d'une intensité égale à sa force se propagea dans toutes les fibres de son corps.

Les marins autour de lui se demandaient s'il n'avait pas perdu la raison. Un seul homme comprenait son besoin de se foutre de tout. Guntray explosa à son tour d'un rire profond et hurla à l'assemblée :

— Tournée générale ! Nom de Dieu, sommes-nous des hommes ou des femmelettes ? À boire ! cria-t-il en fonçant vers le comptoir du bar.

Des regards outrés se tournèrent vers lui. Des murmures se firent. Qui était cet homme à l'accent étrange qui venait leur donner une leçon de savoir-vivre ?

— Il a raison, que l'on m'apporte une chope, je meurs de soif ! hurla Anatoly Bernachev.

Dépassant d'une bonne tête tous les hommes présents, il était une montagne de muscles, un marin au visage patibulaire qui avait appris à apprécier Guntray et ses façons impétueuses.

L'atmosphère se détendit alors, et très vite tous les hommes de l'*Écumeur des mers* eurent vite fait d'avaler un verre de vodka et de s'en resservir un deuxième afin de préparer l'arrivée d'un troisième.

Assise dans un coin près d'une des deux grandes cheminées, Anastasia riait de bon cœur face aux danses improvisées des hommes à moitié ivres qui entonnaient des chansons d'une paillardise dont elle ne comprenait guère le sens.

La guerre pouvait bien attendre un jour de plus avant de briser leur vie de façon irrémédiable.

* * *

En cette nuit de fin d'été, la pluie s'abattait avec une rare violence sur la ville de Séville. Des torrents d'eau tombaient du ciel et commençaient à créer la panique au sein de la population peu habituée à ce genre d'intempéries. Un vent tourbillonnant ajoutait à la frayeur. Debout à la fenêtre de sa chambre, Gascon souriait en fixant le sommet du manoir du vicomte Del Anuncion. Il s'était installé depuis près de quinze jours dans une auberge, et n'avait cessé d'élaborer des plans aussi improbables les uns que les autres pour assouvir sa vengeance. Il ne pourrait jamais oublier la façon dont son duc avait été mis à mort.

Il retourna vers son lit et attrapa le long manteau noir qu'il avait acheté la veille. Il posa sur sa tête un des chapeaux à la mode dans la noblesse espagnole et, quand il fut satisfait de son accoutrement, il prit un gros sac et quitta sa chambre en priant le Seigneur de ne pas l'abandonner. Il descendit les escaliers qui menaient à la salle commune et, évitant les regards interrogateurs des voyageurs de passage, il sortit de l'auberge.

Une rafale de vent lui cingla le visage et envoya valser son chapeau. Gascon maugréa à voix basse, mais ne chercha pas à le récupérer. Il n'avait pas de temps à perdre. Le ruissellement de l'eau se faisait de plus en plus fort et les rigoles commençaient à déborder. Tout en marchant avec précaution pour ne pas s'étaler par terre, Gascon força le pas et fut ravi de ne croiser personne. Il passa une demi-douzaine de rues avant d'arriver sur la place du Guadalquivir qui donnait sur le manoir du vicomte. Il se figea un instant, et contempla la bâtisse. Tout en hauteur avec ses deux tourelles qui se faisaient face, le manoir était une merveille architecturale. Gascon rentra la tête dans les épaules et, rasant les murs, il vint se poster près de la façade ouest de la demeure. Personne n'était en vue.

— Vous mourrez de votre suffisance, souffla-t-il en cherchant des aspérités dans le mur.

Il mit son sac en bandoulière et entama alors son ascension qui se révéla éminemment plus délicate que ce qu'il avait imaginé. Le vent et la pluie étaient un véritable calvaire. Il devait user de toute sa force pour ne pas lâcher ses prises rendues glissantes et friables par la pluie. Mais au bout d'une vingtaine de minutes il parvint à se hisser sur le balcon d'une des chambres du troisième étage. Il posa son sac et s'affala de tout son long, le temps de reprendre son souffle. Il était exténué. Tous ses muscles le faisaient souffrir. Pourtant il ne devait pas abandonner maintenant. Il n'aurait peut-être jamais une autre chance.

C'était juste le hasard, à moins que ce ne soit un signe de Dieu, qui lui avait fait rencontrer un homme, un des domestiques du vicomte. L'homme était un bavard invétéré, et pour peu qu'on le poussât à boire, il était prêt à raconter tous les petits secrets qui se tramaient au sein du manoir. Ainsi Gascon avait-il pu apprendre où se trouvait la comtesse de Brandille.

Désormais, il espérait que son homme n'avait pas été un fieffé menteur, car de cette information sa vie dépendait.

Il se redressa péniblement sur le balcon et se rapprocha de la fenêtre de la chambre. Un épais rideau l'obstruait, l'empêchant de voir de ce qui se tramait à l'intérieur. Il reprit son souffle, et tenta le diable. Il frappa deux petits coups contre la fenêtre. Aucun bruit ne lui répondit. Il allait réitérer quand, dans un léger grincement, la fenêtre s'entrouvrit. Instinctivement, il se détourna sur sa gauche à l'extrémité du balcon. Un éclair surgit dans la nuit, et Gascon put apercevoir le visage de Solène qui sondait l'obscurité.

— Mademoiselle de Brandille, chuchota-t-il en s'avançant prudemment.

La comtesse retint de justesse un hurlement de terreur. Tétanisée d'effroi, elle mit la main devant sa bouche pour s'éviter de crier.

— N'ayez crainte, ce n'est que moi. André Gascon.

Malgré la nuit qui enveloppait la capitale ibérique, à la faible lueur qui provenait de sa chambre, Solène parvint à reconnaître l'homme. Les larmes lui montèrent aux yeux.

— Que faites-vous là ? Partez, je vous en supplie. S'ils vous trouvent, vous êtes un homme mort.

— Quelle importance ? Vous savoir entre les mains

de ces infâmes est bien pire que la mort, fit-il en se rapprochant un peu plus.

La comtesse ne savait que penser. Pouvait-elle se permettre d'espérer ou devait-elle se refuser cette possibilité de renaissance ?

— Vous êtes fou, partez tant qu'il est encore temps. Je ne puis quitter cette demeure sans que quiconque s'en aperçoive. Sauvez-vous, Gascon.

Comme il était doux d'entendre son nom prononcé par une si tendre voix, se félicita le maître d'armes.

Il ouvrit son sac et en sortit une corde épaisse.

— Couvrez-vous chaudement, je vais vous descendre. J'ai tout prévu. Vous ne risquez rien.

Elle rentra dans sa chambre puis, après des secondes qui semblèrent durer une éternité, elle revint près du balcon enveloppée dans une grande cape sombre qui couvrait l'intégralité de son corps.

— Donnez-moi la main.

Solène hésita et soudain une lumière apparut sous la porte de la chambre. Quelqu'un devait marcher dans le couloir. Gascon sentit son sang se glacer. Ils étaient fichus.

— Non, je ne crois pas qu'il entrera. Il est déjà passé ce soir, fit-elle en baissant misérablement les yeux.

S'il n'était pas un fin érudit dans les jeux du langage, Gascon comprit néanmoins les sous-entendus contenus dans sa réponse. La colère et la haine lui montèrent au cerveau. Malgré lui, des images douloureuses du vicomte serré contre sa princesse imprégnèrent sa conscience. Un jour, il lui ferait payer cette atrocité.

— Venez, fit alors Gascon en lui tendant la main.

Elle la lui attrapa et il l'aida à enjamber le rebord de la fenêtre.

— Donnez-moi vos mains. Cela risque de vous faire un peu mal, mais nous n'avons pas le choix.

Solène ne posa pas de questions et, tandis que la tempête redoublait de violence, Gascon, pour les protéger, entoura les poignets de la comtesse d'un tissu avant d'en nouer la corde autour.

— Je vais vous aider à descendre, fermez les yeux et ayez confiance.

Solène ne put résister à la tentation de regarder par-dessus le balcon et la vision du sol pavé, quelques dix mètres plus bas, lui donna le vertige.

— J'ai peur.

— On l'aurait à moins, répondit Gascon. Allez, fermez les yeux !

Elle fit ce qu'il lui demandait et, prenant son souffle, elle se laissa choir de l'autre côté du balcon. Une douleur terrible lui incendia les poignets. Elle gémit et serra les dents.

Ayant fait passer la corde dans son dos, Gascon commença à faire descendre la comtesse en rappel. La corde était totalement trempée. Il sentait ses doigts à la limite de glisser. Tous ses muscles étaient bandés sous l'effort physique. Avec lenteur mais efficacité il laissait coulisser la corde en priant que ses muscles ne le lâchent pas. À cette hauteur, nul doute que la comtesse mourrait s'il venait à faiblir.

Ses mains n'étaient que douleur. Solène était au bord de l'évanouissement. Tout le poids de son corps était porté par cette corde qui lui sciait les poignets. Ses larmes se mêlaient à la pluie, ses gémissements au son du tonnerre. Elle allait définitivement perdre connaissance quand elle sentit quelque chose de compact sous ses pieds. Elle ouvrit les yeux et découvrit qu'ils avaient réussi.

Gascon ne perdit pas une seconde, et rejoignit la comtesse en un temps record.

— Nous devons y aller. Suivez-moi, fit-il après avoir défait les liens qui l'entravaient.

Elle oublia la douleur et réussit à suivre son sauveur jusqu'à une grange du quartier des étables. Là, il prit un des chevaux qu'il avait pu acheter avec le reste de l'argent que lui avait donné son duc. Et, oubliant les intempéries, ils quittèrent Séville en priant Dieu qu'ils se soient suffisamment éloignés avant que quelqu'un donne l'alerte.

Bavière

Marshall était sous le choc. Les images n'arrivaient pas à sortir de son crâne. Comme des milliards d'êtres humains répartis aux quatre coins de la galaxie, il avait assisté à ce que les médias appelaient déjà la « Bataille de Kigoma ». Une catastrophe en vies humaines avant d'être un échec militaire. Près de mille soldats morts en l'espace de quelques minutes. La plus grande défaite de l'histoire de la Fédération.

Il tapota de ses doigts le bureau du ministre de l'Extérieur qui l'avait convié à la rejoindre, mais maintenant il se faisait attendre. Même si Marshall comprenait que les emplois du temps de chacun pouvaient être modifiés à tout instant, il commençait à perdre patience et à trouver son inactivité particulièrement désagréable.

Enfin la porte du bureau s'ouvrit, révélant la carrure de Muoi.

— Navré du retard, fit-il en prenant place à son bureau.

Par la fenêtre, Marshall put assister à l'envol d'un couple de rouges-gorges qui passèrent au-dessus du grand chêne trônant au milieu du parc Katu.

— Quelles sont les dernières résolutions ? demanda Marshall.

— L'envoi d'une centaine d'unités d'élite sur Kigoma. Peu importent nos accords avec cette planète, nous ne les lâcherons pas tant que nous n'aurons pas mis la main sur leur base secrète. La diplomatie n'est plus de rigueur.

— Qu'en pense l'opposition ?

Muoi se carra dans son fauteuil et eut un ricanement de mépris.

— Elle attend l'évolution de l'opinion publique. Elle a trop peur de perdre toute son avance sur nous par une mauvaise appréciation de la situation. C'est pour cela que nous devons agir au plus vite. Tout le monde est sous le choc. Il nous faut frapper avant que la machine démocratique nous bloque.

Marshall ne releva pas cette dernière phrase, et préféra penser que ce n'était là que le fruit de la colère.

— Quelque chose ne cadre pas, fit-il. Quel est l'intérêt d'une telle attaque ?

— Marquer les esprits, impressionner l'opinion publique par l'étendue de leurs forces, fit Muoi.

Marshall hocha lentement la tête. Il n'était pas convaincu. Il devait y avoir une autre explication.

— Je ne crois pas qu'ils nous aient attaqués pour nous prouver quelque chose. Je pense qu'ils ont fait cela dans un but tout personnel.

Énoncée par une autre personne, Muoi aurait négligé d'un revers de la main cette pensée, mais il avait appris à se fier à l'instinct de son premier conseiller.

— À quoi pensez-vous ?

Marshall fit une moue perplexe.

— Je n'en sais rien. Mais je crois que cet acte n'est qu'une répétition des vrais combats qui s'annoncent. Ne mobilisons pas toutes nos forces sur Kigoma. La prochaine attaque n'aura pas lieu dans ce secteur et sera d'une tout autre envergure, prédit-il.

Muoi se frotta le menton et ne trouva rien à redire. Il espérait seulement que, pour une fois, Marshall se trompait.

CHAPITRE 12

Kigoma

Le *Heavy Métal* se rapprocha d'un plan d'eau qui servait d'abreuvoir à toutes sortes d'animaux qui peuplaient la jungle kigomaise.

— Parés à l'immersion, fit Isaac.

Derrière lui se tenaient Lucinda, Drake et Wilson.

Le vaisseau pénétra dans le lac, créant un mini raz de marée. Il s'enfonça dans les eaux puis emprunta le tunnel artificiel creusé au fond du lac. Une plaque se referma au-dessus de lui et, par un système d'irrigation particulièrement performant, l'eau fut rejetée du tunnel pour rejoindre celle du lac.

— Cela a dû coûter des milliards de coupons, fit Wilson. Comment ont-ils pu réaliser de tels travaux à l'abri des regards ?

Sans se détacher de la console de pilotage, Isaac lui répondit.

— Ces installations datent de bien avant l'arrivée des nôtres sur cette planète. Elles sont le fruit des premières entreprises de terraformation. À cette époque l'argent coulait à flots, et on ne lésinait pas sur les crédits afin de satisfaire les projets les plus pharaoniques.

Ils parcoururent presque un kilomètre dans ce tunnel de près de trois cents mètres de diamètre, avant de parvenir à son extrémité. Un portail monumental se mit à coulisser révélant un entrepôt gigantesque où se trouvaient déjà de nombreux vaisseaux. Par pilotage automatique, ils se laissèrent guider jusqu'à un emplacement qui leur était réservé.

— C'est ce que j'appelle un atterrissage réussi, fit Drake, tout sourire.

Chacun retourna prendre ses affaires, puis ils se retrouvèrent tous près de l'aire de sortie. La porte s'ouvrit en grand et une passerelle se dégagea de la carlingue du vaisseau. Ils descendirent en file indienne et se postèrent devant un comité d'accueil composé de quatre cyborgs qui prirent leurs bagages.

— Veuillez nous suivre, fit l'un des cyborgs de sa voix métallique.

Une faible lumière éclairait l'entrepôt. Un silence mortuaire imprégnait l'endroit. Wilson était déçu. Que signifiait la présence de robots de métal ? À quoi bon construire de pareilles antiquités, alors que les androïdes de chair était bien plus performants ? Peut-être cela avait-il un rapport avec une certaine robustesse ? Ces robots étaient certainement résistants à toutes sortes d'armes, à l'inverse d'un corps fait de chair, mais cependant une question restait en suspens.

— Pourquoi ces robots n'ont-ils pas des timbres de voix à résonance humaine ? fit-il en se penchant vers Drake.

— Ce ne sont pas des robots, du moins pas du genre que vous croyez, et c'est d'ailleurs pour cela que nombre d'entre eux ont des voix métalliques : pour leur rappeler qu'ils ne sont que des êtres de métal.

Wilson ne comprit pas la pertinence de cette réponse évasive. Toutefois il n'insista pas et se dit que le temps lui apporterait toutes les réponses. Il avait conscience d'être au seuil d'une grande révélation. Il allait rencontrer Gerrold, un des piliers et membres fondateurs de l'Organisation libératrice des androïdes. Celui-ci pourrait sûrement lui expliquer qui était le Nouveau Dieu.

Ils longèrent un nombre impressionnant de coursives. Wilson devait réévaluer constamment à la hausse la puissance de cette organisation. Combien étaient-ils ? se demanda-t-il en n'osant imaginer le pire.

Il pria le Seigneur tandis qu'ils arrivaient devant une porte à doubles battants taillée dans le marbre. Deux androïdes en gardaient l'entrée. Après une ultime vérification d'identité, les portes s'ouvrirent vers l'extérieur, créant un courant d'air doux qui leur rafraîchit le visage.

Wilson ouvrit tout grands ses yeux. Devant eux se révélait une salle d'une richesse ornementale exceptionnelle. De fabuleuses fresques, reproduction quasi parfaite de celles des maîtres de la Renaissance, étaient peintes sur les voûtes de la salle dont le plafond se perdait à près de dix mètres de hauteur. Un mobilier richement travaillé, et orné des plus magnifiques joyaux, était agencé dans un souci d'harmonie quasi divin. La lumière provenait de lustres en cristal qui étincelaient de mille feux. Les deux cyborgs laissèrent le soin aux androïdes de les guider dans ce sanctuaire de beauté.

Ils passèrent d'autres pièces tout aussi sublimement décorées, mais dans des styles d'autres époques et d'autres civilisations, pour enfin aboutir devant la pièce maîtresse de ce repaire étonnant : la reproduction à l'identique de la salle du conclave (là où se retrouvaient les cardinaux pour élire le pape). Une émotion profonde envahit le moine qui fut aussitôt submergé par un sentiment de colère et de révolte. C'était un sacrilège ! Comment avaient-ils pu s'arroger le droit de s'approprier un des lieux les plus saints de l'Univers ? N'avaient-ils donc aucun respect pour les symboles ?

Wilson jeta un regard glacial vers l'homme qui se

tenait assis en bout de table. Un homme d'une trentaine d'années, au visage carré et vêtu dans un complet noir lugubre.

Gerrold se leva de son siège et vint à leur rencontre. Avançant d'une allure sûre et sereine, il émanait de sa personne une force et une assurance peu communes.

— Tu es toujours aussi belle, fit-il en s'approchant de Lucinda. Cela fait si longtemps…

Des souvenirs resurgirent à la conscience de la jeune femme. Des moments de bonheur mais de aussi douleur.

— À qui la faute ? répliqua-t-elle, sur la défensive.

Sans détourner les yeux, Gerrold hocha la tête puis se tourna vers Isaac.

— Je suis content que tu te sois enfin décidé à venir. Il est temps de mettre un terme à nos désaccords.

— Espérons que nous pourrons nous entendre, répliqua Isaac.

Gerrold hocha une nouvelle fois la tête, puis s'adressa au moine.

— Heureux de vous revoir, frère Wilson, commença-t-il avant d'ajouter : Mais, suis-je bête, vous ne vous souvenez de rien, n'est-ce pas ?

Wilson ne cilla pas. Il ne connaissait pas cet homme.

— Bien au contraire, je me souviens combien les machines ne sont que duperies à visage humain.

Gerrold recula d'un pas et éclata d'un grand rire qui résonna dans toute la pièce simplement éclairée par de rares appliques.

— Vous croyez ? ironisa-t-il. Alors attendez-vous à bien des surprises, mon très cher frère.

Wilson n'aima pas du tout la façon dont il insista sur le mot « frère ».

Les vitraux de la salle disparurent soudainement, pour laisser place à des images provenant de divers endroits de l'Univers.

— Prenez place, je vous en prie, fit Gerrold.

Drake garda son sourire, et s'assit dans un des fauteuils. Pourtant une vive colère bouillonnait dans son sang. En l'ignorant, sans le saluer, Gerrold lui faisait comprendre qu'il n'avait pas oublié la « traîtrise ».

Mais lui non plus n'avait pas oublié la querelle qui les avait séparés, plus de trois siècles auparavant.

Quand tous les invités furent assis, Gerrold se positionna en bout de table tandis qu'une représentation holographique de Kigoma apparaissait au centre de la table.

— Comme vous le constatez, nous venons de passer à une nouvelle étape de notre émancipation, fit Gerrold.

— C'est-à-dire ? le coupa Drake en jetant des regards interrogatifs à ses acolytes.

— Pendant que tu jouais aux échecs avec Wilson, Gerrold a mené une campagne de diversion en envoyant un vaisseau kamikaze se battre contre des bâtiments de la Fédération, expliqua Isaac, légèrement confus.

Gerrold subvocalisa des ordres et les images du conflit s'affichèrent sur les écrans muraux.

Wilson préféra fermer les yeux et réciter une prière. Ces machines étaient le Mal incarné !

— Je peux continuer ? demanda Gerrold, sarcastique. (Drake hocha la tête et garda pour lui ses injures.) Ainsi, comme le Nouveau Dieu nous l'avait prophétisé, le temps du changement est arrivé. L'humanité a fait son temps, nous devons prendre le pouvoir et établir un nouvel ordre bâti sur une nouvelle race d'hommes.

Wilson comprenait que ces paroles lui étaient destinées en priorité. Toutefois, il ne comprenait rien à ce charabia.

— Que comptes-tu faire exactement ? demanda Isaac.

— Suivre à la lettre les plans du Messie. L'heure de notre revanche a sonné, nous n'avons plus de temps à perdre. La bataille pour notre survie vient de débuter.

Nous aurons besoin de toutes les forces possibles. Je te le demande pour la dernière fois, Isaac : rejoins-nous, et fasse que notre rêve, un monde où la nouvelle humanité sera libre d'exister, advienne.

La nouvelle humanité ! ironisa Wilson en lui-même. C'est ainsi que ces machines s'appellent entre elles ! Abject et répugnant.

La lumière sembla faiblir. Le silence se fit plus pesant. Isaac prit la main de Lucinda dans la sienne, et baissa les yeux. L'enjeu était d'importance. La vie de milliers d'androïdes dépendait de sa réponse. Pouvait-il prendre le risque de ne pas s'allier à Gerrold et être l'objet de représailles si jamais les hommes du Nouveau Dieu l'emportaient ? Mais à l'inverse, si jamais ils perdaient la guerre contre la Fédération, c'était l'oblitération totale de leur espèce. Le premier génocide intégralement réussi.

— Quelle garantie avons-nous ? Tu as gagné une bataille, mais crois-tu vraiment pouvoir gagner la guerre contre une telle puissance ? demanda Drake en venant à l'aide de son chef perdu dans ses tourments.

Gerrold se redressa dans son fauteuil, et lui jeta un regard dédaigneux.

— Tu as toujours été un lâche, Dick. Si tu n'as pas envie de sauver notre race, prends ton vaisseau et fuis le plus loin possible. Je n'ai aucune leçon à recevoir de toi.

Drake rougit et seul un effort surhumain lui permit de ne pas envenimer la situation.

— Assez de querelles ! intervint Lucinda fort à propos. Ne sommes-nous pas plus intelligents qu'eux ?

Gerrold hocha la tête et amorça un sourire.

— Certes. Comme d'habitude tu as raison, Lucinda, fit-il, puis, enfonçant son regard dans celui de Drake, il continua : Homme de peu de foi, n'as-tu donc rien compris ? Le Nouveau Dieu est de notre côté. L'œuvre de son Messie n'est-elle pas une garantie suffisante de son soutien ? demanda-t-il en englobant d'un geste tout le site dans lequel ils se trouvaient.

Wilson, qui n'avait pas compris le quart de ce qui se disait, avait néanmoins choisi son camp.

— Je ne sais qu'elles sont vos Évangiles, mais faire étalage de richesses est à l'opposé de tout message divin. La seule vraie richesse est spirituelle, fit-il en venant à la défense de Drake.

Gerrold émit un petit rire et se pencha, coudes en avant, sur la table.

— Vous avez bien retenu votre enseignement dogmatique. Mais si vous aviez connaissance des choses que je sais, vous ne parleriez pas de façon aussi inconsidérée. Ne soyez pas aussi stupide que ce misérable, fit-il en désignant clairement Drake. Apprenez avant de juger. (Un silence se fit, puis il ajouta :) Et vous allez apprendre. Oui, vous allez apprendre, frère Wilson.

Isaac ne savait que penser. Il n'avait plus de doute sur Gerrold. C'était un fanatique aveuglé par ses croyances. Rien ne pourrait le faire changer d'avis. Il comprenait tous les sous-entendus des paroles de son ancien acolyte : vous êtes avec moi ou contre moi.

— Gerrold, tu ne nous aurais pas conviés ici, si tu n'étais pas certain de pouvoir nous convaincre, alors ne perdons plus de temps, abats ta carte maîtresse, fit Lucinda.

Gerrold passa inconsciemment sa langue sur ses lèvres. Quoi qu'il ait pu croire durant toutes ces années, il était toujours attiré par cette femme. Dommage qu'il y ait eu ce maudit Drake !

— Étonnant comme tu peux lire toutes mes pensées. Peut-être étions-nous faits l'un pour l'autre ?

Lucinda ne put soutenir le regard de Gerrold. Leur histoire appartenait à un passé qu'elle voulait oublier. Il l'avait trahie de la pire façon. Si Isaac l'avait abandonnée pour une raison qu'elle pouvait concevoir, Gerrold restait impardonnable. Mais ce n'était ni le lieu ni le moment pour le lui rappeler.

— Impressionne-moi, et je te promets de me joindre à toi, fit Isaac.

Il savait que, de toute façon, il n'aurait guère le choix. Alors autant sauver les apparences ! Que tout le monde puisse croire qu'ils étaient plutôt des alliés que de vulgaires serviteurs d'une cause à laquelle il ne croyait pas.

— Vous n'allez pas être déçus. Ouvrez bien vos yeux, l'heure de la revanche a sonné.

La salle s'éteignit progressivement. Chacun s'enfonça dans son fauteuil. Gerrold se mit à subvocaliser et quinze représentations holographiques de planètes vinrent se placer tout le long de la table. Sur les écrans muraux, des régions précises de ces mondes s'affichèrent en temps réel.

— Qu'est-ce que c'est ? demanda Wilson.

— Les planètes limites, chuchota Drake, en proie à une peur peu commune.

Il ne savait absolument pas ce qu'avait pu concevoir l'esprit détraqué de Gerrold. Mais il craignait le pire.

— Effectivement, regardez bien les tableaux, ajouta Gerrold en désignant les écrans muraux.

Une forêt du continent Russe sur Atlan. Le désert aride sur Égypte, un champ de blé sur Roma, ou encore une jungle des deux Empires…

Soudain des tremblements, puis des fissures, apparurent à la surface de ces paysages, puis les fractures se transformèrent les unes après les autres en trous béants.

Isaac était hypnotisé. Il ne voulait pas comprendre. Il ne pouvait comprendre.

De chacune des ouvertures surgirent des ogives accolées à un lanceur.

Dans un bruit caractéristique, les missiles s'envolèrent dans le ciel. Tout le monde avait désormais compris.

L'Apocalypse avait commencé.

Croiseur *Bouclier du ciel*

— Général, nous venons de capter un objet non identifié en provenance d'Amérique, fit le sergent Cain.

— Affichage sur écran principal, ordonna le général Sidje.

La forme fuselée d'un missile apparut devant eux. Un engin de près de cinquante mètres de long sur six de diamètre.

— Quelle est sa direction ? demanda Sidje en tentant de garder son calme.

— Notre croiseur.

Tous les soldats présents dans la salle de commandement retinrent leur souffle. Depuis la Bataille de Kigoma, plus personne ne traitait avec condescendance les armes de leur ennemi. L'atmosphère du vaisseau se fit plus pesante. La peur pénétrait le cœur de chacun.

— Armez les lanceurs, et envoyez deux torpilles DT, puis activez le bouclier.

Les soldats en charge de ce poste acquiescèrent de la tête et appliquèrent les ordres. Les missiles surgirent du *Bouclier du ciel* et tous les regards se focalisèrent sur leur avancée.

— Impact dans trente secondes, fit la soldate Pin-Chua.

Sidje fit craquer les unes après les autres les jointures de ses doigts. Les secondes passèrent. Puis…

— Je ne comprends pas, fit le soldat Huysman. Les missiles l'ont raté !

— Lancez-en deux autres ! (Face à la mine déconcertée de ses soldats, il rajouta d'une voix cassante :) C'est un ordre : obéissez !

Il savait que le temps jouait contre eux. Mais que pouvait-il faire de plus ?

Les deux missiles quittèrent à leur tour *Le Bouclier*

du ciel, mais, à l'endroit où devait se trouver leur cible, ils ne rencontrèrent que le vide.

Équipé d'un système de leurre ultraperformant, le missile ennemi continua sa course et, grâce à ses brouilleurs, il pénétra le bouclier de protection du croiseur avant de venir exploser au contact de la coque.

Une déflagration d'une violence inouïe vint briser le croiseur en deux parties.

À quelques centaines de kilomètres de là, le croiseur *Le Sentier de l'espérance* assistait, impuissant, à la destruction de ce vaisseau qui faisait la fierté de l'armée, puis, avant que ses soldats se lamentent sur le sort de leurs camarades, le sergent Cain se fit entendre :

— Je viens de capter un autre missile !

Croiseur *Le Destructeur des ténèbres*

Une sonnerie le tira de son sommeil. Le général Andersen maugréa un juron et se redressa dans sa couchette. Il se mit aussitôt en relation avec son second.

— Que se passe-t-il ?

Le visage décomposé du commandant Okato apparut sur le mémo.

— Général, nous sommes attaqués.

— Quoi ! s'étouffa Andersen, abasourdi.

— Un missile fonce droit sur nous, j'ai ordonné l'envoi d'une dizaine de missiles DT et GT, et activé le bouclier de protection.

— J'arrive tout de suite, fit Andersen.

Mais, au lieu de s'habiller, il resta un instant à regarder le vide spatial à travers le hublot de sa cabine. Au loin, Roma tournait sur elle-même comme elle le faisait depuis des milliards d'années, et comme elle continuerait à le faire une fois l'homme disparu de la surface de l'Univers. À quoi bon tous ces combats ? se hasarda

Andersen en proie à de sombres pensées. Pourquoi dépenser tant de force à se détruire alors que la nature nous réglera un jour ou l'autre notre compte ?

L'esprit confus, il allait se détourner de la vision panoramique de l'espace, quand un scintillement accrocha son regard. Il se colla contre le hublot et eut juste le temps d'esquisser un triste sourire avant qu'un choc le fasse valdinguer contre une des cloisons de la cabine.

Quelques instants plus tard les restes éparpillés du *Destructeur des ténèbres* flottaient dans un étrange ballet chaotique au-dessus de Roma.

Kigoma

Hormis Gerrold qui affichait un sourire amusé, les autres spectateurs de cette boucherie avaient les yeux hagards, incompréhensifs face aux implications d'une telle attaque. Près d'une vingtaine de croiseurs de la Fédération avaient été anéantis en l'espace de quelques secondes.

L'image d'un David contre un Goliath n'était plus de mise. Isaac n'avait jamais soupçonné l'ampleur des moyens dont disposait Gerrold. L'éventualité d'une victoire des androïdes ne lui paraissait plus aussi invraisemblable qu'il l'avait supposé quelques instants auparavant.

— Vous êtes un monstre, fit Wilson révulsé.

Gerrold planta ses yeux dans les siens.

— Tout dépend du point de vue d'où l'on se place. Si l'on considère que l'espèce androïde n'est pas digne d'être qualifiée d'humaine, je ne mérite pas un tel qualificatif. Diriez-vous d'un lion ayant tué un chasseur trop zélé qu'il est un monstre ?

Wilson se sentit devenir rouge de colère.

— Mais vous êtes moins que des animaux ! cracha-t-il. L'animal n'a pas conscience de la souffrance qu'il procure, il…

— Conscience, le coupa Gerrold d'un ton victorieux. Le mot est dit. Nous avons conscience du mal. Nous sommes conscients !

Les autres parties prenantes de cette altercation ne purent qu'approuver par des hochements d'assentiment aux paroles de leur hôte. Wilson se sentit acculé. Ces machines le rendaient fou. La colère lui faisait perdre toute sa verve et son habileté dialectique. Seigneur, ne m'abandonnez pas, pria-t-il.

Les images de la destruction des croiseurs continuaient à se répandre sur les murs qui les entouraient. Sur la table, des taches rouges flottant au-dessus des représentations holographiques des planètes limites indiquaient l'étendue des dégâts.

Gerrold but un verre d'eau et ne put s'empêcher de pousser le moine dans ses derniers retranchements.

— Un homme d'Église comme vous devrait accéder à plus d'humilité. Votre Église a été la cause des plus grands massacres de l'histoire de l'humanité, c'est elle qui a cautionné durant des siècles les régimes les plus autoritaires qui soient.

Wilson redressa la tête. Voilà un débat sur lequel il pouvait rebondir. Dieu ne l'avait pas quitté.

— L'homme est un être imparfait et, comme tel, même les représentants du Seigneur sur Terre ont pu se laisser aller à oublier les principes qu'ils devaient prêcher. Mais, s'il y a eu dans notre Église quelques brebis galeuses, l'immense majorité de ses représentants ont été des êtres d'une profonde humanité, dévoués corps et âme au service du Bien. On ne juge pas une organisation aussi vaste que la nôtre sur les actes de ses éléments indésirables.

— Mais quand ceux-là sont ses plus hauts représentants ? contre-attaqua Gerrold.

— Si vous pensez à certains papes, sachez que notre Église a depuis bien longtemps demandé pardon pour le mal qu'ils avaient pu faire. Si l'amour est notre maison, le pardon est notre porte.

— Comme c'est beau, se moqua l'androïde en jetant un regard vers ses acolytes.

Isaac et Lucinda ne savaient que penser. Ils détestaient Gerrold, mais n'avaient guère plus d'estime pour le moine. Ils préférèrent s'abstenir de tout commentaire.

— Vous ne pouvez pas comprendre, lâcha Wilson, écœuré.

Le visage de Gerrold redevint agressif.

— Si, bien au contraire. Je comprends que, depuis sa création, l'humanité est une aberration de la nature, une expérience calamiteuse menée par un Dieu juvénile et imbu de sa création. De toutes les espèces animales, l'homme est la seule qui s'emploie avec le plus d'excentricités possible à se détruire. À l'inverse des humains, aucun androïde n'a jamais porté la main sur l'un des siens. Si des dissensions existent entre nous, nous préférons toujours le dialogue à la barbarie des instincts humains. (Il se tut un instant, et repartit pour un dernier assaut.) Dieu est mort, frère Wilson. Le Nouveau Dieu l'a remplacé, et son messie est là pour que son règne arrive.

— Si Dieu est mort, pourquoi suis-je toujours en vie ? demanda Wilson qui en avait plus qu'assez de ces folles élucubrations.

Gerrold partit en arrière dans son fauteuil et lui adressa un sourire détendu.

— Excusez-moi, je manque à toutes mes obligations. J'ai oublié de vous informer de la raison de votre présence en ces lieux.

Wilson ne posa pas la question. Même si l'envie de savoir le démangeait fortement, il préférait garder sa dignité, plutôt que de se rabaisser devant cette machine.

Gerrold comprit la résolution du moine et délivra alors son message.

— Frère Wilson, vous êtes l'ultime création du Nouveau Dieu, la clé qui ouvrira la porte de notre émancipation. Vous êtes l'être le plus important de cet Univers. Le pur parmi les purs.

IIe PARTIE

CHAPITRE 13

Terre

Il se tenait prostré. Une douleur terrible lui vrillait les entrailles. Pourtant un sentiment de triomphe l'envahissait. Il avait réussi. Il était vivant.

Des gouttes d'humidité suintaient tout autour de lui. Le froid lui faisait claquer des dents. Un bruit de clé dans la serrure, puis la porte s'ouvrit et la lumière pénétra dans la cave.

— Regarde-le ! Il ne fait plus autant le fier ! s'exclama un de ses geôliers.

Un rire goguenard répondit.

Les deux hommes se rapprochèrent et le forcèrent à se réveiller. Dévêtu, frissonnant de tout son corps, l'homme se laissa faire. Ils le conduisirent hors de la tour et le firent avancer ainsi dénudé dans la cour du château à la vue de tous les domestiques qui vaquaient à leurs occupations. On l'emmena jusqu'aux écuries royales où se trouvait le prince Dénan.

— Qu'on lui recouvre le corps, ordonna le prince, en plantant son regard dans celui de son captif. Alors, avez-vous pris le temps de réfléchir à mes propositions ?

Sans cesser de trembler l'homme ébaucha un sourire

et tendit son poing en avant. Le prince l'interrogea d'un regard mauvais. Puis l'homme ouvrit la main. Un trou béant perçait la paume de part en part. Le prince eut tout juste le temps de pousser un hurlement avant que d'une incantation l'homme lui fasse exploser la tête en morceaux.

Extanza se réveilla en sursaut. Il ouvrit les yeux et regarda tout autour de lui. Il se trouvait toujours au sein du laboratoire. Elliot était assis devant un ordinateur et marmonnait des jurons entre ses dents.

Il se releva et tenta d'oublier ce souvenir d'un autre âge, d'un autre monde. Cela faisait si longtemps qu'il était sur Terre qu'il prenait de plus en plus souvent ces souvenirs fugaces pour de véritables rêves. Pourtant, désormais son passé était en train de le rattraper. Il devait agir vite s'il voulait espérer revenir en état de grâce auprès des siens.

— Où en es-tu ? demanda-t-il en venant s'asseoir à côté du scientifique.

Elliot se retourna et lui jeta un regard mécontent.

— Je suis sur une piste, laissez-moi. Comment voulez-vous que je vous aide si vous me dérangez tout le temps ! grogna-t-il.

Extanza lui sourit et hocha la tête. Il sortit de la salle de laboratoire et alla se restaurer dans le réfectoire commun. Des dizaines d'employés y déjeunaient tranquillement. Ici, à Boston, dans l'état du Massachusetts, le temps était au beau fixe. Elliot posa son plateau-repas sur une table près d'une fenêtre et se mit à contempler le jardin. Le gazon était tondu de près. Une rangée de buis composait la bordure. Un saule pleureur se dressait en son milieu.

— Je peux m'asseoir à vos côtés ? demanda un homme d'une soixantaine d'années.

— Bien entendu, faites donc, répondit Extanza.

Le nouveau venu posa son plateau et s'assit.

— Vous travaillez avec le Dr Elliot, n'est-ce pas ?

Extanza acquiesça de la tête.

— Vous avez vraiment de la chance, c'est un vrai génie. Dommage qu'il ait mis son talent à la solde d'une entreprise purement commerciale, il aurait pu faire un si bon chercheur.

— Oui, sans nul doute, répondit Extanza.

L'homme se servit un verre d'eau et en proposa un à Extanza.

— Excusez-moi, j'ai oublié de me présenter : Michael Delone. Je travaille sur le projet MAGMA, et vous ?

— Denis Boisset, et ma fonction m'interdit de vous dire sur quoi je travaille. C'est un projet très confidentiel.

Extanza sortit de son portefeuille une circulaire du ministère de la Recherche et du Développement. Delone n'osa pas mettre en doute sa parole.

— Rangez-moi ça ! Je ne voulais pas vous importuner.

Extanza pouvait lire comme dans un livre ouvert les pensées de l'homme. Chaque signe démontrait tous ses dires. L'homme cherchait à savoir qui il était et surtout ce qu'il faisait là. Il allait devoir se méfier et se montrer très prudent. Au pis, il devrait l'éliminer.

— Oh ! nous n'avons rien à cacher. C'est juste une histoire de confidentialité, vous savez, s'il n'en tenait qu'à moi, j'autoriserais la plus parfaite circulation des idées. Le progrès de la science devrait être l'unique but de la recherche, fit-il.

— Oui, mais c'est malheureusement une utopie, n'est-ce pas ?

— Effectivement, répondit Extanza.

L'homme hocha la tête et lui adressa un sourire amical. Il enchaîna la conversation sur des sujets plus anodins et Extanza répondit avec un naturel particulièrement convaincant. Mais, sur une autre onde de pensée, il ne pouvait s'empêcher de se méfier de cet individu. Il savait que Dominati était sur ses traces. Se pouvait-il que cet homme soit un de ses agents ?

À la fin du repas, l'homme se leva et le remercia de cette conversation en lui souhaitant de bons résultats pour le « projet confidentiel ». Extanza grava son visage en mémoire et se promit de faire le plus tôt possible une enquête sur cet individu trop aimable pour être bien intentionné.

* * *

La limousine franchit l'immense portail de la propriété privée et avança au ralenti sur le sentier de gravillons qui menait jusqu'à l'imposante bâtisse.

Le soleil était haut dans le ciel de Capuano. Un léger vent soufflait de l'est, apportant avec lui la saveur salée de la mer qui se profilait à l'horizon.

Assise sur la banquette arrière du véhicule, Roseta ne parvenait pas à juguler le flot de ses pensées. Elle qui était experte dans la dissimulation de ses sentiments était en train de perdre tous ses moyens. Qui était ce mystérieux inconnu qui connaissait ses rêves ?

La limousine s'arrêta devant une luxueuse résidence aux proportions parfaites, digne des maisons de maître des temps anciens. Un domestique vint lui ouvrir la portière et lui tendit la main pour l'aider à descendre.

— Si vous voulez bien me suivre, fit l'homme en se dirigeant vers le perron de la maison.

Roseta se recoiffa d'un geste machinal de la main, et lui emboîta le pas. La double porte d'entrée était grande ouverte, révélant un vestibule spacieux, décoré avec une sobriété raffinée.

Ils parvinrent dans un premier salon, puis en traversèrent un deuxième avant d'aboutir dans un troisième ouvert sur une terrasse dont la vue donnait sur la mer.

— Veuillez vous mettre à l'aise. Monsieur ne va pas tarder à arriver, fit le majordome en la laissant seule.

Roseta s'assit dans un des fauteuils de cuir sombre et se pencha vers la table basse pour se servir un verre de Martini. Il fallait qu'elle se calme. Le stress est l'ennemi de la raison. Et Dieu sait qu'elle devait être à son avantage pour tenter de comprendre ce qui se tramait ici.

Elle patienta une dizaine de minutes avant qu'un léger bruit de pas lui fît tourner la tête. Un homme à la beauté irréelle se tenait dans l'encadrement de la baie vitrée. Grand et musclé, avec de longs cheveux regroupés en une queue-de-cheval qui lui retombait sur l'épaule droite.

— Enchanté de vous revoir, mademoiselle Ming, fit Dominati en se rapprochant d'elle.

Un frisson glacial lui traversa tout le corps. Elle reconnaissait cet homme. Jamais elle ne pourrait oublier un tel visage. Angélique et démoniaque à la fois. Un regard malin caché sous des traits innocents.

La gorge sèche, Roseta se leva et lui tendit la main.

— Me ferez-vous l'honneur de vous présenter ? fit-elle, satisfaite d'avoir pu garder son sang froid.

— J'ai eu plusieurs noms, mais celui que je donne à mes proches est Dominati.

— Italien ? demanda-t-elle aussitôt.

L'homme eut l'air de s'interroger avant de répondre.

— Entre autres, fit-il d'un sourire qui révélait une dentition parfaite.

Roseta porta instinctivement sa main à son cou. Un souvenir refoulé essayait de refaire surface. Mais elle ne parvenait pas à le fixer.

Vêtu d'un complet noir, il n'avait plus rien d'une caricature de vampire. Même si son visage était toujours aussi blafard, le léger bouc qui lui encadrait la bouche lui donnait un air en osmose avec son temps. Roseta réussit à reprendre le contrôle de ses émotions et pria pour que ses nerfs ne la lâchent pas.

— D'après ce que la police de Boxtown soupçonne, vous êtes responsable du meurtre des deux agents de police qui étaient chargés de veiller sur moi. Rassurez-moi, vous n'y êtes pour rien, n'est-ce pas ? osa-t-elle demander.

Elle savait qu'elle jouait un jeu dangereux, mais se doutait aussi que l'homme ne désirait pas la voir morte. Il aurait pu l'éliminer bien avant.

L'homme détourna son regard vers la mer et fit quelques pas en direction de la balustrade qu'il empoigna à deux mains.

— À mon grand regret, je dois bien avouer que j'en suis le responsable, fit-il d'une voix rauque.

Puis il se retourna soudainement vers Roseta et lui lança un regard foudroyant.

— Aucune guerre ne peut se gagner sans qu'il y ait des victimes, aussi innocentes soient-elles.

Roseta recula d'un pas.

— Mais de quelle guerre parlez-vous ?

Dominati lui jeta un regard attristé.

— Vous ne savez donc pas, comprit-il. Venez avec moi.

Ils passèrent dans le salon et, après l'avoir invitée à s'asseoir sur un canapé, il alluma l'holovision.

Des images d'horreur s'affichèrent aussitôt. Un journaliste commentait d'un ton livide les derniers événements. La Fédération était attaquée. Des dizaines de croiseurs en orbite autour des planètes limites avaient été anéantis. Les « incidents » s'étaient propagés.

Alors qu'apparaissaient les restes d'un croiseur flottant dans l'espace, Dominati éteignit l'holovision. Le silence se fit.

— La dernière guerre, mademoiselle Ming. Celle qui verra l'avènement d'un monde nouveau. Le retour des oubliés.

— Je ne comprends pas, fit-elle sans chercher à cacher son trouble.

Elle se moquait de son paraître. Les images de la guerre flottaient encore dans son crâne. La guerre !

— Vous comprendrez bien assez tôt. Le monde tel que nous le connaissons depuis des milliers d'années est en train de changer. Des changements aussi importants que la venue des premiers messies.

Roseta posa alors la question qui lui brûlait les lèvres depuis plusieurs jours.

— Qui êtes-vous ?

L'homme darda sur elle un regard hypnotique. Elle avait l'impression qu'il pouvait voir à travers elle, qu'il pouvait lire ses pensées aussi facilement qu'elle le faisait pour lire un texte. La peur s'insinua en elle.

— La plus grande peur de l'humanité. Le cauchemar de votre espèce.

Roseta s'hydrata la bouche d'une lampée de Martini.

— Vous êtes le Diable ? demanda-t-elle.

Ne serait-ce que quelques minutes auparavant, elle se serait sentie éminemment ridicule de poser une telle question. Mais, à présent, toutes ses certitudes étaient en train de tomber.

— Non, mademoiselle Ming. Je serais plutôt l'archange Gabriel.

L'ange qui avait apporté l'Apocalypse avec lui. Celui qui fit comprendre aux hommes que leur fin était venue.

— Vous êtes fou, répliqua-t-elle en retrouvant sa lucidité.

Dominati se mit à rire.

— Mais qui ne l'est pas ?! fit-il en venant s'asseoir à ses côtés.

Roseta ne répondit pas.

— Vous êtes une femme épatante, mademoiselle Ming. Vous ne manquez pas de courage, pour oser me traiter ainsi. (Il fit une pause et reprit :) J'apprécie.

— J'en suis heureuse pour vous, le cingla Roseta qui vous tenait à reprendre l'avantage. Si vous me disiez pourquoi tant de mystère et pourquoi vous désiriez me voir ?

— Oh ! il n'y a là rien de bien mystérieux. La raison en est toute simple, je veux que vous me léguiez la totalité de vos biens.

Un instant Roseta lui lança un regard hébété avant de se mettre à rire. Décidément, cet homme était fou !

— Et vous pensez que je vais accepter sans aucune contrepartie ?

— En effet, j'y ai songé, fit-il avant d'ajouter : Mais cela ne serait pas très cavalier de ma part, à l'égard d'une femme comme vous. Aussi, en échange, je vous propose la chose la plus convoitée par l'humanité : l'immortalité.

Roseta ne rit pas, et ne le dénigra pas non plus. Elle comprenait qu'elle avait affaire à un malade mental de la pire espèce. Si elle tenait à réchapper vivante de ses griffes, il fallait qu'elle l'apprivoise. Et Dieu sait qu'elle aurait besoin de toute sa concentration pour dompter un pareil animal.

CHAPITRE 14

Atlan

Menottes aux mains, assis à l'arrière du fourgon, Guntray regardait, à travers une fenêtre à barreaux, la campagne russe défiler devant lui. Une terre sèche et aride que de pauvres paysans s'épuisaient toutefois à cultiver. Il se renfonça dans la banquette et porta son regard sur l'homme qui dormait en face de lui. Allongé de tout son long, il était vêtu de la même tenue de bagnard qu'il portait lui aussi. De forte corpulence, l'homme devait avoir près d'une cinquantaine d'années. Une épaisse moustache couvrait sa lèvre supérieure. Sa peau ambrée ne laissait aucun doute sur ses origines : il était perse.

— Vous devriez chercher le sommeil, fit ce dernier en ouvrant les yeux.

Le Perse s'exprimait en langue russe, sans aucun accent.

— Je n'y arrive pas. Le matelas n'est guère confortable, répondit Guntray en faisant mine de tâter la banquette de bois.

Tout comme lui, le riche négociant en épices orientales de Mourmansk, Amin Yalmiz, avait été arrêté après l'annonce du conflit entre les royaumes russe et espagnol contre les royaumes français et perse.

— Certes, mais la route est longue jusqu'à Saint-Pétersbourg, fit Yalmiz en se redressant.

— Si nous y arrivons, ajouta Guntray.

C'était au petit matin de son retour que des hommes en armes étaient venus le chercher. Il avait eu beau protester et hurler à l'injustice, rien n'y avait fait. Pas même la véhémente altercation entre Volgod et l'officier de la garnison de Mourmansk. Depuis, Guntray ressassait de sombres pensées, et se prenait à regretter d'être aller chercher l'aventure sur ce monde de barbares.

— Oh ! nous y arriverons. Les Russes sont des gens très expéditifs. S'ils avaient voulu nous tuer, ils n'auraient pas délégué deux soldats pour nous mener jusqu'à la capitale, fit Yalmiz. Nous allons très certainement servir de monnaie d'échange avec de futurs prisonniers russes que nos armées attraperont.

Guntray hocha la tête. Il n'avait pas pensé à cette éventualité. La certitude de mourir sur ce continent glacial s'éloigna quelque peu.

— Oui, il est bon de garder espoir, fit Guntray qui décida de se changer les idées. Pourquoi avez-vous quitté votre Perse natale pour vous installer au bout du monde ? Je ne peux croire que l'attrait de l'argent soit une raison suffisante pour s'enterrer toute sa vie dans une région aussi inhospitalière que celle-ci.

Yalmiz haussa les épaules et sourit.

— Tout est une question de point de vue. Pour rien au monde je ne quitterais la Russie. Si je suis né perse, je n'en suis pas moins devenu russe dans l'esprit. J'aime la culture de ce pays, ses poètes, ses auteurs, et surtout ses femmes, fit-il en s'extasiant. Les femmes perses sont bien plus timorées en ce qui concerne les jeux de l'amour. Comme cela va me manquer !

Guntray sourit et, après un dernier regard sur le crépuscule qui s'annonçait, il s'allongea sur la banquette.

— Bonne nuit, sieur Yalmiz.

Une main vigoureuse le secoua. Guntray ouvrit les yeux. Un soldat au visage ravagé lui faisait face. Le fourgon était arrêté. Les deux prisonniers sortirent et posèrent pied dans la cour d'une des prisons de Saint-Pétersbourg. Le voyage leur avait semblé durer une éternité. Pourtant seulement une quinzaine de jours avaient passé depuis leur départ. On les fit pénétrer dans une des tours, puis on les emmena directement dans un des cachots. Ils furent enchaînés contre un mur, non loin de deux autres prisonniers. Guntray crut qu'ils étaient morts. Mais ils ouvrirent les yeux, les saluant d'un regard moribond. Guntray sentit ses entrailles se nouer. Rien ne l'avait préparé à ça. Toutefois il garda sa dignité et ne se perdit pas dans un cri inutile. À ses côtés, Yalmiz gardait aussi un flegme étonnant.

— Un dicton de chez nous dit : tant qu'il y a de la vie, il y a de l'espoir, fit-il.

Guntray tenta vainement de sourire, mais il ne put qu'esquisser une grimace. La certitude de la fin retrouva le chemin de ses pensées.

On vint le sortir en plein milieu de la nuit. On le fit passer dans une chambre où on le lava, le rasa et l'habilla d'une tenue d'homme civilisé. Une femme lui lava les cheveux et le coiffa. Par simple superstition, il ne posa aucune question. Il craignait d'entendre la réponse. Il savait que certains peuples avaient coutume de prendre soin de ceux qu'ils avaient décidé de sacrifier. On finit par lui donner des chaussures, puis deux gardes l'encadrèrent et le firent sortir de la prison. Il monta dans un fiacre et jeta un regard étonné à ses geôliers. Mais seuls des visages impassibles lui répondirent. Il monta dans le véhicule et s'accola à la fenêtre.

— Ne tente rien. Nous avons ordre de te tuer si tu essayes de t'échapper, fit l'un des gardes en s'asseyant à ses côtés.

Guntray hocha lentement la tête. L'idée lui avait certes traversé l'esprit, mais la raison l'avait vite rattrapé. Où aller ?

La prison se trouvait dans les faubourgs de Saint-Pétersbourg. L'attelage passa une longue avenue, puis pénétra dans la ville séculaire. Guntray en oublia un moment sa situation et profita du spectacle luminescent qui s'offrait à son regard. Si la nuit avait touché le ciel de la Russie, les habitants de Saint-Pétersbourg lui faisaient un pied-de-nez, en éclairant leurs demeures de multiples torches et lampions. Les rues étaient éclairées de loin en loin par des lampadaires à huile. Cela devait coûter une fortune. Mais rien n'était trop beau pour satisfaire les caprices du tsar Alexandrovitch.

La ville était tentaculaire. Ils mirent plusieurs minutes avant d'approcher l'un des palais. Les grandes portes s'ouvrirent et le fiacre pénétra dans une immense cour pavée. D'un grand coup sec sur les rênes, le cocher arrêta son attelage. Les gardes, d'un mouvement de la tête, donnèrent au captif l'autorisation de sortir. Guntray ouvrit la portière et descendit du fiacre. Un courant d'air glacial lui fouetta le visage. Il resserra le col de son manteau autour de son cou et, dans l'attente de nouvelles instructions, examina l'endroit.

Un édifice de taille respectable se dressait devant lui. Bâti sur trois étages, des dizaines de fenêtres délicatement ouvragées perçaient sa façade d'une blancheur éclatante. On pouvait imaginait salons, boudoirs et chambres derrière les rideaux et tentures qui les obstruaient.

Une silhouette en provenance de l'entrée s'avança à

sa rencontre. À sa démarche, Guntray reconnut celle d'une femme. La résignation laissa place à l'expectative. Il reprit de l'assurance et, malgré toutes ses douleurs et courbatures, il parvint à se maintenir droit et à prendre un air sûr de lui. Il put enfin distinguer le visage de cette inconnue. Elle devait avoir environ quarante ans. Un visage aux traits fins gâchés par une petite cicatrice aux commissures des lèvres.

— Vous pouvez nous laisser, fit-elle en s'adressant aux gardes. M. de Martaille ne compte pas nous quitter, ajouta-t-elle à l'adresse de Guntray.

— À l'évidence, il faudrait être fou ou aveugle pour refuser une telle invitation, se hasarda-t-il.

La femme ne sembla pas prendre mal sa réponse, mais elle ne lui donna pas le sourire qu'il espérait.

Les gardes hésitèrent un instant, puis ressortirent de la cour avec le fiacre.

— Veuillez me suivre, nous avons à parler.

Guntray garda ses questions pour lui, et emboîta le pas à la femme qui sans se retourner lui dit :

— Je suis la comtesse Tsila Andropov.

Les souvenirs implantés sur la Russie que Guntray avaient reçus ne lui furent d'aucun secours.

— Enchanté de vous connaître, répondit-il, à court d'inspiration.

— Je ne peux malheureusement pas en dire autant à votre endroit, répliqua-t-elle en montant l'escalier du perron.

Ils franchirent la porte d'entrée, et la douce chaleur des deux cheminées où brûlaient de bons feux l'enveloppa. Guntray ôta sa pelisse qu'il donna à un domestique et suivit la comtesse jusqu'au deuxième étage du palais. Le parquet de marqueterie craquait sous leurs pas. À la lumière des lampes à huile réparties le long du corridor, Guntray suivit son hôtesse jusqu'à un salon typique de la Prusse historique. De somptueux fauteuils entouraient une table basse richement ouvragée. Un homme se tenait assis dans un des fauteuils qui tournaient le dos à l'entrée. Guntray pouvait apercevoir ses avant-bras qui dépassaient des accoudoirs.

— Veuillez prendre place, fit-elle en l'invitant à s'asseoir.

Guntray pénétra dans le salon et passa devant le fauteuil du mystérieux inconnu. Quand il le contourna et découvrit l'homme qui y était installé avec un air de vieux comploteur, Guntray qui s'était promis de ne manifester aucune expression ne put empêcher ses sourcils de se hausser imperceptiblement.

— Assied-toi, fit Marius. Je suis heureux que tu aies pu éviter les pogroms qui ont frappé les communautés françaises installées en Russie. Comme toujours, tu as eu de la chance.

— Beaucoup de chance, ajouta d'un ton sec la comtesse en s'asseyant à son tour.

Elle croisa les jambes et darda sur Guntray un regard sévère. Ce dernier préféra ne pas répondre. Il n'avait aucune idée des mensonges qu'avait dû proférer Marius pour le faire libérer.

— La guerre s'est déclarée dans toute la Fédération, Éric. Le début d'une nouvelle ère va s'ouvrir.

Guntray jeta un regard vers la comtesse puis le détourna sur Marius d'un air interrogatif.

— Ne t'inquiète pas, elle est avec moi. Tu peux avoir confiance.

— Que fais-tu ici ? demanda Guntray.

Marius leva les yeux au ciel.

— Une bêtise : te sauver la peau, fit-il avant de sourire.

Guntray s'enfonça dans son moelleux fauteuil. Il n'arrivait pas à se détendre. Quelque chose clochait. Il devait rester sur ses gardes.

— Comment m'as-tu retrouvé ?

Le silence se fit. La comtesse eut un sourire sarcastique.

— Tu as raison d'être méfiant. Ton père peut être fier de toi, commença Marius avant de s'expliquer : J'ai des réseaux qui n'ont pas tardé à retrouver la trace d'un certain Roland de Martaille. La pêche a été bonne ?

— Plutôt, répondit Guntray en se souvenant de ses journées passées en mer. Tu n'étais pas obligé de venir par toi-même.

— Suspicieux ? ironisa la comtesse.

Guntray se sentit mal à l'aise. Alors qu'il aurait dû se réjouir de retrouver son ancien mentor, il n'arrivait pas à éprouver le profond soulagement qui aurait dû l'envahir.

— Peut-être, fit-il énigmatiquement.

— Tu as grandi, Éric. Et si j'apprécie la personne que tu es devenu, je regrette l'innocence et la naïveté de tes jeunes années, fit Marius en le couvrant d'un regard apaisant.

Un silence de malaise planait. Guntray sentit des gouttes de sueur se former le long de son échine. Il se pencha en avant et décida d'accélérer les événements.

— Quand rentrons-nous sur Bavière ? demanda-t-il.

La comtesse éclata de rire. Marius la fit taire d'un regard appuyé.

— Nous ne partons pas. J'ai, ou plutôt, se reprit-il, nous avons une mission à accomplir avant cela.

— Qui est… ?

— La plus noble des missions : le sauvetage d'une jeune et jolie jeune fille. Et si j'en crois tes états de service, tu es l'homme de la situation, plaisanta Marius.

La silhouette de Roseta ainsi que son doux visage imprégnèrent subitement les pensées de Guntray. Comme cela lui semblait désespérément loin !

— Est-ce que je peux en savoir plus ? demanda-t-il.

— Oui, répondit Marius avant d'ajouter : Mais nous

avons tout le temps pour cela. Fêtons d'abord dignement nos retrouvailles autour d'un bon repas. Les prisons russes ne sont guère réputées pour leur cuisine !

Guntray se força à sourire. Il ne reconnaissait pas l'homme qu'il avait toujours connu. Il semblait beaucoup plus sûr de lui. Plus fort. Qui était-il vraiment ? Pour qui travaillait-il ?

— Est-ce que je pourrais avoir juste une réponse ?

Marius sollicita du regard le consentement de la comtesse qui le lui donna d'un geste de la main.

— Dis toujours, répondit Marius en se levant de son fauteuil.

— Quel est son nom ?

Marius sourit, se rapprocha de Guntray et le lui souffla à l'oreille.

CHAPITRE 15

Bavière

Le pire avait été évité. Grâce à de constants messages holovisés, et aux interventions répétées et dédramatisantes de nombreux intervenants, les populations de la Fédération avaient gardé leur calme et leur confiance dans leurs forces et dans leur capacité à répondre.

Affalés dans des fauteuils du bureau du ministre de l'Extérieur, William Mashall et trois autres conseillers du président Chandra s'évertuaient à se remémorer les bonnes vieilles méthodes de la propagande étatique. Usant d'une loi liberticide inscrite dans un vieux texte en annexe à la constitution de la Fédération, le gouvernement pouvait restreindre la liberté médiatique en imposant un contrôle quasi total sur les plus grands réseaux de la galaxie. S'ils ne pouvaient contrôler tous les réseaux parallèles, ils avaient néanmoins atteint leur but : calmer la majorité qui ne demandait qu'à être rassurée.

À quelques mètres de là, dans une salle située au deuxième étage, l'état-major de la Fédération tenait conseil.

— Nous devons tout reprendre à zéro, fit le général Van Cheu. Analyser un à un tous les éléments que nous avons à notre disposition.

À la lumière d'un lustre placé au-dessus d'une table ovale, six des plus importantes personnalités se devaient de trouver une solution à la crise majeure dans laquelle ils se trouvaient embourbés.

— Des robots ! grogna Chandra pour la énième fois.

Les images en provenance du transporteur, détruit en orbite autour de Roma, avaient frappé tous les esprits.

— Des vaisseaux, ajouta Diouf, le ministre de l'Intérieur.

— Et un réseau particulièrement performant, infiltré sur toutes les planètes limites et capables de mener des opérations de grande envergure avec une efficacité redoutable. De grands professionnels, intervint Muoi.

— Une avance technologique évidente.

— Ils sont prêts à tout.

Personne ne trouva rien d'autre à ajouter. Chandra sortit un cigare et l'alluma rageusement.

— Qu'est-ce que vous voulez que l'on fasse avec ça ! pesta-t-il avant de tirer sur son cigare.

Nouveau silence. Muoi se recadra dans son fauteuil. Marshall lui avait soufflé une proposition. Aussi aberrante puisse-t-elle paraître, elle ne l'était pas plus que la situation réelle. Il décida de se jeter à l'eau.

— Peut-être serait-il temps de vérifier une vieille légende qui court dans nos services, fit-il en prenant soin de choisir ses mots.

Tous les regards se tournèrent vers lui.

— Soyez plus explicite, fit le général Hsieng.

— Eh bien, peut-être faudrait-il aller jeter un œil sur Libertad et Brazzaville et vérifier si des laboratoires de régénérescence d'androïdes ne seraient pas encore en fonction.

Un silence pesant envahit la salle. Le ventilateur qui

ronronnait au-dessus de leurs têtes fut le seul à continuer d'émettre un son.

— C'est une plaisanterie, se moqua Chandra. Cela fait des siècles que le dernier androïde a été exterminé. La panique vous fait délirer !

La colère monta aux joues de Muoi qui rougirent aussitôt. Mais, avant qu'il puisse lancer une repartie cinglante, le général Mallory, chef des services des Renseignements généraux, vint à son aide :

— Il y a de cela quelques années, un de nos agents avait remis un rapport dans cette direction. Rien de concret, juste des suppositions. Peut-être serait-il bon d'écouter ce qu'il a à dire ?

— Eh bien, ne perdons pas de temps, fit Yhombi Fonte, le président du sénat. Contactez votre homme et donnez-lui les moyens de prouver ses dires.

Cinq intervenants hochèrent la tête, sauf Chandra qui haussa les épaules en signe de résignation.

Ils passèrent ensuite en revue le détail des opérations militaires en cours. Des unités d'élite avaient eu pour ordre de se rendre sur les planètes limites et d'investir les bâtiments d'où étaient partis des tirs qui avaient pulvérisé une cinquantaine de croiseurs spatiaux. L'heure de l'affrontement direct avait sonné.

Kigoma

Aux commandes d'une navette de transport de troupes d'une capacité de trente personnes, le capitaine Boxoen avait du mal à réfléchir. Tous ces événements le dépassaient. Il n'y comprenait rien. Les Kigomais se refusaient à parler, malgré l'usage de la torture. Les seules explications qui leur furent livrées furent cette sempiternelle référence à des démons !

La jungle s'étalait au-dessous de lui. Le vaisseau

filait à près de deux machs, et fonçait droit en direction du mont Imbala. Le soleil déclinait à l'horizon.

— Sergent, allumez-moi une cigarette, fit-il sans lâcher les commandes.

Le sergent Landrop s'exécuta et la lui cala entre les lèvres.

— Vous pensez qu'on a une chance de s'en sortir ? demanda-t-il en même temps.

Boxoen pouvait sentir toute la tension qui unifiait son équipe. Des hommes valeureux et déterminés. Fixant l'horizon, il répondit :

— Non, j'espère juste avoir des réponses.

Il avait choisi ces hommes sur le principe du volontariat. Chacun savait qu'il allait se jeter dans la gueule du loup. Et si le prix du sang était le prix à payer pour la victoire de la Fédération, alors ils payeraient, quels que soient leurs doutes et leur craintes intérieures.

— On va leur en faire baver, capitaine, fit Landrop.

— Oui, je vous le promets. Ils se souviendront de nous, compléta Boxoen, un sourire carnassier au coin des lèvres.

Il inhala une bouffée de fumée et, alors qu'il allait la recracher, son radar lui indiqua un vaisseau non identifié qui volait à près de cent kilomètres de leur direction.

Le temps de la confrontation était venu. Il avertit tous ses soldats de l'arrivée du nouveau venu et se prépara au combat. Quand l'engin ne fut plus qu'à vingt kilomètres de leur position, Boxoen envoya un missile à guidage vibratoire. Sans intérêt apparent, ce principe de guidage n'avait jamais encore été mis en service. Mais, après la déconvenue de la première attaque et l'inefficacité de leur armement, le besoin d'une solution de rechange avait fait rouvrir tous les anciens dossiers dormant dans les tiroirs des services de développement militaire situés aux quatre coins de la Fédération.

— Impact dans trente secondes, fit la soldate Johnson.

La sueur dégoulinait sur son front. Malgré leur foi dans leur engagement, la peur ne pouvait être totalement éradiquée de leur esprit.

Boxoen retint son souffle, puis ce fut l'explosion. La cible avait été atteinte. Des hurlements de joie résonnèrent dans tout l'habitacle. La Fédération venait enfin de marquer un point. La contre-attaque s'annonçait sous de meilleurs auspices.

C'est l'esprit euphorique qu'ils parcoururent les derniers kilomètres jusqu'au mont Imbala qui s'élevait fièrement au milieu de la jungle kigomaise. Au-dessous d'eux le spectacle de la désolation pouvait se lire dans les ravages causés par la destruction des trois navettes qui les avaient précédés au cours de la première inspection. Si l'humidité de la jungle avait éteint les flammes, de la fumée s'élevait encore en de nombreux points où les vaisseaux s'étaient écrasés après avoir été touchés par des bombes à plasma.

— Attention ! nous sommes attaqués ! s'alarma le sergent Landrop.

Deux missiles venaient dans leur direction. Boxoen répliqua aussitôt par l'envoi de deux missiles équipés du nouveau modèle de guidage et une fois de plus ils firent mouche. De nouveaux hurlements de joie saisirent tout l'équipage.

Gardant son sang-froid, Boxoen dirigea son vaisseau vers une zone déboisée par les grands feux qui y avaient sévi quelques heures plus tôt.

Après un dernier rapport à son autorité, il quitta avec l'ensemble de ses soldats les soutes du vaisseau et retrouva le sol encore brûlant de la jungle kigomaise. Ils avaient pour ordre d'attendre des renforts et de commencer à prospecter les alentours.

Le mont Imbala se dressait à près de deux kilomètres de leur position. Déchirure grandiose dans le sol, il s'élevait à près de mille quatre cents mètres, avec une base de près de cinq kilomètres.

Une demi-heure plus tard, dix autres vaisseaux de taille bien plus impressionnante apparurent dans le ciel. Tous les soldats au sol furent émerveillés par la beauté de ce spectacle d'une armée en campagne. Des centaines d'hommes et de femmes sautèrent en parachute pour rejoindre, sains et saufs, Boxoen et son équipe.

— Général, qu'est-ce que vous faites là ? s'étonna Boxoen en reconnaissant la silhouette qui se rapprochait de lui.

— Mon devoir, capitaine, répondit Fousteau le plus naturellement du monde.

Il sortit une casquette d'une des poches de sa jaquette et la posa sur sa tête.

— Nous devons reprendre l'avantage. Ne pas leur laisser le temps de préparer une réplique.

C'était le général Hsieng qui avait proposé la théorie la plus pertinente. Toute organisation terroriste qui avait marqué l'histoire de l'humanité, par manque de moyens et d'organisation militaire de grande envergure dus à leur clandestinité, avait tendance à agir par coup d'éclat mais ne pouvait mener de véritables combats sur le long terme. Se fiant à un ancien ouvrage sur la question, il avait convaincu Chandra et le gouvernement d'agir dans l'immédiateté. « Ils nous croient faibles, incapables de nous battre avec les armes qui sont les leurs, de réagir dans l'instant, ne leur laissons pas le choix de l'initiative », avait-il expliqué au cours d'un réunion quelques heures auparavant.

— Alors ne perdons pas une seconde et allons-y, fit Boxoen qui se retourna vers son équipe.

Ils s'approchaient de plus en plus des premiers abords du mont, retrouvant la végétation luxuriante de la jungle. Ils marchaient en formation éloignée, d'un pas ferme et décidé. Oubliant toute idée de défaite, chaque soldat se tenait prêt à tirer dès que l'ennemi se montrerait. Ils avaient pour ordre de ne prendre aucun risque. Ils devaient gagner de façon magistrale et totale.

Soudain des bruits de course leur parvinrent. Des gens couraient vers eux.

— En position de tir, hurla Fousteau par son micro à tous les capitaines qui relayèrent l'information à leur unité.

Quatre cents soldats se mirent en ligne et braquèrent leur fusil devant eux, prêts à faire feu. Mille autres se tenaient derrière cette rangée, attendant d'intervenir à leur tour. Soudain des êtres à l'aspect cauchemardesque surgirent devant leurs regards éberlués et se ruèrent sur eux. Les crépitements des fusils HK résonnèrent dans toute la vallée. Et si certains agresseurs se retrouvèrent à terre, nombreux furent ceux qui survécurent à cette première salve.

Les cyborgs foncèrent dans les rangs de soldats, usant seulement de leurs poings et de leurs pieds pour se battre. Mastodontes de métal, ils laminaient les uns après les autres les soldats qui se trouvaient sur leur passage.

Fousteau était stupéfait. Il fallait éviter la déroute générale. Resserrer les rangs et garder son sang-froid. Il hurla à ses capitaines toute une série d'ordres et, heureusement, très vite la panique qui les avait saisis en premier lieu se dissipa. Un début de réorganisation se mit en place.

— Formation groupée ! hurla Boxoen aux soldats les plus proches de lui.

L'enfer venait de s'abattre sur eux. Ainsi les démons existaient bien, se dit-il. Des êtres maléfiques issus d'une science proscrite depuis des générations. Des robots de métal sans cœur et sans âme, guidés par une folie froide et destructrice née de leur programme algorithmique.

Devant ses yeux un des cyborgs décapita du tranchant de la main une soldate qui était en train de décharger dans ses entrailles une giclée de plasma. Boxoen jura et envoya une grenade neutronique sur le cyborg qui explosa en morceaux.

— Capitaine, nous ne pourrons pas tenir longtemps. Il faut nous replier, le supplia un soldat près de lui.

— Taisez-vous, et maintenez votre position ! C'est un ordre ! l'incendia Boxoen.

L'homme lui jeta un regard désabusé, et se retourna pour faire face à l'ennemi.

Des hurlements de terreur, mais aussi des cris guerriers, faisaient écho aux crépitements des tirs.

Isolé des autres soldats, le sergent Landrop fonçait à travers la jungle sans cesser de tirer de tous les côtés. Il se savait perdu, mais ne voulait penser à son destin inéluctable. Un cyborg vint se placer devant lui. D'une décharge maximale il réussit à le faire tomber, et se remit à courir. Il jeta un regard derrière lui, et en aperçut deux autres qui l'avaient pris en chasse.

— Font chier, grogna-t-il entre ses dents.

Il se retourna et appuya sur la détente de son fusil HK. Malheureusement les batteries étaient vides. Il sortit deux grenades de ses poches, mais, le temps qu'il les prenne bien en main, les cyborgs étaient sur lui.

— Allez vous faire foutre ! hurla-t-il en en dégoupillant une.

Les cyborgs s'entre-regardèrent, puis l'explosion survint, déchirant en lambeaux le corps de Landrop et causant quelques dommages aux cyborgs qui étaient près de lui.

La caporale Siva était à terre, la jambe broyée par une décharge de plasma. Un tir perdu dans l'affolement général. Incapable de bouger, elle n'avait d'autre solution que d'attendre du renfort. Les combats s'étaient déplacés, et elle se retrouvait seule dans cette partie de la jungle. Elle jetait de nombreux regards terrifiés aux alentours, mais il semblait bien qu'aucun agresseur ne fût en vue. Peut-être avait-elle une chance de s'en sortir. Elle s'allongea de tout son long et ferma les yeux, essayant de canaliser la douleur qui lui irradiait la jambe.

— Ne vous inquiétez pas, je suis là, fit une voix douce et chaleureuse.

Siva tenta de sourire et rouvrit les yeux. Elle ne put retenir un cri de terreur. Cette voix provenait du monstre de métal. Elle tenta de fuir en rampant sur ses bras, mais la douleur était trop forte. Elle dut s'arrêter. Le cyborg, d'un pas tranquille, se rapprocha d'elle.

— Tu vas mourir, petit soldat, fit-il d'une voix aux caractéristiques humaines.

Un frisson glacé lui traversa le corps.

— Je vous en supplie, laissez-moi ! cria-t-elle.

Un rire d'outre-tombe sortit de la carcasse de métal.

— Comme c'est touchant, fit le cyborg.

Il se pencha vers Siva, puis lui prit délicatement la tête dans sa main géante et la lui broya d'une pression continue et régulière.

À quelques dizaines de mètres de là, Boxoen ne put qu'entendre un cri de souffrance désespéré.

— Restez groupés ! hurlait-il sans cesser de tirer sur tout ce qui bougeait.

Ils semblaient avoir repris le contrôle des événements. Les cyborgs s'étaient retirés et ne s'en prenaient qu'aux pauvres soldats esseulés.

Tous les survivants de ce premier assaut se tenaient en formation serrée, dessinant un large cercle dans cette jungle inhospitalière. Près de cinq cents des leurs étaient morts, deux cents étaient blessés. Ils n'étaient plus que huit cents à se tenir debout au centre de ce cercle de combat.

— Il nous faut tenir le plus longtemps possible, fit Fousteau par liaison intercom à ses capitaines.

Il venait de recevoir un ordre. Peut-être avaient-ils une chance de survivre.

Quand les derniers soldats perdus furent tués, la centaine de cyborgs encore en activité retournèrent vers le cercle de survivants. Mécaniquement, ils avançaient d'un pas lent et mesuré. Puis ils s'arrêtèrent à une centaine de mètres des premiers hommes. Ils levèrent leurs poings d'acier et firent feu. Une centaine de poings surgit de la jungle et fonça sur la masse compacte de soldats. De nombreuses têtes volèrent en éclats, des poitrines furent perforées, des jambes brisées.

— Tirez, bon sang, tirez ! hurlait Boxoen à ses soldats les plus proches.

Il venait d'échapper à la mort à un centimètre près. Il avait senti le souffle d'un poing frôlant son oreille pour venir s'encastrer dans la soldate, juste derrière lui.

Les cyborgs se mirent à courir, espérant semer la panique.

Mais, alors qu'ils étaient presque sur eux, le vrombissement d'un vaisseau se fit entendre au-dessus de la jungle. Une bombe fut lâchée. Fousteau pria pour que cela fonctionne. Puis l'explosion incendia le ciel. Et, instantanément, toutes les armes cessèrent de faire feu.

Sur l'instant une peur primale s'empara des soldats. Mais, très vite, ils comprirent ce qui s'était passé. Tous les cyborgs étaient immobilisés dans un dernier mouvement. Une bombe à brouillage énergétique, comprit Boxoen qui partit d'un rire qui lui permit d'évacuer tous le stress emmagasiné depuis le début des combats. Son rire se répercuta parmi les quelques soldats survivants et Fousteau dut donner de la voix pour parvenir à calmer leurs ardeurs.

Les combats n'étaient aucunement terminés. Qui savait quelles autres armes possédaient leurs agresseurs ? Fousteau se rapprocha d'un des cyborgs allongés sur le sol. Il mit un genou à terre et fut horrifié quand il comprit à quoi il avait à faire.

— Qu'est-ce que c'est que ça ? fit un soldat tout près

de lui en désignant les morceaux de cervelle éparpillés près de la tête découpée d'un mastodonte.

— Ce sont des cyborgs, fit-il, effaré.

Devant les regards interrogatifs des soldats qui se massaient près de lui, il prit le parti de leur faire une leçon de robotique.

— Il existe trois formes de mécanique à visage humain. Les robots : êtres composés uniquement de métal, que cela soit leur corps ou leur cerveau. Puis les androïdes qui sont des êtres faits de chair, mais dont le cerveau humain a été remplacé par un cerveau artificiel créé à base de composants électroniques. Enfin les cyborgs qui sont tout l'inverse des androïdes : des êtres de métal dont le cerveau est celui d'un humain.

— Quel homme pourrait accepter d'être transplanté dans un corps de métal ? demanda une voix derrière lui.

Fousteau haussa les épaules.

— Peut-être n'ont-ils pas eu le choix, intervint Boxoen songeur.

À l'autre bout de la planète, un être se releva. Il n'entendait rien. Un seul de ses yeux fonctionnait encore. Il essaya de se lever et y parvint péniblement. Une de ses jambes était restée bloquée en position droite. Il porta son regard sur son bras gauche qui n'était retenu à son corps que par quelques filaments et, de sa main valide, le désolidarisa du reste de sa carcasse. Derrière lui se trouvait une partie du transporteur. Il tourna la tête et regarda le paysage qui l'entourait. Partout le désert. Une multitude de dunes se succédaient à l'infini, telle une vague de sable arrêtée en pleine course. Le soleil était haut dans le ciel.

Il tenta de se situer mais, ne disposant d'aucun élément concret, il abandonna cette idée. À tout hasard, il décida de partir vers le nord. La plupart de ses capteurs sensoriels étaient en dysfonction. Ce n'est que grâce à la maîtrise parfaite de ses mouvements qu'il parvenait à garder l'équilibre. Concentré sur chacun de ses pas, il évitait ainsi de penser, de chercher à comprendre les images étranges et incongrues qui flottaient à la lisière de sa conscience. Un enfant en train de nager dans une mer éclairée par deux soleils. Le visage d'un adolescent au regard fier qui venait d'apprendre la mort de sa mère. La chute au fond d'un ravin de ce jeune garçon devenu homme…

Clint balaya ces images et se concentra sur sa marche, rien que sa marche. Une seule pensée restait en suspens dans son esprit : j'aurais dû être mort !

CHAPITRE 16

Tropical

L'agent spécial fédéral Jane Karin prit une profonde inspiration, et pénétra dans le bordel. Des effluves d'encens et des relents d'alcool agressèrent aussitôt ses narines. Vêtue d'un tailleur strict, elle détonnait complètement dans cet univers de débauche et de luxure. Deux camés se tenaient avachis dans des fauteuils en bambous.

— Gade' c'te pute ! fit l'un d'eux en ébauchant un sourire édenté.

Karin lui jeta un regard mauvais.

— T'es pas près de la baiser ! se moqua le second camé.

Une musique d'opérette s'échappait d'un haut-parleur posé sur le comptoir de l'hôtel de passe. Karin s'avança à la rencontre du tenancier. Un vieil homme maigrichon, à la chevelure clairsemée qui tombait en longues anglaises le long de ses joues creuses.

— Qu'est-ce que je peux pour vous ? lui demanda-t-il, son regard retrouvant une jeunesse qu'il savait à jamais perdue.

Karin extirpa une photo de l'intérieur de sa veste.

— Je cherche cet homme. Il paraît que c'est un habitué, fit-elle d'une voix claire avec une pointe d'autorité.

Le vieil homme prit la photo d'une main et, de l'autre, commença à se gratter le front.

— Connais pas, fit-il au bout de longues secondes en reposant la photo sur le comptoir.

Des cris orgasmiques se firent entendre au-dessus d'eux. Karin réprima un frisson de dégoût. Il fallait qu'elle garde son calme. Elle sortit de sa poche une liasse de cinq cents coupons et les mit dans la main du tenancier.

— Ah ! si, je crois me souvenir maintenant. Mais vous venez de le rater, ma p'tite dame. Il est parti ce matin même à la chasse au wurtz.

Karin hocha gravement la tête.

— Où est-ce que je pourrais trouver un guide ?

— Un guide ? répéta le vieil homme avant de se mettre à rire. Personne n'est assez fou pour s'enfoncer dans le moyeu profond !

Karin esquissa un sourire qu'elle transforma subitement en une attitude glaciale.

— Où se trouve le moyeu profond ?

Les deux camés arrêtèrent de marmonner des insanités, le tenancier cessa de rire. Seul le chant d'un ténor d'opérette continuait à résonner dans l'espace.

— Au sol, mais je serais à votre place, je l'attendrais bien tranquillement ici, fit le vieil homme.

Karin jeta un regard à droite puis à gauche.

— Mais vous n'êtes pas à ma place, fit-elle en lui envoyant un clin d'œil incisif.

Le vieil homme haussa les épaules. Les deux camés s'entre-regardèrent et explosèrent de rire. Karin les ignora et ressortit du bordel pour se retrouver sur la passerelle centrale. Elle alla se poster près de la rambarde et fouilla du regard la cime des gigantesques baobabs qui donnaient l'impression d'un tapis verdâtre ondulant au gré du vent. La chaleur de la journée s'était apaisée. À cette heure crépusculaire, l'air s'était radouci et la sensation d'étouffement qui l'avait surprise à la descente de la navette était à présent oubliée.

Durant son trajet pour Siban, petite ville oubliée de Tropical, elle avait consulté tous les fichiers et notes possibles sur cette planète, composée de trois continents situés en majeure partie autour de l'équateur. Le climat de Tropical était fidèle à son nom. Destination privilégiée des touristes moyens de la Fédération, les autochtones avaient su tirer profit de ses magnifiques plages de sable fin et de la faune maritime particulièrement abondante, pour construire une société bâtie sur le tourisme. Mais, comme dans toute structure de ce type, certains individus refusaient de se prêter au jeu. Ils avaient colonisé les terres inhospitalières du plus petit continent de la planète, et fondé de véritables villages au sommet des jungles impropres à la vie humaine.

Hauts de près de trois cents mètres et larges de dix à trente mètres pour certains, les baobabs formaient une forêt impénétrable sur plusieurs hectares. De nombreux scientifiques n'avaient pu se résoudre à croire en leur existence qu'une fois arrivés sur les lieux. Les villages, construits en bois, étaient un amoncellement de plates-formes et de ponts reliés entre eux plutôt qu'un véritable centre de vie. Les gens vivaient de divers trafics, essentiellement illicites. Commerce du sexe, drogues et recels en tout genre...

Karin préféra oublier ces travers et se concentra sur sa mission : retrouver Carlos Corazon. De prime abord surprise, puis dépitée, d'une telle affectation, elle avait néanmoins accepté la proposition de Li Lien, le directeur du Bureau. Corazon était connu dans les services pour ses diverses folies paranoïaque et fantasmagorique. Après une dernière mission sur Félanor, il s'était retiré du Bureau, et avait disparu sans laisser d'adresse.

Là où des dizaines d'agents n'avaient pas réussi à

dénicher le moindre indice quant au lieu de sa retraite, il avait fallu moins de deux jours d'investigation non-stop à l'agent Karin pour retrouver sa trace.

Désormais si proche du but, elle ne comptait pas le laisser filer, et peu importaient les risques qu'il y avait à pénétrer dans le moyeu profond. Elle jeta un dernier regard sur le ciel et décida de ne pas perdre un instant. La nuit tombait. Il était temps de descendre. Elle dévala plusieurs passerelles, passa devant de nombreuses habitations accolées à des troncs indestructibles, puis descendit deux à trois niveaux de cette ville bâtie dans les airs, pour se retrouver devant le funiculaire qui menait au sol. Un employé était nonchalamment assis par terre, en train de fumer une cigarette. Il souleva une paupière, pour la refermer aussitôt.

— C'est fermé, revenez demain, lança-t-il.

Karin l'enjamba, monta dans le funiculaire et referma la glissière devant elle.

— Hé, qu'est-ce que vous foutez ! jacassa l'homme en se levant. Faut pas descendre !

Karin lui jeta un regard faussement désolé, et sortit une liasse de billets qu'elle lui glissa à travers les barreaux de la glissière.

— Je suis attendue, soyez gentil.

L'homme sembla hésiter, mais n'osa pas prendre le risque de tout perdre. Il enclencha la descente. Karin activa son mémo et, après avoir tâtonné quelques instants, un plan du niveau au sol s'afficha. Elle jugea sa position et étudia le parcours pour rejoindre la zone du moyeu profond. *A priori* rien de bien difficile. Elle remit le mémo dans la poche intérieure de sa veste, puis sortit de son sac une torche.

Plus le funiculaire s'enfonçait sous la voûte des arbres, plus la nuit semblait impénétrable. Hormis la lumière de l'ampoule qui pendait au-dessus de sa tête, rien n'éclairait les alentours. Issu d'une technologie primaire, le funiculaire mit près de cinq minutes pour descendre les quatre cents mètres et enfin toucher terre. Karin ouvrit la glissière et posa le pied sur l'humus qui tapissait le sol. À l'inverse des hauteurs, à ce niveau la chaleur était totalement absente. Le froid régnait sur cette forêt de troncs gigantesques qui formaient l'unique décor. La torche à la main, Karin avançait dans la direction du moyeu profond. Une main sur la hanche, prête à dégainer si besoin était, elle prenait garde au moindre bruit.

Au bout de quatre kilomètres de marche, elle commença à douter de la pertinence de son action. Peut-être aurait-elle mieux fait d'attendre le retour de Corazon. Mais elle se rappela alors les ordres de son supérieur : « Nous n'avons pas une seule seconde à perdre, il se pourrait que Corazon soit notre meilleure chance. » Malgré tout, elle ne voyait pas vraiment comment elle allait le retrouver dans cet entrelacs de troncs ! Des animaux noctambules s'envoyaient leurs cris de reconnaissance. Rien de bien inquiétant. Karin parvint enfin à la lisère du moyeu profond et comprit pourquoi personne ne s'était risqué à venir avec elle. À partir de là, le climat changeait complètement. Une brume de plus en plus épaisse imprégnait l'endroit. Le sol devenait bourbeux. Un véritable marécage démarrait ici. Elle sortit son mémo et activa la fonction thermique. Plusieurs points s'allumèrent. Il y avait de la vie dans le coin. Sûrement son homme, mais aussi des animaux d'une tout autre carrure que ceux qui avaient fui à son passage. Des wurtz ? Le tenancier du bordel lui avait dit que Corazon était parti à la chasse de cet animal. Karin chercha dans la mémoire de son appareil une image du prédateur. Elle fut horrifiée quand sa recherche aboutit : il s'agissait d'un animal de la race des félins, avec de longues dents de sabre qui pouvaient réduire en charpie n'importe quel être vivant sur cette planète.

Karin éteignit son mémo et, tout en serrant sa torche

d'une main, de l'autre elle sortit son pistolet qu'elle régla sur l'intensité maximale. Elle s'arma de courage et pénétra dans le marécage. L'humidité glacée s'enfonçait dans sa chair. De la buée s'échappait de sa bouche à chaque expiration.

Elle prit le seul chemin qui semblait praticable, en espérant que Corazon avait été assez prudent pour ne pas avoir tenté une traversée en dehors des sentiers battus. Ignorant le froid, pour ne penser à rien d'autre qu'à sa proie, elle avançait toujours davantage dans le moyeu profond, ce marécage sauvage et primaire.

Elle passait un petit monticule quand elle entendit un léger bruit régulier qui s'insinuait dans sa tête. Elle se figea, bien décidée à découvrir la source de cette nuisance sonore : elle claquait des dents !

Mais quelle idée elle avait eue ! Elle se sentait découragée. Elle n'avait aucune chance de retrouver Corazon dans cet univers hostile et insondable. Elle poussa un soupir dépité et remit son pistolet dans son étui. Il était temps qu'elle fasse demi-tour.

Elle allait rebrousser chemin, quand, soudain, le tranchant d'une lame se posa sur son cou.

— Un seul geste, un seul mouvement et vous êtes mort, fit une voix derrière elle.

Karin pouvait sentir la présence dans son dos. L'haleine de l'homme qui lui réchauffait la nuque. Elle sentit une main lui saisir sa lampe. Elle ne chercha pas à résister.

— Corazon ? demanda-t-elle en espérant ne pas se tromper.

La lame du couteau se fit plus pressante sur sa trachée. Karin ne put s'empêcher de déglutir avec difficulté.

— Que lui voulez-vous ?

Le temps s'arrêta. Elle devait s'employer à ne pas irriter son agresseur. Une mauvaise réponse pouvait entraîner sa mort immédiate.

— J'ai besoin de lui, fit-elle.

L'homme sembla hésiter quelques instants, puis, délicatement, retira la lame. Karin n'essaya aucunement de prendre l'avantage. Si l'homme avait pu la surprendre une fois, elle ne voulait pas tenter le diable, au risque de tout perdre.

— Qui êtes-vous ? demanda-t-il.

Karin se retourna et tomba sur un visage peinturluré de vert. L'homme braquait la lampe sur elle. Elle avait du mal à le voir. Tout ce qu'elle put distinguer, ce fut une casquette et une combinaison de camouflage, idéales pour passer inaperçu dans ces lieux hostiles.

— Je m'appelle Jane Karin. Je travaille pour la Fédération. Nous avons besoin de son aide.

Un nouveau silence s'installa. Mais, cette fois-ci, Karin ne ressentit aucune peur. La voix fortement virile de l'homme la rassurait pour elle ne savait quelle raison.

— Qu'est-ce qui vous fait penser qu'il pourrait vous aider ? demanda enfin l'homme.

Karin ignora ses doutes et répondit franchement.

— Nous avons besoin de ses compétences en certaines matières, et en particulier de ses connaissances du mythe des androïdes.

— Ce n'est pas un mythe, mademoiselle Karin. Mais à quoi bon discuter ? Je n'ai plus rien à faire avec le Bureau. Je veux juste qu'on me foute la paix, fit Corazon.

Karin s'aperçut qu'elle avait réveillé une vieille blessure. Elle lorgna du coin de l'œil la main qui tenait le couteau. Corazon eut un sourire mauvais.

— Vous avez peur, agent Karin ? Vous craignez pour votre vie ?

— Non, fit-elle.

Mais alors qu'elle répondait à sa question Corazon lui sauta dessus et la renversa en arrière, lui arrachant son pistolet d'un geste vif. Karin sentit plus qu'elle ne vit une ombre gigantesque passer au-dessus d'elle. Corazon roula sur lui-même et tira sur le wurtz qui se préparait à bondir à nouveau. Touché en pleine poitrine, l'animal poussa un gémissement de douleur et s'écroula de tout son poids sur le sol. Corazon se releva et s'approcha de l'animal. La bête soufflait encore. C'était une honte. Il reporta son attention sur Karin et lui adressa un regard plein de reproches, puis il s'adressa au wurtz :

— Je suis désolé, lui dit-il avant de l'achever d'une giclée de laser dans la tête.

Karin se releva, s'épousseta avant de se recoiffer d'un geste de la main. Corazon était toujours penché sur la carcasse de l'animal.

— Merci, fit-elle.

Corazon ne sembla pas l'avoir entendu.

— Le chasseur ne trouve sa fierté que si sa proie a autant de chance que lui de gagner le combat, fit-il, le regard baissé vers sa victime. Puis il foudroya Karin du regard : Vous avez gâché ma journée. Si vous pensiez avoir une occasion de me convaincre de vous suivre, la voilà partie en fumée.

Sans un mot de plus il prit le sentier qui menait à l'extérieur du moyeu profond. Karin s'empressa de le suivre tandis que la colère montait en elle :

— Mais pour qui vous prenez-vous ? fit-elle en remontant à sa hauteur. Je n'ai de leçon à recevoir de personne, et surtout pas de vous !

Corazon émit un grognement de dédain et poursuivit sa route dans ce décor spectral où seule la lumière d'une torche éclairait leurs pas.

— Oui, vous pouvez donner des leçons, mais moi, au moins, j'ai ma conscience pour moi ! cracha-t-elle, furibonde.

Corazon se retourna d'un mouvement et envoya une puissante gifle à Karin qui partit en arrière.

— Vous ne savez rien ! Vous n'avez aucune idée de ce qui s'est réellement passé !

La rage emplissait le cœur de Corazon. Jamais il ne pourrait oublier les événements qui l'avaient amené à disparaître. Jamais il ne pourrait oublier le regard de toute cette famille qui lui avait fait confiance. Quatre cadavres enterrés sur Félanor. Cette petite planète paisible avait eu la malchance d'être le berceau d'un groupe de terroristes religieux qui avaient conçu l'espoir illusoire de mettre au pas la Fédération. Non, jamais il ne pourrait oublier.

La joue en feu, les idées remises en place, Karin se rendit compte qu'elle était allée trop loin. Elle avait perdu son self-control légendaire. Une faute digne d'un débutant. Elle fit le calme en elle et chercha un moyen de renouer le dialogue. Il fallait qu'il accepte de la suivre.

Elle accéléra le pas et fut de nouveau à sa hauteur. Dans un silence lugubre, ils parcoururent les derniers kilomètres sans échanger la moindre parole. Et quand ils arrivèrent enfin devant le funiculaire, Karin se planta devant lui, et lui adressa son regard le plus désolé.

— Je vous demande pardon, fit-elle en cherchant dans ses yeux le signe de son absolution. J'ai parlé sous le coup de la colère. Comme vous le dites, je n'y étais pas. Et, connaissant le Bureau, il est fort probable que le rapport que j'ai lu sur cet événement n'ait été qu'une version simplifiée de la réalité.

— Falsifiée serait le mot juste. J'avais donné ma parole. Le Bureau m'a trahi. Les Nelson se sont fait abattre comme des chiens. Plus jamais je ne travaillerai pour le Bureau, agent Karin.

Ils montèrent dans le funiculaire et, après avoir refermé la glissière, Corazon enclencha la remontée. Des sentiments douloureux assombrissaient ses pensées. Des souvenirs pénibles que l'arrivée de l'agent fédéral avait ravivés. Il se tourna vers elle, mais ne trouva pas la force de l'invectiver une nouvelle fois. Quelque part, il admirait son courage, sa volonté et sa détermination. Un agent exemplaire. Une brave fille qui croyait encore à la respectabilité du Bureau. Une fille qu'il aurait pu aimer en d'autres temps. Tout cela appartenait au passé. Il était hors de question de retourner dans la civilisation. Ici était son repaire. Il n'avait plus rien à faire d'une civilisation en laquelle il ne croyait plus.

Une secousse lui fit prendre conscience qu'ils étaient arrivés. Le gardien vint leur ouvrir la glissière. Reconnaissant Corazon, il lui adressa un salut et retourna s'allonger.

— Je crois que nous n'avons plus rien à nous dire, fit Corazon.

Karin soutint son regard.

— La nuit porte conseil. Prenez le temps de réfléchir. La vie de milliards de personnes est en jeu.

L'ex-agent partit d'un grand éclat de rire empli de mépris.

— Quelle grande preuve d'humanité ! Pour ma part je ne vois aucune différence entre la mort de milliards de personnes ou celle de quatre. Bonsoir.

Il la laissa plantée là. Seule avec ses doutes. Elle comprenait qu'elle l'avait perdu. C'était son premier échec, mais bizarrement elle ne s'en voulait pas. Elle venait de comprendre que le Corazon de l'époque était mort. Même si l'enveloppe restait la même, l'être qui l'habitait avait radicalement changé. Elle n'avait pas failli à sa mission. Ce Corazon-là ne leur serait d'aucune utilité.

Elle sortit son mémo de la poche et chercha l'adresse d'un hôtel fréquentable. Au lever du jour, elle retournerait en orbite préparer sa mission.

CHAPITRE 17

Terre

Il flottait dans une marée de chiffres. Un hibou vint se poser près de lui, et se mit à lui réciter toute une suite d'algorithmes étranges et fascinants.

Elliot s'émerveilla de la beauté de ce chant fabuleux. Il fit quelques brasses dans ce vide numérique et arriva dans une zone dégagée où les repères se faisaient rare. Il s'assit en tailleur et ouvrit sa dizaine de paires d'yeux, essayant de cerner tout le contour de cet espace à douze dimensions. Il fronça les sourcils et soudain une équation s'enflamma en lettres dorées devant lui. Il tenait le bras et, alors qu'il allait la toucher, il fut aspiré dans un vortex…

Elliot ouvrit les yeux. Le souffle haletant, il se redressa dans son fauteuil et essuya son front inondé de sueur. Puis il se souvint de son rêve. Il se mit à ricaner, puis son rire s'amplifia de plus en plus.

Assis derrière lui, Extanza se retenait d'intervenir. Il sentait que quelque chose s'était passé.

— Rallumez le laboratoire, fit Elliot en se tournant vers lui.

Extanza laissa percer un sourire, et s'acquitta de sa tâche comme s'il n'était qu'un simple laborantin.

Elliot se mit aux commandes des divers appareils, puis, après avoir entré dans l'ordinateur central toute une série de données, il activa l'une des machines. Celle-ci émit un rayonnement laser d'un nouveau type qui vint frapper l'Œil de Dieu en plein dans son centre.

Extanza avait éteint toutes les lumières et c'est seulement éclairés par la lueur du laser et de ses reflets dans l'œuf multicolore qu'ils attendaient la délivrance. Les secondes passaient, mais rien ne se manifestait.

Elliot gardait son calme.

Cela devait marcher. Il ne voulait pas croire à une erreur.

Puis, quand l'espoir commença à se dissiper, le miracle survint. L'Œil de Dieu entra en résonance. Un son, une note, se fit entendre en provenance de l'objet qui ne reflétait plus la lumière, mais l'avalait entièrement.

— Incroyable, chuchota Elliot qui était subjugué par ce spectacle fascinant.

Cela relevait de l'impossible, et pourtant…

— Félicitations, John, je suis fier de vous, fit Extanza en se rapprochant du scientifique. Je crois que vous avez gagné votre liberté.

Elliot se retourna vers lui, le visage décomposé.

— Qu'est-ce que vous-voulez dire ?

— Vous êtes libre. Vous pouvez retourner chez vous. J'ai fait déposer sur votre compte en banque une somme plutôt généreuse. Vous m'avez été d'une grande aide. Je vous dois bien cela.

Elliot baissa les yeux et secoua la tête, déçu. Extanza s'attendait pour le moins à être remercié et il n'arrivait pas à comprendre l'attitude du scientifique. En d'autres temps, il se serait montré moins clément et l'aurait certainement assassiné froidement.

— Je me moque de votre argent. Il est des choses qui

ont plus de valeur à mes yeux que la réussite professionnelle : la connaissance fait partie de celles-ci. Je vous en prie, laissez-moi vous suivre. Je suis certain que je peux vous être encore utile.

Elliot ne pouvait supporter l'idée de passer à côté des révélations qu'ils sentaient à portée de main. Il devait examiner, étudier avec minutie cet objet aux propriétés exceptionnelles. Il savait qu'il n'aurait jamais une autre occasion de tomber sur une telle découverte.

— Je crois que vous n'avez aucune idée de qui je suis et du risque que vous prendriez à rester à mes côtés. Êtes-vous prêt à mourir pour découvrir mes secrets ? fit Extanza d'une voix puissante.

L'atmosphère se fit pesante. Elliot n'avait rien d'un suicidaire, et il réalisait vraiment que les paroles d'Extanza étaient à prendre avec le plus grand sérieux. Pourtant, au fond de lui, il n'arrivait pas à croire qu'il puisse lui arriver malheur s'il le suivait. Raffermissant sa volonté, il plongea son regard dans celui de l'homme.

— Tout le monde doit mourir un jour, non ?

Extanza sourit et se garda de le contredire. Il aurait tout le temps de lui faire part de ses petits secrets.

— Très bien, dans ce cas ne perdons pas une seconde, nous avons un long voyage à faire. Un très long voyage, monsieur Elliot.

* * *

La lumière matinale qui envahissait la chambre réveilla Roseta. Elle s'étira longuement dans son lit, jeta un regard vers l'immense baie et sourit face à la nature qui se dévoilait à elle. La Méditerranée dans toute sa splendeur scintillante. Elle se leva et alla prendre une douche. Ensuite elle ouvrit le dressing pour y découvrir une garde-robe particulièrement bien garnie. Elle prit soin de choisir les plus beaux tissus et, après avoir essayé plusieurs modèles, se fixa sur un ensemble fluide de couleur crème qui mettait en valeur sa silhouette parfaite et sa superbe chevelure brune. Enfin prête, elle sortit de la chambre.

Cela faisait près d'une semaine qu'elle était l'invitée de Dominati. Sept jours de calme. Même si l'homme n'avait fourni aucune réponse à ses questions, l'inquiétude de la première rencontre s'était évanouie. Dominati s'était révélé un hôte particulièrement attentionné et charmant.

Ils avaient passé des heures à discuter de tout et de rien. Roseta avait été très vite impressionnée par sa culture et son omniscience. Il pouvait parler de n'importe quel sujet à la façon d'un expert. Son charisme envoûtant se manifestait dans sa manière de s'exprimer et de se comporter. Elle ne savait rien de lui, et n'arrivait pas à croire qu'un tel personnage puisse être inconnu des grands argentiers de la planète. Elle aurait aimé faire des recherches, mais aucun mémo ou ordinateur central n'était à sa disposition. Isolée dans cette vaste demeure à quelques kilomètres du premier village, elle passait ses journées sur la plage ou à lire des romans d'aventure d'auteurs dont elle n'avait jamais soupçonné l'existence et qu'elle avait découverts dans la fabuleuse bibliothèque de son hôte.

Elle pénétra dans le salon, et l'odeur du café chaud lui titilla les narines. Elle s'installa dans un confortable canapé et mit de la musique classique. Deux croissants étaient posés à côté d'une tasse bouillante.

— Avez-vous passé une agréable nuit ?

Roseta leva la tête et aperçut Dominati qui s'approchait.

— Somptueuse. Et vous ?

Il s'assit en face d'elle et lui sourit.

— Merveilleuse, répondit-il en baissant la musique d'un ton.

Il se pencha en avant et lui décocha son plus profond regard.

— J'ai besoin d'une réponse, Roseta. Acceptez-vous de me livrer votre entreprise ?

Que devait-elle répondre à une telle absurdité ? Elle ne pouvait imaginer qu'il l'oblige à coopérer. Et, de toute manière, elle savait que personne ne croirait à une cession, si jamais elle ne revenait pas vivante de Terre.

— Donnez-moi une seule raison, répondit-elle en se préparant à une longue confrontation.

— Je vous en ai déjà parlé : l'immortalité, n'est-ce pas une bonne raison ?

Roseta secoua la tête. Elle n'arrivait pas à comprendre comment un homme aussi intelligent pouvait croire à une pareille ineptie. Tout le monde devait mourir un jour. La science était têtue. Rien ne pouvait empêcher le vieillissement. Le ralentir, certainement, mais pas l'annihiler.

— Comprenez-moi, comment voulez-vous que je puisse vous croire ? Ce que vous me promettez est absolument impossible.

Un silence gênant s'installa. Dominati hocha la tête, comme déçu. Puis il ouvrit sa main gauche en tenant la paume vers le haut. Il se mit à réciter une incantation dans un langage inconnu. Un fruit apparut et se posa dans sa main.

— Tenez, fit-il en l'offrant à Roseta.

— Merci, fit-elle avant de croquer un morceau de la pomme.

Un liquide sucré lui émoustilla les papilles. Elle croqua une nouvelle fois et dut reconnaître que le fruit était bien réel.

— Comment faites-vous ça ?

— C'est un de mes pouvoirs. Cette pomme provient d'un des paniers qui se trouvent dans la cuisine.

Roseta s'enfonça dans le canapé.

— Vous voulez me faire croire à la téléportation ?

Dominati haussa les épaules.

— Vous croyez bien aux points neuraux, se défendit-il simplement.

Un point pour lui, se dit Roseta. Mais il y avait tout de même une différence entre un phénomène physique non encore élucidé et un tour de magie.

— Cela n'a rien à voir. Durant mon enfance, mon père, parfois, m'emmenait voir un grand magicien. Ne le prenez pas mal, mais ses tours à lui étaient bien plus impressionnants que le vôtre.

Dominati se releva et fit quelques pas en direction de la baie vitrée. Un nuage passa devant le soleil naissant, créant une légère obscurité dans la pièce.

— Vous m'avez demandé une preuve et je vous l'ai fournie. Si je disparais devant vos yeux, si je m'envole, ou si des cornes me poussent sur le front, vous réfuterez chacun de mes prodiges comme étant de simples illusions.

Roseta, d'un geste de la main, ramassa en torsade sa longue chevelure et lui adressa un sourire désolé.

— Quel que soit le miracle que je puisse réaliser, vous n'y croirez pas, alors à quoi bon me demander une preuve de mes pouvoirs ? Je vous demande simplement d'avoir confiance en moi. C'est juste une question de foi. (Il fit une pause et s'avança vers elle.) Êtes-vous avec moi, mademoiselle Ming ?

— Je regrette mais cela m'est impossible.

Un éclair de colère passa dans les yeux de Dominati. Il retourna s'asseoir dans un fauteuil, puis avec un regard attristé il dit à son invitée :

— Dommage, j'aurais aimé que vous soyez mon impératrice.

Un frisson traversa tout le corps de Roseta. Les pupilles de Dominati étaient devenues d'un rouge flamboyant.

— Considérez-vous comme ma prisonnière. Pour le reste du monde, vous êtes morte.

Il alluma l'holo-vidéo sur une des plus grandes chaînes d'informations continues.

— … Nous venons de l'apprendre à l'instant. Le jet privé de Roseta Ming se serait abîmé en mer. En vacances à Capuano, petit village en bordure de mer sur la planète Terre, la richissime héritière de l'empire Ming (sa photo apparut) devait repartir pour Boxtown dans l'après-midi. Malheureusement…

Dominati coupa les informations.

— À plus tard, lança-t-il.

Il sortit du salon et laissa Roseta seule avec une peur qui la figea d'effroi.

CHAPITRE 18

Kigoma

Wilson se tenait prostré sur un siège. À ses côtés, Drake et Lucinda avaient pris place sur un banc de la cabine. Chacun avait conscience qu'ils avaient passé le Rubicon. Ils n'avaient d'autres choix que de vaincre la Fédération ou d'être annihilés comme de vulgaires insectes.

— C'est de la folie, fit Drake, la rage au cœur.

— Peut-être, mais peut-être pas, répondit Lucinda.

Un léger frémissement leur fit comprendre que le vaisseau venait de décoller. Wilson essayait d'imaginer le nombre d'échauffourées que Gerrold avait dû organiser pour masquer leur fuite de cette planète.

— Qu'est-ce que tu veux dire ? Crois-tu un seul instant que nous avons une chance de vaincre l'humanité ?! lâcha Drake.

— Je n'en sais rien, mais ce que je sais, c'est que le temps de la peur est fini. Nous ne pouvons vivre éternellement comme des parias. Les humains doivent nous accepter ou bien c'en sera fini d'une des deux espèces.

Wilson releva la tête et leur adressa un regard accablé. Où allons-nous ? se demanda-t-il.

Des centaines de questions l'assaillaient. Qui était ce Gerrold ? Quels étaient ses objectifs ? Quel rôle comptait-il lui faire tenir ?…

Le visage soucieux, Drake se retourna vers lui.

— Nous retournons sur Éden. (Il se leva et vint s'asseoir près de lui.) Croyez bien que je suis, tout comme vous, épouvanté par ce que prépare Gerrold. Je n'ai jamais aimé ce type. Il a la fâcheuse habitude de se prendre pour le centre du monde. Un connard de mégalo !

Wilson se gratta la barbe. Il ne savait que penser de Drake. Plus les jours passaient, plus il se prenait d'amitié pour cette machine. Si l'on était capable d'éprouver des sentiments pour un animal, ne le pouvait-on pas pour un être au cerveau artificiel ?

— Parlez-moi du Nouveau Dieu, fit-il en posant sa main sur l'épaule de son compagnon d'infortune.

Surpris par cet élan fraternel, Drake eut un geste instinctif de recul. Wilson retira prestement sa main.

— J'ai promis à Isaac de ne rien vous dire. Une promesse est une promesse, fit-il, désolé.

Lucinda ricana et se rapprocha des deux hommes.

— Mais, moi, je n'ai rien promis du tout, mon cher frère. Je vais vous en parler, du Nouveau Dieu.

Drake était persuadé qu'ils étaient sur écoute. Nul doute qu'un des sbires de Gerrold n'allait pas tarder à pénétrer dans leur compartiment.

— Rien ni personne n'est éternel, frère Wilson, y compris les androïdes.

Un grésillement se fit entendre par les haut-parleurs, puis la voix d'un officier retentit :

— Nous venons de quitter Kigoma. Que grâce soit rendue au Nouveau Dieu !

Drake alluma un écran de contrôle. Celui-ci montra l'ampleur des batailles qui étaient en train de se dérouler dans l'espace.

Afin de faciliter leur fuite, des dizaines de navettes

kamikazes fonçaient délibérément sur les croiseurs les plus importants, créant des dommages phénoménaux. Muni d'un brouilleur de dernière génération, le vaisseau dans lequel se trouvaient les rescapés androïdes fonçait droit vers un des trois points neuraux du système.

— Pouvez-vous continuer ? demanda Wilson en priant pour que Lucinda n'ait pas changé d'avis.

Elle s'enfonça dans un siège et tira une cigarette de la poche de sa veste. Avec un geste d'une élégance inappropriée, elle l'alluma et en tira une bouffée réconfortante.

— Même si je n'ai pas pu assister à sa création, Isaac m'a permis de rattraper deux siècles d'ignorance et d'en apprendre autant sur eux que sur moi-même. (Elle tira une nouvelle fois sur sa cigarette.) Au début de l'ère androïde, nous ne croyions en rien, si ce n'est à notre propre existence. Nous savions que nous étions des machines. Du néant nous venions, au néant nous retournerions. Dieu était un concept en total décalage avec nos aspirations personnelles. Nous ne souhaitions pas nous marier, ni avoir des enfants, et n'avions aucun espoir de voir, un jour, notre âme récupérée au paradis. C'était un fait, et nous l'acceptions tous. Nous n'étions que des machines pensantes. Pourtant certains d'entre nous osèrent imaginer qu'ils avaient autant de légitimité à croire en Dieu que les humains. Si ces derniers avaient leur Dieu, pourquoi ne créerions-nous pas le nôtre, nous aussi ? Simple spéculation intellectuelle car, lorsque nos corps humains avaient fait leur temps, nos cerveaux de silicone étaient désactivés, et nada d'une survie possible.

— Passage par le point neural dans cinq minutes, l'interrompit une seconde fois la voix en provenance des haut-parleurs.

Lucinda fronça les sourcils et reprit ses explications.

— Après « la guerre pour la liberté » (qui me conduisit à devenir une proscrite, une exilée), les survivants du génocide se réfugièrent sur Kigoma et purent mettre en avant les idées, les concepts, que des années de servitude docile nous avaient forcés à imaginer pour nous permettre d'espérer en un futur meilleur. Si nos grands esprits usèrent de leurs facultés pour se lancer dans des programmes de recherche militaire visant à la fabrication d'armes plus terribles les unes que les autres, d'autres cherchèrent à donner un destin à notre espèce. L'idée de nous rendre immortels naquit ici. En changeant de corps de façon régulière, nos cerveaux à l'abri de l'usure, pouvaient ainsi être transplantés indéfiniment. Nous allions atteindre le rêve le plus fabuleux de l'humanité. Pourtant tous n'étaient pas satisfaits. Car personne n'ignorait que l'immortalité n'est qu'une simple illusion. Quelle que soit la durée de notre vie, un jour, dans cent ans, voire mille ans, ou encore dix millions d'années, tout androïde trouvera la mort, au moins de façon accidentelle. C'est la loi des probabilités.

— Qu'est-ce que vous voulez dire par là ? l'interrogea Wilson, sur le qui-vive.

Son excitation était à son comble. Il était sur le point de connaître les secrets de ces machines. Enfin, il allait découvrir leur point faible — à moins que celle-ci ne s'arrête en si bon chemin.

— Si un être humain a une chance sur un million de mourir d'un accident dans la journée, il est logique qu'au bout d'un million de journées, cet être sera mort. D'accord ? demanda-t-elle, attendant son acquiescement.

Wilson hocha la tête.

— Continuez, je vous en prie.

— Ainsi, aussi longues que puissent être nos vies, la mort nous rattrape toujours, en fin de compte. Ce fut Alexander O'Brian qui, reprenant des thèses de Hsiang Li Tung, créa un réceptacle pour tous nos souvenirs qu'il associa à un nouveau genre de mémoire vive. Quand un des nôtres décidait ne pas vouloir être réincarné, son cerveau était alors connecté à ce supra-ordinateur et sa mémoire morte dupliquée dans celle du supra-ordinateur.

— Vous insinuez que nombre des vôtres ont décidé de leur propre volonté de ne pas vouloir continuer à vivre ? C'est à peine crédible.

Drake se racla la gorge et intervint à son tour.

— Vous ne pouvez pas imaginer à quel point nous voulons ressembler à des humains. Et pour certains cela consiste à avoir une perspective de la vie humaine : un seul corps, une seule vie. Les androïdes sont fiers de leur appartenance à l'Humanité, frère Wilson, fit-il d'un ton quasi cérémonial.

Wilson ne put que hocher gravement la tête. Pour la première fois, il envisagea de revoir sa position sur les mœurs de ces machines.

— Mais peu importent ces considérations. Le grand événement, ce fut quand, à force de réglages et de tâtonnements, ce supra-ordinateur acquit la conscience de soi. Personne ne put l'expliquer et se nouvel être ce déclara Nouveau Dieu, continua Lucinda.

— Qu'est-ce que vous entendez par là ?

L'incompréhension pouvait se lire sur chaque trait du visage du moine.

— Un soir, il n'était qu'un simple ordinateur. Le lendemain, il s'est déclaré Dieu, à la place de Dieu, fit Drake qui avait assisté à cette création.

Wilson grogna quelque chose dans sa barbe. Une chose était de se proclamer Dieu, une autre de le démontrer !

— Et vous l'avez cru ? fit-il en dardant sur Drake un regard condescendant.

— Oui, et non, fit-il sur la défensive.

Il se leva et commença à marcher en long et en large.

— Il faut que vous sachiez que je suis un pragmatique par nature. Je ne crois en rien d'autre qu'à la science et à la réalité que je peux toucher du doigt. Je suis un sceptique et je conçois une grande méfiance pour tout ce qui concerne l'ésotérisme, la religion catholique y compris. (Il s'arrêta de marcher et fixa Wilson :) Pourtant ce que j'ai vu m'a convaincu.

Il baissa les yeux et revint s'asseoir près du moine.

— J'ai assisté à des miracles, frère Wilson. J'ai vu la résurrection mais aussi la multiplication des pains et bien d'autres choses encore.

— C'est impossible, vous avez eu une hallucination ! Aussi réels que ces miracles aient pu vous paraître, ils n'étaient que de simples hallucinations, rétorqua Wilson.

Après des machines qui singeaient les humains, voilà un Dieu qui singeait l'unique Créateur ! Un frisson de dégoût l'envahit. Ces machines n'avaient-elles donc aucune décence ?!

— C'est ce que j'ai tout d'abord pensé, mais Extanza accomplissait miracles sur miracles…

— Extanza ? le coupa Wilson. Est-ce ainsi que vous nommez votre Nouveau Dieu ?

Lucinda eut un petit rire.

— Non, Drake a oublié de vous dire qu'un des nôtres fut désigné par le Nouveau Dieu comme son messie. Il lui donna le nom d'Extanza et le pouvoir de modifier la réalité.

— Un messie ! Il ne manquait plus que ça ! pesta Wilson.

La porte de la cabine s'ouvrit, laissant apparaître la silhouette d'Isaac.

— Nous avons passé le point neural, le plus dur est derrière nous, se félicita-t-il.

Wilson se redressa et se campa devant l'androïde.

— Croyez-vous en Extanza ? lui demanda-t-il, narquois.

Isaac foudroya Drake du regard.

— C'est moi qui lui ai tout dit. Après tout il a le droit de savoir, le corrigea Lucinda.

Un sentiment fugace de colère envahit le visage d'Isaac.

— Très bien, vous connaissez désormais tous nos petits secrets. J'imagine que vous êtes sceptique.

— On le serait à moins, répliqua Wilson. Je voudrais juste savoir une dernière chose. La raison exacte de votre scission d'avec Gerrold.

Isaac prit un air étonné.

— Je crois vous l'avoir déjà expliqué. J'étais contre le prélèvement de corps sur le peuple kigomais. Nous savions faire des clones, nous devions cesser cette barbarie.

— Mensonge. Je sais quel genre d'homme vous êtes. Vous n'êtes pas du genre à fuir sans essayer de vous imposer. Vous aimez trop le pouvoir pour cela. Quelles que soient vos intentions affichées, vous êtes un être profondément malsain. Je vais vous dire pourquoi vous êtes partis, commença Wilson.

C'était juste une intuition. Une idée saugrenue qu'il n'arrivait pas à s'enlever du crâne, mais qui méritait d'être vérifiée.

— Vous aviez une mission. La plus lamentable et pathétique des missions. Bannir tous les sceptiques et les réfractaires à l'apparition du Nouveau Dieu et de son messie.

Isaac partit d'un grand rire empli de dérision qui résonna aux quatre coins de la cabine.

— Cessez vos élucubrations ! Vous perdez la raison ! se moqua-t-il.

— Continuez, frère Wilson. Allez jusqu'au bout de votre réflexion, demanda Drake soucieux.

Il avait toujours fait confiance à Isaac. Il serait mort pour lui s'il le lui avait demandé. Mais les circonstances avaient changé. Isaac s'était trop facilement aplati devant Gerrold. Se pourrait-il que Wilson eût raison ?

— Vous n'avez pas fui. Vous avez prétexté une raison

noble pour mettre de votre côté tous les opposants à Extanza. Ainsi, secondé par Gerrold, il avait les mains libres pour préparer le conflit que vous attendiez tant : la fin de l'humanité.

Lucinda attrapa Isaac par l'épaule et le fit se retourner.

— Dis-moi que ce n'est pas vrai. Dis-le-moi, fit-elle, déboussolée.

Les paroles du moine semblaient si logiques, si pleines de sens. Et pourtant cela ne pouvait être vrai.

— Évidemment, comment peut-on croire ce qu'il dit ? se défendit Isaac.

Songeur, Drake était abasourdi par la pertinence du propos de Wilson. Il devait en avoir le cœur net.

— Répétez cette phrase après moi : Je crache sur le Nouveau Dieu et sur son messie, Extanza, fit-il.

— Ridicule, répondit Isaac en secouant la tête.

— Vous avez peur ? Vous craignez que les foudres de votre Seigneur s'abattent sur vos épaules. Seriez-vous croyant, Isaac ? intervint Wilson qui comprenait qu'il avait frappé juste.

— Je n'ai pas à répondre à une provocation aussi misérable. Vous savez qui je suis et ce que j'ai fait. Je n'ai pas à prouver ma fidélité pour la cause.

— Mais quelle cause ? demanda Drake qui venait de comprendre la trahison d'Isaac.

— Isaac. Va-t'en, demanda Lucinda.

— Tu ne vas pas croire cela ? lui demanda Isaac.

Un silence s'installa. Wilson le brisa :

— Oh ! que si, elle va le croire. Vous n'avez jamais voulu la sauver car vous saviez qu'elle ne pourrait se résoudre à croire en cet être. Vous l'avez abandonnée pour votre Nouveau Dieu.

Le visage de Lucinda se décomposa, et elle baissa les yeux. Une nouvelle fois la vie venait lui apprendre que le bonheur était une illusion, l'amour une folie.

— Ne le crois pas, se défendit-il en sachant qu'il

avait perdu la partie. (Il se retourna vers Wilson et le saisit par le haut de sa bure.) Vous me paierez ça, frère Wilson. Vous me paierez ça chèrement.

Il le poussa en avant et le fit tomber à terre avant de se retirer dans un silence de mort.

Drake se baissa pour porter secours au moine et l'aider à se relever.

— Vous êtes quelqu'un de vraiment atypique, frère Wilson. Je crois que c'est pour ça que je vous aime bien, fit-il avec un soupçon d'humour dans la voix.

— Je crois que je vous aime bien aussi, monsieur Dick Drake, du moins dans la mesure où l'on peut aimer une machine, fit-il avec un sourire en coin.

CHAPITRE 19

Kigoma

Clint, mon nom est Clint, se dit-il en foulant d'un pas mécanique le désert aride.

Malgré ses efforts pour ne pas se rappeler, son envie de savoir l'avait trahi et lui avait ramené quantité de souvenirs sur ce qu'il était vraiment. Une douleur lancinante lui vrillait l'âme. Il maudissait sa « chance » qui avait fait de lui un survivant au lieu d'être un cadavre comme tous ces autres soldats. Il haïssait ce corps de métal qui lui enserrait le cerveau. Il pleurait sur ses nouvelles sensations. Ne pas sentir son cœur battre, ses poumons respirer, le vent sur sa peau et la chaleur du soleil. Il n'était qu'un robot. Une vulgaire carcasse de métal.

Pas après pas, il ressassait des pensées pleines de colère, ne se laissant guider que par le seul souci du devoir. Il devait apprendre à la face de l'humanité ce qui se tramait ici-bas. Les androïdes avaient pris le contrôle de la planète et possédaient tout un arsenal susceptible de venir à bout des meilleurs croiseurs de la Fédération.

Imbus de notre pouvoir et de notre puissance, nous nous sommes endormis et nous avons oublié que la paix ne peut être éternelle, se dit-il.

La nuit était étoilée. Clint claudiquait vers le sud-ouest en direction de la première trace de civilisation qui, selon ses estimations, devait se trouver à presque quatre cents kilomètres. Des jours et des jours de marche.

Il vit passer plusieurs fois le soleil à l'horizon avant qu'un événement impromptu le tire de son inconfortable solitude. Le soleil s'étirait au-dessus des dunes quand un vrombissement caractéristique résonna dans le ciel. Il leva la tête et vit une navette qui se dirigeait vers lui. Il ne détestait rien tant que son rire sorti de sa gorge de métal.

La navette se posa à moins de cent mètres de lui. Une dizaine d'hommes en armes le mirent en joue, hésitant cependant sur la conduite à tenir. Ce cyborg avait un comportement étrange. Il tenait son unique bras de métal en l'air. Comme un signe de reddition.

— Pas un geste. Un seul mouvement et on vous réduit en bouillie, cria le capitaine Boxoen en se rapprochant de Clint.

Quand il reconnut le militaire, Clint ne put réprimer un cri de surprise. Une fois de plus la chance était avec lui. Mais, cette fois-ci, il ne le regrettait pas.

— Capitaine Boxoen, je suis heureux de vous savoir en vie, fit-il, essayant de ne pas penser à sa voix oxydée. J'ai tant de choses à vous dire.

Leurs bottes s'enfonçaient dans le sable. Boxoen et sa cohorte de soldats ralentirent leur progression.

Il connaissait son identité. Étaient-ils donc tous fichés par cet organisme ? Quels moyens utilisaient-ils pour tout connaître sur eux ?

— Vous aurez tout le temps de parler, une fois que nous aurons vérifié votre innocuité, fit-il.

Il craignait un autre kamikaze. Il ne pouvait faire monter cette machine dans la navette, au risque qu'elle se fasse exploser une fois à son bord.

— Capitaine, vous n'êtes pas obligé de rester, vous ne pouvez que nous encombrer, lui souffla le soldat Syd, artificier en chef.

Boxoen trouva la manœuvre bien tentée, mais il respectait trop ses hommes pour les laisser seuls affronter cette menace. L'armée de la Fédération est une famille soudée, se dit-il en continuant à avancer.

— Vous n'avez rien à craindre de moi. Je suis avec vous. Nous n'avons pas une seule seconde à perdre, argumenta Clint.

Il se devait de le convaincre. Peut-être était-il encore temps d'alerter la Fédération et de l'informer sur ce qui se passait vraiment sur Kigoma.

Les soldats l'encadrèrent, tout en le tenant toujours en joue pendant que Syd le passait au scanner de la tête aux pieds.

— Rien à signaler, fit-il avant d'ajouter d'un ton ironique : Du moins dans le cadre de nos connaissances.

Boxoen hocha la tête et revissa sa casquette sur son crâne.

— Êtes-vous un robot ou un cyborg ? demanda-t-il en se postant devant lui.

Malgré les multiples dégâts que le crash avait occasionnés sur son corps de métal, sa carcasse n'en restait pas moins impressionnante. Boxoen devait s'avouer que c'était une magnifique monstruosité.

— J'ose croire que je suis un homme. Je suis le général Clint, capitaine. Et je me souviens de Belagosse comme si c'était hier. Vous avez fait preuve d'un courage insensé. Contre l'avis de tous, vous avez laissé parler votre instinct et sauvé une vie. Vous avez pris trois mois fermes, mais, ce jour-là, vous avez gagné mon respect.

Le soleil montait lentement et la chaleur commençait à se faire sentir. La nervosité monta d'un cran. Boxoen se souvenait lui aussi de cette mission. Décidément, cette machine savait beaucoup de choses sur lui.

— Comment espérez-vous que je puisse vous croire ? La mémoire n'est pas l'apanage de l'humanité, mon propre mémo en a bien plus que ma cervelle.

Clint fronça des sourcils imaginaires. Il devait le convaincre. Il fallait qu'il le croie.

— Demandez-moi n'importe quoi que vous pensez avoir dit au général Clint et que personne d'autre que lui ne pourrait savoir.

Boxoen fouilla sa mémoire, mais ne trouva rien de vraiment pertinent. S'il était un des officiers les plus proches de Clint, il ne s'était jamais laissé aller à des confidences d'une intimité extrême.

— Malheureusement, je crains de ne lui avoir jamais confié de secret, fit-il en se demandant ce que cherchait cette masse de métal.

— Vous oubliez Reinavick. Il n'y avait que vous et moi quand nous sommes partis destituer l'empereur. Et si je ne me souviens pas des paroles que vous avez pu me dire, je me rappelle votre inflexible loyauté à mes côtés. (Clint fit une pause et ajouta :) Accordez-moi le bénéfice du doute, vous serez toujours à même de me liquider plus tard.

Un silence s'installa. Les soldats qui l'accompagnaient s'entre-regardaient, fascinés autant que révulsés par cette silhouette monstrueuse.

— Capitaine, je crois que ses programmes sont complètement bogués ! fit l'un d'eux.

Boxoen n'était pas loin de penser la même chose. Mais si ce n'était pas le cas ?...

— Parlez, je vous écoute, décida-t-il enfin.

Clint soupira dans son intérieur cloisonné. Il avait gagné une première bataille. Durant ses longues journées de marche, il avait eu tout le temps de préparer mentalement le résumé de ces derniers jours. Depuis ses recherches dans la jungle kigomaise, jusqu'à leur capture au sein de l'ancien site désaffecté de la CRR et à sa transformation en cyborg qui lui avait ôté toute mémoire de sa vraie personnalité. « Ils m'ont fait croire que j'étais un robot ! » fit-il, la rage au ventre, en expliquant alors son action et sa mission-suicide.

— Quel en était le but ? le coupa Boxoen.

— Je n'en sais rien, mais tout porte à croire qu'il s'agissait de faire diversion. Certainement préparaient-ils leur départ, extrapola-t-il.

Sous un soleil qui montait de plus en plus haut, Boxoen ne savait que penser de cette machine. Se pouvait-il vraiment que ce fût le général Clint ?!

— Non, leur départ a eu lieu il y a trois jours, au cours d'une bataille bien plus importante que votre attaque. Vous ne nous apprendrez rien que nous ne sachions déjà, fit-il, sur la défensive.

Un des soldats craqua une allumette et s'alluma une cigarette. Malgré son manque d'odorat, Clint salivait à la pensée de tirer sur un bon cigare.

— Alors, c'est qu'ils attendaient quelqu'un.

Boxoen hocha la tête, et dut s'avouer que l'idée était intéressante. Les androïdes n'agissaient pas seuls. Ils devaient avoir des alliés. Mais qui ?

Il avança à moins d'une longueur de bras de la carcasse de métal et se planta fièrement devant elle.

— Je vous laisse le bénéfice du doute. Vous allez venir avec nous. Mais sachez qu'au moindre comportement que je jugerai suspect, vous serez éliminé dans l'instant. Me suis-je bien fait comprendre ?

Clint hocha sa tête métallique. Il se rendait compte que ses renseignements étaient bien maigres et que plus rien ne le poussait à survivre. La Fédération connaissait la nature de son ennemi. Il ne restait plus qu'à trouver des solutions pour l'éradiquer.

— Tuez-moi, capitaine. Je ne sais combien d'années ce corps peut me faire encore vivre, mais je n'ai aucune envie de le découvrir. Par respect pour ce que j'étais avant, je vous demande de me laisser retrouver mes soldats.

Boxoen leva son arme et la pointa sur la tête de métal. Une simple pression de son index et il en serait fini de cette machine. Pourtant, il hésitait. Le comportement de ce robot était pour le moins stupéfiant. Il n'arrivait pas à éliminer la possibilité que ce qu'il lui avait raconté pouvait être vrai. Et si c'était vraiment le général ?

— Laissez-moi m'en charger, capitaine, il va payer pour tous les autres, fit le soldat Gersatil.

Deux yeux rouges fixaient Boxoen. Un regard vide et pourtant d'une intensité redoutable.

— Non, fit-il à son soldat, puis à l'intention de la carcasse de métal. Si vous êtes vraiment le général Clint, nous allons avoir besoin de votre intelligence et de vos capacités pour tenter de mettre fin à ces insubordinations. Je serais indigne de mon rang, si je me coupais le bras droit en plein combat. J'imagine que vous avez à cœur de venger l'unité qui vous avait été confiée.

Clint secoua tristement la tête dans une parodie d'émotion humaine. Les visages de Samuelson, d'Alimato, de Douglas et des autres flottèrent à sa conscience. Boxoen avait raison, il devait prendre sur lui et vivre encore un peu, le temps d'annihiler cette abomination.

— Jurez-moi que vous me tuerez après la victoire finale. Je ne veux pas finir dans un laboratoire, capitaine.

Un vent léger se leva. Des grains de sable vinrent griffer le visage des soldats.

— Qui ou quoi que vous soyez, vous avez ma parole, fit Boxoen en commençant de plus en plus à croire à l'invraisemblance de l'identité de cette machine.

Il prit son mémo et se mit en rapport avec Fousteau pour un bref topo qui laissa son interlocuteur extrêmement perplexe.

Des sons, des hurlements, des crépitements d'armes automatiques, des flashes. Argento souleva difficilement une paupière, mais elle ne put rien voir, tant son œil était embué par les larmes séchées. Elle bougea malgré elle, et la douleur se rappela à elle.

Crucifiée à près de cinq mètres de hauteur, sur un des immenses arbres de la jungle, Argento n'avait plus aucune notion du temps. Depuis quand se trouvait-elle ainsi exposée, dénudée, le corps offert à toutes sortes d'insectes ? Une semaine, un mois, une année ?! Elle n'en avait pas la moindre idée. La seule chose qu'elle désirait, c'était retrouver cet état de léthargie dont elle venait d'émerger. Elle se remit à gémir, mais aucune larme ne sortit de son corps asséché. Sa gorge n'était qu'un puits de feu. Elle ne sentait plus ses mains ni ses pieds, garrottés par des liens qui s'enfonçaient au plus profond de sa chair.

Les bruits de l'extérieur lui résonnaient dans le crâne. N'y avait-il aucune limite à la douleur ?

Comme répondant enfin à ses prières, les déflagrations cessèrent, laissant place à une mélodie plus paisible, celle de voix humaines qui s'exprimaient dans un anglais tout à fait respectable.

— Bordel de mes deux ! Si je trouve un seul survivant, je lui fais bouffer ses couilles, jura le soldat Tang avant de cracher à terre.

— Trouvez des échelles et qu'on coupe leurs liens, fit le capitaine Calowe.

Les soldats s'empressèrent d'exécuter les ordres, puis se hissèrent à la hauteur des deux prisonniers.

Parvenu près de la soldate Argento, le soldat Galiani eut un hoquet de stupéfaction.

— Mon capitaine, elle n'est pas morte !

Argento ne put réprimer un rire qui lui laboura les

côtes. La douleur se conjuguait en elle à une jubilation anesthésiante.

— Vous en avez mis, du temps, souffla-telle avant de s'effondrer dans l'inconscience.

Elle se réveilla quelques heures plus tard sur un lit dans un hôpital de campagne.

Les troupes de la Fédération avaient investi en masse la planète et menaient systématiquement des assauts contre tous les villages kigomais qu'ils trouvaient, les rasant pour la plupart, laissant femmes et enfants dans une désolation totale.

Argento remua sur son lit, et s'aperçut avec soulagement qu'elle ne ressentait plus aucune douleur. Gavée de médicaments, son corps s'acharnait à réparer les dégâts de plusieurs jours d'inanition. Elle regarda ses bras et découvrit qu'on lui avait amputé les mains. Elle n'osa regarder ses pieds, se doutant du sort qui leur avait été réservé.

La toile de l'entrée fut soulevée, et un médecin militaire fit son apparition.

— Soldat Argento ?

— Oui, commandant, fit-elle.

Le médecin s'approcha d'elle, et lui passa la main sur le front. Satisfait, il prit une chaise et s'assit à ses côtés.

— Vous n'avez plus rien à craindre. Le processus de régénération fait son travail. D'ici une semaine votre corps aura effacé toutes ses blessures. Quant à vos mains et à vos pieds, des organes vous attendent à la Ceinture pour une greffe, fit-il avant d'ajouter : Vous avez eu une sacrée veine.

Argento se mit à ricaner. Elle ne savait que penser. Rien ne l'avait préparée à la rudesse des kigomais et aux supplices qu'ils lui avaient fait subir. Comment pouvait-on infliger de telles tortures à des êtres humains ? Elle pouvait entendre encore les rires et les insultes. Si son corps pouvait faire disparaître toute trace de l'épreuve, jamais son âme ne pourrait oublier. Jamais.

— De la chance ! soupira-t-elle.

Les larmes se mirent à rouler sur son visage.

— Est-ce que Gonzalez est en vie ? ajouta-t-elle.

Le médecin baissa la tête, puis la releva avec une mine attristée.

— Non, nous sommes arrivés trop tard.

Le cri d'un singe retentit au-dessus d'eux. La faune sauvage les entourait et les épiait.

— Alors c'est lui qui a eu de la chance, répliqua Argento.

Elle ferma les yeux et pria pour qu'un jour elle parvienne à oublier.

CHAPITRE 20

Atlan

La nuit était calme. Un vent glacé soufflait sur la plaine. Assis sur un rocher, isolé de tous, le professeur Jalabert était en proie à un profond émoi. Il n'y arrivait pas. Lui qui avait toujours été un homme de conviction et de parole, était assailli par le doute. Pourtant, il savait le sort qui lui serait réservé s'il manquait à sa mission.

Une chouette hulula. Jalabert tourna la tête et se releva. Vêtu d'une simple chemise et d'un pantalon léger, il était littéralement frigorifié. Ses dents claquaient et son visage bleui était aussi froid que la mort.

— Pourquoi m'avez-vous demandé cela ? fit-il en levant les yeux vers le ciel. Pourquoi ?

Il serra les poings et retourna en direction du domaine de Ritournelle. Il était temps de rentrer. Il devait reprendre son enseignement.

Il remonta sur son cheval et le fit courir au galop. Il passa la porte des écuries puis, laissant la bête à une jeune religieuse, il retourna dans l'aile nord où se trouvait son élève, sa victime.

Une humidité suintante s'écoulait le long des murs du couloir recouvert de salpêtre. Une torche à la main, il passa devant différentes cellules avant de trouver la sienne. Il ouvrit la porte et réprima un juron en l'entendant grincer.

Delphine se tenait prostrée dans un coin. Recroquevillée sur elle-même, elle sanglotait de froid plus que de douleur. Jalabert serra contre son cœur l'amulette qui lui rappelait son appartenance aux Frères des Maltâmes et s'obligea à ne pas faiblir.

— Debout, une nouvelle leçon vous attend, tonna-t-il.

Sa voix se répercuta dans toute la pièce.

Delphine ne bougea pas. Elle n'avait plus de force. Elle attendait la mort. Si seulement Dieu avait permis le suicide, se disait-elle en priant pour que le paradis lui ouvre ses portes le moment venu.

Elle n'avait plus aucun doute sur l'identité de son tortionnaire : il était le Diable en personne. Il l'avait déflorée pour mieux l'asservir. Il lui avait montré ce qu'il y avait de plus pur dans l'homme pour mieux la faire chuter dans les bassesses de l'enfer.

— Debout ! répéta Jalabert d'une voix plus dure.

Il sortit son couteau de sa poche et s'avança vers Delphine. Il se baissa vers elle et la retourna d'un geste vif. Il lui attrapa la main et la força à l'ouvrir. Il prit le couteau et l'enfonça dans cette chair si innocente.

Il se mit à réciter des incantations, et lentement un léger filet de brume envahit la pièce. Delphine poussa un hurlement de terreur. Elle reconnaissait cette atmosphère, c'était l'antichambre de l'enfer. Un froid inhumain lui glaça l'âme. Elle rouvrit les yeux et implora du regard Jalabert.

— Je vous en prie, laissez-moi. Je ne vous ai rien fait. Je vous en supplie ! lui dit-elle en pleurant.

— Tais-toi ! cracha-t-il, furibond. Ne comprends-tu pas la chance qui t'est offerte ? Tu vas devenir une créature parfaite. Une femme que les hommes honoreront de leurs prières. Tu vas régner sur des milliers de serviteurs qui seront à tes pieds. Que veux-tu de plus ?

Delphine baissa les yeux et murmura dans un souffle :

— Je veux que vous me laissiez tranquille. Je vous en prie.

Jalabert l'attrapa par les cheveux et la gifla sauvagement. Il devait en finir ce soir. Il savait que s'il faiblissait maintenant, il n'aurait pas le courage de recommencer. Il n'était pas fait pour ces choses-là. Il était un faible.

Il la tira et la traîna sous des chaînes qui pendaient au milieu de la cellule. Il lui menotta les mains, puis glissa entre les menottes une chaîne qu'il tendit. Le corps de Delphine se souleva au fur et à mesure. Elle n'essaya pas de se défendre. Il n'y avait plus rien à faire.

Par précaution, Jalabert lui ligota les jambes, puis il recommença ses incantations, incisant à chaque fin de couplet le corps de Delphine.

Une colère rentrée, accompagnée d'un profond sentiment d'impuissance, envahit le cœur de la mère supérieure Loubaresse. Elle ne supportait plus ces cris, ces hurlements. Ne pouvaient-il la tuer une bonne fois pour toutes ! Elle aurait elle-même exécuté cette sentence, mais ce de Gustin lui avait promis une mort ignominieuse si Delphine perdait la vie en son absence.

Dès lors tous les soirs, enfermée dans sa chambre comme ses autres sœurs du couvent, elle devait endurer ce calvaire et prier jusqu'à la fin des tortures.

— Mon Dieu, faites que cette pauvre enfant meure ce soir. Acceptez son âme en Votre sein. Je vous en prie, Seigneur, pria-t-elle, agenouillée, pour l'énième fois.

Elle se releva et allait se coucher quand une lumière attira son attention. Elle courut à la fenêtre, et très vite elle s'aperçut que cette lumière se rapprochait. Intriguée, elle décida de se rhabiller et d'aller affronter ce mystère. Était-ce là une réponse du Tout-Puissant ?

Dès qu'elle ouvrit la porte, un vent glacial la saisit sur place. Mais, luttant contre les éléments, elle s'avança sur la plaine et partit à la rencontre de cette lumière qui avançait dans sa direction.

Très vite, elle comprit.

Les deux cavaliers galopaient sur la plaine. Ils étaient enfin arrivés au bout de leur long voyage. Quasiment sans haltes, ils avaient chevauché à travers cet immense pays-continent. Ils n'avaient pas pris le temps de s'attarder dans les magnifiques villes que leur périple leur avait fait traverser. Guidés par l'urgence de leur mission, ils n'avaient de cesse de pousser leurs bêtes à déployer une énergie fantastique pour rattraper le temps.

— Je n'en peux plus, fit Guntray.

À ses côtés, tenant une lampe plasma dans la main, Marius espérait qu'ils n'arriveraient pas trop tard.

— Tiens bon. Nous sommes presque arrivés, répondit-il.

Quelques instants après, le domaine de Ritourneile leur apparut à la clarté lunaire. Une énergie nouvelle s'empara de Guntray. La fatigue semblait comme oubliée.

— J'espère qu'elle en vaut la peine ! plaisanta Guntray.

Il n'avait cessé de harceler Marius de questions, mais ce dernier n'avait jamais daigné lui répondre autre chose qu'un « Tu comprendras le moment venu ». Les seules choses qu'il lui avait révélées étaient la situation dramatique dans laquelle se trouvaient toutes les planètes limites et, par contrecoup, la Fédération.

Il cravacha sa monture et dépassa Marius.

Bientôt il approcha du couvent. Dans la lumière de la porte d'entrée, il distingua une silhouette qui se précipitait à leur rencontre. Il tira sur les rênes de son cheval et le fit ralentir, le menant au trot jusqu'à la forme humaine.

— Messire, qui que vous soyez, je vous demande de l'aide, fit-elle au bord des larmes.

Guntray sauta du cheval et comprit aussitôt la gravité de la situation.

— Où sont-ils ? demanda Marius sans autre forme de cérémonial.

La mère Loubaresse ne chercha aucunement à connaître la nature de ces nouveaux visiteurs. Ils ne pouvaient être que des envoyés du Ciel.

— Dans les geôles, fit-elle en désignant l'aile nord.

— Des geôles dans un couvent ? s'étonna Guntray tandis que Marius s'éloignait en courant.

— Cette bâtisse fut durant des années une prison, avant qu'un édit du roi Jean II ne la transforme en couvent, fit la mère Loubaresse.

Toutefois sa phrase se perdit dans le vide. Guntray courait déjà sur les pas de Marius.

Ils faisaient attention à ne pas trébucher, mais, malgré le terrain accidenté, ils n'eurent aucun mal à trouver leur chemin. Des cris insupportables leur indiquaient la voie.

— Comment peut-on faire cela ! jura Guntray.

Maintenant, Marius avait éteint sa lampe. Ils progressaient plus lentement. Ils ignoraient combien d'hommes étaient en bas et devaient jouer de l'effet de surprise. Ils débouchèrent dans un dernier couloir humide où régnait une atmosphère qui glaça l'âme de Guntray. Quelque chose de malsain, de mauvais, était en train de s'éveiller. Il déglutit et se força à rejeter ses pensées ténébreuses. Il n'avait jamais eu peur de l'obscurité et ne croyait aucunement au surnaturel. Aussi dégénérés que soient les hommes et leurs lubies, ils n'en étaient pas moins des hommes faits de chair et de sang.

De la lumière s'échappait d'une des cellules. Ils entendaient désormais des incantations mêlées aux cris qui se faisaient de plus en plus faibles. La fille était sur le point de craquer.

Marius sortit de sa poche un pistolet laser, et pria pour qu'il soit encore temps. Il se retourna vers Guntray et, d'un geste, lui fit comprendre qu'il devait l'attendre.

Encore quelques instants et la transformation serait totale. Les doutes de Jalabert étaient à présent derrière lui, tant il était fasciné par le miracle qui se produisait devant ses yeux. Une aura verdâtre striée d'éclats auburn s'enroulait autour de la suppliciée. Des filets de sang coagulés zébraient son corps. Ses yeux étaient révulsés, sa bouche pendante. Émerveillé, Jalabert n'en continuait pas moins son office, poursuivant ses psalmodies. Il avait presque fini la Libération.

Marius avait passé la tête et découvert ce spectacle envoûtant. Révulsé autant que fasciné, il hésita alors sur la conduite à tenir. Et si jamais nous avions tort ? se demanda-t-il. Et si c'est eux qui avaient raison ?

Tel un serpent, le doute se lova dans son esprit. Il n'avait qu'à attendre et voir ce qui se passerait. Il aurait tout le temps pour tuer Jalabert. Mais qui pouvait dire ce qu'allait devenir Delphine ?

Une main le poussa dans le dos. Marius se retourna et lança un regard furieux à Guntray.

— Vas-y, lui murmura ce dernier en mimant l'impatience.

Marius soupira en lui-même. Il hocha la tête, pointa son arme sur Jalabert et tira en plein cœur.

Le professeur n'eut pas le temps de comprendre ce qui lui arrivait. Il tomba raide mort sur le sol rugueux de la cellule.

Guntray se précipita dans la cellule et son cœur bondit quand il découvrit le spectacle de cette jeune fille suspendue par les mains, nue, le corps couvert de sang. Une étrange lumière flottait autour d'elle. Empli de compassion, il détacha Delphine et, avec l'aide de Marius, ils l'enveloppèrent dans son long et épais manteau.

— Nous sommes arrivés à temps, déclara Marius, l'esprit ailleurs.

Il ne cessait de penser à cet instant d'hésitation. Il avait été à deux doigts de trahir les siens. Ils avaient échappé de peu à un véritable enfer.

Il eut une pensée pour ses camarades qui devaient effectuer de pareilles missions sur les autres planètes limites. Y parviendraient-ils ? Il avait peu d'espoir.

— Nom de Dieu ! jura alors Guntray. Je connais cet homme !

— Le professeur Youri Jalabert, éminent spécialiste de la question maltâme, compléta Marius.

Des images de Néron et de sa cordillère revinrent à la conscience de Guntray. Le doux visage de Roseta et son sourire énigmatique lui serrèrent le cœur.

— Je ne comprends rien. Qu'était-il en train de faire ? Pour qui travaille-t-il ?

Marius porta la jeune fille sur son épaule.

— S'il te reste encore un peu de patience, tout te sera révélé bientôt.

Une phrase cinglante resta en suspens sur les lèvres de Guntray. La priorité était de sauver la fille. Il ressortirent des geôles et, parvenus dans le hall du couvent, croisèrent les regards médusés d'une centaine de religieuses.

— C'est fini. De Gustin est mort, lança Marius, avant de s'adresser directement à la mère Loubaresse : Emmenez-nous dans une chambre avec une cheminée. Apportez-nous des couvertures, et de l'eau.

— Tout de suite, fit la mère. Suivez-moi.

Les sœurs leur ouvrirent un passage et ils montèrent à l'étage derrière la mère supérieure. Un bourdonnement de murmures emplit le couvent. La peur et l'espoir envahissaient le cœur des religieuses. Ces hommes étaient-ils vraiment des envoyés de Dieu ?

Ils ouvrirent une grande porte de bois et pénétrèrent dans une chambre fort spacieuse, peu en rapport avec le vœu de pauvreté des sœurs.

— Cette chambre est réservée à nos invités de marque, fit la mère comme pour s'excuser.

Marius et Guntray passèrent devant elle. Ils déposèrent Delphine sur un modeste mais confortable lit qui n'avait rien à envier à ceux des grandes maisons d'Atlan.

Des sœurs apportèrent du petit bois et des bûches qu'elles déposèrent dans l'âtre. Marius les laissa faire, puis leur demanda de se pousser pour utiliser un briquet laser afin d'accélérer le processus de combustion. Des flammèches puis de véritables flammes illuminèrent rapidement la cheminée, irradiant la pièce d'une douce et réconfortante couleur mordorée.

Les religieuses se retirèrent et refermèrent la porte derrière elles.

— Tu penses qu'elle va s'en sortir ? demanda Guntray en se penchant sur Delphine.

À la lumière des flammes dansantes, le visage de la jeune fille était d'une pâleur spectrale.

— Je n'en sais rien. Seul le temps nous le dira.

Guntray passa la main sur le front de Delphine. Il était glacial. Il prit une des couvertures que les sœurs avaient apportées et l'en enveloppa délicatement, puis il se rapprocha du feu et s'assit sur le sol.

— Je crois qu'il est temps que tu m'expliques certaines choses, fit-il, le dos tourné.

Marius se rapprocha de lui et s'assit à ses côtés. Il lui posa la main sur l'épaule dans un geste paternel.

— Il est des choses que bien peu d'humains connaissent, des choses que j'ai promis de ne jamais révéler, Éric. Et la première d'entre elles est que je ne suis pas un humain ordinaire, commença-t-il

Guntray tourna son regard vers Marius et haussa les sourcils.

— Je suis ce que tu appelles un androïde. Un être humain avec un cerveau artificiel. J'ai été conçu il y a près de quatre cents ans. C'était le début de l'expansion de l'humanité vers les étoiles, la découverte des points neuraux. Un monde nouveau s'ouvrait à nous. Un énorme défi que l'humanité n'a pas mené à la mesure de l'enjeu. Heureusement, d'autres s'en sont chargés pour elle.

Le craquement des bûches attaquées par le feu émettait un bruit agréable aux oreilles de Guntray abasourdi par cette révélation.

— Comment as-tu pu survivre ? Tout le monde sait que les androïdes ont tous été exterminés depuis des siècles. Comment veux-tu que je te croie ?!

— Rien ne t'y oblige, c'est juste une question de confiance, lui fit Marius. Je peux m'arrêter là si tu y tiens.

Guntray changea de position, de façon à se trouver face à son interlocuteur.

— Non, continue. Admettons que tu sois ce que tu prétends. Comment as-tu pu survivre ?

— Nous nous sommes cachés. Très loin, aussi loin que nous le pouvions. Bien plus loin que les esprits les plus aventureux ne peuvent l'imaginer.

Ces paroles ravivèrent chez Guntray ses désirs d'aventures, son besoin de parcourir l'univers à la recherche de l'exotisme, de sensations fortes.

— Alors pourquoi être revenu ?

— Pour une seule et unique raison : pour sauver l'humanité.

Une plainte les interrompit. Guntray se retourna aussitôt et vit que Delphine bougeait dans son sommeil. Il se releva et alla s'asseoir près d'elle. Elle était encore inconsciente, mais son souffle semblait plus régulier.

Guntray reposa la main sur son front, et fut soulagé de constater que la chaleur reprenait ses droits dans ce jeune corps.

— Tu connais l'identité de nos agresseurs ?

Marius se releva à son tour et vint se placer de l'autre côté du lit. Il fit un petit sourire de comploteur et, prenant la main de Delphine dans la sienne, il dit simplement :

— Oui.

L'excitation était à son comble. Pour il ne savait quelle raison, Guntray n'arrivait pas à douter de Marius. Aussi improbable que fussent ses révélations, son sixième sens l'avertissait que la vérité allait jaillir de la bouche de l'homme qu'il avait toujours pris pour un simple majordome.

— Qui sont-ils ? fit-il en posant la seule question qui lui brûlait les lèvres.

— Des êtres comme moi. Des androïdes qui ont vécu depuis près de trois siècles comme des bêtes traquées, terrées sous la jungle de Kigoma, ou encore sur leur base « ultra-secrète » (il haussa les sourcils) qu'ils ont dénommée Éden.

— Pourquoi veulent-ils nous tuer ?

— Est-il besoin de poser la question ?

Guntray s'en voulut aussitôt. Il comprenait que Marius ne lui infligeait pas une leçon. Il était seulement en train de le tester. Peut-être que sa vie dépendait de sa faculté à répondre comme il le fallait aux exigences de Marius.

Il s'enferma dans le silence et se mit à réfléchir. La solution lui sauta au visage.

— La vengeance ? C'est cela ?

— Il est probable que ce fut la motivation principale. Mais tu pourrais ajouter la survie de l'espèce. Tant que la Fédération sera maintenue, la loi promulguant l'éradication totale des androïdes sera toujours en vigueur. Mettre à terre la Fédération, c'est tuer ce système barbare, et permettre à notre espèce de vivre comme des être humains à part entière…

— Mais un androïde n'est pas un humain, le coupa Guntray instinctivement. Ce n'est qu'une machine pensante. Aussi intelligent soit-il, il n'en reste pas moins qu'un amas d'électronique.

— Très bien, mais alors pourquoi essayes-tu de convaincre un simple amas d'électronique ?

Guntray fut pris au dépourvu. Malgré la révélation de Marius, il n'arrivait pas à le considérer comme un androïde. Plus humain que l'humain ? Il se mit à sourire, et secoua la tête.

— Tu crois que je suis un vieux réactionnaire ?

Marius haussa les épaules.

— Je crois que tu es le fruit d'un système où l'on prédigère la pensée. Crois-tu normal qu'aucune université, dans toute la Fédération, n'enseigne des cours d'histoire poussés sur cette période capitale ? Que les étudiants trop curieux tombent très vite sur des rapports succincts et caricaturaux, puis sur des interdictions, du fait du secret-défense ? Nous sommes la plus grande peur de la Fédération. Le syndrome oedipien, le fils doit tuer le père.

— Êtes-vous vraiment prêts à nous tuer tous ?

— Certains d'entre nous sont prêts à le faire, mais ils ne sont qu'une minorité, une infime minorité. Vous n'avez pas à avoir peur de nous.

Guntray avait du mal à ordonner ses pensées. Il n'était pas sûr de tout bien saisir.

— Si tu me dis que la majorité des vôtres est pacifiste, pourquoi ne pas avoir empêché vos bellicistes de s'en prendre à nous ? Vous auriez pu continuer longtemps à vivre dans la clandestinité. À quoi bon rechercher le conflit ?

— Parce que nous n'avons pas pu intervenir.

Il fit une pause, se gratta le menton et darda sur Guntray un regard lourd de solennité.

— Il existe un dernier secret que tu dois savoir. Ces androïdes n'ont pas agi de leur propre volonté. Quelqu'un d'autre les manipule. Un être beaucoup plus fort et inquiétant que la simple menace qu'un amas électronique peut déclencher.

— Qui est-il ?

Marius se pencha vers Delphine, et lui passa un doigt sur le visage.

— Le seul être dont l'humanité aurait dû se protéger depuis le début de son expansion, fit-il.

— Qui est ? demanda à nouveau Guntray.

— Il est encore trop tôt pour que je te réponde. Encore un peu de patience, Éric.

Guntray se força à ravaler sa frustration. Il bouillait littéralement d'impatience. Être si proche de la compréhension et en être tenu éloigné seulement par l'entêtement d'un homme ! Il secoua la tête et décida de diriger ses pensées vers la magnifique jeune fille qui dormait sur le lit.

CHAPITRE 21

Bavière

Une pluie battante tambourinait sur les fenêtres de la salle. Assis aux côtés de son ministre, Marshall se forçait à rester en alerte. Une profonde lassitude s'était emparée de tout son être. Des jours et des jours de stress, sans que rien de constructif en sorte. Malgré les médicaments qu'il avait pris, la fatigue pouvait se lire sur chacun de ses traits.

— Il n'y a rien à en tirer. Ils avaient prévu depuis bien longtemps leur départ. Il ne reste rien dans les décombres. Si ce n'est des centaines de cadavres métalliques, fit le général Fousteau.

Fraîchement revenu de Kigoma, il n'avait pu que constater leur lamentable échec après la découverte du repaire des androïdes. Tout avait été savamment détruit. Rien que du superficiel. Aucun fichier, aucune donnée sur l'ampleur de leur mouvement et sur leurs motivations.

— C'est complètement aberrant ! Comment peuvent-ils s'échapper sans que nous puissions les rattraper ? grogna Chandra, soulagé malgré tout.

Depuis l'affrontement de Kigoma et la découverte de l'identité de leurs agresseurs, sa cote était au plus haut dans les sondages. Par des discours très étudiés, il avait réussi à faire passer la déroute de Kigoma pour une victoire. « Ils ont fui devant nos troupes, et croyez-moi quand je vous dis que, où qu'ils aillent, nous les rattraperons. Nous investirons chaque planète, chaque recoin de l'Univers tant que nous n'aurons pas mis la main sur eux. Et, ce jour-là, ils paieront pour les crimes innommables qu'ils ont commis », avait-il énoncé la veille.

Les médias avaient revêtu leurs tenues kaki et « va-t'en guerre ». Ils multipliaient les débats, les reportages, les films et simulations, afin de drainer un public avide de tout savoir sur cette menace androïde.

Si pour l'instant, hormis Kigoma et son statut particulier, les conflits n'avaient eu lieu que dans le système des planètes limites, tout le monde s'attendait à ce que la prochaine frappe soit dirigée contre une planète de la Fédération. Quel massacre étaient-ils capables de réaliser ?

— Nous avions oublié la première obligation qu'entraîne le pouvoir : la paranoïa. Nous avons lésiné sur les crédits militaires, nous avons pêché par excès de confiance. Unifiée, l'humanité n'avait plus rien à craindre. Nous allons payer chèrement cette erreur, fit le général Hsieng.

Dehors la pluie ne cessait de tomber sur les jardins du palais du conseil. Muoi leva les yeux au ciel en secouant la tête.

— Cessez donc, avec vos déclarations alarmistes. Si la Fédération subit sa plus grave crise depuis des siècles, elle n'en est pas moins toujours debout, et tout porte à croire que les forces androïdes sont beaucoup moins importantes que les faits ne le laissent supposer. S'ils ont pu passer à travers les mailles des renseignements généraux durant des décennies, c'est justement parce qu'ils ne sont qu'une petite organisation. Je ne minimise pas l'ampleur de cette menace, il se pourrait qu'il y ait encore des milliers de morts, mais n'oubliez jamais que la Fédération est à la tête de cent dix milliards d'êtres humains, et il en faudrait, des batailles, pour nous mettre à terre !

Hsieng allait répliquer, quand le président du sénat le devança.

— Oui, il ne faut pas sombrer dans le pessimisme. Nous devons garder la tête haute et montrer aux populations que nous tenons les choses en main et que, quoi qu'il advienne, la Fédération vaincra. Par le passé, les androïdes ont déjà été vaincus. Ce qui a été fait une fois peut sûrement l'être à nouveau, fit-il, le regard inspiré.

Marshall hocha la tête, et se retint de montrer son mépris. Fonte était un imbécile. Ne voyait-il pas qu'ils étaient complètement manipulés ? Les androïdes se moquaient d'eux. C'étaient eux qui menaient la danse. Tout se passait selon des plans établis par eux. La Fédération ne faisait que réagir aux actions de ces terroristes. En aucune façon elle n'avait pris l'avantage sur eux. Quels que soient les discours enjôleurs de Chandra, ils étaient bel et bien dans l'ignorance la plus totale de la puissance de leurs agresseurs et de leurs désirs. Minimiser ces événements était très certainement la plus grande erreur qu'ils pouvaient commettre.

Les discussions continuèrent un long moment. Les généraux expliquèrent les plans d'action sur les planètes limites et lurent les rapports de leurs ingénieurs sur les nouvelles armes que leurs savants étaient en train d'élaborer sur la Ceinture. Enfin vint la question des stations orbitales à statut neutre.

— Nous devrions les investir en force, les prendre d'assaut. Qui sait quelles mines de renseignements ces poubelles de l'espace pourraient nous apprendre, fit le général Tchenko, songeur.

— Rien, si nous utilisons la force. Avez-vous déjà essayé de trouver les indices d'un meurtre en envoyant une bombe sur les lieux du forfait ? ironisa Mallory, chef des renseignements généraux.

Un lourd silence envahit la pièce. Le bruit de la tempête extérieure ne franchissait pas les fenêtres.

— La seule façon de découvrir quelque chose, c'est d'agir avec précaution. Observer, juger, analyser. Telle est l'unique solution. Nous ne devons pas effacer les traces qu'ils ont pu laisser, par une arrivée massive et chaotique de vos troupes sur ces stations. Laissez faire mes hommes, continua-t-il en affrontant le général du regard.

La plupart des participants à ces débats approuvèrent sa proposition. Chandra donna son accord, et ils passèrent à un autre sujet.

Station *Libertad*

L'agent Karin courait sur les pavés détrempés d'une rue sinueuse. Elle jeta un regard derrière elle et aperçut la silhouette de ses poursuivants. Elle serra les dents et maudit sa bêtise. Qu'est-ce qui lui avait pris de débarquer ainsi sans prendre la moindre précaution ?!

Le souffle haletant, elle savait qu'elle n'en avait plus pour longtemps avant d'être rattrapée. Une voiture déboucha d'une rue sur sa gauche et ce ne fut que d'un cheveu qu'elle évita de se faire écraser. Elle tourna sur la gauche, et saisit les barreaux d'une échelle de service accolée à un immeuble décrépit. Elle commença à grimper les étages quand elle entendit les rires gras des hommes à sa suite.

— Tu crois nous échapper, petite salope ! se moqua l'un d'eux.

— Cours, bébé, cours, nous avons tout notre temps, ajouta un autre.

Karin se mordit la lèvre inférieure, se retenant de craquer. Elle ne voulait pas imaginer le sort qui lui était réservé s'ils la rattrapaient. Il fallait qu'elle s'en sorte. Parvenue à mi-hauteur de l'immeuble elle faillit tomber dans le vide quand sa main, au lieu d'attraper le barreau suivant, ne trouva que le vide. L'échelle était sectionnée à ce niveau. Elle regarda en bas. Les hommes montaient tranquillement vers elle.

— Tu es à nous, n'essaye pas de fuir ! entendit-elle au-dessous d'elle.

Karin jeta un regard à droite puis à gauche et décida de tenter sa chance. Elle quitta l'échelle et se mit à marcher sur la corniche du septième étage. Elle avançait précautionneusement sans regarder vers le sol. Le moindre faux pas lui serait fatal. Devant une fenêtre, elle ôta sa veste dont elle protégea sa main et frappa la vitre qui se brisa en mille éclats.

— Oh que tu es maligne ! résonna une voix malsaine.

Karin pénétra dans une chambre et fut révulsée par l'odeur qui s'en dégageait. Elle mit la main devant sa bouche, traversa la pièce en courant, ouvrit la porte pour se retrouver dans un couloir éclairé par les seules lumières de l'extérieur.

Elle était au cœur du Sanctuaire, le quartier le plus mal famé de Libertad. Ici se négociaient les trafics les plus lucratifs. Le sexe, la drogue et les armes. Tout le monde fermait les yeux. La Fédération comprise. Chacun y trouvait son compte. Quels que puissent être ses principes, la Fédération savait qu'aucune organisation politique, aussi importante fût-elle, n'avait la possibilité d'éradiquer le crime. Aussi valait-il mieux fermer les yeux et limiter les trafics plutôt que de mener une chasse sans merci contre les trafiquants, au risque de perdre leurs traces.

Karin avait voulu prendre contact avec un de leurs indics dans le Sanctuaire. Malheureusement, il l'avait vendue, semble-t-il, à une bande à qui il devait un tas de coupons. C'était les risques du métier.

— Cesse de courir, on ne veut que ton bien.

La voix provenait des étages en dessous. Ils avaient investi l'immeuble. Karin fonça dans le couloir et trouva un escalier qui menait aux étages supérieurs. Elle aurait aimé crier à l'aide, mais elle savait que personne n'habitait plus dans cet îlot d'immeubles désaffectés. Personne, hormis des malfrats de la pire espèce. Elle montait les marches quatre à quatre quand soudain une planche craqua et son pied passa au travers.

Elle poussa un cri de douleur et retira aussitôt son membre lacéré, ensanglanté. Mais elle ne s'attarda pas, s'obligeant à continuer malgré la douleur qui lui torturait la cheville.

Elle atteignit le dernier étage, le visage trempé d'une sueur froide. Là, elle comprit que son heure était arrivée. Il n'y avait aucun moyen de leur échapper. Elle secoua la tête et fut secouée d'un léger rire proche de l'hystérie. Puis, reprenant la maîtrise de ses pensées, elle se dirigea vers un des appartements. Elle ouvrit une porte et pénétra dans un hall qui avait dû être somptueux des années auparavant. Des rayons de lumière artificielle entraient dans la pièce par d'immenses fenêtres. Tout en boitant de plus en plus, elle traversa le hall et ouvrit la double porte qui lui révéla un salon à l'architecture postclassique, d'une froideur accentuée par l'état de délabrement des lieux.

— Tu es foutue ! s'écria l'un des ses poursuivants.

La voix résonnait dans toutes les pièces. Karin sentit que son cœur s'arrêtait de battre. Elle pénétra dans une spacieuse chambre à coucher où se trouvait un lit à baldaquin. Elle alla près des fenêtres, tira les rideaux. À près de cinq mètres de là, le toit d'un immeuble. Elle ouvrit la fenêtre. Un souffle vint balayer la poussière accumulée sur le sol. Elle se pencha et sentit un frisson la parcourir quand elle prit conscience de la distance qui la séparait du vide. Elle jeta de nouveau un œil sur l'immeuble en face, et sut qu'elle n'aurait jamais la force de faire le grand saut. Il ne restait qu'une seule solution. Elle enroula sa cheville blessée dans sa veste puis, évitant de remuer la poussière au sol, elle réussit à ramper sous le lit en espérant que son subterfuge fonctionnerait.

Quelques secondes plus tard, des bruits de pas lui annoncèrent l'arrivée de la meute.

— Elle est où, cette conne ? rugit une voix rocailleuse.

— Elle a sauté ! s'étonna une autre.

Les traces de sang s'arrêtaient devant la fenêtre. Elle avait finalement trouvé un moyen de leur échapper.

— Et merde ! rugit le chef de gang en frappant de son poing la cloison.

Mais soudain un sourire s'afficha sur ses traits. Cette fille n'était pas du genre à se suicider. C'était une battante. Elle n'avait pas sauté. C'était sûr !

— Fouillez tout l'immeuble. Elle se cache quelque part, ordonna-t-il à la dizaine d'hommes qui l'accompagnaient.

Il sortit un joint de sa poche et l'alluma. Quand tous les hommes furent partis, il referma la porte de la chambre et alla s'asseoir sur le lit.

— Tu t'es bien foutue de notre gueule. Petite chérie ! fit-il d'un ton méprisant.

Allongée sous le sommet, Karin ne bougeait plus. Elle ralentit les battements de son cœur, prête à en découdre. De sa position, elle apercevait les bottes de l'homme. Peut-être devait-elle tenter quelque chose. Elle glissa lentement sur le sol poussiéreux, priant pour que sa manœuvre aboutisse. Elle se déplaça avec d'infinies précautions. Elle savait qu'au moindre bruit, c'en serait fini de ses chances de s'en sortir. Dans sa main gauche, une lame qu'elle espérait pouvoir lui planter dans la chair pour jouer de l'effet de surprise et ainsi lui rependre son pistolet qu'elle avait malencontreusement laissé tomber quand une décharge neuralgique lui avait touché le poignet. Soudain elle sentit un mouvement brusque au-dessus d'elle. L'homme avait dû s'allonger sur le lit. Mais il gardait les pieds à terre. Au bout de plusieurs secondes qui lui parurent une éternité, elle fut enfin en position. Elle prit une grande inspiration silencieuse, puis planta aussi fort qu'elle le put la lame dans le cuir de la botte.

À sa stupéfaction, aucun cri de douleur ne se fit entendre. Elle sortit de sa cachette et se redressa pour découvrir le chef de gang allongé sur le lit, le front percé d'une balle.

Un léger mouvement attira son attention. Elle eut enfin l'explication de ce mystère.

— Le Bureau n'est plus ce qu'il était. Vous n'êtes pas à la hauteur, agent Karin.

Corazon se rapprocha d'elle et lui rendit son arme. Habillé en jean et en T-shirt kaki du plus mauvais goût, il aurait pu passer pour un des malfrats qui la poursuivaient.

— Les autres ne vont pas tarder à revenir, fit-elle.

Corazon sourit.

— Je ne fais jamais les choses à moitié, agent Karin. Vous n'avez plus rien à craindre.

Il s'agenouilla à ses pieds, prit sa cheville blessée entre ses mains et estima les dégâts. Karin laissa échapper un sifflement de douleur.

— Vous êtes courageuse. Stupide mais courageuse, fit-il en découvrant l'étendue de la blessure.

Il sortit de la sacoche qui pendait à son côté une seringue et une petite fiole. Il remplit la seringue, puis, cherchant une veine dans le pied, il la piqua et déversa le liquide analgésique dans son sang.

— Voilà, la douleur va passer.

Karin alla s'asseoir sur le lit, réalisant à quel point

elle avait eu de la chance. Corazon lui avait sauvé la vie. C'était sa première mission en extérieur. Ça aurait très bien pu être la dernière.

— Merci, je vous dois la vie, fit-elle, sincèrement reconnaissante.

Corazon s'adossa à la fenêtre et se mit à fumer le joint du macchabée.

— Qu'est-ce qui vous a décidé à me suivre ? demanda Karin.

Une odeur parfaitement identifiable envahit la chambre. Corazon tira sur son joint et relâcha la fumée vers l'extérieur.

— Quelqu'un voulait votre mort. Je ne sais comment vous avez fait votre chemin dans le Bureau, mais une personne vous en veut personnellement.

— Qu'est-ce que vous voulez dire ? demanda-t-elle, soucieuse.

— N'importe qui pourrait voir que vous n'êtes pas prête à affronter Libertad. Je n'avais pas envie que vous mouriez. (Il fit une pause et ajouta :) Je voulais revoir Libertad. Aussi pourrie que ce soit cette station, j'aime son côté « apocalypse imminente ». Ici, la vérité quant au destin de l'humanité se révèle dans toute sa splendeur : il est illusoire de croire que la paix puisse perdurer. La Fédération est la pire des hypocrisies. Pendant que des milliards d'êtres profitent de ses bienfaits, combien ont à subir son inaction au sein des planètes limites ? Combien de victimes lui faudra-t-il pour se remettre en question ?

Karin lut la souffrance dans le regard de Corazon. Qui était-il vraiment ? Qu'avait-il vraiment vu ?

— Aucun système politique ne peut être parfait. La Fédération est certainement le moins mauvais…

— Pas de cela avec moi. Je vous croyais plus intelligente. Peut-être me suis-je trompé, la coupa-t-il, le regard dans le vide.

Karin aurait aimé lui dire qu'il ne devait pas perdre la foi dans le système. Que sur le long terme la Fédération était le meilleur système possible. Combien de guerres avaient été évitées depuis son instauration ? Mais elle comprenait que Corazon serait sourd à ce discours.

— Est-ce que vous allez m'aider à retrouver la trace des androïdes ? demanda-t-elle en jouant le tout pour le tout.

Corazon lui lança un regard surpris. Puis il se mit à rire.

— Je croyais que vous aviez compris. Excusez-moi, fit-il.

— Je nc comprends pas.

— Je suis un androïde, fit-il alors.

Karin ouvrit de grands yeux hébétés. Elle ne savait plus que penser.

CHAPITRE 22

En orbite autour de Perrard

Le moral était au plus bas. Confortablement assis dans un fauteuil de la salle de commandes, Drake sirotait un alcool de prune en attendant la suite des événements. Il n'y avait plus rien qu'il puisse dire ou faire pour changer le cours des choses. Il n'était qu'un témoin impuissant de bouleversements qui allaient changer la face de l'Univers pour les siècles à venir.

Il pianota sur une interface et la baie murale afficha l'espace insondable. Trois autres vaisseaux encadraient le sien. Wilson se trouvait dans le *Destinée* en compagnie de Gerrold, d'Isaac et d'autres sbires à leur solde.

Si la présence de Drake sur les lieux était tolérée, c'était uniquement parce que frère Wilson l'avait imposée comme condition à sa collaboration en tant qu'observateur. Après des menaces voilées, Gerrold avait accepté le marché, en se promettant de détruire, le moment venu, le *Heavy Métal* et ses passagers.

— Que va-t-il arriver, d'après toi ? demanda Lucinda qui avait préféré rester avec Drake plutôt qu'auprès d'Isaac.

Drake haussa les sourcils.

— Je ne sais pas, fit-il. Une catastrophe.

À ce moment-là, un vaisseau sortit d'un point neural et pénétra dans le système solaire de Perrard.

— Je crois que les jeux sont faits, fit-il avant de finir son verre d'un trait.

Après une dernière secousse, le vaisseau se stabilisa auprès du *Destinée*.

Gerrold monta directement vers l'embarcadère pour accueillir leur invité prestigieux. L'émotion faisait battre son cœur à un rythme effréné. Cela faisait des décennies qu'il ne l'avait revu. Le moment tant attendu de la conquête était arrivé.

Accompagné par une dizaine de ses acolytes, il passa une dernière coursive et pénétra sur le pont inférieur. Les dix androïdes firent une haie d'honneur et, quand la porte coulissa, ils levèrent leur arme tout en exécutant un salut de leur main gauche.

Le nouvel arrivant les salua en retour et vint serrer Gerrold entre ses bras.

— Cela fait longtemps que nous ne nous sommes vus. J'espère que je ne t'ai pas trop manqué ?

Gerrold, ému, avait les yeux brillants. Oui, il le reconnaissait bien. Toujours égal à lui-même. Malgré une tenue civile et des cheveux un peu trop longs à son goût, il émanait de sa personne une aura que nul autre ne pourrait imiter. Son sourire, ajouté à son regard qui vous transperçait comme une lame brûlante, renforçait son charisme.

— Oh ! que si, mon seigneur ! Je ne sais comment vous dire l'émotion qui m'habite, répondit Gerrold en mettant un genou à terre.

— Relève-toi, Gerrold, tu es autant un frère qu'un ami, fit l'homme en lui posant une main sur l'épaule.

Gerrold se redressa et distingua alors une silhouette à

l'entrée de la salle. Qui était cet homme ? Ne devait-il pas venir seul ? Répondant à l'interrogation tacite, l'homme afficha un de ses sourires envoûtants.

— Désolé, je manque à tous mes devoirs. Gerrold, je te présente John Elliot, fit Extanza qui d'un geste invita le chercheur à se rapprocher de l'androïde.

— Bonjour, fit ce dernier, subjugué.

Gerrold lui sera instinctivement la main.

— John est mon invité. Il est un des acteurs de la grande pièce que nous allons jouer. Peux-tu lui accorder l'hospitalité ? demanda Extanza.

— Bien entendu, répondit Gerrold qui se tourna alors vers une soldate : Donnez-lui une suite, et veillez à ce qu'il ne manque de rien.

La soldate obéit et emmena Elliot avec elle.

— Nous sommes si proches du but. Seigneur, je ne peux croire que le moment soit enfin arrivé, fit Gerrold.

Ils quittèrent l'embarcadère, et se retrouvèrent dans les couloirs qui parcouraient le vaisseau.

— Comme nous l'avions prévu, Gerrold. Tu as été un fidèle serviteur. Grande sera ta récompense, fit Extanza.

Il n'aimait pas cette lueur d'extase qui brillait dans ce regard. Il méprisait toute adoration, et encore plus ceux qui lui vouaient un culte. Mais il avait encore besoin de lui.

— Je ne demande rien d'autre que la liberté, seigneur, fit Gerrold.

— Tu n'as rien à craindre, nous sommes sûrs de notre victoire. Les androïdes gagneront cette fois-ci. Tu peux organiser le départ. Nous avons rendez-vous avec notre destin.

Ils arrivèrent dans une pièce d'un luxe qui laissa Extanza de marbre. Habitué à la richesse, il n'éprouvait plus beaucoup d'attirance pour ces détails de la vie humaine. Seule lui importait sa mission. Voilà près de mille ans qu'il attendait ce moment. Une certaine fébrilité lui tourmentait l'âme. Et si cela ne marchait pas ?

— Avez-vous le moine avec vous ? demanda-t-il.

— Oui, il est sous notre contrôle. Il s'en est fallu de peu que ces maudits catholiques et musulmans ne l'assassinent. Heureusement, nous avions tout prévu, se félicita Gerrold.

Extanza se retint de le réprimander. C'était lui-même qui avait ordonné la mort du moine. Depuis la découverte de l'Œil de Dieu, il n'avait plus besoin du frère. Mais il n'avait pas imaginé un instant que Gerrold tenterait de sauver ce grotesque androïde qui se prenait pour un être humain. Enfin, les plans n'en avaient pas changé pour autant. Le jour J était enfin là.

— Oui, nous avons eu de la chance, fit-il. J'aimerais lui parler.

— Tout de suite, seigneur.

Gerrold ne put s'empêcher de faire une courbette avant de sortir pour répondre avec empressement à la requête de son maître.

Wilson se regardait dans une glace. Il était satisfait du visage qu'elle lui renvoyait : sa barbe était belle et fournie. Il était redevenu lui-même. Il se doutait qu'il avait un rôle à tenir dans le complot que fomentaient les androïdes contre l'espèce humaine, et il était serein. Il avait la certitude que la main de Dieu guiderait chacun de ses mouvements, de ses paroles, pour la sauvegarde de l'humanité.

La porte de sa cabine s'ouvrit sans prévenir. Gerrold apparut dans l'encadrement.

— Suivez-moi, fit-il, laconique.

Wilson se retourna et croisant les bras, il glissa ses mains dans les larges manches de sa soutane. Dans un silence de mort, ils passèrent devant de nombreuses portes et empruntèrent plusieurs coursives avant d'arriver dans une section dont il n'avait jamais foulé le sol.

— Vous êtes un homme chanceux, frère Wilson, fit-il en activant l'ouverture de la porte.

Wilson attendit que Gerrold le précède, mais ce dernier lui demanda d'un geste de passer devant. Wilson obtempéra et la porte se referma derrière lui. Se retrouvant seul, Wilson traversa la pièce et vint se poster devant une table couverte de mets divers et variés. Il saisit une grappe de raisin et glissa un grain dans sa bouche.

— Je suis heureux de vous revoir, frère Wilson, fit Extanza en pénétrant la pièce.

Wilson l'étudia un long moment, mais il ne put mettre aucun nom sur ce visage.

— Je ne crois pas que nous nous soyons déjà rencontrés, fit-il, sur la défensive.

Extanza sourit.

— Fils ingrat, fit-il.

Puis, d'un mouvement circulaire de la main, il l'invita à fixer un écran mural où une projection s'affichait. La perversion. Wilson était atterré. Il ne pouvait ni ne voulait croire ce qu'il voyait. Les images montraient Extanza autour d'un corps dénudé, ligoté sur une table d'opération. Un corps et un visage semblables à ceux de Wilson.

— Vous ne l'emporterez pas au paradis ! geignait l'homme ligoté.

Puis il perdit connaissance. Une armée de chirurgiens s'affairait autour de lui. On lui découpa la boîte crânienne pour le décerveler, puis, avec une maîtrise absolue, on lui greffa un cerveau de silicone.

Frère Wilson était anéanti. Il avait beau se dire que ces images étaient fabriquées, au fond de lui, la vérité se faisait jour.

— Cela ne peut-être ! chuchota-t-il, désespéré. Vous êtes des démons !

Il sentit ses jambes fléchir. Il fallait qu'il s'assoie. Il chercha des yeux un fauteuil.

— Peut-être auriez-vous aimé une canne ? fit Extanza avec un sourire en coin.

Wilson repensa à cette canne qui l'avait accompagné des années durant. Du moins c'était ce que ses souvenirs lui disaient. Et s'ils n'étaient que factices ?

— Ne trouvez-vous pas curieux de ne plus en avoir besoin ? Et votre force, frère Wilson, trouvez-vous normal qu'un simple frère n'ayant jamais pratiqué le moindre sport soit aussi puissant que vous l'êtes ? continua Extanza avec insistance.

Wilson avait trouvé un fauteuil et s'était effondré dedans. Extanza tournait autour de lui comme un vautour attendant la mort de sa proie.

— Vous êtes le Diable ! gémit-il. Qui suis-je ?

Le doute était désormais semé dans l'esprit de l'homme d'Église. Il devait savoir. Quitte à en perdre la raison, il devait avoir les réponses. La vérité.

— Vous deviez être l'arme absolue. Le prochain pape. Toutefois les faits en ont décidé autrement. Avec la découverte de l'Œil de Dieu, je n'avais plus besoin de vous. Les Églises catholiques comme musulmanes étaient désormais condamnées à périr. J'allais enfin pouvoir retrouver ma liberté, frère Wilson.

— Pape ! Fit Wilson en écho. Qui êtes-vous ? Que voulez-vous ?

Extanza n'avait de comptes à rendre à personne. Durant des siècles, il n'avait jamais raconté son histoire à quiconque et pourtant le désir de tout révéler brûlait désormais au fond de lui.

Il alla s'installer dans un canapé.

Il pencha la tête en arrière et ferma les yeux. Malgré les siècles qui s'étaient écoulés, il n'avait rien oublié. Tout était encore présent à sa mémoire.

— Il y a de cela bien longtemps, mon frère et moi-même étions la fierté de nos parents. Des gens simples et honnêtes. De braves paysans qui travaillaient pour un grand seigneur. Un homme cruel et retors qui nous arracha à eux dès notre plus jeune âge pour servir à la cour. Notre vie aurait pu être aussi insipide que celle de simples laquais, si nous n'avions développé très tôt une certaine sensibilité pour *le Talent*. Repérés par le grand mage du royaume, nous fûmes mis à l'abri de sa seigneurie et envoyés dans la capitale pour recevoir des cours de géomancie particulièrement poussés. Nous apprîmes des tours fantastiques qui émerveillaient nos âmes d'adolescents. Nous apprîmes aussi la douleur et la souffrance sans lesquelles aucun prodige d'envergure ne peut être réalisé. Tout se passait pour le mieux dans le meilleur des mondes. Malheureusement, un jour notre royaume fut attaqué par des visiteurs venus du ciel. Notre monde fut ravagé par des envahisseurs venus du fin fond de la galaxie. Mon frère et moi fûmes mis en esclavage et subîmes toutes sortes de tortures. Nous étions de parfaits spécimens de laboratoire. Cette race ignorait tout du Talent. Elle était fascinée par nos pouvoirs qui produisaient des miracles. Toutefois leurs expériences ne menèrent à rien, et nos geôliers ne parvinrent pas à percer le secret du Talent. Nous étions une aberration. Une impossibilité scientifique.

Il fit une pause, changea de position sur le canapé et reprit d'une plus voix sourde.

— Ils auraient pu nous éliminer tous, pourtant ils décidèrent de signer un pacte avec nous. Dans la peur de rencontrer d'autres races encore plus étranges mais plus menaçantes que la nôtre, ils nous donnèrent des titres et des planètes sur lesquelles nous aurions tous pouvoirs. Ils nous gratifièrent même de leur plus grande invention : l'immortalité. Pour notre part, nous mêlâmes notre sang au leur, et enfantâmes des générations de bâtards dont certains possédèrent le Talent. Comme bien d'autres races avant la nôtre, nous avions été phagocytés par cet empire, le Ga-aS, au pouvoir de plus en plus immense. Les siècles passèrent et nous vécûmes ainsi jusqu'à ce que l'inévitable survienne. Notre empire qui s'étendait sur plusieurs galaxies rencontra une force bien supérieure à la nôtre. Une puissance dont personne n'aurait pu présager la force. Mais, au lieu de vouloir nous asservir, cette puissance décida de nous détruire les uns après les autres. À côté de ces crimes, le massacre que vous nommez génocide me semble d'un ridicule pathétique. Nous aurions dû mourir, être exterminés comme de vulgaires insectes, mais pourtant nous survécûmes. Sans que nous en sachions la raison, cette race, les Éthéniens, disparut du jour au lendemain, laissant l'empire dans un état lamentable. Sans pouvoir central, notre empire s'effondra en quelques mois. Les populations, si longtemps asservies, se révoltèrent les une après les autres. Nous étions trop peu nombreux pour pouvoir réussir à colmater les brèches. Mon frère et moi-même fûmes arrêtés alors que nous tentions de rejoindre une planète amie. Au cours d'un long procès, notre sort fut scellé. Une fin rapide nous fut interdite. Nous fûmes envoyés, dans un cercueil, à destination d'un trou noir afin de mourir de la pire des morts : l'annihilation. Nous étions près d'une centaine de captifs. Nous traversâmes le trou noir et, à notre plus grande stupéfaction, nous survécûmes à ce passage.

Extanza se redressa dans le canapé puis se leva et alla se chercher à boire. Wilson écoutait ses paroles sans en comprendre le sens. C'était n'importe quoi ! On se moquait de lui.

Extanza fixa le moine droit dans les yeux et y lut l'incrédulité. Mais peu importait. Il parlait plus pour lui-même que pour convaincre. Il était bon de se raviver la mémoire. La parenthèse terrienne allait enfin prendre fin.

— À notre plus grande stupéfaction, nous venions de traverser les replis de l'espace pour atterrir dans votre univers. Je vous épargnerai les détails des jours qui suivirent. Mais, très vite, des groupes se constituèrent parmi les ex-condamnés à mort que nous étions. Des conflits éclatèrent, puis quand nous comprîmes que seule la mort nous attendait si nous ne nous entraidions pas, nous réussîmes à faire taire nos querelles pour nous concentrer sur un seul projet : construire un moyen de retourner dans notre univers. Nous faisions tous partie de l'aristocratie de l'ex-empire. Nous avions tous le Talent. Aussi, unifiant nos savoir-faire, œuvrâmes-nous dans une harmonie parfaite à créer un moyen de rouvrir la porte qui nous ramènerait chez nous. Cela prit presque un mois. Un mois, durant lequel nous nous nourrîmes des corps des plus faibles d'entre nous. Mais nous parvînmes finalement à créer une gemme qui, associée au cercueil, pouvait créer une brèche dans l'espace jusqu'à notre propre univers. Nous étions tous à bout de forces, mais nous avions réussi. C'est à ce moment-là que la traîtrise se manifesta. Un groupe de dissidents qui craignaient de réintégrer un empire en ébullition décida de quitter le cercueil avec une des navettes qui se trouvaient dans ses soutes. Ces lâches partirent avec la gemme. De rage et d'impuissance, nous n'eûmes d'autre choix que de nous lancer à leur recherche. Mon frère et moi-même partîmes à leur recherche avec une vingtaine d'autres volontaires. Mais, malgré nos talents, seul le vide résonnait à nos oreilles. L'Univers était trop vaste ; ils avaient pu s'établir n'importe où. Nous n'avions plus beaucoup de force pour faire avancer notre vaisseau, et il y avait tant de planètes à visiter. Par lassitude nous décidâmes d'abandonner nos recherches et de nous poser sur la première planète à l'atmosphère accueillante.

Extanza se leva et vint se poster devant un des tableaux de la pièce. Une représentation holographique d'une montagne par le mauvais temps.

— C'est là que la chance nous sourit, reprit-il. Alors que moins d'une planète sur un million aurait pu nous accueillir, nous découvrîmes la vôtre au moment même où nous allions renoncer à trouver un refuge. Dans notre excitation, et en partie à cause de notre fatigue, nous oubliâmes toute règle de prudence et notre vaisseau s'abîma en pleine mer. Nous perdîmes tous connaissance. Je devais rouvrir les yeux quelques jours plus tard à bord d'un bateau. Un marinier nous avait repêchés, mon frère et moi. Je ne sais par quel miracle nous avions réussi à sortir du vaisseau, mais une chose était certaine : nous étions encore en vie. Nous étions en l'an de grâce 1535. Depuis, nous n'avons cessé d'œuvrer pour le jour glorieux où nous retournerions chez nous.

Wilson avait retrouvé son aplomb. Il n'avait à présent plus aucun doute sur la santé mentale de son interlocuteur. Cet homme était fou. Il croyait véritablement à ce qu'il disait. Comme bien d'autres dictateurs à poigne, il avait une vision du monde centrée sur sa personne. Il se voyait comme une sorte de surhomme. Un nouveau messie. Oui, Extanza se prenait réellement pour le Messie. Comment pouvait-il s'imaginer qu'il avalerait ces sornettes ? se retint-il de lui cracher au visage.

— C'est fantastique ! fit-il au contraire, en espérant le convaincre de sa crédulité.

Il fallait qu'il sorte vivant de cette confrontation. Jamais sa vie ne lui avait semblé aussi importante. Il avait en face de lui le coupable de toutes les exactions commises dans l'Univers. Il devait survivre pour le vaincre.

— Bien plus que cela, frère Wilson, fit Extanza. (Il lui jeta un regard méprisant.) Et puis, cessez de me regarder ainsi. Vous êtes un piètre comédien. Vous ne croyez pas un traître mot de mon histoire. Et qui le pourrait !

Il sortit de la pièce, et fut pris d'un sentiment d'euphorie. Un sourire illumina ses traits. Jamais il n'avait sentit le Talent courir aussi vigoureusement dans ses veines. Il se sentait capable de réaliser les prodiges les plus fous. Ces années d'exil lui avaient permis de faire le point sur ce qu'il était vraiment, sur ce qu'il chérissait le plus. De retour dans le Ga-aS, il serait un nouvel homme, un être beaucoup plus fort, mais beaucoup plus humain aussi. À l'abri des responsabilités qui avaient été siennes des millénaires durant, son passage sur Terre en tant que citoyen anonyme lui avait permis de mener des vies paisibles et de faire la connaissance d'un sentiment qu'il avait toujours cru absent de son cœur : l'amour. Il avait des siècles d'amour à rattraper. Peut-être était-il temps de réparer les erreurs de son ancienne vie. Peut-être l'aimait-elle encore ?

CHAPITRE 23

Italie

Le spectacle de la désolation s'étalait à leurs regards. Les biggles venaient de pénétrer dans les restes de Pontechianale. La cité était entièrement détruite. Le feu avait laissé un tapis de cendres qui s'envolaient à chaque foulée des militaires.

— Venez voir par ici ! appela Oriane.

Elle venait de pénétrer dans les restes d'une maison. Une dizaine de corps carbonisés étaient regroupés dans une figure mortuaire sinistre.

— Pouah ! Ça pue ! grogna le soldat David Lapam en mettant la main devant son visage.

D'autres soldats les rejoignirent.

— Ils n'ont pas fait dans le détail, pas de prisonniers !

— Politique de la terreur ! fit la soldate Elisa Marriachi.

Ils ressortirent du lieu du carnage et retrouvèrent le reste de leur unité. Ils découvrirent d'autres massacres du même genre. Les armées de Caligula, manipulées et secondées par les androïdes, ne montraient aucune compassion. Il fallait faire des exemples. Chaque village qui avait pris parti contre l'autoproclamé nouvel empereur connaîtrait le même sort.

Tenant leur fusil HK d'une main ferme, ils achevèrent de fouiller les décombres du village et purent en fin d'après-midi constater l'ampleur des dégâts. Des centaines de cadavres, hommes, femmes et enfants, avaient été sacrifiés au nom d'une folie guerrière. La colère grondait dans le cœur des soldats. Tous autant qu'ils étaient, ils n'avaient jamais eu affaire à la réalité de la barbarie. Pour la première fois de leur vie, ils comprenaient pleinement le sens de leur fonction et l'obligation pour un État de se munir d'une armée forte et disciplinée.

Ils établirent le camp en bordure du village et, tandis que certains commençaient les gardes, les autres allèrent se coucher sous les tentes.

— Tu te rends compte, ces malades ! Tuer des bébés ! cracha la soldate Domergue.

— Faut pas être humain ! fit Lampam. Je te jure que, quand on va les trouver, je leur ferai exploser la tête sans sommation.

— Ouais, ils ne l'emporteront pas au paradis, conclut Oriane, la rage au cœur.

Aucun de ses compagnons ne la contredit. Allongé dans leur sac de couchage, chacun avait la tête envahie d'images d'horreur. Depuis leur débarquement, au nord de l'unique continent de la planète, quelques jours auparavant, ils n'avaient pas encore assisté aux désastres causés par la guerre. Les premiers villages qu'ils avaient rencontrés étaient trop retirés dans la campagne romaine pour être des cibles stratégiques ou symboliques pour l'armée de Caligula. Mais, à présent, l'horreur venait de s'abattre sur chacun de ses soldats pour qui la guerre n'avait jamais été qu'une abstraction.

Égypte

Un léger bruissement et le soldat Serra se jeta en arrière, évitant de peu une lance qui s'enfonça dans le mur.

— C'était moins une, lui fit la soldate Boxberger.

Serra grogna et s'essuya le front. Il reprit la marche et s'efforça d'être plus prudent. Cela faisait près de trois heures qu'ils tournaient et retournaient dans le dédale de tunnels qui creusaient la pyramide de Ramsès IV.

Toute leur unité avait investi ce tombeau séculaire afin d'y dénicher un éventuel essaim d'androïdes, mais, au fur et à mesure de leur investigation, nombre d'entre eux avaient été victimes des pièges rudimentaires des maîtres de la planète.

— Tu crois qu'on a une chance de s'en sortir ? demanda Boxberger d'un ton résigné.

Serra s'arrêta et se retourna vers la soldate. Il avait toujours été un fervent partisan de la séparation des sexes dans l'armée. Une fois de plus, les faits lui prouvaient qu'il avait raison.

— Si tu fermes pas ta gueule, t'as aucune chance, fit-il en la menaçant négligemment de la pointe de son fusil HK.

Boxberger hocha la tête et sourit.

— Bien, mon capitaine, si vous me sortez d'ici vivante, je vous jure de tout faire pour interdire l'armée aux femmes, fit-elle, ironique.

En dépit de la chaleur étouffante de la région, un froid glacial régnait dans les tunnels de la pyramide et, malgré l'attitude décontractée des deux militaires, une peur terrible envahissait leur âme. Sur les trente soldats que comportait leur groupe, ils étaient les derniers survivants. Piège après piège, trappe après trappe, les soldats de la Fédération avaient disparu les uns après les autres.

Ils passèrent un nouveau couloir et arrivèrent à l'entrée d'une vaste salle éclairée par une multitude de torches accrochées aux murs. Des représentations de divinités égyptiennes y étaient peintes, ainsi que de nombreux cartouches.

Serra, serra les dents et s'arrêta à l'entrée de la salle.

— Passe devant, fit-il à la jeune femme.

— Quoi, vous croyez tout de même pas que..., se défendit la jeune soldate.

Mais, avant qu'elle ait fini sa phrase, Serra l'avait tirée par la veste et poussée avec force dans la salle. À sa surprise, rien ne se produisit. Il avança à son tour.

— Espèce d'ordure, vous espériez que je me ferais buter ! Vous me paierez ça, cracha Boxberger en se relevant.

— Ta gueule, lui répondit Serra en lui jetant un regard méprisant.

Ils commencèrent à examiner les lieux, mais durent très vite se rendre à l'évidence, il n'y avait aucune indication sur les moyens de sortir de là. Sept autres ouvertures creusaient les murs de la salle. Sept moyens de se perdre encore plus.

— Nous allons nous séparer. Le premier sorti appelle les renforts, fit-il en se dirigeant vers un des tunnels.

Boxberger jeta son fusil au sol, et marcha d'un pas décidé vers le capitaine :

— Vous faites chier ! Depuis quand un officier peut abandonner un de ses soldats ? rugit la soldate ulcérée par le comportement de son supérieur.

Malgré tout le dégoût que lui inspirait cet homme, sa présence lui était mille fois plus agréable que la possibilité de rester seule dans ce cercueil titanesque.

Serra se retourna d'un coup et, d'un geste vif, frappa Boxberger de la crosse de son arme. La soldate s'effondra sur le sol, le souffle coupé. Elle se souleva à quatre pattes et se mit à pleurer.

— Pauvre fille ! se moqua Serra en la regardant gémir.

Il revissa sa casquette sur sa tête et une douleur fulgurante lui traversa le bras. Un bruit assourdi par le sable du sol lui fit comprendre que son membre venait d'être tranché. Le temps qu'il relève les yeux, sa tête se détacha de son corps à son tour.

Boxberger se mit à hurler de terreur. Des hommes aux crânes rasés et vêtus de longues robes firent leur apparition. Ils l'encerclèrent en psalmodiant dans une langue inconnue. Un des prêtres, un homme de plus de deux mètres, s'approcha d'elle et se baissa à son niveau :

— Tu n'as pas à avoir peur, tu ne vas pas mourir, fit-il en anglais, tout en lui prenant le bras.

Il la contraignit à se redresser et deux autres prêtres la prirent en tenaille. Boxberger était tétanisée d'effroi. Elle comprenait que tout était perdu et qu'elle ne pouvait se fier à la promesse de ces malades.

Les incantations s'arrêtèrent soudainement. Le géant se rapprocha à nouveau de la soldate lui souleva la tête d'une main, puis, sans se départir de son sourire, lui montra les deux serpents qu'il tenait dans ses mains.

La soldate cria…

— Mon Dieu ! On va tous crever, fit le soldat Van Petersen.

Tout comme les dix autres soldats de son groupe, il sentit ses poils se hérisser de terreur quand les hurlements de Boxberger résonnèrent dans toute la pyramide.

Légende

Le vizir se tenait à genoux devant le colonel Kang. Après deux journées de combats acharnés, les troupes de la Fédération avaient enfin investi le palais du Sultan El Haïssan, un des hommes les plus puissants de la planète.

— Où est ton maître ? demanda le colonel pour la troisième fois.

Le vizir jeta un regard désemparé autour de lui. Le visage défait, il mit les deux mains sur son torse et essaya de sauver sa peau.

— Je vous jure que je n'en sais rien ! Ne me tuez pas, je vous en supplie ! fit-il.

Le colonel lui cracha dessus. Près d'une centaine de ses hommes étaient morts lors de la prise du palais. S'il existait un comportement qu'il haïssait, c'était bien la lâcheté.

— Si tu ne sais rien, alors tu ne me sers plus à rien, répondit Kang.

Il sortit son pistolet laser de son étui et en posa l'extrémité sur le front de l'homme.

Autour de lui, le temps s'arrêta. Ils étaient dans un des jardins intérieurs du palais. Un endroit féerique. Une splendide fontaine centrale déversait en cascade ses eaux bruissantes. Des plantes luxuriantes maîtrisées avec art étaient disposées dans un souci d'harmonie et d'ombre bienfaisante. Au-dessus de leurs têtes, les deux soleils de Légende brûlaient de tous leurs feux. Quatre soldats, accompagnant Kang, tenaient en joue une dizaine de domestiques.

— Non, pour l'amour d'Hallah !

Ce fut le mot de trop. Kang appuya sur la détente et le vizir partit en arrière dans un dernier cri.

À ce moment, le soldat Missonnier entra dans le jardin.

— Colonel, nous venons de trouver un passage secret qui mène jusqu'à une chambre forte.

Kang détourna son regard du cadavre et le riva sur le soldat.

— Nous avons découvert tout un arsenal militaire. Nul doute qu'il s'agit de l'œuvre des androïdes, continua Missonnier.

Un nuage passa devant l'un des soleils. La température fraîchit aussitôt.

— Scannez chaque prisonnier un par un. Qu'aucun n'échappe au contrôle ! Et si jamais vous m'en trouvez un, surtout ne l'abattez pas, appelez-moi.

Le soldat obtempéra et s'en retourna.

Kang alla s'asseoir sur le rebord de la fontaine. Il ôta sa casquette et, après avoir trempé sa main dans l'eau de la fontaine, il la passa sur son visage couvert de sueur.

Trois jeunes femmes au visage caché derrière un tchador le fixaient, le regard terrifié.

— Qu'on leur enlève ce bout de tissu ! À partir d'aujourd'hui, les femmes vont retrouver leurs droits, fit-il aux soldats encore présents.

Les filles secouèrent négativement la tête.

— Non, grand seigneur, respectez notre foi, plaida courageusement l'une d'entre elles.

Le colonel leur lança un regard dur. Il plaignait ces pauvres femmes incapables de comprendre la servitude dans laquelle leur religion les maintenait. De gré ou de force, il les libérerait de leurs chaînes.

— Si votre Dieu est si puissant, qu'Il m'abatte dans l'instant pour avoir profané vos croyances.

Les soldats arrachèrent les tchadors, et rien ne se produisit.

— Un jour vous devrez rendre compte devant Hallah de vos actions, et j'espère que vous comprendrez alors vos erreurs, le fustigea une des jeunes filles.

Le soldat le plus proche de la jeune fille lui envoya une gifle qui lui ouvrit la lèvre. Peu importait la nature de l'opposant, on ne menaçait pas impunément un colonel de l'armée de la Fédération.

— C'est tout le mal que je me souhaite ! ironisa Kang, en retournant à l'abri des murs du palais.

Il restait encore du travail à faire.

Soleil levant

La nuit était magique. Des flammes dansaient de tous les côtés. Aucune maison, aucune pagode n'avait été épargnée. Ravageant tout sur son passage, le feu se nourrissait de ces bâtisses de bois et de bambou. Armés jusqu'aux dents, la trentaine de soldats de l'unité s'étaient regroupés sur la place du village. Leurs visages luisaient d'une sueur guerrière. Ils n'avaient fait qu'une bouchée de ce village qui avait tenté de résister à leur avancée. Le temps de la négociation était derrière eux. Les ordres avaient été clairs : tous les moyens étaient bons pour atteindre le mont Chiro dans les meilleurs délais.

Un bruit de moteur réussit à se faire entendre à travers la terrible plainte de la population sinistrée. Une jeep de l'armée pénétra dans le cercle et s'arrêta près des militaires. Vêtu de son treillis, le capitaine Hazaki se redressa depuis sa place de conducteur.

— Vous avez fait du bon boulot, je suis fier de vous, fit-il en affichant un sourire carnassier.

Comme nombre de ses pairs, il se félicitait de ces événements. Enfin l'action ! Ils n'auraient plus jamais à subir la honte qui lui taraudait l'âme quand il pensait que ces gens qui étaient issus de la même civilisation que lui avaient bâti ce monde abominable.

Une femme s'approcha de lui en courant. Elle tenait dans ses mains une chose. Un des soldats courut à sa rencontre et l'intercepta avant qu'elle atteigne la jeep. Mais il n'eut pas le temps de la frapper. Hazaki descendit du véhicule et ordonna à son homme de laisser la jeune fille.

Elle s'avança vers lui et lui tendit son enfant mort. Le bébé ne devait pas avoir plus de trois mois. Hazaki hocha gravement la tête, et s'adressa à la jeune femme dans sa langue maternelle.

réussit à éviter le coup qui aurait dû lui trancher la gorge.

Le souffle court, les poumons brûlant de douleur, Hazaki comprenait qu'il ne lui restait que peu de temps pour trouver la parade. Le villageois semblait ignorer la fatigue. La force de celui qui n'a plus rien à perdre, se dit-il. Il se redressa et, malgré le sang qui s'écoulait de ses nombreuses blessures, il réussit à garder une posture digne et reprit les hostilités. Après trois attaques contrées avec une facilité de plus en plus évidente, Hazaki tomba sur le sol et lâcha son sabre. Il avait perdu.

Oshii se pencha au-dessus de lui, et leva son sabre dans les airs. Il poussa un cri de désespoir et de colère.

— Attends encore un peu, souffla le soldat Castejon à sa camarade Lingibe qui tenait en joue le villageois.

Ses doigts démangeaient la jeune soldate. Elle ne pouvait pas laisser tuer son capitaine pour une question d'honneur. La Fédération méprisait les coutumes de ce peuple décadent. Elle devait tirer. Et alors qu'elle prenait la décision de passer outre la recommandation de Castejon, Oshii jeta son sabre dans les airs.

La lame s'envola et alla se poser dans les flammes d'une maison.

— Nous ne sommes pas des barbares, fit-il dans un anglais fédéral convenable.

Pour la première fois de sa vie, Hazaki baissa les yeux et reconnut sa défaite.

Atlan

Esteban se permit un sourire. Il ne sentait plus aucune douleur. Seule une grande lassitude emplissait son âme. Allongé à même le sol glacé, il fixait le ciel obscur avec calme, attendant la venue de l'aube. Avec un peu de chance il verrait une dernière fois le soleil. Il repensa à tout ce gâchis de vies humaines, et ne put réprimer un rire douloureux qui lui fit recracher encore un peu plus de sang. Il essaya de bouger son bras, mais il dut se rendre à l'évidence : il ne sentait plus son corps. Que le roi lui pardonne, il avait failli à sa tâche. À sa surprise, il ne redoutait pas la venue de la grande faucheuse. Lui qui avait toujours glorifié la vie, se rendait compte qu'il était plus courageux qu'il ne l'aurait cru. À moins qu'il ne soit plus lâche que ses cauchemars le lui disaient. Tout au long de sa campagne contre les Français, il avait vu, laissé perpétrer, voire même organisé des massacres et des actes d'une barbarie sans nom. Combien d'hommes, de femmes et d'enfants étaient morts sous le commandement d'Esteban Montaldo ? Combien de martyrs victimes de l'appétit de ce jeune général ambitieux ? Combien sauraient qu'il se maudissait de ne pouvoir fuir cette responsabilité étouffante ? Peut-être valait-il mieux mourir ?

Un voile passa devant ses yeux, son cœur suspendit un instant ses battements, le sang reflua de son visage. Était-ce la fin ?

Non, sa vue redevint normale et son cœur palpita à nouveau. Malgré la mort qu'il savait proche, il grappillerait encore ce qu'il pouvait de vie avant d'aller pourrir en enfer.

Ils avaient été vaincus par plus forts qu'eux : les gens de l'Extérieur. Son armée était tombée sur eux la veille. Et comme ils avaient refusé de capituler devant ces soldats aux tenues étranges, Esteban avait ordonné l'assaut. Ce fut le début du massacre. Usant d'armes à projectiles inconnus, les hommes et femmes de l'Extérieur décimèrent ses troupes en un clin d'œil. Une véritable boucherie. Rien ne pouvait les arrêter, si ce n'est la retraite. Ils furent nombreux à fuir, mais Esteban resta digne dans la défaite. Deux projectiles insolites le touchèrent au ventre. Il s'effondra sur le sol et perdit connaissance.

Il percevait des voix. Esteban tendit l'oreille, mais ne comprit pas un seul mot de ce langage inconnu.

— Hé ! regarde, on dirait qu'il y a un survivant ?

— Tu crois, allons voir ça.

Les pas se rapprochèrent et deux silhouettes se posèrent au-dessus de lui.

— Putain, regarde-moi ce con. Il nous observe !

— Il croyait faire le mort jusqu'à ce qu'on se tire ! Petit malin !

Les soldats se mirent à ricaner. Esteban leur rendit un sourire.

Une salve de mitrailleur, puis une longue rigole de sang s'écoula du corps de l'Espagnol. Le visage grotesque de la mort figea les traits d'Esteban.

Le mémo d'un des soldats sonna.

— Qu'est-ce que vous foutez ?! hurla leur capitaine, quand ils prirent la communication.

— Rien, juste un dommage collatéral, répondit le soldat de la Fédération.

Bavière

Marshall enchaînait réunions sur réunions. Il n'avait pas dormi depuis près de deux jours. Il fallait qu'il trouve une salle où se reposer un moment. Il traversa les innombrables couloirs du palais présidentiel et, usant de son passe, ouvrit une porte au hasard. Une petite pièce s'offrit à lui. Certainement le bureau d'un fonctionnaire de second rang. Il alla s'asseoir dans le fauteuil en cuir et posa les pieds sur le bureau. Il ferma les yeux et prit soin de se mettre en semi-hypnose. Il ralentit son rythme cardiaque et fit le vide dans sa tête. Il devait retrouver son calme et sa lucidité. Les mauvaises nouvelles s'amoncelaient sur son bureau. Le nombre de massacres ne cessait de s'accroître. Même s'ils contrôlaient encore médias, il n'en restait pas moins que la population commençait à s'affoler. Les rares images qui arrivaient sur le réseau montraient toutes des scènes d'une désolation terrible. Si le nombre de morts annoncé faisait état de trois mille quatre cents, dans les rangs de l'armée fédérale, Marshall savait pertinemment que ces chiffres étaient bien au-dessous de la réalité. Près de quarante croiseurs avaient été détruits lors de la première phase d'agression. Et si l'armée avait pu désormais détruire les citadelles d'où étaient partis les tirs qui avaient vaincu leur flottille spatiale, il n'en restait pas moins qu'au sol, c'était un véritable carnage. Même si la Fédération possédait les armes les plus puissantes, les habitants des planètes limites, manipulés par les androïdes, se battaient corps et âmes avec une férocité surhumaine pour défendre leur monde. Le couteau d'un fanatique pouvait souvent se révéler aussi redoutable qu'un fusil HK.

Marshall resta près d'une demi-heure dans un état de sommeil hypnotique avant d'en ressortir lentement. Il porta aussitôt la main à son mémo et secoua la tête quand il prit note de la trentaine de messages que lui faisaient parvenir ses plus proches collaborateurs. La frénésie était à la limite de la panique. Il était urgent de rassurer l'opinion publique. Urgent aussi d'en finir avec cette guerre. Marshall se releva et passa devant une glace. L'homme que lui renvoya le miroir lui fit peur. Un homme fatigué et vieillissant. Il détourna le regard et quitta la pièce.

— Ah ! vous tombez bien, je vous cherchais ! fit aussitôt en l'accostant un des conseillers du président Chandra. Il faut que vous rappeliez le général Hsieng.

— Oui, entre autres, fit-il en allumant son mémo tout en reprenant sa marche dans les couloirs du palais.

CHAPITRE 24

Boxtown

Genievre Kanz passa une dernière porte et aboutit dans une somptueuse suite où étaient réunis autour d'une longue table ovale dix des plus grands entrepreneurs de la Fédération.

— Nous n'attendions plus que vous, fit Élisa David, la directrice de la Santex Company.

Genievre adressa un salut à toute l'assistance et vint s'asseoir à la table. Comme il était bizarre de devoir négocier avec des personnes dont elle souhaitait tant qu'elles fussent mortes !

— Alors commençons, fit-elle.

Elle rajusta le col de sa chemise en soie, et passa subrepticement sa main sur le collier en or qui garnissait son cou. Même si son statut actuel lui permettait dorénavant toutes les extravagances, elle croyait toujours aux vertus du paraître et méprisait au plus haut point le comportement faussement négligé du président de la Média World, Jim Sherwood, par exemple, qui était habillé d'un survêtement jaune et qui ne s'était manifestement pas coiffé.

— Au vu des derniers événements, nous ne pouvons

pas rester sans réagir. L'indice NIVIF est au plus bas. Il a perdu près de trente pour cent de sa valeur en moins d'une semaine. Si ce n'est pas un crack, cela en a tous les symptômes. Le moral des ménages est en train de s'émietter, la consommation ne va pas tarder à ralentir. Et je ne vous parle pas de l'investissement. Nous fonçons tout droit vers la première crise économique majeure de la Fédération. Et nul ne sait ce qu'il en sortira, entama Tin Sin San, le président de Biotic Ingeneries.

Petit homme replet, il avait une voix en décalage complet avec son apparence. Dès qu'il parlait, tout le monde faisait silence tant elle était profonde et impressionnante.

Kanz regarda par-dessus l'homme et se prit à apprécier le sommet de la tour de l'Avenir qui se dressait derrière la baie vitrée. Le soleil se levait sur Kaklan. Une belle journée gâchée par cet énergumène.

— Nous le savons tous très bien, et c'est pour cela que nous sommes ici, continua Désiré Dimago. Si la crise perdure, ce sont nos places qui sont en jeu, les actionnaires ne nous feront pas de cadeaux. Si nos entreprises vacillent, nous serons les premiers à tomber.

De sombres pensées envahirent les protagonistes. Chacun savait les efforts, les tractations, les traîtrises et les malversations qu'il avait dû réaliser pour arriver au sommet. Aucun n'était prêt à tout recommencer à zéro.

— Il faut que cette guerre finisse au plus tôt, intervint Barthélemy Rubinstein.

Tout le monde acquiesça.

— Il nous faut envisager le pire, reprit-il. Le conflit ne doit pas s'enliser. Nous devons donc tout mettre en œuvre pour mettre fin à cette guerre.

Un ricanement se fit entendre. Celui de la très conservatrice Catherine Vera-Ortiz.

— Nous n'avons toujours pas idée de la nature exacte de notre ennemi. Des androïdes ? Mais d'où viennent-ils ? Où sont leurs véritables bases ? Combien sont-ils ? (Elle leva les bras au ciel.) Avez-vous des informations confidentielles et pertinentes qui vous laissent croire que nous ayons un rôle à jouer ? Nous ne pouvons qu'assister, impuissants, à un conflit qui nous dépasse. Ne perdons pas notre temps à chercher une solution pour gagner cette guerre, mais plutôt pour nous maintenir en poste !

Kanz se retint de lui jeter un regard de mépris. Quelle faiblesse d'esprit ! Comment cette femme avait-elle pu devenir le numéro un d'un groupe pesant plusieurs milliards de coupons ? Kanz afficha toutefois un regard neutre et espéra ne pas se faire détester en sortant de cette assemblée de crapules.

— Qui a parlé de victoire ? Je ne fais pas partie des gens qui pensent que les ennemis de la Fédération sont forcément nos ennemis.

Kanz ne put réprimer un haussement de sourcils. Elle ne pouvait qu'admirer le trait de génie de cette pensée. Avec ses plus proches conseillers, elle avait élaboré quantité d'hypothèses aussi impensables les unes que les autres, mais jamais elle n'avait opté pour une victoire des androïdes et le résultat qui en découlerait. Non qu'elle soit sûre de la victoire de la Fédération, mais il leur avait semblé tellement évident que les androïdes voulaient les mettre à terre.

— Intéressant, le félicita Sin San, poursuivez, je vous prie.

Rubinstein se carra profondément dans son fauteuil et arbora un large sourire.

— Il est en effet plus que probable que ces androïdes ne tiennent pas à mettre à mal notre système en tant que tel. J'ai même la prétention de croire que c'est tout l'inverse. Pourquoi les conflits n'ont-ils eu lieu que sur les planètes limites où nos chances sont le plus réduites ? Pourquoi ne pas attaquer Bavière, Boxtown, la Terre ou encore Lattara ? Je crois seulement qu'ils aiment autant que nous le pouvoir et les richesses. Ils ne nous feront du mal que si nous les y obligeons.

L'atmosphère se détendit aussitôt. Kanz sortit une cigarette et l'alluma. Les visages s'épanouirent. Il était fini, le temps de l'incertitude. Ils pouvaient désormais reprendre les rênes de leur destinée.

— Nous devons faire savoir à ces androïdes que nous serons prêts à partager le pouvoir avec eux. Gardons une neutralité affichée, mais demeurons du côté des vainqueurs, fit Ahmed Massounde.

Le flot de véhicules qui passaient dans les couloirs aériens était de plus en plus dense. La matinée avançant, Kaklan s'éveillait avec une frénésie chaque jour renouvelée. Kanz souffla une volute de fumée et posa ses coudes sur la table.

— Il reste cependant un problème de taille. Comment allons-nous contacter les androïdes ? Si aucun des services de renseignements de la Fédération n'a été en mesure de trouver le moindre indice sur leur localisation, comment espérez-vous pouvoir les joindre ? fit-elle en fixant Rubinstein droit dans les yeux.

Il laissa un sourire supérieur effleurer ses lèvres, et prit son temps pour répondre. À ce moment précis il se sentait véritablement le maître de l'Univers.

— Comme chacun d'entre vous ici, nous n'avons pas cessé de sous-estimer la puissance de cette armée d'androïdes. Quand les planètes limites ont commencé à entrer dans le chaos, personne n'avait prévu l'ampleur de la guerre à venir. Leurs armes sont terribles. Combien de croiseurs de la Fédération ont disparu ? Près de vingt bases d'une technologie étonnante ont été découvertes par la Fédération, et à quel prix ! sans que cela arrête les attaques des androïdes. Même si les armées de la Fédération gagnent du terrain chaque jour sur les planètes limites, il n'en reste pas moins que les frappes demeurent. Tout laisse désormais à penser que nous ne voyons que la partie émergée de l'iceberg. Il se pourrait bien que cette guerre ne soit que le prologue d'un conflit beaucoup plus important…

— Allez droit au but, le coupa Frederich Shneinder qui commençait à trouver insupportable le comportement professoral de cet ennemi de toujours.

Rubinstein lui jeta un regard noir et reprit comme si de rien n'était :

— Les androïdes ont plusieurs coups d'avance sur nous. Au vu des installations sur les planètes limites et sur Kigoma, nul ne peut douter que cela fait des années qu'ils préparent ce conflit. Leurs services de renseignements doivent être d'une efficacité redoutable. Je ne peux croire qu'une telle organisation ne possède pas un service d'espionnage à la hauteur de son ambition. (Il fit une brève pause théâtrale et reprit :) Je crains, pour ne pas dire que je suis certain, qu'il n'y ait des individus à eux infiltrés dans nos relations les plus proches, peut-être même l'un d'entre vous est-il à leur service. Aussi je propose que nous exposions à nos relations les plus fidèles le résumé de cette discussion. Je ne doute pas un seul instant que les androïdes sauront répondre à notre appel.

Kanz hocha la tête, mais ses pensées étaient ailleurs. Elle venait de reconsidérer la mort etrangement accidentelle de Roseta Ming. Qu'était-elle allée faire sur Terre alors qu'en vue de la crise économique qui s'annonçait, tous ses intérêts étaient sur Boxtown ? Se pouvait-il qu'elle ait été en négociation avec les androïdes ? Elle devait en avoir le cœur net. Elle enverrait ses hommes de main enquêter.

Terre

L'imam Haraflika ne pouvait s'empêcher de sourire. Même si la situation était toujours aussi préoccupante, les propos qu'il venait d'entendre le comblaient de joie. De nouveaux alliés, de nouveaux fidèles à conquérir. Les grands capitaux seraient donc avec eux.

Il était assis dans un canapé de son jet privé et survolait le Sahara. Il lissa sa barbe et jeta un regard par le hublot. Le désert s'étalait dans toute sa splendide solitude. Il se resservit un verre de jus de fruits et fit le point. Ces derniers jours avaient été pour le moins troublants. Depuis le retour de Dominati, le plan originel se trouvait quelque peu chahuté. Extanza les avait abandonnés et avait dérobé cet Œil de Dieu dont il leur avait toujours expliqué qu'il n'était qu'une sombre farce. Comment un tel objet pouvait-il exister ? Extanza était-il vraiment de leur côté ? Et d'où venaient les étranges pouvoirs de Dominati ? Il n'avait rien d'un androïde ordinaire. Tant de questions qui lui taraudaient l'âme sans trouver de réponses.

— Un message en provenance du Vatican, lui annonça une des moudjahidin qui l'accompagnaient durant ce trajet pour Petra.

— Très bien, passez-le-moi, fit-il en reprenant une mine sévère.

Le visage du cardinal Aussillou apparut sur l'écran. La peur et l'incertitude pouvaient se lire dans chaque ride du prélat. Tout comme les androïdes musulmans, les catholiques avaient du mal à comprendre ce qui se tramait réellement. Jamais le chemin ne leur avait semblé aussi obscur.

— Nous avions malheureusement raison, commença le cardinal sans préambule.

Haraflika trouva ce relâchement indigne de leur rang. Ils faisaient partie des plus hauts dignitaires de leurs

Églises respectives, ils ne devaient pas montrer leur peur.

— Bonsoir, monseigneur, rétorqua Haraflika d'un sourire presque jovial. De quoi voulez-vous que nous nous entretenions ?

Un rictus mauvais figea les lèvres de Aussillou, mais il se contraignit à ne pas réagir à l'affront. Ne voyait-il donc pas le danger dans lequel ils se trouvaient tous ?

— Extanza était en Amérique, continua le cardinal sans se démonter. Il a passé une quinzaine de jours dans les laboratoires de la Laser & Co au fin fond du Massachusetts. Il a disparu en emmenant avec lui un physicien de renom, le docteur John Elliot. Nul doute qu'il a essayé d'activer l'Œil de Dieu.

Haraflika nota le ton haché de ce discours. Aussillou était à bout de nerfs.

— Décidément, vous êtes toujours en retard d'une guerre. Le Seigneur des Ténèbres saura en prendre acte, le menaça le musulman en prenant un certain plaisir à le remettre à sa place.

Un léger trou d'air leur fit perdre de l'altitude. Haraflika retint un instant son souffle. L'homme n'était pas fait pour voler !

— Qu'il en soit ainsi, répliqua le cardinal.

Haraflika comprit alors que le sujet de cette communication était tout autre. Aussillou aurait pu l'informer de cette annonce par simple message sur son mémo. Là n'était pas la raison de son appel.

— Cardinal, quels que soient vos doutes, croyez bien que je suis à même de les comprendre, lança-t-il en espérant faire mouche.

La sueur se mit à couler du front du cardinal. Pour la première fois de sa vie, il allait émettre des pensées hérétiques. Peut-être que ce maudit musulman en savait plus que lui ?

— Durant de nombreux siècles, Extanza fut notre

guide, et nous l'avons suivi pas à pas, travaillant avec minutie et patience à la réussite de notre projet. À l'avènement de ce grand jour qui verrait les androïdes revenir au premier plan des affaires humaines. Qu'en est-il aujourd'hui ?

Haraflika fronça les sourcils. Il était trop tôt pour parler. Il devait le laisser se dévoiler le premier.

— Il nous avait expliqué qu'il s'était débarrassé de Dominati, le Seigneur des Ténèbres, fit-il avec une pointe d'ironie et de peur, parce qu'il avait compris que son frère était un traître à notre cause, qu'il voulait pactiser avec les humains. Comme si une coexistence pacifique de nos espèces était imaginable !

Aussillou chercha du réconfort et de l'aide dans l'œil de l'imam, mais ne trouva qu'une neutralité déconcertante. Mais, au point où il en était, il continua sur sa logique.

— Pourtant à quoi assistons-nous à présent ? Extanza nous a trahis. Dès la découverte de l'Œil de Dieu, il s'est enfui, nous laissant seuls face à notre destin. Et pour couronner le tout, voici que Dominati resurgit de nulle part et nous ordonne de le suivre. Que devons-nous faire ? s'interrogea le cardinal.

Haraflika comprenait pleinement le sens de cette question. La rébellion ! L'idée était certes réjouissante, mais il y avait encore trop d'inconnues pour se lancer dans un conflit contre Dominati. Qui savait quelles étaient ses forces et son pouvoir ? Il était trop tôt pour agir.

— Ne perdez pas la foi, cardinal. Laissons-lui le bénéfice du doute. Nous aurons tout le temps de faire le point sur l'attitude à adopter, une fois la guerre terminée. Faisons confiance au Nouveau Dieu. Les voies du Seigneur sont impénétrables, conclut Haraflika.

Un sentiment de défaite envahit Aussillou, mais il

s'obligea à garder une attitude digne et mit fin à la communication sans plus de commentaires.

Haraflika pencha la tête en arrière et souffla de dépit. Lui aussi était en proie au doute. Peut-être était-il temps de se faire connaître auprès de leurs frères basés sur Kigoma et sur Éden. Peut-être fallait-il les prévenir que depuis près de deux siècles les Églises musulmane et catholique avaient été phagocytées par les androïdes. L'union fait la force, se dit-il en se souvenant de ce vieil adage.

Une oasis apparut au loin. L'imam hocha pensivement la tête et s'identifia à ce petit havre de paix dans un univers hostile. Malgré toutes les attaques, ils survivraient. C'est rasséréné, qu'il ralluma son mémo pour envoyer à Dominati un bref compte rendu de la discussion des plus grands entrepreneurs de la Fédération. Tout n'allait pas si mal, après tout.

CHAPITRE 25

Atlan

Tout d'abord elle entendit les voix, puis elle ouvrit les yeux et découvrit les visages de deux inconnus.

— Elle se réveille, fit Guntray qui n'arrivait pas à détacher son regard de Delphine.

Marius approuva de la tête et recula d'un pas. Delphine se redressa dans le lit et lentement les souvenirs affluèrent à sa conscience. Un frisson lui parcourut le corps quand elle repensa à ses derniers instants. Suspendue dans une des cellules du couvent, elle avait attendu la mort et prié pour que son âme trouve le chemin du Paradis, cependant elle n'était pas morte.

— Qui êtes-vous ? leur demanda-t-elle.

Un autre frisson lui parcourut le corps. Sa voix était étrange. Plus basse, plus sûre d'elle. Elle sentait bien que quelque chose allait de travers. Elle se sentait bizarre. Si elle ne doutait pas de son identité, elle n'arrivait pas à retrouver ses repères mentaux.

— Je me nomme Guntray Marshall, fit Guntray. Vous n'avez pas à avoir peur, vous êtes désormais en sécurité.

Peur ? Quelle idée saugrenue ! C'était étrange, en d'autres temps elle aurait été tétanisée d'effroi, et pourtant elle se sentait d'un calme relatif face à cette situation déconcertante. Que lui avait fait de Fustin ? Elle essayait de se souvenir de ses derniers instants de torture.

— Oui, vous n'avez plus rien à craindre, rajouta Marius en espérant qu'il faisait le bon choix en la laissant vivre.

Delphine se leva et alla s'asseoir en face de la cheminée qui crépitait agréablement. Un feu puissant irradiait une chaleur réconfortante.

— Où est M. de Fustin ? questionna-t-elle en se frottant doucement les mains devant l'âtre.

Guntray vint s'asseoir près d'elle.

— Il est mort. Nous avons été obligés de le tuer, fit-il avant d'ajouter : Nous devions vous sauver.

Delphine lui adressa un léger sourire.

— Merci.

Assis dans un fauteuil, Marius attendait avec impatience la suite des événements. Peut-être ne s'était-il rien passé ?

— Pourquoi m'avoir sauvée ? Qui suis-je pour vous ?

Guntray jeta un regard interrogatif en direction de Marius. Il était temps que les réponses arrivent. Marius se racla la gorge et enfouit une main dans la poche de son veston. Il en sortit un objet qui ressemblait à un simple stylet. Il devait abattre ses cartes et advienne que pourrait.

— Très chère Delphine et très cher Éric, la connaissance est un fruit qui se goûte à petites doses. Telle une drogue, il n'y a rien de plus redoutable que d'en subir une overdose. (Il fit une pause et fit passer le stylet dans son autre main.) C'est pour cela que l'évolution de l'humanité s'est faite progressivement suivant un schéma bien tracé où l'innovation et la compréhension de ce qui nous entoure s'acquièrent en fonction de nos capacités à les ingérer. De l'*homo habilis* au *sapiens sapiens*, bien des découvertes ont jalonné le destin de l'humanité, les outils, le feu, la parole, les mathématiques, la philosophie et bien d'autres sciences. Et si l'on regarde sur l'échelle du temps, tout ce qui arrive à présent était sans aucun doute prévisible. L'acquisition des connaissances se fait de manière exponentielle, il a fallu des millions d'années aux premiers hommes pour manier le silex, il n'en fallut qu'une centaine pour maîtriser l'atome.

— Qu'est-ce qu'un atome ? le coupa Delphine.

Marius fit alors un aparté et expliqua succinctement les principales lois de la physique. Puis il revint au fil de son récit.

— Il était évident qu'un jour l'homme dépasserait ses limites et serait amené à se percevoir différemment. L'expérience androïde fut la plus magistrale des entreprises humaines, une création dont personne ne mesura véritablement le caractère fondamental pour la survie de l'espèce humaine.

Delphine intervint une nouvelle fois, et Marius dut user de tout son savoir-faire de vulgarisateur pour expliquer à la jeune fille ce qu'était un cerveau de silicone.

— En créant des êtres artificiels doués de conscience, l'humanité changeait sa nature profonde et devenait divine. Elle avait le pouvoir de créer la vie à partir de la matière inerte. Malheureusement, rien ne l'avait préparée à ce choc. Comme effrayés par leur pouvoir, les hommes n'assumèrent aucunement leur nouveau statut, et choisirent de régresser à celui de primate. La lente évolution de l'espèce venait de faire un bond de trop. Personne n'était préparé à cela. Tout le monde préférait la stagnation du *sapiens sapiens*, dont la caractéristique principale est le massacre de tout ce qui le dépasse.

Guntray sentait son cœur battre plus vite que la normale. Si, jusque-là, le discours de Marius se tenait et avait un semblant de logique, il se doutait que la fin de son exposé allait lui faire changer à jamais sa vision du monde.

— Heureusement, il y eut des hommes qui ne supportèrent pas cette régression de l'humanité et qui libérèrent leurs androïdes, évitant ainsi de participer à l'infâme infanticide. Avec la victoire de la Fédération contre les forces de l'Armée de libération des androïdes, il y a de cela plus de trois siècles, la plupart des survivants se réfugièrent sur Kigoma pour fonder une nouvelle colonie. Mais d'autres, dont je fus, décidèrent de fuir le plus loin possible, utilisant plus d'un millier de points neuraux. Nous nous éloignâmes à jamais de notre galaxie originelle. Après plus de deux siècles d'exode, nous trouvâmes enfin le point neural mythique qui nous permit de quitter notre galaxie pour une autre. Nous étions sauvés. Nous avions désormais la possibilité de poser nos vaisseaux sur des planètes terra-compatibles et d'y construire une nouvelle civilisation.

Guntray était fasciné par cette découverte. Ainsi, il était possible de passer d'une galaxie à une autre ! Il n'y avait plus de limite à l'expansion de l'humanité ! Mais aussitôt il se souvint que c'était la dernière chose que les androïdes espéraient voir. L'arrivée des hommes sur leur territoire.

— Mais pourquoi êtes-vous revenus ? interrogea Delphine avec une perspicacité étonnante.

À la lumière des flammes, elle était d'une beauté surnaturelle. Guntray avait du mal à détacher son regard de ce visage envoûtant.

— Nous ne sommes pas réellement revenus, dans la mesure où nous n'étions pas vraiment partis.

— Qu'est-ce que tu veux dire ? demanda Guntray en se ressaisissant.

Marius se leva et prit une bûche qu'il posa dans l'âtre avant de se rasseoir auprès de ses deux jeunes auditeurs. Personne ne l'avait autorisé à révéler ce qu'il allait dire, mais il avait la certitude qu'il pouvait leur faire confiance. La parole était un mal beaucoup trop humain.

De nouveau il fit passer son stylet d'une main à l'autre et s'expliqua :

— J'ai oublié de vous faire part d'un détail survenu lors de notre arrivée dans la nouvelle galaxie. Dès que nous eûmes passé le dernier point neural, nous fûmes salués par une espèce extraterrestre qui nous prit alors sous sa coupe. Un simple message de bienvenue qui s'afficha sur nos mémos. Nous aurions pu croire à une farce si les fichiers joints ne nous avaient pas persuadés de la véracité de leur existence.

— Des aliens ! Vous avez découvert des extraterrestres, s'étouffa Guntray, les yeux exorbités.

Il n'avait plus rien du jeune homme sûr de lui. Il était redevenu un jeune enfant fasciné par une histoire incroyable.

— Cela fait des millénaires qu'ils nous observent et pleurent en silence sur cette faculté particulière de l'humain à l'autodestruction, fit Marius. Heureusement pour nous cette espèce possède, entre autres attributs, celui de la miséricorde. Ils nous aidèrent, comme ils avaient aidé les Néotiens…

— Les Néotiens ?! le coupa une nouvelle fois Guntray.

— Oui, nous n'étions pas les premiers à avoir quitté notre galaxie. Durant la grande expansion qui suivit la découverte des points neuraux, de nombreuses arches quittèrent la Terre pour fonder des colonies aux confins de l'Univers. Et je peux t'assurer que désormais un certain nombre y est parvenu.

Guntray en resta coi d'étonnement. Ainsi, la Fédération n'était qu'une simple facette de l'humanité. Qui savait combien d'humains peuplaient l'autre galaxie ? Une nouvelle vision de l'Univers s'ouvrait pour l'homme. Après ces révélations, rien ne pourrait être comme avant. Toutefois, une question lui vint aussitôt à l'esprit ;

— Mais pourquoi me révéler tout cela ?

— Encore un peu de patience, je n'en ai plus pour longtemps.

Il posa son regard sur Delphine et vit qu'elle avait fermé les yeux. Il fit une moue dubitative et décida de rester sur le qui-vive.

— Les Néotiens avaient donc trouvé les Bienveillants (ainsi nomme-t-on cette race extraterrestre) bien avant nous, reprit-il. À leurs côtés, ils franchirent un bond important dans la compréhension de l'Univers et découvrirent le secret de la vie.

— Qui est ? demanda Guntray, envoûté.

— La vie elle-même, Éric. Il n'y a rien de plus sacré que la vie, et tenter de la détruire est la plus grande monstruosité que nous puissions faire. Les Néotiens sont les premiers humains à avoir compris cet état de fait, et depuis ils nous surveillent et attendent le jour où la Fédération aura trouvé enfin la plénitude dans la paix.

— Tu fais partie de ces observateurs, n'est-ce pas ?

— Oui, en étant un proche du conseiller Marshall j'avais accès à un certain nombre d'informations. Mais ne va jamais croire que tout ce que tu connais de moi est pur mensonge. Je suis, à une exception près, l'homme que tu as toujours connu ou presque.

— Mais comment avez-vous pu revenir sans que l'on vous remarque ?

Marius haussa les épaules.

— Les Bienveillants nous ont appris à créer notre propre réseau de points neuraux. En termes plus concrets, ils possèdent les clés de la téléportation.

— Incroyable ! Tu veux dire qu'il existe une porte sur Bavière qui donne sur une autre galaxie ?

— On peut dire les choses ainsi, répondit Marius.

Delphine se mit à pleurer en silence. Marius serra son stylet dans sa main.

— Alors pourquoi intervenir maintenant ? demanda Guntray.

Il fallait qu'il comprenne. Il devait savoir.

Marius posa enfin le dernier morceau du puzzle.

— Pour nous sauver nous-mêmes. Le destin de toute l'humanité est en jeu. Drapé dans son sentiment de supériorité, l'humain n'a jamais réellement cru à la possibilité d'une race extraterrestre capable de l'annihiler en un instant. Des premiers astrophysiciens jusqu'aux voyages à travers les points neuraux, jamais nous ne découvrîmes de races qui dépassaient l'intellect du singe. L'homme se croyait le maître de l'Univers. Quelle prétention ! mais surtout quelle erreur !

Guntray fronça les sourcils.

— Mais tu m'as dis que les Bienveillants étaient des êtres pacifiques.

— Certes, mais je ne t'ai jamais dit qu'ils étaient la seule race extraterrestre existante dans notre univers.

Il fit une pause et s'inquiéta une nouvelle fois de Delphine qui s'était allongée sur le côté. Toutefois, il continua son récit.

— Il existe une quantité infinie d'univers parallèles au nôtre qui cohabitent à la lisière de notre réalité. Ils sont au même endroit que celui où nous nous trouvons, séparés seulement par un décalage de perception.

— Je commence à douter de ta santé mentale, fit Guntray qui pourtant buvait ses paroles avec avidité.

— Ne t'inquiète pas pour cela, j'ai les moyens de prouver mes dires. (Il jeta un nouveau regard vers Delphine.) Il y a de cela près de mille ans, les Bienveillants notèrent une singularité dans notre galaxie, un objet surgi du néant se matérialisa dans le système du Cerbère. Une sphère noire de près de mille kilomètres de diamètre. Les Bienveillants tentèrent de l'ausculter, mais aucun de leurs instruments ne parvint à percer ses secrets. Ce n'est qu'au terme de quelques jours que des navettes aux formes étranges en sortirent. À n'en point douter, des entités intelligentes habitaient cet artefact pharaonique. Malheureusement, les vaisseaux leurs glissèrent entre les doigts et jamais ils ne retrouvèrent leur trace. Du moins jusqu'à ce qu'ils découvrent la Terre. Très vite leurs observations leur prouvèrent que des phénomènes étranges se perpétraient aux quatre coins de cette planète. Certes, ces phénomènes étaient circonscrits dans le temps et dans l'espace, mais ils inquiétèrent suffisamment les Bienveillants pour qu'ils se penchent sérieusement sur la question et découvrent l'existence de deux êtres aux pouvoirs incroyables dont les actions étaient la source des anomalies que les Bienveillants avaient notées sur la Terre. Ces deux êtres avaient le pouvoir d'altérer la réalité physique de notre univers. Une impossibilité tout autant qu'une réalité. Durant des siècles, les Bienveillants se contentèrent de les surveiller, ne sachant quelle position adopter. Ils ignoraient tout des pouvoirs de ces êtres. Aussi puissants fussent-ils les Bienveillants craignaient leurs réactions. La prudence fut de mise.

— Non, laissez-moi, fit Delphine.

Guntray sursauta et se pencha vers la jeune fille. Elle s'était endormie sur le côté et faisait un mauvais rêve. En d'autres circonstances il l'aurait réveillée et rassurée, mais, piqué dans sa curiosité, il ne pouvait attendre la suite des révélations.

— Continue, je t'en prie.

Marius opina du chef et reprit la parole.

— Ce sont ces deux êtres qui financèrent secrètement la recherche sur les androïdes. Leur but était simple : retrouver un objet qu'ils avaient créé, et qu'ils avaient perdu.

— L'Œil de Dieu, fit Guntray en sentant un frisson lui parcourir l'échine.

— En effet, en favorisant l'expansion de l'humanité grâce à des androïdes susceptibles de s'établir sur n'importe quelle planète et d'effectuer leur précieuse quête, ils espéraient rattraper le temps perdu sur la Terre. Malheureusement pour eux, la Fédération décida de cesser la fabrication d'androïdes et ce fut la fin du rêve des deux frères. La découverte de l'Œil de Dieu devrait attendre quelques années encore. La chance a fait que tu l'as retrouvé. Et un de ces êtres l'a récupéré. Depuis nous sommes en alerte. Le temps de l'attente est derrière nous. Il nous faut intervenir avant qu'il soit trop tard.

— Que comptez-vous faire ?

— Tenter de percer les secrets de ces êtres.

Marius se leva et s'approcha de Delphine qu'il secoua avec une certaine vigueur. La jeune fille ouvrit les yeux et se remit sur son séant. Sans lâcher son stylet, Marius retourna s'asseoir.

Seul le craquement du bois qui se consumait dans la cheminée rompait le silence. Le visage de Delphine semblait désormais beaucoup plus dur qu'il ne l'était quelques minutes auparavant.

— Je me sens différente, fit-elle en s'adressant à Marius.

Elle ne comprenait pas ce qui lui arrivait. Elle avait l'impression qu'on lui avait greffé une seconde personnalité. Celle d'une femme plus mûre, plus sauvage et plus féroce. Des traits de caractère qu'elle ne connaissait pas. Des pensées fugaces traversaient son esprit. Elle réfréna la peur qui montait en elle, et joignit ses deux mains pour former une coupe imaginaire.

— Tésin Tédoué Nasa, fit-elle.

Et un feu follet bleuté apparut dans le creux de ses paumes. Une magnifique flamme bleue qui flottait dans les airs, ondulant avec grâce et volupté.

— Qu'est-ce que c'est que ça ? De la magie ? demanda Guntray, sous le charme.

— Oui, mais de la vraie magie. Ceci n'est pas une illusion, ni un effet d'hypnose. Cette flamme existe bel et bien, répondit Marius.

Delphine ferma les yeux et se concentra. En quelques secondes la flamme prit la forme d'un oiseau qui prit son envol et s'enfuit par le conduit incandescent de la cheminée.

— Vous pouvez baisser votre arme, vous n'avez rien à craindre de moi. Votre intervention a empêché la démone de prendre possession de mon corps. Je vous dois la vie.

Delphine garda pour elle la vérité : tapie au fond de son inconscient, une âme malfaisante qui attendait son heure pour lui dérober son esprit. Elle pria pour que ce jour n'arrive jamais, et se promit de mettre au plus vite de l'ordre dans ses pensées, de faire le tri entre ses souvenirs et ceux qui ne lui appartenaient pas.

Surpris, Marius baissa le stylet et le rangea dans sa poche.

— Je me devais de prendre certaines précautions, fit-il en haussant les épaules.

— Tu ne comptais tout de même pas la tuer ? s'étonna Guntray, effaré.

Marius haussa de nouveau les épaules et répéta :

— Il fallait que je prenne certaines précautions. Nous ne savons rien de leurs pouvoirs. La seule chose que nous savons, c'est justement que nous sommes incapables d'en juger l'ampleur. L'humanité est arrivée à un point capital de son histoire. Soit elle sortira grandie par les événements qui vont suivre, soit elle sera à jamais anéantie.

Assis en face de Delphine, Guntray ne pouvait imaginer que les paroles de Marius pouvaient contenir la moindre once de vérité. De la « vraie » magie ! C'était du n'importe quoi !

— Il va falloir que vous veniez avec nous, Delphine. Les Frères des Maltâmes vont être à votre recherche. Plus loin nous serons, plus vous serez en sécurité.

Elle fit mine de garder un air impassible, comme si

elle se laissait le temps de réfléchir à sa proposition, mais, en réalité, elle n'avait qu'un seul désir : fuir le plus vite possible ce lieu de malheur. Peu importait qui étaient vraiment ces hommes, ils avaient au moins eu le mérite de la sauver.

— Qu'il en soit ainsi, fit-elle alors.

Guntray lui posa la main sur l'épaule et l'aida à se relever. Même si la jeune fille gardait un air fier et assuré, il ressentait chez elle de la peur et de l'incertitude. Elle n'était pas aussi forte qu'elle voulait bien le laisser croire.

— Il ne vous arrivera rien, je vous en donne ma parole, fit-il en se voulant rassurant.

Delphine lui jeta un regard perplexe. Trop souvent les hommes lui avaient montré que leurs promesses étaient aussi fiables que les paroles d'un fou.

— Je l'espère, répondit-elle simplement.

CHAPITRE 26

Système du Cerbère

Un voyant s'alluma sur le tableau de bord du vaisseau *Surveillant 3*. Le caporal Lindberg se pencha sur son fauteuil et ouvrit le message.

— Qu'est-ce que c'est que ça ? lâcha-t-il en sentant instinctivement qu'il assistait au début d'un sacré sac d'embrouilles.

Il se mit en contact avec le commandant Kernon.

— Commandant, venez vite, fit-il quand la liaison vidéo fut établie. Nous avons des entrées par le point neural.

— Combien de vaisseaux ? s'inquiéta aussitôt Kernon.

— Une dizaine, mais il continue d'en arriver régulièrement.

Kernon se redressa de sa couchette, et enfila en quatrième vitesse une tenue militaire. Courant le long des coursives, il ne cessait de penser à cette immense sphère qui orbitait à près de cent mille kilomètres de leur position : le Monde Noir. Depuis le conflit ouvert avec les androïdes, il était sur le qui-vive. Même si rien n'indiquait que ce monde ait un quelconque rapport avec les forces androïdes, il n'en restait pas moins que l'hypothèse qu'ils s'en servent comme base arrière ne pouvait être exclue.

Le front en sueur, le souffle court, il pénétra dans la salle de commandement.

— Caporal, au rapport.

Lindberg se leva et fixa droit dans les yeux son supérieur.

— Il y a maintenant près d'une trentaine de vaisseaux. Pour l'instant ils ne montrent aucun signe d'agressivité. Ils ne répondent à aucun de nos messages. Mais le plus étrange est leur identité…

— Nom de Dieu, ce sont des vaisseaux de la Fédération, le coupa Kernon en découvrant sur les écrans holo des images de l'invasion.

Confortablement assis dans un fauteuil de style Épéride, Dominati se pencha en avant et posa ses coudes sur le somptueux bureau en bois de Rouméas. Seul dans cette pièce qui lui servait de salle de commande, il focalisait toute son attention sur le Cercueil dans lequel son frère et lui-même avaient été envoyés à la mort à travers un trou noir. Près de mille années s'étaient écoulées depuis leur arrivée dans cet univers. Un millénaire d'exil et de patience. Un millénaire loin des leurs et de leur peuple.

Quelles que soient les prises de vue, le Monde noir ne laissait apparaître aucune aspérité. Une sublime construction qu'aucun humain n'aurait pu concevoir ; seule la magie avait dû réaliser ce tour de force. Il hocha lentement la tête et fut pris d'un vertige. Son cœur battait plus fort qu'il ne le souhaitait. Il ferma les yeux et prit une grande inspiration.

— Ainsi nous voilà revenus au point de départ, fit-il pour lui-même.

Le temps de tous les changements était enfin arrivé.

Un grand bond en avant ou encore un bond plus important en arrière.

Un léger bourdonnement le tira de ses réflexions. Il prit la liaison et le visage du cardinal Carillo apparut sur un des écrans de la salle.

— Seigneur, nous venons de recevoir de nouvelles salves de messages. Si nous ne faisons pas connaître notre identité et la raison de notre présence, ils sont prêts à faire usage de la force.

Dominati esquissa un sourire qui révéla ses deux canines aiguisées.

— Très bien, nous allons leur montrer le pouvoir de la foi.

— À quoi jouent-ils ? s'impatienta Kernon à mi-voix.

— Nous venons d'identifier les vaisseaux, intervint le soldat Zagabi.

Le commandant se tourna vers son subordonné et lui prit son mémo des mains. L'incrédulité s'afficha sur son visage. C'était à n'y rien comprendre.

Se pouvait-il qu'elle soit une androïde ? Combien d'êtres humains, haut placés dans la hiérarchie du pouvoir, étaient en réalité des machines pensantes ?

— Roseta Ming est décédée, il y a presque quinze jours, rajouta le soldat en venant élucider une partie des doutes du commandant.

— Je vois. Avez-vous pu enfin joindre le QG ? fit-il en se tournant vers le soldat attaché à la radio.

L'homme arrêta ses recherches et ne put que présenter une mine désabusée.

— Il y a trop de brouillage, je n'y comprends rien.

À l'inverse, Kernon ne comprenait que trop bien. C'était ces maudits androïdes. Il devrait choisir lui-même la meilleure action. Des équipages des cinq vaisseaux de surveillance qui volaient en orbite éloignée du

Monde noir, il était le plus gradé. À lui revenaient tous les pouvoirs de décision. S'il gagnait cette bataille, nul doute qu'il deviendrait un héros à qui l'on donnerait médaille et honneur. S'il prenait les mauvaises décisions, son nom serait effacé dans l'histoire comme un message sur du sable.

Il alla se rasseoir à son poste de commandant et se prit la tête entre les mains. Il devait réagir. L'inaction pouvait laisser croire à une faiblesse. Il devait se montrer intransigeant. La Fédération faisait la loi dans cette partie de l'Univers et ignorer ses sommations était un crime qui ne pouvait rester impuni.

— Faites feu sur le vaisseau le plus proche, ordonna-t-il d'une voix ferme.

Tous les soldats présents dans la salle de commandement sentirent monter la tension de plusieurs crans. Même si les événements survenus autour des planètes limites leur avaient montré que les militaires étaient les premières proies de la vindicte androïde, il n'en restait pas moins que chacun espérait que, éloignés du centre de la Fédération et de tout intérêt économique, stratégique et politique, on les laisserait tranquilles. Ils devaient désormais se résoudre à accepter le contraire.

— Bien, mon commandant, fit le soldat Hong.

Kernon ferma son visage à toute introspection. Il ne devait pas montrer à ces hommes et femmes qui l'entouraient la peur qui lui tenaillait les entrailles. Une victoire pouvait souvent tenir à la simple volonté du meneur. Quelle que soit la puissance de l'armement, le moral était toujours l'arme la plus sûre du combattant.

Deux missiles équipés des derniers réglages antileurres quittèrent les soutes du *Surveillance 3* et foncèrent sur un des cent vaisseaux de la Conception Corporation. Quand ils ne furent qu'à cent kilomètres de leur objectif, les missiles explosèrent sans aucune raison apparente.

Son esprit vagabondait dans le vide spatial. Concentré comme jamais, il n'avait eu besoin de le faire depuis plusieurs siècles, Dominati usait de son Talent pour enclencher l'explosion prématurée des missiles qui sortaient des cinq vaisseaux de la Fédération. L'épuisement le guettait. Il se sentait vaciller dans son fauteuil, pourtant il ne pouvait pas faiblir. Pas maintenant, alors qu'il était si proche du but.

La porte de la salle s'ouvrit. Le cardinal Carillo resta dans l'entrée. Il se mit à genoux et pria le Nouveau Dieu de lui donner la force. Le Seigneur des Ténèbres devait réussir. Le sort de tous les androïdes dépendait de sa survie.

Des gémissements de douleur émanaient de la bouche de Dominati qui, les yeux clos, le front ridé par l'effort et la sueur ruisselant sur son visage, continuait sans relâche à parer les attaques des vaisseaux. Le temps semblait comme suspendu. La douleur était insoutenable. Dominati était au-delà de l'effort. Il n'existait plus rien qu'un esprit combatif qui ne voulait pas se résoudre à son destin inéluctable.

— Père, ne nous abandonnez pas, faites que votre fils continue à nous guider et nous montre la voie, continuait Carillo au bord de l'évanouissement.

Enfin Dominati poussa un dernier grognement, et se redressa dans son fauteuil. Le regard épuisé mais triomphant, il se tourna vers le cardinal.

— Je crois que nous venons de gagner une première bataille.

Il était à bout de forces. Mais il avait réussi. La Fédération avait cessé de le bombarder de missiles. Ils avaient compris l'inefficacité de leur attaque et préféré garder des forces en réserve.

S'ils savaient qu'ils étaient à deux doigts de

m'abattre ! sourit-il ironiquement. Il passa la main dans son épaisse tignasse noire trempée de sueur.

— Envoyez le message que nous leur avons préparé, fit-il au cardinal.

Carillo se releva et ne cacha pas son soulagement. Il avait presque quitté la pièce quand Dominati le retint :

— Ah ! j'oubliais, que l'on me prépare à manger et à boire, et qu'on convie notre invitée, fit-il avant de s'affaler dans son fauteuil, dans l'espoir de retrouver son énergie.

— « Ne nous obligez pas à vous détruire, vous devez à présent comprendre que le temps de votre règne sans partage sur cette galaxie est arrivé à son terme. Vous allez devoir apprendre à vivre avec une autre espèce consciente. Telle est la seule issue de votre salut », lut à haute voix le soldat Ricardo.

Kernon sortit un mouchoir de sa poche et s'essuya le visage. Aucun des missiles n'avait atteint ses objectifs. Ils étaient désormais à la merci de la flotte de leur ennemi. Dieu seul savait quelles armes étaient en leur possession.

— Que chacun reste à son poste ! Nous devons être prêts à intervenir dans la seconde.

Il masqua l'ironie qui l'habitait. Il se rendait bien compte qu'il n'avait plus aucune carte en main. Les androïdes dépassaient de loin leur capacité militaire. Il ne pouvait plus rien faire si ce n'est se battre dans un dernier baroud d'honneur ou se rendre à l'ennemi. À l'idée de cette dernière éventualité, il fit une grimace contrariée et reporta son regard sur ce satané Monde noir. À quoi servait-il ? Il craignait fort que la réponse fût plus inquiétante que la question.

Moulée dans une sublime robe turquoise finement pailletée qui accrochait à merveille la lumière d'un lustre en cristal suspendu au-dessus de la longue table du salon, Roseta attendait l'arrivée de son geôlier.

La peur avait finalement fui ses pensées. Résignée à son sort, après avoir compris que plus jamais elle ne serait la riche héritière Ming, Roseta passait son temps à lire quantité d'ouvrages qui garnissaient la bibliothèque personnelle de Dominati. Des écrits en papier d'une valeur inestimable, dont nombre qu'elle croyait disparus à jamais.

Il n'avait fallu que quelques jours de travail aux domestiques de Dominati pour transformer ce simple vaisseau de croisière familiale en un véritable musée de la Terre préspatiale. Prisonnière de ce monstre de métal, sa seule liberté était de déambuler là où elle le souhaitait dans le périmètre étroit de la soute supérieure, luxueusement aménagé à son intention.

Un souffle d'air et la porte s'ouvrit.

— J'espère ne pas vous avoir fait trop attendre, fit Dominati en pénétrant dans le salon.

La fatigue semblait avoir quitté ses traits. Sûr de lui, il traversa les quelques mètres qui le séparaient de la table et prit place en face de Roseta.

— Je croyais attendre seulement le dîner ? répliqua-t-elle d'une pique avec un sourire biaisé.

Dominati éclata d'un rire chaud. Il aimait sa façon de lui répondre. S'il ne supportait pas l'insubordination, il avait tout autant en horreur les courbettes et les compliments serviles que lui servaient chaque jour ses fidèles.

— Vous êtes vraiment un femme étrange, mademoiselle Ming. Sachez que je ne regrette aucunement mon choix, fit-il alors qu'un domestique leur proposait un vin.

— Quel choix ?

Malgré tous les désagréments de sa captivité, Roseta

gardait néanmoins un des traits profonds de son caractère, la curiosité.

— Le choix entre la Conception Corporation et le Groupement. Autrement dit, entre Roseta Ming et Genievre Kanz, s'expliqua-t-il avant d'ajouter : Vous êtes beaucoup plus intéressante que cette paranoïaque frigide.

Dominati prit son verre dans une main et le leva en l'air.

— Portons un toast à votre nouvelle vie, fit-il.

Roseta fit glisser un doigt sur le cristal, puis saisit délicatement son verre et le porta au niveau de ses yeux.

— Portons-le plutôt à la nouvelle de ma mort, répliqua-t-elle avant de boire une gorgée de ce vin délicat.

Autour d'eux les quatre domestiques se tenaient en retrait, figés dans une attitude respectueuse pour leur maître.

— Comme vous avez raison, enchaîna Dominati. Roseta Ming est morte, longue vie à Roseta.

Il se pencha en arrière pour laisser un serviteur remplir son assiette de potage. Un léger filet de vapeur parfumée s'en échappa lentement.

— Cela fait combien de jours que vous êtes ma prisonnière ? lui demanda-t-il après un silence.

Au terme de maintes et maintes réflexions, il avait pris une décision typiquement humaine. Il ne voulait pas qu'elle meure. Il fallait qu'elle accepte d'être son impératrice. Étrange sentiment pour un être qui avait toujours voulu s'éviter les affres de l'amour.

— Douze jours, répondit Roseta, sur la défensive.

L'arôme délicat du potage lui titillait les narines. Malgré la sévérité de ses paroles et de ses regards, elle n'arrivait pas réellement à se sentir aussi désespérée qu'elle voulait bien le montrer. Elle avait enfin fui ses responsabilités et participait à un vieux rêve de découverte d'un nouveau monde. Si seulement ce Dominati avait pu être un homme honnête !

— J'imagine que cela doit vous paraître très long, n'est-ce pas ? fit Dominati.

Roseta s'abstint de répondre.

— Pour ma part, j'en suis à ma millième année d'emprisonnement.

Un instant son regard se perdit sur les hauteurs du plafond, puis il le reporta sur son invitée.

— Veuillez nous laisser, je vous prie, fit-il aux domestiques.

Ces derniers s'inclinèrent et se retirèrent.

— À partir de maintenant, plus personne ne pourra entendre nos paroles. Nous pouvons parler en toute liberté. (Il marqua une pause et ajouta :) La liberté et la vérité, deux vertus dont j'ai par trop perdu l'usage ces derniers siècles.

Lentement les lumières du lustre de cristal s'éteignirent, et ils ne furent plus éclairés que par les deux chandeliers posés sur la longue table ovale. Dominati aimait ses effets. Roseta méprisa, d'un mouvement de la tête sans équivoque, cette mise en scène dramatique.

— Savez-vous qui je suis ? commença-t-il en savourant par avance l'effet de ses révélations sur son invitée.

— Un androïde ou du moins un de leurs alliés, répondit Roseta sans hésiter.

Elle se servit une cuillerée de potage et l'avala lentement. C'était exquis.

— Je ne suis pas un androïde ; en revanche, il est vrai que je suis de leur côté, ou plus exactement qu'ils sont du mien.

Roseta posa sa cuillère et se resservit un verre de vin. Le silence était son ami. Elle n'avait aucune envie de lui montrer qu'il avait piqué son intérêt.

— Comme j'ai déjà tenté de vous l'exposer, je ne suis pas humain, Roseta. Je suis ce que l'on a vulgairement l'habitude d'appeler chez vous un extraterrestre, et pour plus d'exactitude je devrais dire que je suis un extra-universel.

Roseta fronça les sourcils. Soit cet homme était un fou, soit c'était elle qui devenait folle !

— Évidemment, j'aurais dû y penser.

Vexé en son for intérieur, Dominati se retint de lui arrêter le cœur d'une pensée. Il fallait qu'il la convainque. Avec une pareille femme pour le seconder, rien ne lui serait impossible.

— Laissez-moi au moins le bénéfice du doute. Une fois que j'en aurai fini avec mes explications, vous pourrez juger de ma santé mentale, fit-il en dardant sur elle un regard d'une profondeur étouffante.

Roseta serra les lèvres et ne dit plus un mot. La peur venait de retrouver le chemin de ses pensées. Maudite soit cette semi-obscurité, se dit-elle en serrant les poings.

Il lui expliqua alors sa vie.

Sa naissance, la découverte de son Talent, avant que son monde soit annexé par un empire galactique, le Ga-aS, dont l'ampleur aurait fait passer la Fédération pour un empire de fourmis. Puis la venue des Éthéniens qui avaient tenté d'éradiquer, sans compromis possible, cet empire galactique. Il lui parla aussi de leur départ abrupt et incompréhensible qui laissa le Ga-aS en proie à de grands troubles et à la plus grande crise de son histoire. Ce fut le temps de toutes les révoltes. Le temps d'un ordre nouveau. Le temps de faire disparaître les anciens maîtres du Ga-aS.

— Nous fûmes alors bannis pour une mort certaine, quand l'on nous enferma dans le Cercueil que les vôtres nomment le Monde noir.

Au milieu de la table apparut, à ce moment, un hologramme le représentant.

— C'est une plaisanterie !

— Non, c'est le secret le mieux gardé de votre

Fédération. La seule et véritable unique trace d'une civilisation extraterrestre.

— Il y a eu aussi la Bible mâltame et le sarcophage de Pharanis, sans compter l'Œil de Dieu, le contra Roseta.

Dominati lui adressa un sourire condescendant, et reprit là où il en était.

— Ainsi nous n'étions pas morts. Nous avions franchi un trou noir, pour apparaître au sein de votre galaxie.

Il lui expliqua la fabrication de l'Œil de Dieu, seul capable de réactiver le Cercueil pour les renvoyer d'où ils venaient. Puis sa perte par des traîtres et, enfin, la recherche désespérée à l'intérieur d'un vaisseau qui finit par s'abîmer sur Terre au sud de la Sicile.

— Le choc passé, et au-delà du fait que nous étions toujours en vie, nous fûmes ravis de constater que nos pouvoirs ne nous avaient pas quittés sur ce monde où la magie n'était qu'un mythe. Étrange planète, qui ne jurait que par les sciences exactes ! Extanza et moi-même avions tous les pouvoirs, nous pouvions devenir les maîtres de ce monde barbare. Pourtant, très vite, nous comprîmes que nous devrions en user avec parcimonie. Aussi puissants que nous fussions, nous n'en restions pas moins des êtres faits de chair et par conséquent susceptibles de mourir si nos corps étaient par trop détériorés. En ces temps moyenâgeux, nous avons vite découvert avec quelle cruauté et quelle barbarie les vôtres étaient capables d'exercer des supplices contre ceux qu'ils accusaient de posséder des talents surnaturels.

Il s'interrompit, le temps de se resservir à boire et de se rafraîchir le palais. Comme ces années lui semblaient lointaines ! Toutes ces vies qu'il avait vécues sous d'innombrables identités ! Malgré son profond mépris pour l'espèce humaine, il ne pouvait cependant pas regarder le passé sans éprouver une certaine nostalgie.

— Nous apprîmes à nous insérer dans la société, à apprendre ses règles et ses conduites. En usant avec une fine intelligence de nos pouvoirs, nous arrivâmes à obtenir des postes plutôt glorieux dans des provinces italiennes. Jamais trop présents pour ne pas nous faire remarquer par les grands de ce monde, mais suffisamment pour mener des existences confortables. Si nous étions des bannis, des exclus, nous étions cependant réconfortés par l'idée que, sur cette planète, nous faisions partie des riches et honorables personnes.

Il s'arrêta une nouvelle fois et dégusta enfin son potage.

Roseta était sous le charme. Elle ne croyait pas un traître mot de ce récit, mais Dominati avait une façon de le raconter, si vivante et si colorée, qu'elle était ravie de l'écouter. L'émerveillement avait remplacé la peur. Avide de récits épiques, elle retrouvait avec lui la naïveté enfantine qui avait bercé une partie de sa jeunesse.

Cet homme gâchait son talent.

C'est un conteur-né, se dit-elle en espérant qu'il reprenne vite son histoire.

— Les années passèrent et nous vécûmes comme des princes. Afin d'éviter que l'on ne se rende compte de notre immortalité, nous voyagions très souvent, parcourant le monde avec une frénésie de découverte. Des plaines de France aux déserts égyptiens, en passant par la Chine, nous visitâmes chaque recoin de votre monde. Et tandis que nous profitions de vos richesses, lentement mais inexorablement, vos civilisations progressaient vers une modernité scientifique qui nous laissait entrevoir qu'un jour vous découvririez le voyage spatial et qu'enfin nous pourrions quitter ce monde-prison que vous appelez Terre, pour rechercher notre demeure.

Il coupa un morceau de pain dont il ne fit qu'une bouchée. Il essayait de sonder son invité et comprit qu'il avait enfin réussi à la charmer.

Ce vin est un très bon vin ! se dit-il en repensant à ses effets secondaires.

— Ainsi passa le siècle des Lumières puis de la révolution industrielle, ensuite le XXe siècle qui vit l'humanité accélérer son processus de connaissances. Délivrée des entraves religieuses, la science progressa à pas de géant pour enfin aboutir au premier homme dans l'espace. Notre rêve n'avait jamais paru aussi proche. Sous le couvert de multiples identités et de sociétés écrans, nous étions à la tête d'une véritable fortune. Nous investissions dans la recherche. Quand les premiers robots furent opérationnels, nous comprîmes que notre salut était imminent. Avec une manne d'ouvriers infatigables, obéissants et remplaçables, nous pouvions lancer le projet de retrouver l'Œil de Dieu. Comme nous étions parfaitement intégrés dans les milieux financiers, nous fîmes du lobbying pour que la colonisation démarre. Malheureusement, et à notre plus grand désarroi, aucun grand industriel ne décida de participer au projet. Avec nos connaissances physiques, l'exploration de l'Univers prendrait des centaines et des centaines d'années. Envoyer des robots dans des vaisseaux à la recherche d'autres planètes terraformables était certes un rêve merveilleux, mais trop cher pour les financiers terriens qui préférèrent s'en tenir à la colonisation du système solaire. Nous prîmes donc notre mal en patience. Cependant nous ne dûmes pas attendre très longtemps avant que les scientifiques découvrent l'existence des points neuraux. La plus grande découverte de l'humanité. La galaxie nous tendait désormais les bras. Nous étions sauvés. Quel que soit le temps que cela prendrait, nous enverrions nos robots, devenus, par les progrès de la science, des androïdes, à la recherche de l'Œil de Dieu aux quatre coins de la galaxie.

Sans qu'elle en ait conscience, un sourire irradiait le visage de Roseta. Elle buvait littéralement ses paroles. Elle était fascinée. Elle se pencha en avant et se resservit un verre de vin.

— Durant tout le XXIIe siècle, les androïdes défrichèrent des milliards de planètes. Nous suivions avec intérêt leur progression et à chaque découverte d'un nouveau monde nous espérions que l'un d'eux découvrait l'épave du vaisseau traître, et avec lui notre tant convoitée clé pour le retour.

Dans une posture toute théâtrale, il leva les yeux au ciel, inspira profondément tout en levant ses deux paumes vers le plafond.

— Malheureusement, une fois de plus le destin se joua de nous. L'embryon de Fédération qui naquit de la terraformation des dizaines de planètes à travers la galaxie, décida d'éradiquer les androïdes.

Combien cette nouvelle avait pu leur faire de mal ! Ils se sentaient si près du but ! si près de retourner chez eux ! Leur déception fut immense. Leur colère sans mesure.

— Pourquoi ? intervint pour la première fois Roseta en le sortant de ses pensées.

Si toute la magnifique fable qu'il lui avait servie était intéressante, cette fois-ci elle savait qu'il lui parlait de l'histoire, une histoire qu'elle ne connaissait que vaguement. En ce XXVIIe siècle, plus personne n'évoquait les androïdes. Le sujet n'était pas seulement tabou : il était désormais abandonné dans les oubliettes de l'histoire.

Dominati réintégra le temps présent, et se félicita d'avoir réussi à briser son silence.

— Parce que, pour certains mouvements de pensée, ils représentaient une menace pour l'humanité dans son ensemble, mais surtout une menace pour leur propre survie.

— Quels étaient ces mouvements ? demanda Roseta, réellement intéressée.

— Les anciennes religions monothéistes : les catholiques et les musulmans pour l'essentiel.

Dominati se leva et se mit à marcher lentement vers son invitée.

— L'intelligence artificielle allait contre tous leurs concepts. Seul Dieu pouvait créer la vie. Ineptie ridicule. Si seulement ils pouvaient réaliser combien les univers qui composent les réalités sont denses et complexes ! Et dire qu'ils croyaient que la Terre, cette insignifiante planète, était le centre de Tout !

Il passa derrière le fauteuil de Roseta et ne put s'empêcher de lui effleurer les cheveux. Une des bougies d'un chandelier s'éteignit et la lumière se fit encore plus crépusculaire.

— C'était une époque de prospérité économique. L'âge d'or de l'humanité. Oubliés, les ennuis pécuniaires. Les hommes retrouvèrent leur vieux démons, ceux qui dorment au fond de leurs âmes. Jamais les religions ne furent aussi présentes que dans cette prétendue société laïque ! Nous décidâmes alors de nous venger.

— Qu'avez-vous fait ? s'inquiéta Roseta, persuadée à présent que Dominati était un androïde.

— Nous avons aidé à la formation de l'OLA, l'Organisation libératrice des androïdes. Nous avions l'argent et les contacts. Mais, après bien des combats, la Fédération réussit à les vaincre. Nous réussîmes à en sauver quelques milliers qui trouvèrent refuge sur une planète en bordure de la Fédération, Kigoma. Nous nous résignâmes alors à établir un plan à plus long terme qui mettrait à genoux la Fédération, les pouvoirs catholique et musulman.

Il continua ses explications durant un long moment, jusqu'à ce qu'il ne reste qu'une seule bougie allumée dans un des trois chandeliers. Était-ce l'effet du vin ? des paroles ? Roseta était totalement enivrée. Ses certitudes s'étaient peu à peu transformées en doute. Cela semblait si crédible, si possible. Dominati n'était peut-être ni humain ni androïde.

— Ainsi les vampires seraient des extraterrestres ? finit Roseta avec malice.

Dominati tira une chaise et s'assit à ses côtés.

— Non, n'ayez crainte, la contra-t-il, faussement dégoûté par ses propos. Le vampire est bel et bien une création humaine, un phantasme diaboliquement attirant. La mort au gant de velours, la lumière éternelle au sein d'une nuit infinie. L'incarnation de toutes les ambivalences de l'humanité, le paroxysme de sa schizophrénie. (Il s'interrompit un instant et continua d'un ton plus léger :) Comme je viens de vous l'exposer, je n'ai fait qu'utiliser ce mythe à mes propres fins. J'avais besoin de renouer avec le Talent. Il coulait en moi si fort que je ne pouvais plus supporter de le garder en moi, et cela quoi qu'en pensât mon frère. Ce fut peut-être le début de notre mésentente.

— Si Extanza a effectivement retrouvé l'Œil de Dieu, où croyez-vous qu'il s'en soit allé ? demanda-elle.

En temps normal, son esprit analytique lui aurait fourni la réponse, mais, légèrement grisée, ses neurones préféraient s'abstenir de tout effort.

— N'avez-vous pas compris ? s'étonna-t-il en se rapprochant encore un peu plus de sa proie.

CHAPITRE 27

Libertad

Les bâtiments défilaient devant le regard abattu de l'agent Karin. À ses côtés, Corazon tenait le volant d'un monospace dernier modèle qui fonçait sur une des voies express de la station spatiale.

Elle n'avait plus la force de négocier. Corazon avait été intraitable. C'était le marché : la vérité contre son inaction. De toute façon, elle lui devait bien ça. Il lui avait sauvé la vie. Elle ne pouvait pas le trahir. Mais combien de vies allaient disparaître à cause de son silence ? Bien moins que si vous parliez, lui avait répondu stoïquement Corazon.

— Vous n'êtes décidément pas faite pour ce job ! fit l'ex-agent fédéral.

Surprise, Karin tourna la tête dans sa direction.

— Qu'en savez-vous ! répliqua-t-elle sèchement.

Elle le détestait. Comment pouvait-il rester insensible à toute la souffrance qui allait se déchaîner d'ici quelques heures ! Les androïdes n'avaient-ils pas de cœur ?

— Vous avez tenu votre promesse. Vous n'avez aucunement cherché à me fuir ni à divulguer les informations que je vous ai transmises. Vous êtes une fille bien trop honnête pour faire carrière, agent Karin.

Elle poussa un grognement dédaigneux et préféra contempler le paysage. Ici, en périphérie du cœur névralgique de la station, les habitations se faisaient moins tape-à-l'œil. Les bâtiments avaient perdu de leur clinquant. Sans être dans un état aussi moribond que les bas-fonds où elle avait failli perdre la vie, ces zones d'habitation n'avaient rien de l'image fantasmagorique de Libertad, la station de tous les plaisirs.

— Amen, fit-elle avec ironie.

Corazon prit un bifurcation et quitta la voie express pour se retrouver sur une route plus étroite et moins fréquentée.

— Aucune guerre ne se gagne sans victimes. La Fédération doit apprendre à respecter toutes les formes de vie. Seule l'expérience douloureuse de la défaite pourra l'amener à reconsidérer sa position. C'est une leçon terrible, mais obligatoire. J'en suis sincèrement désolé. Mais n'oubliez jamais que ce n'est pas nous qui avons déclaré la guerre. Vous avez seulement eu la suffisance de croire que vous l'aviez gagnée, il y a près de quatre siècles, alors que nous n'étions qu'en repli stratégique. Il est temps à présent que celle-ci s'arrête.

Laniel

Il n'y avait pas un jour où Samirah ne pensât à la chance qu'elle avait de vivre sur Laniel.

Planète mineure de la Fédération, Laniel ne faisait jamais les premières pages des grands médias intra-fédéraux, et nombreux étaient les citoyens de la Fédération qui ignoraient son existence. Elle faisait partie de ces anonymes qui, à l'inverse de Terre, Boxtown ou encore Bavière, ne faisaient jamais parler d'eux. Avec ses cent cinquante millions d'habitants, pour une surface habitable de près de huit millions de kilomètres carrés, le surnom de Nouvelle Australie lui était accolé.

Samirah regarda sa montre avant de maudire une nouvelle fois son jeune frère qui avait oublié de la réveiller. Elle pressa encore le pas et espéra qu'elle ne serait pas en retard pour son partiel.

Elève en première année de philosophie, elle avait intégré la faculté de lettres de Kikentow à la suite de la mutation de son père au poste de directeur des ressources humaines au sein d'une des entreprises de la société Frolin. Quitter Riviéra la géante et son climat méditerranéen pour Laniel et ses pluies à répétition, avait tout d'abord été un choix difficile pour elle. Mais, très vite, elle avait compris que c'est ici qu'elle vivrait ses plus belles années. À cause du climat hostile, les étudiants passaient leur temps les uns chez les autres, et les relations entre eux étaient mille fois plus intenses que celles qu'elle avait connues jusqu'alors. À défaut d'avoir un petit ami, elle possédait ici de véritables amis à qui elle pouvait confier tous ses secrets.

Elle arriva enfin à l'entrée de la faculté, puis, après d'innombrables couloirs et escaliers, elle parvint à la porte de l'amphithéâtre. Elle l'ouvrit avec précaution mais s'aperçut avec soulagement que l'interrogation n'avait pas encore commencé. Elle alla se placer près de ses amis, dans l'attente de l'arrivée des surveillants.

— Dis donc, tu n'es pas pressée ! lui souffla Bruno, assis juste derrière elle.

— C'est mon frère, il a oublié de me réveiller, quel abruti ! répondit-elle en hochant la tête.

Elle ouvrit son sac et en sortit des stylos qu'elle posa devant elle.

— Hé, Sam ! Ce soir, changement de programme. On va faire la fête chez Raphaël, ses parents sont partis pour le week-end, l'interpella Lee.

Samirah se retourna vers lui.

— Pas de problème, répondit-elle d'un ton détaché.

Mais la rougeur qui empourpra légèrement ses joues démentait son manque d'enthousiasme apparent. Samirah était secrètement amoureuse de ce garçon qui sortait avec une de ses meilleures amies.

Les surveillants pénétrèrent dans l'amphithéâtre et le silence s'installa.

— Veuillez ranger vos sacs sous les bancs, seuls les crayons et les stylos sont autorisés. La personne qui sera prise en train de tricher ou de tenter de le faire sera immédiatement exclue de l'examen et de la faculté pour une durée allant de deux ans à cinq ans.

Samirah mâchouilla le bout de son crayon. Oubliées, ses pensées vagabondes. Elle se concentra sur le sujet du jour. Le partiel de langue ancienne, une version et un thème en latin suivis d'une explication d'un texte de Platon. Ce n'était pas sa spécialité, mais elle avait travaillé suffisamment pour pouvoir espérer décrocher la moyenne.

Le professeur O'Maley décacheta une des enveloppes contenant les sujets, puis les transmit à ses assesseurs qui partirent à leur tour les distribuer aux étudiants impatients.

Assise en bord de banc, elle se vit offrir quatre sujets qu'elle passa à ses camarades. D'un premier coup d'œil, elle fut rassurée. C'était dans ses cordes. Le texte de Platon était de ceux qu'elle avait potassés. Quant à la version et au thème, hormis quelques mots dont elle ne connaissait pas la signification, l'ensemble ne lui semblait pas poser de problème. Pour un premier partiel, les choses auraient pu commencer plus mal !

Elle prit une profonde inspiration et commença à griffonner quelques idées sur un brouillon.

— Il est exactement 9 heures 12, vous avez jusqu'à

12 heures 12 pour rédiger. Merci, fit le professeur O'Maley.

Plongée dans ses réflexions, Samirah ne se rendait pas compte du temps qui passait. Elle écrivait, raturait, recommençait à ordonner ses pensées et ses phrases. Même si elle cernait les difficultés, une certaine anxiété la tenaillait au plus profond d'elle-même.

Deux heures passèrent. Samirah regarda sa montre : il ne restait plus qu'une heure et elle n'avait pas encore commencé à rédiger.

— Mince, pesta-t-elle entre ses dents.

Heureusement, tout se tenait dans sa tête. Elle était presque prête. Ça serait juste, mais elle serait dans les temps.

Un « bang » se fit entendre à l'extérieur, comme un avion qui viendrait de franchir le mur du son. Puis d'autres détonations supersoniques se rajoutèrent à la première. Les étudiants levèrent la tête, mais n'en firent pas grand cas et se remirent à leur devoir. Les détonations s'arrêtèrent alors.

Les minutes défilèrent encore. Samirah avait le dos trempé de sueur, il lui manquait seulement la conclusion.

— Il ne vous reste que cinq minutes pour finir, tonna O'Maley, assis sur une chaise en bas de l'amphithéâtre.

Samirah pesta une nouvelle fois et accéléra le rythme. Tant pis si son écriture en pâtissait.

Soudain une déflagration se fit entendre. Une certaine inquiétude envahit le cœur des étudiants.

— Qu'est-ce que tu crois que c'était ? demanda Bruno, en oubliant qu'on ne pouvait pas parler durant l'examen.

— Je ne sais pas, répliqua Samirah avant de rabaisser les yeux sur sa copie et de se forcer à finir sa dissertation.

O'Maley se leva et allait sortir de la pièce quand une nouvelle déflagration, plus proche, résonna dans tout l'amphithéâtre.

La peur saisit définitivement l'assemblée présente. Ce n'était pas normal. Des cris, eût-on dit, parvenaient jusqu'à leur oreilles.

— Mais qu'est-ce qui se passe ? s'inquiéta Lee.

Samirah se mordit la lèvre. Personne n'osait exprimer ce que tout le monde redoutait.

C'est alors qu'une explosion, fit trembler les murs de la faculté. Les vitres de l'amphithéâtre éclatèrent en répandant des milliers de bris de verre sur les étudiants. La panique débuta. Des cris de terreur jaillirent des gorges juvéniles. Samirah était tétanisée à sa place.

— Viens, il ne faut pas rester là ! lui hurla Bruno en la tirant par son pull.

Une nouvelle explosion et toute une partie du mur de la salle disparut dans un tonnerre assourdissant. Le plafond s'effondra en partie sur les étudiants. Un épais nuage de poussière envahit tout l'espace. Les hurlements se déchaînaient tout autour d'eux. L'apocalypse avait atteint ce petit paradis.

Recroquevillée sur son banc, Samirah était en état de choc. Incapable de penser, elle était paralysée par la peur.

Des appels de détresse résonnaient de toutes parts.

— J'ai mal, à l'aide ! criait une voix féminine.

— Je sens plus mes jambes, mon Dieu, je vous en prie, suppliait un autre.

— Non, non, NON !!!!! hurlait désespérément un autre encore.

Plus poussée par son instinct de survie que par sa volonté, Samirah parvint à se reprendre quelque peu et se redressa. Le nuage de poussière était toujours présent, mais il s'évacuait lentement par le trou béant dans le mur. Le regard de Samirah tomba sur Bruno. Une partie de son crâne avait été broyée par un morceau du plafond. Elle poussa un hurlement de terreur, et se mit à courir parmi les gravats.

Sans savoir comment elle y parvint, ses jambes la conduisirent à l'extérieur où des centaines d'étudiants courant en tous sens cherchaient à fuir un ennemi qui ne s'était pas encore montré.

— Pourquoi ? se lamenta-t-elle en mettant la main devant la bouche.

Elle marchait, tel un zombie, incapable de réagir avec raison. Seule cette question faisait écho dans son cerveau. Pourquoi ? Qu'est-ce qui pouvait pousser des gens à tuer des innocents ? Qu'avaient-ils donc fait pour subir cela ?

Des silhouettes apparurent au loin, puis se rapprochèrent en rangs serrés.

Samirah cligna des yeux et aperçut une vingtaine de monstres de métal qui couraient dans sa direction. Son estomac se recroquevilla dans son ventre, et avant qu'elle pousse un hurlement, une balle explosive avait déchiqueté son corps.

— Merde, merde, merde et merde ! rugit le président Chandra. Mais d'où viennent-ils ?!

On venait de lui annoncer le débarquement des forces androïdes sur Laniel et les premiers massacres qui y avaient lieu. Ignorant toutes les règles de la guerre, ils s'attaquaient aux civils sans chercher à faire de prisonniers.

— Nous l'ignorons, répliqua le général Hsieng.

Une fois de plus, Chandra avait dû réunir dans l'urgence ses principaux conseillers. Il se colla devant le store de la fenêtre donnant sur le parc Saint-James et de sa main droite l'entrouvrit. Un soleil éclatant baignait les pelouses du parc. Aucune âme humaine ne se montrait. Tout le monde était sur le réseau afin d'en savoir plus sur les événements de Laniel.

— Si au moins on savait ce qu'ils veulent. On pourrait peut-être négocier ! rugit-il en serrant le poing de colère.

La plupart approuvèrent cette remarque d'un hochement de tête. Le comportement de leur ennemi était aberrant. Aucune revendication. Seulement des crimes sans raison. Se pouvait-il que les androïdes n'aient aucun but ? qu'ils ne soient guidés que par la folie destructrice ?

— Ils attendent que nous soyons à terre, proposa Muoi.

Des murmures d'assentiment se firent entendre.

— Peut-être attendent-ils que nous capitulions publiquement, se prononça Marshall.

Comme tous les citoyens de la Fédération, il avait été horrifié par les premières images transmises de Laniel. Un véritable carnage. Des milliers d'innocents sauvagement assassinés sans aucun moyen de se défendre. La pire des barbaries.

— S'ils croient cela, ils peuvent aller se faire voir. Jamais nous ne baisserons les armes devant le terrorisme. C'est le destin de la démocratie qui est en jeu. C'est une guerre que nous ne pouvons pas perdre.

Même si Marshall avait toujours considéré Chandra comme un homme corrompu et partiellement incompétent, il devait avouer que, plus les jours passaient, plus il montrait une facette attirante de sa personnalité. Il devenait jour après jour un véritable chef d'État, un homme capable de mobiliser les forces et de réunir sous sa bannière les milliards d'habitants de la Fédération.

Ils se mirent en liaison avec la Ceinture.

— Trois cents vaisseaux sont déjà en route, ils devraient arriver d'ici une journée. Nous gardons encore les trois quarts de la flotte. Le risque qu'ils attaquent un autre système est notre préoccupation principale. Cinq cents vaisseaux sont en partance pour Bavière, Boxtown et la Terre, fit le général Fousteau, de retour dans son quartier général.

— Et les autres planètes ? demanda Diouf, le ministre de l'Extérieur.

Fousteau ne cilla pas.

— Nous avons le choix entre éparpiller le reste de la flotte autour des deux cent quarante-six autres planètes de la Fédération ou les garder ici en attente de la prochaine attaque.

Chandra comprit que la décision dépendait de lui. Une décision éminemment délicate à prendre. Les populations civiles ne pourraient pas comprendre que la sécurité de leur planète ne soit pas renforcée à l'inverse de celle des trois monstres économiques et politiques de la Fédération.

— Messieurs, je propose que nous mettions au vote cette décision. (Personne n'y trouva à redire.) Qui est pour le maintien des forces dans le périmètre de la Ceinture ?

Chandra compta les mains levées. Pas une seule ne manquait à l'appel.

— Général Fousteau, préparez toutes les garnisons pour une intervention imminente. Nous devons nous tenir prêts à réagir dans l'instant. Qui sait quelle planète ils vont attaquer prochainement ? conclut-il en espérant avoir pris la bonne décision.

Fousteau hocha gravement la tête et mit fin à la communication.

— Il va falloir à présent rassurer les populations civiles, reprit Chandra en se tournant vers son conseiller à l'information. Faites parvenir aux médias des propos optimistes et des images de nos troupes en partance pour Laniel. Insistez sur notre détermination et sur l'importance des forces mises en œuvre pour mater ces androïdes.

Une pensée lui revint en mémoire. Il se tourna vers le chef des renseignements généraux.

— Qu'en est-il de votre agent envoyé sur Libertad ?

Mallory baissa les yeux.

— Nous avons perdu sa trace. J'ai envoyé une dizaine d'agents à sa recherche. Je crains qu'elle ne se soit fait repérer.

Le général Tchenko eut un rire moqueur.

— Président, laissez-moi investir cette station, nous devons montrer notre force.

Chandra eut une moue d'hésitation. Marshall en profita pour s'exprimer.

— Pas de précipitation. Libertad n'est pas un problème d'urgence. Éparpiller nos forces serait notre plus grave erreur. Laissez le colonel Mallory gérer cette affaire. Nous avons tout le temps pour remettre Libertad dans le droit chemin.

Muoi sortit une cigarette et approuva d'un hochement de tête. Tchenko tenta de répliquer, mais Chandra le fit taire d'un geste.

— Vous avez raison. Chaque chose en son temps. Libertad ne perd rien pour attendre.

CHAPITRE 28

Laniel

La porte du vaisseau coulissa et un vent glacé les saisit. Le capitaine Boxoen sortit le premier, suivi par près de trois cents soldats de son unité qui se mirent à la tâche. Ils avaient fait aussi vite que possible et étaient les premiers à débarquer. Boxoen s'avança sur la piste bétonnée du spatioport et huma l'air. Une sale odeur de brûlé lui titilla les narines. Il pouvait voir au loin les nuages de fumée qui planaient au-dessus de Tu'pai, la capitale de Laniel. Une silhouette se dessina dans son angle de vision. Il se retourna et tomba sur la carapace de métal du général Clint que des techniciens de l'armée avaient plus ou moins restaurée. Même s'il lui manquait toujours un bras, ils avaient réussi à réparer le fonctionnement de ses jambes et sa claudication s'en était allée.

— Les combats s'annoncent rudes. Comme eux, nous ne pouvons perdre cette bataille. Le vainqueur aura un avantage psychologique évident sur l'autre. Êtes-vous prêt à mourir, capitaine ? fit-il.

Boxoen avait toujours autant de mal à considérer cette masse de métal comme étant son ancien général. Il détestait plus que tout cette voix artificielle et froide. Peut-être aurait-il dû le tuer quand il le lui avait demandé. Mais il savait qu'il n'aurait pas pu se le permettre.

— Général, tout le monde doit mourir un jour. Je sais que je ne survivrai pas à ce conflit. Chaque jour de gagné est un sursis. Je ne me fais pas d'illusion sur mon sort. J'espère seulement que ma mort servira à quelque chose.

Une nuée d'oiseaux passèrent au loin. L'écosystème mettrait des années à se remettre des cataclysmes qui allaient se produire sur Laniel.

Un deuxième vaisseau atterrit sur le spatioport. Quelques minutes plus tard, une unité d'élite en sortit au pas de course. Boxoen alla à la rencontre de leur chef.

— Colonel Chona, commandant en chef des Biggles, fit un homme d'une cinquantaine d'années revêtu d'une tenue de camouflage.

Boxoen lui tendit la main pour une poignée virile et lui présenta Clint. Chona le jaugea d'un regard scrutateur et suspicieux.

— J'ai connu le général Clint. Un homme d'une bravoure et d'une intelligence rare. Un homme soucieux de ses hommes et fidèle aux valeurs que porte la Fédération. J'espère que vous ne lui ferez pas honte, fit-il en regrettant que l'on n'ait pas mis au rebut ce monstre inhumain.

Clint reconnut Chona et eût aimé lui rendre un sourire carnassier. Ils s'étaient rencontrés une fois, il y avait de cela près de dix ans.

— L'être qui est devant vous n'est plus le général Clint, répondit le général. Mais le spectre de la vengeance. Tant qu'il restera un seul androïde vivant sur cette planète, je le harcèlerai au nom de tous les soldats morts au combat.

Chona resta de marbre et se retourna vers Boxoen.

— Nous avons repéré un nid, près du centre-ville. Ils

tiennent des centaines de civils en otage. Plus vite nous réagirons, moins il y aura de victimes.

La situation était simple. Tous leurs appels étaient restés sans réponse. L'armée d'androïdes qui avait envahi près d'une douzaine de villes de Laniel après avoir massacré des milliers d'habitants avait investi de nombreux bâtiments, tenant les milliers de civils en otage. Aucune demande de rançon n'avait été faite. Le statu quo était de mise. Toutefois, la Fédération ne pouvait se permettre d'attendre. Le plan androïde semblait désormais clair : Mobiliser les forces militaires de la Fédération sur le maximum de planètes possible pour s'attaquer enfin au sommet de l'empire Boxtown, Bavière et la Terre.

Les troupes de la Fédération n'avaient pas de temps à perdre. Ils devaient remporter cette bataille et retourner au plus vite sur la Ceinture, prêts pour se battre à nouveau sur une autre planète en danger. L'idée de raser les villes à coups de bombes à neutrons était certes la solution la plus efficace, mais jamais ils ne pourraient justifier cette action auprès des populations de la Fédération. Ils devaient essayer de minimiser les morts de civils, même si le prix à payer pour les militaires s'annonçait important.

Si seulement ils avaient pu utiliser une bombe à brouillage énergétique, s'était désolé Boxoen en prenant connaissance du plan d'attaque. Mais, à l'inverse des cyborgs dont le corps fonctionnait sur les principes énergétiques de base, le cerveau de silicone était une merveille technologique qui, bien qu'artificielle, ne produisait guère plus d'énergie qu'un cerveau humain. En d'autres termes, la victoire de Kigoma ne pourrait pas se reproduire.

— Alors ne perdons pas une seconde de plus. Allons-y ! répliqua Boxoen.

Système du Cerbère

Le *Destinée* sortit du point neural, suivi de près par le *Heavy Métal*. Mais, au lieu du vide astral auquel ils s'attendaient, leurs radars entrèrent en résonance avec plus d'une centaine de vaisseaux.

— Seigneur, je crois que nous sommes attendus, fit l'androïde Bujidos.

Extanza serra les dents. Une colère noire lui brouilla les pensées. Il aurait dû s'en douter. Dominati n'allait pas le laisser partir aussi facilement.

Il s'avança près de Gerrold et lui prit le bras d'un geste solennel.

— Nous n'avons rien à craindre. Le Nouveau Dieu est avec nous. Qui que cela soit, nous en viendrons à bout, réussit-il à dire d'une voix rassurante.

— Nous recevons un message. Voulez-vous l'entendre ? intervint de nouveau Bujidos, attentif.

Un silence pesant s'installa sur la passerelle de commandement. Extanza se devait de réagir vite. Si Dominati avait repris en main la faction des androïdes ayant phagocyté musulmans et catholiques, il n'en était pas de même pour ceux de Kigoma qui ignoraient toujours l'existence de cette seconde faction. Il réfléchit rapidement et prit une décision.

— Écoutons ce qu'ils ont à dire. La parole du fou ne peut toucher l'homme véritable, fit-il d'un ton docte.

Bujidos alluma un holo et fit passer le message.

Le visage de Dominati apparut dans toute sa beauté. Son regard n'avait pas changé. Les mêmes yeux inquiétants qui vous sondaient et vous terrifiaient.

— Mon frère, comme il est heureux que nous nous retrouvions là où tout a débuté. Pourquoi ne pas nous entendre ? Oublions nos querelles. Il n'existe qu'un chemin pour le futur, pourquoi ne pas le prendre ensemble ?

Extanza cacha le demi-sourire qui ne demandait qu'à s'afficher sur ses lèvres. Dominati avait tout prévu. En ne révélant rien de leur passé, il lui laissait ouverte la porte de la conciliation. Sauf qu'Extanza n'avait aucunement l'intention d'abandonner son projet !

Comme si c'était la veille, il se souvenait d'une phrase qu'il lui avait lancée avant de se battre à mort dans la cathédrale d'Amiens : « Il faudra que tu me passes sur le corps. » C'était lui qui avait gagné, mais, dans sa miséricorde, il n'avait pu donner le coup de grâce à son frère. Il l'avait seulement enterré dans les catacombes du lieu saint où, durant près de deux siècles, il s'était régénéré après des dégâts considérables qu'il lui avait infligés.

J'aurais dû l'achever, se maudit Extanza qui savait qu'il en serait toujours incapable. Mon frère, ne m'oblige pas à cela, pria-t-il intérieurement.

— Répondez ceci, fit-il.

Bujidos le cadra dans un champ holo et enregistra sa réponse.

— Tous tes pêchés te sont pardonnés. Rejoins-moi et discutons. Je n'ai plus de ressentiment. Le temps guérit toutes les blessures.

Assis dans un fauteuil d'un salon du vaisseau, Dominati laissa échapper un léger rire. Son frère ne manquait pas d'humour face à une situation aussi critique.

Il se tourna vers sa captive et fut ravi de voir son visage déformé par le doute.

— Oui, vous commencez à comprendre, se félicita-t-il.

Roseta n'en revenait pas. Se pouvait-il que toute la fable de Dominati fût vraie ? Que cet homme qu'elle venait d'apercevoir fût son frère ? Un immortel venu d'un autre univers ?

Après le repas de la veille, elle s'était couchée dans un état de semi-euphorie. Elle avait pu passer une nuit particulièrement agréable, et s'était réveillée le cœur léger, avant que les souvenirs lui reviennent en mémoire. Elle avait pris un bain et ressassé toute l'histoire de Dominati. Si elle arrivait à se convaincre de la véracité d'une grande partie de son récit, elle ne pouvait en admettre toute la première partie. Simplement grotesque. Et pourtant, à présent, l'incertitude la rongeait.

— Mais que vient-il faire ici ?

— Achever le projet que nous avions mûri durant des années. (Il fit une pause et prit un air faussement gêné.) Oh ! excusez-moi, je crains d'avoir oublié quelques passages de ma vie. Le temps me presse, mais je me dois de vous en informer.

Il rapprocha son fauteuil du sien et jeta un sort qui les isola de toute oreille indiscrète.

— Nous voulions rentrer chez nous, Roseta. Voilà le seul et unique but de la création des androïdes et de la mise au rebut des religions chrétienne et musulmane. Nous devions retrouver l'Œil de Dieu, objet de la concertation de plus d'une vingtaine de mages et qui seul peut nous ramener dans notre univers.

— Vous m'avez déjà dit cela. Mais vous m'avez aussi dit que l'Œil de Dieu avait été volé lors de son rapatriement sur Terre, le coupa-elle.

Dominati hocha la tête et lui sourit.

Roseta resta un instant perplexe avant de comprendre. Comme elle avait été stupide ! Si elle ne l'avait pas compris plus tôt, c'est parce qu'elle ne croyait pas en l'existence de ce frère.

— Extanza possède l'Œil de Dieu, commença Roseta qui se mit à replacer les pièces du puzzle. Et il compte s'en servir pour retourner chez vous. C'est cela, n'est-ce pas ?

Satisfait, Dominati se pencha en arrière.

— Je ne puis rien vous cacher.

Roseta porta son regard sur un holo qui représentait une vue du Monde noir, cet artefact qui prenait dès lors une tout autre dimension. Désormais prête à croire à la nature extraterrestre de son geôlier, elle devait repenser toute son analyse sur ses motivations et ses buts.

— Il ne vous a pas convié à ce voyage de retour, et vous lui en voulez, fit-elle en quêtant son approbation.

Dominati se servit un verre de vin et garda le silence. Il jouissait de sa victoire. Comme il aimait la voir lentement venir à lui !

— Ainsi vous aviez besoin d'une flottille de grande importance pour lui barrer le chemin. Vous saviez qu'il était obligé de passer par ce point neural. Il ne pouvait plus vous échapper. Il n'y avait plus qu'à attendre qu'il se jette dans vos filets.

D'un geste lent et calculé, Dominati secoua la tête en signe de déception.

— Vous y êtes presque. Il y a juste une petite erreur.

Roseta se frotta le front et, malgré la jubilation de ce moment, essaya de garder son sang-froid et d'analyser le mieux possible tous les éléments en sa possession. Malheureusement, aucune faille ne perça sa démonstration.

— Je ne vois pas laquelle, se résolut-elle à dire.

Dominati croisa les mains sur la table. Jamais il n'aurait cru pouvoir tomber sous le charme de cette femme. Elle était réellement fantastique. Comme il sera bon de s'unir avec elle, se dit-il, plein d'impatience.

— Seule l'intuition aurait pu vous la faire trouver. Je dois vous avouer qu'il reste un dernier point de détail dont je ne vous ai pas encore parlé et qui vous manque pour avoir une compréhension globale de toute cette affaire. (Il but une nouvelle gorgée de vin, puis leva son verre et, tandis qu'il en admirait les reflets diaprés, il reprit ses explications.) Je ne saurais vraiment dire quand cela a commencé, mais il est certain qu'au fil des siècles, je me suis pris d'affection pour vos semblables. Même si nous devions vivre dans l'ombre afin de ne pas attirer l'attention sur nous et sur nos pouvoirs, nos existences n'étaient finalement guère moins intéressantes que celles que nous connaissions au sein de l'empire du Ga-aS. Nous vivions comme des princes, possédions richesse et privilèges. Chacun de nos souhaits était exaucé dans les minutes qui suivaient. Qu'avions-nous vraiment à gagner à retourner dans le Ga-aS, si ce n'est retrouver un empire toujours en proie à la rébellion ? Ne devions-nous pas rester dans cet univers, et couler des jours paisibles ?

Roseta comprit où il voulait en venir et éprouva un profond sentiment de fierté en apprenant que l'humanité était digne de l'intérêt d'une race bien plus avancée que la sienne. Toutefois, elle ne l'interrompit pas et le laissa poursuivre.

— De temps à autre, j'en discutais avec mon frère, mais jamais il ne souscrivit à cette idée. Nous étions trop différents. Nous ne pouvions indéfiniment réfréner l'envie d'utiliser notre Talent. Il nous fallait réintégrer notre réalité. Voilà quelles étaient ses réponses. Et rien ne pourrait lui faire changer d'avis. (Il leva les bras au ciel et continua.) L'idée me vint alors de créer une armée des ténèbres. Une armée d'êtres auxquels je prêterais quelque fractions de mon Talent. Une race de semi-immortels issue de vos univers mythologiques : le vampire. Je trouvai cela fort plaisant, et recouvrai ainsi un peu de ma puissance. L'inconvénient est que, plus les années passaient, plus les actes de mes fidèles se multipliaient. Extanza comprit bien avant moi que je me trompais. S'il me laissait continuer, notre existence pourrait être révélée et notre clandestinité anéantie. Nous deviendrions alors les ennemis à abattre. Il décida donc d'éliminer mes enfants les uns après les autres.

Dominati fit une pause et se resservit un verre de vin. Il n'aimait pas repenser à cette période. Trop de mauvais souvenirs. Trop de blessures encore à vif. Il ne pourrait jamais oublier ces douloureux moments.

— À ce que je vois, il a perdu ce combat.

Une ombre passa dans le regard de Dominati. Il se redressa dans son fauteuil et posa un bras sur la table.

— Détrompez-vous. Il le gagna. Les uns après les autres, il les pourchassa et les détruisit méthodiquement, sa force étant bien supérieure à la leur. La lutte dura des années et, irrémédiablement, nous nous éloignâmes à jamais l'un de l'autre. Nous qui avions toujours été soudés dans l'adversité, étions devenus les pires ennemis. Notre guerre s'acheva en la sainte année 2387 où, après un combat mémorable, il me vainquit et brisa chaque parcelle de mon corps et de mon âme. Il m'enterra dans les catacombes d'une ancienne cathédrale terrestre, certain de m'avoir anéanti à jamais. Malheureusement pour lui, un dernier sort, inconnu de lui, me protégea et fit que, malgré les dégâts subis par mon corps, je parvins au bout de longues et terribles décennie à me reconstituer. Pour réapparaître aujourd'hui à l'aube de tous les changements.

Roseta en resta sans voix. Il lui semblait que la température s'était rafraîchie d'un coup. La peur avait refait surface. Elle ne doutait plus des pouvoirs de son geôlier. Elle espérait seulement qu'il ne lui ferait pas de mal.

— Et si je pense désormais qu'il a eu raison de mettre à mal mon armée des ténèbres, je crois néanmoins qu'il n'est que pure folie de tenter de réintégrer le Ga-aS. C'est pour cela que je vais accepter son invitation en espérant le convaincre de revenir sur son projet.

(Il lui tendit la main et conclut :) Me ferez-vous l'honneur de m'accompagner ?

Les battements de son cœur se firent plus rapides. Roseta ne put se retenir de déglutir. Avait-elle vraiment le choix ? Pouvait-elle refuser ?

— Oui, il en sera fait comme vous le demandez, répliqua-t-elle avec diplomatie.

Sa réponse sembla satisfaire Dominati qui lui prit une main et la caressa doucement d'un geste tendre et affectueux.

CHAPITRE 29

Atlan

Le soleil se couchait sur un spectacle de désolation. Les Espagnols n'avaient épargné personne. Hommes, femmes, enfants, tout habitant du hameau avait été passé par l'épée. Une folie sanguinaire semblait s'être emparée de l'armée hispanique. À cheval sur leur destrier, les trois voyageurs gardèrent le silence, perdus dans leurs macabres pensées.

Guntray n'arrivait pas à croire ce que ses yeux lui renvoyaient. Si la guerre et son cortège d'horreurs avait toujours été pour lui un concept abject, il prenait désormais pleinement conscience de cette pertinence. Il est des évidences qui ne peuvent être que vécues, lui avait-on enseigné un jour. Il y souscrivait totalement. Son corps tout entier hurlait à la révolte. Des images d'épouvante le suivraient tout au long de ses nuits peuplées de cauchemars insoutenables.

— Nous allons nous arrêter ici, fit Marlus en désignant du doigt une bâtisse qui n'avait pas été ravagée par les flammes.

Guntray redressa la tête et tendit vers lui un visage fermé.

— Pourquoi toute cette haine ? souffla Delphine.

Encapuchonnée dans un longue cape de velours, elle se tenait à l'arrière de leur trio et devait sans cesse combattre les pulsions de vengeance qui coulaient dans ses veines. Qui pouvait dire de quoi ses pouvoirs étaient capables ? Elle ne tenait aucunement à le savoir.

— L'homme est un loup pour l'homme, cita Guntray laconiquement.

— Aucun animal ne ferait rien de tel à ceux de sa propre espèce, répliqua Marius en refusant son fatalisme.

De par ses origines androïdes, il réfutait les excuses liées à la nature biologique des humains. La conscience avait élevé l'homme au-dessus du rang des animaux, le privant ainsi de justifications attachées à ses pulsions primaires.

Le débat en resta là. Ils étaient trop fatigués pour parler. La journée avait été longue et éprouvante, autant au niveau physique que psychologique.

Ils arrêtèrent leurs montures près d'une grande maison de bois, avant d'y pénétrer. Une étrange odeur les agressa. Comme ils entraient dans la grande salle du rez-de-chaussée, ils découvrirent un tableau horrifique. Un chien était en train d'arracher les restes de la joue d'un des cadavres qui jonchaient la pièce.

Delphine ne put se contenir et, d'un réflexe, prononça deux mots. Le chien se figea de stupeur avant de fuir en courant, la queue basse.

Guntray lui jeta un regard reconnaissant.

— Partons d'ici, fit-il.

— J'aimerais que cela soit possible, mais nous devons nous reposer. Demain sera une très longue journée. Il serait idiot que nous ne profitions pas de cette nuit. Il y a certainement des chambres à l'étage. Montez, je vais m'occuper des corps, répondit Marius.

La fatigue aidant, Guntray n'insista pas. Il savait

reconnaître la voix de la raison. Il grimpa l'escalier vétuste, et trouva une chambre avec un lit dont il testa aussitôt le sommier.

— Je rêve de pouvoir retrouver un vrai lit, fit-il à haute voix.

Sa vie de citoyen de la Fédération lui semblait à des années-lumière. Le confort, la propreté, l'usage de la technologie lui apparaissaient comme un mirage issu de souvenirs d'une autre vie. Quelques semaines avaient suffi pour lui faire découvrir mille fois plus d'émotions que durant toute sa vie d'aventurier d'alors.

Il jeta un regard par la fenêtre et constata que le soleil avait presque quitté cette partie du monde. Seul un rai de lumière traversait la chambre. Delphine vint s'asseoir à ses côtés.

— Que ferez-vous de moi, une fois de retour chez vous ? demanda-t-elle.

Cela faisait plusieurs jours que la question la démangeait. Mais elle craignait tant la réponse ! et le mensonge dans la bouche de ses sauveurs ! Même si Guntray et Marius s'étaient essayés à lui expliquer ce qu'était la Fédération, les extraterrestres, les androïdes, et d'autres concepts incroyables, elle était toujours la même petite servante inculte, et possédait les même peurs. Bien plus encore, elles s'étaient aggravées depuis qu'elle avait conscience d'être une sorcière. Comme elle détestait toutes ces choses qu'elle sentait tapies au plus profond d'elle-même !

Guntray se redressa sur le lit. À aucun moment il n'avait envisagé cette question. Obnubilé par cette guerre qui lui pourrissait l'âme, il ne se projetait pas plus loin que le lendemain. Pourtant il faudrait bien penser au futur.

— Je ne sais pas. Mais je peux vous assurer qu'il ne vous arrivera rien de mal. La Fédération n'est peut-être pas la perfection des sociétés humaines, mais le respect de la personne y est une chose acquise, déclara-t-il sans trop réfléchir.

Delphine tourna la tête, le regard vers la fenêtre.

— Si j'en crois Marius, votre Fédération ne supporte pas la différence, vous avez assassiné des millions d'androïdes sans le moindre scrupule, fit-elle, désabusée.

— C'était une erreur, personne ne pouvait supposer qu'ils pouvaient avoir une véritable identité qui leur soit propre. Pour la plupart des gens, ce n'étaient que des machines, très perfectionnées certes, mais des machines tout de même.

En dessous, on pouvait entendre le raclement des corps traînés sur le plancher par Marius. Guntray secoua la tête et chercha à bannir les images qui étaient venues spontanément à sa conscience.

— Et moi ? Qui suis-je ? Une sorcière ? Sur Atlan nous brûlions les personnes telles que moi. Nous étions l'incarnation du Diable. Bien pire que vos machines. Me laisserez-vous aller et venir au gré de mes envies ?

Elle se retourna vers Guntray et planta son regard dans le sien. L'homme de la Fédération se sentit soudain aspiré par ces iris bleutés qui lui sondaient l'âme. Pouvait-il vraiment lui mentir ? Lui donner de faux espoirs ?

— La Fédération est en guerre, Delphine. Vous devez comprendre que des mesures exceptionnelles vont être prises pour sa survie. Vous serez très certainement mise en quarantaine le temps que nos spécialistes examinent vos dons. Je ne crois pas que vous représentiez une menace pour nous. Au contraire, peut-être serez-vous celle par qui la victoire sera nôtre.

Des bruits de pas se firent entendre dans l'escalier.

— Je ne veux pas être un monstre de foire. Je ne saurais supporter une autre captivité, fit-elle d'une voix ferme.

Marius apparut dans l'encadrement de la porte.

— N'ayez aucune crainte, Delphine, je vous emmène

avec moi. J'aurais dû vous en parler avant. Là où nous allons, vous serez une femme libre. Et si vous le désirez, nous étudierons l'étendue de vos pouvoirs et vous apprendrons à vous en servir.

Delphine lui adressa un pâle sourire. Ses paroles avaient le goût de la vérité. Même si elle avait noté une certaine hésitation dans son phrasé, elle fut suffisamment rassurée pour oublier la turpitude dans laquelle elle se trouvait. Peut-être que le salut de son âme viendrait de ces êtres étranges que Marius appelait les Bienveillants. Elle pria pour qu'ils soient bien nommés.

Les deux hommes lui souhaitèrent une bonne nuit et allèrent se coucher dans l'autre chambre de l'étage.

— Debout ! hurla une voix avec un accent français exécrable.

Guntray ouvrit les yeux et découvrit l'imposante stature d'un soldat. Sa vue confirma son ouïe : il s'agissait d'un Espagnol. De son côté, Marius se redressa dans l'autre lit. Quatre soldats étaient entrés et les tenaient en joue avec leur épée. Au moindre faux mouvement, nul doute qu'ils seraient transpercés de part en part sans autre forme de procès.

— Capitaine, venez voir ce que nous avons trouvé ! vociféra un cinquième soldat qui venait de pénétrer dans l'autre chambre.

Marius sentit son cœur s'emballer. Delphine ne devait pas intervenir. Qui savait ce qu'elle pouvait déclencher sous l'emprise de la colère ?

Guntray se leva et, tout comme à Marius, ils lui lièrent les mains dans le dos. Ils les firent descendre au rez-de-chaussée, puis les poussèrent à l'extérieur.

Une clarté préfigurant l'aube imprégnait l'atmosphère. Le froid les tétanisa sur place. Guntray n'osa réclamer son manteau. Une bestialité sauvage pouvait se lire sur chacun des visages.

Soudain un hurlement de terreur résonna dans la bâtisse. La dizaine de soldats qui gardaient les captifs se ruèrent à l'intérieur. De sa position, Guntray découvrit d'étranges effets lumineux à l'étage.

Quand elle avait compris le sort que lui réservaient ces hommes, Delphine avait décidé de réveiller les démons qui sommeillaient en elle. Au risque de déclencher une catastrophe sans précédent, elle résolut de passer à l'attaque. Les phrases sortirent toutes seules de sa bouche.

— Tais-toi ! cria un des gardes en se mettant les mains sur les oreilles.

Mais rien n'y fit. Il sentit son cerveau bouillir. Il hurla à la mort et s'écroula sur le sol en gémissant de douleur. Le deuxième soldat tenta de frapper Delphine de son arme, mais son geste fut dévié par un éclair verdâtre qui frappa sa lame avec force.

— Sorcellerie ! fit l'homme horrifié.

Il se rua sur Delphine et sentit une main invisible lui enserrer la gorge. Une grimace pathétique s'afficha sur son visage qui s'empourpra. Quelques instants plus tard il suffoquait dans un dernier gargouillis. Trois hommes franchirent la porte en même temps. Delphine déplaça une chaise et l'envoya sur un de ses opposants, les autres l'esquivèrent et se ruèrent sur elle.

Delphine était à bout de force. Malgré sa colère, elle sentait son pouvoir s'amenuiser au fil des secondes.

— Laissez-la tranquille, fit une voix qu'elle reconnut avec soulagement.

Les Espagnols ignorèrent cette intervention et attrapèrent la jeune fille. Marius ne chercha pas à parlementer. Il tira deux coups de laser et abattit froidement les deux hommes, comme il s'était occupé des autres agresseurs.

— Comment avez-vous fait ? s'étonna Delphine quand le silence fut retombé.

Marius avait toujours les mains liées. Il avait simplement profité du moment de désordre pour sauter pardessus ses mains, et avait pu ainsi s'emparer du stylet caché dans la poche intérieure de sa veste. Ses années d'entraînement au sein des unités d'élite de la Fédération se voyaient une nouvelle fois récompensées.

— C'est notre magie à nous, fit-il en se rapprochant de Delphine.

Il lui tendit les mains. Elle lui dénoua ses liens, puis s'occupa de ceux de Guntray qui venait de monter à l'étage.

— Mon Dieu ! fit-il en découvrant les Espagnols abattus.

L'adrénaline coulait dans son sang. Jamais il n'avait senti la mort passer si près. Les cadavres à ses pieds lui laissaient un goût désagréable. Il n'arrivait pas à se féliciter de leur mort. Il en avait assez de voir des cadavres.

— Ils n'ont eu que ce qu'ils méritaient, fit Delphine froidement.

— Vous avez été très courageuse, intervint Marius qui saisit le manteau d'un mort. Vous nous avez sauvé la vie.

Delphine lui adressa un sourire. Elle était rassurée. La peur d'être submergée par ses pulsions s'était révélée non fondée. Son esprit était plus fort que les démons.

— Ces hommes étaient des fuyards, fit Marius. L'armée d'Espagne est en déroute, les forces de la Fédération ne doivent pas être très loin. Il nous faut partir au plus vite, et rejoindre nos alliés.

Guntray hocha mécaniquement la tête. Il était tout aussi pressé de quitter cette planète. Il repensa à l'avertissement de Brautignan qui l'avait enjoint de faire attention de ne pas tomber amoureux des planètes limites. Quelle absurdité !

CHAPITRE 30

Système du Cerbère

À l'abri d'un salon du *Heavy Métal*, Lucinda et Drake prenaient leur mal en patience. Le comité d'accueil composé d'une centaine d'appareils d'une des plus grosses compagnies de la Fédération n'augurait rien de bon. Pourtant, ni ces vaisseaux ni ceux de la surveillance militaire n'avaient tenté de les arraisonner. Ils étaient tous deux dépassés par les événements et ne pouvaient que se perdre en hypothèses.

— Cet artefact n'est pas de construction humaine. Il s'agit sans aucun doute d'une construction extraterrestre, fit Drake en parlant du Monde noir que les capteurs du vaisseau avaient retranscrit en hologramme au milieu de la pièce. Aussi impensable que soit cette possibilité, je n'en vois pas d'autre.

Allongée sur un canapé, la tête posée sur un coussin, Lucinda fixait le plafond sur lequel était représentée une vision d'un ciel étoilé d'une autre région de la galaxie.

— Cet Extanza vous a menti sur toute la ligne. Qu'est-ce qui vous assure qu'il soit véritablement un androïde ?

Au cours de ses longues années passées à Éden et

malgré son athéisme forcené, il n'avait jamais remis en question l'identité propre d'Extanza. Mais peut-être était-ce là la clé du mystère.

— Tu as raison. Peut-être que c'est lui qui a construit cette chose, fit-il en désignant le Monde noir d'un mouvement du menton.

Lucinda se redressa et se leva.

— Je crois que nous n'aurons plus beaucoup à attendre, fit-elle.

Un des écrans montrait une navette qui venait de quitter les soutes du *Destinée* pour se diriger vers un vaisseau de la Conception Corporation.

— Le dernier acte, ajouta Drake en se levant et se rapprochant de Lucinda.

La navette s'enfonça dans le ventre du *Courrier céleste*, le plus gros transporteur de la Conception Corporation, et se laissa guider jusqu'à une aire d'accostage. Confortablement assis dans un fauteuil du petit vaisseau, Extanza sentit l'excitation monter. Il n'avait pas revu son frère depuis son fameux duel qui les avait conduits jusque dans la cathédrale d'Amiens, sur Terre. Un sentiment étrange le pénétrait. Un mélange de nostalgie et de crainte. Se pouvait-il qu'il refuse de jouer le jeu une nouvelle fois ?

Une escorte composée d'une dizaine d'individus vint à sa rencontre. Il quitta la navette et se laissa ainsi conduire le long des immenses couloirs qui creusaient le vaisseau. Fleuron de la flottille commerciale des Ming, le *Courrier céleste* ne possédait en rien les caractéristiques des autres vaisseaux de commerce dont l'unique but était la fonctionnalité. L'argent avait été dépensé sans compter pour le rendre le plus attractif possible. Les coursives étaient décorées avec le même luxe du détail que pour un bâtiment de croisière. Tapisseries, épaisse moquette et autre artifice, inutiles dans un vaisseau de transport classique, se retrouvaient ici dans une profusion de couleurs chatoyantes.

Extanza afficha un sourire. Il espérait que le choix de ce vaisseau augurait des meilleures intentions de son frère.

Ils empruntèrent un dernier ascenseur et finirent par se retrouver devant une coursive obstruée par une imposante porte métallique.

— Il vous attend à l'intérieur, fit l'une des femmes de son escorte.

La porte coulissa sans un bruit et révéla un couloir richement décoré. Extanza s'avança et arriva devant une nouvelle porte qui s'ouvrit à son tour. Une grande pièce circulaire s'offrit à son regard. De magnifiques meubles travaillés de façon artisanale. Nulle lumière artificielle, mais des chandeliers et des bougeoirs répandant un éclairage gothique sur l'immense salle. Assis dans un fauteuil, Dominati le scrutait minutieusement.

— Je suis heureux de te revoir, commença Extanza. Je savais que tu te remettrais de tes blessures. J'espérais seulement que tu me laisses plus de temps.

D'un geste, Dominati invita son frère à s'asseoir en face de lui.

— Ainsi tu m'aurais épargné, soupesa-t-il en hochant la tête. Alors tu es plus stupide que je ne le croyais. Tu aurais profité de ce temps pour te préparer à mon retour. Je n'ai pas oublié notre différend. Et comme ni toi ni moi, nous n'avons changé d'avis sur la question, nous nous trouvons à nouveau devant un *casus belli*.

Extanza alla s'asseoir et posa nonchalamment les bras sur les accoudoirs. Tout allait se jouer dans les minutes qui suivraient. Il se devait d'être persuasif. Le résultat de siècles de patience et de travail dépendait de cette confrontation. Il ne devait pas sortir perdant.

— Si tu tiens à rester dans cet univers et à faire étalage de ton pouvoir, qu'il en soit ainsi. Je te promets de ne pas chercher à te nuire, commença-t-il avant de se reprendre. Tu remarqueras que j'ai laissé bon nombre de tes fidèles pratiquer leur culte. Tes enfants de la nuit n'étaient une menace contre nous que dans la mesure où tu as commencé à leur lâcher la bride. Nous n'étions pas prêts à révéler notre pouvoir à l'humanité. Aussi puissants que nous soyons, nous n'aurions jamais pu gagner une guerre contre des millions de personnes.

— C'est faux, nous aurions pu, si nous avions organisé notre prise du pouvoir pendant que cette planète en était encore à l'ère préindustrielle. Je n'aurais jamais dû t'écouter à ce moment-là, répliqua vivement Dominati.

Extanza serra les lèvres. La partie s'annonçait difficile. Le temps n'avait aucunement érodé les pensées de son frère.

— Dans ce cas, les humains n'auraient jamais découvert le voyage spatial et nous n'aurions jamais quitté la Terre et, par conséquent, jamais eu la possibilité de rejoindre le Ga-aS.

Dominati partit d'un rire sans joie qui révéla ses longue canines.

— Tu tiens donc toujours autant à cette lubie. Pourquoi vouloir retourner dans un empire qui nous a envoyés à la mort dans ce Cercueil de malheur ! As-tu jamais réfléchi à ce qui nous attendrait si nous retournions dans le Ga-aS ?

Un froissement de tissu et Extanza se releva d'un bond, prêt à en découdre. Mais aussitôt son regard croisa celui d'une figure familière : la richissime héritière, Roseta Ming.

— Je te présente mon invitée de marque. Je lui ai tout raconté, il n'y a pas de secret qui ne puisse être abordé en sa présence, confirma Dominati.

Tel un spectre, elle s'avança vers eux, restant toujours dans les recoins obscurs de la pièce.

À quoi joue-t-il ? s'inquiéta Extanza. L'avait-il vampirisée ou bien, pis encore, était-elle une possédée ? Même s'il les surveillait de près, il savait que certains des frères des Maltâmes possédaient quelques notions de Talent et attendaient le moment pour réveiller les démons et ouvrir toute une partie de la réalité ignorée à des humains trop jeunes pour comprendre la complexité de l'Univers.

— Que fait-elle ici ? s'inquiéta-t-il.

— Considère qu'elle est notre témoin, répondit Dominati en posant la tête sur un de ses poings.

— Que lui as-tu fait ?

— Rien de bien méchant. Tu n'as rien à craindre. Elle n'est pas une vampire et encore moins une possédée. Après mûre réflexion, je trouve qu'elle est parfaite comme elle est.

À l'abri d'une trop vive lumière, Roseta était paralysée de peur. Il se dégageait dans cette pièce quelque chose de trop nauséabond. Tout cela la dépassait. Elle ne mettait plus en doute le pouvoir de ces deux hommes. Elle se sentait comme une vulgaire mouche en proie à deux monstres arachnides.

Extanza se rassit et reporta son regard sur son frère, puis revint à sa dernière question.

— Je ne sais ce que nous trouverons en retournant dans l'empire, mais je sais que ma place n'est pas ici. Même si nous avons eu l'illusion d'un certain bonheur sur cette Terre puis dans la Fédération, nous ne sommes que la moitié de nous-mêmes, sans l'usage de notre Talent. Nous sommes amoindris. Je veux retrouver toutes mes facultés, retrouver les merveilles du Ga-aS. Il y a suffisamment de temps écoulé pour que la révolution qui nous a envoyés à la mort ait été oubliée. (Il tendit un bras vers Dominati :) Prends le risque avec moi. Redevenons de véritables frères liés par le lien du sang. Quittons cet univers.

Dominati secoua lentement la tête en affichant une mine contrite.

— Décidément, nous ne nous comprenons vraiment pas. Rien ne nous interdit d'user de notre Talent ici-bas. Nous pouvons devenir les maîtres de cette galaxie. À quoi bon retourner dans l'inconnu, au risque de subir une amère désillusion ? En restant dans cet univers, nous sommes certains de notre destinée. Prenons le contrôle de cette humanité et, à ce moment-là, peut-être penserai-je à repartir dans le Ga-aS, mais avec une armée de plusieurs milliards d'êtres humains à mes côtés.

L'idée n'était pas dénuée de fondement et d'attraits, mais Extanza en avait plus qu'assez d'attendre. Il était si près du but. Il ne pouvait se résoudre à abandonner maintenant.

— Soit. Je te laisse cette galaxie, fais-en ce que bon te semble. Pour ma part, je vais aller retrouver notre monde.

Les pupilles de Dominati se mirent à luire dans la pénombre de la pièce.

— Comme j'aimerais que les choses soient aussi simples ! Mais si je te laisse partir, nul doute que les armées du Ga-aS auront vite fait de venir voir ce qui se trame dans cet univers. (Il fit un geste éloquent et ajouta :) Personne ne se doute que nous avons survécu. Si tu réapparais, ce sont tous mes plans qui disparaissent.

— Je ne dirai rien, promit Extanza en comprenant que sa parole n'avait aucune valeur aux yeux de son frère.

Dominati sourit et se leva. Il se mit à marcher lentement en tournant autour d'Extanza.

— Ils seront à même de découvrir d'où provient le Cercueil. Je ne peux te laisser partir. (Il se plaça près d'un écran représentant un vitrail de la basilique Saint-Pierre.) Dommage que nous n'ayons pu nous entendre, j'aurais sincèrement apprécié de partager mon pouvoir avec toi. Nous aurions pu accomplir tellement de choses ensemble !

Extanza fronça les sourcils. Il se tenait prêt à se battre. Il fallait encore gagner du temps. Juste un peu de temps.

— Que comptes-tu faire ? demanda-t-il sans lâcher un instant du regard Dominati.

Ce dernier ne bougea pas et resta dans la contemplation du vitrail qui brillait de mille feux multicolores. Il ne désirait pas vraiment l'affrontement. Mais avait-il le choix ? Laisser partir Extanza signifiait la perte de tous ses projets. Son rêve était si proche. Pourquoi ne peux-tu pas me comprendre ? se dit-il en sentant la colère monter en lui. Le Talent prenait possession de son corps, coulait dans son sang comme un fluide de jouvence. Il était prêt pour le dernier combat. D'un geste d'une vivacité effroyable, il tendit sa main droite vers son frère et un éclair pourpre s'en échappa pour venir frapper le fauteuil dans lequel il était assis.

D'une brusque chute en avant, Extanza parvint à éviter in extremis l'attaque. L'effet de surprise était perdu. Ils se battraient d'égal à égal ou presque.

— Cette fois-ci, c'est un combat à mort, fit-il en se relevant.

Puis il poussa un cri de rage qui se termina par une suite de sons étranges. Des éclairs jaillirent de ses mains et foncèrent vers Dominati qui les para d'une incantation de son cru. Pourpre contre azur.

Collée contre un des murs de la pièce, Roseta était subjuguée autant qu'effrayée par la scène. Les deux frères se défiaient à coup d'éclairs colorés. Le spectacle était magnifique. L'instant intense. Roseta retenait son souffle sans s'en rendre compte. Elle était incapable d'avoir une pensée cohérente, incapable de savoir qui elle espérait voir survivre.

— Tu as beaucoup perdu, s'étonna Dominati qui,

malgré la douleur qui lui vrillait le crâne, sentait qu'il menait la danse.

Si Extanza se battait avec une force et une énergie farouches, elles étaient bien au-dessous de celles dont il avait fait preuve lors de leur précédent affrontement.

— Le crois-tu vraiment ? répliqua Extanza qui laissa apparaître un sourire carnassier.

Il lui envoya une décharge éminemment plus létale que les autres. Dominati n'en esquiva qu'une partie et dut mettre un genou à terre. La bave lui coula de la bouche. Son front était en sueur. Le combat commençait à devenir intéressant. Il se releva et se mit à léviter à près de deux mètres de hauteur, à mi-hauteur du plafond.

— J'aime mieux ça, cher frère.

Il rugit un chapelet de mots et une sphère d'une couleur opale se forma entre ses mains. Extanza fit un bond vers son frère pour tenter de la lui faire échapper des mains. Mais Dominati s'était déjà élancé quelques mètres plus loin.

Ils volent ! s'étonna Roseta, stupéfaite. Elle s'était recroquevillée sur elle-même, ne laissant percevoir que son visage livide.

Dominati lâcha sa sphère de douleur et l'envoya vers Extanza qui la reçut en plein abdomen. Un hurlement atroce jaillit de sa bouche et il tomba de trois mètres avant de s'effondrer sur le sol.

— Ça, c'était pour les siècles que j'ai endurés dans les catacombes de la cathédrale d'Amiens.

Il fit une nouvelle incantation et une espèce de serpent translucide sortit de sa bouche pour foncer d'un seul mouvement vers la tête d'Extanza, la lui prenant dans sa gueule grande ouverte.

— Ça, c'était pour te faire comprendre que mes pouvoirs sont désormais supérieurs aux tiens.

Extanza tentait d'écarter de ses mains les mâchoires du serpent spectral.

Dominati se laissa lentement retomber vers le sol. Mais, au lieu d'éprouver le plaisir de se savoir en position de force, il était incapable de savourer complètement sa victoire. Quelque chose n'allait pas. Il n'arrivait pas à comprendre pourquoi son frère s'était aussi facilement laissé convaincre de venir parlementer. N'avait-il vraiment pris aucune précaution ? Il sentit le piège et cessa d'avancer. Il jeta un regard scrutateur sur son frère qui se démenait contre le serpent dans un ballet peu glorieux.

Feignait-il la douleur ? se demanda-t-il, inquiet. L'incertitude fit monter un nouvel accès de colère. Il cracha une dernière incantation et une main dont les doigts n'étaient que des éclairs fonça vers le corps au sol et lui pénétrèrent le torse. Extanza poussa un dernier cri puis cessa de bouger. Le serpent disparut. Les résidus de Talent se dissipèrent dans l'instant.

Il s'approcha du corps affalé sur le dos et le doute l'envahit. Il le retourna de son pied et émit un cri de rage qui résonna comme celui d'une banshee dans tout le vaisseau.

Frère Wilson se tenait devant l'homme. Il savait qu'il pouvait le tuer. Il lui suffisait de lui transpercer le cœur d'une lame. Instinctivement, il jeta un coup d'œil sur la table où se trouvait un couteau. Cela semblait si simple. Une mort pour la sauvegarde de milliards d'autres. Le pari n'en valait-il pas la peine ? Dieu le soumettait à l'épreuve. Que devait-il faire ? Le meurtre était le pire des péchés. Mais, tuer ce qui n'était pas humain, était-ce vraiment pécher ? Les extraterrestres possédaient-ils une âme ? Pouvaient-ils être sauvés ?

Les questions lui taraudaient l'esprit. Cela faisait près d'une heure qu'ils avaient quitté les soutes du *Destinée* pour se rendre dans le Cercueil. Extanza s'était allongé sur un canapé de la modeste navette et lui avait demandé de prier pour lui. Depuis, il était en état de transe et ne montrait aucun signe d'un réveil prochain. Peut-être n'allait-il jamais se réveiller ?

Wilson ignora ce fallacieux espoir. Il ne pouvait fuir son épreuve. Il devait faire un choix.

— Père, montrez-moi la voie, pria-t-il en se mettant à genoux.

Aucune réponse ne lui parvint. Il devait trouver tout seul le chemin du salut. Peut-être que le sort de l'humanité dépendait de sa décision. Était-ce là le Jugement dernier ? La dernière chance pour l'humanité ? Que devait-il faire ? Si Extanza était bien le démon, ne devait-il pas le faire disparaître ? Montrer de la miséricorde pour le mal, n'était-ce pas éprouver une certaine forme d'amour pour lui ?

Si seulement il n'avait pas eu l'air si humain !

Il décida enfin de se relever, s'approcha de la table et hésita un long moment avant de prendre le couteau dans sa main. La lame était froide au toucher. Inerte et faussement innocente. Il serra les doigts autour du manche et retourna près d'Extanza. Il se pencha en avant, leva le bras et essaya de calmer le flux de son sang qui circulait trop rapidement dans ses veines. Il avait pris sa décision. Quels qu'en soient les risques pour son âme, il devait, pour le bien de l'humanité, tuer cette créature au visage d'ange. Il commença à se crisper, puis à suer à grosses gouttes, mais il était incapable de faire le mouvement définitif.

— Mon Dieu, aidez-moi, siffla-t-il entre ses dents.

Grimaçant de douleur, les yeux exorbités par la tension, il comprit qu'il n'y parviendrait pas. Il ne pouvait pas abaisser la lame. Il était tétanisé par l'énormité de son geste. Il n'était pas un assassin.

De rage et d'impuissance il jeta le couteau au loin et s'effondra à terre.

— Mon Dieu, pardonnez-moi, je ne peux pas, fit-il en laissant s'écouler des larmes de ses yeux embués.

Cela faisait près de deux minutes qu'Extanza avait réintégré son corps. Deux minutes qu'il attendait de voir quelle décision prendrait le moine. Et, finalement, son instinct ne l'avait pas trahi. Wilson avait été parfait. Le pur parmi les purs.

— Vous n'avez pas à avoir honte, fit-il en se redressant sur le canapé.

Surpris et confus, Wilson se releva et s'essuya le visage du revers de son aube.

— Je sais, fit-il en souriant à Extanza avec assurance.

Il s'attendait à ce qu'il le tue, faisant de lui l'un des siens : un démon. Mais Dieu l'avait sauvé. Quelles qu'en soient les raisons, un homme ne doit jamais verser le sang. Telle était la leçon que Dieu avait infligée à Abraham. Telle était la leçon qui lui avait fait retenir son bras.

— J'espère que vous n'oublierez jamais ces moments. Il se pourrait que finalement l'humanité ait une nouvelle chance, fit Extanza.

Encore tremblant de son choc émotionnel, Wilson alla s'asseoir sur une chaise.

— Était-elle réellement en danger ? demanda Wilson, narquois.

— En effet, répondit son hôte le plus sérieusement du monde.

Il regarda sa montre puis reporta son regard sur Wilson.

— Il nous reste dix minutes avant de pénétrer dans le Cercueil. Peu de temps pour vous expliquer des siècles de complot, mais suffisamment pour vous donner un aperçu de ce qui attendait l'humanité.

Pathétique. Incapable d'avouer sa défaite, le démon essayait de garder la face. Comportement révélateur de la faiblesse. Le bien est plus puissant que le mal.

— Je vous écoute, fit-il toutefois.

Désormais il ne craignait plus ses paroles. Peu importaient ses explications. Dieu lui avait été une nouvelle fois révélé. Plus jamais le doute ne saurait l'atteindre.

Extanza sourit en pensant à la tête qu'avait dû faire son frère en découvrant le corps de John Elliot en lieu et place du sien. Ce brave homme lui avait permis de mettre au point ce petit stratagème. Par un sort approprié, il avait pris possession de son corps et lui avait donné le reflet de son propre corps. Sûr de son pouvoir, Dominati avait baissé sa vigilance et n'avait pas remarqué la seconde navette qui était partie pour le Cercueil. Il était trop tard maintenant pour l'atteindre. Rien ne pouvait plus l'arrêter. Il allait retrouver son univers.

— Je ne sais pas par où commencer. Avez-vous des questions ?

Wilson garda son attitude fière et puissant. Il sentait le souffle de Dieu le soutenir de toutes ses forces.

— Si cela vous amuse, répliqua-t-il.

Ne lui laissons pas mener le bal. Qu'il se débrouille avec son désir puéril de laver sa conscience !

— Soit, écoutez, alors.

Extanza lui fit un bref résumé de leur survie sur terre, de la façon dont ils poussèrent à la création des androïdes par des financements adéquats, puis il lui exprima son désespoir quand la Fédération décida de les mettre au rebut. C'est là que l'idée de la vengeance germa. Si les catholiques et les musulmans étaient un des freins principaux de l'expansion des androïdes, ces religions devaient être annihilées. Ce fut Extanza qui inventa de toutes pièces la Bible mâltamique. Y passant des jours et des nuits, puisant dans le fin fond de ses ressources, il écrivit en moins de quatre mois un ouvrage d'une richesse et d'une profondeur dignes de n'importe quel ouvrage fondateur. Utilisant les psychoses attachées à la société fédérale, Extanza écrivit des textes correspondant aux attentes des déçus des anciennes religions.

Il en fabriqua un exemplaire relié et, d'une incantation, en modifia la structure moléculaire. Les scientifiques ne purent que constater la vétusté de l'ouvrage.

— Cette nouvelle Bible avait deux avantages. Elle détournait de nombreuses personnes, avides de croire en un Dieu salvateur, des vos religions rétrogrades, mais surtout elle était un appel à la quête de la preuve de l'existence du pouvoir divin, à savoir le fameux Œil de Dieu. Si les androïdes ne pouvaient continuer leurs recherches, peut-être que des aventuriers ou des philanthropes auraient assez de courage et de richesses pour continuer le travail. Puisque la Bible était authentique, ses textes l'étaient forcément aussi. D'autant plus qu'après la découverte du sarcophage de Pharanis que nous construisîmes, mon frère et moi, plus personne ne mit en doute l'existence des Maltâmes. L'Œil de Dieu devait exister, il suffisait de le trouver. La chance ou la providence nous sourit, quand un jeune homme la dénicha, il y a de cela quelques semaines. Depuis, l'histoire a repris sa marche en avant.

— Si cette Bible suffisait à affaiblir les religions premières, pourquoi avoir cherché à les pénétrer de vos androïdes ?

— Nous voulions plus. Je voulais les abattre. Qu'auraient pensé les populations quand elles auraient compris que leur nouveau pape était un androïde ?

Wilson hocha gravement la tête.

— Ainsi, en me plaçant à la tête du clergé, vous étiez à deux doigts de réussir, n'est-ce pas ?

Extanza en resta coit. Se pouvait-il qu'il ait enfin réussi à persuader Wilson de sa nature androïde ?

— Oui, répondit-il, attentif.

— Si ce n'est que je ne suis pas un androïde. Votre démonstration était bien tentée, mais une fois de plus vous n'avez pas réussi à me perdre. Je sais ce que je suis.

Extanza haussa les épaules. Après tout, peu importait ce qu'il pensait, d'ici quelques minutes les affaires humaines appartiendraient à son passé.

— Avez-vous une dernière question ?

Wilson fronça les sourcils et acquiesça de la tête.

— Pourquoi ne pas avoir dit à ceux de Kigoma et d'Éden que des androïdes faisaient partie des plus hautes instances du clergé et des musulmans ?

— Parce qu'il ne faut jamais mettre tous ses œufs dans le même panier ! Si jamais l'existence d'une des factions était découverte, il en serait resté une valide pour continuer le travail de sape. D'un côté Gerrold et Isaac œuvraient pour l'implosion de la Fédération grâce aux révolutions déclenchées dans les planètes limites et autres actions que vous devrez gérer sous peu (Extanza repensa au système de Laniel et à ses premiers carnages) et, de l'autre, le cardinal Petersen et l'imam Haraflika affaiblissaient leurs Églises et leurs croyances castratrices pour l'homme. (Au-delà du génocide androïde, combien d'êtres humains pourvus d'un maigre Talent avaient-ils été brûlés vifs par ces religions au cours de siècles ?) Voilà.

Le Monde noir était tout proche. Extanza se leva. Ses yeux brillaient d'excitation.

— Encore une ultime question, ajouta Wilson qui comprenait que le temps qu'il lui avait consacré était arrivé à son terme. Pourquoi Isaac a-t-il envoyé Drake me sauver ? alors que de toute évidence Haraflika et Pettersen ont essayé de me tuer ?

— Ne vous y trompez pas, c'est moi qui ai demandé votre mort. Puisque l'Œil de Dieu avait été retrouvé, je savais que je n'aurais pas le temps de vous installer à la tête de l'exécutif catholique, aussi, dans un dernier élan contre ces Églises, espérais-je que votre mort enclencherait une nouvelle guerre des religions qui les discréditerait à jamais. (Il fit une pause et conclut :) Isaac n'était pas au courant de ces agissements. Il a cru véritablement que les catholiques avaient démasqué notre androïde ! C'est grâce à son zèle que vous devez d'être encore en vie aujourd'hui, frère Wilson.

Le moine ne trouva plus rien à demander. Il se faisait désormais une idée assez précise du schéma mental de cet être maléfique. Tout s'insérait parfaitement, seule une pièce n'arrivait pas à entrer dans ce puzzle : le fait qu'il puisse être un androïde.

CHAPITRE 31

Laniel

— À plat ventre ! hurla la soldate Oriane McGreggor.

Mais c'était trop tard, la rafale de tir balaya les corps de trois Biggles avant que le autres se mettent à l'abri.

— Et merde ! jura-t-elle entre ses dents.

Couchée derrière un petit muret, elle attrapa une grenade sans chercher à y voir plus clair, se releva et l'envoya en direction de l'androïde qui venait droit sur eux.

Nom de Dieu ! Ils n'ont peur de rien ! se dit-elle, désabusée. Des machines, des putains de machines, se rappela-t-elle alors.

La grenade explosa et réduisit en miettes leur adversaire.

— On avance ! rugit le caporal Hassan.

La petite unité de Biggles se redressa et au pas de course longea les murs du quartier sud de Tu'pai. Une fumée persistante avait envahi les rues. Une odeur de brûlé leur agressait les narines.

Ils parvinrent sur une place où se trouvaient les corps de nombreux étudiants. Oriane secoua la tête en maudissant une fois de plus les androïdes.

— Si seulement nous pouvions comprendre ce qu'ils cherchent ! se demanda le soldat Lapam.

— Notre annihilation totale. C'est un combat à mort que nous livrons. Ce sera nous ou eux. Il ne peut y avoir de compromis, répliqua le soldat Colas qui se tenait à ses côtés.

Des bruits d'explosion résonnaient aux quatre coins de la ville. Les combats progressaient mètre après mètre, rue après rue. C'était de la folie.

Aux aguets, ils traversèrent la place et débouchèrent sur la grande avenue de la Présidence. Mais, au lieu du Parlement, ils découvrirent un amas de gravats. Le symbole même de la puissance de la Fédération abattu comme une frêle château de cartes.

— Attention ! rugit la soldate Won.

Une dizaine de silhouettes s'approchaient d'eux en courant. Tous les Biggles se mirent à tirer. En moins d'une seconde, l'ennemi était au sol, criblé de dizaines de balles.

— Oriane, Jidenski, allez les achever ! ordonna le caporal Hassan.

Quelque chose clochait. Pourquoi cet assaut-suicide ?

Tenant fermement son fusil HK, Oriane s'avança prudemment vers les corps allongés. Peut-être était-ce un piège ? Qui savait s'ils n'avaient pas empli leur corps de bombes à retardement ? Elle s'obligea à ignorer ces pensées et se focalisa seulement sur sa marche.

— Tu crois qu'il y en a encore un en vie ? demanda Jidenski.

— Non, répliqua froidement Oriane.

Ils arrivèrent au-dessus des corps et s'apprêtaient à leur envoyer une nouvelle décharge quand soudain ils comprirent leur erreur.

— Bordel ! jura Jidenski.

Il se baissa vers une des victimes et lui arracha l'adhésif qui lui avait interdit de hurler. Tous les cadavres étaient des humains dont on avait obstrué la bouche et lié les mains dans le dos.

— Les ordures ! cracha Oriane, écœurée.

Elle ne comprenait que trop bien leur manœuvre. Les androïdes ne tenaient pas seulement à briser leurs corps, mais ils voulaient aussi briser leurs âmes.

— Vous paierez pour ces infamies, fit-elle en se relevant.

La guerre ne faisait que commencer et elle osait croire que leur contre-attaque serait terrible. La Fédération ne laisserait pas ces crimes impunis. Où qu'ils soient nous les traquerons jusqu'au dernier et les abattrons comme la vermine qu'ils sont, se dit-elle, enragée.

Clint et Boxoen survolaient la campagne laniélaise. Ils fonçaient en direction d'Emily-Stone. Troisième ville de la planète avec près de deux cinquante mille habitants.

— Vous croyez qu'ils sont capables de mettre leur menace à exécution ? demanda le soldat qui pilotait la navette.

Assis à ses côtés, Boxoen ne pouvait malheureusement pas répondre par la négative.

— Nous ne leur en laisserons pas le temps, fit-il en éludant la question.

Après des heures de combats sanguinaires, les forces androïdes avaient enfin répondu à un de leurs messages de cessez-le-feu. Un rendez-vous avait été fixé. S'ils ne s'y trouvaient pas à l'heure indiquée, Emily-Stone et tous ses habitants seraient rayés de la carte du monde. Jusqu'alors le seul objet de satisfaction de la Fédération était qu'on n'avait pas fait usage d'armes non conventionnelles. Mais si jamais l'on recourait à des armes de destruction massive, personne ne pouvait prédire l'issue des combats et l'état dans lequel se trouverait la Fédération.

— Nous y sommes presque, indiqua le copilote.

La nuit avait envahi le ciel de cette partie du globe. Les étoiles brillaient dans le ciel. Rien n'indiquait que ce monde était à feu et à sang.

Ils se posèrent quelques minutes plus tard sur l'aire d'un petit aérodrome d'une commune isolée du sous-continent laniélien. Ils sortirent à l'air libre et un vent frais les accueillit, ainsi que deux silhouettes qui s'avançaient vers eux.

Boxoen se félicita de ne pas avoir d'arme sous la main. Il devait garder son contrôle. C'était la première fois qu'ils allaient s'entretenir avec leur ennemi. Il devait oublier leur rancœur et ne laissait prévaloir que l'intérêt général.

— Général Clint, heureux de vous revoir en vie, fit l'un des androïdes en se rapprochant du cyborg. (Puis il se tourna vers Boxoen :) Capitaine, je suis le commandant Azanon, je suis accompagné de la commandante Herzog.

— De quelle armée vous revendiquez-vous ? le coupa aussitôt Boxoen.

C'est la commandante Herzog qui répondit.

— De l'OLA, capitaine. On ne peut éliminer si facilement l'avenir, fit-elle en dardant sur lui un regard pénétrant.

Boxoen ne chercha pas à envenimer la situation et hocha simplement la tête.

— Suivez-nous, nous serons mieux à l'intérieur pour discuter, fit Azanon.

Ils pénétrèrent dans les bâtiments de l'aérodrome et s'installèrent dans une pièce.

— Qu'avez-vous fait du personnel ? s'enquit Boxoen en notant le silence des lieux.

— Nous l'avons enfermé dans un hangar, mais ne craignez rien, si nous arrivons à un accord leur vie sera sauve, je me porte garant de ce fait.

Que vaut votre parole ? ironisa Boxoen en lui-même, tandis qu'il s'asseyait sur un siège. Il regrettait une nouvelle fois d'avoir été choisi pour mener les entretiens. Mais les androïdes avaient été formels, ils ne voulaient parler qu'avec un des « bouchers » de Kigoma.

— Alors ne perdons pas de temps, que voulez-vous ? fit-il.

La commandante Herzog prit la parole.

— Nous voulons la paix, nous voulons vivre sans risque d'être inquiétés par vos armées. Nous voulons nous répandre dans la galaxie et prospérer comme notre statut d'êtres conscients nous le confère.

Clint braqua son regard sur Azanon. Il se tenait prêt à bondir sur lui au cas où la discussion tournerait mal.

— Vous n'étiez pas obligés pour cela d'assassiner des milliers d'êtres humains.

— Nous auriez-vous accordé toute l'importance que vous nous portez à présent, sans cela ?

Boxoen garda le silence. Les androïdes savaient manier le verbe avec intelligence. Foutues machines !

— Pas plus que vous, nous ne voulons que ce conflit perdure. Mais il était important que nous négocions sur un pied d'égalité. Vous êtes une puissance particulièrement nuisible pour nous, mais nous le sommes désormais tout autant pour vous.

— Soit, que proposez-vous ?

Une certaine tension pouvait se sentir dans la pièce. Avec ses yeux bioniques, Clint pouvait mesurer que la température des androïdes montait. Même si leur apparence extérieure semblait calme et sereine, il voyait bien que, tout comme Boxoen, ils étaient tendus à l'extrême.

— La restitution de la moitié des planètes terraformées de la Fédération.

Boxoen ne put réprimer un haussement de sourcils révélateur de sa stupéfaction.

— Vous pensez réellement que la Fédération va

mettre en place l'exode de plusieurs milliards d'habitants pour le compte des androïdes ? fit-il.

Herzog continua.

— Nous ne réclamons rien d'autre que ce qui nous revient. C'est le sang de nos ancêtres qui a permis la terraformation de toutes les planètes de la Fédération. C'est la moindre des choses qu'un certain nombre d'entre elles nous reviennent. Nous avons payé le prix du sang, capitaine.

— Vous n'êtes que des machines, lâcha-t-il alors.

Le capitaine Azanon se leva et se rapprocha du général Clint.

— Quel est l'être le plus artificiel d'entre nous ? fit-il en fixant sur Boxoen un regard implacable.

— Ma mère m'a toujours dit qu'il ne fallait pas juger un livre sur sa couverture, répliqua le capitaine en admettant intérieurement la pertinence du propos de l'androïde.

Même s'il savait que le cerveau de Clint était à l'intérieur de cet amas de métal que représentait le cyborg, il avait du mal à lui accorder tous les sentiments qu'il avait eus pour le général fait de chair.

— Votre mère était une sage personne. Je regrette que vos ancêtres n'aient pas eu autant de bon sens qu'elle. S'ils avaient pris le temps de se pencher sur notre cas, ils auraient compris la gravité de l'erreur qu'ils commettaient en nous assassinant, répondit Azanon.

— Peut-être, fit Boxoen, étonnamment diplomate.

Un long silence s'installa. Clint se tenait sur ses gardes. L'envie de réduire en charpie les êtres qui l'avaient réduit à sa condition de cyborg le démangeait terriblement. Mais, pour le bien de la Fédération, il s'obligea à garder son sang-froid.

— Soit, reprit la commandante Herzog. Nous allons procéder à un cessez-le-feu de vingt-quatre heures et, au-delà de ce laps de temps, si nous n'avons pas reçu de réponse positive de votre part, nous investirons de façon brutale deux autres planètes de la Fédération. Et si cela ne suffit pas, nous recommencerons jusqu'à ce que vous acceptiez notre marché.

Boxoen secoua lentement la tête. Ces machines étaient complètement détraquées. Comment pouvaient-elles espérer que les humains allaient traiter avec elles ? Toutefois, il garda ses pensées pour lui.

— Très bien, je vais prévenir mes supérieurs de votre proposition. Nous vous tiendrons au courant de notre réponse le plus rapidement possible, fit-il en se levant.

Azanon se rapprocha de lui.

— Nous n'avons aucunement l'intention d'éradiquer l'espèce humaine, capitaine, ne nous obligez pas à en arriver là, fit-il avant de les laisser partir.

Boxoen et Clint retournèrent dans la navette et, alors que le pilote la faisait décoller, Boxoen entra en liaison avec le palais présidentiel à Bavière. Il passa un enregistrement holographique de leur entrevue, puis Chandra le remercia pour son dévouement.

Bavière

— C'est impensable ! ragea Chandra en serrant le poing.

L'atmosphère était électrique. Chacun bouillait de frustration et de colère. Que pouvaient-ils faire ? Que devaient-ils faire ?

— Si nous cédons, c'est la porte ouverte à de nouvelles agressions, fit le général Hsieng. Dès qu'ils se rendront compte de la facilité avec laquelle nous avons cédé, ils demanderont plus et ce sera l'escalade, jusqu'à l'effondrement de la Fédération.

— Mais si nous ne cédons pas, nous pouvons dire adieu à deux nouvelles planètes, rétorqua Muoi. Quoi qu'il arrive, il faut désormais admettre que la Fédération telle que nous l'avons toujours connue n'existe plus. Un nouveau chapitre de notre histoire vient de s'ouvrir avec ce conflit. À nous de nous montrer à la hauteur de la tâche qui nous est confiée.

Un ricanement se fit entendre.

— Tout cela est du bluff, fit le général Tchenko. Je ne peux croire qu'ils soient aussi puissants qu'ils le sous-entendent. S'ils étaient si forts ils ne marchanderaient pas avec nous. Ils nous détruiraient, tout simplement.

Le raisonnement se tenait et réconforta de nombreux participants à ce conseil d'urgence.

Marshall ne savait que penser. Tout comme Tchenko, il avait tendance à relativiser le pouvoir des androïdes, néanmoins il savait qu'en cas de défaite, ces derniers essayeraient par tous les moyens de nuire le plus gravement possible à l'humanité, en utilisant, pourquoi pas, dans un dernier baroud d'honneur, les armes de destruction massive. Était-on prêts à en prendre le risque ?

— Nous en savons désormais beaucoup plus sur leur motivation, fit-il en prenant la parole. Ils ne tiennent pas à nous éliminer de la surface de la galaxie. Je crois même qu'ils souhaitent une coexistence pacifique de nos deux espèces.

Tous les regards se braquèrent sur lui. Des regards étonnés et suspicieux.

— Au vu de leur avancée technologique, rien ne les empêchait de quitter notre sphère d'influence en utilisant les points neuraux, comme l'ont fait les Néotiens, et de créer une société à l'abri de l'humanité, commença-t-il à expliquer. S'ils cherchent le conflit avec nous, c'est avant tout pour se faire respecter de leurs parents. Je crois que les androïdes sont en train de résoudre leur complexe d'Œdipe !

Des ricanements fusèrent.

— Qu'est-ce que vous nous chantez là ? ironisa un proche conseiller de Chandra.

Marshall le fixa droit dans les yeux et garda son sang-froid.

— Après des millions d'années d'existence, la race humaine est encore soumise à certains instincts infantiles tels que le désir de pouvoir et de domination. Alors penser que cette nouvelle race est en train de faire sa crise d'adolescence me paraît plutôt adéquat.

Des murmures de dénigrements se firent entendre. Toutefois, Chandra leva la voix et fit taire tout le monde.

— Que conseillez-vous, alors ?

— Les androïdes que le capitaine Boxoen a rencontrés ne sont que des émissaires. Il nous faut traiter directement avec leur éminence grise. Nous devons leur témoigner le respect qu'ils attendent. N'essayons pas d'envenimer la situation par une position butée et fermée. Ces androïdes ruminent leur vengeance depuis des siècles. Ils n'ont rien à perdre, alors que nous avons tout à gagner à ce que cette crise soit la plus courte possible. D'autres massacres signifieraient la chute de la Fédération, sans nul doute possible.

Un lourd silence pesa sur l'assemblée. Chacun comprenait enfin où il voulait en venir. Ce que personne ne voulait entendre devait toutefois être dit. Il fallait faire la paix avec les forces androïdes.

— Nous ne devons pas nous laisser impressionner. Quels que soient les risques encourus, la Fédération ne peut s'abaisser à traiter avec ces terroristes, rugit alors Tchenko qui sentait qu'il perdait la partie. La force de la démocratie est son intransigeance contre les menaces de toutes sortes. Nous devons faire front jusqu'au bout. C'est notre honneur qui est en jeu.

— Vous irez dire cela aux milliards de victimes qu'une aggravation du conflit pourrait entraîner, fit Muoi en venant à l'aide de son conseiller.

Tchenko allait rétorquer, quand Chandra reprit la parole.

— Nous n'avions rien à craindre en tentant de négocier avec eux. Si la guerre reste pour l'instant la meilleure solution, je veux être certain qu'il ne me restait pas d'autres choix que le sacrifice de millions de vies innocentes. Nous sommes en train d'écrire l'histoire. Essayons d'être à la hauteur de ce rendez-vous capital avec notre destin.

Personne n'y trouva à redire. Tchenko jeta des regards autour de lui et vit qu'il n'avait aucun soutien à attendre de quiconque. Il garda le silence.

— Si vous le permettez, je suis prêt à me rendre en personne là où ils le désireront pour mener les négociations, proposa Muoi. La question n'est plus de savoir si nous allons devoir céder des planètes aux androïdes, mais combien ?

Chandra hocha pensivement la tête. Il savait que sa réélection dépendrait des décisions qu'il allait prendre dans le futur.

— Choisissez vous-même votre délégation. Je vous donne les pleins pouvoirs pour négocier au mieux nos intérêts, fit-il. Je me réserve le droit de rejeter ou pas en dernière instance la conclusion de vos négociations.

Même si, durant des années, il avait dénigré Muoi et les radicaux, la situation et la raison lui avaient montré qu'il était un homme d'une compétence extrême et qu'il serait dommage de ne pas en profiter. Virer de bord était l'attitude maîtresse d'un bon politicien.

— Merci, monsieur le président, j'espère être à la hauteur de la tâche que vous me confiez.

CHAPITRE 32

Système du Cerbère

— Très bien, mon général, fit le commandant Kernon.

Il ressentit un certain soulagement. Face à la déferlante de vaisseaux qui fonçaient vers le Monde noir, il avait craint qu'on ne lui ordonne de les stopper, coûte que coûte, malgré l'inefficacité de leur première action. Heureusement, le général Fousteau venait de lui interdire toute tentative en ce sens. Le cessez-le-feu avait été décrété dans toute la Fédération.

— Mon commandant, avez-vous une idée de ce qui se passe ? lui demanda le lieutenant Marcus.

Comme ses soldats, il se doutait qu'il y avait de la rébellion au sein des forces androïdes. Un vaisseau isolé s'était envolé vers le Monde noir.

— Non, répondit-il simplement sans regarder son homme.

Il ne savait plus que penser. Durant de longues et douloureuses minutes, il s'était persuadé de sa mort prochaine. Que pouvait-il faire contre une armada dont aucune arme ne semblait pouvoir venir à bout ? Toutefois, il devait noter, à présent, qu'à aucun moment les forces androïdes ne les avaient attaqués. Le cessez-le-feu était peut-être le début d'un véritable processus de paix.

— Il y a du mouvement, mon commandant, intervint alors le soldat Chattam.

— Montrez-moi ça, répondit-il, soudain en alerte.

Sur l'écran principal apparut la flotte de commerce de la Conception Corporation qui se dirigeait à pleine puissance vers le Monde noir. Kernon ébaucha un sourire. Il ne savait pas ce que présageait ce conflit interne entre les forces androïdes, mais il ne pouvait que se réjouir de leur division.

Extanza se sentait d'une force phénoménale. Le Talent coulait en lui avec une vigueur impressionnante. Il se sentait redevenir l'être qu'il avait été. Le prince qu'il n'aurait jamais dû cesser d'être. Des milliers de souvenirs se rappelèrent à sa conscience. Des moments de bonheur, de joie et de douleur. Des visages et des planètes irradièrent de leurs formes envoûtantes son cerveau en ébullition. Il y était presque. Le Cercueil se dressait devant lui. Immuable et éternel, il n'attendait que le retour de son fils prodigue. D'une incantation, il désactiva les systèmes de défense qui détruisaient quiconque s'en approchait à moins de mille kilomètres.

Puis, après de longues et ultimes minutes de patience, le vaisseau vint s'accoster dans un léger tremblement au pôle nord de l'édifice.

Frère Wilson était envahi par des sentiments contradictoires. D'une part il ne pouvait réfréner l'excitation qui s'emparait de lui à la pensée de pénétrer dans une relique d'une civilisation extraterrestre, mais, d'autre part, il redoutait que les paroles d'Extanza ne fassent leur effet. Se pouvait-il qu'il soit véritablement une création de ce démon ?

— C'est ici que se termine notre association, fit Extanza en s'essuyant le front couvert de sueur.

Une certaine moiteur avait envahi l'habitacle.

— Qu'allez-vous faire de moi ? s'enquit le moine.

Extanza ne lut aucune peur dans le regard de son interlocuteur privilégié.

— Vous laisser repartir auprès des vôtres, répondit-il. Une tâche très importante vous attend, frère Wilson. Vous êtes de ceux qui devront participer à la reconstruction de votre galaxie. Les choses ne seront plus comme avant, dès lors que mon frère aura terminé sa croisade.

Wilson tiqua à l'écoute de ce dernier mot, issu du passé religieux de l'humanité. Le Bien contre le Mal.

— Votre frère n'a aucune chance de gagner. L'humanité est plus forte que vous ne le croyez. Dans les situations de crise, elle sait se retrouver et faire front face à l'ennemi, avec une cohésion dont vous ferez les frais.

— Qu'il en soit donc ainsi, frère Wilson. Je n'ai plus de rancœur envers la race humaine. Je suis sur le point de ressusciter, et mon passage sur cette Terre aura été, en fin de compte, plutôt le moyen de me retrouver que de me perdre.

Il garda pour lui la peine que lui causait la perte de son frère. Mais cela faisait déjà des décennies qu'il avait digéré cet état de fait. Oubliant alors ces pensées, il se reconcentra sur la phase finale de son retour, et s'assura une dernière fois de la présence de l'Œil de Dieu dans la poche de sa veste. Puis il se détourna du moine et s'apprêta à quitter la cabine de pilotage.

— Puissiez-vous trouver un jour la paix, fit Wilson quand Extanza eut atteint le seuil.

Ce dernier marqua un temps d'arrêt et se retourna vers le moine.

— Et l'amour, fit-il en espérant que celle qui occupait la moitié de ses rêves soit toujours en vie dans le Ga-aS.

Wilson hocha la tête et sentit un poids se détacher de ses épaules dès qu'Extanza fut hors de son champ de vision.

Il ne perdit alors pas de temps et se mit aux commandes de l'appareil. Se remémorant les instructions d'Extanza, il parvint à activer le compte à rebours qui, au bout du compte enclencha le système de pilotage automatique pour renvoyer le vaisseau en orbite éloignée du Monde noir.

Extanza ouvrit le sas et aussitôt ses papilles olfactives furent touchées par une senteur toute particulière. L'odeur du Ga-aS. Une vive émotion s'empara de lui. Les larmes lui montèrent aux yeux. Rappelés par cet arôme particulier, ses souvenirs refluaient avec force. Il serra les dents et reprit le contrôle sur lui-même. Il quitta le sas et le referma. Il était enfin de retour.

Comme il s'y était attendu, le Cercueil s'était mis en état de stase et minimisait au maximum ses ressources. Ainsi aucune lumière ne s'échappait d'où que ce soit. Extanza récita une phrase et une boule de lumière jaillit des paumes de ses mains. Il la plaça un mètre devant lui. Alors, il commença à avancer dans les longues coursives du bâtiment mortuaire. Il ne put s'empêcher de penser à la prétention mégalomane des humains. Les pyramides des pharaons ne représentaient même pas un centième de la surface de cet habitacle !

Il retrouva un des tubes ascensionnels et le réactiva également avec une facilité qui le rassura sur les dégâts éventuels que le temps avait pu faire subir à la technologie de l'empire. Il allait retrouver le cœur du Cercueil. Le tube descendit à une vitesse frôlant les deux cents kilomètres à l'heure pour s'arrêter, sans une seule secousse, en plein centre de l'artefact.

— Je suis de retour, fit Extanza.

— Bienvenue dans votre demeure, monseigneur, répondit une voix chaude et agréable.

Debout devant un écran de la salle où le corps sans vie de John Elliot gisait encore sur le sol, Dominati bouillait littéralement. Il en voulait autant à lui-même qu'à son frère. Comment avait-il pu se faire berner aussi facilement ? Pourquoi avait-il sous-estimé ce frère qu'il savait perfide et tout aussi machiavélique que lui ? Il avait péché par excès d'orgueil. Le prix qu'il allait payer serait extrêmement cher.

— Pourquoi êtes-vous en colère ? osa lui demander Roseta qui ne supportait plus cette tension. Vous avez vaincu votre frère, que vouliez-vous de plus ?

Il lui expliqua alors le tour pendable que venait de lui jouer Extanza, puis ajouta :

— Maintenant, à moins d'un miracle, il va quitter votre galaxie pour rejoindre le Ga-aS (il secoua la tête de désolation) et à n'en point douter nous n'allons pas tarder à voir débarquer dans cette partie de l'Univers une meute de chiens fous qui ne fera qu'une bouchée de votre Fédération et de ses forces. (Il se retourna vers elle et la fixa dans les yeux.) Vous ne pouvez mesurer la puissance de ceux de notre espèce.

Un frisson de peur parcourut Roseta. Elle recula d'un pas et croisa les bras, ses mains sur ses épaules.

— Vous ne pouviez vraiment rien faire pour l'arrêter ?

À ce moment-là, l'écran géant montra que la navette qui avait accosté le Cercueil se détachait et commençait à s'en éloigner.

— Maudit sois-tu ! hurla Dominati en comprenant ce qui s'était passé.

Il poussa un cri de rage et des arcs électriques vibrèrent tout autour de son corps. Roseta sentit ses cheveux se dresser sur sa tête. Elle était trop terrorisée pour hurler. La lumière de la salle baissa d'intensité, comme absorbée par celle dégagée par Dominati. Puis, après un instant qui sembla durer une éternité, Dominati tomba à genoux et son corps fut soudain secoué par un rire, imperceptible au début, qui grossit jusqu'à en devenir insoutenable.

Un dément, voilà ce qu'il est, se dit Roseta qui sentait que la mort rôdait en ces lieux. Mais, une nouvelle fois, ses prémonitions furent démenties par les faits. Dominati retrouva un semblant de calme et la lumière reprit son intensité normale.

— Vous n'avez pas à avoir peur de moi, fit-il en appuyant les doigts sur ses tempes.

Une douleur terrible lui vrillait le cerveau. Le Talent demandait à sortir. Mais il devait réfréner sa colère pour éviter le risque de faire exploser le vaisseau qui le transportait.

— Qu'allez-vous faire ? tenta de dire Roseta.

Mais sa voix tremblait tant que seul un gargouillis inaudible en sortit. Elle se racla plusieurs fois la gorge et parvint à reposer sa question.

— Reprendre la croisade des androïdes à mon compte. Et la gagner, fit-il alors que la douleur diminuait sous son crâne.

Toutefois un certain fatalisme s'empara de ses pensées. Il avait perdu la partie. Extanza s'était montré plus malin que lui. Une fois de plus, il devait reconnaître son infériorité tactique sur ce frère qu'il détestait autant qu'il l'adorait.

— Bonne chance, Ant-Res-Doy, fit-il en direction de son frère en lui donnant son titre au sein du Ga-aS.

Un soupçon de désœuvrement traversa son esprit, mais, quand son regard tomba sur sa douce invitée, il retrouva un moteur pour sa motivation.

— Mon frère a commis bien des crimes au nom de la liberté. Regardez.

Il se rapprocha du tableau de commandes et fit apparaître les images des événements de Laniel. Des dizaines de bâtiments effondrés, des centaines de corps calcinés. Des flammes et des lamentations qui résonnaient derrière les voix de journalistes dépassés.

— Qu'est-ce que c'est que cela ? fit Roseta écœurée et stupéfaite.

— La guerre. La suite logique et programmée de la chute des planètes limites. En mobilisant une quantité importante des forces militaires de la Fédération sur les planètes limites, nous enlevions du même coup une grande capacité de nuisance à notre ennemi. Et en attaquant une planète mineure telle que Laniel, nous faisions le pari que la Fédération n'oserait envoyer le reste de ses troupes dans ce nouveau conflit, de peur de se dégarnir complètement ailleurs. (Il haussa négligemment les épaules.) Malgré la faiblesse de notre armée, nous pouvions ainsi faire croire à la Fédération que nous possédions une force aussi puissante que la sienne.

— Mais que voulez-vous ? Obliger la Fédération à capituler ? ironisa-elle, encore sous le choc des images.

— Nous voulions un éclatement de la Fédération. Nous voulions imposer un traité de non-agression avec chacune des planètes qui reprendrait son indépendance face à la Fédération. Il est certain que l'exemple de Laniel, puis, s'il le fallait, celui d'Etindor et d'Al Kasser, n'aurait pas tardé à obliger les gouvernements des autres planètes à reconsidérer leur position au sein de la Fédération. La peur de la mort est le plus puissant levier de négociations. Même si les androïdes craignent tout autant la mort que les humains, ils ont beaucoup moins à perdre et tant à gagner. Les humains ne pouvaient gagner un combat contre de telles unités militaires.

Roseta était effondrée. Jamais elle n'avait ressenti l'horreur de la guerre de si près. Il s'agissait là de Laniel, mais cela pouvait tout aussi bien être Boxtown !

— Vous devez cesser ces massacres ! fit-elle. Ces hommes et femmes ne sont en rien responsables de l'extermination des androïdes des siècles passés. Vous ne pouvez juger un fils sur les actes de son père, osa-t-elle plaider.

Dominati lui adressa une moue attendrie.

— Je sais cela, Roseta. Mais qui a dit que la guerre était une chose juste ? Nous devions en passer par là pour nous faire respecter. Les puissants ne discutent qu'avec les puissants, répondit-il en usant lui aussi d'une maxime.

Que répondre à cela ? Elle était bien placée pour savoir que personne, et d'autant plus que la position était haute, n'était prêt à céder une parcelle de son pouvoir, de son bien-être, pour autrui, sans qu'il y soit obligé par la force ou l'intimidation.

— Je crois que démonstration est faite de votre puissance. Cessez les combats. Je suis prête à représenter votre cause, mais, je vous en supplie, laissez une chance à la paix. Prenez le temps de négocier directement avec la Fédération. Et s'ils refusent de vous entendre, alors, mais alors seulement vous pourrez agir comme bon vous semblera.

C'était exactement son plan. Proposer un cessez-le-feu. Et si Roseta voulait, de cette façon, épargner la vie de millions d'êtres humains, cela rejoignait les motivations de Dominati. Désormais il ne voulait plus d'une Fédération délabrée. Maintenant que son frère était reparti dans le Ga-aS, laissant ainsi la possibilité pour l'empire de venir en masse dans cette galaxie, il était important que les humains soient unifiés et alliés avec lui pour défendre leur propriété.

Il fit un large sourire à Roseta et lui prit le menton entre deux doigts.

— Vous ne manquez pas de courage en vous adressant à moi avec aussi peu de respect, fit-il. Et pour vous montrer l'intérêt que je vous porte, je suis prêt à écouter vos paroles. Je vais tout faire pour arrêter ce carnage. Je vous le promets.

Le silence se réinstalla, mais l'intensité des émotions était toujours aussi présente. Dominati hésita à l'embrasser, mais il savait qu'il était encore trop tôt. Il avait plus urgent à faire pour l'instant.

— Si vous parvenez à arrêter la guerre, vous entrerez par la grande porte au panthéon des grands hommes. Vous serez celui qui aura contribué à sauver des millions de vies humaines, ajouta Roseta.

Dominati sourit.

— Vous n'avez pas besoin de flatter mon ego. Que pourrais-je refuser à une femme telle que vous ?

Le pourpre monta aux joues de Roseta, mais elle réussit à ne pas baisser le regard.

— À présent, je vais devoir agir au mieux. Êtes-vous prête à vous engager personnellement dans cette fin de conflit ? lui demanda-t-il tout en admirant sa beauté.

— Oui, si vous m'y autorisez, je suis prête à servir d'intermédiaire entre les androïdes et la Fédération. J'ai de nombreuses relations qui pourront m'aider à raisonner les plus récalcitrants de nos interlocuteurs.

Il hocha gravement la tête. Il ne doutait pas un seul instant qu'elle fût capable d'arrêter la guerre à elle seule.

— Très bien, alors ne perdons pas un instant. Je vais devoir prendre contact avec les troupes d'Extanza et leur faire comprendre qu'il les a abandonnées et que, par conséquent, je suis le seul à pouvoir les guider vers la victoire.

Ils quittèrent le vaste salon et retournèrent dans la salle de commandement où les attendaient des frères de la nuit.

— Maître, venez voir, il se passe quelque chose d'étrange.

— Êtes-vous certain de prendre la bonne décision ? fit l'intelligence artificielle du Cercueil.

Cela faisait des siècles qu'elle s'était mise en état de stase, attendant le retour d'un de ses maîtres.

— Oui, il ne peut en être autrement. Aussi intéressant que soit leur peuple, les Terriens ne sont que des ignorants face à l'étendue des connaissances du Ga-aS. Je veux retourner chez nous, répondit Extanza. Et retrouver mon titre.

Il venait de déposer l'Œil de Dieu dans le Central. Il ne restait plus qu'à l'activer d'une dernière et épuisante incantation ; l'IA se chargeant de coordonner tous les mouvements de translation au travers des replis de l'espace.

Le Cercueil brillait de tout son éclat. D'un noir de jais, sa surface étincelait à présent d'un réseau de faisceaux multicolores qui éclairaient l'espace de façon envoûtante.

Extanza eut une dernière pensée pour tous les autres exilés qui avaient péri sur ce Cercueil ou à la recherche de l'Œil de Dieu, puis il se reconcentra et usa de tout son Talent pour activer la gemme.

Isaac et Gerrold étaient décontenancés. Que se passait-il ? Que faisait Extanza ? Que représentait ce Monde noir ? Pourquoi être parti avec Wilson ? Tant de questions qui taraudaient leurs esprits enfiévrés. Ils avaient besoin de réponses.

Alors que la machine de guerre s'était déclenchée sur Laniel, dans un ultime ordre, Extanza leur avait demandé d'instaurer un cessez-le-feu et de faire une proposition à la Fédération. Puis il avait quitté les soutes du *Destinée* pour ce mystérieux Monde noir dont il n'avait rien voulu dire, si ce n'est que là se trouvait la clé de leur avenir.

Les minutes avaient passé, puis la navette d'Extanza s'était détachée de l'artefact. Toutefois Extanza ne répondait aucunement aux appels qu'ils lui lançaient en boucle. Se pouvait-il qu'il soit mort ? Qu'allaient faire les forces militaires de la Fédération ? Qu'allait devenir cette centaine de vaisseaux de la Conception Corporation dont ils ne savaient rien, si ce n'est qu'Extanza connaissait leur maître ?

— Regardez, fit Ephile Guns en pointant du doigt le Monde noir.

Il s'était mis à briller de mille feux. Tel un second soleil, il luisait avec une intensité flamboyante.

— Qu'est-ce que cela ? demanda Isaac.

À ses côtés, Gerrold sentit son cœur se gonfler d'un sentiment euphorique qui grossit au fur et à mesure qu'il pensait comprendre ce qui se tramait à l'extérieur.

— C'est une nouvelle arme. La solution à tous nos problèmes, fit-il, sûr de lui.

— Je n'en ai jamais entendu parler, fit Isaac, sur la défensive.

Se pouvait-il qu'on lui ait caché des choses ? Que le Messie ne lui ait pas fait suffisamment confiance pour ne pas le mettre dans la confidence ?

Tous les écrans de contrôle étaient désormais focalisés sur le Monde noir. Des myriades de couleurs fluorescentes traversaient la salle de commandes du *Destinée*.

— Moi non plus, le rassura Gerrold, fasciné. Les voies du Seigneur sont impénétrables, nul doute que les desseins d'Extanza sont supérieurs aux nôtres. Il est des choses que nous ne pouvons comprendre. Garde la foi.

Signe de sa nervosité, Isaac se gratta la nuque sans arriver à retrouver le calme et le sentiment de victoire qui l'avaient habité jusqu'alors.

Puis, tandis que rien ne le laissait présager, le Monde noir disparut.

— Il est parti, souffla Dominati, ressentant une profonde douleur dans le thorax.

À présent, il prenait réellement conscience de l'acte de son frère. Cet être qui dans quelques minutes retrouverait le Ga-aS. Si une partie de lui-même regrettait le choix de son aîné, une autre le jalousait. Lui aussi aurait tout donné pour revoir son univers. Mais la peur de périr des mains mêmes de ceux qui les avaient condamnés avait empêché son retour qu'il espérait pourtant au fond de son cœur.

— C'est incroyable, fit Roseta qui n'avait pas raté une seconde du spectacle qui s'était déroulé sous leurs regards.

Malgré la gravité de la situation, l'aventurière qui sommeillait en elle s'était réjouie d'assister à un événement d'une incomparable beauté. Fascinée. Sa main était encore posée sur sa bouche entrouverte.

— Peut-être était-ce la meilleure solution, fit Dominati pour lui-même. Cette galaxie était trop petite pour deux êtres aussi puissants que nous.

Il leva les yeux et un sourire sardonique fit trembler ses lèvres. Il avait à présent toute latitude pour mener les choses comme il le souhaitait. Il allait devenir le maître de cette galaxie. Il allait faire de son nouveau royaume une force qu'il espérait suffisamment importante pour briser toute velléité du Ga-aS, quand il viendrait le rechercher.

Il prit une grande respiration et se mit aussitôt en liaison avec le *Destinée*.

Quand le visage de Dominati apparut sur leurs écrans, Isaac et Gerrold crurent à une hallucination. Une résurrection ? Était-ce là le grand projet d'Extanza ?

— Comme je suis heureux de vous revoir, fit Dominati d'une voix grave et charismatique. Extanza vient de nous quitter pour que je puisse accomplir ses desseins. Le temps de la victoire est arrivé. L'humanité va devoir apprendre à nous respecter.

Ébahis, les deux androïdes en restèrent sans voix. Ils avaient pensé à tout, sauf à ce retournement de situation. Extanza leur avait toujours indiqué qu'il avait éliminé son frère à cause du pacte qu'il avait signé avec le Diable, à savoir, l'humanité. L'ange déchu avait-il retrouvé grâce aux yeux du Nouveau Dieu ?

— Mais comment ? Qu'est devenu Extanza ? fit Isaac.

Dominati se devait de jouer avec finesse. Il savait qu'il devait rallier à sa cause ces androïdes fanatisés et paranoïaques. Il fallait gagner leur confiance. Faire un geste qui montrerait sans nul doute possible de quel bord il était.

— Extanza a quitté cette partie pour ramener des renforts. Je ne peux malheureusement pas vous en dire plus pour le moment. (Il hocha lentement la tête.) C'est à moi que s'impose la conduite de notre futur. Au nom du Nouveau Dieu, je me fais le garant de notre prochaine victoire. (Il ferma un instant les yeux et reprit sur un ton plus dur :) Mais trêve de paroles, il est temps de mettre en marche la dernière phase de notre victoire. Préparez-vous à me recevoir. Je suis pressé de vous serrer la main, conclut-il avant que la liaison s'éteigne.

Il tourna la tête vers Roseta et lui lança un regard pénétrant. Il se sentait empli d'une puissance infinie. Alors que l'enjeu était de taille, jamais il ne s'était senti aussi serein. Il avait joué à la perfection. Nul doute que, malgré leurs incertitudes et leurs craintes, il arriverait à amener les deux leaders androïdes à adopter son point de vue. Il ne savait quels étaient les plans fixés par son frère, mais, désormais, il s'en moquait. Il ferait comme bon lui semblerait. Il était le chef suprême et quiconque se mettrait sur son chemin serait balayé comme un fétu de paille par le vent.

CHAPITRE 33

Atlan

— Voilà, nous y sommes, fit Marius.

L'air était chargé d'humidité. La forêt avait laissé place à un lac d'une placidité totale. Le soleil était haut dans le ciel. Au loin, le cri d'animaux sauvages se faisait entendre. Affalée sur sa monture, Delphine était à bout de forces. Cela faisait des jours qu'ils chevauchaient à travers les campagnes de France, ne s'arrêtant que pour manger et dormir. Elle était littéralement épuisée quand Marius donna l'ordre de s'arrêter.

— Et où sommes-nous ? demanda Guntray d'un ton ironique.

Si la fatigue avait eu moins d'emprise sur lui, il n'en était pas moins las de cette course éperdue. Il n'avait qu'un souhait : regagner au plus vite la Fédération et son confort. Il aurait tout donné pour un bon bain et un grand lit.

Marius sauta de son cheval et se rapprocha de Guntray.

— Nous sommes arrivés à destination. Nous allons quitter ce monde, et par la même occasion cette galaxie.

Guntray haussa les sourcils. Il ne comprenait pas. Il n'y avait nulle trace d'un quelconque vaisseau, et au vu de la flore qui les entourait il n'imaginait pas qu'une navette puisse aquarir sur le lac.

Marius sourit tandis qu'il se dirigeait vers Delphine pour l'aider à descendre.

— Un portail se trouve placé sous les eaux de ce lac. À moins de trois mètres de profondeur. Il vous suffira de prendre une grosse goulée d'air, de vous accrocher à une de mes jambes, je me charge de vous guider à travers le portail.

— Ainsi je vais pouvoir juger de ta santé mentale, fit Guntray avec humour.

Le cri d'un corbeau fendit les airs. Guntray le chercha du regard.

— Tu n'as rien à craindre. Là où nous allons, la paix règne en maître. Nous allons pénétrer dans le royaume des Bienveillants, fit Marius qui s'assit sur le sol et posa ses chaussures avant d'enlever son pantalon et sa tunique.

Une certaine gêne envahit Delphine. Même si les dernières semaines lui avaient appris à être moins timorée, elle se sentait incapable de se mettre nue devant un homme.

— Ne faites pas cette tête. Restez habillée. C'est juste que c'est plus facile pour nager. Comme Éric, vous vous accrocherez à un de mes pieds. La plongée ne durera pas longtemps. N'ayez pas peur, fit Marius.

Totalement nu, il se posta devant Delphine et approcha son visage du sien.

— Je vous ai promis qu'il ne vous arriverait rien. Faites-moi confiance, je ne vais pas vous trahir maintenant.

Delphine sembla rassurée par ces mots et ébaucha un léger sourire maladroit. Elle était épuisée.

Marius commença, alors, à s'avancer dans l'eau. Il s'obligea à fuir la douleur qui le saisit d'un coup.

— Mais ce lac est glacé, nous allons mourir de froid !

protesta Guntray qui refusait l'idée de suivre son ancien précepteur.

— Tu peux rester si tu veux. Mais sans mon aide tu risques de passer le restant de tes jours sur cette planète.

Alors, soupirant de façon exagérée, Guntray avança à son tour dans l'eau et serra les dents quand il sentit la griffure du froid assaillir son épiderme.

Delphine pensa un instant utiliser une incantation quelconque pour réchauffer son corps, mais elle répugnait au plus haut point à utiliser son Talent qui la confrontait violemment à sa différence. Elle refusait d'être une sorcière, même si elle savait qu'elle ne serait plus jamais la même Delphine qu'autrefois.

Elle mit un pied dans l'eau et se força à faire fi de la douleur.

Très vite ils s'enfoncèrent jusqu'à la taille et bientôt ils n'eurent presque plus pied.

— Très bien. Maintenant vous allez devoir me faire confiance. Accrochez-vous à mes pieds puis laissez-vous guider, fit Marius en se retournant vers ses deux jeunes acolytes.

Les siècles avaient beau s'écouler, il était toujours agréablement surpris de savoir qu'il pouvait s'attendrir sur des choses aussi futiles que la peur de l'inconnu. Il eut envie de les rassurer une fois encore, mais il préféra se taire. L'instant était magique. Le silence s'éternisait.

Grelottant de froid, Guntray était à deux doigts de faire demi-tour. Marius était-il vraiment celui qu'il prétendait être ? Où les emmenait-il ? Dans une autre galaxie, ou dans le royaume d'Hadès ?!

— J'ai confiance en vous, émit finalement Delphine d'une voix qu'elle parvint à maîtriser malgré le froid qui lui tétanisait le reste du corps.

— Alors prenez votre souffle, c'est parti ! s'exclama Marius d'une voix entraînante.

Il plongea en avant, laissant seulement ses jambes

ressortir de l'eau. Guntray lança un regard vers Delphine, lui fit sourit avec scepticisme puis haussa les épaules, fataliste. Aussi incongrue que paraisse la proposition, il se devait de l'accepter. Il saisit le pied gauche de Marius, tandis que Delphine s'accrochait à celui de droite. Ils gonflèrent leurs poumons et se sentirent aspirés par le corps de Marius qui s'enfonçait dans les eaux.

Marius nageait avec une vigoureuse énergie, emportant dans son sillage les deux passagers de ce voyage sous-marin. Aidé par sa vision perfectionnée d'yeux en titane, il ne mit pas longtemps à trouver le portail. C'était un cercle de près de trois mètres de diamètre, qui était incrusté sur le fond du lac sous une épaisse couche de vase. Il la dissipa d'un puissant mouvement d'une main tandis que de l'autre il sortait de sa bouche une dent factice qu'il inséra dans une encoche du portail. Quelle que soit la matière qui avait été utilisée pour la confection de cet objet venu d'ailleurs, elle commençait à s'étirer pour rejoindre les bords du cercle, laissant à sa place une impossible tache noire. L'eau fut soudainement aspirée par le trou béant, et les trois plongeurs passèrent au travers.

À bout de souffle, Guntray laissa échapper un cri inaudible tandis qu'il sentait son corps emporté par un courant terrible. Il avait traversé le portail.

Il sentit comme des picotements dans tout le corps. Il essaya de se frictionner et se rendit compte, alors, qu'il n'avait plus de corps. Son cœur suspendit ses battements, si ce n'est qu'il n'avait plus de cœur. Il était un pur esprit. Pourtant il voyait. Que lui arrivait-il ? Où était-il ? Il était terrifié. Était-ce donc ça, la mort ?

Où qu'il portât son regard, seules les ténèbres de l'espace s'offraient à lui. Soudain il réalisa qu'il regardait partout à la fois. Son angle de vision était total. Devant, derrière, sur les côtés. Affranchi de son corps, il n'était plus limité par ses yeux. Malgré la peur qui tenaillait ses tripes virtuelles, une autre partie de son esprit s'émerveillait de la situation. Il était un dieu ! Ici il ne subissait aucune barrière liée à la nature physique de l'homme. Il se sentait libre. Il focalisa ses regards sur les alentours et comprit que ce qui l'entourait était l'Univers dans toute sa globalité. Chaque point ne représentait pas une étoile mais une galaxie. Il ne savait d'où lui venait cette certitude, mais elle lui était apparue comme une évidence. La peur laissa place à l'euphorie. Il calma ses pensées et comprit qu'il venait de toucher à la divinité. Pour rien au monde il ne réintégrerait un corps humain. Il ignorait où Marius avait voulu les convier, mais il ne pouvait rêver de meilleur endroit. Il avait tout un univers à explorer. Il commença à se déplacer lentement, puis avec plus de célérité, heureux de contrôler si vite cette nouvelle enveloppe immatérielle. Il focalisa ses pensées sur une des taches qui était dans son champ de vision et, alors qu'il allait concentrer toute sa volonté pour s'y rendre, il sentit un courant le frôler et l'attraper avec une force terrible. Il tenta de se libérer, mais rien n'y faisait. Son esprit était pris dans un étau d'une puissance qui dépassait largement la sienne.

— Ouvre tes oreilles ! entendit-il enfin.

Guntray reconnut cette voix.

— Marius ?

— Surtout ne pense à rien et laisse-toi faire, répondit l'androïde.

Une chaleur étrange envahit l'esprit de Guntray qui se laissa guider. Une sensation de vitesse pure le submergea. Il fonçait droit sur un des points de la toile spatiale. Il parvint à ouvrir son esprit plus profondément et sentit la présence de Delphine à ses côtés. Il sourit mentalement, et laissa la jubilation du voyage l'emporter. Le temps semblait comme suspendu. Guntray aurait été incapable d'estimer si des secondes ou des siècles avaient passé depuis qu'ils avaient intégré cet endroit oublié de la réalité.

Le point lumineux vers lequel ils se dirigeaient commença à grossir, pour prendre enfin une forme que Guntray connaissait bien : une galaxie. C'était magnifique, il pouvait la voir tourner sur elle-même, tendant ses branches à l'assaut du vide. Irradiant de couleurs éclatantes et polychromes, elle était le symbole même de la beauté de la vie sur le néant.

— C'est magnifique, fit Delphine qui ne comprenait rien à ce qu'elle voyait.

Mais la présence réconfortante de Marius lui permettait de garder son sang-froid. Elle avait confiance.

— C'est une des galaxies des Bienveillants. Une fois là-bas, vous n'aurez plus rien à craindre.

— Merci de tout ce que vous avez fait pour moi, fit-elle alors qu'ils étaient à présent tout près du cœur de la galaxie.

Ils s'y enfoncèrent et traversèrent des amas d'étoiles, des étendues gazeuses, et d'autres phénomènes naturels dont les dimensions dépassaient l'entendement humain. Enfin l'échelle de leur vision redevint plus conforme à la vision humaine et ils passèrent à côté de nombreuses étoiles et planètes aux propriétés étonnantes. Naines rouges ou jaunes, quasars ou novas, le spectacle était saisissant.

Guntray était hypnotisé par tant de beauté pure. Combien d'hommes auraient donné leur vie pour voir ce qu'il voyait ?!

Ils arrivèrent au dessus d'une planète éclairée par un soleil de type terrestre. D'immenses continents séparés par des océans non moins gigantesques s'offrirent à eux. Ils chutèrent sur le monde, et une sensation de vide les emporta. Guntray perdit connaissance.

— Regardez, vous n'aviez pas à vous inquiéter.

Guntray rouvrit les yeux et découvrit le visage de Marius, puis celui de Delphine qui le regardait avec un sourire bon enfant. Il se frotta vigoureusement les yeux et se redressa sur sa couchette.

— Où sommes-nous ? demanda-t-il en faisant d'un regard le tour du propriétaire.

Il était dans une vaste chambre au mobilier luxueux. De nombreuses fenêtres elliptiques s'ouvraient sur une vue qu'il ne sut comprendre sur l'instant.

— Nous sommes sur Affranchie, la plus importante des planètes laissées aux androïdes par les Bienveillants.

Guntray se leva et renifla les effluves odorants qui provenaient de toutes parts. Vêtu d'un pyjama élégamment brodé, coupé dans un textile d'une douceur inconnue, il s'avança vers la baie vitrée et fut médusé par la vision qui s'offrait à lui.

Où que son regard se posât, des centaines de constructions à l'architecture impossible se dressaient devant lui. Tours pyramidales inversées, immeubles en forme de losanges, ou encore immenses parcs floraux qui flottaient dans cet entrelacs de gratte-ciel aux dimensions pharaoniques. Tous ces bâtiments défiaient les lois de la gravité. Ils ne pouvaient tenir debout. Les façades semblaient toutes construites dans une sorte de verre réfléchissant qui renvoyait une partie du ciel bleu qui dominait toutes ces constructions.

Guntray ne savait où donner des yeux. Des milliers de véhicules traversaient les airs sans aucun ordre apparent. Les couloirs aériens ne semblaient pas exister sur ce monde et pourtant il ne nota aucun accrochage. Enfin, il regarda vers le sol et fut sidéré quand il comprit qu'il devait se trouver à une altitude inimaginable.

— Quelle hauteur fait cette tour ? demanda-t-il, ébahi.

— Près de dix kilomètres, et ce n'est qu'une tour mineure, expliqua Marius.

Guntray commençait à prendre véritablement conscience de la situation. Il n'avait pas rêvé les souvenirs qui lui revenaient en foule, à présent.

— Nous avons vraiment changé de galaxie ? fit-il plutôt pour lui-même.

— Oui, et il s'en est fallu de peu que tu n'y perdes la vie.

— Comment ? s'étonna Guntray en détournant son regard de la fenêtre pour venir le poser sur le visage connu de Marius, seule vision qui le rattachait à sa réalité.

— Tu as lâché ma jambe. Tu t'es retrouvé tout seul dans le vide interstitiel. Si je n'avais pas été là pour te rattraper, ton esprit aurait pu errer une éternité avant que l'on ne te retrouve. Tu as eu beaucoup de chance, Éric.

Guntray déglutit avec difficulté. Maintenant qu'il avait retrouvé son intégrité physique, il se demandait avec horreur comment il avait pu être attiré par ce vide qui l'épouvantait désormais. Il revint se placer devant une des fenêtres et secoua légèrement la tête.

— J'ai du mal à l'imaginer. On se croirait dans un rêve, fit-il alors qu'un immense croiseur passait à l'horizon. Avec une telle avance technologique, les Bienveillants pourraient ne faire qu'une bouchée de la Fédération.

Marius se rapprocha de lui.

— Oui, si ce n'est que tout ce que tu vois appartient aux androïdes.

Guntray le sonda du regard. Tout cela semblait trop beau pour être vrai. Il devait y avoir une autre explication.

— Pourquoi les Bienveillants vous ont-ils fait ce magnifique cadeau ? Ils attendent obligatoirement quelque chose en retour.

— Très certainement. Les actes gratuits n'existent

pas. Ce ne sont au mieux que des intérêts inconscients. Mais, quel que soit leur motif, le jeu en vaut la chandelle, car ce n'est pas d'un monde qu'ils nous ont fait cadeau, mais de près d'un millier, voire plus, si nous l'avions souhaité.

Guntray émit un petit rire d'étonnement. Ainsi, les androïdes avaient trouvé des dieux !

— Quand allons nous pouvoir les rencontrer ? intervint alors Delphine.

Guntray se retourna vers elle, et prit soudain conscience de la beauté de la jeune femme. Lavée, coiffée, habillée avec élégance, elle n'avait plus rien de la pauvre souillon suppliciée qu'ils avaient sauvée des griffes d'Atlan.

— Bientôt. Mais pour l'heure, maintenant qu'Éric est de retour parmi nous, je crois qu'il serait intéressant de nous remplir convenablement la panse, plaisanta Marius en se frotta le ventre.

Accompagné de Delphine, il quitta la chambre et laissa Guntray s'habiller à son aise, avec les vêtements qui avaient été expressément confectionnés pour lui, dans de sublimes tissus qui ne ressemblaient à aucun autre qu'il ait pu voir dans la Fédération.

Quand Guntray fut prêt, il rejoignit ses amis. À la suite de Marius, ils pénétrèrent dans un tube ascensionnel qui les fit gravir les trois cents derniers étages de la tour en moins de vingt secondes, sans qu'ils se rendent aucunement compte du déplacement.

Le tube débouchait sur le sommet de la tour. Ils sortirent sur un terre-plein au gazon fraîchement tondu. Ils s'avancèrent jusqu'au bord de la terrasse. Penchés en avant, ils découvrirent un spectacle terrifiant. Ils étaient à l'air libre et avaient une vision encore plus vaste des alentours.

Aussi loin que portât le regard, aucune ombre de verdure n'apparaissait. Seulement des milliers de bâtisses qui s'élevaient à perte de vue. Guntray repensa à Boxtown et à sa boulimie architecturale et dut reconnaître que, comparée à Affranchie, elle avait tout d'une lilliputienne. Il n'y avait pas de mots pour décrire cet étalage de richesses et de constructions qui avaient dû demander des décennies de travaux herculéens.

— Pourquoi ne laisser aucun espace vert ? Votre côté artificiel répugnerait-il à la vision de la vraie nature ? demanda Guntray innocemment.

Marius fronça les sourcils et secoua la tête.

— Certainement pas. Nous la respectons au moins autant que vous, si ce n'est plus. Pour une petite partie du monde que nous saccageons sous des couches de béton et d'acier, tout le reste de cette planète et des autres mondes que nous habitons est laissé à l'état de réserve naturelle. Nous préférons nous concentrer en quelques lieux, plutôt que de nous disperser un peu partout sur ces planètes. C'est un choix. C'est celui des bâtisseurs d'Affranchie et je crois que le pari est plutôt réussi, fit Marius qui était fier de sa société.

Guntray s'excusa de sa maladresse et enchaîna en s'étonnant de ne pas avoir froid. Marius lui expliqua qu'un champ de confinement les entourait et les préservait du vent et de la fraîcheur. Puis, quittant le bord du bâtiment, ils allèrent s'asseoir dans un des restaurants qui peuplaient le toit. Le *One More Kiss*. Comme le lui apprit Marius, la décoration avait été faite en hommage à une période du XXe siècle que l'on nommait les Années folles. Une musique d'ambiance de type jazzy les accueillit. Les fenêtres étaient teintées de rouge. Une clarté cuivrée imprégnait les lieux. Guntray aperçut un trio. Un pianiste et un contrebassiste accompagnaient un vieux crooner.

Un employé vint à leur rencontre et les pria de les suivre. Ils s'installèrent à une table à l'étage.

— Je ne sais pas lire, fit Delphine d'un sourire gêné, en consultant la carte.

— Moi non plus, ajouta Guntray qui était incapable de déchiffrer cet alphabet étrange.

La lumière diffuse des lampes aux abat-jour rouges donnait des reflets sanguinolents aux visages des convives. Marius se pencha en arrière sur son fauteuil.

— C'est du primaire, la langue officielle de la fédération androïde, commença-t-il à expliquer. Être libre, c'est s'affranchir du pouvoir de domination de ses maîtres et avoir une identité communautaire propre. Si posséder des terres et avoir le droit d'agir comme bon nous semble sont les principaux fondements de notre liberté, le droit à ne pas utiliser la langue que l'on nous avait imposée en est une autre. (Il fit une pause et ajouta :) Comme les peuplades colonisées de l'ancienne Terre qui ont su retrouver leurs dialectes pour en faire leurs véritables langues officielles, nous n'avions pas d'autre choix que de nous créer une langue répondant à notre besoin identitaire.

Un ventilateur placé au-dessus de leurs têtes balayait les relents de fumée en provenance des tables du premier étage. Guntray sourit et s'étonna une nouvelle fois de la puissance de cette force androïde. La Fédération n'avait qu'à bien se tenir ! Si l'idée venait à ces êtres, de donner un coup de main aux androïdes de la galaxie humaine, c'en serait fini de l'humanité !

— De toute façon, tout est bon. Je vais choisir pour vous, fit Marius qui appela un serveur.

Il choisit leur repas puis il dut faire face à un tir groupé de questions de Guntray qui voulait tout savoir sur cette société. Son nombre de planètes, son nombre d'habitants, les lois qui la régissaient, son organisation politique, économique et juridique. Autant de questions auxquelles Marius essayait de répondre avec le plus de clarté possible.

Ils abordaient le sujet de l'existence de ceux que l'on appelait les Néotiens, quand un homme vêtu avec raffinement vint d'une démarche élégante se poster devant leur table.

— Heureux de voir que vous avez réussi, fit l'homme à l'adresse de Marius.

Pourtant son regard ne quittait pas des yeux, Delphine qui se sentit troublée par les iris complètement noirs du nouveau venu.

— Asseyez-vous avec nous, je vous en prie, fit Marius.

L'homme se débarrassa de son manteau et de son chapeau qu'il donna à un serveur avant de prendre place en face de Marius.

— Je suis le médiateur Abdalah. Je représente les Bienveillants sur ce monde, fit l'homme en s'adressant à Guntray et à Delphine. Vous êtes désormais en totale sécurité. Nous vous garantissons l'asile politique, mais, si vous le souhaitez, nous pouvons vous renvoyer dans vos mondes dès que vous le désirerez.

— Même moi ? demanda Delphine qui ne s'étonna pas du fait qu'un extraterrestre parlât le français aussi bien qu'elle-même.

Depuis son passage à travers le portail et son réveil sur ce monde effrayant et pourtant si calme et paisible, elle ne s'étonnait plus de rien. Peut-être était-ce cela le paradis ? Le royaume de Dieu.

Abdalah lui enfonça son regard noir dans les yeux.

— Tenez-vous donc à retourner sur Atlan, mademoiselle ?

Delphine fut tentée de répondre par l'affirmative, afin de tester l'amabilité de ses hôtes, mais elle craignit qu'ils ne la renvoient sur-le-champ.

— Non, répondit-elle finalement.

— Ainsi la question est réglée, fit Abdalah. (Puis, retrouvant un sourire satisfait, il passa directement au nœud de leur problème.) Extanza a quitté la galaxie, il ne nous reste que le frère. Nous avons commis une grave erreur. Nous savons à présent ce que représentait le Monde noir : un moyen de locomotion entre deux univers. Désormais il faut nous attendre à voir revenir Extanza avec une armée de ceux de sa race.

Marius grommela un juron. Ainsi il avait péché par excès de précautions. Il devait désormais agir avec plus d'efficience ; il fallait à tout prix que le frère reste. Ils devaient le forcer à coopérer. C'était le destin de toutes les races de l'Univers qui était en jeu à présent. La moindre erreur et le sort de milliards d'individualités pourraient en souffrir.

— Je crois que je vais me reprendre un verre de vin, fit Guntray qui était dépassé par les événements.

CHAPITRE 34

Vaisseau *Terminus*

L'espace filait sur l'écran principal du salon. L'agent Karin ne se lassait pas de se perdre dans sa contemplation. Vêtue d'un treillis miliaire que Corazon lui avait fait confectionner, elle était assise dans un fauteuil du vaste salon de ce vaisseau privé qui fonçait dans l'espace en direction d'un nouveau point neural. Sur un fond de musique aux sonorités exotiques, elle perçut enfin le pas de Corazon qui se rapprochait d'elle. Elle fit tourner le fauteuil, et découvrit son homme lui aussi vêtu d'une tenue paramilitaire.

— Nous n'allons pas tarder à rejoindre la Terre, fit-il en venant s'asseoir près d'elle.

— Pourquoi ne me tuez-vous pas ? demanda Karin.

Corazon fronça les sourcils, étonné.

— Pourquoi le ferais-je ?

Malgré l'audace des paroles qu'elle allait prononcer, Karin garda un visage impassible.

— Parce que, dès que nous arriverons sur Terre, je serai obligée de m'expliquer et, même si je ne raconte que la stricte vérité, à n'en point douter votre situation sera extrêmement délicate.

Corazon plissa les lèvres et hocha gravement la tête. Cette fille avait vraiment du courage. Il s'était plusieurs fois posé la question de son élimination. Il l'avait sauvée sur un coup de tête, mais, depuis que les événements s'étaient précipités, il avait pris le temps de réfléchir aux intérêts des androïdes. Certes, l'agent Karin était une gêne pour sa mobilité, mais après tout, elle ne savait rien des Bienveillants, ni des êtres de l'autre univers. Et si le hasard avait voulu qu'elle soit sur sa route au moment même où la communauté androïde lui demandait d'être le médiateur entre les Bienveillants et l'être qui se faisait appeler Dominati, peut-être fallait-il y voir un signe du destin.

— Il est fort probable que tout sera réglé avant que vous ayez à rendre des comptes auprès de vos supérieurs, fit-il alors en ébauchant un sourire.

Les étoiles défilaient toujours sur l'écran principal. Karin croisa les jambes et tenta de ne pas montrer le soulagement qui l'envahissait.

— Les androïdes ont-ils été annihilés ? demanda-t-elle bien qu'elle supposât que ce ne devait pas être le cas.

Toutefois elle ne pouvait pas, non plus, croire à la victoire des androïdes. Que s'était-il donc passé depuis qu'elle était coupée du reste du monde, seule avec cet ancien agent des services des renseignements ?

— Non. Un cessez-le-feu a été instauré entre les deux parties. Et à présent je peux bien vous l'annoncer, si nous allons sur Terre c'est pour nous rendre à Shanghai, berceau de notre civilisation. C'est là que Hsiang Li Tung a créé le premier d'entre nous, expliqua enfin Corazon. C'est là que va se tenir le sommet de la réconciliation entre les représentants de la Fédération humaine et celle des androïdes. (Il marqua une pause, se leva et alla se placer devant l'écran principal :) Il ne reste plus qu'à espérer que votre Fédération aura l'intelligence de trouver un compromis avec nous. Sinon, je crains que vous ne soyez à jamais rayés de la carte de la galaxie, acheva Corazon en sachant par avance que les Bienveillants n'entreraient pas dans un conflit opposant humains et androïdes.

— J'ai du mal à vous comprendre, fit Karin en cherchant à analyser les motivations profondes de Corazon. Elle était persuadée qu'il lui cachait quantité de renseignements. Qui était-il vraiment ?

— Peut-être qu'avec le temps vous aurez l'occasion de mieux cerner ma personnalité, répliqua-t-il en s'étonnant lui-même de sa réponse.

Il détourna la tête, fuyant le regard de Karin. Il n'aimait pas la tournure que prenait leur relation. Plus le temps passait, plus il se rendait compte qu'il n'était pas indifférent au sort de cette fille. Se pouvait-il que le temps ait effacé plus vite que prévu les blessures anciennes ?

— Qui sait ! Si par le plus grand des hasards vous réintégriez le service, je ne m'opposerais pas à l'éventualité de faire équipe avec vous…

Shanghai

Un vol de flamants roses passa dans le ciel. Marshall essayait vainement de se détendre. Il accompagnait son ministre et savait qu'il devrait être à l'écoute de la moindre parole de leurs opposants. La négociation était un art qui requérait une concentration extrême et une habileté qui imposait un état psychique excellent. Il ne devait pas faiblir, surtout maintenant.

Ils traversèrent un pont du parc floral et longèrent un sentier bordé de plantes tropicales. Le soleil matinal était encore timide et une douce brise venait les rafraîchir agréablement.

— Et si nous étions en train de faire la plus grande erreur de l'histoire ? se demanda Muoi à haute voix.

Marshall s'arrêta. Le temps des doutes était derrière eux.

— Alors nous passerons pour les plus grands criminels de l'histoire, fit Marshall qui espérait que son ministre s'en tiendrait là.

Il était trop tard pour revoir leurs propositions. La paix, et cela quel qu'en soit le prix, était la seule possibilité.

Muoi secoua la tête, peu convaincu.

— Une fois que l'armistice sera décrété, qu'est-ce qui empêchera les androïdes de consolider leur pouvoir et de déclencher une nouvelle guerre dans les années à venir ? fit-il. Peut-être que Tchenko à raison, après tout, nos deux races ne pourront jamais cohabiter.

— Je n'adhère pas à cette vision des choses. Si je suis un radical, c'est que je crois en l'humain et à sa capacité de surmonter toutes les épreuves, aussi dures soient-elles et, si je suis un diplomate, c'est bien parce que je crois que la conciliation est toujours la meilleure arme pour désamorcer les combats futurs, fit Marshall d'un ton solennel.

Les flamants roses étaient à présent loin derrière eux. Des effluves de jasmin et de chèvrefeuille leur caressèrent les narines. Muoi baissa la tête et se reprit.

— Vous avez entièrement raison. Je suis désolé. Mais si vous saviez à quel point je suis fatigué ! s'excusa Muoi.

Marshall ne le comprenait que trop bien. Le pouvoir usait beaucoup plus que le commun des mortels ne pouvait l'imaginer. Tant de pressions, tant de décisions et d'actes que vous deviez porter sur les épaules !

— Nous le sommes tous. Mais nous devons garder nos idées claires. Nous aurons tout le temps de prendre du repos, une fois cette guerre terminée.

Muoi lui prit lui le bras et le remercia du regard.

Il continuèrent leur chemin et rejoignirent une partie de leur délégation qui était déjà installée dans le patio, pour un petit déjeuner.

Isaac ne se sentait pas à l'aise. Il y avait quelque chose dans Dominati qui ne lui revenait pas. Ses explications sur son retour en grâce étaient plus que fumeuses. Jamais Extanza ne serait parti sans rien leur expliquer de ses schémas. Mais que pouvait-il faire ? Gerrold semblait subjugué par lui. Il ne pourrait jamais lui faire part de ses doutes, sans risquer de passer pour un traître et d'être écarté des arcanes du pouvoir. Il devait oublier ses réscrvcs ct cspércr qu'il faisait lc bon choix.

Le *Destinée* arriva en vue du dernier point neural et, quelques minutes plus tard, il le traversa pour se rematérialiser dans le système solaire.

— Vous devriez venir avec nous, fit Gerrold. Sans vous, tous nos efforts seront réduits à néant. Nous avons besoin de votre force.

Dominati lui posa la main sur l'épaule. Comme il aimait cette adoration qui brillait dans ses yeux ! Mieux que le respect, l'adulation était le plus sûr des assujettisscmcnts.

— Ma vie est entre les mains du Nouveau Dieu, si je dois mourir là-bas, c'est que tel était mon destin. (Il fit unc pausc ct ajouta :) Mais jc n'osc croirc quc cc puissent être ses plans.

Enfermées dans cet habitacle de métal, de nouvelles protestations emplirent le cœur de Gerrold, mais il n'osa braver les paroles du frère du Messie. Il était le fidèle parmi les fidèles et ne pourrait jamais aller au-delà de ce que la déférence le lui permettait.

— Très bien, il en sera donc fait comme vous le souhaitez, fit-il avant de se retirer pour préparer le débarquement de la délégation androïde.

Quand il fut sorti, Dominati se retourna vers Isaac.

— Tu resteras dans le vaisseau. Je te charge de surveiller tout mouvement suspect autour de Shanghai. Et si jamais tu notais une infraction aux clauses du préambule d'accord, n'hésite pas à réduire New York en poussière.

Isaac préférait ce genre de discours. Il n'avait aucune compassion pour ces humains qui l'avaient trahi des siècles auparavant. Il ne leur faisait pas confiance et ne pourrait jamais oublier que c'était à cause d'eux qu'il avait perdu Lucinda, son amour de toujours. Les humains devraient payer un lourd tribu avant que sa soif de vengeance soit assouvie. Mais, pour l'instant, il ne lui restait plus qu'à prier afin que les négociations aboutissent à un constat d'échec. Isaac ne pouvait réellement pas croire que les humains accepteraient de partager la moitié de leur empire avec les forces androïdes.

— Il en sera fait ainsi, seigneur, fit Isaac d'un ton qu'il espérait dénué de tout ressentiment.

Dominati lui sourit et l'invita à sortir.

— Nous voilà enfin seuls, fit Dominati en se retournant vers Roseta. Êtes-vous toujours prête à défendre ma vision des choses ?

Roseta garda un instant le silence. Elle savait qu'en s'affichant avec l'un des instigateurs des massacres perpétrés sur les planètes limites et sur Laniel, elle risquait de passer, au sein de la population de la Fédération, pour un traître envers sa race. Quels que soient les résultats du sommet, son nom serait sali pour toujours. Mais, faisant fi de ces pensées égocentriques, elle se remit en mémoire les images terribles des combats sur Laniel et comprit qu'elle avait fait le bon choix. De toute façon, que vaudrait sa compagnie si la Fédération était éradiquée par les androïdes ?!

— Plus que jamais. J'ose croire que nous arriverons à un accord, fit-elle.

Dominati fut ravi par l'usage de ce « nous ». Nul doute qu'avec le temps, il parviendrait à la faire basculer de son côté.

— Nous y parviendrons, d'autant plus qu'ils ne savent pas à quel point je peux me montrer magnanime, fit-il d'un air énigmatique.

— Que voulez-vous dire ? s'étonna Roseta.

Dominati lui prit une main dans la sienne.

— Vous le verrez le moment venu. Chaque chose en son temps.

Wilson ne sortait pas de sa réserve. Perdu dans des pensées ténébreuses, il ne savait s'il devait se réjouir ou non de sa survie. Que devait-il comprendre aux dernières paroles d'Extanza ? Malgré sa froide détermination, il devait s'avouer que le doute n'avait jamais été aussi grand dans son esprit. Certes il ne doutait point de l'origine mâltame d'Extanza et de son frère, mais, en ce qui le concernait, plus il y pensait, plus le sentiment d'être ce que tout le monde le poussait à croire s'imprégnait en lui. Était-il un être artificiel ? Il ne pouvait l'admettre et pourtant…

— Je devrais aller lui parler, fit Drake qui se trouvait dans une autre salle du *Heavy Métal*.

— Laisse-le tranquille, je crois qu'il est en train de réaliser qui il est, répliqua Lucinda sans aucune note de compassion dans la voix.

Tout comme le *Destinée*, le *Heavy Métal* était arrivé en orbite autour de la Terre. Mais si la destination du *Destinée* était la Chine, celle du second vaisseau était l'Italic, siège central du pouvoir catholique.

— Justement, il faut que j'aille lui parler. Je crains qu'il ne fasse une bêtise, fit Drake.

Plus les jours passaient, plus il s'était réellement pris d'affection pour ce moine. Un pauvre être manipulé depuis sa naissance et qui n'avait jamais eu le droit d'agir sur sa propre vie.

Il traversa un des couloirs de son vaisseau et rejoignit le corridor où se trouvait la chambre de Wilson. Il frappa deux fois, puis sans attendre de réponse enclencha l'ouverture de la porte. Son regard tomba sur un homme agenouillé devant son lit dans la posture de la prière.

— Excusez-moi, frère Wilson, il faut que je vous parle, fit Drake.

À son grand soulagement, Wilson daigna le regarder et d'un geste l'invita à prendre place sur une chaise. Toutefois il n'ouvrit pas la bouche et s'assit sur une autre chaise.

Mal à l'aise, Drake cherchait ses mots en souhaitant qu'ils fassent mouche.

— D'après ce que j'ai cru comprendre, Extanza vous aurait demandé de retourner sur Terre afin d'être élu pape.

Wilson ne broncha pas. Aucun signe ne vint agiter son visage immuable. Drake se racla la gorge et continua :

— À ce que j'en sais, Dominati vous a confirmé dans ce rôle, et a d'ores et déjà prévu l'abdication du pape Sébastien IV en votre faveur, n'est-ce pas ?

Aucun son ne se faisait entendre, si ce n'est celui des battements de son cœur. Drake n'aimait pas la façon dont le moine le scrutait. Comme s'il voyait à travers lui. Au-delà de lui. L'écoutait-il seulement ?

— La question est : êtes-vous prêt à jouer ce rôle ?

Wilson prit alors une profonde inspiration :

— Je crois que c'est que ce que tout le monde attend de moi, répondit-il avec stoïcisme.

Drake se félicita intérieurement de ce retour à la parole, même si cette phrase l'inquiétait grandement.

— Vous avez le choix, frère Wilson. Un humain a toujours le choix.

— Mais suis-je réellement un humain, monsieur Drake ? fit Wilson en frissonnant.

Ça y était, il l'avait dit. Wilson sentit les larmes perler au coin de ses yeux. Il avait avoué ses doutes. Pourvu que la fin soit proche, se dit-il en espérant que Drake saurait quoi faire le moment venu.

— Évidemment, frère Wilson. Le fondement de l'humain repose sur le doute et tout porte à croire que vous en êtes empli. Pensez-vous un seul instant qu'un robot puisse douter ?

— Il peut peut-être en avoir l'illusion, répliqua Wilson.

Drake se passa la main sur le bas du visage. Il ne devait pas lâcher prise. Wilson devait comprendre.

— Je ne crois pas en Dieu, mais il est une chose dont je suis convaincu, c'est que votre Dieu, s'il existe, ne saurait rejeter quelque amour que ce soit. Même si nos pensées et nos sentiments peuvent paraître artificiels aux yeux des humains, ils sont véritables pour nous. Même si vous pensez que nous sommes des sous-hommes, ne méritons-nous pas l'amour de Dieu, à partir du moment où nous lui offrons notre vie ?

Wilson n'écoutait qu'à moitié cette démonstration qu'il avait déjà faite par lui-même. Non, ce qui le fascinait était la façon dont ce robot s'évertuait à tenter de le sauver des affres de son âme. Ce Drake était sa seule raison d'espérer. Si un robot pouvait agir par compassion et amitié, pourquoi les autres ne le pourraient-ils pas ? Et pourquoi lui-même n'aurait-il pas le droit de croire en Dieu ?

— Après tout, personne ne sait vraiment si vous êtes un androïde. Il se pourrait bien que tout ne soit que manipulation. On m'a seulement dit que vous étiez un androïde, mais je serais incapable de le démontrer, frère Wilson.

— Oui, le doute comme preuve de notre humanité, fit Wilson en tentant de sourire.

Drake sourit à son tour.

— Oui, le doute qui fait que nos croyances peuvent changer du jour au lendemain, frère Wilson.

Wilson se leva et vint toucher de ses doigts le front de Drake.

— Vous êtes un homme de bien, monsieur Drake. Cela est très certainement la seule chose dont je sois sûr à présent et, pour cela, je vous en fais la promesse, je ferai ce qui est en mon pouvoir pour que la paix soit possible entre les différentes races.

Drake serra les lèvres et se réjouit du nouveau comportement du moine. Avec un homme tel que lui à la tête du clergé, peut-être que la paix entre les humains et les androïdes pourrait se faire sans trop de casse !

CHAPITRE 35

Shanghai

Les négociations eurent lieu dans le palais Mao, construit en bordure de la mer. Immense bâtisse dans la pure tradition chinoise, le palais Mao était un des chefs-d'œuvre architecturaux du XXIVe siècle.

Les débats durèrent près d'une semaine. Sept jours d'avancées et de reculs, de combats et de luttes. La pression était à son comble. De nombreux observateurs prédirent l'échec de ces négociations, tant les prétentions des androïdes étaient inacceptables.

Pourtant, jour après jour, heure après heure, dans les salons privés et les couloirs des grands hôtels de la ville, les diplomates de tous bords s'activaient avec minutie à établir un traité de paix et un texte fédérateur du futur partenariat entre les deux races.

Ce fut à l'aube du 17 juillet 2634 que fut signé, devant tous les médias de la galaxie, le traité de Shanghai qui définissait les nouvelles règles régissant la galaxie humaine.

En premier lieu, la reconnaissance du génocide androïde du XXIIIe siècle, accompagnée d'une lettre de demande de pardon, signée de la main même du président

Chandra, envers la communauté androïde. En second lieu, une restitution de planètes au nom du partage équitable entre les deux races : l'humanité garderait toutes les planètes inscrites dans la charte créatrice de la Fédération. Pour leur part, les androïdes hériteraient du sort des planètes limites avec pour obligation la garantie, pour les humains habitant ces mondes, des libertés fondamentales liées à tout être pensant, ainsi que de la liberté de circulation dans toute la galaxie. En troisième lieu, la Fédération laissa aux forces androïdes le soin des stations orbitales neutres telles que Libertad et autres stations aux pratiques peu recommandables.

Enfin un traité de non-agression réciproque fut signé, impliquant la mise en œuvre d'un embryon d'armée commune qui aurait pour objectif de surveiller les frontières des deux territoires.

Bavière

— Comme il est bon de s'occuper de son jardin, fit Marshall.

Il était rentré le matin même à Bavière et avait aussitôt rejoint son chalet perdu dans la forêt, non loin des Glorieuses, l'immense chaîne montagneuse qui faisait le régal des skieurs émérites. Après avoir passé ses derniers appels, il débrancha toutes ses consoles. Maintenant il se promenait dans sa roseraie, accompagné de son épouse.

— Vous avez fait un travail fantastique. Tu es entré dans l'histoire, mon amour, le félicita Noémie.

Marshall leva les yeux vers un soleil au zénith. Il aimait la chaleur qui lui revigorait l'organisme.

— Non, je ne suis rien du tout. L'histoire ne se souviendra que de la poignée de main entre Chandra et Dominati. Tous les autres noms seront effacés des tablettes de l'histoire, fit-il sans éprouver la moindre amertume.

Il avait enfin atteint ce à quoi il avait toujours aspiré : façonner l'histoire et la mettre sur la voie la plus sûre pour son avenir. Il savait désormais que tous les compromis qu'il avait pu faire durant sa longue carrière n'avaient pas été vains. Il pourrait regarder son fils droit dans les yeux et être fier de ce qu'il était.

Jacob, son chat angora, passa devant eux d'un pas nonchalant. Marshall se baissa vers lui et le prit entre ses bras.

— Comment avons-nos pu être aussi aveugles ? fit Noémie.

Comme des milliards de citoyens de la Fédération, elle avait été bouleversée par les témoignages des androïdes, accompagnés de holos anciens qui montraient de quelle façon les androïdes avaient été exploités durant des décennies pour fournir aux humains des planètes terraformables. Comment ils avaient été traités en esclaves, alors que tous les scientifiques savaient qu'ils possédaient la conscience.

Comment avait-on pu laisser un tel état de fait durer des années au sein d'une civilisation qui se voulait résolument moderne ?

— C'était la solution de facilité. Une fois que nous avions commencé à prétendre qu'ils n'étaient que de simples machines à tout faire, nous ne pouvions plus revenir en arrière sous peine de mettre en danger la cohésion humaine. Et plus les années passaient, plus la décision de rendre leur liberté aux androïdes devenait impossible. Je suppose que les autorités d'alors craignaient l'effet boomerang d'une libération des androïdes, et redoutaient qu'ils ne tentent de se venger pour toutes ces années de servitude.

Jacob se mit à miauler et Marshall le reposa sur le sol.

Les senteurs de la roseraie imprégnaient toute l'atmosphère. Une certaine idée du bonheur.

— Mais ils auraient pu discuter. Regarde, nous avons bien réussi à faire la paix ? opposa Noémie.

— Jamais les humains ne se seraient rabaissés à négocier avec des êtres qu'ils avaient créés. Tout comme les fermiers blancs de l'ancienne Terre n'auraient jamais partagé leur pouvoir avec les Noirs qu'ils avaient « importés » sous leur toit, fit Marshall, fataliste. Seules la guerre et le rapport de forces peuvent amener la paix. C'est la seule leçon à retenir de cette histoire, ma chérie.

Il la prit par l'épaule et la serra contre lui.

— Mais ne parlons plus de ça. Le président m'a octroyé une semaine de repos. Profitons-en pour ne parler que de nous. Cela fait trop longtemps que je m'occupe du sort des autres.

Laniel

La guerre était finie. Quelle connerie ! pesta Oriane en elle-même. Des milliers de civils innocents assassinés sauvagement, et maintenant on serrait la main de ces putains de criminels ! ruminait-elle pour la énième fois.

— Je t'en foutrai, des connards pareils ! lâcha-t-elle à haute voix.

À ses côtés, continuant à patrouiller dans une zone d'Emilyville encore en proie aux flammes, le soldat Lapam se mit à rire.

— Qu'est-ce que tu crois, c'est ça la guerre ! Une saloperie à l'échelle cosmique !

Oriane secoua la tête et leva son fusil HK vers le ciel encore obscurci par des colonnes de fumée.

— On ne fait la paix qu'avec nos ennemis, ajouta alors le caporal Bergströem.

— Ouais, fit Oriane, peu convaincue. Mais on n'était pas obligés de baisser notre culotte. Vous avez vu ce qu'ils ont fait ici. Ces milliers de femmes et d'enfants carbonisés ? Et que fait-on pour eux ? On demande pardon ? (Elle fit une grimace de dégoût.) Ça me donne envie de gerber !

Autour d'elle, ses dix compagnons hochèrent la tête avec fatalisme. Oriane ne faisait qu'évacuer le malaise qui les imprégnait tous. Les androïdes ne méritaient aucune pitié. Et quelles qu'aient pu être leurs anciennes souffrances, cela ne leur donnait pas le droit d'abattre froidement des milliers de civils.

Une colonne de jeeps et de transports de troupes passa devant eux, emportant des blessés vers les zones sud de la ville, là où les combats avaient fait le moins de ravage. Même si la Fédération avait envoyé en toute urgence des milliers de médecins et des tonnes de vivres pour Laniel, les soldats savaient bien que nombre d'entre eux seraient morts avant que ces premiers secours arrivent. Comme l'histoire l'avait toujours montré, l'intendance de l'après-guerre était la partie faible de toutes les armées.

Au milieu des vrombissements de moteurs et du bruit des immeubles que des militaires étaient en train d'abattre avant qu'ils s'effondrent d'eux-mêmes, des pleurs se firent entendre.

— Merde, fermez vos gueules ! hurla le soldat Le Milinaire. Y a quelqu'un de blessé par là !

Les soldats se figèrent. On leur avait pourtant dit que la zone avait été inspectée. Du boulot de sagouins, oui ! se dit Oriane qui tendit aussitôt l'oreille. Et, malgré le vacarme alentour, ils détectèrent la provenance des gémissements, devant les ruines d'une maison.

— À l'aide ! entendirent-ils clairement.

Une voix de petit garçon. Les cœurs de toute l'unité se serrèrent.

— Il faut appeler des renforts. Il va falloir le dégager.

Le caporal Bergströem se mit en liaison avec le commandement et demanda l'envoi de matériel de découvrement et une équipe médicale.

Avec d'infinies précautions, les militaires se rapprochèrent des gravats ; il fallait à tout prix éviter de déclencher un éboulement qui pourrait être fatal au petit garçon emprisonné sous les décombres.

— N'aie pas peur, tu ne crains plus rien. Nous allons te dégager, fit Oriane qui se força à oublier la haine qu'elle avait pour les androïdes, pour ne penser qu'au sauvetage.

Des nuages commençaient à voiler le ciel. Il ne manquerait plus qu'il pleuve ! pensa-t-elle, furieuse, quand soudain elle entendit un simple chuchotement :

— Maman !

Oriane ferma les yeux et serra les poings avant de se retourner vers les autres soldats.

— Il y a une petite fille là-dessous !

Pourvu que les renforts arrivent à temps ! suppliat-elle un Dieu bien sourd à ses prières.

Une demi-journée plus tard et sous des trombes d'eau, les équipes de sauvetage parvenaient à extraire les deux enfants, ainsi que la mère dans un état comateux. Pour le père, il était trop tard.

— On a fait du bon boulot, lâcha le soldat McGreggor.

Il posa sa main sur l'épaule d'Oriane qui avait allumé une cigarette. Oriane secoua la tête, et revissa sa casquette.

— Ouais, tu crois…

À ce moment, une déflagration la stoppa net. Un des soldats venait de marcher sur une mine à fragmentation. Les éclats volèrent dans toutes les directions. Plusieurs d'entre eux vinrent se ficher dans le corps d'Oriane qui s'écroula sur le sol boueux. Le regard ahuri. Sa dernière pensée fut pour les deux enfants qu'ils venaient de sauver.

Kigoma

La sueur coulait sur son front. Boxoen ne comprenait pas pourquoi il faisait cela, mais il ne le regrettait pas. Il se doutait bien qu'il serait sacqué par sa hiérarchie et qu'il risquait même la prison, mais il s'en moquait. Il n'avait qu'une parole et il la tiendrait, quoi qu'il en coûtât. Tandis qu'il gravissait l'imposante falaise qu'avaient empruntée, bien avant lui, des milliers de Kigomais à travers les âges, il jeta un regard en arrière et s'assura que son compagnon le suivait toujours. Il reprit alors sa montée et se focalisa sur les fines prises que ses doigts noueux et habiles cherchaient à agripper.

Parvenu au sommet de la falaise, d'un dernier effort, il fit basculer son corps pour arriver sur le plateau et attendit que son compagnon l'ait rejoint.

Le soleil frappait fort. La faune se faisait entendre de toutes parts. D'ici, ils avaient une vue panoramique sur la jungle. Une étendue de verdure qui cachait mystérieusement tous les périls qu'elle recelait.

Une main d'acier passa à son tour le rebord, puis une seconde, enfin le corps cyborg tout entier du général Clint se retrouva sur le plateau.

— Un beau spectacle, fit-il en restant debout à contempler la jungle.

Boxoen s'essuya le front et sortit une gourde de son sac à dos, avant d'en absorber une rasade.

— Oui, au-dessus de l'enfer se trouve toujours le paradis, fit-il en pensant aux restes de la base des androïdes qui se trouvaient sous le sol.

Malgré sa masse, le corps de Clint était d'une souplesse impressionnante. Il s'assit en tailleur et laissa son regard errer devant lui. Il se sentait serein. Il était prêt pour le grand voyage. Il n'avait plus rien à faire dans cet univers. Sa place était ici, auprès de ses soldats morts au combat.

Boxoen resta en retrait et eut pitié de cet homme à qui l'histoire n'avait pas permis de mourir honorablement. Sans penser à une déchéance qui aurait pu être encore pire, s'il avait obéi à sa hiérarchie qui tenait à « étudier » le corps de Clint ! Boxoen secoua la tête avant de sortir un paquet de cigarettes d'une poche de sa veste.

Clint vit passer devant lui un léger voile de fumée.

— Vous n'avez pas arrêté ? fit-il en souriant mentalement.

Boxoen se rapprocha du général.

— Chacun a ses vices, répondit-il avec une fausse nonchalance.

Le moment redouté était arrivé. Il devait faire ce qu'il avait à faire.

— Je crois que le moment est venu, fit Clint.

Et si son corps ne montrait aucune nervosité, dans sa tête la peur que son capitaine ne recule devant sa tâche lui tarauda l'âme.

— Oui, adieu, mon général, fit Boxoen.

Il se plaça derrière le corps de Clint, et appuya le bout de son arme dans le dos du cyborg avant de tirer trois coups qui percèrent les zones vitales du cyborg.

Néanmoins, organisme robotique particulièrement évolué, le cyborg se mit en mode de survie, et utilisa les réserves d'énergie situées dans la calotte crânienne. Clint en avait conscience, mais n'avait aucune idée du temps qu'il faudrait pour qu'elles soient vides à leur tour. Une heure, une journée, une semaine ? Il n'en savait rien, mais peu importait, la mort saurait le trouver.

— Merci, articula-t-il sans s'apercevoir que Boxoen pointait son arme sur sa tête métallique.

Je devrais l'achever, se dit le capitaine. Mais il comprit alors que, si Clint avait tenu à faire tout ce voyage jusqu'à Kigoma, c'était pour profiter une dernière fois de ce que l'Univers avait de plus beau : la vie.

Il rangea son arme dans son étui et reprit le sentier sans le moindre regard en arrière.

L'esprit apaisé, Clint savourait chaque seconde qui lui restait à vivre. Usant de ses yeux, il zoomait sur divers endroits de la jungle et se plaisait à découvrir la faune qui se croyait à l'abri de tout regard. Même s'il ne possédait plus d'odorat, il lui sembla sentir le goût musqué du vent de Kigoma.

ÉPILOGUE : CINQ ANS PLUS TARD

Atlan

La navette se posa sur une aire dégagée dans une des immenses cours du palais royal de Séville. Si le printemps avait été long à venir, l'été compensait amplement cette attente. L'élégante silhouette de Roseta émergea à l'air libre. Elle huma l'air parfumé de la planète et sourit, agréablement surprise. Cela faisait pourtant plus de dix fois qu'elle venait sur Atlan depuis la fin de la Chute des Mondes. C'était le nom qu'avait trouvé un chargé en communication de la présidence de la Fédération pour désigner le conflit entre humains et androïdes qui avait sévi cinq années auparavant.

Le chambellan principal vint à sa rencontre.

— Madame, tout le royaume est enchanté de vous savoir parmi nous, fit l'homme en effectuant une révérence élogieuse.

Avec son corps trapu et son dos déformé, il rappelait à Roseta un tableau qui ornait une de ses maisons, *Le Bossu* de Carlos Santos.

— Sachez que tout le plaisir est pour moi, répondit-elle dans un espagnol impeccable.

Ils remontèrent la grande allée qui menait à l'aile sud

du palais. Roseta savourait chaque pas, chaque crissement de gravillons sous ses pieds. Elle était littéralement tombée amoureuse de ce monde fascinant.

— Notre seigneur languit de vous voir. Que proche soit le jour où vous déciderez de rester pour toujours à nos côtés, renchérit le chambellan.

Des enfants vêtus de tuniques colorées jouaient à la balle sur un gazon fraîchement coupé. De vieilles duègnes, assises non loin, surveillaient ces futurs prétendants aux postes les plus éminents de la planète.

— Malheureusement, ce jour n'est pas encore arrivé, répondit Roseta sur un ton désolé. Mes obligations requièrent tout mon temps.

De fait, depuis qu'elle avait retrouvé sa place à la tête de la Conception Corporation et favorisé, par sa médiation, le règlement du conflit à Shanghai, son empire commercial n'avait jamais été aussi florissant. Outre les contrats habituels qu'elle signait au sein de la Fédération, sa compagnie était l'une des rares à commercer avec le nouveau royaume des androïdes, composé des planètes limites et de quelques stations orbitales.

— Oui, tel est le lot des puissants, fit le chambellan en levant les mains au ciel dans un geste exagéré.

Roseta rit de bon cœur et rajusta les plis de sa robe.

— En effet, reprit-elle. Béni soit le jour où je pourrai quitter toutes mes fonctions, fit-elle.

Sa situation financière lui aurait permis, depuis bien longtemps, de couler des jours paisibles sur cette terre si accueillante, mais, à cause d'un ego malvenu, elle n'avait pu se résoudre à tout abandonner. Elle ne supportait pas l'idée de savoir que Genievre Kanz serait alors la grande bénéficiaire de sa retraite. Même si la justice n'avait pu le prouver, Roseta se doutait qu'elle avait fait partie de la conspiration qui avait tenté de l'éliminer physiquement, des années auparavant.

Ils arrivèrent devant une immense baie vitrée qui

s'ouvrait sur une imposante salle de réception garnie du plus beau mobilier de l'Univers. Une lumière tamisée pénétrait cet endroit majestueux.

— Veuillez prendre place, mon seigneur ne va pas tarder, fit le chambellan Lambert en lui présentant un siège. Puis il s'éclipsa en lui adressant un de ces sourires énigmatiques dont il avait le secret.

Roseta resta toutefois debout et s'avança vers une fenêtre. Une fontaine finement ouvragée lui faisait face. Que tous ses soucis lui paraissaient lointains, lorsqu'elle se trouvait sur Atlan ! Que tout lui semblait simple et aller de soi ! Elle secoua alors la tête et se moqua de ses pensées idylliques. Elle savait que c'était seulement la rareté de ses voyages qui faisait de ces séjours des moments de bonheur inoubliables. La vie sur Atlan, pour la plupart de ses habitants, n'était pas paradisiaque, loin s'en faut. Cela, malgré le développement rapide de nouvelles infrastructures modernes issues de la Fédération. Elle ne pourrait jamais être pleinement heureuse sur un monde où il existait tant de souffrances à éliminer. Sauf, si elle évitait d'y penser. Aussi refoula-t-elle ces idées dérangeantes et alla-t-elle se servir une liqueur de pomme.

Elle portait son verre à ses lèvres quand un bruit de course, les pas d'un enfant, résonna sur le parquet. Le cœur de Roseta s'emballa.

— Maman ! s'écria alors un petit garçon en pénétrant dans l'immense pièce.

Il courut se jeter dans les bras de sa mère.

— Mon trésor, fit Roseta en l'écrasant contre son cœur.

Comme il était beau ! Un véritable ange. Il avait les traits des Ming, et le regard pénétrant de son père.

— Personne ne m'avait dit que tu revenais ! fit Gabriel sans manifester d'intention de descendre des bras de sa mère.

— Comment peux-tu penser que je puisse être absente le jour de ton anniversaire ? répliqua-t-elle en l'embrassant sur la joue.

Une ombre s'encadra dans l'entrée. Dominati arrivait de sa démarche élégante. Plus les mois passaient, plus la menace du retour d'Extanza lui paraissait éloignée. Peut-être que le Cercueil s'était perdu dans les abysses de l'espace ? Peut-être que son frère avait réussi à maintenir le Ga-aS à l'abri de la galaxie humaine ?

— Ma très chère, comme il m'est agréable de vous revoir, fit-il en s'approchant de Roseta.

Il y eut un silence. Gabriel tourna son regard vers son père.

— Père, vous auriez pu me le dire… fit l'enfant en brisant ce moment de quiétude.

— Oui, mais cela n'aurait pas été une surprise.

Roseta reposa l'enfant sur le sol, et ne put empêcher ses joues de rosir par la seule présence de Dominati. Malgré la connaissance intime qu'elle avait de lui, elle n'arrivait toujours pas à cerner entièrement ce personnage fascinant. Cet homme à qui elle avait cédé, une nuit d'après-guerre. Et dont, si étonnamment, elle était tombée enceinte alors qu'elle était sous contraceptif. Elle n'en avait ressenti aucun déplaisir et, depuis la naissance de Gabriel, la joie de vivre avait retrouvé le chemin de son cœur.

— Vous êtes toujours aussi belle, fit Dominati en lui effleurant le visage du bout des doigts. Une reine parmi les reines.

Une étrange lueur apparut dans le coin de l'œil de Roseta. Une oiseau fluorescent venait d'apparaître près de la cheminée, puis il explosa en mille couleurs qui se répandirent sur le sol, telle une cascade lumineuse. Roseta regarda son fils.

— C'est pour toi, maman, fit Gabriel, fier de ses premiers usages du Talent.

Dominati se rapprocha de son enfant et lui ébouriffa les cheveux avec tendresse.

— Tu seras un grand roi, mon fils.

Terre

Devant lui, des milliers de fidèles se massaient sur la place Saint-Marc. Et, malgré la pluie qui ne cessait de tomber en ce jour de fêtes pascales, le pape Wilson professait son oraison *urbi et urbi*, sans tenir compte du mauvais temps. Il était dans sa quatrième année de pontificat et, chaque jour qui passait, son cœur était empli de joie. Dieu était bon.

Depuis l'effondrement du culte maltâme qui avait suivi les révélations de Dominati, le nouveau maître de la Fédération de la liberté (c'est ainsi qu'il avait baptisé son nouvel empire), des millions de croyants déroutés s'étaient retournés vers les religions fondatrices de l'humanité et en particulier vers la religion catholique.

À l'aide des cardinaux androïdes, l'ancien pape Sébastien IV avait été remplacé par le pape Wilson qui durant son premier office expliqua à une population éberluée qu'il était un androïde. Passé le choc initial et au vu de ses premiers discours et prises de position, les fidèles revinrent timidement, puis en plus grand nombre, vers cette religion dirigée par un homme charismatique, en parfaite adéquation avec les attentes des habitants de la galaxie.

Wilson se voyait comme le médiateur idéal entre les deux mondes. Il était celui qui permettrait aux deux races de s'entendre à l'avenir. Il était la preuve vivante qu'un androïde pouvait croire en Dieu autant qu'un humain. Soutenu par un gouvernement fédéral qui ne lésinait pas sur les crédits pour relayer le message du pape, le catholicisme était en train de redevenir une nouvelle référence morale et culturelle.

Perturbé par l'existence d'autres univers parallèles et d'autres êtres tels que cet énigmatique Dominati, seigneur ténébreux en charge de la Fédération de la liberté, le citoyen ordinaire était prêt à croire tout et n'importe quoi, pourvu qu'on le délivre de ses horribles doutes. L'homme ordinaire recherche des certitudes, Wilson était là pour lui en apporter.

Il finit son oraison par une bénédiction, puis quitta le balcon sous les acclamations des fidèles en liesse.

— Vous avez été excellent, le félicita la cardinal Suni.

Outre ses prises de position sur divers sujets de société, il avait entrepris des réformes institutionnelles très importantes. C'était lui qui avait donné la possibilité aux femmes de devenir prêtre, évêque, cardinal et pape. Il avait en gestation le projet de laisser aux religieux le choix de prendre femme ou époux.

— Remerciez-en Dieu. Chacune de mes paroles est inspirée par Sa présence, répondit Wilson.

Un garde suisse vint à sa rencontre.

— Votre sainteté, nous venons de recevoir un étrange colis qui vous est destiné.

Wilson fronça les sourcils.

— Qu'entendez-vous par étrange ?

Le garde suisse resta impassible.

— Le mieux est que vous veniez voir par vous-même. C'est un cadeau de l'homme qui fut votre sauveur.

Le cœur de Wilson s'emballa aussitôt. Oubliant le protocole habituel, il accéléra le pas et dévala en peu de temps les interminables escaliers du palais papal, pour atteindre la salle d'audience où l'attendaient deux cardinaux. Ils tenaient un paquet qui avait subi toutes sortes de scannages afin de vérifier son innocuité.

Wilson ne s'embarrassa pas de précautions et défit le

paquet en un rien de temps. Il en sortit un jean et un rasoir.

À la stupéfaction des hommes et femmes présents, Wilson éclata d'un rire bon enfant. Il trouva une carte dans le fond de la boîte. Il put y lire : « En souvenir de notre amitié, très sincèrement vôtre, Dick Drake. »

Les souvenirs refluèrent à sa conscience. Comme tout cela lui semblait loin ! Une autre époque, à des milliers d'années-lumière. Il avait vécu tant d'événements, affronté tant d'épreuves, terrassé tant d'obstacles pour enfin raviver les braises d'une religion à la dérive !

Comment pourrait-il oublier cet être qui durant tout ce temps avait été son tuteur, celui qui lui avait permis de tenir dans les moments difficiles ? Drake était un pur parmi les purs. Un envoyé de Dieu, à n'en point douter.

— Merci, fit alors Wilson à haute voix.

Légende

Deux lunes éclairaient le ciel de l'oasis. Isolés du reste du monde, Drake et Lucinda avaient parcouru près d'une centaine de kilomètres avant d'arriver dans ce petit paradis que nulle carte n'indiquait. Encerclés par un désert de sable et de dunes, des centaines de palmiers dattiers, de figuiers de barbarie, d'oliviers et quelques massifs de bougainvilliers s'épanouissaient dans ce lieu féerique dont le centre était un bassin artificiel construit à l'époque de la colonisation de ce monde. Le mécanisme qui actionnait les pompes avait continué à fonctionner et à irriguer le sol aride, bien qu'il ne soit plus entretenu depuis longtemps.

Seuls quelques Touaregs connaissaient l'existence de ce lieu, le protégeant des tempêtes de sable qui n'attendaient qu'un relâchement de vigilance pour s'emparer de cet îlot d'ombre et de fraîcheur comme posé dans l'uniformité ocre du désert des âmes perdues.

— J'ai du mal à m'y faire, fit Lucinda.

Allongée à même le sable en bordure du bassin, elle avait le visage rivé vers les étoiles.

— Ne t'inquiète pas, nous avons tout le temps pour nous y habituer et oublier nos anciens réflexes, répondit Drake.

Il comprenait parfaitement le sentiment d'étrangeté qui s'était emparé de Lucinda. Tous les androïdes le connaissaient bien. Après des années passées à vivre cachés ou cloîtrés en communauté dans la station Éden, il leur était difficile de comprendre qu'ils pouvaient désormais se déplacer librement sur n'importe quelle planète de la nouvelle Fédération de la Liberté, le nouveau nom des planètes limites. La peur et la méfiance existaient toujours. Il faudrait des années pour qu'elles se dissipent.

— Je n'arrive pas à croire que cela puisse être aussi simple. Que les humains aient compris si facilement le mal qu'ils nous avaient fait, ajouta Lucinda qui ne pouvaient oublier les années durant lesquelles elle avait dû vivre sous de fausses identités, élaborant des vengeances terribles contre ces humains répugnants.

— Les gens ne veulent pas la guerre. Tout ce qu'ils recherchent, c'est la paix et la tranquillité. Aucun humain n'a envie de connaître le sort de Laniel. Le plus difficile n'est jamais de convaincre les foules d'arrêter un conflit, mais c'est d'empêcher les dirigeants de l'enclencher.

Lucinda se retourna sur le côté et posa sa tête sur son bras de façon lascive. Un rossignol se mit à chanter. Un sourire se dessina sur les lèvres de l'androïde.

— J'espère que tu as raison. Tu es tellement optimiste !

Drake se retourna à son tour et passa un bras autour de ses épaules.

— C'est pour ça que tu m'aimes, non ?

Lucinda fit une moue interrogative :

— Et toi, pourquoi m'aimes-tu ? répondit-elle.

Le vent qui soufflait sur les dunes, au loin, ramena quelques grains de sable. Drake s'essuya négligemment le visage.

— Parce que tu es tellement morbide ! fit-il avant de lui pincer une hanche.

Lucinda fronça les sourcils et, d'un bond, lui sauta dessus. En deux mouvements, elle le retourna, le tenailla entre ses cuisses et lui bloqua les bras dans le dos.

— Qu'est-ce que tu disais ? demanda-t-elle, faussement en colère.

Le visage enfoncé dans le sable, Drake réussit à redresser la tête.

— Parce que tu es parfaite, fit-il.

Lucinda éclata alors d'un rire innocent. Elle le relâcha. Il se remit sur le dos. Alors, délicatement, avec tendresse elle épousseta son visage couvert de sable, puis ses lèvres commencèrent à caresser les siennes…

Peut-être que Drake avait raison, après tout, le bonheur était à la portée des androïdes.

Bavière

Tandis qu'elle suivait un long couloir chichement éclairé par des néons qui déversaient leur blanchâtre couleur fluorescente, l'agent Karin ressentit, comme avant chaque nouveau départ, l'adrénaline monter en elle. Elle passa devant une dernière porte qui, vérification faite, s'ouvrit, lui laissant le passage.

— Mon colonel, fit Karin en lui serrant la main.

Depuis la Chute des Mondes, elle avait gagné en assurance et ne permettait à personne de lui faire sentir son jeune âge comme un manque de maturité. Elle avait suffisamment fait ses preuves pour que personne ne conteste sa position privilégiée au sein des services des renseignements spéciaux.

— Agent Karin, si vous voulez me suivre, fit le colonel Mallory.

D'innombrables bureaux métalliques emplissaient l'endroit, derrière lesquels des dizaines d'agents passaient leur temps à analyser toutes sortes d'informations en provenance de toute la galaxie. Un des lieux les mieux protégés de toute la Fédération. Son existence n'était mentionnée dans un aucun texte légal.

Son passage provoqua des regards envieux. Karin s'en moquait, elle ne devait sa place qu'à son courage et à son obstination. Elle arbora un sourire pour masquer tout le mépris que lui inspiraient ces personnes. Puis ils passèrent une dernière pièce et pénétrèrent dans le saint des saints de la base : le Portail.

— Nous avons reçu un message il y a près d'une heure. Ils veulent vous parler.

Karin saisit le mémo et le lut. Elle hocha la tête et se prépara mentalement pour le grand saut.

Mallory, qui avait sauvé sa tête grâce à la découverte inespérée et phénoménale de Karin, n'arrivait toujours pas à concevoir la nature des liens qui unissaient son agent avec cette fameuse race extraterrestre qui se faisait appeler les Bienveillants et dont ils ne savaient quasiment rien, si ce n'est qu'ils connaissaient tous leurs secrets.

— Bon voyage, et essayez de tirer le maximum d'informations, fit-il en sachant qu'elle ne reviendrait qu'avec des broutilles, telles que des formules mathématiques que les scientifiques mettraient des années à déchiffrer et les chimistes à développer.

Après des années de contact, la Fédération peinait à comprendre les Bienveillants. Elle n'avait aucune idée de l'étendue de leur organisation, ni même la moindre idée de ce à quoi ils pouvaient ressembler.

— Je ferai de mon mieux, répondit Karin avant de traverser le cerceau opaque.

Son corps se désintégra et son esprit fut aspiré à travers un vortex spatial jusqu'à sa destination finale : Affranchie.

Elle ressortit par un autre cerceau et découvrit le luxe d'une suite où l'attendait un homme qu'elle appréciait toujours plus.

— Bonjour, Jane, fit Corazon d'un sourire enjôleur. Enchanté de te revoir. Nous avons beaucoup de travail, mais, si tu le permets, que dirais-tu d'un repas informel ?

Karin passa la main dans ses cheveux. Tout cela lui paraissait irréel. Elle parlait avec un androïde sur une planète située dans une autre galaxie. Nul doute que, cinq années auparavant, elle se serait crue folle et, pourtant, telle était la réalité. Quelle découverte la vie allait-elle encore lui apporter ?

— Avec grand plaisir, répondit-elle tandis qu'un immense parc volant passait dans son champ de vision. Où allons-nous ?

Gesserit

— Nous en sommes à près d'une centaine, fit Abdalah. Mais nous ne comprenons toujours pas quel est le facteur déclenchant.

Marius hocha gravement la tête. Les deux hommes marchaient le long d'un couloir d'une des douze écoles réparties sur la planète. Avec l'opulence qui était une des bases de la civilisation bienveillante, les architectes avaient donné libre cours à leur imagination. Chaque école bénéficiait d'une richesse ornementale capable de stimuler l'intelligence et la créativité.

— L'important est que nous puissions en former le plus grand nombre. Le temps joue contre nous, répliqua Marius.

Ils passèrent sous une verrière qui permettait aux deux soleils du système de les éclairer, puis bifurquèrent vers un autre long couloir.

— Oui, que loin soit le jour de la confrontation ! pria Abdalah qui savait que, le moment venu, seul le rapport de forces ferait qu'il y ait ou non une guerre.

Un bruit perceptible entre tous résonna dans le ciel. Les deux hommes arrivèrent à l'arrière de l'école et sortirent à l'air libre.

— Je n'arriverai jamais à me lasser de ce spectacle, fit Marius, le regard fixé vers le ciel.

Une goélette volait au-dessus de leur tête et se rapprochait du lac attenant à l'école.

— Leurs pouvoirs sont terrifiants. Ils ne répondent à aucune logique physique. Si seulement nous pouvions trouver le gène responsable de ce Talent, soupira Abdalah tout aussi admiratif devant cette incroyable prouesse.

Le navire se posa quelques minutes plus tard sur les eaux. L'androïde et le Bienveillant se tenaient sur le ponton en attendant la Première de toutes.

Une échelle fut jetée par-dessus bord et une gracieuse jeune femme en descendit.

— Vous êtes toujours aussi belle, la félicita Marius.

D'une démarche volontaire, Delphine arriva à la hauteur des deux hommes.

— Et vous toujours aussi élégant, lui répondit-elle avant de lui serrer la main.

En cinq années, ses progrès dans la maîtrise de son Talent étaient tout bonnement stupéfiants. Aidée par une cohorte de Bienveillants qui lui prodiguaient leurs conseils, elle avait affiné puis contrôlé de mieux en mieux la source qui coulait en elle et qui semblait ne jamais vouloir tarir.

— Nous avons découvert trois nouveaux cas intéressants, fit Abdalah. Les pauvres enfants sont apeurés, mais nous les avons laissés avec une équipe psychologique qui se charge de les mettre en confiance. Peut-être trouvera-t-on parmi eux un mage semblable à vous, espéra-t-il.

Depuis la Chute des Mondes, les Bienveillants, par l'intermédiaire de Corazon, avaient pris contact avec Dominati et établi un accord qui stipulait une alliance entre les deux parties. En échange de la promesse de se battre à ses côtés si un conflit futur venait à se déclarer contre la Fédération, Dominati s'était engagé à les aider à rechercher des êtres possédant des bribes de Talent. À charge pour eux de leur fournir tous les sorts et incantations qu'ils connaissaient.

Les Bienveillants, comme Dominati, avaient compris que le retour d'Extanza dans son univers ne pourrait qu'attirer un jour ou l'autre les seigneurs du Ga-aS, curieux de savoir ce qui se tramait dans ce monde-là. Les deux parties avaient vite compris que la meilleure solution pour elles était de s'allier en vue de la très probable confrontation qui les attendait. Plus ils auraient de sorciers et de mages, plus leurs chances de se battre sur un pied d'égalité contre les forces du Ga-aS seraient importantes.

Seule la science pouvait combattre la science, avaient vite conclu les Bienveillants, seule la magie pouvait combattre la magie. Matière dont ils n'avaient jamais disposé jusqu'à ce pacte avec Dominati.

— J'irai les voir dès ce soir, fit Delphine.

Ses cheveux flottaient dans le vent. Le visage hâlé par les doubles rayons des soleils de Gesserit, elle n'avait plus rien de la jeune fille timide et inculte qu'elle avait été. Elle avait acquis une grande confiance en elle. Aidée de la démone qui sommeillait en elle, elle s'était découvert une force de caractère digne des plus grands noms de cet univers. Elle aimait ce qu'elle était devenue, sans toutefois jamais oublier d'où elle venait.

— Vous êtes une vraie mère pour tous ces enfants, fit Abdalah qui avait le plus grand respect et l'admiration la plus vive pour cette femme.

Delphine lui sourit, mais ses pensées étaient ailleurs. Même si elle avait compris toutes les implications de ce qu'elle faisait sur Gesserit, elle n'en avait pas pour autant oublié un homme vers qui allaient toutes ses pensées et qui, l'espérait-elle, la rejoindrait et lui donnerait les fils qu'elle souhaitait tant.

— Oui, j'essaye de faire du mieux que je peux, fit-elle avec modestie avant de se retourner vers Marius : Comment va-t-il ?

Elle n'avait pas besoin de dire son nom. Marius savait très bien de qui elle parlait.

— Il est sur Atlan. La dernière fois que je l'ai vu, il était à la tête d'une des plus grosses compagnies maritimes de Russie. Je crois qu'il s'y plaît. Mais il ne vous a pas oubliée, il vous adresse ses plus sincères salutations.

Delphine hocha la tête. Elle se doutait bien que ce n'était là qu'un mensonge, mais elle préféra éviter de le contredire et croire à cette pensée agréable.

Atlan

— Un sacré gars, ce capitaine ! s'exclama le marin Ivanova.

Debout à ses côtés, Anastasia n'avait d'yeux que pour l'homme qui se tenait à la proue de la frêle embarcation qui naviguait à la poursuite du plus grand mammifère marin.

— Où qu'il soit, ton père peut être fier de la relève, ajouta un autre marin du *Volgod*.

Anastasia ne les entendait pas. Âgée de seize ans, elle

savait que la loi lui permettait désormais, de prendre époux. Et l'homme qui se battait contre les éléments déchaînés avait depuis bien longtemps fait chavirer son cœur.

— Regarde sa position, on dirait qu'il a fait ça toute sa vie ! fit un autre.

— J'arrive pas à croire qu'il soit français ! s'étonna un grand gaillard à la mâchoire bovine.

Tous les marins se tenaient à bâbord, pour assister à l'assaut final.

Après la tragique disparition de Boris Volgod, deux années auparavant, au cours d'une rixe dans une taverne de Mourmansk, c'était ce Français qui avait racheté le navire, ainsi que la plupart des baleiniers de la ville. Compte tenu des changements qui s'opéraient dans tout le royaume, personne n'avait osé demander d'où il tenait l'argent, mais chacun se félicitait simplement de pouvoir garder son poste.

— J'parie que c'est un bâtard, sa mère a dû forniquer avec un de nos gars ! fit un matelot dont chacun des biceps était aussi large que le cou d'un taureau.

Les rires éclatèrent dans un brouhaha général. Anastasia leur jeta un regard chargé de reproches, et les uns après les autres les marins retrouvèrent leur calme.

— Désolés, Ana, on pensait pas à mal, s'excusa l'un d'eux.

— Je sais, c'est pour ça que je vous aime tous, fit-elle en le gratifiant de son plus beau sourire.

Aussi dur et impitoyable qu'il eût l'air, le marin se mit à rougir, à la grande joie de ses acolytes qui trouvèrent là matière à exploser une nouvelle fois de rire.

De son côté, le capitaine du navire était figé dans la position de tir. Puis, après un dernier effort des marins qui ramaient à la poursuite de la baleine, il lança son harpon qui fit mouche dans un geyser de sang et d'embruns.

Des cris de victoire jaillirent de toutes parts. Une fois de plus, le *Volgod* ne rentrerait pas bredouille de sa campagne maritime.

Guntray rugit de plaisir et leva un poing victorieux vers les cieux.

Il s'était promis de ne rester que le temps que la fille de Volgod soit en âge de reprendre les rênes de la compagnie qu'il avait formée. Mais plus les mois passaient, plus ce monde lui plaisait. Pourquoi parcourir les étoiles quand on a tout sur place ?

Il sourit et tourna la tête vers son navire, et même s'il était à près de cent mètres d'elle il distingua la frêle silhouette d'Anastasia qui se profilait sur le ponton.

Éden

Ils avaient réussi. Après des siècles de fuite et de peur, la diaspora androïde avait enfin repris pied sur quelques planètes.

Debout devant l'immense pièce ovoïdale d'une des annexes à la station, Gerrold songeait à tout ce qu'ils avaient accompli. Tant de fois il avait rêvé à ce moment et pourtant, maintenant qu'il était là, il ne ressentait pas l'euphorie à laquelle il s'attendait. Il avait les femmes, il avait l'argent, et plus que tout il avait la liberté, pourtant quelque chose lui manquait. Comme si cette paix le privait d'un certain pouvoir, de ces montées d'adrénaline que lui procurait le fait de vivre dans le combat permanent. Des milliers d'androïdes s'étaient basés sur les planètes limites où des unités avaient été construites de façon à en créer d'autres et à favoriser leur expansion. Plus personne ne remettrait en cause leur existence. Alors pourquoi ces états d'âme ?

Il se resservit un verre de whisky et fit défiler sur un écran les différentes planètes qu'ils avaient reprises : un véritable empire. Combien d'hommes n'auraient pas tout donné pour avoir sa place ?

Gerrold eut un rire ironique, il comprenait qu'il était un homme d'action et que le désir d'en découdre avec l'humanité était tout autant guidé par un réel désir de liberté que par une puissante envie de mener des combats. Peut-être n'auraient-ils pas dû faire la paix ? Peut-être devraient-ils éliminer Dominati.

Depuis les révélations de ce dernier, le culte qu'il avait voué à Extanza s'était évanoui, ne laissant qu'un amer goût de déception. Il ne craignait plus d'avoir des pensées hérétiques. Le Nouveau Dieu n'était qu'une ânerie inventée par Extanza pour justifier sa position de leader au sein du mouvement androïde. Après les révélations de Dominati, le Nouveau Dieu avait été étudié et, à la colère générale, les androïdes s'étaient rendu compte qu'aucune âme androïde n'avait été sauvée. Le Nouveau Dieu n'était rien d'autre qu'un logiciel. Ultra-perfectionné, certes, mais juste un logiciel !

Gerrold alla s'asseoir à son bureau et se mit en communication avec sa plus proche collaboratrice.

— Avez-vous pu réparer les fuites de la zone Oméga ? s'enquit-il en s'efforçant de garder son sérieux.

Voilà à quoi il en était réduit : être le capitaine d'un navire qui voguait tranquillement sur le flot du temps et où seules des tâches routinières l'attendaient.

— Presque, d'ici une heure tout devrait être rentré dans l'ordre, répondit une jeune femme.

Gerrold hocha la tête. Un silence gêné s'installa.

— Vous n'avez pas l'air bien, voulez-vous que je vous fasse apporter un médicament ? s'inquiéta la jeune femme.

— Non, juste un peu de fatigue. Je crois que je vais prendre quelques jours de repos, répondit-il avant de couper la communication.

Oui, c'est cela, il devait prendre le temps de faire le

point sur son avenir. Peut-être aurait-il dû faire comme Isaac qui était entré en dissidence.

Parti avec un petit nombre des leurs, dans les jours qui avaient suivi la fin de la Chute des Mondes, Isaac s'était refusé à suivre ce Dominati qui, en tant qu'extraterrestre, ne pourrait jamais être le leader de leur cause, même s'il avait juré de tout faire pour les émanciper. Les années aidant, Dominati avait tenu sa promesse, mais Isaac n'était jamais réapparu. Qui savait ce qu'il fomentait ? Peut-être une nouvelle rébellion, se dit Gerrold qui ne put s'empêcher de saliver à cette évocation.

Il porta de nouveau son verre à ses lèvres, mais se rendit compte qu'il était vide. Il fronça les sourcils et alla s'en resservir un autre.

ÉPILOGUE II

La réalité semblait comme disloquée. Des courants de couleurs se déchaînaient tout autour de lui, Ant-Res-Doy était tétanisé par l'importance du moment. Extanza était mort, Ant-Res-Doy pouvait retrouver sa réelle identité. Il était de retour.

Un sifflement assourdissant traversa les cloisons troubles de la salle de commande du Cercueil. Ant-Res-Doy se boucha les oreilles de ses mains, mais le son traversait ces maigres protections. Il tenta de jeter un sort, mais aucun mot ne réussit à sortir de sa bouche, si ce n'est un gargouillis incompréhensible. Finalement à bout de forces, à genoux sur le sol, il perdit connaissance.

Une odeur. Des pas. Des voix. Lentement, tous les sens d' Ant-Res-Doy se remirent en éveil. Il ouvrit les yeux et découvrit les murs d'une cellule. Il ne savait pas où il se trouvait, mais une certitude restait, il n'était plus dans le Cercueil. Il se releva et s'aperçut que son corps n'avait pas été endommagé durant son voyage. Même si une certaine appréhension lui picotait l'esprit, un afflux soudain d'adrénaline s'infiltra dans son sang et lui fit ouvrir la bouche dans un sourire éclatant.